PENNY HANCOCK

Schattenstunde

GOLDMANN
Lesen erleben

Buch

Dora Gentleman ist Moderatorin einer beliebten Radioshow und gilt als »die Stimme Südostenglands«. Sie lebt allein mit Teenagersohn Leo und ihrem dementen Vater Charles in Deptford, einem heruntergekommenen Stadtteil im Südosten von London, direkt am Ufer der Themse. Als Dora merkt, dass ihr die Pflege des Vaters über den Kopf wächst und ihre Karriere sowie die Treffen mit ihrem Geliebten Max erheblich unter der Situation leiden, engagiert sie eine Hilfskraft, Mona. Für Mona ist die Arbeit in Deptford die einzige Möglichkeit, ihre Mutter und Tochter in ihrer Heimat Marokko zu unterstützen. Doch es gibt noch einen weiteren Grund, weshalb sie nach England gekommen ist: Ali, ihr Mann, ist seit geraumer Zeit verschwunden und soll angeblich in London sein. Rasch lebt sich Mona in Doras Haushalt ein und kümmert sich liebevoll um Charles, der in der Einliegerwohnung im Keller lebt. Sie bringt das alte Haus zum Strahlen, kocht, kauft ein und schafft es sogar, Leo aus seiner Lethargie zu reißen. Und auch Charles freut sich jeden Tag über Monas Gegenwart. Dora nimmt diese Entwicklung mit gemischten Gefühlen zur Kenntnis. Ihre anfängliche Erleichterung wandelt sich allmählich in Argwohn und Eifersucht. Hat Mona ein dunkles Geheimnis? Umgekehrt merkt Mona mehr und mehr, dass Dora nicht die gutherzige Arbeitgeberin ist, die sie sich erhofft hat. So entspinnt sich mehr und mehr ein Machtkampf zwischen den beiden Frauen. Und dieser nimmt schließlich ein furchtbares Ende …

Autorin

Penny Hancock wuchs in Südost-London auf und unternahm ausgedehnte Reisen als Sprachlehrerin. Heute lebt sie mit ihrem Mann und drei Kindern in Cambridge.

Mehr von Penny Hancock:

Ich beschütze dich. Psychothriller

Penny Hancock

Schattenstunde

Psychothriller

Aus dem Englischen
von Eva Kemper

GOLDMANN

Die Originalausgabe erschien 2013
unter dem Titel »The Darkening Hour«
bei Simon & Schuster UK Ltd., London.

Dieses Buch ist auch als E-Book erhältlich.

MIX
Papier aus verantwortungsvollen Quellen
FSC www.fsc.org
FSC® C014496

Verlagsgruppe Random House FSC® N001967
Das FSC®-zertifizierte Papier *Pamo House* für dieses Buch
liefert Arctic Paper Mochenwangen GmbH.

1. Auflage
Taschenbuchausgabe August 2015

Umschlaggestaltung: UNO Werbeagentur, München
Umschlagmotiv: plainpicture/Tanja Luther; FinePic®, München
AG · Herstellung: Str.
Satz: IBV Satz- und Datentechnik GmbH, Berlin
Druck und Bindung: GGP Media GmbH, Pößneck
Printed in Germany
ISBN 978-3-442-48243-6
www.goldmann-verlag.de

Besuchen Sie den Goldmann Verlag im Netz

Für Tante Dorothy

»Bei jeder Uferkette, jedem Taue, bei jedem festliegenden Boote, an dem sich die Strömung brach, bei den Vorsprüngen der Brückenpfeiler von Southwark Bridge, bei den Rädern der Dampfschiffe, welche das schlammige Wasser peitschten, bei den schwimmenden Balken, welche zusammengebunden vor manchen Zimmerplätzen des Ufers lagen, schossen seine funkelnden Augen hungrige Blicke hervor. Endlich, nachdem seit einer Stunde die Dämmerung eingebrochen war, zog er plötzlich die Leinen des Steuerruders straffer an und gab dem Boote die Richtung nach der Uferseite von Surrey.«

Unser gemeinsamer Freund, Charles Dickens

»Nun gut! Wenn du entschlossen bist, so geh!
Doch wisse, dass du zwar als Törin, doch als
wahre Freundin deiner Freunde gehst.«

Antigone, Sophokles

Prolog

Deptford, Südost-London

Niemand sieht die Frau, die einen Mann im Rollstuhl über den Markt schiebt. Zwischen all den Standbesitzern, Einkäufern und Cracksüchtigen, die die Straße bevölkern, zwischen den Frauen mit fast kahl rasierten Köpfen und Männern mit langen Haaren, zwischen Müttern mit Buggys voller Kinder, Teenagern mit iPod-Stöpseln in den Ohren, Betrunkenen und Dealern scheinen diese beiden gar nicht vorzukommen. In dem ganzen Trubel, dem Gerede, dem Kaufen und Verkaufen, den Besorgungen – man gehört dazu, egal, wer man ist oder woher man kommt – haben diese beiden Menschen keinen Platz.

Sie verschmelzen mit dem Hintergrund, genau wie der Somalier, der in seiner Warnweste die Straße fegt, wie das hagere Mädchen mit dem Gesicht einer alten Frau, das die Obdachlosenzeitung *Big Issue* verkauft, oder die zusammengedrängte Gruppe Vietnamesen neben dem Geldwechselbüdchen. Sie sind noch uninteressanter als die jungen Ukrainer, die im Kleiderlager unter der Brücke Textilien sortieren, oder der bengalische Koch in der offenen Tür, durch die der heiße Kochdunst abzieht.

Würde sie doch jemand anschauen, würde er merken, dass die beiden – die Frau und der alte Mann – nicht miteinander verwandt sind. Der Mann hat unruhige blasse Augen, seine Haut ist spröde und faltig. Zu viel Sonne hat ihr dunkle Flecken aufgemalt; der braune Teint der Frau hingegen hat zu wenig Sonne gesehen und wirkt fleckig. Sie ist klein, mit sanften Konturen und dunklen, tief in den Höhlen liegenden Augen. Aber viel auffälliger ist ein anderer Unterschied. Der Mann strahlt Wohlstand aus – er trägt eine gute Stoffhose, polierte Lederschuhe, eine dicke Wolljacke und einen Kaschmirschal. Die Frau ist in eine Jogginghose und einen langen blauen Kittel gehüllt, darüber hat sie eine billige Fleecejacke gezogen. In den Pfützen dringt Wasser durch ihre zerlumpten Turnschuhe. Ein Beobachter würde vielleicht sogar zuerst ihre dunklen Augenringe und den resignierten Blick bemerken und wie gleichgültig sie auf die bunten Läden und Stände und das muntere Gerede reagiert. Während sie den alten Mann mit seinem Beutel Obst auf dem Schoß die Straße hinunterschiebt, scheint es, als wäre die Frau nicht einmal in dieser Stadt, als wäre sie in Gedanken an einem Ort, der so weit entfernt und so tief in der Vergangenheit versunken ist, dass sie nicht mehr weiß, ob er überhaupt existiert.

Doch niemand sieht hin, niemand interessiert sich für sie. Und nicht einmal der alte Mann in seinem Rollstuhl ist sich sicher, wer ihn in der Dämmerung dieses Abends Anfang Januar durch das Gedränge schiebt. Solange sie ihn bald nach Hause bringt, denn ihm knurrt schon vor Hunger der Magen, und solange er seine Klementinen bekommt, die fest und frisch auf seinem Schoß liegen, ist er zufrieden.

Die Frau lenkt den Rollstuhl durch die Menschenmenge zu dem breiten, schlickigen Fluss mit seinem Geruch nach Öl und den Waren aus anderen Welten. Als sie sich von dem Markt entfernen und der süße Duft der Röstkastanien hinter ihnen verfliegt, wird der Schimmer der behelfsmäßigen Lampen allmählich schwächer, und es wirkt, als verließen sie nicht nur das Licht, sondern auch die Wärme, obwohl der Atem der Standbesitzer weiß in der kalten Luft hängt.

Die Frau schiebt den Rollstuhl bis zur Gasse zwischen einer Mauer und der früher so beeindruckenden Paynes Wharf, von der nur noch sechs Bögen der Fassade geblieben sind. Am Ende der kurzen Gasse gelangen die beiden zu ein paar modrigen Stufen, die zum trüben Wasser der Themse hinunterführen. Ein verborgener Ort, schon tagsüber nicht leicht zu finden, doch nachts verschwindet er völlig im Dunkel. Die Frau bleibt stehen und starrt ins Wasser. Zehn Stufen sind zu sehen – es herrscht Ebbe.

Nach einer Weile dreht sie sich um. Kehrt langsam vom Fluss zurück und schiebt den alten Mann durch eine schmale Straße mit georgianischen Reihenhäusern. Kleine Engel oder Galionsfiguren, auf deren Köpfe sich in der einbrechenden Dunkelheit Reif legt, umrahmen die Türen. Beim letzten Haus nimmt die Frau den Seiteneingang in den Garten, hilft dem alten Mann aus dem Rollstuhl und geht mit ihm die Stufen zu seiner Einliegerwohnung unter dem Haupthaus hinunter.

Sobald sie im Apartment sind, hilft Mona dem alten Mann in seinen Lehnsessel mit der Fußstütze. Charles spürt die Hand unter seinem Ellbogen, aber er weiß in diesem Moment nicht, wem sie gehört, und es ist ihm auch egal. Als er sitzt, fragt er nach seinem Abendessen. Mona bringt es ihm auf einem Tablett, füttert ihn mit einem Löffel, wischt ihm mit einem Trockentuch das Kinn ab und gibt ihm etwas Wasser zu trinken.

Und nachdem er seine Würstchen mit Kartoffelbrei gegessen hat, schält sie für ihn eine Klementine. Die einzelnen Stückchen Fruchtfleisch in ihren losen Membranen fühlen sich ähnlich an wie sein schlaffer Penis, den sie für ihn hält, als er nachher in dem winzigen Badezimmer pieselt.

Sie bringt die Schalen in die Küche und wirft sie in den vollen Mülleimer. Dann nimmt sie die Mülltüte heraus, verknotet sie, stellt sie beiseite, um sie später hinauszubringen, und ersetzt sie durch eine neue. Sie spült seine Teller und räumt auf. Dann ist es spät genug, um ihm sein Nachtzeug anzuziehen.

Im Haupthaus über ihr dröhnen Schritte die Treppe herunter, eine Tür wird zugeschlagen. Mona spürt die Geräusche; ihre Haut kribbelt, ihre Ohren klingeln. Ihre Handflächen schwitzen. Sie sehnt sich danach, dass dieser Tag zu Ende geht. Sehnt sich nach dem Moment, in dem sie sich auf ihr notdürftiges Bett in der Ecke dieses Zimmers legen kann, weil sie erschöpft ist und sich nichts mehr wünscht, als alles zu vergessen.

Dann kommt sie. Die Stimme hallt durch den Schacht des Speisenaufzugs und dringt ins Zimmer.

»MONA!«

»Ja.«

»Es ist sieben Uhr.«

»Er geht gerade ins Bett. Dann komme ich.«

»Sie sind spät dran.«

»Ich bin gleich da.«

Der alte Mann verlangt jetzt auch nach ihrer Aufmerksamkeit: »Du hast ihn schon wieder versteckt! Verdammt noch mal, Weib, du hast mir den Whisky weggenommen.«

»Sofort!«, brüllt es in diesem Augenblick von oben, und der Mann grummelt etwas vor sich hin. In Monas Kopf beginnt es zu hämmern.

Früh am nächsten Morgen, als auf dem Fluss noch Nebel wabert und die Straßenlaternen in ihren verschwommenen orangefarbenen Lichthöfen schimmern, kräuseln sich die Wellen um etwas Größeres als den üblichen Unrat aus Plastikflaschen und Bierdosen, Spritzen und Hamburgerschachteln. Im Lauf der Nacht ist das Wasser die Stufen hinaufgekrochen und hat eine seltsame Gestalt mit sich getragen. Ein Oberkörper, Arme und Beine, die in die Tiefe ragen, und ein Kopf. Er sieht aus wie der Kopf einer Mumie, eingewickelt in einen blauen Kittel, wie ihn, das stellt die Polizei später fest, Hausangestellte und Pflegerinnen tragen.

Und nachdem man die Leiche aus dem Fluss gezogen und in einen Leichensack gesteckt hat, nachdem dieser tote Mensch identifiziert ist und die Lokalzeitung über den Fall berichtet hat, wollen alle mehr sehen, wollen alle Bescheid wissen. Aber es ist zu spät.

Mona ist nicht mehr hier.

Teil eins

Das Geschenk

Kapitel eins

Drei Monate zuvor

Das Erste, was mir in London auffällt, sind die Statuen. Sie verteilen sich über die Stadt wie ein eigenständiges Volk aus Stein. Männer auf Pferden, halb nackte Frauen, Kleinkinder mit Flügeln, Löwen und Monster. Während wir durch die Straßen fahren, sitzen Mr und Mrs Roberts vorne, und ich hocke auf meinem Platz hinten und lehne den Kopf gegen die Scheibe.

Überall scheinen Lichter. Sie halten die Nacht fern. Irgendwann lassen wir die prunkvollen Straßen hinter uns und biegen auf eine breite Brücke ab. Auf dem großen, dunklen Fluss darunter stoßen die gespiegelten Lichter wie Schwerter ins schwarze Wasser. *Mein* Fluss, der Bouregreg zu Hause in Marokko, ist verspielt; er zwinkert ein helles Glitzern in die blaue Luft. Ich würde gerne jemandem sagen, dass die Themse dunkler ist, als ich gedacht habe, und London größer als ein ganzes Land. Aber es ist niemand hier, dem ich es sagen könnte. Wären da nicht Leila und Ummu, würde ich umdrehen, zurückfahren und mich irgendwie durchschlagen, bis Ali wiederkommt. Selbst wenn er wirklich in London ist, wie Yousseff meint, werde ich ihn in dieser endlosen Stadt nie finden. Die Idee war verrückt. London nimmt gar kein Ende.

Als das Flugzeug startete, habe ich mir vorgestellt, ich

wäre ein Drachen. Meine geliebte Tochter Leila würde die Schnur halten und abwickeln, während ich in den Himmel hinaufstieg. Schließlich war ich irgendwo über Spanien, und sie musste mich loslassen. Ich bekam Angst. Plötzlich war ich ein Drachen ohne Schnur, ganz den Winden ausgeliefert. Die Roberts hatten es sich hinter einem dicken blauen Vorhang in der Business Class bequem gemacht. Das englische Paar hinter mir war mit seinem Kind beschäftigt, das den ganzen Flug über den Gang auf und ab gerannt war; sie hatten sich überhaupt keine Gedanken darüber gemacht, dass sein Herumlaufen das Flugzeug stören könnte. Der Mann vor mir hatte sich Stöpsel in die Ohren gesteckt. Andere Fluggäste schliefen oder sprachen leise.

So einsam habe ich mich noch nie gefühlt.

Leila machte sich keine Sorgen. Sie dachte, ich würde einfach für eine Weile weggehen, um etwas Geld zu verdienen, damit sie wie die anderen Kinder die Schule besuchen konnte und neue Sachen bekam.

»Lass sie nicht merken, dass du traurig bist«, hatte mich Ummu, meine Mutter, gewarnt. »Denk an das Geld. Sie kommt schon damit klar.«

Und das tat sie auch. Sie winkte mit einer Hand, hielt sich mit der anderen an Ummu fest und hüpfte, als sie sich auf den Weg zum Suk machten. Davor war ich noch nie weiter von Leila entfernt gewesen als am anderen Ufer des Bouregreg, um hinter einer anderen Frau herzuräumen.

Ummu war begeistert, als ich ihr von dieser Stelle erzählt habe.

«*Alhamdulillah!* Allah sei Dank!«, rief sie und riss die seifigen Hände hoch. Sie hatte im Waschbecken Bettlaken geschrubbt und mit den Armen tief im kalten Wasser gesteckt. Jetzt stand sie auf und nahm mit ihren nassen Fingern meine

Hand. Sah mich aus blitzenden Augen an. Ich konnte hören, wie die winzigen Seifenblasen auf ihren Armen platzten.

»Ich kann es kaum glauben! London!«, rief sie. Sie spricht immer zu laut, sogar ihre Freundinnen beschweren sich darüber.

»Damit schaffen wir es«, sagte ich. »Da drüben ist der Mindestlohn höher als alles, was wir uns hier erträumen könnten.« Ich versuchte, munter zu klingen, obwohl ich ein ungutes Gefühl hatte. Es gab viele Gründe, warum ich nicht gern in den Häusern anderer Frauen arbeitete.

»Das ist ein Segen, Mona, wo ich doch jetzt so blind bin, dass ich nicht mehr arbeiten kann, und du deine Stelle bei Madame verloren hast.«

Blind ist übertrieben. Meine Mutter sieht schlecht – das Ergebnis zu vieler Jahre, in denen sie bei schlechtem Licht Teppiche gewebt hat –, aber sie ist nicht blind. Was sie sehen will, sieht sie.

Trotzdem haben wir keine andere Wahl, wenn wir über die Runden kommen wollen. Und ich habe einen weiteren Grund, nach London zu gehen, der schwerer wiegt als alle Bedenken, Leila zu verlassen. Wenn Ali in England lebt, wie ich es jetzt glaube, und er in Schwierigkeiten geraten ist, kann ich ihm helfen. Dann sind wir wieder zusammen, ich und Ali und Leila – eine Familie, so wie es sein sollte.

»Ich habe mir was überlegt. Nach fünf Jahren kannst du dich in England einbürgern lassen«, sagte Ummu, »genau wie Rachida. Fünf Jahre, Mona. Bis dahin kannst du Englisch lesen und schreiben und hast eine tolle Stelle irgendwo in einem schicken Büro. Dann musst du nicht mehr für andere Frauen putzen.«

»Ummu, ich werde nicht fünf Jahre bleiben«, habe ich geantwortet.

Aber jetzt bin ich hier, fahre durch diese endlose Stadt mit immer weiteren Straßen, weiteren Wohnungen, weiteren Ampeln und Geschäften, nur sind sie hier inzwischen weniger beeindruckend und dafür dunkler und unfreundlicher – ob ich Ummu oder Leila je wiedersehe?

Das Auto biegt in eine ruhige Straße ein, und wir halten vor einem Haus. Sogar hier gibt es vor der Tür Statuen, zwei kleine, nackte Kinder mit Flügeln.

»Ihr neues Zuhause«, sagt Mrs Roberts, dreht sich um und lächelt mich an.

Kapitel zwei

Mona kommt mit dem ersten Herbstregen, um ihre Füße weht goldenes Laub.

Genau ein Jahr, nachdem Mummy gestorben ist.

»Mein Geschenk aus dem Süden«, witzelt Roger, während er sich die polierten Schuhe auf meiner Fußmatte abtritt.

Sie sieht anders aus, als ich dachte. Bei dem Wort »Witwe« habe ich eine ältere Frau in Schwarz erwartet. Resolut, aber verlässlich. Stattdessen ist die Frau auf der Treppe in meinem Alter. Klein, eng in einen billigen blauen Anorak gehüllt, und unter ihrem Kopftuch schauen dunkle Haarsträhnen hervor. Riesige, ernste braune Augen. Ich muss an die Madonnenstatuen in den altmodischen christlichen Läden oben in der Deptford High Street denken, an ihre seligen Gesichter, ein Inbegriff der Demut.

Ich sehe ein regelrechtes kleines Tableau vor mir: diese Frau zwischen den beiden Putten, die über ihr an meiner Tür flattern, und auf der anderen Straßenseite der Kirchturm, der in den orange schimmernden Himmel über London ragt. Im ersten Moment bin ich erleichtert.

Hinter ihnen steigt Claudia aus dem Auto. Sie tänzelt auf Zehenspitzen über das Kopfsteinpflaster, als würde im Rinnstein womöglich noch ein übel riechender Rest des viktorianischen Londons lauern. Wir sind im Deptford des 21. Jahrhunderts, und nicht im schlechteren Teil, trotzdem zeigt sie unverhohlen ihre Vorurteile.

»Kommt rein«, sage ich, und sie schieben sich an Mona vorbei.

Auch der letzte Funken Bedauern über unsere Trennung verfliegt, als Roger durch den Flur geht und dabei die Schultern hochzieht aus Angst, er könnte die Wände berühren und sich schmutzig machen.

Er trägt einen cremefarbenen Anzug mit passender Krawatte, als käme er geradewegs aus einem anderen Jahrhundert. Hätte Claudia nichts damit zu tun, würde mich seine unschuldige Aufmachung vielleicht rühren; Roger hat noch nie ganz in unserer Zeit gelebt, und früher muss ich das mal liebenswert gefunden haben.

Mona hockt auf einem der Küchenstühle, ganz vorne auf der Kante. Ich schenke den anderen einen Gin Tonic ein, und während ich mit Roger spreche, starrt sie ausdruckslos vor sich hin. Obwohl unsere Trennung so abgelaufen ist, wie sie abgelaufen ist, können Roger und ich noch miteinander reden. Das haben wir wohl nur unserem Sohn Leo zu verdanken. Eigentlich seltsam, wenn man bedenkt, welche Sorgen er uns jeden Tag macht.

»So, hier ist sie, Dora. Startklar und bereit zur Arbeit. Ich habe ihr von deinem Vater erzählt, und sie hat sich schon darauf eingestellt.«

»Danke, Roger.«

»Wie geht es Leo?«

»Es geht ihm ... besser. Jedenfalls besser als vorher.«

»Er hat sich doch Arbeit gesucht, oder?«

»Er hat es versucht. Es gibt kaum was. Und er ist nicht in der besten Ausgangsposition.«

»Wäre er bei den Prüfungen nicht durchgerasselt ...«

»Ich weiß.«

»Ein Praktikum – so läuft das heute. Mit deinen Verbindungen in der Medienbranche musst du doch was für ihn finden können, Theodora.«

Würde Claudia nicht zuhören, würde ich widersprechen. In Rogers Aussage schwingt so viel unausgesprochene Feindseligkeit mit. Aber ich halte mich zurück.

»Ein Praktikum ist genauso schwer zu bekommen wie eine richtige Stelle, Roger. Und du verstehst nicht, worum es geht; sein Selbstwertgefühl ist angeschlagen …«

»Ein Grund mehr für ihn, sich was zu suchen. Der Junge braucht Feuer unterm Hintern.«

Ich lache. »Probier es mit der Peitsche, wenn du willst. Es wird nicht funktionieren. Du hast ja keine Ahnung.«

Ich könnte mich ohrfeigen, als ich höre, wie meine Stimme kippt. Ich will mich nicht vor den anderen aufregen, aber ich ertrage es nicht, wenn Leo so missverstanden wird. Genauso wenig ertrage ich es, dass sich mein Sohn, mein bildhübscher Junge, derart verändert hat. Ich schlucke. Ich will auch nicht danach beurteilt werden, was aus ihm geworden ist, seit er bei mir wohnt.

»Er ist hier«, sage ich leise. »Du kannst gerne selbst mit ihm reden.«

»Dann gehe ich mal kurz zu ihm«, sagt Roger und drückt Claudias Schulter. »Was hast du gesagt, wo er ist?«

»Im Wohnzimmer.«

Wieder bin ich in eine Falle getappt. Roger wird mir vorwerfen, ich würde nichts dagegen unternehmen, dass Leo den Fernseher mit Beschlag belegt.

»Sei behutsam, Roger. Er ist sehr empfindsam. Regt sich leicht auf.«

»Empfindsam. Ein fauler Egoist trifft es wohl eher. Ich werde ihm mal den Kopf waschen.«

Als Roger sich aufrichtet, regen sich die ganzen alten

Selbstzweifel in mir. Ich sollte ihm widersprechen, aber dazu fehlt mir die Kraft. Außerdem stehe ich im Moment wegen Mona in seiner Schuld.

»Aber nicht zu lange, Liebling«, säuselt Claudia und lächelt affektiert. »Der Tisch ist für acht reserviert. Um diese Zeit kommt man schlecht durch London.«

»Es dauert nur einen Moment«, sagt er.

Er geht und lässt mich mit Claudia und Mona allein in der Küche. Wir bilden ein verlegenes Trio. Mona hat immer noch kein Wort gesagt, und Claudia will sich nicht setzen. Stattdessen klopft sie mit ihren kurzen Pfennigabsätzen auf meinen Natursteinboden und dreht ihr Glas in den Händen hin und her. Wahrscheinlich hat sie Angst, Endymions Haare könnten an ihren Luxus-Trenchcoat von Aquascutum gelangen. Ich frage mich, warum sie nicht mit Leo reden will. Immerhin ist sie seine Stiefmutter, er hat mehrere Jahre bei ihr gelebt, bevor er zu mir zurückgekommen ist.

»Mona, Dora würde Ihnen gerne Ihren Wohnbereich zeigen«, sagt sie. »Nicht wahr, Dora?«

Natürlich. In Claudias Welt, der Welt, die ich hinter mir gelassen habe, verkehrt man nicht mit Bediensteten.

»Wohnbereich« ist leicht übertrieben. Mona soll in der Kammer hinter der Küche schlafen, die früher mein Arbeitszimmer und dann Leos Lernzimmer war. Durch den schmalen Spalt in der offenen Tür sehe ich die Kleidung, die sich auf dem Boden türmt, und den schiefen Stapel aus Büchern und Zeitschriften auf dem Tisch. Seit Leo Ende letzten Jahres die Oberstufe abgebrochen hat, wird das Zimmer vor allem als Abladeplatz benutzt. Überall liegen seine alten Schulhefte und Bücher, DVDs, die er nicht mehr anschaut, und Kleidung, aus der er herausgewachsen ist.

Ich gehe Mona voran zur Tür, um sie vor Claudias neugierigem Blick abzuschirmen; sie soll das Durcheinander im Zimmer nicht sehen. Ich wollte eigentlich aufräumen, aber wegen der Arbeit und Daddy habe ich keine freie Minute gefunden. Das würde Claudia mit ihren ganzen Hausangestellten nie begreifen.

Bei näherem Hinsehen glaube ich, dass Mona doch ein paar Jahre älter ist als ich. Schiefe Zähne. Schlecht ernährt, matte braune Haut. Ein paar dunkle Pünktchen auf einer Wange.

Als ich für sie die Vorhänge zurückziehe, Endymion aus dem Zimmer scheuche und die Decke auf ihrem Bett glatt streiche, überkommt mich ein warmes Gefühl. Alles an ihr – ihre billige Kleidung, ihr ungeschminktes Gesicht – wirkt nach Claudias harter Oberfläche tröstlich. Am liebsten würde ich sie umarmen.

Ich zeige ihr das kleine Bad vor ihrem Zimmer.

»Ich lasse Sie dann mal auspacken«, sage ich.

Sie zieht ihren Mantel aus.

Nachdem sie ihre Kapuze abgestreift hat, stelle ich fest, dass ihr schwarzes Haar glatt, schlaff und recht fettig ist. Ihr Kinn ist leicht gepolstert. Der Körper wird von mehreren Lagen Kleidung verdeckt, aber man sieht, wie rundlich sie ist. Sie konnte wahrscheinlich nie ein Fitnessstudio besuchen, hat keine Ahnung von gesunder Ernährung und war vielleicht nie beim Zahnarzt – in ihrer Heimat ist so etwas teuer. Ich helfe ihr, denke ich. Ich werde ihr Leben besser machen. Ein fairer Handel – immerhin ist sie hier, um mir das Leben zu erleichtern.

»Morgen zeige ich Ihnen alles und stelle Sie Daddy vor. Sie sind bestimmt müde. Möchten Sie etwas essen? Etwas trinken?«

Sie starrt mich an.

»Essen«, sage ich laut und deute es an. »Trinken?«

»Ah. Nein, danke.«

Sie macht Anstalten, sich zu verbeugen. Ich winke ab, um ihr zu zeigen, dass solche Unterwürfigkeit nicht nötig ist, dann lasse ich sie allein und schließe die Tür hinter mir.

Roger ist nach seiner Begegnung mit Leo schon wieder in die Küche zurückgekehrt.

»Ich habe ihm gesagt, dass er den Fernseher ausmachen muss. Und dass ich keinen Soundtrack hören will, wenn ich mit ihm rede.«

»Und?«

»Irgendwo hat er ein paar unschöne Angewohnheiten aufgeschnappt. Er ist fast schon pampig. Was ist los, Dora?«

»Wie ich gesagt habe. Er ist niedergeschlagen. Der Arzt meint, er sei depressiv.«

Claudia blickt zu Roger auf. Hat sie sich Botox spritzen lassen? Ihr Gesicht wirkt so starr, als könnte es nicht einmal etwas verraten, wenn sie es wollte.

»Depressiv? Er hatte die besten Voraussetzungen, Dora. Ich habe für seine Bildung mehr ausgegeben als für irgendetwas anderes – ich habe sogar dieses Haus bezahlt!«

»Es liegt doch nicht am Geld. Oder an der Schule. Wir sind die Belastung – es war nicht leicht für ihn.«

Jetzt zielt Roger genau auf meine wunde Stelle.

»Wir? Oder du, Dora? Bei dir kommt die Arbeit doch vor allem anderen.«

»Hör mal, Roger, darüber will ich jetzt nicht reden. Claudia möchte das bestimmt nicht hören, oder, Claudia? Wir können uns später treffen und das besprechen.«

Roger seufzt. »Ich gehe mal mit ihm essen, solange wir hier sind. Er braucht ein Ultimatum.«

»Na ja.« Ich habe genug von dem Thema. »Danke, dass

du sie hergebracht hast.« Ich deute mit dem Kopf Richtung Arbeitszimmer. »Spricht sie einigermaßen Englisch? Ein paar Wörter schien sie zu kennen.«

»Wenn du langsam redest. Was sie kann, hat sie im Haus von Madame Sherif aufgeschnappt. Ich glaube, sie haben Englisch gesprochen.«

»Wie alt ist sie?«

»Keine Ahnung. Du kannst in ihrem Pass nachsehen. Aber sie halten Geburten nicht so fest wie wir, das weißt du ja vielleicht noch.«

»Im Grunde ist es egal«, sage ich. »Solange sie gesund ist. Manchmal muss man für Daddy etwas verrücken oder umstellen. Oder ihn hochheben.«

»Oh, sie ist kerngesund«, beruhigt er mich.

»Dürfte ich mal dein Bad benutzen, Theodora?«, meldet sich Claudia, und weil ich mir denken kann, dass sie nicht dasselbe Bad wie Mona benutzen möchte, schicke ich sie nach oben.

Als sie gegangen ist, beugt Roger sich näher und flüstert mir ins Ohr.

»Sag mir Bescheid, wenn sie sich zu viel herausnimmt. Du willst doch nicht, dass sich so etwas wie mit Zidana wiederholt.«

»Mein Gott, Roger. Fang doch nicht damit an, das ist Jahre her.«

»Ich weiß, und wir konnten es unter den Teppich kehren. Aber nur mit Glück. Hätte es jemand herausgefunden …«

»Hat aber niemand. Und wir wollten uns nicht daran festhalten.«

»Trotzdem. Wenn die Lage … gib mir Bescheid. Besser, man unterbindet so etwas sofort.«

Ich starre ihn an. Ich dachte, der Vorfall sei vergessen. Zidana war die junge Hausangestellte, die in Rabat für uns gearbeitet hat, als Leo dort die Schule besuchte. Ich wünschte, Roger hätte die Sache nicht erwähnt.

Als Claudia die Treppe herunterkommt, wechselt Roger das Thema.

»Hier«, sagt er, »das sind Monas Papiere. Du kennst ja die Spielregeln – laut ihres Visums ist sie nur für die Hausarbeit hier. Und zwar bei dir. Im Grunde gehört sie dir. Sie darf keine andere Arbeit annehmen. Wenn es nicht funktioniert, muss sie sofort nach Hause. Sie schuldet mir noch das Geld für den Pass und das Flugticket, das kannst du von ihren ersten Gehaltszahlungen abziehen.«

»Danke, Roger.«

»Wie gesagt, wir haben seit einem Jahr ihre Freundin Amina, und sie ist großartig.«

»Ich weiß das wirklich zu schätzen. Jetzt, wo Daddy unten wohnt, und mit der Arbeit und allem komme ich ohne Hilfe nicht mehr zurecht.«

»Pass nur auf, dass du sie im Griff behältst«, rät Claudia. »Lass dir nichts gefallen. Sie soll sich zwar vorrangig um deinen Vater kümmern, aber sie putzt und kocht und macht auch alles andere. Diese Mädchen wollen beschäftigt werden.«

»Ja. Danke, Claudia. Ich weiß.« Hat sie vergessen, dass ich früher mit ihrem Mann verheiratet war? Und auch mal Personal hatte?

»Liebling!«, ruft Roger hinter mir.

Claudia leert ihren Gin. »Ich komme.«

Als ich sehe, wie er Claudia die Tür aufhält, bin ich ganz sicher, dass ich Roger einen riesigen Gefallen damit getan habe, mich aus seinem Leben zu verabschieden. Claudia passt viel besser in die Rolle der Diplomatengattin, als ich es je gekonnt hätte.

Aber als sie in ihrem teuren Leihwagen meine Straße hinunterfahren und das Wasser unter ihren Reifen aus den Pfützen spritzt, bedauere ich einen Moment lang, dass ich diese Art Leben nicht mehr führe.

Kapitel drei

Im Dunkeln denke ich an Leila.

Um diese Zeit geht sie immer schlafen.

Wäre ich bei ihr, würde ich ihr jetzt aus einem der Bücher vorlesen, die ich in meiner Zeit bei Madame Sherif gekauft habe; ich würde das Kinn auf ihren warmen Kopf stützen und mit ihrem seidigen Haar spielen. Und sie würde an die Decke starren und dabei am Daumen lutschen. Oder, wie sie es manchmal macht, an meinen Fingern ziehen, als würde sie eine Kuh melken. Ummu würde hinter dem Vorhang herumhantieren.

Ummu hat nie lesen gelernt. Aber vielleicht erzählt sie Leila gerade eine ihrer Geschichten, die sie früher mir erzählt hat, und erweckt mit ihren tanzenden, flatternden Händen Dschinns und Prinzessinnen zum Leben.

Ich nehme mein Handy. Es dauert einen Moment, bis ich begreife, was die Ansage bedeutet. Und plötzlich ist Leila noch weiter von mir entfernt.

Ihr Guthaben reicht für diesen Anruf nicht aus.

Ich bin allein in einem fremden, dunklen Land, ohne einen einzigen Dirham, und kann nicht einmal meine Tochter anrufen. Jetzt kommen die Sorgen. Wann kann ich Geld nach Hause schicken? Im nächsten Sommer beginnt die Schule. Habe ich bis dahin genug für Leilas Bücher verdient? Und für Ummus grauen Star? Wird mein Lohn überhaupt ausreichen, damit sie ihr Essen bezahlen können, das Gas, den Strom?

Mir fällt ein, was Ummu gesagt hat, als die Lage ernst wurde. Damals, als ich meine Stelle bei Madame Sherif verlor und wir nichts von Ali hörten.

»Was wehtut, ist nicht das hier.« Sie strich sich mit den Fingern über die Augen. »Oder das.« Ihre ausholende Geste umfasste das eine Zimmer, das wir durch einen Vorhang in zwei geteilt hatten. Es war laut, und wir lebten inmitten von Menschen, die Ummu unter unserer Würde fand.

»Das ist es gar nicht. Es ist die Art, wie die Leute uns anschauen, seit Ali gegangen ist«, erklärte sie. »Als hätten wir uns das irgendwie selbst zuzuschreiben.« Wieder zeigte sie mit gespreizten Fingern auf unser Zimmer, auf die dünnen Wände zwischen uns und Haits Wohnung nebenan, auf die Wäsche, die auf Leinen zwischen den Häusern hing, die spielenden Kinder in den Gassen, die Müllberge, die die Stadtverwaltung einfach nicht abholen ließ. »Sie sehen, dass wir hier alle zusammenleben, aber nicht, wer wir früher gewesen sind, welche Arbeit wir gemacht haben. Oder die Männer, die gestorben sind. Die Männer, die gegangen sind.«

Sie hatte sich in Fahrt geredet. Jetzt senkte sie die Stimme. »Sie sehen etwas Anstößiges«, zischte sie. »Sie halten uns für minderwertig. Sie sehen Menschen ohne Moral.«

»Wer sind denn ›sie‹, Ummu? Von wem redest du da?«

»Von den Leuten, die uns abfällig anschauen«, sagte sie. »Den Reichen.«

Ich sparte mir die Bemerkung, dass sie auf genau diese Art unsere Nachbarn anschaute und genauso schuldig war wie die anderen.

Sechs Wochen, nachdem Ali verschwunden war, sprach ich mit seinem ältesten Freund Yousseff oben im Café des Jeunes, wo er alten Männern Tee servierte.

»Pass auf«, sagte er, »ich schätze, Ali ist nach England gegangen. Das wollte er schon immer – um dort zu Ende zu studieren.«

»Wie soll er das anstellen? Er hat keinen Pass. Mir hat er gesagt, er würde seinen Berberbrüdern bei irgendeiner Gebietsstreitigkeit helfen.«

»Kann sein. Trotzdem wette ich, er ist in England. Sobald er sich eingelebt hat, sobald er kann, ruft er dich bestimmt an. Ah, *salam alaikum*!« Er wandte sich einem Stammgast zu, und mir war klar, dass ich gehen konnte.

Und jetzt bin ich hier. Meine Gefühle sind unvorhersehbar, sie kommen mir so schwankend vor wie der Boden, nachdem ich zum allerersten Mal geflogen bin.

Ich denke an die Reise, an die Entfernung, die das Flugzeug mit mir zurückgelegt hat, von der Wärme des Südens in diese raue Kälte des Nordens. Langsam begreife ich, dass sich nach diesem Flug nichts mehr so anfühlen wird wie früher. Die Welt ist doch nicht, wie ich dachte. Die Luft ist kein leerer Raum, sie kann sogar die gewaltige Masse aus Eisen und Stahl eines Flugzeugs voller Menschen tragen. Gleichzeitig habe ich erkannt, dass die Erde nicht fest ist; Menschen können in ihr verschwinden, so wie Ali verschwunden ist. Und obwohl ich wieder auf dem Boden bin, bekomme ich jetzt das schreckliche Gefühl, dass ich genauso spurlos verschwinden könnte.

Ich strecke eine Hand aus und drücke sie gegen die kühle Wand, um wieder Halt zu finden. Und denke darüber nach, wo ich bin.

Dieses Haus ist vollkommen anders als das von Monsieur und Madame in Rabat. Ihre Villa hatte automatische Tore, Gärten und Flure so breit wie Straßen und Salons, die so groß wie eine Moschee waren. Dieses Haus ist hoch und zwischen andere gequetscht wie eine arme Frau in einem überfüllten Bus.

Als ich ankam, hat Theodora selbst die Tür geöffnet. Sie ist ein paar Jahre älter als ich. Groß, bernsteinfarbenes Haar. Sie hat gelächelt, aber aus Erfahrung weiß ich, dass das Äußere trügen kann. Ich denke an Madame. Wie freundlich sie gewirkt hat, bis ich gehen musste.

Hinter der Tür ein schmaler Flur. Gemälde an den Wänden, Spinnweben unter den Decken, nackter Holzboden, eine steile Treppe, die zu verborgenen Zimmern führt. Ich sah sofort, dass »Dora«, wie die anderen sie nannten, sich nicht um ihr Haus gekümmert hat. Es war klar, dass sie mich braucht. Das ist gut. So etwas eröffnet Möglichkeiten. Es gibt mir Macht.

Dieses Haus ist vornehm, aber es ist nicht gemütlich. In meinem Zimmer herrscht Kälte, eine feuchte Kälte, der ich nicht entkommen kann, egal, wie tief ich mich unter die Decke verkrieche. Ich habe einen Fleecepullover über mein T-Shirt und eine Jogginghose angezogen, um warm zu werden, aber meine Finger sind immer noch taub. Neben meinem Bett stehen eine Lampe und eine Vase mit alten braun verfärbten Rosen. Im Zimmer riecht es nach Katze.

Das Bett sackt unter mir ein. Meine Lider kribbeln vor Müdigkeit. Ich ziehe die Steppdecke enger um mich, schließe die Augen vor dem klammen Raum, der Kälte, den fremdartigen Geräuschen der Nacht. Vor allem, was hinter dieser Tür auf mich wartet.

Ich sehne mich nach Leilas warmem Körper, danach, sie an mich zu ziehen. Nach der Art, wie sie sich an die Rundungen meines Körpers schmiegt, so wie die Mosaikfliesen an die Wände der Moscheen zu Hause.

Wenn man sich Mühe gibt, sage ich mir, findet man immer einen Weg zu bekommen, was man braucht. Konzentrier dich. Genau das musst du jetzt tun. »Wenn das Geld knapp wird«, hat Ali oft gesagt, »werden wir erfinderisch.«

Ich werde dafür sorgen, dass Leila die Schule besucht. Ich werde Ali finden. Und dann, *inshallah*, fahren wir zusammen nach Hause, und ich muss nie wieder hinter einer anderen Frau herputzen.

Kapitel vier

Ich war als Einzige von uns Geschwistern bereit, Daddy bei mir aufzunehmen.

Die anderen zeigten ihr wahres Gesicht, als wir Mummys Sarg in die Erde senkten. Als hätte eine wachsame Gottheit den Blick von ihnen genommen. Sie benahmen sich wie Kinder, die glauben, sie könnten nach Herzenslust gemein und verantwortungslos sein, solange sie nicht erwischt werden.

Die einzelne Dahlie – Mummys Lieblingsblume –, die wir ihr nachwarfen, das Knirschen, als die Erde auf den Eichensarg fiel, all das kommt mir jetzt vor wie der erste Schritt auf dem Weg in den moralischen Abgrund, den die drei anderen einschlugen, sobald sie den dunklen Gräbern den Rücken kehrten.

Das war Ende Oktober, vor einem Jahr.

Uns war nicht klar gewesen, dass sich das Begräbnis bis in die Dunkelheit hineinziehen würde. Nach dem Altweibersommer hatten wir auch nicht damit gerechnet, dass es regnen würde. Verloren und wie eingesperrt standen wir unter den Ästen der Platanen auf dem Friedhof. Das erste gelbe Herbstlaub trudelte herab und heftete sich wie Strafzettel an Mummys Sarg.

Simon und Anita stürzten sich auf mich, als ich mich an die Ufermauer lehnte. Ich starrte auf das dunkle Wasser und dachte über meinen Namen nach.

Theodora.

Daddy hat ihn nach meiner Geburt ausgesucht, so wurde es mir gesagt. Geschenk Gottes. Er gab mir eine Goldkette mit dem Namen, die ich ständig trug; das Metall lag warm um meinen Hals. Ich war Daddys Gottesgeschenk. Geschwister bekommen in ihren Familien immer einen Stempel aufgedrückt, jeder wird auf eine Rolle festgelegt. Ich war die Selbstlose. Deshalb war es natürlich meine Aufgabe, die Verantwortung zu übernehmen, als unsere Mutter krank wurde. Ich musste ihre Beerdigung organisieren und mich um Daddy kümmern.

Ich starrte über die Ufermauer und ließ meine Tränen in die trüben Tiefen fallen. Es war fast eine Beleidigung, dass sich die Welt einfach weiterdrehte, obwohl wir gerade unsere Mutter beerdigt hatten. Ausflugsschiffe pflügten den Fluss hinauf. Musik dröhnte von ihnen herüber, und in ihrem Kielwasser klatschten Wellen gegen das Pfahlwerk. Am gegenüberliegenden Ufer befand sich eine schmale Treppe. Ich stellte mir vor, wie man die Stufen hinunter in die reißende Strömungen und Wellen der Themse stieg und welche Erleichterung es in gewisser Weise wäre. Eine Erlösung von der dumpf schmerzenden Trauer, die auf mir besonders schwer lastete, weil ich die Rolle der Versorgerin übernommen hatte.

Simon hielt seine neueste Flamme im Arm. Simon war der Lustige. Der Freie und Ungebundene. Er brachte ausländischen Studenten Englisch bei. Ich vermutete, das tat er nur, um Frauen aufzureißen. Er genoss sein Singleleben viel zu sehr, um sich ernsthaft auf sie einzulassen. Ich fragte mich, ob diese Frau meinen kleinen Bruder mochte. Oder sah sie ihn nur als Möglichkeit, an einen britischen Pass zu kommen? Und was in aller Welt hatte sie auf der Beerdigung unserer Mutter zu suchen?

»So«, fing Anita an, »Terence hat Daddy rüber ins Pub gebracht. Wir müssen entscheiden, wo er bleiben kann, bis wir etwas organisiert haben.«

»Er kommt natürlich mit zu mir. Ich werde ihn doch nicht am Abend von Mummys Beerdigung rauswerfen.«

»Das wollte ich auch nicht andeuten«, antwortete Anita. »Aber kommt er in der Wohnung zurecht? Kann er für sich selbst sorgen?«

»Ich lasse ihn da ja nicht einfach allein. Ich habe schon ein Auge auf ihn.« Es war erstaunlich, dass Anita anscheinend gar nicht begriff, was ich für Daddy getan hatte.

»Ja«, sagte sie, »aber Leo soll doch in die Wohnung ziehen, dachte ich, und …«

»Ehrlich gesagt traue ich Leo im Moment nicht zu, allein zu wohnen«, unterbrach ich sie und bedauerte es sofort.

Sie zog die Augenbrauen hoch und tauschte einen Blick mit Simon. Anita war die Hübsche. Sie glitt durch das Leben, völlig unberührt von den Hindernissen und Anforderungen, mit denen wir anderen uns herumschlagen mussten.

»Hör mal«, sagte sie jetzt, »ich meine doch nur, wir wissen, dass du arbeitest und dich um Leo kümmerst. Also, wenn es sein muss, könnten Richard und ich Daddy nehmen – na ja, nicht allzu lang, nur, bis wir etwas anderes gefunden haben. Aber für …«, sie zuckte mit den Schultern, »ein paar Nächte könnte er bei uns bleiben.«

»Hätte ich ein eigenes Haus, würde ich ihn nehmen, das wisst ihr ja«, warf Simon ein.

»Schon in Ordnung«, sagte ich. Und das war es auch. Einer von uns konnte und sollte Daddy nehmen. Es war unsere Pflicht. Sogar ein Privileg. Kein Opfer. Ihr Pech, wenn sie das nicht erkannten.

»Gut«, sagte Simon. »Das ist großartig, Dora. Bei dir ist er am besten aufgehoben.«

»Du musst nur aufpassen, dass er auch mal rauskommt«, bemerkte Anita. »Er darf sich jetzt, nach Mummys Tod, nicht hängen lassen.«

»Was willst du damit sagen?«

»Nur, dass er nicht den ganzen Tag untätig in der Wohnung sitzen kann – er braucht Anregung.«

»Das soll wohl heißen, ich würde ihn vernachlässigen!«

»Nein, Dor, aber solange du arbeitest, kannst du ihn nicht rundum versorgen.«

»Ich glaube, bis jetzt habe ich es ziemlich gut hinbekommen«, blaffte ich.

Anita hob die Hände, und Simon warf ihr einen Blick zu. Zum Glück kam in diesem Moment Terence herüber, unser ältester Bruder. Er war der Erfolgreiche, gelegentlich aber auch der Skrupellose, wenn er sich zu weit von der Familie entfernte.

»Je eher Dads Haus auf den Markt kommt, desto besser«, sagte er. »Ich habe mich erkundigt, was Pflegeheime kosten, und wir können uns auf tausend Pfund in der Woche gefasst machen. Das können wir wahrscheinlich nur finanzieren, wenn wir verkaufen.«

»Wir brauchen kein Pflegeheim«, widersprach ich. »Und über die Zukunft können wir reden, wenn wir nicht mehr so mitgenommen von der Beerdigung sind. Es würde Daddy nur aufregen, wenn wir heute darüber sprechen. Dann würde er ganz abstürzen. Erst mal bleibt er bei mir.«

Ich war Theodora, die Selbstlose, die das Richtige tat, und ihren Seufzern hörte ich die Erleichterung an.

»Hat jemand nachgesehen, ob sie im Pub das Essen bereitgestellt haben?«, fragte Anita.

»Ja, das hat Terence schon erledigt«, antwortete Simon. »Vielleicht sollten wir uns auf den Weg machen.«

Wir setzten uns im Mayflower zusammen, Daddys Lieblingspub in Rotherhithe, reichten Sandwiches herum und sprachen darüber, wie sehr Mummy sich über dieses Wiedersehen gefreut hätte – in den letzten Jahren hatten wir es nicht geschafft, uns zu treffen. Beziehungsprobleme und Sorgen um die Kinder hatten uns Scheuklappen angelegt. Erst durch Mummys Krankheit merkten wir, wie alt sie und Daddy geworden waren. Uns war klar, es war zu spät für die Familientreffen, von denen unsere Mutter früher immer gesprochen hatte, und auch für die Reisen, die sie geplant hatte.

Wie ironisch, dass ihr Tod uns endlich zusammenbrachte.

In diesem Augenblick begriff ich noch nicht, dass ihr Tod uns auch auseinandertreiben würde.

Wir schüttelten ihren alten Freundinnen und einigen entfernten Verwandten, die sich eingefunden hatten, die Hand und bedankten uns für ihr Kommen. Leo schlurfte auf die Terrasse, um zu rauchen.

Daddy wurde wegen der Uhrzeit nervös, als müsste er zu einem wichtigen Termin.

»Dora«, sagte er, »höchste Zeit zum Aufbrechen. Wir wollen doch nicht zu spät kommen. Es ist schrecklich dunkel.«

»Ist schon gut.« Ich legte ihm eine Hand auf den Arm. »Wir müssen uns nicht beeilen. Auf uns wartet nichts.«

Dann sah er mich mit diesem verwirrten Blick an, der hieß: *Willst du mich zum Narren halten? Oder verliere ich den Verstand?*

Anita kämpfte mit ihren beiden kleinen Kindern und stritt sich mit Richard darüber, wer von ihnen erschöpfter war. Sobald sie ihren Whisky getrunken hatten, würden sie Jack und Jemima auf den Kindersitzen festschnallen, sie an die Bildschirme in ihrem Audi Estate stöpseln und zu ihrem kuschligen Leben in Muswell Hill zurückkehren.

Um sieben Uhr verabschiedeten sie sich, wie ich es vorhergesagt hatte.

»Wenn wir jetzt fahren, schaffen wir es noch ins Ben's zum Abendessen«, hörte ich Richard murmeln. Fehlte ihm wirklich jedes Feingefühl, oder war das seine Art, den Tod seiner Schwiegermutter zu »verarbeiten«?

Terence und seine neue Freundin Ruth sahen nach, ob sie genug Geld für ein Taxi hatten.

»Dora«, sagte Terence und legte mir eine Hand auf die Schulter, »Daddy muss nach Hause. Er ist todmüde.«

»Weiß ich.« Ich gab mir Mühe, nicht verärgert zu klingen. »Ich gehe, sobald ich Leo von der Bar loseisen kann.«

Er zog die Augenbrauen hoch, sagte aber nichts.

Meine Geschwister wollten Leo einfach nicht verstehen. Sie dachten, genau wie Roger, ich würde ihm zu viel durchgehen lassen. Sie meinten, ich müsste nur ein Machtwort sprechen, damit er loszieht und sich Arbeit sucht, statt jeden Tag von morgens bis abends zu rauchen und Autorennen im Fernsehen anzuschauen. Im Moment stand er mit einem Red Bull und einer Marlboro auf der Terrasse. Es würde ein Kampf werden, ihn dort wegzubekommen. Aber ich wollte nicht ohne ihn gehen – ich wusste nie, wo er landen würde.

Simon plauderte mit seiner Begleiterin. Sie hatten sich in eine Nische gekuschelt und es sich für den Abend gemütlich gemacht.

Ich half Daddy in seinen Mantel und versuchte, etwas Zeit zu schinden, um die Konfrontation mit meinem Sohn hinauszuschieben.

»Ich weiß«, hörte ich Simon kichernd sagen. »In deiner Sprache heißt es ›auf‹ und ›zu‹. Hier sagen wir ›dunkel‹ und ›hell‹. Ja, sogar, wenn es um Farben geht. Und, was ist es jetzt, hell oder dunkel?«

»Es ist zu?«, riet sie, und er lachte, und dann drückte er ihr schmatzend einen Kuss auf die Wange.

Daddys Trauer und die anstehende Arbeit, sich um ihn zu kümmern, waren offenbar schon wieder aus Simons Gedanken verschwunden, nachdem die Beerdigung vorüber war.

Ja. Ab dem Tag, an dem wir Mummy beerdigten, ließen meine Geschwister die Maske fallen.

Kapitel fünf

Sonntagmorgen gehe ich hinunter in die Küche und finde dort Mona, die auf einem Schemel hockt und die Hände zwischen die Oberschenkel klemmt.

Ich bin Roger dankbar, dass er das organisiert hat, aber mir wird auch fast ein wenig schwindlig, denn er hat etwas Ungeheures erreicht. Einen Menschen quer durch Europa zu schaffen, nur für mich. Wahrscheinlich hat er immer noch ein schlechtes Gewissen, weil ich damals ausziehen musste, und ich jetzt auch unseren Sohn versorge.

Aber es ist in Ordnung. Es ist legal, größtenteils. An der Grenze musste Roger vorgeben, sie sei *seine* Haushaltshilfe – sie würde zu ihm gehören. Da wir einmal verheiratet waren, war es zum Glück nicht schwierig, alles rechtmäßig aussehen zu lassen. Sollte jemand Fragen stellen, würde ich einfach sagen, Roger sei nach Marokko zurückgekehrt und Mona wäre bei mir geblieben.

Wegen ihres Visums kann sie sich allerdings keine andere Stelle suchen; sie gehört mir und nur mir.

»Sie müssen Daddy kennenlernen«, sage ich.

Mona steht auf und folgt mir nach draußen, am Haus vorbei und bis zur Kellertreppe. Daddys Eingang war früher die Hintertür des Hauses. Seinen Vordereingang am Fuß der Treppe, der direkt auf die Straße führt, habe ich abgesperrt, damit Daddy nicht auf Wanderschaft geht und sich nicht irgendwelche Einbrecher Zugang verschaffen.

Der Garten ist verwildert. Mir fehlt die Zeit, den Rasen zu mähen, und von Leo kann ich auch nicht alles verlangen. Durch das grüne Laub der Bäume am Ende des Gartens schimmern goldene Blätter. Birnen verfaulen im Gras. Überall scheinen Dinge herabzufallen – Blätter, Spinnen, Pflanzensamen, Spelzen, die letzten matten Insekten. Ich kann kaum glauben, dass wir wieder Oktober haben, dass seit Mummys Tod ein Jahr vergangen ist.

»Daddy hat seine eigene Wohnung«, erkläre ich Mona, als wir die Stufen zum Keller hinuntersteigen. »So kann ich ein Auge auf ihn haben, und er bleibt trotzdem selbstständig.«

Sie sieht mich an. Wieder überlege ich, wie gut sie mich wohl versteht.

Unten öffne ich seine Tür und gehe mit ihr hinein.

Anfangs fand ich es schön, Daddy im Haus zu haben, trotz der traurigen Umstände. Mummy nach kurzer Krankheit gestorben, Daddy, der auf sie angewiesen war, entwurzelt und in die Einliegerwohnung unter mir umgesiedelt. Zwei lebhafte, erfolgreiche, sogar mondäne Menschen waren innerhalb eines Jahres verfallen, der eine zu Staub, der andere zu einem Schatten seiner selbst. Durch Daddys Nähe fühlte ich mich wieder vollständig, als wären zwei getrennte Teile von mir, die Erwachsene und das Kind, wieder vereint worden. Ich wollte Daddy zeigen, dass ich im Innersten immer noch der Mensch war, den er so geschätzt hat, bevor ich erwachsen wurde.

Damals lief es bei der Arbeit gut. Nach den ersten Gehversuchen im Radio hatte man mich ins Vormittagsprogramm befördert und mir meine eigene Sendung gegeben, *Theodora Gentleman, die Stimme Südostenglands*. Leo war zurückgekommen, um hier die Oberstufe zu besuchen. Weil Roger wollte, dass er sich vor seinem Studium in England einlebte, besorgten wir ihm einen Platz an einer der besten Schulen der Gegend.

Dann ließ er sich mit einer Clique ein, die einen schlechten Einfluss auf ihn hatte. Er fing an, die Schule zu schwänzen. Es wurde immer schlimmer. Er ließ sich dabei erwischen, wie er vor der Schule Drogen verkaufte, und wurde in das Büro des Direktors geschleift. Danach wurde er eigenbrötlerisch und schmiss die Schule. Das wirft Roger mir immer noch vor.

Eine Zeit lang half Leo mir mit Daddy. Sie verstanden sich gut, auch wenn sie kaum etwas unternahmen. Als sich Daddys Gesundheitszustand verschlechterte und Leo an allem das Interesse verlor, auch an seinem Großvater, wurde ich nicht mehr mit beiden fertig. Am Ende knickte ich ein, rief Roger an und hörte mir seine Tiraden an, ich würde zu viel arbeiten und unseren Sohn vernachlässigen.

»Du kannst nicht von ihm erwarten, dass er seinen Großvater pflegt.«

»Schon möglich. Aber meine Arbeit ist wichtig, und ich kann nicht alles allein machen.«

»Wir arbeiten alle, Dora.«

»Für dich ist das ja kein Problem – du hast Personal, das dein Haus in Ordnung hält.«

»Wenn du glaubst, das wäre die Lösung, besorge ich dir jemanden.«

Und da ist sie. Mona. Rogers »Geschenk« für mich.

»Daddy hat eine Küche«, sage ich, wobei ich jedes Wort so deutlich ausspreche wie eine Kindergärtnerin, und deute auf die kleine Kochzeile mit Herd und Spüle. »Und eine Dusche.«

»Schon gut«, entgegnet sie lächelnd. »Ich verstehe. Sie müssen nicht langsam sprechen.«

»Oh. Wunderbar. Wir hatten Glück, die Vorbesitzer haben

den Keller zu einer Einliegerwohnung umfunktioniert, um sie zu vermieten. Wir konnten das Haus so übernehmen.«

»Umfunktioniert?«

Auch wenn ich nicht langsam reden muss, beherrscht sie die Sprache offenbar längst nicht perfekt.

Ich erkläre den Begriff nicht, weil Mona weiterspricht.

»Er kann nicht oben wohnen?«

»Daddy ist sehr stolz. Früher hat er in einem großen Haus gelebt. Dann wurde Mummy krank. Ich habe ihn nur mit Mühe überhaupt hierherbekommen. Er will unabhängig bleiben – das ist für ihn eine Frage der Selbstachtung. Deswegen sind *Sie* hier.«

»Aber es ist besser, wenn er bei Ihnen im Haus wohnt«, sagt sie.

Warum beharrt sie so darauf? Glaubt sie, ich würde Daddy vernachlässigen? Den Menschen, den ich mehr liebe als beinahe jeden anderen? Den Menschen, den ich zu mir nach Hause geholt habe, als sonst niemand dazu bereit war?

»Deshalb wollte ich Hilfe haben«, antworte ich bestimmt und drehe mich um. »Damit Daddy hier wohnen kann. Wie er es will.«

Ich sehe ihr fest in die Augen, genau wie bei meinen Bürokräften im Sender, wenn sie trödeln. Ein paar Sekunden lang erwidert sie meinen Blick, und ich frage mich, ob sie mir widersprechen wird. Betrachte ihr sanftes Gesicht, das freundliche Lächeln und ihr Kopftuch. Ist sie gekommen, um mir zu helfen? Oder ist es das Gegenteil? Will sie sich darüber lustig machen, dass ich, wie ich fürchte, seit Mummys Tod mein Leben nicht mehr im Griff habe?

Wird sie mehr Hindernis als Hilfe sein?

Zidana blitzt in meinen Gedanken auf. Ich will mich nicht an sie erinnern. Aber Mona senkt den Kopf, faltet die Hände, nickt und lächelt mich treu an. Wir gehen die Stufen hinunter.

Daddy, der Gute, sitzt in Schlips und Kragen da und hält eine Champagnerflöte in der Hand.

»Wie schön, euch zu sehen«, begrüßt er uns. »Ich freue mich sehr. Wie lieb, dass ihr alle gekommen seid.« Er blickt zu Mona und mir auf. »Ach, du bist das. Ich dachte schon, du kommst gar nicht mehr. Jetzt hast du die Vol-au-vents verpasst.«

»Daddy, das ist Mona. Sie ist hier, um mir zu helfen und dir auch.«

»Sehr erfreut«, sagt Daddy. Er streckt eine Hand aus, und Mona schüttelt sie lächelnd.

Daddy hat seinen charmanten Blick aufgesetzt, bei dem er seinem Gegenüber direkt in die Augen sieht. Als hätte sich überhaupt nichts verändert. Er ist immer noch der Mann, den ich verehre. Wenn er so ist wie jetzt, frage ich mich, ob ich mir sein Alzheimer nur einbilde. Oder ob er es vortäuscht – und nur ein Spielchen mit mir spielt. Ich weiß, es ist dumm, aber ich bin jedes Mal fast ein wenig erleichtert, wenn das Spiel vorbei ist.

»Dora«, sagt er, »besorg der Dame doch etwas zu trinken, und reich die Cashewnüsse herum, ja?«

Ich werfe Mona einen Blick zu. Merkt sie, dass seine Frage seltsam ist?

Ungerührt lächelt sie ihn weiter an.

Natürlich, Mona hat ihn nicht schon zum Teil verloren, so wie ich. Sie wird nie mehr von Daddy kennen, als sie jetzt vor sich sieht. Egal, wie verrückt er wirkt, sein Verfall wird ihr nie so sehr das Herz zerreißen wie mir.

»Hast du heute gefrühstückt, Daddy?« Ich gehe in seine Küche.

Außer den imaginären Pasteten hat er nichts gegessen. In der Spüle steht benutztes Geschirr von gestern Abend, aber nichts, was auf ein Frühstück hindeutet.

»Mona«, flüstere ich. »Sie müssen dafür sorgen, dass er isst. Morgens, mittags, abends. Ja? Dann helfen Sie ihm, den Schlafanzug anzuziehen. Das ist wichtig. Er wird zu dünn. Sehen Sie ihn sich nur an. Kommen Sie her.« Ich winke sie zur Küchenzeile herüber.

Es ist traurig, wenn man miterleben muss, dass die Eltern alt werden, und schrecklich, wenn sie ihr geliebtes Zuhause verlassen.

Aber was mir wirklich das Herz bricht, ist sein Kühlschrank.

Ein Minigerät, das auf der Arbeitsfläche steht. Wie klein alles geworden ist, seit er alt ist! Seine ganze Welt ist, genau wie sein Körper, in sich zusammengefallen. Winzige Becher Götterspeise stehen im Kühlschrank, kleine Getränkedosen, Portiönchen von übrig gebliebenem Essen. Halbe Sachen; Klementinen, Tomaten. Auf dem einzigen Regal steht eine kleine Flasche Whisky. Daneben ein einzelnes, verwaistes Glas.

Ich muss an unser altes Haus denken mit den deckenhohen Vorratsregalen voller Schachteln und Gläser. An den Barschrank mit Aperitifs und Likören. Mit Schnäpsen und guten Portweinen. Und reihenweise Gläsern: Tumblern, Champagnerflöten, Kelchen für Wein und Brandy.

Man würde nie glauben, wie elegant er früher war. Wie elegant wir alle waren. Damals hätte man nicht für möglich gehalten, dass er einmal so enden würde, als hutzeliger alter Mann in einem Keller in Deptford. Wäre es ihm bei Anita besser gegangen? Bis wir einen Heimplatz für ihn gefunden hätten? Habe ich ihn etwa mit mir runtergezogen? Hätte ich ihn im Gästezimmer neben mir unterbringen sollen? Aber es hätte ihn beschämt, in dem kleinen Zimmer neben seiner erwachsenen Tochter zu wohnen.

Ich nehme eine Lasagne aus dem winzigen Eisfach.

Wie konnte sein Leben sich auf so etwas reduzieren? Auf ein Fertiggericht von Marks & Spencer für eine Person, so groß wie eine Streichholzschachtel?

Am liebsten würde ich davor davonlaufen, wie meine Geschwister es getan haben.

Aber jemand muss der Situation ins Auge sehen, jemand muss sich kümmern.

Ich stelle die Lasagne in die Mikrowelle und erkläre Mona, wie sie das Gerät einstellen muss. Dann zeige ich ihr, wie man darauf aufpasst, dass er isst. Wie bei einem Kind. Man muss auf die Temperatur achten und dafür sorgen, dass er das Essen ohne zu kleckern in den Mund bekommt.

Daddy benimmt sich vorbildlich.

»Es schmeckt sehr gut, ganz köstlich«, sagt er und tupft sich den Mund mit einer der gestärkten Servietten ab, auf die er besteht. Die Mikrowelle hat er nicht bemerkt. Wenn er mitbekommt, dass ich sein Essen aufwärme, beschwert er sich, weil es nicht frisch gekocht ist.

Ich zeige Mona die Dosierbox für Daddys Tabletten mit den markierten Wochentagen, die er auf dem Drehteller aufbewahrt, auf dem früher Mummys Gewürze und Soßen standen. Wieder spüre ich diesen Stich: Wann haben sich die feinen Chutneys, der Senf und das Meersalz in Flaschen mit Flurazepam und Co-codamol verwandelt? Ich zeige ihr das kleine angrenzende Badezimmer, in dem er die Toilette benutzt, sich wäscht und sich die Zähne putzt. Ich zeige ihr, wo er seine Kleidung und seine Schlafsachen aufbewahrt. Seine Whiskyflasche – er besteht auf seinem abendlichen Gläschen;

damit könne er besser schlafen, sagt er – und wie man den Drink abmisst.

»Aahh!«, macht er, als wir uns wieder setzen. »Wirklich nett von Ihnen, dass Sie sich so um mich kümmern. Wie heißen Sie doch gleich?«

Er sieht mich an, nicht Mona, und es schnürt mir das Herz zu. Es ist jedes Mal ein Schock, egal, wie sehr ich mich dagegen wappne. Ich will mich an die Phasen klammern, in denen er klar ist, in denen er nicht vor meinen Augen verfällt.

»Daddy, ich bin Dora.«

Stirnrunzelnd blickt er von einer zur anderen.

»Aber natürlich. Es tut mir sehr leid. Verzeih mir, Dora. Und wer ist das?«

»Mona, Daddy.«

»Kenne ich Sie?«

»Noch nicht«, sage ich und gebe ihm einen Abschiedskuss. »Aber das kommt noch.«

Als wir wieder zum Haus hinaufgehen, denke ich plötzlich euphorisch, dass jetzt Mona damit zurechtkommen muss.

Mona wird es für mich erträglich machen.

Kapitel sechs

Nachdem ich Charles kennengelernt habe, den alten Mann, den ich betreuen soll, zeigt Dora mir ihr Haus.

»Das Wohnzimmer«, verkündet sie und öffnet eine Tür. Der Geruch nach Katze gemischt mit kaltem Rauch und Bier schlägt mir entgegen.

Obwohl der Tag längst begonnen hat, ist es im Zimmer dunkel. Ihr Sohn sieht nicht auf. Er hängt schlaff auf dem Sofa. Der Kater liegt auf der Rückenlehne und lässt den Schwanz herabbaumeln, seine Augen leuchten so hell wie der Fernseher. Er sollte draußen sein und Mäuse und Ratten jagen. Ich warte darauf, dass Dora ihn hinausscheucht, aber sie beachtet ihn gar nicht.

»Es ist dunkel, weil Leo den Bildschirm dann besser erkennen kann. Wir müssen das Zimmer wirklich mal renovieren – neu streichen, meine ich.« Dora deutet auf die Wände.

»Das kann ich für Sie machen.«

»Ach nein, das ist nicht Ihre Aufgabe. Ich lasse irgendwann jemanden kommen. Leo, ich möchte Mona das Zimmer zeigen. Ich schalte mal kurz das Licht ein.«

Der Kater springt vom Sofa. Schleicht an uns vorbei in den Flur. Als ich ihm nachsehe, kommt mir die Galle hoch.

»Leo, sag Hallo«, zischt Dora.

»Hi«, brummt ihr Sohn, ohne mich anzuschauen.

»Rede nicht wie auf der Straße«, sagt Dora. »Steh bitte auf, und begrüß Mona anständig.«

Er rafft sich auf, ohne den Blick vom Fernseher zu wenden, streckt mir eine Pranke entgegen, schüttelt meine Hand und lässt sich wieder aufs Sofa fallen.

»Das Geländer ist handgedrechselt«, erklärt Dora, als wir die Treppe hinaufgehen. »Diese Häuser sind die ältesten in der ganzen Gegend. Die anderen wurden abgerissen – angeblich waren sie nicht mehr bewohnbar. Das hat die Preise im Viertel ordentlich gesenkt. Aber diese Straße ist immer noch beliebt. Solche wunderbaren alten Häuser kann man nicht ersetzen. Und hier kommen wir in die Beletage.«

Sie öffnet eine Tür. Das Zimmer ist ein Saustall. Überall Aschenbecher, hingeworfene Kleidungsstücke, Bierdosen und Zeitschriften.

»Hier schläft Leo«, sagt sie.

Ich schnalze mit der Zunge.

»Wie bitte?«

»Nichts.«

»Doch, Sie haben etwas gesagt«, fragt sie nach. »Ich habe es nicht verstanden.«

Ich schüttle den Kopf und zucke mit den Schultern.

»Er stellt sich schrecklich an, wenn er sein Zimmer aufräumen soll«, erklärt sie. »Und es müsste dringend aufgeräumt werden, das sehen Sie ja.«

Im Zimmer steht ein großer Desktopcomputer wie der in Madames Haus, den mir die Kinder erklärt haben – nicht so ein iPad, wie es die Leute im Flugzeug hatten. Wenn ich mich noch daran erinnere, was Madame Sherifs Kinder mir beigebracht haben – etwa, wie man Google benutzt und Fragen eingibt –, kann ich nach Ali suchen. Mein Herz schlägt schneller. Hierher komme ich zurück, sobald Dora zur Arbeit und Leo aus dem Haus gegangen ist. Falls er überhaupt mal geht. Da unten sah es aus, als würde er am Sofa kleben.

»Na gut«, sagt Dora. »Dann weiter nach oben.«

Das Haus ist hoch, ein Zimmer über dem anderen. Ich folge ihr den nächsten Treppenabschnitt hinauf zum Badezimmer.

Von allen Zimmern, die ich nie hatte, wünsche ich mir am meisten ein Bad. Ich wollte schon immer mal in einer Wanne mit warmem Wasser liegen, in einer Schaumwolke wie im Film. Madame Sherif hat uns nicht erlaubt, bei ihr zu baden, obwohl sie mehrere Badewannen hatte. Dora lässt ihr Bad verkommen. Der Teppich wölbt sich an den Ecken nach oben, die Hähne sind stumpf, die Fenster verschmutzt.

»Der Haushaltsraum ist hier, gleich neben dem Bad – da stehen die Waschmaschine und der Trockenschrank.« Sie hält die Tür zu einer kleinen Kammer auf, deren Geruch nach Waschpulver und gebügeltem Leinen mich in die Kleiderfabrik zurückversetzt, in der ich vor Leilas Geburt gearbeitet habe.

Wir gehen noch weiter hinauf zu Doras Schlafzimmer.

Es ist so breit wie das Haus und hat zwei Fenster mit Blick auf die Straße.

Ich streiche über ihre Tagesdecke. »Sehr schön«, sage ich. »Haben Sie die hier gekauft, in England?«

»Nein, in Indien, als ich mit meinem Mann dort war. Vor vielen Jahren.«

Auf einer Frisierkommode stehen Parfümfläschchen, hübsche Glasgefäße mit Wattebäuschen und ein Schmuckkasten. Was darin ist, finde ich heraus, wenn sie weg ist. Neben ihrem Bett entdecke ich ein Foto – Dora zusammen mit einem Mann.

»Das war es fast schon. Ein Zimmer haben wir noch – das Gästezimmer, hier hinten.«

Sie öffnet eine Tür zu einem kleineren Zimmer mit einem weißen Bett und einem Fenster mit Blick auf den Garten. Das Bett sieht weich und bequem aus.

»So«, sagt sie, »das war's. Jetzt kennen Sie alles.«

»Ich werde putzen«, sage ich. »Und damit es schön bleibt, putze ich jeden Tag.«

»Danke«, antwortet sie. »Aber denken Sie daran, dass Sie hier sind, um sich um Daddy zu kümmern. Sauber machen können Sie, wenn Sie ihn versorgt haben. Ich arbeite lange, und jemand muss nach ihm sehen.«

»Was arbeiten Sie?«

Sie richtet sich auf und antwortet: »Ich moderiere eine Radiosendung.«

»Lokalradio?«

»Nein«, sagt sie. »Im Gegenteil. Sie wird in ganz Südostengland ausgestrahlt.«

»Sicher eine schöne Arbeit, oder?«

Darauf antwortet sie nicht, sondern lächelt nur überlegen, als könnte ich sowieso nicht verstehen, wie wichtig ihr Beruf ist.

»Vor allem, Mona, bin ich dort unentbehrlich. Ich möchte, dass Sie sich um Daddy kümmern, als wären Sie ich. Als wäre er Ihr eigener Vater. Das Haus leidet nicht, wenn es eine Weile lang sich selbst überlassen bleibt. Daddy schon.«

Ich würde ihr gerne sagen, dass ich ihren Vater nicht vernachlässigen werde, aber das Haus nicht so lassen kann. Ich bin immer dafür gelobt worden, dass ich Häuser schön herrichte. Dafür habe ich ein Händchen.

Aber ich denke an Ummus Spruch – sie hat ihn noch mal wiederholt, bevor ich zu Madame ging, meiner ersten Arbeit als Hausangestellte: »*Eine weise Frau hat etwas zu sagen, aber sie schweigt.*«

In der Küche nimmt Dora ihren Kater auf den Arm, küsst ihn auf die Nase und streichelt ihn.

»Außerdem müssen Sie Endymion füttern. Morgens und abends. Leo vergisst es immer.«

Sie öffnet mit einer Hand den Kühlschrank und holt eine Dose Fleisch heraus.

Nachdem sie den Kater abgesetzt hat, löffelt sie Fleischstückchen in eine Schale auf dem Boden. Der Kater schnurrt und schnuppert an seinem Fressen, und der Geruch steigt auf. Am liebsten würde ich mir eine Hand über Mund und Nase halten.

»Er sollte lieber draußen fressen«, sage ich.

Sie wirft mir einen scharfen Blick zu. Ich weiche zurück.

»Endymion isst hier«, sagt sie. »Er würde mit mir am Tisch sitzen, wenn ich abends essen würde.« Sie schließt die Kühlschranktür. »Sie können jetzt zu Daddy gehen. Ihn kennenlernen, einen Spaziergang mit ihm machen. Das können wir als Probelauf nehmen. Ich muss mich mit meiner Schwester in der Stadt treffen, nur für ein paar Stunden. Sie braucht mich, wir kaufen Schuhe für ihre Kinder.«

»Ja, gut«, sage ich. »Ich bin jetzt hier und helfe. Sie müssen sich keine Sorgen machen. Ihr Haus ist sehr schön«, füge ich hinzu, weil sie das sicher hören will.

Als sie gegangen ist, drückt sich der Kater gegen mein Bein. Sein Geruch weht herauf und bringt mich zum Würgen. Ich verpasse ihm einen knappen Tritt. Er jault und faucht. Dann huscht er aus der Küche.

Ich wohne jetzt auch hier. Es wird sich einiges ändern.

Kapitel sieben

Ich lasse Mona bei Daddy zurück und sehe zu, dass ich in die Stadt komme.

Als ich die Kinderabteilung von John Lewis betrete, sehe ich sofort, warum Anita beim Schuhkauf für ihre Kleinen Hilfe braucht. Ihr Au-Pair, erzählt sie mir, habe heute frei.

Im Laden sieht es aus wie bei einem Aufstand – einem Kleinkindaufstand. Schuhe liegen kreuz und quer auf dem Boden, heulende Kinder klammern sich an die Hälse ihrer Mütter. Frauen stoßen sich gegenseitig mit dem Ellbogen beiseite. Gehetzt wirkende Verkäuferinnen bemühen sich, freundlich zu bleiben, und sehen über die Wut auf den Gesichtern der wartenden Kundinnen geflissentlich hinweg. Kleine Jungen jagen sich gegenseitig durch den Laden und fuchteln mit Waffen herum, Mädchen jammern, dass sie *diese* Schuhe nicht wollen, wieso können sie nicht die *glänzenden* haben, und Babys plündern Kartons.

Kreischend und mit knallrotem Gesicht wirft sich Jemima gegen die Gurte ihres Buggys. Anita versucht, Jack festzuhalten und seine Füße auf die Messleiste zu drücken. Dabei schürft er dem jungen Mann, der die Größe ablesen will, fast die Haut vom Gesicht.

Überall reden Eltern mit Engelszungen auf ihre Kinder ein. »Schätzchen, komm her.« Oder: »Sei lieb, Tabitha, stell die Schuhe bitte weg, die sind für große Mädchen.« Oder:

»Wenn du zwei Minuten sitzen bleibst, Mäuschen, dann gehen wir zu den Spielsachen ... ja, Süße, du darfst dir was aussuchen.«

»Herrje«, stöhne ich, als ich es mir endlich mit Anita im Café gemütlich mache. »Können diese Eltern sich nicht durchsetzen? Haben sie Angst, zu ihren Kindern mal Nein zu sagen?«

Anita ist es gelungen, ihre beiden Kleinen ruhigzustellen. Sie hat ihnen Strohhalme in den Mund gesteckt, mit denen sie jetzt scheußlich aussehende Milchshakes schlürfen.

»Du hast es nur vergessen«, sagt sie. »Es ist schon so lange her, dass Leo klein war. Wenigstens siehst du jetzt, warum Daddy nicht bei uns wohnen kann.«

»Einen Sohn in Leos Alter zu haben ist auch nicht einfach. Er verlangt Geld. Raucht im Haus. Hängt den ganzen Tag herum.« Mit einem Blick heische ich um ihr Mitgefühl.

»Warum eigentlich? Warum arbeitet er nicht? Müsste er sich nicht langsam mal einen Job suchen? Das geht doch schon Monate so.«

Es stimmt, manchmal habe ich Anita erzählt, wie Leo meine Geduld strapaziert. Aber er ist mein kleiner Junge, ich habe mich damit abgefunden, wie es im Moment läuft, und ärgere mich nur noch selten über ihn. Nur habe ich ihn schon einmal verloren und will das nicht ein zweites Mal erleben. In den Jahren nach der Trennung von Roger, als ich in London lebte und Leo in Rabat, habe ich ihn schrecklich vermisst, sein lustiges Gesicht, die strahlenden Augen, seine Witze, sein quirliges Wesen. Er war noch ein richtiger Junge, als ich ging, präpubertär, mit glatten Wangen und einem derben Sinn für Humor, und ich durfte ihn in den Arm nehmen oder kitzeln, wenn niemand hinsah. Als er zu mir kam, um die Oberstufe zu besuchen, war er eins achtzig groß, hatte Bartstoppeln und eine tiefe Stimme, und ich durfte nicht mehr in seine Nähe kommen.

Ich war fest entschlossen, es wiedergutzumachen. Wenn nötig, würde ich ihm alles geben, was er wollte.

Nur habe ich damals nicht geahnt, dass es so schwierig sein könnte, jemandem zu geben, was er will.

»Er wirkt vielleicht wie ein harter Bursche, Anita, aber er ist sensibel. Bei dieser Wirtschaftslage ist es nicht einfach, eine Stelle zu finden, wenn man nicht gerade vor Selbstvertrauen strotzt.«

»Hm. Ich schätze, das erwartet mich auch noch alles«, sagt sie. »Übrigens will Terence sich mal mit uns zusammensetzen. Darüber reden, was wir mit Daddys Haus machen sollen. Er will es so weit herrichten, dass wir es anbieten können. Die restlichen Sachen müssen raus. Ich glaube, wir sind uns darin einig, dass du dir zuerst was von den Möbeln aussuchen kannst, weil du Daddy zu dir genommen hast.«

Sie beugt sich vor, um Jemima den Plastikbecher aus dem Mund zu ziehen, dessen Rand ihr offenbar besser schmeckt als der Inhalt. Die meisten Möbel unserer Eltern sind zu groß für mein Haus, das müsste sie doch wissen. Deshalb habe ich schon mitgenommen, was mir wichtig war, sentimentale Erinnerungsstücke, die den anderen egal sind.

»Wie läuft es überhaupt mit Daddy?«

»Ich habe ihn bei seiner Pflegerin gelassen. Sie machen einen Probelauf.«

»Ich fand es ja immer ziemlich mutig, dass du ihn aufgenommen hast.«

»Was meinst du damit?«

»Na ja, er war früher schon schwierig, wenn Mummy ihn nicht im Zaum gehalten hat. Er brauchte diese matriarchale

Gestalt, die ihn herumkommandiert. Mummy war richtig herrschsüchtig, aber das war für ihn genau richtig.«

»Herrschsüchtig? So habe ich sie nie gesehen.«

»Das war sie aber, Dora. Diese ganze Hausmütterchennummer war ihre Art, ihn zu manipulieren. Im Grunde hat sie uns alle damit manipuliert. Aber er hat das gebraucht – ohne sie war er richtig launisch.«

»So habe ich das überhaupt nicht empfunden.«

»Bist du nicht erleichtert, dass Mummy dir nicht mehr auf die Finger schaut? Bei ihr durften wir doch nie sein, wie wir sind.« Sie hebt Jemima hoch, obwohl die Kleine völlig zufrieden wirkt, und hält sie wie ein Schutzschild vor sich.

»Nein, bin ich nicht. Ich vermisse Mummy.«

»Das meine ich doch gar nicht. Wir vermissen sie alle, aber manchmal bin ich froh, dass ich nicht mehr ihre Erwartungen erfüllen muss. Du bist ja schon ausgezogen, bevor es wirklich unschön wurde, bei ihr und Dad zu wohnen. Du müsstest mal erleben, wie es ist, als Jüngste noch zu Hause zu sein, wenn die Geschwister ausgezogen sind.«

»Na, jedenfalls ist es mit Daddy gut gelaufen – bis vor Kurzem. Aber das liegt an seiner Demenz.«

Ich will meiner Schwester nicht erzählen, wie schwer es mit Daddy gewesen ist. Sie soll nicht wissen, dass er mir manchmal wie ein Fremder vorkommt. Vielleicht, weil ich mich verändert habe – immerhin habe ich geheiratet, seit wir das letzte Mal unter einem Dach gewohnt haben, bin ins Ausland gezogen, habe mich scheiden lassen und Karriere gemacht –, aber vielleicht liegt es auch an ihm. Daddy ist nicht mehr so liebenswert und witzig, wie ich ihn in Erinnerung hatte. Ich frage mich, ob Anita in gewisser Weise recht hat. Möglicherweise bemerke ich als Erwachsene Seiten an ihm, die ich als Kind wegen meiner Liebe zu ihm übersehen habe und die nicht leicht zu akzeptieren sind. Wir sind beide nicht mehr so wie früher, und es ist schwer, miteinander auszukommen. Es kann sogar wehtun. Als ich ihm meinen Keller anbot, habe ich nicht geahnt, wie schmerzlich es werden würde.

Daddy ist gereizt, als ich nach Hause komme, als wollte er meine Gedanken veranschaulichen. Ich gehe sofort zu ihm, um zu sehen, wie er sich mit Mona vertragen hat. Sie spült in seiner kleinen Küche Geschirr, ist aber so taktvoll hinauszugehen, sobald ich das Zimmer betrete.

Ich setze mich zu Daddy, und er blickt zu mir auf.

»Du!«, sagt er. »Ich habe gehofft, Terence würde kommen. Terence war immer so lieb zu mir. Aber er ist sehr beschäftigt, weißt du; er musste zu einer wichtigen Konferenz und hat es nicht geschafft. Er ist ein wunderbarer Mann.«

»Daddy, Terence ist wahrscheinlich in seinem Wochenendhaus«, widerspreche ich. Und ist viel zu egoistisch, um sich wegen dir irgendwelche Umstände zu machen. Aber das denke ich nur. Überhaupt, wieso redet Daddy von Terence, den er immer den Erfolgreichen, den Skrupellosen genannt hat, dem Geld wichtiger war als Menschen?

»Er und Ruth haben ein schönes Haus«, fährt er fort, »ich war wirklich gerne bei ihnen. Hier ist es so dunkel. Ich kann dich kaum sehen.«

Einen Moment lang überlege ich, auf welchen Besuch Daddy anspielt, wann er bei Terence und Ruth gewesen ist. Bei seinem unzuverlässigen Gedächtnis zweifele ich manchmal an meinem eigenen. Es dauert einen Augenblick, bis mir klar wird, dass er nie bei ihnen war. Es ist nur eine seiner fehlgeleiteten Fantasien.

»Dich kenne ich nicht mal. Du könntest sonst wer sein«, redet Daddy weiter.

»Ich bin Theodora, Daddy. Du weißt doch, wer ich bin.«

»Theodora … Theodora. Welche war sie, Maudy? Welche war sie?«

Tränen steigen mir in die Augen, ohne zu fließen. Sollte seine Demenz die Verwirrung hervorgerufen haben, ist das grausam. Aber wenn das eine Seite von ihm ist, die ich früher nie gesehen habe, ist es niederschmetternd. Wie ich es auch drehe und wende: Mein Vater ist in der Lage zu vergessen, dass ich sein Liebling bin – oder es jemals war.

Wie immer in diesen Momenten denke ich an die anderen, an Terence und Anita und Simon, die zufrieden in ihren Häusern sitzen, ohne zu ahnen, welche Mühe ich mir gebe und wie Daddy mit mir spricht. Als hätten sie ihn nach dem Abend der Beerdigung aus ihren Gedanken gestrichen. Sie haben gut reden, ich dürfe mir als Erste Möbel aus seinem Haus aussuchen; als würde das die emotionale Belastung, ihn hier zu haben, wettmachen. Sie haben keinen Schimmer. Weil sie ihn nie besuchen.

Ich lasse Daddy mit seiner Sehnsucht nach Terence allein, gehe die Treppe hinauf in den Garten und zur Haustür.

»Mona!«, rufe ich. »Daddy braucht Sie wieder.«

Als sie die Stufen herunterteilt, wendet sie das Gesicht ab, und ich sehe nur das Kopftuch.

Ich gehe nach oben und lasse mir ein Bad ein.

Kapitel acht

Zuerst halte ich das ferne Rauschen, das ich beim Aufwachen höre, für das Meer. Dann begreife ich plötzlich – es ist der Verkehr, der schon vor Sonnenaufgang beginnt. Ich muss daran denken, wie weit ich von den Menschen, die ich liebe, entfernt bin. Aber als ich mir sage, dass Ali vielleicht in diesem Land ist, vielleicht sogar in dieser Stadt, werde ich nur noch unruhiger. Ich schiebe die Angst, er könnte in Schwierigkeiten stecken, beiseite. Keine Neuigkeiten sind gute Neuigkeiten, heißt es doch.

Ich versuche, mich weiter an das Gespräch mit Alis Freund im Café des Jeunes zu erinnern.

»Quatsch«, hat Yousseff gesagt. »Ihm ist nichts passiert.«

»Hast *du* etwas von ihm gehört?«

Er zuckte mit den Schultern. »Zuletzt kurz, nachdem er gegangen ist. Er hat ein paar SMS geschickt.«

Mir hat er auch welche geschrieben; darin stand, er würde sich melden, sobald er kann.

»Ich rate dir, lass ihn tun, was er tun muss, Mona. Das ist das Beste.«

»Warum hat er bei uns nichts von sich hören lassen? Wenigstens bei Leila?«

Yousseff seufzte. Er verlor die Geduld mit mir, das merkte ich ihm an.

»Vielleicht hat er sein Handy verloren. Vielleicht *kann* er dich einfach nicht anrufen.«

Hätte er sein Handy verloren, hätte er geschrieben. Vielleicht wartet jetzt zu Hause ein Brief auf mich. Sobald ich ein Guthaben auf meinem Handy habe, rufe ich an und frage nach. Also lautet mein Ziel für heute, irgendwoher Geld zu bekommen. Oder um einen Vorschuss zu bitten, falls ich mich traue.

Ich begutachte mein Zimmer und stelle mir vor, was Ummu sagen würde, wenn sie es sehen könnte. Überall steht etwas – Regale mit Büchern und jeder Menge anderer Sachen, die auf die Borde gequetscht wurden: Kartenpäckchen und eine Lupe, Anstecker, eine Haarbürste, haufenweise DVDs – und in einer Ecke steht ein alter Fernseher. Ein Lippenstift! Einfach weggeworfen.

Was für eine Frau wirft denn ihr Make-up weg? Ich hebe ihn auf, öffne ihn und teste die Farbe auf meinem Handrücken. Sie ist hübsch. Und offenbar will Dora den Lippenstift nicht mehr haben.

Ich stecke ihn in die Tasche meines Jogginganzugs. Später werde ich ausprobieren, ob mir die Farbe steht.

Der Kater schleicht herein, stellt die Vorderpfoten auf mein Bett und kratzt an meiner Decke.

»Tssss!«

Er sieht mich beleidigt an, als hätte er das Recht, über mein Bett zu laufen. Ich öffne das Fenster. Hebe die Vase mit den toten Rosen hoch, nehme die Blumen heraus und schleudere das Wasser auf den Kater, der auf den Sims und hinaus in die trübe graue Welt springt. Er hat überall Haare hinterlassen. Katzen verbreiten Flöhe und Krankheiten. Er sollte nicht über mein Bett schleichen dürfen.

Wenn und falls ich mit Ummu sprechen kann, erzähle ich ihr, dass meine Arbeitgeberin zwar reich, aber zu beschäftigt – oder zu wichtig – ist, um ihr Haus sauber zu halten.

Sogar die Fenster sind verdreckt. Schwarzer Schimmel kriecht wie getrocknetes Blut die Scheiben hinauf.

Ich suche in der Küche direkt neben meinem Zimmer ein Tuch, hole aus Doras riesigem Kühlschrank eine halbe Zitrone und poliere – bis das fahle, schummrige Licht ins Zimmer fällt und ich hinaussehen kann. Von hier aus geht der Blick in den Garten hinter dem Haus. Eine Oase in Grün und Violett, eingeschlossen von Grau. Grauer Himmel, graue Wände, graue Häuserrückseiten. Sogar eine weitere Statue, nein, eine Büste. Ein grauer steinerner Frauenkopf auf einem Betonsockel am oberen Ende der Treppe, die zu Charles' Wohnung hinunterführt.

Am Gebüsch hängt kaum noch Laub, die wenigen verbliebenen Blätter haben sich golden verfärbt. Die Sträucher hängen voll roter Beeren; flammenfarbene Lampionblumen. Der Birnbaum trägt keine Früchte mehr, sie liegen unter den Ästen im Gras und verfaulen. Was für eine Verschwendung – im Haus der Lippenstift, draußen die Birnen! Aus dem Obst, das noch gut ist, könnte man einen wunderbaren Clafoutis machen. Nachher backe ich einen, als nette Geste für meine neue Arbeitgeberin.

Weil ich in dieser Unordnung nicht leben kann, fange ich an, die Bücher und Unterlagen in den Regalen zu sortieren und die Berge von DVDs und Kleidung aufzuräumen. Was würde Ummu davon halten? Sie schneidet akribisch alle Knöpfe und Reißverschlüsse von unseren abgetragenen Kleidern ab, um sie später in neue Sachen einzunähen, und zieht die Schnürsenkel aus den Schuhen, die nicht mehr zu retten sind. Bewahrt Dosen als Behälter auf und füllt Flaschen neu auf. Diese ganzen Sachen sind Hunderte Dirham wert, aber hier liegen sie einfach herum und setzen Staub an.

Als ich mit dem Zimmer zufrieden bin, packe ich meine

restlichen Sachen aus. Mein Einklebealbum mit den Fotos von Leila und Ummu und den Hühnern auf den Dächern im Hintergrund. Ein paar Räucherstäbchen, Sandelholz, meine Lieblingssorte. Als Nächstes Alis blaues Taschentuch. Ein Päckchen Zigaretten aus schwarzem Tabak für Notfälle. Die Kosmetika, die ich hier und dort einstecken konnte (Gesichtscreme von Nivea, Shampoo, ein Seifenstückchen in einer rosa Plastikschachtel). Ein Buch mit englischen Verben. Wenn ich besser qualifiziert nach Hause fahren will, als ich hergekommen bin, muss ich lernen, Englisch zu lesen und zu schreiben. Mein Pass. Ich schlage ihn auf. Mein Gesicht späht mir entgegen. Ich ziehe den Kopf ein, als hätte ich Angst, sie würden etwas Schlimmeres tun, als mich zu fotografieren. Ich hatte wirklich Angst. Dass sie ihn mir verweigern, dass sie sagen würden: *Du bekommst keinen Pass*. Ich muss ihn mit meinem Leben beschützen. Ich schiebe ihn ganz unten in meine Tasche und lege die anderen Sachen darauf.

Das bin ich. Reduziert auf diese paar Habseligkeiten.

Ich stecke die Nase in die Tasche und atme tief ein. Sie riecht nach Flughäfen, fremden Autos und Diesel. Ich habe gehofft, sie würde nach Zuhause riechen. Ich nehme Alis Taschentuch in die Hand. Kneife die Augen zu, halte meine Nase daran und sauge seinen Geruch ein. Für ein paar Momente will ich glauben, ich wäre auf unserem Dach, dort, wo wir am glücklichsten waren.

Bevor er weggegangen ist.

Es ist kurz vor Sonnenaufgang. Silbriges Mondlicht spiegelt sich auf dem ruhigen Wasser der Flussmündung. In den weißen Wänden steckt noch die Wärme vom Tag zuvor. Der Duft nach Rosen kommt nicht von einer Vase, von Blütenblättern, deren Ränder sich braun färben, sondern aus Didis Korb an seinem Fahrradlenker, als er seine Runden beginnt.

Und Alis Geruch kommt nicht aus dem quadratischen Stückchen Stoff, das mir von ihm geblieben ist, sondern von seinem warmen Körper. Sein Duft dringt durch die Baumwolle seines Kaftans, während er die Arme um mich schlingt und seinen Mund an mein Ohr drückt.

Ein Klopfen an der Tür schreckt mich aus diesem Tagtraum. Ich hatte vergessen, dass Dora im Haus ist.

Heute früh sieht sie anders aus. Für die Arbeit hat sie eine graue Jacke mit passendem Rock angezogen, ihr bernsteinfarbenes Haar, das ihr gestern in Korkenzieherlocken über die Schultern gefallen ist, trägt sie locker hochgesteckt. Mir fällt auf, was ich bei meiner Ankunft nicht gesehen habe, vielleicht wegen des fehlenden Tageslichts – Falten fächern sich neben ihren Augen auf und graben sich in ihre Stirn. Ich schätze sie auf gute zehn Jahre älter als mich, aber es ist schwer zu sagen. Um den Hals trägt sie eine Kette mit Buchstaben daran. Das muss ihr Name sein, Theodora.

Ich starre auf die funkelnde Kette und überlege, wie viel sie wohl wert ist. Sie scheint aus echtem Gold zu sein. Gediegen, kostbar. Ich würde sie gerne berühren.

Sie sagt: »Meine Güte. Hm. Sie haben ja die Fenster geputzt!«

»Soll ich das Haus sauber machen? Heute?«

»Ja. Aber vor allem sind Sie für Daddy hier.«

»Und soll ich auch kochen?«

»Danke, nicht nötig«, sagt sie. »Leo isst gern gegen sieben, aber ich benutze die Mikrowelle. Sie können den Recyclingmüll nach draußen bringen. Er kommt dorthin.« Sie deutet auf ein paar wuchtige Plastiktonnen neben dem Gartenzaun vor dem Fenster. »Und mittwochabends müssen Sie die Mülltonnen rausstellen. Aber Daddy braucht Frühstück. Das hätten sie vor dem Putzen erledigen sollen. Er kann nicht warten, das Haus schon. Er braucht Hilfe im Bad. Danach können Sie mit ihm den Markt besuchen oder am Fluss spazieren gehen. Am liebsten nimmt er den Rollstuhl. Er wird schnell müde.«

»Ich vergesse Charles nicht.«

»Und hier ist etwas Geld. Kümmern Sie sich für ihn darum. Er hat keinen Überblick mehr darüber, was er ausgibt.« Sie gibt mir einen Geldschein, zehn Pfund. »Wenn ich mehr Zeit habe, sprechen wir über Geld: Wann ich Sie bezahle, wie viel Sie zum Einkaufen brauchen und so weiter. Jetzt, wo Sie hier sind, kann ich die Lieferungen abbestellen! Gott sei Dank. Die Sachen, die ich brauche, sind immer vergriffen. Und was sie einem als Ersatz bringen! Letzte Woche habe ich eine Zitrone bestellt und stattdessen Weichspüler bekommen. Die einzige Gemeinsamkeit war der Geruch!«, erzählt sie lachend.

Mein Herz rast, als sie mir das Geld gibt. Ich überlege, wie lange ich damit telefonieren könnte.

»Kaufen Sie ihm Klementinen. Wenn etwas übrig bleibt, geben Sie mir heute Abend das Wechselgeld.«

»Ja.«

»Daddy schläft nach dem Mittagessen, dann können Sie putzen. Ich zeige Ihnen noch, wie man die Waschmaschine bedient.«

An der Tür dreht sie sich um. »Ach, eines noch, Mona.«

»Ja?«

»Ihr Kopftuch. Auf der Straße können Sie es tragen – ich verstehe ja, dass Ihre Religion es Ihnen vorschreibt. Aber im Haus könnte es Daddy erschrecken.«

Damit geht sie.

Kapitel neun

»Tschüss, Daddy.« Ich beuge mich vor und drücke ihm einen Kuss auf die kühle, schlaffe Wange. Ob ich mich jemals daran gewöhnen werde, ihn in fremder Obhut zu lassen?

»Sei ein Schatz, und kauf mir die Zeitung, bevor du gehst, ja?« Er blickt auf und nimmt meine Hand.

»Daddy, heute macht das Mona für dich.«

Es ist, als würde man ein Kind zum ersten Mal in der Krabbelgruppe abgeben und müsste sich damit abfinden, dass ein anderer Erwachsener die eigene Rolle übernimmt. Man zeigt dem Kind nicht, dass es einem selbst genauso schwerfällt wie ihm. Sagt nichts, wenn man merkt, dass man als Mittelpunkt seines Lebens verblasst und jemand anderes an diesen Platz tritt. Es ist schwer, aber nötig. Ich kann Daddy nicht mehr den ganzen Tag unbeaufsichtigt lassen. Er soll verstehen, dass es jetzt Monas Aufgabe ist, ihm sein Essen zu bringen und die Zeitung zu holen.

Doch als ich mich losgerissen habe und über die High Street Richtung Fluss eile, fühle ich mich leicht. Daddy wird versorgt! Ich kann abschalten, mich auf die Arbeit konzentrieren. Heute ist Markttag. In Schals gehüllt und mit fingerlosen Handschuhen zum Schutz vor der Kälte bauen die Verkäufer ihre Stände auf. Aus den Cafés weht der Geruch von warmem Frühstück herüber und vermischt sich mit dem typischen Gestank der Marktabfälle, die in dieser Ecke verfaulen. Mir fällt ein, dass ich jetzt, da Mona im Haus ist, früher losgehen und auf dem Weg in Greenwich einen Kaffee trinken könnte – die Läden in der High Street mit ihrer zweifelhaften Hygiene meide ich. Aber nicht heute Morgen. Heute Morgen brenne ich auf die Neuigkeiten über die Talkshow, die im Gespräch ist – eine mögliche Beförderung für mich.

Ich erreiche die Ecke und biege auf den Fußweg am Fluss Richtung Pier ab. Ich denke an Max. Sehe nach, ob ich eine SMS bekommen habe. Überlege, wann ich ihn wohl wiedersehe. Ab jetzt wird es so viel leichter sein!

Beim letzten Mal lief alles völlig schief. Es ist über drei Wochen her, und fing mit einer SMS an, die mich auf dem Heimweg von der Arbeit erreichte.

Bin früher am St Pancras angekommen. Komm schnell! Ich besorge uns ein Zimmer.

Wie immer, wenn ich von Max hörte, reagierte mein Körper, als wäre Max schon bei mir. Dieses Mal konnte ich mich nicht wie sonst auf das Treffen mit meinem Geliebten vorbereiten. Ich wünschte mir die Tage zurück, als ich noch spontan sein konnte, als ich mir nur ein T-Shirt und eine Jeans überstreifen und das Gesicht waschen musste, um fabelhaft auszusehen. Wird man älter, muss man mehr auf die Details achten – Make-up, Haare, für alles braucht man etwas länger, bis es vorzeigbar ist, aber an diesem Abend blieb mir keine Zeit dazu. Ich zog ein Hemdkleid aus Leinen und Sommerschuhe mit Keilabsätzen an. Ich würde Max bitten müssen, mir früher Bescheid zu sagen. Unsere spontanen Rendezvous mussten ein Ende haben. Ich bat Leo inständig, sich um Daddy zu kümmern, und rief ein Taxi. Als ich die Rolltreppe bei St Pancras hinauffuhr, klingelte mein Handy.

Es war Daddy. »Ich habe meine Tabletten verloren. Die weißen, glaube ich, die in der silbernen Folie.«

»Daddy, ich bin heute Abend unterwegs. Du musst Leo um Hilfe bitten. Er ist zu Hause, er hat nichts vor.«

»Leo ist nicht hier. Ich habe gerufen. Und geklopft.«

Wenn Daddy dringend etwas will, klopft er mit einem Besenstiel an seine Decke, unseren Wohnzimmerboden, was Leo nicht leiden kann.

»Ich rufe ihn an.«

Als ich Leos Handynummer wählte – beim Festnetz hätte er nicht abgenommen, er hätte geglaubt, Daddy würde wieder von unten anrufen –, entdeckte ich Max vor der Statue des sich umarmenden Paares. Er trug ein frisches weißes Hemd mit offenem Kragen, darüber eine Leinenjacke.

»Leo, bist du nicht runtergegangen?«

»Doch, bin ich.«

Diesen Ton kannte ich. Wenn ich Leo in einer seiner Launen unter Druck setzte, würde ich am Ende mit zwei Dramen dastehen.

Leos und Daddys Bedürfnisse kämpften gegen Max' Anziehungskraft. Er war jetzt hier. Ich hatte ihn erreicht. Ich konnte ihn riechen, spürte, wie seine Manschetten meine Haut streiften, als er mich umarmte.

Er knabberte an meinem Ohr. Die Haut spannte sich unter seinem Atem. An diesem Abend erinnerte Max mich an Karamell, golden, glatt, süß. Ich wollte an ihm schnuppern, ihn schmecken, ihn aufschlecken.

»Ich habe für uns einen Tisch im Restaurant reserviert.«

Er legte mir eine warme Hand auf den Nacken – ich würde nicht widerstehen können.

»Du musst ausspannen«, sagte er. »Du wirkst gestresst. Ich bestelle Champagner, und dann suchst du dir das teuerste Essen auf der Karte aus.«

»Haben wir genug Zeit, um zu essen?«

»Mein Zug geht erst nach Mitternacht.«

Hilflos folgte ich ihm ins Restaurant.

Mein Martini kam. Das Glas war beschlagen vor Kälte, aber bevor ich auch nur daran nippen konnte, klingelte mein Handy.

»Mum, er benimmt sich komisch. Angeblich hat er sein Rezept verloren. Er erzählt die ganze Zeit was von Omas Geburtstagsgeschenk. Du musst nach Hause kommen.«

»Ich muss gehen, Max.«

»Theodora! Wenn Leo nicht mit ihm fertigwird, ruf deine Geschwister an. Er ist genauso ihr Vater.«

Er hatte recht. Sie boten ständig an, mir zu helfen, wenn ich in der Klemme steckte.

Also rief ich Anita an.

»O Dora, tut mir leid, ich habe einen Frauenabend geplant. Ich bin gerade auf dem Sprung. Und es war ein Albtraum, einen Babysitter zu finden. Hast du es schon bei Simon versucht?«

Ich hätte mit ihr diskutieren können, aber ich wollte keine Zeit vergeuden. Also rief ich meinen kleinen Bruder an.

Im Hintergrund konnte ich das Gekicher seiner jungen ausländischen Studentinnen hören. »Tut mir leid, Dor, ich stecke mitten in einer Englischstunde.«

»Um diese Zeit?«

Dann lachte jemand, Flaschen klirrten. Ich drückte das Gespräch weg und versuchte es bei Terence. Er war zu einer Konferenz gereist.

Bis ich zu Hause war, Daddys Rezept eingelöst, ihm seine Tabletten gegeben und ihn ins Bett gebracht hatte, war es nach Mitternacht. Ich versank in den Untiefen meines Hauses, um für Daddy zu sorgen, während meine Geschwister machten, was sie wollten. Verstimmt dachte ich an Roger und

Claudia mit ihren Putzfrauen und Gärtnern und Köchinnen. Die Rolle der Diplomatengattin hatte ich nicht gut gespielt, das stimmte, aber ich fand es nicht richtig, dass ich bestimmte Teile dieses Lebens hatte aufgeben müssen, nur weil ich ihm den Rücken kehrte. Ich war nicht weniger wert, nur weil ich meine Karriere verfolgte oder mir die Leidenschaft wichtiger war als die Ehe.

Aber das Schlimmste war, dass ich spürte, wie Max sich von mir entfernte, nicht nur wörtlich gesehen in dem Zug, der ihn in diesem Moment schon durch den Tunnel nach Frankreich brachte, sondern in seinem Herzen. Ich fragte mich, wann er es wohl leid wäre, versetzt zu werden, und mich fallen lassen würde. Seit Mummys Tod wusste ich, dass jeder Augenblick nur einmal geschieht – es gibt keine zweite Chance. Mein Abend mit Max war verloren. Ich konnte es mir nicht leisten, einen weiteren zu verlieren. Immerhin waren ihm unsere Treffen nicht ebenso wichtig wie mir. Er hatte eine Frau.

Ich hatte nur ihn.

Jetzt, da Mona im Haus ist, kann ich mich ungestört mit ihm treffen, und dieser Gedanke muntert mich auf. Ich folge dem Uferweg. Es herrscht Ebbe, trotzdem ist der Fluss heute dunkel und unruhig. Während ich Richtung Greenwich laufe, dringt eine Stimme vom Ufer herauf. Sie klingt verwirrt: »Denn wer sich selbst erhöht, der soll erniedrigt werden; und wer sich selbst erniedrigt, der soll erhöht werden.«

Ich bleibe kurz stehen. An einem Stahlring an der hohen, mit Seetang behangenen Mauer der kleinen Bucht hat sich ein dickes Seil verfangen, das von den Gezeiten so verdreht wurde, dass es einem Kruzifix ähnelt; der Kopf der Jesusfigur hängt zu einer Seite, die Hände sind in die Hüften gestemmt, die Füße, eigentlich die nassen Seilenden, schlingern in der einsetzenden Flut. Der Besitzer der Stimme steht neben diesem zufällig entstandenen Bildnis aus Seil und predigt den Wellen.

Noch eine der verlorenen Seelen dieser Gegend, denke ich und gehe rasch weiter.

Um acht bin ich auf dem Clipper, der am Greenwich Pier ablegt. Der Winter naht. Während das Boot sich auf den Wellen hebt und senkt, wirkt die Stadt ganz blau und grau: ein fahler Oktoberhimmel, funkelnde Hochhäuser, der schiefergraue Fluss, der vom Kielwasser des Bootes aufgewirbelt wird.

Ich frage mich, wie sich Daddy und Mona verstehen werden. Aber ich darf mir keine Sorgen machen. Darf nicht nachdenken. Ich hatte keine andere Wahl.

Ich atme auf, als ich die normale Welt des Senders betrete und Ben am Empfang zuwinke.

»Morgen, Theodora!«

»Du siehst wie immer wunderbar aus«, ruft Beatie, eine der Bürokräfte.

Auf meinem Weg durch das Gebäude schallen mir Stimmen entgegen; die Leute sehen von ihren Schreibtischen auf, lächeln und winken.

Ich bin jemand. Theodora Gentleman – vertreibt die Sorgen von Südostengland. Als sie mich vom Fernsehen zum Radio versetzten, war ich kurz davor, Krach zu schlagen. Ich hätte sie vor Gericht zerren können. Egal, welche Gründe sie für eine Versetzung vorschieben, es geht doch nur darum, dass man die dreißig überschritten hat und die Entscheider meinen, als reife Frau könne man nicht mehr so viele Zuschauer anlocken wie eine jüngere. Wann verkommt man eigentlich von einem vorzeigbaren Gesicht zu einem, das es nicht mehr bringt? Ich glaube, die Unterscheidung ist willkürlich. Wie kann eine Falte den Ausschlag geben zwischen akzeptabel und inakzeptabel? Trotzdem entscheidet irgendeine göttliche Macht eines Tages, dass du eine nicht fassbare Grenze überschritten hast, und wenn du Krach schlägst, bist du sowieso draußen.

Wenn du eine Frau bist.

Allerdings habe ich mittlerweile einige Vorzüge des Radios entdeckt. Die Leute sind offener als im Fernsehen – ich kann stärker nachbohren, ihnen Geschichten entlocken. Psychologisch gesehen ist es wie bei der Beichte oder wie auf dem Sofa eines Therapeuten: Wenn sie das Gesicht ihres Gesprächspartners nicht sehen können, verraten die Menschen mehr. Es ist eine anspruchsvolle Aufgabe, und ich meistere sie gut. Ich bin auf dem Weg nach oben. Mein Ziel ist eine Sendung zur Primetime, zur Hauptsendezeit, und meine Chefin Rachel arbeitet darauf hin. Sie hat mich für heute zu sich bestellt. Also hole ich von unserer Praktikantin Hayley einen Kaffee und gehe in Rachels Büro.

»Wie geht es dir, Dora?« Es kommt mir vor, als würde Rachel mich begutachten, während sie mit mir spricht. »Du siehst besser aus, das muss ich schon sagen.«

»Im Vergleich wozu?«

»Na ja, du hattest eine Menge um die Ohren. Schon seit deine Mutter gestorben ist. Du versorgst ja deinen Vater.«

»Vielleicht liegt es daran, dass jetzt eine Pflegerin für Daddy bei uns wohnt«, erzähle ich ihr.

Das muss ich herausstreichen. Als ich Rachel erzählt habe, dass Daddy in meine Einliegerwohnung gezogen ist, hat sie die Stirn gerunzelt.

»Du willst allein deinen Vater versorgen, obwohl du schon

deinen Sohn zu Hause hast? Du bist eine verdammte Heilige, Dora.«

Ihre Bemerkung sollte darüber hinwegtäuschen, dass sie sich fragte, ob ich mich nicht übernommen hatte. Mir war klar, was sie dachte. Sie nahm an, meine Sorge für Daddy würde meine Professionalität beeinträchtigen, so wie angeblich bei arbeitenden Müttern und ihren kleinen Kindern. Von Anfang an war ich fest entschlossen, ihr zu beweisen, dass so etwas bei mir nicht passieren würde. Aber es war knapp geworden, bis jetzt.

Sie verschiebt einige Papiere vor sich auf dem Schreibtisch.

»Es freut mich sehr, das zu hören, Dora. Wir haben befürchtet, du hättest dir etwas zu viel aufgeladen. Du weißt ja, ich möchte dich gerne in die neue Talkshow bringen, die gerade im Gespräch ist. Bei deinen bisherigen Erfolgen hast du wirklich gute Karten. Das Wichtigste ist jetzt, dass sich deine persönlichen Ansichten nicht auf die Sendung auswirken.«

»Habe ich je …?«

»Nicht in letzter Zeit, nein. Aber ab und zu ist es vorgekommen, wenn du Stress hattest. Hör mal, ich sage dir das nur, weil ich mich für dich einsetze, Dora. Ich will deinen Namen in leuchtenden Lettern sehen!«

Mir geht das Herz auf, als ich mir vorstelle, dass eine Primetime-Sendung in greifbare Nähe gerückt ist. Das ist natürlich genau das, was ich immer wollte. Wofür ich gearbeitet habe. Die Show, von der sie spricht, ist begehrt, sie soll Interviews mit Promis einbeziehen und wäre prestigeträchtiger als alles, was ich bisher gemacht habe. Wenn ich sie bekomme, erreiche ich damit eines der großen Ziele in meinem Leben.

»Dora! Du siehst toll aus.« Gina, meine Rechercheurin, reicht mir das heutige Programm und geht die Anrufer durch, mit denen sie schon gesprochen hat. »Wir müssen nachher was trinken gehen. Wie wär's?«

Ich drücke ihr sanft die Schulter. »Vielleicht im Laufe der Woche. Ich muss mich erst einmal daran gewöhnen, Daddy mit seiner Pflegerin allein zu lassen.«

»Na gut, dann irgendwann freitags. Versprochen?«

Ich nicke. »Wenn alles gut läuft.«

»Klar. Dann machen wir mal mit der Sendung weiter.«

»Mit wem fangen wir noch gleich an?«

»Mit der Schwiegermutter, die sich darüber auslässt, wie unsere Anruferin ihren Haushalt führt. Die Anruferin findet, es würde doch wohl reichen, dass sie die Mutter ihres Mannes überhaupt bei sich wohnen lässt.«

»Spricht mir aus der Seele«, sage ich und lasse mir von Hayley einen weiteren Kaffee geben.

»So was ist beliebt. Da kochen die Gefühle hoch«, meint Gina.

»Hoffentlich hört die Schwiegermutter nicht zu!«, sage ich. Ich staune immer wieder, was die Leute so alles in landesweiten Radiosendungen preisgeben. Als würden sie zu Hause im Wohnzimmer sitzen.

»Ihr Problem, nicht unseres«, meint Gina und setzt sich an ihren Computer.

Das Adrenalin steigt, als der Jingle ausklingt: »Theodora Gentleman, die Stimme Südostenglands, vertreibt Ihre Sorgen.«

Auf Sendung bin ich am glücklichsten. Wenn ich im Gespräch bin, tief in Gedanken, und die Diskussionen leite.

Ich beuge mich über das Mikro.

»Nun, Sue, Ihre Schwiegermutter wohnt also bei Ihnen. Können Sie unseren Zuhörern mehr darüber erzählen?«

»Sie ist sofort bei uns eingezogen, als ihr Mann gestorben ist«, fängt unsere Anruferin an. »Ich habe damit kein Problem – ich meine, was soll man machen, oder?«

Vor meinem inneren Auge sehe ich ihr Gesicht. Rundlich, hübsch, Augenringe und geglättetes hellbraunes Haar. Wahrscheinlich trägt sie etwas von H&M, etwas Modisches, für das sie ein wenig zu alt ist. Das zu viel Haut zeigt. Ich versuche immer, mir meine Anrufer vorzustellen. So bekomme ich einen besseren Draht zu ihnen, obwohl ich aus Erfahrung weiß, dass die Gesichter selten zu den Stimmen passen. Bekommt man eines zu sehen, ist man jedes Mal überrascht.

»Wann war das, Sue?«

»Vor sechs Monaten.«

»Hat sie in Ihrem Haus ein eigenes Zimmer? Einen Platz für sich?«

»O ja. Das alte Zimmer von meinem Sohn – er ist ausgezogen und an der Uni. Sie hat ein eigenes Bad. Wir haben getan, was wir konnten, damit sie sich wie zu Hause fühlt. Ich hatte keine andere Wahl. Mein Mann findet, als Witwe könnte sie nicht allein leben.«

»Kommt sie ohne fremde Hilfe zurecht?«, frage ich. »Ist sie irgendwie eingeschränkt?«

»Nein, nein. Sie ist sehr jugendlich für ihr Alter.«

Sue erzählt weiter, sie habe sich nie gut mit ihrer Schwiegermutter verstanden und während der ganzen Ehe nur versucht, Streitereien aus dem Weg zu gehen.

Ich sage nichts. Ich bin nicht hier, um meine Ansichten zu verbreiten, trotzdem spiele ich insgeheim die Psychologin. Es ist immer so offensichtlich, was los ist. Dieses Mal haben wir einen Ehemann mit Ödipuskomplex. Einen Sohn, der sich nicht ganz von seiner Mutter lösen und seine Frau nicht richtig lieben kann.

»Das wäre ja noch in Ordnung«, sagt Sue, und ich kann hören, dass sie den Tränen nahe ist, »aber jetzt muss sie an allem herummäkeln, was ich mache.«

Ich für meinen Teil hätte sie gar nicht erst einziehen lassen, denke ich. Die Schwiegermutter muss ja nicht versorgt werden wie mein Vater. Und obwohl ich ihn sehr lieb habe, lebt er nicht einmal bei mir im Haus. Nur wegen der Wohnung war ich bereit, ihn zu mir zu nehmen. Aber ich sage ihr nicht meine Meinung – dazu bin ich nicht hier. Ich bin nur eine Vermittlerin.

Davon kann Max gar nicht genug hören. Wie ich am Mikro sitze, zuhöre, Vorschläge mache, analysiere, aber meine wahren Ansichten für mich behalte. Er mag es, wenn ich ihm erzähle, was ich wirklich von diesen Problemen halte – darüber lachen wir immer, wenn wir zusammen sind.

Die Diskrepanz zwischen dem, was ich sage, und dem, was ich denke.

»Also gut, Sue«, werfe ich ein. »Wir haben Donald in der Leitung. Er möchte gern einen Vorschlag machen.«

Donald dürfte einer unserer Stammanrufer sein. Ich erkenne seine Stimme wieder, auch wenn er sich jedes Mal unter einem anderen Namen meldet. Er gehört zu den Leuten, die unglaublich gern Ratschläge erteilen. Manchmal kommt er mir vor wie ein verhinderter Psychotherapeut, der pausenlos auf Gelegenheiten lauert, zweifelhafte Lösungen für Probleme anzubieten, die er selbst nicht hat. Und auch niemals haben würde, wie er behauptet. Vielleicht ruft er auch nur an, um seine Stimme im Radio zu hören. Von dieser Sorte gibt es auch genug.

»Sie müssen einen Vertrag aufsetzen«, rät Donald. »Machen Sie ihr klar, wozu Sie bereit sind und was Sie im Gegenzug erwarten. Alle Beteiligten müssen unterschreiben.«

»Das wäre eine Möglichkeit, Sue. Jetzt haben wir Marcia, die etwas Ähnliches erlebt hat. Sie sind dran, Marcia.«

Heute Morgen haben wir einen echten Fall, aber es melden sich auch jede Menge Verrückte. Die extremeren Anrufer filtert Gina heraus. Manche von ihnen bringen allerdings richtig Schwung in die Sendung, etwa die Liebhaber sexueller Praktiken, mit denen wir schön anzüglich werden, aber gerade noch der Zensur entgehen. Fußfetischisten oder Leute, die beiläufigen Sex wollen, oder Frauen, die herausgefunden haben, dass ihre Schwester in Wirklichkeit ihre Mutter ist. Ich wundere mich immer wieder über die Menschen, die im Radio ihre Probleme verraten und nicht daran denken, dass ihnen der ganze Südosten zuhören kann. Es ist erstaunlich, dass sie mir solche Dinge anvertrauen, dass sie mich für ihre Freundin halten, obwohl sie mich noch nie gesehen haben und nichts über mich wissen. Ich frage mich, warum sie im wirklichen Leben keine Freunde haben, mit denen sie unter vier Augen über ihre Probleme reden können. Andererseits weiß ich genau, dass ich für sie nur ein Konstrukt bin; sie machen mich zu dem, was sie sich wünschen. Zu einer Art allwissender Göttin … Theodora Gentleman. Und eines muss ich meinen Hörern lassen: Sie schätzen mich wirklich. Ich bekomme Hunderte Mails, SMS und Tweets voller Anerkennung, von älteren Hörern sogar dankbare Briefe.

Als ich gerade gehen will, kommt Rachel zu mir herüber.

»Gut gemacht, Dora«, lobt sie. »Es läuft wirklich prima bei dir. Nachher rede ich mit den Direktoren, und ich hoffe, dass ich dann gute Neuigkeiten habe.«

Ich denke an Max und daran, wie stolz er auf meinen Erfolg

ist. An meine Geschwister, die alle bessergestellt sind als ich und trotzdem schon immer gewaltigen Respekt vor meiner Karriere hatten.

Bestimmt wird sogar Daddy mit seinem vernebelten, verfallenden Verstand erkennen, welchen Erfolg ich habe.

Jetzt fügt sich alles.

Dann mache ich mich auf den Heimweg zu Daddy, um zu sehen, ob er heute gut zurechtgekommen ist. Und in gewisser Weise, denke ich, ist das alles nur möglich, weil Mona jetzt da ist.

Kapitel zehn

Nachdem der alte Mann gefrühstückt hat, gehe ich nach oben ins Haus, weil ich mir Doras Badezimmer vornehmen will, und sehe mich plötzlich dem Sohn gegenüber. Einen Moment lang stehen wir da und starren uns wortlos an. Jetzt fällt mir auf, dass er groß ist und breite Schultern und einen ordentlichen Bauch hat. Er trägt ein T-Shirt, eine Jogginghose und dicke Socken. Seine Augen sind kalt, das Gesicht ist blass. Eine Woge packt mich – Angst steigt in mir auf, obwohl ihr Auslöser weit zurückliegt. Ich bin allein im Haus mit einem Mann, über den ich nichts weiß. Mein Körper hat sein eigenes Gedächtnis. Er reagiert, bevor mir auch nur klar wird, dass ich Angst habe. Mir bricht der Schweiß aus.

Wenn jemand vor dir steht, vor dem du dich fürchtest, hat mir Ummu einmal erklärt, lass dich nicht einschüchtern, und sieh ihm in die Augen. Entwaffne ihn mit deinem Selbstbewusstsein. *Freunde dich mit dem Hund an, aber halte den Stock fest,* hat sie gesagt. Also weiche ich nicht zurück und behalte die Nerven.

Ich folge ihm in die Küche, wo er Wasser in einen Becher laufen lässt und es trinkt. Dann füllt er den Becher noch einmal. Nimmt ein Plastikfläschchen mit Tabletten, schüttelt zwei, drei auf seine Hand und schluckt sie. Ist er vielleicht krank? Hat er deswegen gestern den ganzen Tag im Halbschlaf auf dem Sofa gelegen?

»Soll ich dir etwas machen?«, frage ich. »Frühstück? Ein Ei? Eine Tasse Kaffee?«

»Sie können mir Tee kochen, wenn ich aufstehe«, antwortet er.

»Gehst du wieder ins Bett?«

Er zuckt mit den Schultern, lässt den Kopf hängen und verschwindet aus der Küche. Er erinnert mich wirklich an einen Hund! An einen dieser Köter mit hochgezogenen Schulterblättern und gesenktem Kopf, denen wir zu Hause nicht trauen, weil sie manchmal Tollwut haben. Ich horche. Höre seine schweren Schritte auf der Treppe, das Zuschnappen seiner Zimmertür.

Im Haus wird es still.

Ich versuche, ganz leise zu sein, als ich zu Doras Bad hinaufgehe. Es ist ein schönes Zimmer, auch wenn es vernachlässigt wurde. Es hat einen Holzboden, der mal gewienert werden müsste, einen welligen Badvorleger und eine riesige Badewanne mit Füßen, die wie Tatzen aussehen. Auf den Regalen stehen Seifenwürfel und Glasfläschchen mit Ölen und Cremes. Ich drehe die breiten Messinghähne auf, nur um das Wasser fließen zu sehen. Es gibt zwei Hähne, einen für warm, einen für kalt. Ich lasse das Wasser eine Weile laufen, spüre, wie heiß es wird, genieße das wohltuende Gefühl auf meiner Haut. Dann stütze ich mich im blassgelben Sonnenlicht auf das Waschbecken und blicke aus dem Fenster. Nebenan geht eine Frau mit einem Wäschekorb durch ihren Garten. Ich beobachte, wie sie die Kleidungsstücke an einen runden Wäschetrockner hängt, der an einen kleinen Baum erinnert. Als sie fertig ist, dreht sich der Baum im Kreis, die Wäsche weht wie zum Tanz im Wind. Ich muss an die Bäume denken, die ich in der Wüste gesehen habe. Die Menschen knoten bunte Stoffe an ihre Äste, als Bitte um Fruchtbarkeit; der Gedanke versetzt mir einen Stich. Wann werde ich wohl wieder auf heimischem Boden stehen?

Nachher werde ich dieses Zimmer richtig schön machen. Die Wanne und den Spülstein putzen, die Armaturen polieren. Und eines Tages, wenn ich mehr Zeit habe, werde ich ein Bad nehmen. Ein paar von Doras Luxusartikeln ausprobieren. Jetzt wasche ich mich nur, trockne mich mit einem dicken Handtuch ab und creme mir die Hände mit einem der Mittelchen auf dem Regal ein. Erfrischt gehe ich hinunter zu Charles.

Er ist ordentlich angezogen – gebügeltes Hemd, Wolljacke, Stoffhose. Lederschuhe, die aussehen, als hätte sie gerade ein kleiner Schuhputzer poliert. Ich denke an Ummu in ihren komischen, zusammengewürfelten Sachen, die sie seit Jahren trägt, und frage mich, wie seine Kleider so tadellos sein können, obwohl Dora offensichtlich keine Zeit hat. Als ich mich über ihn beuge, bemerke ich einen leichten Seifenduft. Er riecht nach Zitrone und nach etwas Süßerem, nach dem Körperpuder, den er in seinem kleinen Bad aufbewahrt.

»Ich muss nach Billingsgate«, erklärt er. »Haben Sie mein Taxi bestellt?«

»Dora hat mich gebeten, mit Ihnen zum Markt zu gehen«, sage ich. »Um Ihre Orangen zu kaufen. Waren Sie auf der Toilette?«

Sofort wünschte ich, ich hätte das nicht gefragt. Er ist stolz. Er hat Würde. Ich habe ihn beleidigt. Ich nehme seinen Arm. Geleite ihn durch seine Wohnungstür und die Stufen hinauf in den Garten hinter dem Haus.

»Ich verstehe nicht, warum Sie hier unten wohnen. Der Zugang zum großen Haus ist viel leichter«, sage ich, und er sieht mich an. Er bittet mich nicht, das zu übersetzen.

Charles geht so langsam, dass wir zehn Minuten brauchen,

um den Garten mit dem Fallobst zu durchqueren und am Haus vorbei zur Vordertür zu gelangen. Er wartet, bis ich den Rollstuhl unter der Treppe in Doras Flur herausgezerrt und die Stufen hinuntergezogen habe. Dann helfe ich ihm hinein.

Die Frau, die nebenan ihre Wäsche aufgehängt hat, fegt ihre Eingangstreppe. »Morgen, Charles«, ruft sie.

»Guten Morgen, Desiree«, entgegnet Charles, und ich nicke lächelnd, aber das bemerkt sie nicht.

Sonst ist niemand in der Nähe. Die Türen entlang der Straße sind geschlossen, die Autos, die hier bei unserer Ankunft parkten, sind verschwunden. Nur die kleinen Steinfiguren sehen uns vorübergehen.

Sobald wir am Ende der Straße abbiegen, ändert sich das allerdings. Der Markt ist in vollem Gange. Die Gerüche treffen mich wie ein Schlag. Fremdartige Düfte mischen sich unter so vertraute – wie gebratenes Fleisch und heißes Leder –, dass ich nur die Augen zusammenkneifen muss und auf dem Suk sein könnte.

Betrunkene lungern ganz offen auf umgedrehten Eimern oder Kisten, sie halten Bierdosen in den Händen und schwatzen träge. Frauen marschieren in Grüppchen vorbei, einige von ihnen haben ihre Haare zu kleinen Zöpfchen geflochten, andere tragen sie abrasiert oder knallbunt gefärbt, in Pink oder Weiß oder Blau. Wie sie sich umsehen und lachen, erinnern sie mich an meine Freundinnen in der Medina, als wir noch jung waren und genau das Gleiche gemacht haben, unterwegs getratscht und gekichert und uns für den Nabel der Welt gehalten.

Durch offene Türen dröhnt Musik.

Es kommt mir vor, als würde ich eine Party besuchen, zu der ich nicht eingeladen bin.

In den Gesprächsfetzen um mich herum erkenne ich ein paar Sprachen wieder – Französisch, Arabisch. Und da sind andere, die ich noch nie gehört habe. Ladenschilder in arabischer und lateinischer und chinesischer Schrift springen mir ins Auge. Geschäfte voll bunter Stoffe, ein Schaufenster mit Puppenköpfen und Perücken in verschiedensten Farben, in Lila und Gelb und Grün. Ich sehe einiges, was ich hier nicht erwartet hätte: Halal-Metzger, Moolis und ein ganzer Stand mit Eiern. Es gibt Schönheitssalons, Supermärkte. Geschäfte mit Uhren und Schmuck im Fenster. Frauen in afrikanischen Kleidern und in Burkas, Männer mit Turbanen und in Dschellabas, Teenager in Jeans und Leder, in Jogginganzügen oder Rastafarifarben. Ein Mann ohne Beine fährt in einem Rollstuhl vorbei.

Das ist nicht das England, das ich mir vorgestellt habe, auch nicht das England aus Ummus Träumen.

Das ist ein Querschnitt durch die ganze Welt.

Und irgendwie macht mir das Hoffnung.

Wenn die ganze Welt hier ist, warum nicht auch Ali?

Wir passieren Stände mit Handys, Pfannen, Kuchen und Haarteilen, Schrauben und Nägeln, Taschen und Schals. Weichen Bergen von Müll und weggeworfenen Kartons aus. Nach den Ständern mit hübschen langen Kleidern und Jacken und Hosen gelangen wir wieder ins Licht. Und dann sehe ich ihn. Meine Fingerspitzen kribbeln, meine Knie werden weich. Er steht an einem Spielzeugstand und beugt sich über eine Puppe, die auf einer batteriebetriebenen Schaukel vor und zurück schwingt und dabei die Augen auf- und zumacht. Dieses schwarze Haar kenne ich, diese weiße Dschellaba, die er über einer weiten Hose trägt, darüber eine Lederjacke. Seine Hände, die Hände, die ich liebe, berühren ganz sanft das Spielzeug. Nur seine Turnschuhe sehen anders aus, sie sind neu. Er denkt an Leila. Als ich ihn anstarre, werde ich von Wärme durchströmt.

Charles sagt etwas zu mir, aber ich kann ihn nicht hören; alles ist verblasst, der ganze Markt scheint vor mir zurückzuweichen. Ich sehe nur noch seine starken braunen Unterarme, als er sich aufrichtet, mit dem Standinhaber spricht, sein Geld herausholt. Die Puppe hält er in einer Hand. Er will sie ihr schicken. Nachdem er sein Wechselgeld bekommen hat, dreht er sich zu uns um.

So schlagartig, wie mir warm geworden ist, wird mir kalt. Charles brüllt mich an, ich solle weitergehen. Er will sein Obst, er will seine Schokolade und eine Tasse Tee.

Ich ärgere mich, weil ich so dumm war. Wir sind in einer winzigen Ecke einer der größten Städte der Welt. Ich bin nicht einmal sicher, ob Ali in diesem Land ist. Heiße Tränen brennen in meinen Augen. Als wir weiterlaufen, lachen und grölen einige Männer, die zusammengedrängt an der Seite stehen, rauchen und sich eine Flasche Whisky teilen. Ihre Blicke gleiten über mich. Wie schon vorhin bei Leo zucke ich zusammen. Jeder hier trinkt, und der Geruch, der mir in der Kehle steckt und alles überdeckt, ist der widerliche Gestank nach Alkohol.

Ich senke den Kopf.

»Stehen bleiben!« Charles hebt eine Hand. Er deutet auf einen Haufen verschrumpelter Klementinen. Ich starre auf die kümmerlichen Früchte an dem Stand und sehne mich nach zu Hause, nach den Bergen schimmernder Orangen auf den Karren in den Suks, wie Mauern aus Sonnenschein.

Nachdem wir das Obst gekauft haben, sind nur noch sechs Pfund übrig. Meine Chancen, ein Guthaben für mein Handy zu kaufen, schwinden.

»Meine Schokolade holen wir im 99-Pence-Shop«, erklärt

der alte Mann und deutet mit seinem Stock auf das Ende der Straße. »Aber sagen Sie das Dora nicht. Sie hält nichts von Schnäppchen. Dabei ist es das gleiche Zeug, das sie in ihren schicken Läden kauft.«

Der 99-Pence-Shop ist ein Supermarkt, Regale über Regale mit Lebensmitteln, die weniger als ein Pfund kosten. Mehrfachpackungen mit Gemüse und Bohnen und Chips. Je größer etwas ist, desto billiger ist es, sehe ich erstaunt. Schokoladentafeln, so groß wie Alis Lederbabouches, für 99 Pence! Kleine Sachen sind dagegen teuer.

»Was ist das, Charles?« Ich zeige auf eine Reihe Gläschen mit Puder, so groß wie Kaffeetassen.

»Kräuter und Gewürze«, antwortet er. Ich starre die Gläser an. Fast muss ich darüber lachen, dass in diesem Land Gewürze in so winzigen Mengen verkauft werden. Ich denke an die Berge von Kreuzkümmel und Paprika und Kurkuma auf den Ständen zu Hause, Pyramiden in leuchtenden Farben, so hoch, dass man sich dahinter verstecken kann, und wieder überkommt mich Heimweh. Ich sehne mich nach den Bergen von Minze, die die Jungen in den Cafés morgens sortieren, nach dem frischen Duft, der sich unter die salzige Seeluft mischt.

Wir bezahlen Charles' Schokolade und haben nur noch vier Pfund übrig.

»Charles.« Ich gehe vor ihm in die Hocke. »Können wir hier Briefmarken kaufen?«

»Brauche ich denn Briefmarken?«, fragt er. Mir fällt auf, wie blass seine Iris sind, so trübe wie kleine Milchseen. Und dass seine Haut dünn ist wie Pergament. Sein Verstand lässt nach, er kommt schnell durcheinander.

»Ja, natürlich! Wissen Sie noch? Als Dora gegangen ist, hat sie gesagt: ›Denk an die Briefmarken, Charles.‹«

Er wirkt verwirrt.

»Als sie heute Morgen gegangen ist, hat sie gesagt: ›Kauf Obst. Und vergiss die Briefmarken nicht!‹ Erinnern Sie sich?«

Die Tränen, die mir vorhin schon in die Augen gestiegen sind, drohen zu fließen. Ohne Briefmarken, ohne Handyguthaben werden Leila und sogar Ummu glauben, ich sei verschwunden wie Ali. Man geht so leicht unter, wenn man nichts hat.

Kein Wunder, dass ich nichts von ihm gehört habe.

»Ja, jetzt wo Sie es sagen, erinnere ich mich«, meint er. Ich würde ihn am liebsten umarmen. »Irgendwo hier in der Nähe ist eine Post, aber ich glaube, sie ist hinten in einem Zeitschriftenladen versteckt. Mit diesem ganzen E-Zeugs nutzt sie anscheinend niemand mehr. Da drüben, meine Liebe – folgen Sie meinem Stock.«

Wir gehen die Straße zurück, vorbei an dunklen Türen und fremdartigen Schildern, die ich nicht lesen kann, an einem Geschäft, in dem lauter steinerne Köpfe stehen – wohl für die englischen Grabsteine. Ich stelle mir vor, sie würden mich beobachten und hätten meine Lüge gesehen.

Charles lotst mich zu einem Zeitschriftenladen.

»Briefmarken für Nordafrika?« Ungläubig lächelt mich der Mann hinter dem Tresen an. »Sie schreiben einen *Brief* nach Nordafrika? Wenn Sie Geld schicken wollen, kann ich das für Sie machen.« Er knallt die Briefmarken auf den Tresen. »Elektronisch. Das ist sicherer und blitzschnell.«

Ich mustere ihn. Er ist attraktiv mit seinen grünen Augen in dem braunen Gesicht und den raspelkurzen schwarzen Haaren. Seine Augen funkeln, als wüsste er genau, was ich mache und was er von mir bekommen kann.

»Wie viel kostet das?«

»Kommt ganz darauf an, wie viel Sie schicken. Bei, sagen wir, hundert Pfund kostet es Sie einen Zehner. Bei zweihundert etwas mehr. Aber ich kann Ihnen ein Angebot machen. Oben beim Friseur nehmen sie mehr. Fragen Sie da nach, ich unterbiete sie.«

»Ich denke darüber nach.«

»Billiger kriegen Sie es nirgendwo.«

Als wir das Geschäft verlassen haben, frage ich Charles, ob ich mit ihm einen Spaziergang machen kann. Ich wickle ihm seinen Schal fest um den Hals. Hier draußen ist es kalt, und er soll nicht krank werden. Wenn wir etwas länger unterwegs sind, verliert er die Sache mit den Briefmarken hoffentlich aus dem Gedächtnis. Er darf Dora nicht erzählen, dass ich ihr Geld für mich ausgegeben habe.

»Ja, ja, ein kleiner Spaziergang. Ich zeige Ihnen den Fluss. Ein bisschen frische Luft. Das regt den Appetit an.«

Ich schiebe ihn über die Hauptstraße und unter hohen Bäumen entlang, die uns ihre goldenen Blätter zu Füßen werfen. Endlich klingt der Lärm ab, und die Geschäftigkeit lässt nach. Wir erreichen den großen braunen Fluss. Er ist noch breiter, als er abends von der Brücke aus gewirkt hat, wie ein mächtiges wildes Tier drängt das Wasser gegen die Mauern. Am anderen Ufer ragen hohe Glasbauten in den steinfarbenen Himmel.

Ich stelle den Rollstuhl ab und setze mich auf eine kalte Bank. Eine Treppe führt direkt in den Fluss, sie ist dunkelgrün und schimmert noch von dem Wasser, das sie vor Kurzem bedeckt haben muss.

»Diese *Achtung!*-Schilder gab es früher nicht«, erzählt Charles. Er deutet mit dem Kopf auf einen Anleger, der wie ein vielbeiniges Monster aus dem Fluss ragt. »Heutzutage sehen die Leute überall Gefahren.«

Ich schaudere, und mich überläuft eine neue Woge Heimweh.

Nachdem die Sonne untergegangen ist, hat sich alles in Grau verwandelt, als wäre die Farbe einfach versickert.

Ich sehne mich schmerzlich nach unserer Flussmündung. Nach dem Tag, an dem ich Ali bei den Felsen begegnet bin.

Ich wate knietief im Wasser, mein Kleid klatscht mir gegen die Waden.

Als ich aufsehe, steht Ali auf dem natürlichen Wellenbrecher und starrt mich an. Er fängt meinen Blick auf, und statt zu lächeln und zu winken, wie ich es erwartet hätte, hebt er seine Angel, eine lange Bambusrute, und wirft sie aus. Ignoriert er mich? Ich staune, wie sehr mich das verletzt. Es ist schlimmer als ein Schlag ins Gesicht.

Mit schwerem Herzen gehe ich den Strand hinauf.

Ich setze mich mit Hait und Amina in den Schatten der Stadtmauer, und wir reden und sehen zu, wie die Wellen über den Strand lecken. Und ich tue so, als sei es mir egal.

Gerade wollen wir nach Hause gehen und unsere abendlichen Pflichten erledigen.

Da fällt ein Schatten auf mich. Ali steht vor mir, das Gesicht dunkel, hinter ihm die Sonne. Seine Augen so blau wie die Eisvögel über dem Fluss. In seinen Händen hält er einen silbernen Fisch. Er schenkt ihn mir, legt ihn auf den Stein neben mich. Der Fisch ist noch nicht lange tot; seine Augen sind klar, seine Schuppen glänzen noch.

Dann geht Ali. Hait und Amina kichern aufgeregt. »Mona und Ali«, singen sie. »Mona und Ali.«

Das Herz ist mir nicht mehr schwer, es fliegt.

Damals waren wir Teenager, noch jung, aber schon zu alt, um Freunde zu sein. Dieser Blick von ihm, den er mir zuwarf, bevor er sich umdrehte und ging, war mir nicht entgangen, und ich schwor mir, wenn wir erst einmal zusammen waren, würden wir uns nie wieder trennen.

Wie konntest du mich verlassen, Ali?

Wie konnte es dazu kommen, dass ich hier in London neben einem alten Mann stehe und für Briefmarken lügen muss, damit ich nach Hause schreiben kann, statt für immer mit dir an unserer Flussmündung zu bleiben? Eine Welle des Bedauerns spült über mich hinweg.

Ich drehe Charles um, der in seinem Rollstuhl mittlerweile fast einnickt, und schiebe ihn langsam zu seiner Kellerwohnung. Ich bringe ihn sicher in sein Wohnzimmer. Da er weiter vor sich hindämmert, sehe ich mich um, bis ich Papier und einen Stift finde. Dann gehe ich zurück ins Haus.

Den ganzen Nachmittag über putze ich und höre erst auf, als es dunkel wird.

Ich sehe noch einmal nach Charles, mache ihm Tee und etwas zu essen und kehre nach oben zurück.

Im Wohnzimmer läuft der Fernseher. Leo hat sich wieder im Dunkeln eingenistet.

Und dann, als alle versorgt sind und das Haus blitzblank ist, gehe ich in mein Zimmer und schreibe Leila einen Brief.

Liebe Leila,
ich bin jetzt in England.

Wir sind abends angekommen, und alle Laternen haben gebrannt. In unserer Straße sind sie orange. Die ganze Stadt erleuchtet, überall Lichter, der Himmel voller Strahlen. Wunderschön, nur kann man hier die Sterne nicht so sehen wie bei uns zu Hause.

Theodora, meine neue Arbeitgeberin, hat rote Haare, so rot wie Paprika, wie Bernstein – erinnerst du dich an die Steine, die ich dir in der Medina gezeigt habe? Wirklich hübsch, wie bei einer Prinzessin aus Tausendundeiner Nacht.

London ist die größte Stadt, die ich je gesehen habe. Vom Flughafen bis zu diesem Haus haben wir mit dem Auto über eine Stunde gebraucht! Auf dem Weg hierher sind wir an schönen Häusern vorbeigefahren, sie sahen aus wie Paläste, überall Lichter und lauter steinerne Menschen und Pferde und Löwen.

Die Geschäfte kannst du dir nicht vorstellen – manche sind so lang wie ganze Straßen, mit Schaufenstern voller Puppen in hübschen Kleidern. Wenn du herkommst, wirst du das alles mit eigenen Augen sehen.

Hier gibt es Bäume mit Blättern, die wie Hände aussehen, und wenn sie auf die weichen schwarzen Straßen fallen, bilden sie ein Muster aus lauter goldenen Handabdrücken!

Ich habe ein Zimmer voll mit Büchern und anderen Sachen, die ich noch nicht durchsehen konnte. Sobald ich kann, schicke ich dir etwas. Es war ein Glück, dass ich diese Arbeit gefunden habe. Dadurch wird es für uns alle besser! Kümmer dich für mich um deine Großmutter, und verlier dein Lächeln nicht, bis wir uns wiedersehen. Ich denke immer an dich und schicke dir alles, alles Liebe.

Wenn ich mein Handy aufgeladen und ein Guthaben gekauft habe, rufe ich an, versprochen.

Ich hab dich lieb,
Ummu.

Wie soll ich ihr erklären, dass ich nach Hause komme, während ihr Vater wie vom Erdboden verschluckt ist? Wie kann ich ihr begreiflich machen, dass nicht jeder einfach verschwindet?

Ich höre den Schlüssel in der Tür. Dora ist nach Hause gekommen. Ich sehe mich mit ihren Augen. Die stille Haushälterin, die ihre Arbeit erledigt hat und sich ein paar Minuten nimmt, um nach Hause zu schreiben, weil sie sich nicht einmal die Handygebühren leisten kann.

Ich lege einen Arm über das Blatt Papier. Sie soll nicht wissen, dass ich es dem alten Mann weggenommen habe oder dass ich ihr Geld für Briefmarken brauche, um den Brief überhaupt abzuschicken.

Kapitel elf

Daddy sitzt ein wenig schläfrig in seinem Sessel, als ich von der Arbeit nach Hause komme. Ich bin gespannt darauf, wie sein erster ganzer Tag mit Mona gelaufen ist.

»Daddy.« Ich setze mich dicht neben ihn und spreche direkt in sein Ohr. Ruckartig öffnen sich seine Augen.

»Hallo, Daddy. Wie geht es dir?«

Er starrt mich an, bis er aus seinen Träumen aufgetaucht ist.

»Theodora, Gottes kostbares Geschenk«, begrüßt er mich lächelnd. Mir wird warm ums Herz.

»Ja – hi, Daddy. Ich wollte nur mal sehen, ob du irgendwas brauchst.«

»Ich habe alles, was man sich nur wünschen kann. Ich brauche nichts, meine Liebe. Aber du könntest ein Schatz sein und mir einen Whisky holen.«

»Hattest du einen schönen Tag mit Mona?«, frage ich, während ich ihm seine »zwei Fingerbreit« einschenke und einen Schuss Soda dazugebe, wie er es mag.

»Sie ist ein nettes Mädchen, weißt du«, sagt er. »Eine hervorragende Köchin. Und großzügig. Sie hat mir Klementinen gekauft. Und Schokolade. Und wir haben noch etwas gekauft … ach, das fällt mir jetzt nicht ein …«

Ich drücke seine Hand. Und sage mir, dass es in Ordnung ist, wenn er glaubt, sie habe das Obst von ihrem eigenen Geld gekauft; das kann ihrer Beziehung nur guttun. Dieses Mal.

Ich lasse Daddy mit seinem Whisky allein und schlendere hinauf ins Haus.

Als ich die Tür öffne, riecht es so frisch wie noch nie. Nach Zitrone und Bleiche und Politur.

Selbst die Luft kommt mir sauberer vor, als dürfte sie nach einer langen Zeit des Eingesperrtseins wieder strömen. Ich öffne die Wohnzimmertür. Hier riecht es immer noch vage nach kaltem Rauch. Leo liegt auf dem Sofa, aber der Krempel, der ihn sonst nach einem Tag vor dem Fernseher umgibt, ist weggeräumt.

Meine Güte! Ich weiß gar nicht, wie ich das vorher ausgehalten habe! Mona hat ganze Arbeit geleistet, fast ein kleines Wunder vollbracht. Ich gehe zum Kamin und fahre mit einem Finger über die Umrandung. Tatsächlich, sie hat Staub gewischt. Als ich sie anstellte, damit sie sich um Daddy kümmert, dachte ich nicht, dass sie auch noch putzen würde.

Ich werfe einen Blick in die Küche. Sauber und ordentlich. Selbst der Natursteinboden glänzt – Roger und ich waren begeistert davon, als wir das Haus kauften, aber mit den Jahren ist er schmutzig geworden. Die Küche ist wirklich schön. Vor allem die eingebaute Anrichte an der einen Wand und die Fenster; eines geht auf den Garten hinaus, und von dem anderen hat man einen Ausblick auf die Straße und die Kirche gegenüber. Und dann natürlich der Rayburn-Herd und der große Tisch, an dem ich morgens gerne sitze. Die Küche hat uns damals auf Anhieb gefallen. Aber in letzter Zeit konnte ich ihren Reizen nicht mehr viel abgewinnen, weil Leo so gar kein Interesse zeigt. Mona hat das Geschirr hübsch auf der Anrichte arrangiert, Zitronen in eine Schale gelegt und sogar ein paar Lampionblumen aus dem Garten in eine Vase gestellt. Die Küche sieht aus wie aus einer Zeitschrift.

Unter Monas Tür schimmert Licht hindurch. Offenbar hat sie sich in ihr Zimmer zurückgezogen, als ich nach Hause gekommen bin. Auch dieses Taktgefühl weiß ich zu schätzen. Zidana hatte manchmal gar kein Gespür dafür, wann sie sich hätte unsichtbar machen sollen.

Ich setze den Teekessel auf, nehme eine Scheibe Weißbrot und eine Käseecke, klappe das Brot um den Käse und beiße hinein. Das ist ein heimlicher Genuss. Meinen Freundinnen, die von den neuesten Biozutaten geradezu besessen sind, sich abends wie gebannt vor eine Kochsendung hocken oder irgendeine Diät machen, würde ich das nie gestehen. Gebt mir Weißbrot und ein Stück Schmelzkäse, und ich bin im Himmel.

Ich gehe hinauf ins Badezimmer. Man sieht sofort, dass Mona auch hier nicht nur schnell durchgewischt hat; sie hat die Armaturen poliert, bis sie glänzen. Sie ist sogar mit den Kalkablagerungen in der Toilettenschüssel fertiggeworden. Wie? Ich habe jahrelang vergeblich gegen den Kalk gekämpft. Er hat sich als rauer brauner Rand angesetzt und sah immer aus, als würde ich mich nicht darum kümmern, dabei hat er sich von meinen vielen Bemühungen nur nicht beeindrucken lassen.

Voller Dankbarkeit klopfe ich an ihre Tür.

Sie sitzt an meinem Schreibtisch. Und schreibt auf einem Block von Basildon Bond mit einem Parker-Füller, den ich sofort als Daddys erkenne.

»Was schreiben Sie da?«

»Einen Brief nach Hause.« Sie legt eine Hand über den Brief, als hätte sie Angst, ich würde ihn lesen wollen. Das ist unnötig, weil sie in arabischer Schrift schreibt, aber ehrlich gesagt bin ich ein wenig überrascht, dass sie überhaupt schreiben kann. Ich hätte nicht gedacht, dass sie als Hausangestellte arbeiten würde, wenn sie schreiben kann.

»Mona, wenn Sie Papier brauchen, müssen Sie nur etwas sagen. Nehmen Sie es Daddy nicht weg. Er versteht das nicht.«

Sie blickt mit diesen großen braunen Augen zu mir auf. »Ich muss nach Hause schreiben.«

Das weckt mein Mitgefühl mit dieser armen Frau.

»Fragen Sie einfach, in Ordnung? Ich beiße nicht. Ich habe nur nicht daran gedacht. Sie hätten anrufen können.«

»Ja. Ich habe kein Guthaben.«

»Hätten Sie doch was gesagt! Sie müssen Ihrer Familie Bescheid geben, dass es Ihnen gut geht, dass Sie sicher angekommen sind. Dieses Mal können Sie das Festnetz nehmen – bis Sie Ihr Handy aufgeladen haben. Ist von den zehn Pfund noch Wechselgeld übrig?«

Sie sieht mich mit einem Blick an, den ich nicht recht deuten kann, und gibt mir ein paar Münzen. Der Betrag erscheint mir sehr gering, aber dann fällt mir wieder ein, dass Daddy Schokolade und etwas anderes erwähnt hat.

»Danke«, sage ich. »Sie haben Daddy also sein Obst gekauft?«

»Und Schokolade.«

»Sonst noch was?«

Unverwandt blickt sie mich an.

»Nein«, antwortet sie, »nichts mehr.«

»Also gut, hier.« Ich reiche ihr einen Zehn-Pfund-Schein. »Nehmen Sie das, um Ihr Handy aufzuladen. Wie dumm von mir. Daran hätte ich wirklich denken können. Wissen Sie, wo man hier Prepaidkarten bekommt?«

Sie schüttelt den Kopf.

»Ich bitte Leo, es Ihnen zu zeigen. Ende der Woche bezahle ich Sie. Ganz ohne Geld können Sie nicht herumlaufen. Und ich gebe Ihnen etwas für meine Einkäufe und schreibe eine

Liste. Sie gehen dann zu Waitrose – in den Läden in der High Street kaufe ich nicht ein.«

Sie lächelt mich an, sagt aber nichts, und ich überlege wieder, wie gut ihr Englisch wohl ist.

»Kommen Sie – Leo kann gleich mit Ihnen eine Karte besorgen.«

Sobald ich den Kopf durch die Tür strecke, blickt Leo auf, aber er rührt sich nicht, als ich ihn bitte, Mona zu dem kleinen Laden oben an der Straße zu begleiten.

»Kann sie nicht allein gehen?«

»Leo, jetzt bitte ich dich einmal, etwas zu tun. Es ist dunkel, und es ist nicht sicher, wenn sie allein in einer fremden Gegend unterwegs ist. Also bitte. Wenn du hingehst, kannst du dir auch etwas kaufen. Hier.« Ich gebe ihm auch einen Zehner und ärgere mich dabei, dass ich mich nicht an meine Vorsätze halte und ihn weiter verhätschle. Er gibt das Geld sowieso nur für Zigaretten oder Bier oder Red Bull aus.

Schließlich steht er träge auf, ohne den Fernseher aus den Augen zu lassen. Ich sehe ihnen nach, als sie zusammen das Haus verlassen. Auch wenn ich zu Bestechung greifen musste, habe ich es endlich geschafft, dass Leo mal den Hintern hochkriegt.

Kapitel zwölf

Als ich Leilas süße Stimme höre, durchströmen mich Liebe und Erleichterung.

»Wann kommst du nach Hause, Ummu?«, fragt sie. »Du bist schon so lange weg.«

»Schätzchen, das ist noch gar nicht lange. Heute ist Donnerstag, ich bin erst vor ein paar Tagen weggegangen.«

Ich weiß, dass nicht die Anzahl der Tage wichtig ist, sondern nur, wie lange es ihr vorkommt. Hätte ich gesagt, ich sei erst vor einer Stunde abgereist, könnte es sich für sie trotzdem wie ein Jahr anfühlen.

»Du schaffst das ohne mich«, erkläre ich fröhlich. »Du musst jetzt erwachsen sein und auf Tetta aufpassen. Fütterst du die Hühner?«

»Ja.«

In der anschließenden Stille kann ich den Schmerz in ihrer Brust spüren.

»Dora hat eine Katze, die in ihrem Haus schläft«, erzähle ich. »Beim Abendessen sitzt die Katze mit auf dem Tisch.«

Immer noch Schweigen.

»Wie viele Hühner hat sie?«, will Leila schließlich wissen.

»Keines.«

»Ist sie sehr arm?«

»Nein, ganz im Gegenteil. Schätzchen, lass mich mal mit Tetta sprechen.«

Meine Mutter beruhigt mich, Leila ginge es gut, sie sei

bei mir nur so mürrisch, weil sie mich für mein Weggehen bestrafen will.

»Wie ist es da? Wie ist das Haus? Die Frau – ist sie verheiratet, hat sie Kinder? Enkel?«

»Ich habe einen Brief geschrieben. Er müsste bald ankommen.«

»Wie ist deine Chefin? Wie heißt sie?«

»Theodora. Dora. Ihr Haus ist ein Saustall. Du wärst entsetzt.«

»Ist sie verheiratet?«

»Nicht mehr.«

»Schade. Männer kann man normalerweise um den kleinen Finger wickeln.«

»Ummu!«

»Stimmt doch.«

»Ich versorge ihren Vater – aber er ist sehr alt.«

»Älter als ich?«

»Viel älter. Und er hat Alzheimer, er verliert sein Gedächtnis. Aber Dora hat keine Zeit, für ihn zu sorgen. Sie ist ziemlich berühmt. Ihre Arbeit ist sehr wichtig.«

»Wichtiger als ihr Vater?«

Über diese versteckte Kritik muss ich kichern. Meine Mutter urteilt zu gerne über Frauen, die sich Angestellte ins Haus holen. Aus Stolz, aber auch aus Neid. Sie meint, diese Frauen würden völlig falsche Prioritäten setzen, aber einen Moment lang überlege ich, ob das, was ich tue, wirklich viel anders ist – so weit, wie ich von ihr und Leila weggehe, um für sie Geld zu verdienen.

Immerhin hat Dora ihren Vater bei sich. Sie hat nur Glück, dass sie es sich leisten kann, mich einzustellen, damit ich ihm die Unterhosen wechsle.

»Früher hatte er ein teures Restaurant. Auf seinem Kaminsims stehen Fotos von ihm mit Auszeichnungen in der Hand. Er war mal richtig attraktiv. Es ist traurig, dass niemand mehr den Mann von damals sieht.«

»Bei mir sieht auch niemand die Frau von früher. Deshalb bedecke ich mein Gesicht.«

»Unsinn, Ummu. Du weißt genau, dass du immer noch schön bist.«

»Das wäre ich, wenn ich mir den gleichen Luxus wie deine Chefinnen leisten könnte.«

Einen Moment lang schweige ich. Ich mag es nicht, wenn meine Mutter so missgünstig ist, dabei spricht sie nur Dinge aus, die ich selbst schon gedacht habe. Ich werde versuchen, ihr etwas zu schicken, das sie als Luxus empfindet. Das hat sie verdient. Sie hat ihr Leben lang hart gearbeitet, bis sie es nicht mehr konnte. Und hat so wenig dafür vorzuweisen.

»Aber Charles«, sage ich, um sie von ihren Enttäuschungen abzulenken, »würde ich am liebsten ein Schild auf den Rücken kleben, um den Leuten zu zeigen, dass er früher ein attraktiver Restaurantchef war. Egal, wie wichtig oder wie erfolgreich man ist, am Ende wird man vielleicht doch unsichtbar. Die Leute sehen nur noch einen alten Mann, der sein Gedächtnis verliert und unter der Erde wohnt.«

»Unter der Erde? Wie meinst du das?«

»Er hat eine Wohnung im Keller.«

Es dauert einen Moment, bis sie antwortet. »Er hat seine eigene Wohnung?«

»Keine Angst. Ich weiß, es wäre dir nicht recht, wenn Dora erfahren würde, dass wir uns ein Zimmer teilen. Sie hat keine Ahnung.«

»Er hat Glück, wenn er sein eigenes Zuhause hat, Mona.«

»Aber ich mache mir Sorgen, dass wir ihn da unten nicht

hören, wenn er uns braucht. Es hat schon seine Vorteile, wenn alle zusammen unter einem Dach leben.«

»Alle zusammen unter einem Dach im gleichen Zimmer, meinst du wohl.«

»Du glaubst, es würde uns besser gehen, wenn wir mehr hätten, aber wenn man zu viel hat, verliert man auch viel.«

»Das tut man auch, wenn man zu wenig hat.«

Langsam ärgere ich mich über ihr Selbstmitleid.

»Na gut. Ich weiß, Ummu. Ich tue, was ich kann. Es war nicht einfach, Leila allein zu lassen, um hierherzukommen. Das weißt du. Das hätte ich nicht gemacht, wenn ich eine andere Möglichkeit gefunden hätte.« Nachdem Ali fort war und uns das Geld ausging, als es keine Stellen in der Kleiderfabrik gab, in der ich vor unserer Hochzeit gearbeitet habe, und ich meine Anstellung bei Madame verlor … was hätte ich da tun sollen?

Man könnte noch weiter zurückgehen, um zu sehen, wie ich hier gelandet bin. Wäre mein Vater nicht gestorben, als ich noch ein Kind war, hätte ich nicht mit vierzehn von der Schule abgehen müssen; hätte meine Mutter sich bei der Arbeit, mit der sie mich durchgebracht hat, nicht die Augen ruiniert, wären wir vielleicht jetzt nicht in dieser Lage. Sind wir aber. Ich tue das genauso für sie wie für mich.

Aber ich weiß, wann ich nichts mehr sagen sollte.

Nachdem sie sich verabschiedet hat, drücke ich das Gespräch weg und lege das Handy auf mein Bett.

Ich denke an zu Hause, an den Lärm und die Geschäftigkeit in dem winzigen Zimmer, das Ummu sich mit Leila teilt, denke an die Menschen um sie herum und an die Sonne, die draußen vom Himmel knallt, und für eine kurze Weile sehne ich mich dorthin zurück, egal, wie knapp das Geld ist, wie düster unsere Zukunft, weil ich dort bei den Menschen war, die ich liebe.

Ich schlüpfe wieder unter meine Decke und hoffe, dass ich schlafen kann.

Gegen Ende der ersten Woche habe ich Routine bekommen. Ich will nicht behaupten, ich hätte mich an dieses Land gewöhnt, aber es kommt mir nicht mehr so fremdartig vor wie an dem Tag, an dem ich hergekommen bin. Komisch, wie schnell man sich anpassen kann.

Freitagmorgen regnet es in Strömen, der Himmel ist kaum heller als in der Nacht. Ich gehe die Stufen zu Charles hinunter. Helfe ihm beim Aufstehen und Anziehen, koche in seiner kleinen Küche Kaffee.

»So kochen Sie Kaffee?«, grummelt er und blickt stirnrunzelnd in seine Tasse. »Er ist zu stark und voller Kaffeesatz.«

»Mit dem Kaffee bei uns zu Hause geht das«, sage ich auf Arabisch.

Ich nehme ihm die Tasse ab, finde das Ding, auf das er ungeduldig deutet, und folge seinen Anweisungen: »Unten zwei Löffel Kaffee rein. Das Wasser so heiß, dass es gerade nicht mehr kocht. Vier Minuten ziehen lassen. So macht man guten Kaffee.«

Während der Kaffee sich setzt, bringe ich Charles zu seinem Sessel.

»Irgendwann koche ich für Sie Minztee, Charles. Dann können Sie mal ein gutes heißes Getränk probieren. Was machen wir denn heute? Wir können nicht nach draußen gehen. Es regnet.«

»Ach, der Regen macht mir nichts.«

»Charles! Sie werden nass im Rollstuhl. Sie werden krank.«

Ich gebe ihm seine Tabletten. Eine blaue und eine weiße.

Zwei orange, eine rote. Reiche ihm ein Glas Wasser und sehe zu, wie er die Pillen schluckt. Dann schenke ich ihm seinen Kaffee ein.

»Ein gehäufter Teelöffel Zucker und eine Minute umrühren. Milch nehme ich nicht – Kaffee mit Milch ist ein Sakrileg! Hm. Schon etwas besser. Wir bringen Sie schon auf Trab, junge Dame!«

Ich lächle. »Sie sind ein guter Lehrer, Charles.«

»Jetzt können Sie mich allein lassen. Im Radio läuft ein Konzert, das ich mir anhören will. Gehen Sie ruhig, und unternehmen Sie etwas Nettes.«

Etwas Nettes unternehmen! Hat er überhaupt eine Ahnung, dass ich gar kein eigenes Geld habe? Dass ich mich in dieser riesigen Stadt verloren fühlen würde, wenn ich weiter ginge als bis zum Markt? Weiß er eigentlich, wie man sich in einem fremden Land fühlt, dessen Sprache man weder lesen noch schreiben kann? Man kommt sich vor wie ein kleines Kind, verletzlich und unsicher. Aber Charles kann sich nicht vorstellen, wie es ist, wenn man nicht sicher ist, wem man trauen kann, wenn Beamte argwöhnisch sind und man im Schatten bleibt, damit man hoffentlich nicht auffällt.

Ich gehe zurück ins Haus und steige die drei Etagen bis zu Theodoras Schlafzimmer hinauf. Leo ist noch nicht aufgestanden, seine Zimmertür ist geschlossen. Um ihn nicht zu stören, bewege ich mich leise. Ich ziehe Theodoras Vorhänge zurück. Am unteren Rand sind sie ausgefranst und schwarz. Um die Fenster muss ich mich auch dringend kümmern. Ich lehne die Stirn an das feuchte Glas und sehe hinüber zum Kirchhof. Beobachte, wie eine Frau in ein Auto steigt und das Fenster herunterfährt. Sie winkt einem Mann mit einem Baby auf dem Arm zu.

Ungebeten schießt es mir durch den Kopf. Wie Ali mich

hochhob, mich auf die Liege bettete, während Leila im anderen Zimmer schlief, und mich in der Hitze des Nachmittags bis auf die Haut auszog. Wie ich meine Hände unter sein langes Baumwollhemd schob, um die weiche Haut, den sanften Flaum darunter zu spüren, und was wir miteinander gemacht haben, bis wir erschöpft waren und uns der Schweiß vom Körper troff. Wie ich es geliebt habe, seinen heißen Atem auf meinem Haar zu spüren. Ich wende mich vom Fenster ab, überwältigt von Sehnsucht. Nach dem Haus, in dem wir am Anfang zusammengewohnt haben, das Haus mit dem Fliesenboden, den ich immer fegte, und den Fensterläden, die ich aufstieß, um die frische Luft mit ihrem durchdringenden Geruch nach dem Salz des Meeres hereinzulassen.

Ich lasse mich dorthin zurücktreiben – sehe die weißen Wände vor mir, sehe scharf umrissene Schatten, rieche den Duft von frischem Brot aus den Bäckereien. Ich denke an die schwarze Seife, mit der ich die Pfannen gesäubert habe, und wie sie vor dem Kochen im Sonnenlicht glänzten. Daran, wie stolz ich auf unser Haus war.

Einen kurzen Moment lang ist die Erinnerung tröstlich; zu wissen, dass es das einmal gegeben hat. Traurig nur, dass wir es damals nicht erkannt haben. Wir hatten keine Ahnung, wie kostbar uns die zwei Zimmer einmal erscheinen würden, wie süß der Geruch des brennenden Holzes. Damals glaubten wir, wir wären auf dem richtigen Weg, uns würde etwas Besseres erwarten. Die Unzufriedenheit machte mich ruhelos, ich wollte mehr – ein Haus in der Stadt, weiche Möbel, ein Badezimmer mit einer Wanne und Hähnen für kaltes und warmes Wasser. Ich habe die Touristen mit ihren Teppichen gesehen und mir vorgestellt, sie würden sie in ihre üppigen, verschwenderisch eingerichteten Wohnungen bringen, in schicke Paläste in den Straßen von Sevilla oder Paris. Und nach all dem habe ich mich auch gesehnt.

Hier in Theodoras Haus merke ich jetzt, was für Schmutzfänger die Sachen sind, die ich mir früher gewünscht habe. Dass es ständig Arbeit kostet, sie sauber zu halten. Und ich denke, je teurer etwas ist, desto mehr Wert kann verfallen.

Ich sehe mich im Zimmer um, betrachte ihr riesiges Bett mit der bestickten Tagesdecke, die mir gleich nach meiner Ankunft aufgefallen ist. Ihr Kleiderschrank aus Nussbaum mit den Schnitzereien und einem mannshohen Spiegel an der Tür riecht innen nach Zedernholz, genau wie die Straßen zu Hause, in denen die Männer Gitterwerk schnitzen. Ich lasse die Finger über Theodoras Sachen gleiten. Kleider aus Samt und Satin, Wollmäntel, weiche Kaschmirpullover und Schals.

Dora kleidet sich gut, auch wenn sie sich nicht um ihr Haus kümmert. In ihren Schubladen finde ich seidene Unterwäsche, Strümpfe, Hemdchen. Die teuren Stoffe schmiegen sich kühl an meine Handflächen. Auf ihrem Frisiertisch stehen Tiegel und Fläschchen, Pomaden und Flakons. Parfüms mit Logos, die ich von Plakatwänden kenne. Ich schnuppere an jedem, atme die teuren, zarten Düfte ein, die Gerüche eines privilegierten Lebens.

Dora hat so viel, dass sie gar nicht weiß, was sie damit anfangen soll. Da liegt ein wunderschöner Fächer aus Schildpatt, der von einer Klammer fest zusammengehalten wird. Zu gern würde ich ihn öffnen und hochhalten, wie die Spanierinnen, die in der guten alten Zeit auf unserem Marktplatz getanzt haben.

Ich stütze mich auf den Frisiertisch. Der Spiegel ist dreigeteilt und wirft mein Gesicht mehrfach im Profil zurück.

Entsetzt merke ich, wie müde und alt ich aussehe. Die letzten Monate haben ihre Spuren hinterlassen – Alis Weggang, die Probleme mit Madame. Die Sorgen um die Arbeit. Zu wissen, dass wir uns ohne meine Anstellung nicht mehr über Wasser halten können, sondern in bittere Armut absinken, und das Wohlergehen meiner Mutter und meiner Tochter allein auf meinen Schultern lastet. Dann die Reise und die Angst davor, was mich erwarten würde.

Ich muss besser auf mich achtgeben. Wenn ich für Dora hart arbeiten soll, habe ich es auch verdient, mich gelegentlich zu verwöhnen. Ich tauche eine Fingerspitze in Doras Feuchtigkeitscreme; sie scheint teuer zu sein, der Tiegel ist nicht einfach aus Plastik, sondern aus Glas. Ich massiere mir die Wangen mit der Creme, sehe, wie sie weich werden, und atme den blumigen Duft ein.

Ich sehe genauer hin. In den Konturen meiner Wangen, in meinen Augen kann ich Leila erkennen, und das tröstet mich. In meinem Mund erkenne ich meine Mutter wieder.

Ich denke an Ummu und daran, dass wir sie zu uns ins Haus an der Flussmündung holen wollten, wenn Ali seinen Abschluss als Arzt hat und genug Geld verdient. Und dann ist alles falsch herum gelaufen. Leila und ich mussten zu Ummu in ihr eines Zimmer ziehen, und es ging uns schlechter als damals, als wir in unserem kleinen weißen Haus wohnten. Wie weit ich mich von der ersten Zeit mit Ali entfernt habe, in der wir noch so viele Pläne schmiedeten. Und es trifft mich mit voller Wucht: Hätte ich unser Leben zu schätzen gewusst, hätte ich Ali nicht gedrängt, viel zu lernen und sich hohe Ziele zu stecken, wären wir vielleicht immer noch dort, wo wir am glücklichsten waren.

Dora hat so viel – hier ist eine ganze Schublade voll winziger Tuben und Flaschen und Flakons. Und Ummu klang am Telefon so niedergeschlagen, als sie sagte, sie sei alt und müsse ihr Gesicht verhüllen. Ich würde ihr gerne etwas schicken, um ihr zu zeigen, dass sie auch eine schöne Frau ist, mit einem Körper, den sie ab und zu etwas verwöhnen sollte. Ich nehme eines der Cremetübchen, die Dora in die Schale gelegt und noch nicht benutzt hat, rieche daran und lege es zurück.

Als ich gerade gehen will, bemerke ich das Foto neben Doras Bett, das mir schon aufgefallen ist, als sie mir ihr Zimmer zeigte. Ich betrachte es genauer. Der Mann ist weiß und groß, ziemlich gut aussehend. Er hat ein ordentlich gestutztes Bärtchen und hält Dora lächelnd im Arm. Sie stehen vor einem Gebäude mit einer Statue darauf, einer nackten Frau, die sich nur ein Tuch um Kopf und Körper geschlungen hat. Die Schrift darunter kann ich nicht entziffern, aber das Datum. Diesen Sommer.

Also hat Dora doch einen Mann!

Den Klatsch muss ich Ummu beim nächsten Mal erzählen. Ich kann sie schon hören: »Bestimmt hat er ihr etwas geboten, das sie von Roger nicht bekommen hat!«

Ein Rascheln vor der Tür schreckt mich auf. Mein Herz hämmert, ich stelle Doras Foto weg und drehe mich um. Schritte poltern die Treppe hinunter, eine Tür knallt. Ich habe Leo ganz vergessen. Er ist aufgestanden. Ich höre Wasser laufen, dann das Klappern der Rohre.

Ich nehme meine Staubtücher, ziehe die Gummihandschuhe an und öffne die Tür. Ich will schnell nach unten schleichen, ehe er aus dem Bad kommt.

Als ich das Zimmer schon verlassen will, gewinnt doch die Versuchung, und ich gehe zurück zu Doras Frisiertisch. Sie wird eine kleine Tube Handcreme nicht vermissen, aber Ummu wird sie wie Goldstaub vorkommen.

Kapitel dreizehn

Am Ende von Monas zweiter Woche hat sich meine Angst gelegt, Daddy in ihrer Obhut zu lassen. Daddy ist versorgt. Leo ist zufrieden. Mein Haus ist sauber.

Und ich muss nicht mehr vom Sender aus sofort nach Hause laufen, um nach ihnen zu sehen.

Freitag ziehen Gina und ich nach der Arbeit unsere Mäntel über und machen uns auf den Weg ins George and Dragon, wie wir es oft gemacht haben, bevor Mummy krank wurde und Daddy zu mir zog.

Wir finden Plätze vor dem Kamin.

»Wie läuft es mit dieser Pflegerin?«, fragt Gina.

»Sie ist ein Geschenk des Himmels. Ich weiß gar nicht, wie ich so lange ohne Hilfe ausgekommen bin.«

»Es tut dir wirklich gut. Du siehst großartig aus.«

»Ernsthaft?«

»Ja. Vor einer Weile hast du noch schrecklich ausgesehen. Man merkt dir den Unterschied wirklich an.«

Herrje, ich hatte keine Ahnung, wie abgespannt ich gewirkt haben muss.

»Aber das ist doch kein Wunder, Dora. Du warst in Trauer.«

»Ach, komm schon, Gina, das ist ein Jahr her.«

»Ja, aber wir gehen in diesem Land wirklich beschissen mit dem Tod um. Hier erwartet man, dass die Leute sofort weitermachen wie gehabt, und ich glaube, auf lange Sicht wird der ganze Prozess dadurch nur viel schwerer. Mary hat mir erzählt, in Nigeria hätte man vierzig Tage Zeit, um einen Todesfall in der Familie zu verarbeiten. Da wird erwartet, dass man sich zum Trauern zurückzieht. Hier müssen wir sofort weiterarbeiten.«

Lächelnd klopfe ich Gina auf die Schulter. »Es war schon hart, das stimmt«, gebe ich zu. »Mummys Tod war schwierig, aber mich um Daddy zu kümmern ist viel schwerer.«

»Können deine Brüder und deine Schwester ihn nicht ab und zu nehmen, um dich zu entlasten?«

»Ach Gina, ehrlich gesagt lohnt es sich nicht, sie zu bitten. Sie kennen ihn nicht so gut wie ich. Anita und Terence sind zu egoistisch, um sich seinetwegen mal Umstände zu machen, und Simon ist ein Totalausfall. Jedenfalls ist jetzt alles viel leichter, seit ich Mona habe.«

»Wo schläft sie denn?«

»Im Gästezimmer.«

»Direkt neben deinem?«

Ich nicke. Später werde ich mich fragen, warum ich diese kleine Notlüge erzählt habe. Jetzt kommt sie mir derart leicht über die Lippen, dass ich es kaum bemerke.

»Da hat sie ja Glück. Ich habe gar nicht daran gedacht, dass du so viel Platz hast. Ich könnte bei mir keine Pflegerin unterbringen, selbst, wenn ich mir eine leisten könnte. Weißt du was, ich bin echt erleichtert, dass wir uns mal wieder treffen«, sagt Gina. »Ich muss dir von meinen Problemen erzählen – wenn es dir nicht zu viel wird. Ich wollte schon lange mit dir reden. Der Mistkerl heiratet.«

»Oh, Gina!«

»Eigentlich wäre es mir egal, aber die Mädchen sind total begeistert. Sie meinen, jetzt würden sie Geschenke von Tiffany's bekommen – sie hat Geld wie Heu, Dora. Wie soll ich da mithalten?«

»Kannst du nicht«, entgegne ich. »Nicht finanziell. Aber um Himmels willen, du bist ihre Mutter. Du musst nicht mithalten. Verglichen mit deiner Liebe sind alle Klunker wertlos. Sieh dir nur Leo an. Er hat bei Roger gelebt wie die Made im Speck, trotzdem ist er zu mir gezogen.«

Sofort wünschte ich, ich hätte das nicht gesagt. Leo mag ja »zu mir gezogen« sein, aber sicher nicht ohne Schaden. Ich sehe ihr an, was sie denkt. Leo ist wohl kaum das beste Beispiel. Und ich habe die Wahrheit beschönigt. Leo ist nicht freiwillig bei mir. Hätte er es sich aussuchen können, wäre er in seiner internationalen Schule in Marokko geblieben, wo er segeln und Tennis spielen konnte. Er ist nur hierhergezogen, weil ihm nichts anderes übrig blieb, nachdem Roger auf einem englischen Schulabschluss bestanden hatte.

Und jetzt sitzt er zu Hause vor dem Fernseher. In sich gekehrt und depressiv. Mir war es fast lieber, als er noch mit Drogen dealte und deswegen Probleme hatte. Da ist er wenigstens aus dem Haus gekommen und hat was unternommen.

Ich starre in mein Glas. Es ist verdammt schwer, alles richtig zu machen. Roger und ich haben geglaubt, Leo würde sich perfekt in das Leben in London einpassen – der Goldjunge aus dem Ausland, strahlend und gesund und triefend vor Selbstvertrauen, das ihm seine Bildung doch vermittelt haben müsste. Wir dachten, er würde Freunde und Bewunderer finden. Ich wollte mit ihm zusammen ausgehen, Mutter und Sohn, unterwegs in den Galerien und Konzertsälen Londons.

Ich hätte mir nie träumen lassen, dass er zu diesem depressiven Einsiedler werden würde. Der sich für nichts interessiert, was er nicht auf dem Bildschirm sieht. Blass und mürrisch und einsilbig.

Wie weit Realität und Plan doch auseinanderliegen.

Gina spielt mit ihrem Glas.

»Ich will nur sagen«, fahre ich fort, »dass es nichts gibt, was die Verbindung zwischen Mutter und Tochter ersetzen könnte. Diese, wie heißt sie gleich, sie hat im Moment den Reiz des Neuen. Aber wird sie auch da sein, wenn die Mädchen Liebeskummer haben? Wenn sie eine Tasse Tee und eine Schulter zum Ausweinen brauchen? Liebt sie die Mädchen bedingungslos? Glaube ich kaum.«

»Hoffentlich hast du recht«, meint Gina. »Es ist nämlich schrecklich. Er zusammen mit dieser Frau; die Mädchen sind richtig geblendet von ihr. Und ich bin ganz allein.«

»Kann ich mir vorstellen. Aber das hält nicht, Süße, das verspreche ich dir. *Du* bist ihre Mutter. Wie läuft es bei der Partnervermittlung?«

»Ach. Na ja. Einen Kandidaten gibt es. Wir treffen uns nächste Woche. Aber ehrlich gesagt mache ich mir keine großen Hoffnungen. Wie wahrscheinlich ist es denn, dass man seinen Seelenverwandten im verdammten Internet trifft?«

»Man kann nie wissen!«

Ich trinke einen Schluck Martini. Er ist lauwarm, und die obligatorische Orangenzeste fehlt. Auf einmal vermisse ich Max. Einen lauwarmen Martini würde er sich nie gefallen lassen.

Aber ich schlage mich gut. Bis jetzt habe ich noch nichts von meinem Geliebten erzählt.

Gina missbilligt meine Affäre mit Max, weil er verheiratet ist; sie steht auf der Seite von Max' Frau. Sie glaubt, sie wüsste, wie seine Frau sich fühlen würde, wenn sie von mir erführe, weil sie, Gina, das Gleiche durchgemacht hat. Nur wird Max seine Frau nicht für mich verlassen. Trotzdem ist Gina davon überzeugt, dass ich etwas Falsches tue. Sie findet, ich sollte mich aus Max' Leben heraushalten und seiner Ehe die Luft zum Atmen lassen.

Sie hat ja keine Ahnung. Das wäre für mich schlicht unmöglich. Und sie begreift nicht, dass seine Ehe, wie ich mittlerweile vermute, nicht trotz, sondern wegen mir überlebt.

»Du brauchst mich gar nicht daran zu erinnern«, sagt Gina. »Du hast Max vor dem Albert Memorial kennengelernt, als du auf Roger gewartet hast.«

»Ich wollte gar nicht ...«

»Das klingt, als würde ich dich kritisieren. Aber weißt du, ich finde diese ganze Sache mit dir und einem verheirateten Mann immer noch problematisch.«

»Dabei habe ich Max in letzter Zeit kaum gesehen.«

Plötzlich bin ich den Tränen nahe.

Das passiert mir oft, seit Mummy gestorben ist. Beinahe ohne Vorwarnung überkommt mich das Bedürfnis, den ganzen Schmerz abzuwerfen, von dem ich gar nicht wusste, dass ich ihn mit mir herumtrage. Könnte ich es analysieren, würde ich sagen, das geschieht, weil ich Mummy verloren habe, weil Daddy sich verändert und ich Max vermisse, aber es ist mehr als das. Es kommt noch einiges hinzu. Die Anstrengung, alles zusammenzuhalten. Bei der Arbeit und zu Hause alles richtig zu machen, wird manchmal zu viel – dann habe ich Angst, dass irgendwann alles über mir zusammenbricht. Einzig der Gedanke an Mona und daran, wie sie sich um alles kümmert, tröstet mich ein wenig.

Ich sehe Gina an und blinzle die Tränen weg.

»Sei nicht sauer«, bittet sie.

»Warum fängst du von Max an? Du weißt doch, dass wir uns immer streiten, wenn das Gespräch auf ihn kommt.«

»Ich dachte nur ...«

»Dann versuch mal lieber, nicht zu denken!«, entfährt es mir, bevor ich mich bremsen kann.

»Dora. Ich mag dich doch. Ich will nicht, dass du verletzt wirst. Oder dass du deine …«

Ich ziehe meinen Mantel an und schlinge mir den Schal zwei Mal um den Hals. Draußen wird es kalt sein.

»Tschüss. Bis morgen.«

Als ich das Pub verlasse, bin ich außer mir. Nicht nur wegen Ginas Kommentaren, sondern weil sie mich daran erinnert haben, wie lange mein letztes Treffen mit Max her ist. Wann sehe ich ihn wohl wieder? Hat Gina in gewisser Weise recht? Ist es abzusehen, dass ich verletzt werde?

Manchmal bläht sich die Zeit ohne ihn so auf, dass mir Zweifel kommen, ob es ihn überhaupt gibt. Vor allem bezweifle ich, dass ich je wieder etwas von ihm hören werde.

Er hat mir versichert, es liege an der Arbeit oder an seiner Familie, wenn er sich nicht meldet, trotzdem ertrage ich dieses Schweigen nicht. Mit Mona im Haus ist es doch verrückt, dass die Zeit, die ich mit ihm verbringen könnte, ungenutzt verrinnt.

Auf dem Heimweg fühle ich mich verlassen und verraten.

Doch schon nach ein paar Minuten tut es mir leid, dass ich überreagiert habe. Gina ist doch meine Freundin, sie macht sich Sorgen um mich.

Das würde ich genauso, wenn sie in einen verheirateten Mann verliebt wäre, der niemals – und wenn ich es insgeheim noch so sehr hoffe – seine Frau und seine Kinder für mich verlassen würde.

Kapitel vierzehn

Normalerweise ist Daddy um die Zeit, um die ich von meinem Treffen mit Gina nach Hause komme, schon im Bett. Trotzdem gehe ich sofort zu ihm nach unten.

Der Abend ist wunderschön, kalt und wolkenlos. Ohne die Lichter Londons wären in einer solchen Nacht die Sterne sichtbar. Seltsam, dass sie da sind in ihrer ungezählten Pracht, verteilt über das Universum – und wir können sie einfach nicht sehen.

Ich bleibe stehen. Mummys Büste, die ich an den Kopf der Kellertreppe gestellt habe, damit Daddy sie findet, wenn er die Stufen heraufkommt oder aus seinem Schlafzimmerfenster blickt, zeichnet sich gegen das bernsteinfarbene Licht des Nachthimmels ab.

Mir war klar, dass Anita und Simon sich alle kostbaren Stücke unter den Nagel reißen würden, als wir anfingen, das Haus unserer Eltern auszuräumen, und ich habe mich damit abgefunden. Die beiden waren die Einzigen, denen der Wert der Dinge wichtig war. Terence hat die praktischen Sachen genommen – Rasenmäher und Elektrowerkzeuge und so etwas. Und weil ich wusste, dass ich nicht genug Platz für die großen Möbelstücke habe, die Anita neulich wieder erwähnt hat, habe ich mir einige Erinnerungsstücke ausgesucht. Anita war zu jung, um zu wissen, was diese Dinge bedeuten, deshalb habe ich ohne Gewissensbisse den alten Bettwärmer eingesteckt und auch das silberne Besteck mit den Elfenbeingriffen samt dem polierten Holzkoffer. Außerdem bündelweise bestickte Tischdecken und Platzdeckchen aus Leinen. Und Sachen, die für mich eine besondere Bedeutung besitzen. Dazu gehörte auch diese steinerne Büste meiner Mutter. Sie hatte in dem Steingarten hinter unserem Haus gestanden, seit ich fünf oder sechs war, und jetzt wollte ich sie in meinem eigenen Garten haben, um mich an meine Mutter in ihrer Blütezeit zu erinnern.

Ich habe nie gefragt, wer sie geschaffen hat, und jetzt ist Daddys Gedächtnis zu unzuverlässig geworden. Also ist es zu spät. Trotzdem ist die Büste ein echtes Kunstwerk. Besonders die Wangenknochen und die Augen meiner Mutter sind sorgsam herausgearbeitet, und man merkt, dass der Bildhauer sie bewundert haben muss.

Jedes Mal, wenn ich diese Büste sehe, muss ich daran denken, wie unsere Familie vor Mummys Tod war. Mummy hat die Familie zusammengehalten, sie hat uns abwechselnd angerufen und uns alle Neuigkeiten erzählt, damit wir sie untereinander weitergeben konnten. Es gab keinen Streit, keine Verstimmung. Ich habe mich oft gefragt, was Mummy wohl sagen würde, wenn sie gesehen hätte, wie sich Anita und Simon und Terence in den Wochen nach der Beerdigung benahmen. Wie sie sich darüber zankten, wer von ihnen es am schwersten hat, und sich dann wegen Daddy auch noch gegenseitig an die Kehle gingen.

In ihren letzten Tagen, als unsere Mutter schon schwer krank war, habe ich sie beruhigt und ihr versprochen, Daddy würde bei mir bleiben, bis wir eine dauerhafte Lösung gefunden hätten. Manchmal glaube ich, dass sie nur deshalb friedlich gehen konnte. Ich habe das Richtige getan – für sie und für Daddy, und ich wusste, sie hätte das auch von mir erwartet. Mir fällt wieder Anitas Bemerkung ein, Mummy sei herrschsüchtig gewesen, und mir kommt der Gedanke, dass man die wahre Natur einer Familie vermutlich nie genau kennt.

Ich merke, wie Dinge, die ich mein Leben lang direkt vor Augen hatte, eine andere Bedeutung annehmen, sobald ich sie aus einer neuen, reiferen Perspektive betrachte. Diese Büste war einfach immer da, irgendwo im Hintergrund. Jetzt frage ich mich, was sie uns wohl erzählen würde, wenn sie sprechen könnte.

Als Mona aus Daddys Tür kommt und die Treppe heraufsteigt, sind ihr Kopf und Mummys Büste einen seltsamen Augenblick lang direkt nebeneinander. Ich habe das Gefühl, das würde etwas bedeuten.

Vielleicht hat Mona auf einer symbolischen Ebene das ersetzt, wofür Mummy stand. Vielleicht finden wir alle durch sie unsere guten Seiten wieder.

»Ist alles in Ordnung?«, frage ich sie. »Wie ist es heute gelaufen?«

Sie nickt und lächelt. »Sehr gut, danke. Haben Sie gesehen, dass ich für sie gekocht habe? Für Leo und Charles.«

»Danke. Ich sehe nur kurz nach Daddy, dann unterhalten wir uns in der Küche.«

Daddy sitzt in einem sauberen Schlafanzug im Bett und hört sich *Book at Bedtime* auf Radio 4 an. Er lächelt mich an, streckt mir eine Hand entgegen und drückt meine.

»Hattest du einen schönen Tag, Daddy?«

»Ja, vielen Dank. Einen sehr schönen.« Sein höflicher Ton beunruhigt mich. Weiß er, wer ich bin?

»Bist du mit Mona gut ausgekommen?«

»O ja. Wir haben ein Geburtstagsgeschenk für Mummy gekauft. Ich habe Nancy gebeten …«

»Mona.«

»Ja, das Mädchen.«

»Die Frau.«

»Ich habe sie gebeten, mir zu helfen, für Mummy ein paar Blumen auszusuchen. Und eine Vase für sie. Sie hat gesagt, sie würde sie Mummy ins Krankenhaus bringen.«

Manchmal scheint er sein Gedächtnis in winzigen Schritten zu verlieren, Stück für Stück, aber das hier, dass er glaubt, Mummy würde noch leben, beweist eine riesige, eine katastrophale Erinnerungslücke. Es bedeutet, er muss die Trauer um Mummy noch einmal durchmachen. Trotzdem kann ich ihn nicht in einer Illusion leben lassen. Er muss die Wahrheit kennen, sonst zerfällt seine ganze Welt.

»Daddy«, sage ich. »Mummy ist tot.«

Lange sieht er mich an und runzelt fassungslos die Stirn, dann rinnt eine einzelne Träne über seine Wange.

»Weißt du was, das hatte ich vergessen«, sagt er.

Ich drücke seine alte Hand.

»Schon seit einem Jahr, Daddy. Wir haben sie beerdigt. Erinnerst du dich?«

»Ja, ja. Natürlich erinnere ich mich. Wo ist Mona, dieses reizende Mädchen, das die Rosen gebracht hat?«

»Ich schicke sie gleich zu dir.«

Meine Brust schmerzt, als ich die Treppe hinaufgehe; ich bin nicht einmal sicher, ob es an Daddys Trauer liegt, die ich miterlebt habe oder an meiner eigenen.

Mona steht am Herd und rührt in einem Topf.

»Möchten Sie nicht auch etwas?«, frage ich.

Sie schüttelt den Kopf. »Ich habe mit Charles gegessen.«

»Er hat nach Ihnen gefragt. Er muss sich für die Nacht zurechtmachen. Danach können Sie raufkommen und sich etwas zu mir setzen.«

»Ja. Gut.«

Sie kehrt zurück, als ich mir gerade etwas von ihrem Essen auffülle. Lammtajine. Ich versuche mich zu erinnern, ob ich sie gebeten habe, Lamm zu besorgen.

»Daddy hat erzählt, dass Sie ein Geburtstagsgeschenk für meine Mutter gekauft haben.«

Sie lächelt und geht zur Spüle, um die Töpfe zu säubern.

»O ja. Er hat gesagt, Ihre Mummy hat Geburtstag. Also haben wir Blumen für sie gekauft.«

»Aber sie ist tot«, wende ich ein.

»Ich weiß. Aber er war glücklich. Ich wollte, dass er glücklich ist. Das ist gut, glaube ich. Wenn er ein paar Stunden glaubt, dass seine Frau lebt. Es hat ihn gefreut, die hübschen Rosen zu kaufen.«

Schon möglich, dass Mona recht hat, vielleicht ist es wirklich netter, Daddy seine schönen Erinnerungen zu lassen. Vielleicht ist es falsch von mir, wenn ich ihn in die Wirklichkeit zurückreiße.

»Und Leo hat sich anständig benommen?«

»Ja. Ich habe ihn nach oben geschickt. Ich habe ihm gesagt, er kann nicht den ganzen Tag im Schlafanzug bleiben.«

»Wissen Sie, Mona, es sieht vielleicht so aus, als würde ich ihm eine Menge durchgehen lassen. Aber ich möchte, dass er sich hier zu Hause fühlt. Er soll tun können, was er will.«

Ich schenke mir ein Glas Wein ein. Mona hier zu haben macht mir die schrecklichen Dinge erträglicher, mit denen ich fertigwerden musste. Leos Depression, Daddys Alzheimer, den Verlust meiner Mutter. Jetzt sitze ich hier, werde bekocht, mein misslauniger Sohn tut mal etwas Sinnvolleres, als nur träge vor dem Fernseher zu hängen, und ich habe Mona, die mich versorgt und ein wachsames Auge auf Daddy hat. Wenn ich mir das ansehe, verblasst mein Bedauern über den Streit mit Gina.

»Erzählen Sie mir etwas über Ihre Familie.«

Sie zuckt leicht zurück.

»Haben Sie nicht eine Tochter erwähnt?«, frage ich.

»Eine Tochter«, bestätigt sie. »Sechs Jahre alt.«

Bei dem Gedanken an ihr Kind füllt sich ihr Gesicht mit Freude.

»Wo ist sie?«

»Zu Hause. Bei meiner Mutter im Dorf.«

»Wer kümmert sich denn um sie?«

»Meine Mutter.«

»O je. Vermissen Sie sie nicht?«

Sie sieht mich ausdruckslos an, ihre Mundwinkel hängen herab. Natürlich vermisst sie ihre Tochter – was für eine blöde Frage.

»Was ist passiert, Mona? Was ist mit Ihrem Mann?«

Sie wendet den Kopf ab. Wieder habe ich ein sensibles Thema berührt. Wirklich dumm von mir.

»Es tut mir leid. Das ist sicher schmerzlich. Erzählen Sie mir etwas von Ihrer Tochter?«

Jetzt lächelt sie. Sie fängt an zu erzählen, ihre Hände tanzen, sie unterstreichen jedes Wort wie eine Pantomimin.

»Sie ist sechs Jahre alt. Sie ist lustig, sie mag die Farbe Rosa. Sie verkleidet sich gerne und spielt Familie. Aber wo ich lebe, gibt es kein Geld, keine Arbeit. Alles ist teuer, ihre Schule, Bücher, Kleidung. Ich will Leila eine Zukunft geben. Und es geht ihr gut bei meiner Mutter.«

Ich mustere Mona und rücke mein Bild von ihr zurecht. Wenn ihre Tochter erst sechs ist, ist sie vielleicht nicht so alt wie ich, sondern jünger – deutlich jünger. Jetzt bemerke ich, dass sie tatsächlich recht glatte Haut hat. Die Erschöpfung, die sie älter wirken ließ, hat sich seit ihrer Ankunft etwas gelegt. Wie angelaufenes Silber nach dem Polieren.

»Es ist schwer, nicht bei seinem Kind zu sein. Als meine Ehe vorbei war und ich zurück nach London gezogen bin, ist Leo bei seinem Vater geblieben. Es hat mir das Herz gebrochen. Es war … als würde mir ein Stück aus meinem Körper gerissen. Aber er hat dort die Schule besucht und hatte sich eingelebt, und ich wollte ihm das nicht kaputt machen. Es ist wirklich schön, dass er herkommen wollte, um die Schule abzuschließen.«

Das Essen ist köstlich. Ich nehme noch einen Bissen und einen Schluck von dem Rotwein, den ich mir eingeschenkt habe.

Nach dem Essen sage ich Mona, sie soll nach Daddy sehen, danach hätte sie frei. Als sie gegangen ist, fülle ich mein Glas; ich will den Wein mit nach oben nehmen und in der Badewanne trinken. Beim Hinaufgehen werfe ich einen Blick in Monas Zimmer. Die Tür steht leicht offen, die Lampe brennt. Auf dem antiken Schreibtisch steht eine Vase mit Rosen. Pinkfarbene blühende Rosen in meiner hohen Glasvase.

Die Rosen, die Daddy für Mummy gekauft hat.

Kapitel fünfzehn

Den Zwischenfall mit den Rosen lasse ich durchgehen. Ich bin zu sehr auf Mona angewiesen, um kleine Überschreitungen zu Problemen aufzublasen.

Am folgenden Samstag nutze ich sie aus. Ich gehe ins Fitnessstudio, zum Friseur und laufe am Fluss entlang nach Hause. Es ist einer dieser klaren Vormittage im Herbst, an denen die Sonne leuchtend und tief am Himmel steht. Ich habe das Gefühl, dass Mummy mir gerade sehr nahe ist. Vielleicht begleitet sie mich sogar auf meinem Heimweg.

Ihre Gegenwart zu spüren, tröstet mich. Ich fühle, dass der Tod sie mir nicht entrissen hat. Sie ist ganz nah, auf der anderen Seite einer nicht wahrnehmbaren Membran, die so dehnbar ist wie die Spinnweben, die meine Wände verschleiert haben – bis Mona kam.

Es herrscht Ebbe. Ich höre die Leute, die mit ihren Kindern unten am Strand herumstöbern, und die Ausflugsboote, die leise den Fluss entlangtuckern und Wellen ans Ufer schwappen lassen. Ich atme tief durch und rieche den schlammigen Fluss.

Während ich weitergehe, piept mein Handy. Mein Herz tut einen Sprung. Ich traue mich kaum nachzusehen. Zu sehen, ob es Max ist. In New York ist es erst sieben Uhr morgens. Aber vielleicht ist er nicht in New York – vielleicht ist er hier.

Hi, meine Schöne, ich komme Mittwoch in London an. Triff mich vor Boudicca, Westminster Bridge, 17 Uhr.

Sofort schreibe ich zurück, dass ich Zeit habe. Ich bin frei! Ich habe Mona! Zum ersten Mal seit Monaten kann ich bei einer Einladung meines Geliebten ohne Zögern zusagen.

Ich fühle mich gut. Innerlich und äußerlich rein. Durch den Sport, die gemachten Haare. Und weil ich die Unruhe losgeworden bin, die mich immer plagt, bis Max sich meldet.

Wenn man hier die Augen schließt, könnte man fast denken, man stünde am Meer. Ich genieße die warme Sonne auf meinem Gesicht, das Klatschen der Wellen am Ufer, die Schreie der Seemöwen. Trotzdem besitzt die Aussicht auch eine ganz eigene Schönheit. Die schwarzen Spitzen des Geländers greifen in ihrer Form die Türme der alten Kirche am anderen Ufer auf, die ihrerseits wie eine Miniaturausgabe des Swiss-Re-Towers aussieht. Vor den hoch aufragenden Gebäuden der City wirken die alten Dächer und Kamine winzig. Londoner Geschichte in Etagen. Die Masten einer Galeone, die ein Stück flussabwärts vor Anker liegt, ragen wie wundersame Erscheinungen aus der Vergangenheit in den Himmel. Ich fühle mich entspannt und im Reinen mit mir. Ich folge weiter dem Uferweg, schlängle mich auf Abkürzungen zwischen neuen Gebäuden hindurch und komme schließlich an Kränen und an den Uferbecken und Anlegestellen vorbei.

An der Paynes Wharf bleibe ich stehen und bewundere die majestätischen Bögen, die von der Fassade der stattlichen alten Reederei geblieben sind und die schlanken Wolkenkratzer von Canary Wharf am anderen Ufer einrahmen. Es ergibt ein interessantes Bild, wie das Kleinere das Größere umfasst. Und ich stehe hier genau wie diese Bögen – klein, aber mit alldem in meinem Blickfeld.

Theodora Gentleman, die Beraterin von ganz Südostengland.

Eine Frau in der Mitte des Lebens, die immer noch einen Geliebten den weiten Weg aus Amerika anlocken kann. Daddys »Gottesgeschenk«, das sich um ihn kümmert, während niemand sonst in der Familie dazu bereit ist.

Zu Hause angekommen kribbelt mein Gesicht von der kalten Morgenluft, und als ich die Tür öffne, begrüßt mich ein Duft, der mich sofort in Daddys Restaurant zurückversetzt. Es riecht nach Gewürzen, nach Kreuzkümmel, Koriander, Paprika.

Im Flur stehen endlich keine Schuhe mehr, weil Mona sie in die Regale geräumt hat. Es liegt weder Werbepost herum noch Leos getragene Klamotten, die er gerne über das Geländer oder auf den Boden wirft. Ich erinnere mich, dass ein frisches, gelüftetes Haus auch ruhiger wirkt, und atme tief die verlockenden nordafrikanischen Aromen und den warmen, heimeligen Duft frischer Hefe ein, der aus der Küche strömt. Ich gehe den Flur entlang und öffne die Tür.

Mona hockt auf dem Boden, vor sich ein bemehltes Brett, und knetet Teig. Ich starre sie an. Es ist ein Bild vollkommener Häuslichkeit, und ich werde von Dankbarkeit und Wohlwollen überflutet, von dem Gefühl, dass jemand für mich sorgt. Als wäre meine Mutter wiederauferstanden. Nicht, dass sie in ihrem ganzen Leben ein Brot gebacken hätte, und mit Sicherheit hat sie sich nie zum Teigkneten auf den Boden gehockt. Aber wenn ich Mona so sehe in dem Sonnenschein, der durch das Fenster fällt, verspüre ich eine Zufriedenheit wie schon lange nicht mehr. Dieses Bild könnte aus einem niederländischen Gemälde stammen, es ist ein Blick durch einen Türspalt auf einen stillen, trauten Moment einer Frau bei ihrer Arbeit.

»Das riecht ja wunderbar«, sage ich.

Als ich die Küche betrete, spüre ich, dass ich nicht gebraucht werde; Mona ist hier allein ganz zufrieden. Das flüchtige Gefühl, ich würde in meinem eigenen Haus stören, steigt in mir auf und vergeht wieder.

Mona blickt auf und lächelt, bevor sie den Blick wieder senkt, als wäre sie verlegen.

»Ich habe für alle Mittagessen gekocht. Charles und Leo und Sie. Ein Nationalgericht – das habe ich lange nicht gekocht. Das ist unser besonderes Brot. Und ich habe etwas Pikantes gekocht. Leo mag gut gewürztes Essen.«

»Sehr schön, vielen Dank, Mona.« Glaubt sie, ich wüsste nicht, dass Leo es kräftig mag? »Ich freue mich schon darauf«, sage ich und nehme meinen Schal ab.

»Ihre Haare, das sieht hübsch aus«, sagt sie.

»Danke. Ich war beim Friseur.«

»Sehr gut, sehr schick«, lobt sie. »In meinem Land gibt es das nicht, wir finden das sehr schön, wie etwas Kostbares.« Lächelnd umspielt sie mit den Fingern ihren Kopf.

»Was, Locken?«

»Ja, wie Sie. Und viele versuchen, sich Ihre Farbe zu machen. Mit Henna. Aber es ist schwierig bei unseren Haaren.« Sie verzieht das Gesicht.

Ich lächle ihr zu. »Ach, Unsinn, Mona, Ihre Haare sind auch schön. Oh, ich habe Cupcakes mitgebracht. Also denken wir heute beide an unseren Magen!« Ich tätschle mir den Bauch, und sie lacht. »Ich habe sie vom Borough Market.«

»Ein anderer Markt?«

»Ja, ein viel netterer. Oben am Fluss.«

»Würde ich gerne sehen.«

»Dann zeige ich Ihnen den Markt mal.«

Die Türklingel unterbricht uns. Auf der Treppe stehen Anita und Simon.

»Wir dachten, wir kommen Daddy mal besuchen«, erklärt Anita. »Können wir vorher einen Kaffee bei dir abstauben? Junge, Junge, hier riecht es ja toll. Was kochst du da?«

»Das ist Mona«, sage ich. »Irgendwas Marokkanisches.«

Sie folgen mir in die Küche.

»Wir haben uns überlegt, wir könnten mit Daddy essen gehen«, sagt Simon. Er trägt eine Beanie-Mütze, um seinen Hals hängen Kopfhörer. Simon ist schon über dreißig und läuft immer noch herum wie ein streunender Schuljunge.

»Ihr seid etwas zu spät«, erkläre ich. »Mona hat gerade Daddys Essen fertig, nicht wahr, Mona?«

Mona nickt, nimmt das Tablett, das sie für Daddy vorbereitet hat, und trägt es aus der Küche.

Es ist typisch, dass mein Bruder und meine Schwester mit ihren guten Vorsätzen zur falschen Zeit auftauchen.

»Wir wollten mit ihm ins Mayflower. Ich glaube, die Küche hat fast den ganzen Nachmittag geöffnet«, erzählt Simon.

»Das Pub ist nicht das Problem«, sage ich, »sondern Daddy. Er muss um zwölf essen, damit er danach schlafen kann. Wer soll ihn überhaupt fahren? Ich habe doch als Einzige ein Auto.«

»Wir könnten den Bus nehmen.«

»Habt ihr in letzter Zeit mal versucht, Daddy in einen Bus und wieder heraus zu bekommen?«

»Dora, wir wollten nur helfen«, sagt Anita. »Ich habe extra Richard eingespannt. Er fährt heute Nachmittag mit den Kindern zu seiner Mutter. Nie lässt du uns helfen. Du bist genau wie früher! Schon als wir Kinder waren, musstest du immer die Beste sein, immer der Liebling.«

»Ihr könnt Daddy nicht so überrumpeln. Er hat sich gerade erst an Mona gewöhnt. Wenn sich jetzt sein Tagesablauf ändert, gerät er völlig durcheinander.«

»Na ja, dann haben wir die Fahrt umsonst gemacht«, meint Anita. »Typisch.«

»Mona macht einen netten Eindruck«, sagt Simon. »Irgendwie mütterlich. Verlässlich.«

»Terence findet, wir sollten für ihr Gehalt zusammenlegen«, erzählt Anita. »Er meint, wir könnten an Daddys Erspartes gehen. Es ist nicht fair, dass du alles allein bezahlen sollst.«

»Ach, das ist ja mal was Neues – Terence denkt an jemand anderen!«

»Er will doch nur helfen, Dora. Wollen wir alle. Er ist auch unser Vater. Wir würden von keinem erwarten, dass er die Pflegekosten übernimmt, wenn Daddy schon unten bei ihm wohnt. Auch nicht, wenn für dich dabei ein sauberes Haus herausspringt.«

»Die Kosten sind ja nicht die einzige Belastung.« Die alte Verbitterung steigt wieder in mir auf – meine Schwester hat keine Ahnung! »Mona nimmt in meinem Haus Platz weg. Ich muss ein Auge auf sie haben. Wenn man eine Pflegerin im Haus wohnen hat, muss man aufpassen. Man kann ihr nicht einfach vertrauen und sie laufen lassen.«

»Mein Gott, Dora, dir kann man auch nichts recht machen«, sagt meine Schwester.

»Na kommt schon, ihr beiden«, wirft Simon ein. »Genug gezankt.«

»Dann nehme ich dankend an«, sage ich.

»Läuft denn alles gut?«, fragt Anita. »Mit ihr, meine ich.«

»Bis jetzt ja«, antworte ich. »An irgendwen erinnert sie mich. Vielleicht an jemanden aus Daddys Restaurant. Eine der Kellnerinnen?«

»Mein Gott, was haben wir damals gearbeitet in seinem Restaurant«, sagt Anita. »Und zu welchen albernen Sachen er uns gezwungen hat – möglichst viele Scheiben aus den Tomaten herausholen, die Möhren ganz klein stifteln.«

Schweigend sitzen wir da und erinnern uns an Daddys Launen bei der Arbeit und wie wir uns bemühten, ihn nicht zu verärgern. Ich habe doppelt so viel gearbeitet wie alle anderen. Ich sehnte mich so sehr nach Daddys Lob, ich wollte allen zeigen, dass ich sein Liebling war. Ein, zwei Angestellte machten mir hinter seinem Rücken das Leben zur Hölle, nannten mich eine Petze, ein Papamädchen.

Ich hätte schon damals lernen sollen, dass es Missgunst wecken kann, wenn man bevorzugt wird. Wahrscheinlich war das der Grund für Anitas spitze Bemerkungen über mich als Kind.

»An welche Kellnerin erinnert sie dich denn?«, fragt Anita.

»Keine Ahnung. Ich überlege immer wieder … ich komme nicht darauf.«

»Na gut«, meint Simon plötzlich und springt auf. »Ich gehe runter zu ihm. Bis später, Dor.«

Als er die Küche verlassen hat, sage ich: »Es tut mir leid, Anita. Es ist nur nicht gerade eine einzige Freude, Mona hier zu haben. Ich fürchte, sie sieht auf mich herab. Auf das Haus, meine ich. In Marokko hat sie für eine saudische Familie gearbeitet, und solche Ausländer haben Paläste als Häuser. Erinnerst du dich noch an Rogers Haus? Böden im Schachbrettmuster, marmorne Arbeitsflächen, diese ganzen verdammten Ledersofas. Hier sieht das anders aus.«

»Sei nicht albern«, meint Anita. »Frauen wie sie können es sich kaum erlauben, über andere zu urteilen. Außerdem wohnst du in einer der begehrtesten Straßen im Südosten Londons.«

Anita weiß, dass meine Wohnlage ein wunder Punkt für mich ist. Ich habe eine Theorie über London. Die Wohlhabenden wohnen auf den Hügeln: Highgate Hill, Notting Hill, Primrose Hill. Zu Füßen dieser schicken Gegenden liegen die Viertel, in denen Drogenmissbrauch, Prostitution und das Bandenwesen herrschen: Tottenham, Archway, Wood Green. Deptford.

Sie sagt, ich würde der Zeit hinterhinken, genau diese Viertel würden gerade von den erfolgreichen jungen Leuten entdeckt. Aber wenn man auf einem der Hügel Londons aufgewachsen ist, in einem großen Haus in Blackheath, ist der Abstieg beschämend. Ich bin als Einzige von uns in den Niederungen gelandet. Terence wohnt in einem frei stehenden Haus in Dartmouth Hill. Anita und ihr Bankerehemann Richard leben in Muswell Hill. Simon hat sich noch nicht niedergelassen, aber bestimmt schleimt er sich irgendwann seinen Weg in das Haus einer wohlhabenden Frau in Hampstead oder Highgate.

Ich bin in einem Haus in einem der klammen Viertel am Fluss gelandet, wo Sozialbauten aus den Siebzigern vorherrschen und die High Street wie ein Magnet Penner und Perverse anzieht. Roger und ich haben das Haus gekauft, weil wir dachten, unsere Straße mit den wunderschönen georgianischen Häusern früherer Schiffsbauer würde exklusiver werden.

Wurde sie in gewisser Weise auch. Nur die Umgebung nicht.

»Weiß sie denn, dass du ›die Stimme des Südostens‹ bist?«, fragt Anita. »Das muss sie doch anerkennen.«

Meine Schwester hat recht. Die Leute reisen nicht aus Spaß um die halbe Welt, um als Hausangestellte zu arbeiten. Und dieses Haus, das Roger und ich uns als kleine Zuflucht zugelegt haben, als wir zum ersten Mal ins Ausland gingen, ist vielleicht nicht so groß oder so luxuriös wie unsere Wohnsitze in Marokko, aber es ist schön und auf seine eigene Art elegant genug. Mona befindet sich in einer verzweifelten Lage und ist dankbar für ihre Anstellung.

Als ich Anita gerade fragen will, was sie von der Geschichte mit Mona und den Rosen hält, kommt Mona mit Simon auf den Fersen zurück.

»Das hätte ich mir sparen können«, erzählt Simon. »Er hat mich nicht mal angesehen. Hatte nur Augen für Mona. Er hat offenbar Gefallen an Ihnen gefunden«, sagt er zu ihr, und Mona senkt schüchtern den Kopf.

»Na gut, dann werde ich mal nach ihm schauen«, beschließt Anita. »Mit dem Essen ist er fertig, oder, Mona?«

Mona mustert Anita von oben bis unten, ihren modischen Wollrock, die Kaschmirjacke und ihre teuren Stiefel.

»Ihr Daddy muss jetzt schlafen. Er hat in einer Stunde Zeit für Sie.«

Anita wirft mir einen Blick zu, als wollte sie sagen: »Ganz schön dreist!«

Und ich spüre eine Art Verbundenheit mit Mona. Meine Geschwister können nicht mal rechtzeitig herkommen, um mit ihrem Vater essen zu gehen, während Mona für ihn kocht, putzt, ihn zur Toilette bringt und ihm seine Medikamente gibt.

»Weißt du was?«, sage ich. »Du und Simon könnt den Nachmittag mit Daddy verbringen, nachdem er geschlafen hat. Mona hatte bis jetzt noch gar nicht frei. Wir machen einen kleinen Spaziergang, Mona, und ich zeige Ihnen den Fluss.«

»Ist gut«, sagt Anita und tauscht mit Simon einen Blick, als wäre es gar nicht gut, aber als wüssten sie, dass ihnen jetzt nichts anderes übrig bleibt.

Kapitel sechzehn

»Wussten Sie schon, dass diese Straße eine lange Geschichte hat, Mona?«, frage ich, während wir an den Häusern mit den Galionsfiguren über den Eingängen vorbeigehen. »Diese Häuser haben früher Schiffsbauern gehört.«

Sie nickt, sagt aber nichts.

»Eines der Häuser, am anderen Ende, glaube ich, war ein Mädchenhaus, das eine Frau gegründet hat, um den ›Metzgermädchen‹ zu helfen. So hat man sie genannt, weil sie mit Fleisch gearbeitet haben. An der High Street gab es früher einen Viehmarkt, und diese armen Mädchen mussten die Tiere schlachten. Sie haben von frühmorgens bis spätabends geschuftet. Tiere mit Fleischerbeilen zerlegt. Knochen auseinandergerissen. Können Sie sich das vorstellen? Es war die Hölle. Kalt, dreckig, stinkend und grauenhaft. Stellen Sie sich mal die Geräusche vor – die sterbenden blökenden Kühe. Das Splittern der Knochen. Keine Arbeit für Mädchen.«

»Nein.«

»Nur waren Mädchen natürlich billige Arbeitskräfte, man konnte sie ausbeuten. Jedenfalls hat irgendwann eine mitfühlende Frau gesehen, was für ein schreckliches Leben die Metzgermädchen führten, und hat in dieser Straße eine eigene Schule für sie eingerichtet, in der sie Waschen, Kochen und Hausarbeit lernen sollten. Sie hat die Mädchen aus dem Elend geholt. Ihnen eine Zukunft gegeben.«

Während ich das erzähle, bin ich mir der Parallelen zu

dem bewusst, was ich für Mona tue. Ich bezahle sie, damit sie meine Wäsche wäscht, kocht und das Haus in Ordnung hält, und hole sie so aus ihrem wie auch immer gearteten Elend in Marokko.

Die Stadt gleicht einem geschlossenen Fächer, würde ich ihr gern erklären, hinter jeder Facette ihrer Geschichte verbergen sich weitere. Ich male mir oft aus, welche Szenen die Figurinen über den Türen wohl mit angesehen haben – Dummheiten und Verbrechen, Morde und Vergewaltigungen, Handel und Ausbeutung. Mit einem Blick zu Mona versuche ich zu erkennen, ob sie meiner kleinen Geschichtsstunde folgen konnte, aber ihre Miene bleibt ausdruckslos.

»Wir nehmen den Bus nach Rotherhithe und machen einen Spaziergang über die Paradise Street«, schlage ich vor. »Da hat man einen hübschen Blick auf den Fluss.«

Als wir Rotherhithe erreichen, dämmert es bereits. Die Flut ist gekommen, das Wasser klatscht vielleicht einen Meter unter uns gegen die Ufermauer. Wir suchen uns eine Bank und setzen uns. Ich zeige Mona die hohe Tower Bridge, deren Lichter gerade angehen, und erkläre ihr, dass sie sich in der Mitte teilen und beide Seiten hochgezogen werden können, um große Schiffe passieren zu lassen.

Ich packe die Cupcakes aus, die ich auf dem Markt gekauft habe, und gebe Mona einen. Als wir so dasitzen und an unseren Minikuchen knabbern, zwei Mütter Seite an Seite, glaube ich, dass alles wieder besser wird, weil sie jetzt bei mir ist.

Mona und ich können uns gegenseitig helfen. Wir sind wie zwei Türme einer Brücke, jede ist für die andere wichtig. Genau wie bei meiner Mutter und mir, als ich ein Kind war und wir die Bettlaken zusammenlegten; das habe ich so gerne mit ihr gemacht, wir haben das Laken auseinandergehalten, uns in der Mitte getroffen und die Ecken aufeinandergelegt. Dann wieder auseinander und wieder zusammen, bis wir ein handliches Bündel hatten, das in den Wäscheschrank passte.

»Sie sind heute glücklich«, sagt Mona plötzlich.

»Was?«

»Ja. Heute sehen Sie jung aus.«

Ich würde zu gerne jemandem von Max' SMS erzählen. Mit meiner besten Freundin Gina kann ich nicht über meinen Geliebten reden. Es ist eine echte Qual.

Also erzähle ich fast unwillkürlich meiner neuen Haushaltshilfe von ihm. Wie Daddy früher schon gerne sagte, bin ich zu vertrauensselig.

Im Nachhinein weiß man immer, wann man sich hätte bremsen sollen. Aber im abnehmenden Licht dieses Herbstnachmittags habe ich das Gefühl, ich hätte nicht nur eine Pflegerin für meinen Vater und eine Putzhilfe und Haushälterin für mich selbst engagiert, sondern auch eine Vertraute.

Und so fange ich an zu reden.

Kapitel siebzehn

»Ich bin glücklich, weil ich mich nächste Woche mit meinem Freund treffe. Ich habe ihn seit einer Ewigkeit nicht mehr gesehen.«

»Ich wusste nicht, dass Sie einen Freund haben.«

Ich mustere sie, um herauszufinden, ob sie sich dumm stellt. Leo meinte, er habe mitbekommen, wie sie sich in meinem Zimmer Max' Foto angesehen hat. Ihr muss doch klar sein, dass es in meinem Leben einen Mann gibt. Aber sie blickt mit unschuldiger Miene auf den Fluss.

»Doch, ich habe einen.«

»Aber ich bin seit drei Wochen hier. Ich habe diesen Mann nicht gesehen.«

»Nein. Na ja, er lebt in Amerika.«

»Dann – wann treffen Sie ihn?«

»Wenn er Zeit hat herzukommen.«

Sie sieht mich an und verzieht den Mund. »Sie warten, bis er Zeit hat?«

»Ich muss, Mona. Es geht nicht anders.«

»Haben Sie ihn in Amerika kennengelernt? Oder in London?«

»Oh, das war etwas Besonderes. Wir haben uns vor dem Albert Memorial getroffen.«

»Albert Memorial?«

»Das lernen Sie auch noch kennen. Irgendwann zeige ich es Ihnen. Es steht im Hyde Park, gegenüber der Albert Hall.

Ich habe auf meinen Mann gewartet – Sie wissen schon, auf Roger. Ein paar Minuten später sollten wir beim Prom sein.«

»Prom?«

»Beim Promenadenkonzert, klassische Musik, in der Albert Hall. Man kann da stehen bleiben und zuhören oder herumlaufen – ›promenieren‹ –, wenn man keinen Sitzplatz hat. Irgendwann erleben Sie das auch mal …«

»Würde ich gerne.«

»Ich habe das Denkmal betrachtet und daran gedacht, wie sehr Königin Victoria ihren Albert geliebt hat. Sie hat es nach seinem Tod bauen lassen. Sie war untröstlich. Hat jahrelang getrauert …«

Ich unterbreche mich und schaue kurz zu Mona hinüber. Mir ist eingefallen, dass sie selbst Witwe ist. Schon wieder habe ich ein heikles Thema angeschnitten. Ich rede weiter.

»Auf den Stufen standen lauter verliebte Menschen, die sich umarmten und küssten. Ich habe mich gefragt, ob ich mir etwas entgehen lasse. Ich habe für Roger nie so empfunden, so stark und aus dem Herzen heraus. Die Erkenntnis traf mich wie ein Schlag. Aber wissen Sie was …« Ich wende mich Mona zu, um den Gefühlen hinter meinen Worten mehr Nachdruck zu verleihen. »Zu merken, dass man jemanden nicht liebt, tut fast genauso weh wie zu erfahren, dass man selbst nicht geliebt wird.«

»Sie waren mit ihm verheiratet.«

»Stimmt. Aber in diesem Moment ist es mir plötzlich klar geworden. Obwohl, nicht unbedingt in diesem Moment. Vielleicht … ich weiß es nicht mehr genau. Vielleicht wusste ich erst, dass unsere Ehe eine Illusion ist, als Max aufgetaucht ist.«

»Illusion?«

»Eine Lüge. Oh, Roger hatte den richtigen Background, er stammte aus dem richtigen Milieu. Meine Eltern waren von ihm begeistert, und ich wollte sie zufriedenstellen. Aber an diesem Abend auf der Treppe habe ich zum ersten Mal der Wahrheit ins Gesicht gesehen. Ich hatte Roger meinem Daddy zuliebe geheiratet.«

Einen Moment lang schweige ich und lasse die Worte, die ich noch nie ausgesprochen habe, sacken.

»Daddy – Charles – sollte den Mann gutheißen, dem er meine Hand gibt. Wissen Sie, Mona, ich war Daddys Geschenk, so hat er mich immer genannt, ›Gottesgeschenk‹ – Theodora.« Ich greife mir an den Hals. »Deshalb trage ich diese Kette. Er hat sie mir bei meiner Geburt gekauft. Ich stand ihm immer am nächsten.«

»Sie ist sehr schön. Ist das Gold echt?«

»O ja. Ein Imitat hätte Daddy nie gekauft. Sie hat achtzehn Karat.«

»Kostbar.«

»Ja. Na, jedenfalls war ich es ihm schuldig, jemanden zu heiraten, den er mochte und akzeptierte. Das war so meine Überlegung.«

»Es ist wichtig, dass die Familie mit dem Ehemann glücklich ist. Ich glaube, das ist gut«, sagt Mona.

»Ja, kann sein. Aber das ist nicht der einzige Grund zu heiraten! Roger war nicht der Richtige für mich. Er wollte keine Frau mit einer eigenen Meinung und einer Karriere! Er wollte die Art Frau, die gern die Gastgeberin spielt und das Haus schön herrichtet. Ich habe mich entsetzlich gelangweilt, als ich mit ihm im Ausland gelebt habe. Und war entsetzlich frustriert.«

Mona runzelt die Stirn.

»Tut mir leid. Ich rede zu schnell. Es war, als ob … ich an

seiner Seite unsichtbar wäre. Nach Leos Geburt war ich eine Zeit lang zufrieden. Ich habe meinen Sohn so sehr geliebt, dass ich alles andere ertragen konnte. Aber sobald Leo in die Schule kam, wusste ich, dass ich so nicht weiterleben wollte.«

Eine Stille tritt ein. Ich frage mich, was Mona denkt. Besonders beunruhigt bin ich nicht. Sie ist ein offenes Ohr, mehr nicht, eine unparteiische Zuhörerin, die im Grunde keinen Einfluss und keine Auswirkungen auf mein Leben hat. Ich weiß nicht einmal, wie viel sie versteht, ich bin einfach erleichtert, dass ich reden kann.

Also erzähle ich weiter.

»Es war schrecklich, mir eingestehen zu müssen, dass ich ihn nie geliebt habe. Es bedeutete, ich musste mich entweder damit abfinden oder etwas unternehmen. Und ich wollte weder meine Ehe beenden noch Leo aus seinem Zuhause reißen. Aber dann sind wir für einige Monate nach London zurückgekommen. Die BBC hat mich bekniet, ich solle wieder bei ihr arbeiten. Ich wollte es unbedingt, aber Roger hätte nie zugestimmt, das wusste ich. In dieser Zeit fand das Konzert statt, und ich lernte Max kennen. Er hatte eine Woche Urlaub, um sich die Stadt anzusehen. Er hat gesagt, er würde die Serpentine Gallery suchen. War sie irgendwo in der Nähe, ob ich das wüsste? Natürlich wusste ich es! Ich kannte sogar den Künstler, der dort ausgestellt wurde, und fand ihn großartig – Chris Offili. Ich habe quer durch den Park in die entsprechende Richtung gedeutet und war ganz stolz darauf, in dieser Stadt zu Hause zu sein, eine echte Londonerin. ›Sie kommen von hier, oder?‹, hat er gefragt. Er war Arzt – sogar Professor, und war für eine Konferenz aus den Staaten hergekommen. Er hatte London schon früher besucht, aber noch nie allein. Er hatte noch nie so viel Zeit gehabt.«

Mona hört nicht mehr zu, das merke ich ihr an. Sie hat einen glasigen Blick und denkt an etwas anderes. Wahrscheinlich versteht sie nur die Hälfte von dem, was ich sage.

»Er war groß, gut aussehend, hatte einen Bart …«

»Ali hatte einen Bart«, sagt Mona.

Ich höre sie kaum, so versunken bin ich in meine Geschichte und meine Erinnerungen. Max hatte eine tiefe, kehlige Stimme – er klang, als wollte er sich gerade die Zigarette danach anzünden. Ich fand sie vom ersten Augenblick an erotisch, am liebsten hätte ich mich hingesetzt und ihm den ganzen Nachmittag zugehört. Beinahe wünschte ich, Roger würde nie zurückkommen. Die Macht der Stimme! Wie sehr wir sie unterschätzen.

Ich hätte auch nie gedacht, dass mir ein Mann mit Bart gefallen würde, aber bei Max fand ich sogar das anziehend. Sein Kinnbart war grau meliert, vereinzelt mischten sich rote Haare unter die schwarzen. Genau wie bei meinem dreifarbigen Kater Endymion. Der Bart war ordentlich gestutzt, und ich stellte mir unwillkürlich vor, wie sich seine Berührung auf meiner Haut anfühlen würde.

Ich erklärte ihm, London habe viele Herzen voll pulsierender Energie, von denen seine Einwohner ausströmten, und das Albert Memorial sei eines davon. Er schien mich amüsant zu finden. Ich kann mich noch an unser Gespräch erinnern.

»Man muss aufpassen«, sagte ich. »Es gibt auch Blender. Orte, bei denen man meinen könnte, sie wären für die Stadt wichtig, dabei sind sie es nicht.«

»Falsche Herzen?«

»Genau. Schrittmacher!«

Er lachte. »Also ist London ein großes Rätsel? Ich finde mich hier jedenfalls kaum zurecht. Keine Blocks. Die Stadt ist ein Labyrinth.«

»Soll ich sie Ihnen zeigen?«, fragte ich, bevor ich wusste, was ich da tat.

Der Stolz auf meine geliebte Stadt hatte mich gepackt. Ich fühlte mich so heftig und unvermittelt zu Max hingezogen, dass es mich fast von den Beinen riss. Mein Unterbewusstsein begriff schneller als ich selbst. Es sorgte dafür, dass wir uns wiedersahen, bevor ich mir klar werden konnte, was gerade geschah. Ich hatte auch eine Woche frei. Jetzt wusste ich, ich würde sie mit ihm verbringen.

Später stellte ich mir in meinem verklärten Zustand vor, Königin Victorias Gefühle für Albert hätten sich irgendwie auf Max und mich übertragen. Ihre metaphysische Macht hätte uns mitgerissen. Bevor Roger zurückkam, hatte ich mit Max ausgemacht, dass ich ihm am nächsten Tag eine Ausstellung in der Hayward Gallery zeigen würde. Und wir hatten Handynummern ausgetauscht. Noch bevor Roger und ich auf dem Weg zum Konzert die Kensington Gore überquerten, hatte ich mich in Max verliebt.

Später, als Max nach Amerika zurückgekehrt war und ich nach Marokko, schickte er mir Bilder von Denkmälern, bei denen wir uns treffen sollten, wenn wir beide wieder in London waren. Weil wir uns zum ersten Mal vor Alberts Statue begegnet waren, sollte das so etwas wie unser Ding werden.

Max suchte erotische Statuen heraus – die Bronzeplastik der nackten Psyche bei der Albert Bridge. Achill an der Hyde Park Corner, der nichts als sein kleines Feigenblatt trägt. Dann die steinernen Meerjungfrauen an einem der Giebel über dem Osteingang der Victoria Station und die Dame auf dem Palace Theatre am Cambridge Circus, die sich verführerisch in einen Schal hüllt – diesen sinnlichen Anblick hätte ich ohne Max nie entdeckt, er öffnete mir die Augen für die Geheimnisse meiner eigenen Stadt.

Als uns die erotischen Statuen ausgingen, erweiterten wir den Kreis. Natürlich trafen wir uns an einem Abend vor der Nelsonsäule, bei einer anderen Gelegenheit quetschten wir uns in der Bond Street zwischen Roosevelt und Churchill. Wir küssten uns leidenschaftlich unter dem Friedensengel auf dem Wellington Arch und verabredeten uns im Spätsommer zu einem romantischen Rendezvous im Regent's Park; dort setzten wir uns neben die *Tochter des Ziegenhirten,* wo Max mir die Inschrift vorlas: *Allen Beschützern der Wehrlosen.*

»Der einzige Nachteil«, erklärte ich Mona nun laut, »war, dass Max verheiratet war und drei Kinder hatte und für mich nicht seine Familie zerstören wollte.«

»Aber Sie haben Roger für diesen Mann verlassen«, sagt Mona.

»So einfach war das nicht.«

Leo war damals noch ein Kind. Ich hatte nicht vor, sein Zuhause kaputtzumachen. Und ich wollte Daddy nicht enttäuschen. Ich versuchte, meine Liebe zu Max geheim zu halten – ich wollte sie sogar abtöten, meine Gefühle unterdrücken. Roger und ich kehrten nach Marokko zurück und lebten weiter wie gehabt. Aber jedes Mal, wenn ich nach London reiste – ich arbeitete einige Stunden im Radio für den World Service und musste zu Besprechungen bei der BBC herkommen –, traf ich mich mit Max, und nach jedem Seitensprung fuhren wir nach Hause zu unseren Familien. Roger hätte es nie erfahren müssen. Ich dachte, ich könnte ein Doppelleben führen, ohne aufzufallen und ohne jemandem wehzutun.

Eines Tages passierte das Unvermeidliche. Roger fand mein Handy mit den erotischen SMS.

»Du versprichst mir jetzt, dass du dich nie wieder mit ihm triffst, sonst kannst du sofort gehen, und ich reiche die Scheidung ein«, sagte er. Er war so sehr gewohnt, seinen Willen zu bekommen, dass er wohl wirklich glaubte, ich würde mich darauf einlassen.

Ich ging.

»Es brach mir natürlich das Herz, Leo zu verlassen. Aber in London wartete eine Stelle auf mich. Wir waren in der glücklichen Lage, hier ein Haus zu besitzen. Und es bedeutete, dass ich mich ohne Schuldgefühle mit Max treffen konnte.«

»Dieser Max, Sie lieben ihn sehr?«, fragt Mona.

»Ja«, antworte ich. »Ja, ich glaube schon.«

»Aber er ist verheiratet. Mit einer anderen Frau. Er ist nicht Ihr Mann. Und ein Mann ist gut – er verdient Geld, für Sie, für Ihr Kind. Ein Liebhaber nicht.«

Ich sehe sie an. Sage mir wieder, dass sie Witwe ist und nur allzu deutlich spürt, dass ihr ein Mann fehlt. Ich weiß, wie Tote in der Erinnerung überhöht werden.

»Ich habe mich verliebt, Mona. Wenn man verliebt ist, handelt man nicht vernünftig! Jedenfalls erzähle ich Ihnen das alles, weil ich mich Freitag mit Max treffe. So«, unterbreche ich mich schließlich, weil ich gemerkt habe, dass ich schon viel zu lange rede. »Erzählen Sie mir mehr von sich. Wo hat Roger Sie gefunden?«

Ein distanzierter Blick. Ein Blick, der mir noch auf die Nerven gehen sollte. Ein zurückhaltendes, höfliches Lächeln.

»So viel ist nicht zu erzählen«, setzt sie an. »Ich habe in einer Kleiderfabrik gearbeitet, bevor ich geheiratet habe. Später habe ich aufgehört, weil Ali Geld verdient hat. Als er gestorben ist, hatte ich nichts. Die Fabrik hatte weniger Stellen. Ich konnte keine Arbeit finden.«

»Das ist ja schrecklich.«

»Ja, aber dann hat meine Freundin Amina – sie arbeitet für Ihren Mann und Claudia – eine Stelle für mich gefunden. Bei ihren Nachbarn, einer saudischen Familie. Sehr reich, mit einem großen Haus. Ich dachte, ich habe Glück gehabt, als ich diese Stelle bekam. Ich sollte für Madame Sherif putzen und auf ihre Kinder aufpassen.«

»Wo haben Sie Englisch gelernt, Mona?«

»Bei dieser Arbeit. Ich habe gelernt, Englisch zu sprechen, kann es aber nicht gut lesen oder schreiben. Das würde ich gerne lernen.«

Sie sieht mich an, als würde sie eine Antwort erwarten.

Da ich nichts sage, fährt sie fort. »Aber dann musste ich gehen.«

»Richtig. Roger hat erzählt, dass die Familie wieder nach Saudi-Arabien ziehen wollte.«

»Das stimmt nicht«, widerspricht sie. Mit Tränen in den Augen sieht sie mich an.

Es ist dunkel geworden, und die Bank, auf der wir sitzen, ist kalt. Ich würde gerne nach Hause zurückkehren, wir waren lang genug hier. Aber sie redet weiter.

»Sie und ihr Mann sind nicht nach Saudi-Arabien gegangen. Aber ihr Mann, er hat mich berührt, er hat versucht ...« Sie unterbricht sich.

»Das ist ja schrecklich«, sage ich.

»Ja. Sehr schrecklich für mich.«

»Was haben Sie gemacht?«

»Ich wusste nicht, was ich machen soll. Ich hatte Angst, es Madame zu sagen. Aber dann hat sie mich in ihrem Zimmer gesehen, ihr Mann war hinter mir. Er hatte seine Hände auf mir. Sie hat mich beschimpft. Sie hat gesagt, ich habe ihn dazu gebracht.«

»Sie Arme.«

»Sie hat gesagt, ich muss gehen. Sie hat gesagt, ich bin schuld.«

»Es ist eine Schande, dass er Ihre Stellung im Haus ausgenutzt hat. In dieser schutzlosen Lage konnten Sie sich doch gar nicht wehren.«

»Ja. Hätte ich mich beschwert, hätte mir niemand geglaubt.«

Ich mustere sie. Eigentlich ist sie nicht der Typ Frau, dem sich ein Mann aufdrängen würde – andererseits sind Männer natürlich unberechenbar. Sie macht nicht den Eindruck, als würde sie ihn damit durchkommen lassen. Sie ist kein unschuldiges junges Ding, wie Zidana es war, aber allmählich erkenne ich, dass Mona gewisse Reize besitzt. Sie wirkt schon viel erholter, und ihre Haare sind dicker und glänzender, nachdem sie sie gewaschen hat. Ja, mit einem kleinen Umstyling und der richtigen Kleidung könnte sie auf ihre eigene Art schön sein.

»Ich habe zu Madame gesagt: ›Ich bin verheiratet – warum soll ich Ihren Mann wollen?‹ Und sie sagt: ›Dein Mann ist tot. Du willst einen neuen haben. Du siehst, dass er reich ist, und du willst ihn mir wegnehmen. Jetzt verschwinde aus meinem Haus.‹ Sie war eine sehr schlechte Arbeitgeberin.«

Mona fängt an zu weinen.

Tränen, denke ich, sind wirklich praktisch. Ja, sie haben eine therapeutische Wirkung, wenn man von Gefühlen überwältigt wird, aber sie können auch leicht eingesetzt werden, wenn die Leute einem partout etwas beweisen wollen. Das erlebe ich jeden Tag bei meinen Anrufern.

Sie wischt sich mit einem Handrücken über die Augen. Schnieft laut.

»Sie sehen, es ist schwierig, für einen schlechten Mann zu arbeiten, der seine Frau betrügt. Und für eine Frau, die nicht merkt, was vor ihrer Nase passiert. Ich wollte ihr helfen. Ihr zeigen, mit was für einem Mann sie zusammenlebt. Aber Madame hat mich angeschrien: ›Du verschwendest meine Zeit, mein Geld! Ich bezahle dich nicht, damit du mir den Mann stiehlst.‹ Sie hat gesagt, ich muss gehen!«

»Schlimm für Sie.«

»Ich habe es meiner Freundin Amina erzählt. Amina hat für Roger gearbeitet. Sie hat ihn gebeten zu helfen. Deshalb hat Roger mir von Ihnen erzählt. Und jetzt bin ich hier.«

»Ja. Jetzt sind Sie bei mir, Mona, und hier nutzt Sie niemand aus.« Ich stehe auf und streiche meinen Mantel glatt. »Wir sollten nach Hause gehen«, sage ich. »Es ist kalt.« Und als ich dem Uferweg zurück folge, stelle ich fest, dass sie automatisch einen halben Schritt hinter mir bleibt, in meinem Schatten, als wüsste sie trotz unserer Vertraulichkeiten gerade, wo ihr Platz ist.

Kapitel achtzehn

Als ich nach unserem Spaziergang am Fluss gerade mein Zimmer aufräume, öffnet sich die Tür. Erschrocken blicke ich auf.

Dora steht vor mir.

Im ersten Moment fürchte ich, sie will mir vorwerfen, ich hätte gestohlen. Sie wirkt ernst. Aber als sie spricht, ist sie höflich wie nur was.

»Entschuldigen Sie, Mona, tut mir leid, wenn ich Sie unterbreche«, sagt sie, »aber ich würde Ihnen gerne Ihr Geld geben. Die erste Rate für Ihren Pass und das Flugticket, die Sie Roger schulden, habe ich abgezogen. Hier ist das restliche Geld für diesen Monat.«

»Danke.«

Nachdem sie gegangen ist, falte ich die Geldscheine zusammen, stecke sie in einen Umschlag und schreibe auf die Vorderseite Ummus Adresse.

Früh am nächsten Morgen rufe ich zu Hause an.

»Ich schicke dir Geld, Ummu. Pass auf, wann es kommt. Es ist nicht so viel, wie ich gehofft habe, aber ich muss erst den Pass und den Flug bezahlen. Erzähl mir, was sich zu Hause getan hat.«

»Gestern hättest du was erleben können«, erzählt meine Mutter. »Fahida hat ihren Chef bewusstlos auf dem Boden gefunden. Er war aus der Badewanne gestiegen und zusammengeklappt. Kennst du ihn? Der alte Englischlehrer. Irgendwo war ein Gasleck. Sie hat die ganze Medina zusammengetrommelt, um ihn rauszutragen. Sie hat ihm ein Handtuch übergelegt, sagt sie, weil er splitternackt war – sein kleines Ding hatte sich zusammengerollt wie eine gedörrte Dattel.« Ihr raues, kehliges Lachen geht in ein Husten über.

Ich stelle sie mir vor, wie sie ins Telefon brüllt, hinter ihr im Zimmer ihre Freundinnen, die sich auf die Schenkel klopfen.

Als sie sich beruhigt hat, frage ich: »Hast du mein Geschenk bekommen?«

»Die Handcreme?«

»Ich dachte, die hast du dir verdient. Deine Hände werden ganz wund, wenn sie jeden Tag im Wasser sind.«

»Das ist sehr lieb, danke, Mona. Aber du sollst dein Geld nicht für solchen Luxus ausgeben. Hier ist es nicht leichter geworden.«

»Die Creme hat nicht viel gekostet. Nur das Porto.« Ich sage ihr nicht, dass ich die Tube gar nicht gekauft oder wie ich das Porto bezahlt habe – mit einem Bruchteil von Charles' Einkaufsgeld, den er nie vermissen wird.

»Du hast dich letztes Mal so angehört, als müsstest du dich mal ein bisschen verwöhnen. Wenn das Geld kommt, geh bitte zum Arzt, und lass deinen Husten untersuchen. Wenn du krank bist, kannst du nicht für Leila sorgen.«

»Mach nicht so einen Wind, Mona. Mir fehlt nichts.«

Ich würde ihr ja glauben, wenn sie nicht alle zwei Minuten husten und röcheln würde.

»Ich weiß, ich soll nicht fragen, aber ich muss wissen, ob du etwas von Ali gehört hast. Oder jemand anderes – Yousseff vielleicht.«

»Kein Wort.«

»Ich habe Angst, dass er versucht, sich zu melden, und ihn irgendwas davon abhält.«

»Ich habe dir bereits gesagt, wie ich darüber denke.«

»Du irrst dich.«

»Wenn ein Mann sich nicht meldet, will er es nicht.«

»Ja, ich weiß.«

»Du musst Ali vergessen. Wenn die Leute herausfinden, dass du einen Mann hast, der verschwunden ist – vor allem einen mit seinen Vorstrafen …«

»Nicht, Ummu!«

»Dann wollen sie dich nicht in ihrem Haus haben. Pass auf, was du sagst, Mona, die Wände haben Ohren.«

»Es ist schon in Ordnung. Sie glaubt, ich wäre Witwe.«

»Gut. Lass es dabei. Du solltest dir einen richtigen Ehemann suchen, der gut verdient. Diese Dora kann dir doch bestimmt einen Engländer vorstellen, dem das Geld locker sitzt.«

»Hör auf damit, Ummu.«

»Ist da kein Ehemann, der vielleicht Freunde oder Kollegen hat?«

»Nein, aber sie hat einen Geliebten.«

»Ooh. Interessant. Wie ist er so?«

»Ein Arzt, hat sie gesagt. Max.«

»Reich?«

»Was spielt das für eine Rolle?«

»Na, von einem Mann, der nichts hat, hast du auch nicht viel.«

Ich lache. Meine Mutter ist wirklich erstaunlich zielstrebig.

»Wenn du schon fragst, er ist Arzt. Ein Professor. Natürlich ist er reich!«

»Hast du ihn kennengelernt?«

»Noch nicht. Er ist Amerikaner, hat sie gesagt.«

»Oohh!«

»Ich erzähle dir alles von ihm, wenn ich ihn kennenlerne,

falls ich ihn überhaupt kennenlerne. Aber bis jetzt habe ich nur ein Bild gesehen.«

»Sieht er gut aus?«

»Du bist unmöglich!«

»Mona! Du bist eine mittellose Frau. Ein Mann mit Geld kann nützlich sein. Wenn du deine fünf Sinne beisammen behältst, kann er dir vielleicht helfen. Bei der Einbürgerung, zum Beispiel. Vielleicht hat er Verbindungen. Mehr will ich doch gar nicht sagen.«

»Na gut. Ist angekommen.«

»In deiner Lage kannst du Hilfe nicht ablehnen.«

»Ja, ich habe verstanden. Jetzt gib mir Leila.«

Leila klingt schon besser. Sie erzählt mir, sie habe mit Ahmed und ein paar anderen Kindern in der Gasse gespielt, und sie hätten ein neues Versteckspiel erfunden. Nach ihrem fröhlichen Geplapper zu urteilen, gewöhnt sie sich daran, dass ich nicht da bin. Welche Schuldgefühle das in mir auslöst. Und gleichzeitig bin ich erleichtert.

Aber als ich das Gespräch gerade beenden will, flüstert sie: »Du fehlst mir, Ummu«, und ich frage mich, wie sehr sie für meine Mutter das tapfere Mädchen spielen muss.

Dann denke ich daran, was meine Ummu gesagt hat: *Hier ist es nicht leichter geworden* – und überlege, was sie damit wohl meint.

Es wird Zeit, zu Charles zu gehen und ihn aus dem Bett zu holen.

Dora ist schon in der Küche. Wir begrüßen uns, ich verlasse das Haus und laufe zur hinteren Treppe.

»Mona!« Aus den Tiefen der Wohnung ruft Charles nach mir. »Mona! Wo sind Sie! Ich brauche Sie! Mona!«

Einen Moment lang bleibe ich noch auf der obersten Stufe

stehen, eine Hand auf dem steinernen Frauenkopf, und denke an Leila zu Hause, die mich auch bei sich haben will und weiß, dass ich nicht komme, egal, wie laut sie ruft.

Ich warte, bis meine Tränen versiegen.

Dann gehe ich hinunter.

Kapitel neunzehn

»Ihr Freund, Max. Kommt er ins Haus?«

Mona blinzelt mich an, in der Hand einen Schwamm. Die rosa Gummihandschuhe reichen ihr bis über die Knöchel.

»Nein, Mona«, sage ich. »Max kommt nicht ins Haus.«

Es ist Sonntagmorgen – eine Zeit, zu der ich es normalerweise genieße, allein zu sein.

Auf dem Weg nach unten habe ich durch die Tür des Arbeitszimmers gehört, wie Mona ohne Punkt und Komma am Handy sprach. Ich goss mir in meiner liebsten feinen Porzellantasse meinen Tee auf – Earl Grey – und setzte mich im Bademantel mit der Zeitung an den Tisch. Aber sie redete so laut, dass ich mich nicht konzentrieren konnte und die Zeitung beiseitelegte. Ich verstand natürlich kein Wort, aber ich hörte Namen und bekam einen Anflug von Paranoia, als ich merkte, dass es um mich ging. »Dora … bla bla bla … Max.« Dann Kichern. Und wieder »Max«.

Es ist wirklich ein Riesennachteil, wenn man eine Sprache nicht versteht, die im eigenen Haus gesprochen wird. Ein paar Minuten später kam sie heraus, lief mit gesenktem Kopf an mir vorbei und sagte, sie würde nach Daddy sehen.

Jetzt wuselt sie herum, und ihre Augen blitzen vergnügt, als fände sie irgendwas an mir amüsant.

Dieser Blick! Er weckt wieder dieses seltsame Gefühl in mir, eine Erinnerung an ein Gesicht aus der Vergangenheit, das ich nicht recht zuordnen kann. Oder verbirgt sie nur etwas vor mir, weiß sie vielleicht mehr über das Leben, als man ihr zutraut?

Ich halte Mona für arglos – für eine Frau mit wenig Bildung, die wegen ihrer Armut nur begrenzte Lebenserfahrung besitzt. Oder könnte das alles nur vorgetäuscht sein?

Sie läuft von hier nach da, wischt die Oberflächen ab, stellt Teller weg, ganz so, als würde meine Küche ihr gehören. Um diese Zeit setze ich mich gerne im Bademantel mit einer Tasse Tee hin, streiche mir mehr Butter auf meinen Toast, als nötig wäre, höre Radio oder lese die Zeitung. In solchen privaten Augenblicken habe ich nicht gerne Publikum.

»Sie haben gesagt, Sie treffen Max diese Woche«, meint sie. »Deshalb dachte ich, Sie wollen vielleicht, dass ich das Haus für ihn schön mache. Ich mache das für Sie. Sorge dafür, dass es gut riecht, stelle Blumen für Sie hin?«

Sie klingt verschwörerisch, ganz vertraut. Ich denke daran, wie ich ihr gestern mein Herz ausgeschüttet habe. Wahrscheinlich ist es kein Wunder, dass sie unser Verhältnis jetzt entsprechend einschätzt.

Allerdings mag ich ihre Andeutung nicht, sie wüsste besser als ich, was meinem Geliebten gefallen würde. Wenn Max hierherkäme, wäre es meine Aufgabe, mir Gedanken über das Haus zu machen, nicht ihre.

»Mona, kümmern Sie sich heute bitte um Daddy. Sie könnten mit ihm in den Park gehen. Ich zeige Ihnen den Weg. Dann kochen Sie ihm sein Abendessen. Daddy ist Ihre Aufgabe.«

Sie senkt den Kopf, eine Geste, die in mir mittlerweile eine Mischung aus Unwohlsein und Ärger aufsteigen lässt. Mir wird klar, wie unbedacht ich war. Ich habe ihr haarklein erzählt, was ich für Max empfinde, obwohl ich so wenig über sie weiß. Unwillkürlich muss ich an ein Sprichwort denken: Man soll Perlen nicht vor die Säue werfen.

Habe ich das gemacht?

Während meiner Ehe mit Roger hatten wir immer Hilfe im Haus, aber die Angestellten hatten ihren eigenen Bereich und waren so verständig, unsere Räume erst zu betreten, wenn wir sie verlassen hatten. Es war einfach, höfliche Distanz zu wahren. Wir konnten sie behandeln, als wären sie nicht da.

»Gleich werden die Getränke serviert«, kündigten wir etwa bei Cocktailpartys den Gästen an. Die Passivform ersparte es uns, Namen zu nennen – ein praktischer Weg, Vertraulichkeiten zu vermeiden. Wir waren taktvoll, übten dezent unsere Autorität aus, und die guten Angestellten fügten sich ein und huschten mit Tabletts voller Drinks und Kanapees umher.

Es dauerte eine Weile, bis ich meine damalige Rolle verstanden hatte, sie war so künstlich, so realitätsfern. Aber es galten klare Regeln. Als ich Zidana einiges durchgehen ließ, schimpfte Roger mich aus.

»Sie erwarten, dass man sie auf eine bestimmte Art behandelt. Wenn du nett bist, nutzen sie das aus«, erklärte Roger mir.

»Ich glaube nicht …«

»Dora! Versteh doch, du tust ihnen damit keinen Gefallen. Wenn du zu freundlich wirst, machst du ihnen nur Hoffnungen. Du vermittelst ihnen den Eindruck, ihr wärt gleichgestellt und du könntest ihnen zu einem besseren Leben verhelfen. Kannst du nicht. Mach den Leuten nichts vor. Es ist ihnen und uns gegenüber nicht fair.«

Es ist zu lange her, dass ich Angestellte hatte.

Ich hätte mich nie einer Untergebenen anvertrauen dürfen. Es gibt gute Gründe, die Distanz zu wahren.

»Mona, bitte. Kümmern Sie sich jetzt um Daddy. Sonntagmorgens habe ich die Küche gerne für mich.«

So. Ich habe es gesagt.

Als sie gegangen ist, schenke ich mir Tee nach und schlage die Zeitung auf. Aber ich kann mich nicht konzentrieren. Nachdem Mona mit diesem Funkeln in den Augen von Max gesprochen hat, lassen mir ihre eigenen Geständnisse von gestern keine Ruhe. Diese Frau in Marokko, deren Mann Mona sexuell belästigt hat – was, wenn Madame recht hatte und Mona gelogen hat? Was, wenn Mona den Mann mit voller Absicht verführen wollte und ihn dann beschuldigte, weil sie befürchtete aufzufliegen? Oder wenn sie ihn wenigstens ermutigt hat, als sie eine Gelegenheit sah? Wer sagt die Wahrheit? Mona oder Madame Sherif?

Dieser Blick von ihr heute Morgen! Wie sie eigenmächtig das Haus für Max herrichten wollte!

Jetzt wünschte ich, ich hätte Mona nichts von meiner Affäre erzählt. Im Grunde weiß ich doch gar nichts über sie.

Weil ich der Welt von meinen Gefühlen für Max erzählen wollte, habe ich mich einer Angestellten gegenüber zu Indiskretionen hinreißen lassen!

Mona ist eine verzweifelte Witwe. Ein wohlhabender Geschäftsmann wäre für sie eine einmalige Gelegenheit, nicht nur der Armut, sondern auch ihrem Land zu entkommen. Eine Heirat – ein amerikanischer Pass … meine Fantasie geht mit mir durch.

Max ist ein erfolgreicher Facharzt, und er ist reich.

Für Monas Verhältnisse.

Ich beende mein Frühstück und gehe nach oben, um mich fertig zu machen. Ich will mir etwas Anständiges anziehen, Anita anrufen und sie fragen, ob sie sich mit mir auf einen

Kaffee trifft. Ich muss mit jemandem reden, der es gewohnt ist, Hilfe im Haus zu haben, und Anita hatte von Anfang an Au-pairs für die Kinder.

Ich stütze mich auf meinen Frisiertisch, schminke mich und greife nach der kleinen Tube Handcreme, die ich aufgehoben habe.

Sie liegt nicht mehr in der Schale mit den Pröbchen.

Wer außer Mona könnte in meinem Haus Handcreme haben wollen?

Und wofür, außer um anziehender zu wirken?

Ich muss mich zusammenreißen. Ich trage Lippenstift und Mascara auf und zähle die Tage, bis ich Max wiedersehe.

Wenn ich bei ihm bin, wird alles gut.

Kapitel zwanzig

Bei unserem nächsten Gespräch erzählt Ummu mir, sie sei beim Arzt gewesen, und ihr Husten würde ihm Sorgen machen. Er würde sie gerne röntgen lassen.

»Das kann ich mir nicht leisten, Mona.«

»Wie viel kostet es denn?«

Als sie mir den Preis sagt, werde ich fast ohnmächtig. Aber wenn sie etwas Ernstes hat … Ich nehme mir noch fester vor, meinen ganzen Verdienst für sie und Leila zu sparen.

Ich habe gerade aufgelegt, als Dora mein Zimmer betritt und sagt, sie würde heute Abend nicht nach Hause kommen, sie treffe sich mit ihrem Mann.

»Ist gut«, sage ich. »Einen schönen Abend.«

Sie lächelt. »Werde ich hoffentlich haben.«

»Wenn du ihn mitbringen würdest, würde ich etwas Anständiges für euch kochen«, sage ich auf Arabisch.

»Wie bitte?«

»Nichts. Amüsieren Sie sich gut.«

Ummu hat mir erklärt, der Weg zum Herzen eines Mannes führe durch den Magen, und das gilt auch für Doras Sohn. Nachdem ich herausgefunden habe, was er gerne isst, macht er alles, was ich will. Bei mir darf er nicht so herumhängen wie bei Dora. Ich werde ihn dazu bringen, mir zu helfen. Ich begreife nicht, warum ein großer und starker Junge mit so vielen Vorteilen im Leben den ganzen Tag auf dem Sofa faulenzt und fernsieht. Ich gehe ins Wohnzimmer. Die Vorhänge sind zugezogen, um sogar das wenige Tageslicht abzuhalten, das wir hier Anfang November haben.

»Glaubst du, ich hebe deine ganzen dreckigen Socken auf?«, frage ich. »Das ist nicht meine Aufgabe!«

»Was soll ich denn damit machen?«

»Sammel sie ein, und wenn du brav bist, wasche ich sie«, sage ich. »Aber du – du musst dich anziehen. Den ganzen Tag in deinem …«

»Pyjama«, wirft er ein.

»… in deinem Pyjama hier zu sitzen ist nicht gut. Steh auf, zieh dich an, wasch dich, arbeite«, befehle ich und füge auf Arabisch hinzu: »Alle Möglichkeiten, die man sich wünschen kann, und du wirfst sie weg! Das ist doch sträflich!«

»Was haben Sie gesagt?«

»Nichts.«

Leo zuckt mit den Schultern, bückt sich, gibt mir seine Socken und bringt seine Turnschuhe in den Flur. Dann kommt er zurück.

»Arbeiten kann ich nicht. Ich habe keinen Job«, erklärt er.

»Glaubst du, du findest einen, wenn du den ganzen Tag vor dem Fernseher sitzt?«

Er ignoriert mich. Hebt eine Schachtel Zigaretten vom Boden auf, nimmt eine Zigarette heraus und schaltet durch die Programme.

»Machen Sie mir eine Tasse Tee«, sagt er. »Tee und zwei Scheiben Toast mit Butter, wenn Sie schon dabei sind.«

»Ich bin nicht deine Sklavin!«, antworte ich. »Aber ich bringe dir was, wenn du aufstehst und dich anziehst. Du bekommst deinen Tee, wenn du für mich zur High Street gehst. Deine Mutter hat mir eine Liste gegeben.«

Ich warte. Zu meiner Überraschung grinst er, zuckt mit den Schultern und steht auf.

»Erst den Tee und den Toast«, sagt er.

Sobald er durch die Tür ist, laufe ich nach oben in sein Zimmer.

Zum Glück flimmert schon ein Muster über seinen Bildschirm, ich habe nämlich nie gelernt, einen Computer einzuschalten. Ich bewege die Maus, wie ich es bei Madames Kindern gesehen habe. Der Cursor springt über den Schirm. Nach einem Klick erscheint eine Seite auf dem Monitor. Rennwagen. Ich versuche, sie zu schließen, stattdessen öffnet sich eine neue Seite – Bilder von Körpern, Nahaufnahmen, Diagramme von Venen und Herzen. Scheußliche Fotos von Körperteilen, die seltsame Ausschläge und Verletzungen haben.

Bah. Beim näheren Hinsehen erkenne ich gelbliche Pusteln und Bilder vom Inneren des Körpers – Sachen, die ich zu Hause in Alis medizinischen Büchern gesehen habe.

Ich frage mich, was Leo hier gesucht hat. Die Wörter kann ich nicht lesen, sie sind lang und beziehen sich offenbar auf die Bilder – vielleicht sind es medizinische Begriffe –, und ich habe nicht viel Zeit. Ich muss mich auf das konzentrieren, weshalb ich hier bin. Wenn ich die Google-Seite finde, gebe ich Alis Namen ein und suche nach ihm. Madames Kinder haben mir gezeigt, wie das geht. Damals hat die Suche nach Ali kein Ergebnis gebracht, aber die Dinge ändern sich. Irgendwo muss er doch sein. Menschen verschwinden nicht einfach!

Ich hantiere mit der Maus herum, und der Cursor springt wild über die Seite.

Nach mehreren erfolglosen Versuchen erkenne ich schlagartig die Wahrheit. Ich bin auf der Suche nach Ali kein Stück weiter, als ich es zu Hause war. Und die Wochen verstreichen.

Ob es besser wäre, das Schlimmste zu erfahren, als nichts zu erfahren? Was, wenn er verletzt oder – Gott bewahre – getötet wurde? Er ist so leicht reizbar, das hat ihn schon oft in Schwierigkeiten gebracht. Wie soll ich das herausfinden? Ich beruhige mich damit, dass er vor Leilas Geburt schon einmal weggegangen ist. Damals wollte er in Casablanca studieren. Ich habe wochenlang nichts von ihm gehört, trotzdem ist er zurückgekommen.

Aber warum hat er mir eine Geschichte erzählt und Youssef eine andere?

Ich sitze auf Leos Bett, schließe die Augen, lausche dem kalten Regen, der stetig gegen das Fenster prasselt. Ich wünschte, ich müsste nicht ständig an Ali denken. Wünschte, ich würde ihn nicht auf Schritt und Tritt vermissen.

Der Geruch des Regens – oder vielleicht ist es auch das Licht – versetzt mich um Jahre zurück an einen Tag auf dem Wellenbrecher, noch vor Leila.

Es war ein normaler Nachmittag, nur der Himmel war ungewöhnlich grau verhangen. Ummu hatte ihre morgendliche Arbeit erledigt und hielt ein Mittagsschläfchen.

Ich war allein. Ich konnte nicht schlafen. Also stand ich auf und ging hinunter an den Strand. Die Ebbe hatte den Sand freigegeben, überall lag Treibgut. Eigentlich sollte ich nicht alleine hierherkommen, aber ich wollte mir über meine Gefühle klar werden. Es muss kurz nach dem Tag gewesen sein, an dem Ali mir den Fisch geschenkt hat. Heute frage ich mich, ob er irgendwoher wusste, dass ich dort sein würde, ob er meine Gedanken spüren konnte. So war das bei uns, bei Ali und mir, wir verstanden uns ohne Worte.

Er kam von hinten auf mich zu. Nahm schweigend meine Hand und führte mich auf den Wellenbrecher, wo einige Männer in ihren Dschellabas auf den Felsen hockten und die Bambusangeln in die Wellen hielten.

Ich sagte nichts.

Das war ein Ort für Männer.

Aber ich konnte Ali nicht widerstehen. Wir gingen zum Ende des Wellenbrechers, wo das Wasser gegen die Steine klatschte und die Gischt uns ins Gesicht spritzte. Hier konnte man sich vorstellen, man stünde direkt auf dem Meer.

Ali nahm mich in die Arme und drehte mich, bis wir beide die Kasbah sehen konnten.

»Von diesem Punkt aus hast du den gleichen Blick auf die Stadt wie ein Reisender, der zum ersten Mal über das Meer in unser Land kommt«, sagte er.

Wolken brachten vom Westen her Regen mit. Die Farbe der Stadtmauern, weiß oder rosa im Sonnenlicht, ließ mich an die Innereien denken, die sie in den Suks verkauften. Immer lauter legte sich der Gebetsruf des Imams über das Tosen der Wellen.

»Hier draußen fühle ich mich von unserem Land losgelöst«, sagte Ali. »In der Stadt leeren sich die Suks und Hammams, die Moscheen füllen sich. Die Menschen werden von Routine und Ritualen beherrscht. Hier erreichen mich diese unsichtbaren Kräfte nicht. Irgendwann schaffe ich es aus diesem Land heraus. Werde reisen. Frei sein. Mein Glück in Amerika oder Europa machen.«

Ich war nicht sicher, ob er mich noch wahrnahm, als er das sagte. Er schien in seiner eigenen Welt zu sein, in einer Art Trance. Und ich wollte mir nicht vorstellen, wie er mich verließ und in ein fremdes Land ging.

Er zog mich näher an sich. »Du kommst doch mit, oder?«

»Ja, Ali.«

Bei unserem ersten Kuss schmeckten seine Lippen nach Salz.

Jetzt versuche ich mich an die genauen Worte zu erinnern, mit denen er mir vor sechs Monaten sagte, er müsse wieder gehen.

»Ich muss meinen Berberbrüdern helfen«, hat er verkündet, als wäre er ein stolzer Stammesfürst und müsste nicht für mich oder Leila sorgen.

Ich hängte gerade auf dem Dach unseres weißen Hauses Wäsche auf. Leila hatte eine Schüssel mit Wasser vor sich, in der sie Steinchen wusch, bis sie schimmerten. Dann legte sie sie zum Trocknen in die Sonne.

»Warum glänzen sie nicht mehr?«, fragte sie empört. »Ich mache sie im Wasser sauber, und wenn ich sie in die Sonne lege, werden sie ganz stumpf.«

Ali kam mit ernster Miene näher. »Sie nehmen uns Berbern das Land weg. Ich kann nicht einfach hierbleiben und das zulassen.«

»Dir fehlt nur noch so wenig Geld, um dein Studium zu beenden«, sagte ich. »Du wolltest deine Prüfung machen.«

Seine medizinische Ausbildung hatte Jahre gedauert. Jahre, in denen er sein Studium immer wieder unterbrochen und mit der erniedrigenden Arbeit als Fremdenführer das Geld dafür verdient hatte. Das konnte er nicht alles wegwerfen.

»Die Prüfung kann warten«, sagte er. »Der Kampf nicht.«

An seinem Tonfall merkte ich, dass ich keine Chance hatte, ihn umzustimmen. Er würde mich genauso unausweichlich verlassen, wie der Glanz von Leilas Steinen in der Sonne verschwand.

Er nahm meine Hand und hob meinen Kopf.

»Ich komme zurück«, sagte er und sah mit seinen azurblauen Augen direkt in mich hinein.

»Versprochen?«

»Versprochen. Du glaubst doch nicht, dass ich dich und Leila verlassen würde, wenn es nicht nötig wäre. Du musst mich das tun lassen.«

Ich begriff nicht, wie ihm dieser sogenannte »Kampf« – für Land, auf dem er nie gelebt hatte – wichtiger sein konnte als wir, oder wenigstens wichtiger als Leila. Ich presste die Lippen zusammen. Diese Gedanken würde ich nicht aussprechen.

Am Ende konnte ich mich doch nicht zurückhalten, und Verzweiflung stahl sich in meine Stimme. Immerhin hatte ich für unsere Tochter meine Arbeit aufgegeben.

»Wann kommst du zurück? Wenn es länger als einen Monat dauert, können wir nicht hierbleiben. Ich muss wieder zu Ummu ziehen.«

»Es wird nicht lange dauern«, sagte er.

»Wie sollen wir zurechtkommen? Ich habe keine Arbeit mehr.«

»Ich schicke dir Geld. Es wird schon gehen.«

»Aber du wirst nicht arbeiten, du wirst kämpfen. Ich verstehe das nicht.«

Er senkte die Lider, bis seine langen Wimpern die Augen verbargen, und sagte: »Das lass nicht deine Sorge sein, Mona.«

In seiner Stimme lag ein scharfer Unterton, den ich aber ignorierte.

»Ali. Ich habe Angst. Warum lässt du dich in diesen Kampf hineinziehen? Du könntest getötet werden.«

Darüber lachte er. »Du machst dir zu viele Gedanken. Du musst dich nur um Leila kümmern.«

Er war schon dabei, mich zu verlassen.

Mit jedem Steinchen, das Leila auf das weiße Dach legte, spürte ich, wie er sich weiter von uns entfernte.

Ich klammerte mich an sein Versprechen.

Aber die Wochen vergingen, und wir konnten die Miete nicht mehr bezahlen.

Leila und ich zogen zu Ummu.

Unten schlägt eine Tür – Leo ist zurück. Ich muss die Seiten auf dem Bildschirm schließen, bevor er heraufkommt und mich findet. Er würde es Dora sagen. Ich bewege die Maus, aber der Cursor macht, was er will. Noch einmal versuche ich, die Fenster zu schließen. Nichts passiert.

Ich höre, wie Leo im Flur ruft. Seine Lederjacke landet klatschend auf dem Boden, dann folgt das Rasseln seiner Schlüssel.

Wieder klicke ich, um die Bilder verschwinden zu lassen.

Unten ist es still geworden. Ob er vielleicht in die Küche gegangen ist?

Nach einigen weiteren Versuchen schließen sich die Bilder endlich.

Als ich aus Leos Zimmer schlüpfen will, fällt mein Blick auf einen Stapel Kleingeld auf seinem Bett. Ich bleibe in der Tür stehen. Horche wieder. Auf der Treppe ist nichts von ihm zu hören. Ich starre auf das Geld. Er hat seine Taschen geleert und den Inhalt liegen lassen, als wäre er nichts wert. Ich habe gehört, dass manche Leute ihr Kleingeld einfach wegwerfen, weil sie es lästig finden.

Als ich die Treppe zum Bad hinaufschleiche, kommt er die Stufen herauf.

»Mona, schauen Sie mal, ich habe etwas für Sie!«

Ich drehe mich um und sehe über Doras »handgedrechseltes« Geländer. Er steht im Flur und hält etwas in den Händen.

Ich laufe hinunter. »Was ist das?«

Er streckt mir einige Silberlöffel entgegen, so rund wie kleine Kellen, alle schwarz angelaufen.

»In der High Street gibt es einen Laden, der Silber und Gold kauft. Es ist der neben dem Halal-Metzger, mit dem gelben Schild. Sie können ruhig nebenbei etwas Kohle machen. Und Mona, wenn Sie meinen Computer benutzen wollen, fragen Sie mich einfach. Jetzt können Sie mir das Kleingeld zurückgeben, das Sie genommen haben.«

Kapitel einundzwanzig

Max wartet vor Boudicca auf mich.

Was für eine Erleichterung, sein offenes Gesicht zu sehen und sein argloses Lächeln. Ich will die Arme um ihn schlingen, mich an ihn schmiegen, seinen Geruch, seine Stimme neu entdecken. Keine Sekunde verlieren. Wenn es nach mir ginge, würden wir die nächsten Stunden überspringen und direkt zu dem Teil kommen, dessentwegen wir uns wirklich treffen – zu der Bar und dem Hotelzimmer.

Aber wie üblich sind wir anfangs verlegen, ja verunsichert. Unsere Unterhaltung ist angespannt und höflich. Es kommt mir vor, als hätten wir uns ewig nicht gesehen.

Menschen strömen an uns vorbei auf die Westminster Bridge, rempeln uns an, drücken uns gegeneinander, dass wir uns durch unsere Wintermäntel berühren. Wir entschuldigen uns. Lachen. Wir sind lächerlich nervös!

»Nicht der beste Treffpunkt«, bemerke ich.

»Hier ist viel los. Das wusste ich nicht.«

»Lass mich doch aussuchen! Gefällt dir die Statue?«

»Klar«, antwortet er grinsend. »Sie ist verführerisch und ziemlich beeindruckend, findest du nicht?«

»Natürlich. Boudicca war eine Kriegerin. Sie ist berühmt für ihren Kampf gegen die römischen Invasoren, die sie versklaven wollten.«

Über uns flattern Tauben. Hier in der Gegend herrscht diese übersättigte Touristenatmosphäre, von der sich echte Londoner fernhalten, aber Max möchte diese Statue unbedingt besichtigen, und ich will seine Freude miterleben.

Nachdem uns die erotischen Denkmäler ausgegangen sind, sucht Max oft langweilige Nachbildungen längst verstorbener Würdenträger aus. Aber das sage ich nicht. Er hält sie für Einblicke in die glorreichen Momente dieser Stadt, in ihre verborgenen Geheimnisse, ihre dunkle Vergangenheit. Und ehrlich gesagt finde ich es wunderbar, dass er sie zu unseren besonderen Treffpunkten auserkoren hat.

Bisher habe ich mir Boudicca noch nie richtig angesehen.

Sie ist tatsächlich prachtvoll, wie sie da steht, fest auf ihrem Streitwagen aufgebaut, den Körper in ein fließendes Gewand gehüllt. Sie hebt sich von dem Abendhimmel ab, der sich vor uns rötlich färbt und hinter uns den Fluss verdunkelt. Ich vermute, Max werden ihre Beine gefallen, muskulös und straff und gerade so weit entblößt, dass es aufreizend wirkt. Und ich habe recht.

»Aaahh«, seufzt er. »Sieh dir diese herrlichen Schenkel an. Mein Gott, welche Kraft muss die Frau besessen haben.«

Eine Weile verrenkt er sich den Hals, um zu Boudicca aufzublicken und sie zu betrachten.

Der Verkehr rumpelt über die Brücke, ein Schnellboot dröhnt die Themse hinunter, Big Ben schlägt fünf Uhr. Ich möchte irgendwo hingehen, wo es still und leise ist. Endlich nimmt Max mich in den Arm. Sofort lasse ich eine Hand unter seinen Kamelhaarmantel und in seine Gesäßtasche gleiten. Dann gehen wir Richtung Villiers Street. Überall leuchten Laternen auf, wie Perlen säumen sie das Embankment, funkeln blau über dem Fluss, bilden rote und grüne Ketten auf den Booten weiter unten. Hier wird der Himmel niemals dunkel. Über Westminster, wo die Sonne untergegangen ist, hat er sich violett gefärbt. Wirklich dunkel sind nur die Silhouetten der Bäume am gegenüberliegenden Ufer. Und der Fluss, der sich undurchdringlich schwarz gegen die Mauer unter uns wirft.

In den Embankment Gardens zupft Max an meiner Hand.

»Das wollte ich dir zeigen«, sagt er. Wir stehen vor einem weiteren Denkmal, einer Büste des Komponisten Arthur Sullivan. An der Säule darunter lehnt eine weinende Frau, das Gesicht in den Armen vergraben. Sie ist halb nackt, ihr Kleid ist bis zu den Hüften herabgerutscht; sie ist der Inbegriff der Verzweiflung.

»Ich habe gelesen, dass sie eine allegorische Figur sein soll«, erklärt Max. »Sullivans Muse in Granit und Bronze. Das musste ich sehen. Sie ist hinreißend, findest du nicht?«

»Ja, aber ziemlich tragisch«, antworte ich. Nach der prachtvollen Boudicca trifft mich der Anblick dieser Frau. Sie wirkt so verletzlich im Vergleich, ihr ist nichts geblieben, nicht einmal ihre Kleider. »Sie sieht aus, als hätte sie alles verloren.«

»Ein vollkommenes Bild der Trauer«, stimmt Max zu.

Er zieht mich auf eine Bank. Sie ist eisig, die Kälte kriecht sogar durch unsere Winterschichten. Neben uns trudeln die letzten Blätter von den Platanen herab.

»Schau mal«, sagt Max, der immer nur nach oben, immer nur das Schöne sieht. »Wie die Blätter leuchten! Wunderschön.«

Eine einsame Amsel lässt ihre Melodie durch die Abendluft schallen, lieblich und so hoch, dass man sie über den Berufsverkehr hinweg hört.

»Hör nur, sie singt für uns«, flüstert Max mir ins Ohr.

Max besitzt eine erfrischende Naivität; ständig ist er überrascht, als habe er Ehrfurcht vor der Welt. Er ist überrascht von den versteckten Statuen Londons, überrascht von mir, überrascht von unserem Sex.

Seine Frau, eine Anwältin, hat entweder keine Zeit für Sex oder nimmt sie sich nicht. Das ist es auch, was seiner Ehe fehlt – eines von vielen Dingen, sagt Max, die er bei mir, aber nicht bei ihr findet.

Ich war immer sehr zufrieden mit unserer Vereinbarung. Als ich ihn kennenlernte, war ich nicht auf eine richtige Beziehung aus. Die Anforderungen und Einschränkungen kannte ich aus meiner Ehe mit Roger nur zu gut.

Aber wenn ich in letzter Zeit abends keine Verabredung hatte, nicht wusste, wohin ich gehen sollte, und Leo und Daddy meine einzige Gesellschaft waren, gefiel sie mir gar nicht mehr. Ich habe für Max so viel aufgegeben – und er nichts für mich. Ich verstehe nicht, warum wir uns nicht öfter und länger sehen können. Doch dann steht er vor mir, und ich verzeihe ihm. Er verzaubert mich mit seinem großen, schlanken Körper, seinen langen, starken Chirurgenhänden, dem Geruch eines anderen Kontinents, der Bilder weckt von Kakteen und Männern mit Lederholstern an den Hüften, die über heiße, sandige Straßen reiten. Dabei lebt Max in New York.

Wir fummeln ein wenig, bis wir merken, dass die Touristen uns im Vorübergehen anstarren. Ein Pärchen in mittleren Jahren, das auf einer Parkbank knutscht, weckt lüsterne Neugier; wären wir Teenager gewesen, hätte uns wohl niemand beachtet.

Heute Abend haben wir genau acht Stunden, bevor Max wieder abreisen muss. Wir suchen das Restaurant gleich neben dem Strand, von dem Max in einer Bordzeitung gelesen hat, und kuscheln uns in eine dunkle Nische mit roten Bänken.

»Bringen Sie der Dame einen Martini«, bittet er den Kellner. Ich liebe es, wie er das sagt, wie Humphrey Bogart in *Casablanca.* »Und mir ein kaltes Bier. Hey,« meint er, nimmt mich in den Arm und drückt mich. »Schön, dich zu sehen. Du hast auch einiges durchgemacht, Schätzchen. Schwere Zeiten, was?«

Der Martini ist perfekt; das Glas richtig gekühlt, reichlich Eis, eine leuchtende Orangenzeste. Ich nippe daran und spüre in meinen Muskeln, wie sich der Alkohol gemächlich in mir ausbreitet.

»Wie läuft die Sendung?«, fragt Max. »Erzähl mir von den Spinnern, mit denen du dich in letzter Zeit herumschlagen musstest.«

»Sei nicht gemein.«

»Du hast sie so genannt, nicht ich.«

»Es läuft ordentlich. Ganz gut. Die Hörerzahlen sind gestiegen. Ich habe Gerüchte gehört – ich will das Schicksal nicht herausfordern, aber ich glaube, sie wollen mir eine Sendung zur Primetime geben.«

»Das ist ja großartig, Süße. Du bist bestimmt begeistert. Und was heißt das? Bist du dann mehr als die Stimme des Südostens?« Er zieht meinen Kopf an seine Schulter und drückt mir einen Kuss aufs Haar.

»Ich glaube schon.« Ich versuche, nicht zu eingebildet zu klingen. »Auf jeden Fall bringt es mir deutlich mehr Hörer. Und besondere Gäste, also mehr Ansehen – größere Bekanntheit. Der jetzige Moderator ist auf unserer Seite des großen Teichs sogar ziemlich berühmt, aber du hast wahrscheinlich noch nie von ihm gehört. Und natürlich würde ich eine Gehaltserhöhung bekommen.«

»Theodora Gentleman, die umwerfende Stimme des Südostens.«

Ich lächle. Das sagt er alles nicht zum ersten Mal, aber ich höre es immer noch gerne.

»Und du?«, frage ich. »Wohin reist du dieses Mal?«

»Zu einer Konferenz in Hongkong. Ich halte einen Vortrag. Ein paar Tage dort, dann ein Meeting in Paris und wieder nach Hause.«

»Wie geht es der Familie?« Die Worte bleiben mir fast im Hals stecken, aber ich zwinge mich, ihn zu fragen.

»Nicht schlecht.«

Ich drücke seine Hand. Warte. Ich bin nie sicher, ob Max möchte, dass ich nach seinem Privatleben frage, ob er sich die Probleme von der Seele reden oder sie vergessen will, solange er bei mir ist.

»Es ist seltsam«, erklärt er. »Das letzte Kind zieht bald aus, und Valerie ist auch oft unterwegs. Es ist kein großartiges Zuhause mehr. Und in letzter Zeit denke ich zurück und frage mich, ob wir es hätten anders machen können. Die Mädchen kommen so gut wie nie nach Hause. Ich glaube, sie sind erleichtert, dass sie der miesen Atmosphäre entkommen sind.« Er lächelt kläglich.

»Mach dir keine Vorwürfe.«

»Ah, Selbstvorwürfe«, sagt er. »Der Fluch der mittleren Jahre.« Er sieht mich an.

»Was meinst du mit mieser Atmosphäre?«

»Ach, du weißt schon. Valerie mäkelt wegen allem Möglichen an mir herum. Es ist wirklich komisch. Man heiratet in seinen Zwanzigern, hat jahrelang alle Hände voll mit den Kindern zu tun. Man wurstelt sich zusammen durch, und dann taucht man sozusagen wieder ans Licht und hat Zeit und Raum für sich als Paar. Und steht plötzlich einer Fremden gegenüber. Zwanzig Jahre älter und ganz anders als die Frau, die man geheiratet hat. Ständig gibt es Missverständnisse. Ich versuche herauszufinden, wer sie ist. Wer ich bin.«

»Komisch. Darüber denke ich auch nach, seit Daddy bei mir

lebt. Dass wir uns in der Zwischenzeit verändert haben und uns jetzt ganz neu kennenlernen, als wären wir Fremde. Es ist wirklich sehr eigenartig.«

»Kann ich mir vorstellen. Wir entwickeln uns alle weiter, und manchmal in unterschiedliche Richtungen. Mir sind manche Dinge egal geworden, die Val jetzt noch wichtiger sind als früher, und sie versteht mein Desinteresse nicht. Ich schätze, irgendwann haben wir mal das Gleiche gewollt.«

»Was denn, Max?«

»Vor allem Materielles. Besitz. Und Ansehen. Status. Aber genug von mir. Wie geht es deinem Dad überhaupt? Und Leo?«

Eigentlich möchte ich das Thema nicht wechseln. Ich will mehr hören, aber Max ist oft so – sobald er sich ein Stückchen geöffnet hat, verschließt er sich wieder.

»Daddy geht es nicht gut, es ist erschreckend. Er verliert Sachen, vergisst, welchen Tag wir haben. Er hat sogar vergessen, dass meine Mutter gestorben ist. Und auf Leo kann man nicht zählen, das hast du ja miterlebt. Aber jetzt wird es leichter. Ich habe eine Pflegerin eingestellt«, erzähle ich. »Das heißt, ich habe für Daddy Hilfe. Ich habe dir ja schon geschrieben, dass ich jetzt mehr Zeit habe.«

»Aha. Ja, ich erinnere mich.«

Er gibt nicht zu, dass er auf diese SMS nicht geantwortet hat, aber ich belasse es dabei. Jetzt ist er hier. Das ist die Hauptsache. »Na, ich freue mich, dass du das organisieren konntest. Es war wirklich schade, dass du letztes Mal so schnell gehen musstest.« Mit tieferer Stimme fügt er hinzu: »Ich war schon in der richtigen Stimmung.«

Er ist schon darüber hinweg. Darum beneide ich ihn. Er ist nicht so nachtragend, wie ich es wäre, wenn er mich versetzt hätte.

»Wohnt diese Pflegerin denn bei dir?«

»Natürlich. Ohne sie wäre ich nicht hier.«

Max drückt seine Nase gegen mein Ohr, sein Bärtchen kribbelt an meiner Wange; es fühlt sich rau an, aber es erregt mich immer wieder.

»Übrigens habe ich es Roger zu verdanken, dass Mona bei mir ist.«

»Ach?«

Ich bin mir nicht sicher, was Max durch den Kopf geht, wenn ich meinen Exmann erwähne. Er weiß, dass ich Roger verlassen habe, nachdem wir uns kennengelernt haben. Aber er weiß nicht, welche entscheidende Rolle er bei der Trennung gespielt hat. Diese Verantwortung will ich ihm nicht aufbürden.

»Im Ausland hatten wir immer weibliche Hausangestellte«, erkläre ich. »Er hat vorgeschlagen, eine Hilfe für Daddy mitzubringen, weil ich mich auch noch um Leo kümmern muss. Um sein schlechtes Gewissen zu beruhigen! Sie ist mit seinem Hausmädchen befreundet.«

Ich nehme einen Schluck von meinem Drink. Mit der Zunge spiele ich mit einem Eisstückchen. Ich will sehen, wie lange ich seine Kälte bewahren kann, bevor es schmilzt.

»Vielleicht könnten wir uns auf dem Festland treffen, wenn du jetzt Hilfe hast«, überlegt er plötzlich. »Wenigstens hin und wieder, zur Abwechslung. Es gibt noch so viele Galerien, die ich nicht gesehen habe, und erst die vielen Skulpturen und Statuen – denk nur an Rom oder Florenz!«

Ich schaue ihn an. Das Glitzern ist in seine Augen zurückgekehrt, und einen Moment lang erlaube ich mir zu träumen. Max und ich, wie wir Arm in Arm steile Gassen am Mittelmeer hinaufschlenden, den Ausblick auf Weinberge und Olivenhaine genießen. Wie wir auf einem Brunnenrand sitzen, über uns eine verschlungene Statue aus weißem Marmor. Das Plätschern des Wassers. Ich in einem Sommerkleid, mit nackten Beinen, blutrot lackierten Zehennägeln, Sandalen mit dünnen Riemchen. So befreit habe ich mich lange nicht mehr gefühlt.

Jetzt, da ich Mona habe, könnte ich Daddy mal ein Wochenende allein lassen, vielleicht sogar länger.

Der Gedanke an all diese Möglichkeiten durchströmt mich wie ein warmes Leuchten.

Mit seinem Daumen fährt Max die Konturen meines Ohrs nach. Das ist er, denke ich. Das ist der Gipfel. Mittlerweile erkenne ich ihn, ich kann ihn genau bestimmen. Die Phase des Abends, in der wir entspannt sind, ohne schon an den Abschied zu denken. Die Phase, in der alles vollkommen harmonisch ist. Dieser Augenblick, genau jetzt. Ich muss ihn mir auf der Zunge zergehen lassen, wie das Eis. Ihm jeden Hauch Geschmack aussaugen. Ihn mir ins Gedächtnis brennen, bevor er vergeht. Denn das wird er, das weiß ich. Schon jetzt beginnt er zu verblassen.

Die Kellnerin bringt unsere Vorspeisen – Jakobsmuscheln mit einem Jus von schwarzen Oliven und eine Flasche Sancerre in einem Eiskübel. Wir essen wie in Trance, kauen das zarte weiße Fleisch, starren uns an, immer kurz davor zu lachen. Auf dem Tisch vor uns flackert eine Kerze.

Max legt seine Gabel weg, wischt sich über den Bart.

Einen Arm hat er mir um die Schultern gelegt, die andere Hand steckt unter meinem Rock und streichelt über den Rand der Strümpfe, die ich extra gekauft habe. Unsere noch halb vollen Teller haben wir weggeschoben. Es gibt nur noch uns.

»Erzähl mir von ihr«, flüstert er plötzlich.

»Von wem?«

Er drückt seinen Mund an mein Ohr. »Von dieser Frau«, haucht er. »Von ihren Schenkeln.«

Max hat aus seiner Vorliebe für Frauenschenkel nie einen Hehl gemacht. Eine eher harmlose sexuelle Neigung, nach dem zu urteilen, was ich von einigen meiner Anrufer höre. Und eine, bei der ich mitspielen kann, auch wenn sie mir nicht den gleichen Kick gibt wie ihm. Normalerweise gehören diese Schenkel allerdings erfundenen Frauen – den Statuen oder Bildern, die wir uns angesehen haben –, sie lösen sich auf und verschwinden, sobald wir nicht mehr über sie reden. Dass ich über die Schenkel der Frau reden soll, die ich als Pflegerin und Haushaltshilfe eingestellt habe, geht einen Schritt weiter. Und es gefällt mir nicht.

»Sind sie straff und kräftig?«

Widerwillig antworte ich im Flüsterton, um die knisternde Atmosphäre zwischen uns nicht zu zerstören. Seine Hand liegt fest auf meinem Bein.

»Hinreißend. Glatt und fest, wie du es magst.«

»Hm«, schnurrt er und rückt näher. »Siehst du sie dir an? Wenn sie putzt, meine ich? Kannst du sie sehen, wenn sie sich bückt, um den Boden zu wischen?«

»Ja«, lüge ich. Das Problem ist, dass ich seine Erregung mag, ich mache ihn gerne heiß.

Und Max wird Mona nie begegnen. Für ihn ist sie eine Vorstellung. Also kann ich gefahrlos seine Fantasie anfachen – oder nicht? Ich und mein Dienstmädchen, das ist natürlich ein Klischee, aber er greift es so bereitwillig, mit solch jugendlichem Eifer auf, dass ich ihn nicht bremsen mag.

»Wann noch?«

»Wenn sie sich streckt, um die Spinnweben von den Deckenrosetten zu wischen«, erzähle ich.

Es kommt mir vor, als würde ich eine deutliche Grenze

überschreiten, als ich die Spinnweben in meinem Haus erwähne. Wir besuchen uns nicht gegenseitig. Natürlich kann ich nicht sein Haus mit der Frau und den Kindern betreten, aber er war auch noch nie bei mir. Das gilt bei uns als unausgesprochene Regel. Die Bruchstücke, die ich Max offenbart habe, waren immer sorgsam ausgewählt. Der Blick auf die Kirche, mein Schlafzimmer, das sich über die gesamte Hausbreite erstreckt, die Holzböden, die geräumige Küche und das Wohnzimmer, das von vorne bis hinten reicht – das alles könnte in seinem Kopf natürlich Bilder eines perfekten Hauses heraufbeschworen haben. Ich will ihn nicht enttäuschen.

»Steht sie dabei auf einem Stuhl?« Von den Spinnweben lässt Max sich nicht beirren. »Wie auf einem Streitwagen? Wie Boudicca?«

»Ja.«

»O Theodora, o Gott, wir brauchen ein Zimmer. Sofort.«

Meine Momente mit Max sind ebenso wunderbar wie kurz, immer durchdrungen von dem Wissen, dass sie bald enden werden. Dass Max frühmorgens gehen muss, ist nichts Neues – daran bin ich gewöhnt. Unsere Affäre hat von Anfang an aus kurzen leidenschaftlichen Begegnungen bestanden. Ich rede mir ein, dass es mir so gefällt. Im Alltag habe ich genug um die Ohren, Platz für einen Liebhaber zu schaffen würde noch mehr Stress bedeuten.

Aber heute, als Max mich in der Hotellobby küsst, durch die Drehtür verschwindet und in ein Taxi steigt, als ich durch die leeren Straßen laufe, um unsere gemeinsame Nacht zu verarbeiten, bevor ich ebenfalls ein Taxi anhalte, heute habe ich das Gefühl, dass unser Treffen zu früh geendet hat. Seine Worte klingen in meinen Gedanken nach: »Erzähl mir von ihr.« Warum muss ich ihm etwas über eine andere Frau erzählen? Zweifel drängen in meinen Kopf. Warum schreibt er mir immer erst, kurz bevor er ins Flugzeug oder den Zug steigt? Warum kann er es nicht einrichten, früher hier zu sein, ein wenig länger zu bleiben?

Sicher, bisher war ich eingespannt, aber dieses Mal hätte er vorschlagen können, über Nacht zu bleiben.

Ich lehne mich an die kühle Kopfstütze des Taxis und sehe die schlafenden Straßen Südostlondons vorübergleiten. Es ist noch niemand unterwegs. Nur ich; ganz allein werde ich an den schlafenden Menschen hinter ihren verhangenen Fenstern vorbeigefahren, an richtigen Paaren, die sich aneinanderkuscheln. Ich wünschte, ich könnte Max zurückrufen, mich von ihm beruhigen lassen. *Du liebst mich doch, oder?* Sein lüsternes Interesse an meinem Hausmädchen drängt sich wieder in den Vordergrund.

Diese ungeklärte Sache von letzter Nacht gibt mir das Gefühl, wir hätten Unordnung hinterlassen. Als hätten wir etwas Verfaultes hinter den Regalen in meinem Wohnzimmer gefunden und es dann einfach liegen lassen, ohne die Regale wieder anzurücken.

Max entschwindet mit seiner Fantasie in die Nacht, während ich mich der Wirklichkeit stellen muss: einer Frau, die für mich arbeitet, in meinem Haus. Ich fühle mich entblößt und beschämt.

Dieses Gefühl begleitet mich bis nach Hause. Ich gehe die Eingangstreppe hinauf, stecke den Schlüssel in die Tür, schleiche mich hinein. Es ist kurz nach vier Uhr früh. Ich brauche einen Drink, etwas, damit ich schlafen kann, das meine Gedanken beruhigt.

In der Küche koche ich Tee, setze mich an den Tisch und versuche, nicht mehr daran zu denken, wie erregt Max war, als er sich die Frau dort hinter der Tür vorstellte – gleich dort, im Zimmer neben der Küche. Ich lasse mich von Mona aus der Ruhe bringen. Sie ist hier, um Daddy zu versorgen. Um zu putzen und zu helfen. Nicht, um mir noch mehr Sorgen zu bereiten. Sie darf nicht noch weiter in mein Leben eindringen.

Nachdem ich meine Tasse geleert habe, bin ich etwas besänftigt und will nach oben ins Bett gehen. Ich bin noch nicht im Schlafzimmer, als mein Handy klingelt.

Es ist Desiree von nebenan.

»Er ist wieder draußen«, sagt sie, ohne sich mit einer Begrüßung aufzuhalten. »Seine Tür hat geknallt. Er hat die Milchflaschen umgeworfen. Ich glaube, er ist zum Fluss runtergelaufen. Er sollte nachts nicht allein bleiben. Es kann sonst was passieren.«

Dann legt sie auf.

Ich werfe meinen Mantel über und renne hinaus. Tatsächlich, Daddy tippelt die Straße hinunter, im wirbelnden Nebel und dem geisterhaften Orange der Laternen wirkt er blass und entrückt. Ich hole ihn ein. Er sieht herzergreifend alt und gebrechlich aus. Sanft lege ich ihm eine Hand auf die Schulter. »Daddy, komm bitte wieder ins Bett.«

Er dreht sich um und schreckt zurück. Dann fängt er an zu schreien.

»Du bist nicht Mona! Ich will Mona! Wo ist Mona?!«

Mona liegt zusammengerollt auf der Seite. Ich schüttle sie und sage ihr, sie soll nach Daddy sehen.

Sie hebt den Kopf. Runzelt die Stirn. »Jetzt? Es ist dunkel.«

»Ja, Mona«, antworte ich. »Jetzt.« Ich bin noch angezogen und zu aufgekratzt, um zu schlafen.

Blinzelnd steht sie auf. Sie trägt nur ein T-Shirt, ihre straffen, karamellfarbenen Beine sind nackt.

Sie bewegt sich so träge, dass ich ungeduldig werde.

»Wachen Sie auf! Es ist ein Notfall.« Ihre langsame, schwerfällige Art, mit der sie meine Anweisung befolgt, kann ich nicht mit ansehen.

Als ich endlich die Haustür höre, gehe ich nach oben ins Bett. Ich muss schlafen. Am Morgen muss ich für die Arbeit ausgeruht sein. Aber der Schlaf will nicht kommen.

Ich schließe die Augen und probiere die Entspannungstechnik aus, die man beim Yoga lernt. Aber jedes Mal, wenn ich wegnicken will, habe ich Monas Beine vor mir, so stark und muskulös wie Boudiccas.

Dazu hallt mir Daddys entsetztes Kreischen in den Ohren.

Mona! Ich will Mona!

Kapitel zweiundzwanzig

Ich träume.

Ali kommt wieder in das weiße Haus gerannt, schweißbedeckt und unter Tränen.

»Du musst mich verstecken!« Und jedes Mal, wenn ich ein Versteck für ihn suche, kippen die Wände weg, und er steht vor der Meute, die auf der Straße mit erhobenen Schlagstöcken näher drängt. Sie haben Glasscherben und Prügel und Hämmer in den Händen. Ich laufe los, will mich vor ihn stellen, ihn beschützen, aber dann sehe ich Leila: Sie geht mitten unter die Menge, und die Leute wollen über sie herfallen.

Als ich sie holen will, kommt einer der Männer mit einer Glasscherbe auf mich zu. Der Schmerz ist stechend und schrill. Er dringt in mein Bewusstsein, schwillt an, blüht auf, erfüllt meinen Kopf mit unerträglicher Helligkeit, mit Flammen – rot, orange und gelb. Dann wache ich auf.

Vor mir steht eine Frau, kein Mann. Was für eine Erleichterung. Die Schmerzen, die Angst, das war alles ein Traum. Doras lange Haare schimmern wie ein kupferner Glorienschein im sanften Licht, das durch die Küchentür fällt.

Im ersten Moment habe ich Angst. Sie hat herausgefunden, dass ich ihre Löffel verkauft habe.

Ich versuche mich aufzusetzen, gegen die Schwere des Schlafs anzukämpfen.

»Mona. Sie müssen aufstehen und zu Daddy gehen.«

Noch halb in meiner Traumwelt gefangen stehe ich auf.

»Beeilen Sie sich.«

Es ist Mitternacht. Nein, viel später. Die Zeit der Nacht, in der die Welt dunkel ist und die Kälte so durchdringend, als stünde die ganze Menschheit auf dem Grund eines Brunnens.

Ich bin zu benommen, noch zu sehr in meinem Traum, um klar zu denken. Dora ist angezogen, als wäre sie gerade erst nach Hause gekommen.

»Wachen Sie auf, es ist ein Notfall. Daddy ist auf die Straße gelaufen.«

Sie trägt sogar ihren Mantel. Warum ist sie nicht gegangen, wenn sie schon wach und angezogen ist? Sie mustert mich mit einem seltsamen, kalten Blick.

»Ja. Ich komme.«

Dann ist sie verschwunden.

Ich gehe die Straße hinunter. Im Schein der Laternen spähen die halb verborgenen Gesichter der Putten und Galionsfiguren durch den Nebel.

Es ist so kalt, dass mir die Zähne klappern. Mittlerweile bin ich hellwach; der Nebel fühlt sich feucht auf meiner Haut an, meine Augen brennen in der Kälte. Die anderen Häuser liegen im Dunkeln, die Vorhänge sind zugezogen, als sanfter Schutz vor den raueren Seiten der Stadt. Im Nachbarhaus bewegt sich eine Gardine, als ich vorübergehe. Heute Nacht beobachten mich nicht nur die Statuen.

Ich entdecke ihn, als er hinter einer Reihe Mülltonnen auftaucht. Wie ein Geist schlurft er Richtung High Street, beinahe, als wäre er selbst eine Skulptur, nur aus Nebel statt aus Stein.

Vor dem Halal-Metzger hole ich ihn ein.

»Charles.«

Er sieht mich nicht an, also gehe ich mit.

»Ah, Mona. Ich muss vor den anderen in Billingsgate sein«, erklärt er. »Wenn wir jetzt aufbrechen, schaffen wir es vor dem Ansturm.«

»Schon gut, Charles. Sie müssen zurück ins Bett. Wir gehen später. Kommen Sie, kommen Sie mit.« Ich reiche Charles meinen Arm, damit er sich einhaken kann, drehe ihn um und führe ihn langsam zurück zum Haus und durch den Garten zu seiner Treppe. Ich bringe ihn wieder ins Bett und gehe hinauf ins Haus.

Jetzt kann ich nicht mehr schlafen, das muss ich nicht einmal versuchen.

Obwohl es noch dunkel ist, liegt schon ein Dröhnen in der Luft; der Verkehr erwacht, Flugzeuge fliegen über uns hinweg. U-Bahnen rattern durch den Grund der Stadt. Der Morgen muss nah sein.

Doras Gesicht hatte im Mondlicht etwas Beunruhigendes. Hat sie Verdacht geschöpft? Glaubt sie, dass ich lüge? Oder stehle?

So darf sie gar nicht erst denken. Mir fällt ein, wie Dora sich an meinem ersten Tag über die polierten Armaturen gefreut hat. Ich nehme einen Lappen und eine Flasche Öl und mache mich bei der Küchenspüle an die Arbeit. Ich putze und poliere die Hähne, bis sie glänzen.

Bei den letzten Handgriffen kommt Dora herein. Ich merke sofort, dass ihr mein Putzen nicht gefällt.

»Lassen Sie die Spüle Spüle sein, Mona. Es wartet zu viel andere Arbeit.« Ohne ein Wort stellt sie Wasser auf. Sie ist müde. Sie hat versucht, die Ringe unter ihren Augen mit viel zu weißem, viel zu schimmerndem Make-up zu verdecken. Offenbar war sie gerade erst nach Hause gekommen, als sie mich letzte Nacht geweckt hat. Jetzt leidet auch sie unter Schlafmangel.

»Wie weit ist er gekommen?«, fragt sie.

»Charles?«

»Natürlich.«

»Zum Ende der Straße. Er wollte nach Billingsgate.«

»Erklären Sie ihm, er muss nicht mehr nach Billingsgate. Wenn er glaubt, er würde in der Vergangenheit leben, sagen Sie ihm, dass die Dinge sich verändert haben.«

»Aber …«

»So geht es nicht weiter«, sagt Dora. »Daddy muss auch nachts beaufsichtigt werden. Ich muss jetzt los. Es ist viel zu tun. Wenn Sie geputzt, gewaschen, eingekauft und für Leo und Daddy gekocht haben, können Sie den Müll rausstellen. Es muss gebügelt werden. Danach können Sie das Silber polieren.«

Sie geht durch die Küche zu einer Holzschatulle und hebt den Deckel an. Darin liegen Messer und Gabeln und Kaffeelöffel, alle säuberlich nebeneinander in den Mulden einer Art Samtkissen. Ich erkenne sofort, dass die Löffel, die ich gerade erst verkauft habe, zu diesem Besteck gehörten. Es gibt zwei Ebenen, die Suppenlöffel müssen in der unteren gelegen haben.

Mir bleibt fast das Herz stehen.

»Das ist noch von meiner Mutter. Ein Erbstück. Meine Geschwister wissen solche Dinge aber nicht zu schätzen; deshalb habe ich es mitgenommen, ohne mir ein schlechtes Gewissen zu machen. Sehen Sie, das Besteck ist angelaufen. Für das ungeschulte Auge sieht es nach nichts Besonderem aus. Aber wenn es erst mal mit Polierpaste gereinigt ist, glänzt es wie neu.«

Sie holt ein Töpfchen Silberpolierpaste aus einem Schrank.

»Kann ich Charles vielleicht irgendwann zu diesem Billingsgate bringen? Damit er sich freut?«, frage ich, um sie abzulenken, damit sie nicht den Einsatz mit den Messern und Gabeln hochhebt und merkt, dass die Suppenlöffel fehlen.

»Nein! Sie müssen in der Nähe bleiben. Machen Sie nicht alles, worum Daddy Sie bittet, Mona, er weißt nicht, was er wirklich will. Sie sollen hier machen, was *ich* sage. Halten Sie sich einfach an den Markt und die Straße, dann ist alles gut. Daddy ist verwirrt. Sie müssen ihm helfen, in der echten Welt zu leben, im Hier und Jetzt. Er muss wissen, wo er ist und wer bei ihm ist. Verstanden?«

»Ja.«

»Er darf nicht zum Fischmarkt gehen.«

»Wie schade, ich würde ihm gerne eine Freude machen«, antworte ich auf Arabisch.

»Was haben Sie gesagt?«

»Nur, dass ich verstehe. Ich tue, was Sie wollen.«

Sie entfernt sich wieder vom Besteckkasten.

»Und Mona, wenn er meiner Mutter Blumen kaufen möchte, erklären Sie ihm, dass sie tot ist.«

Ich starre sie an.

Während sie weiterspricht, trägt sie vor dem Spiegel Lippenstift auf. »Sie kaufen nicht irgendwelche Sachen und behalten sie dann für sich.«

»Natürlich.«

»Und Sie nehmen nichts, was Ihnen nicht gehört.«

Und dann ist sie verschwunden.

Kapitel dreiundzwanzig

Ich habe schon lange vermutet, dass ich in Max »verliebt« bin. Aber in Momenten wie nach unserem letzten Treffen, wenn wir uns monatelang nicht gesehen haben und dann nicht einmal zwölf Stunden zusammen sind, frage ich mich, ob es das wert ist. Bei der anschließenden Scherbenlese glaube ich manchmal, es ist schmerzhafter, mich von ihm loszureißen, als ihn gar nicht zu sehen.

Am nächsten Morgen wache ich mit dumpfen Kopfschmerzen auf, nervös und gereizt durch den kurzen Schlaf und mit dem Gefühl, dass etwas zwischen uns unerledigt geblieben ist. Ich sehe immer noch vor mir, wie Max mir eine Hand aufs Bein legt und bittet: »Erzähl mir von ihr.«

Ich überlege, ihm eine Mail zu schreiben und zu erklären, wie unglücklich mich seine Neugier auf Mona gemacht hat. Aber ich weiß, ich werde es nicht tun. Er würde mich beschwichtigen, es sei nicht mehr als eine flüchtige Fantasie gewesen. Wahrscheinlich würde er mich auslachen – und mich daran erinnern, dass er diese Frau noch nie gesehen hat; sie ist nur ein Konzept, nicht wirklicher als die Statuen, mit denen er gerne seine Vorstellungskraft anregt.

Und ich würde wie eine Klette wirken – was ich ganz bewusst vermeide, um ihn nicht zu vertreiben. Für ihn verkörpere ich Ungebundenheit, nicht den Zwang von Familie und Arbeit – noch mehr Ketten kann er nicht gebrauchen.

Sollte ich ihm dann schreiben, dass wir es beenden müssen?

Dass ich die Wochen zwischen unseren Treffen nicht mehr ertrage? Dass es sich anfühlt wie ein grauenhafter Kater nach nur einem Glas Wein, wenn ich ihm nahe bin und mich dann losreißen muss?

Auf einmal habe ich Daddy vor Augen, wie er mich im Laternenlicht mit versteinerter Miene ansieht und ruft: »Du bist nicht Mona! Ich will Mona! Wo ist Mona?!«

Während mir seine Worte noch in den Ohren klingen, wende ich mich am Fuß der Eingangstreppe in die andere Richtung. Bevor ich mich auf den Weg zur Arbeit mache, laufe ich nach hinten zu Daddys Wohnung. Ich muss schließlich nachsehen, ob es ihm gut geht. Ob Mona ihn sicher zurückgebracht hat. Ich will mich vergewissern, dass er letzte Nacht nur verwirrt war. Dass er *mich* rufen wollte, nicht Mona.

»Morgen, Daddy.«

»Hm?« Er sitzt in seinem Sessel mit einer Zeitung auf dem Schoß, sieht aber nicht so aus, als hätte er darin gelesen. Auf dem Tisch neben ihm steht seine Müslischale, also hat er schon gefrühstückt.

Pflichtbewusst ist Mona, das muss ich ihr lassen.

»Wie geht es dir heute Morgen?«

»Du bist nicht Mona. Hol Mona her.«

»Daddy, ich bin deine Tochter. Theodora. Ich wollte sehen, ob ich dir etwas bringen kann.« Ich spiele an meiner Halskette herum, um ihn darauf aufmerksam zu machen.

»Du kannst mir die liebe Mona bringen«, antwortet er. »Sie ist ein nettes Mädchen, und sie weiß, was ich mag.«

Ich nehme die Kette ab und gebe sie ihm.

»Weißt du noch, die hast du für mich gekauft«, sage ich. Mir steigen Tränen in die Augen. »Hast du das vergessen? Du hast immer gesagt, ich wäre Theodora, dein ›Gottesgeschenk‹.«

Ich sehe mich um, ob auch niemand meinen rührseligen Appell hört, obowhl ich weiß, dass außer uns niemand hier ist.

»Nimm sie bitte, Daddy. Pass auf sie auf, und versuch dich zu erinnern, wer ich bin. Ich muss zur Arbeit, aber wenn ich könnte, würde ich hierbleiben.«

Endlich sieht er sich die Kette an, nimmt die Enden in beide Hände und hält sie auseinander, damit er den geschwungenen Namen lesen kann. Schließlich seufzt er. »Ah ja, Theodora«, sagt er und sieht zu mir auf. Erleichterung durchflutet mich.

»Warum gehst du an einem Sonntag arbeiten?«, fragt er.

»Es ist nicht Sonntag, es ist Donnerstag. Und Daddy, behalte Mona im Auge, solange ich weg bin, ja?«

»Ach, das ist nicht nötig. Sie arbeitet wirklich gut, weißt du.«

»Bestimmt, Daddy. Aber pass auf, dass sie sich nichts von deinem Geld kauft.«

»Ach was, sie ist sehr großzügig. Sie gibt alles Geld für mich aus. Also, du und Mona«, sagt er und mustert mich, »das verstehe ich nicht ganz. Ihr müsst etwa im gleichen Alter sein, dabei sieht sie so jung aus und du … Meine Güte. Du bist ja müde.«

Ich darf mir solche Bemerkungen nicht zu Herzen nehmen. Daddys Krankheit bringt es mit sich, dass er manchmal verletzende Dinge sagt – das bezeichnet man als »Enthemmung«. Ich weiß das. Ich habe darüber gelesen. Und trotzdem kommt es mir in solchen Momenten vor, als würde alles, was Daddy nett und liebenswert gemacht hat, allmählich wegbrechen. Als hätten die Jahre eine schimmernde Fassade zerfressen, bis nur noch der grobe Putz übrig ist.

Ich lasse ihn allein, und meine Sorge schlägt um in Erleichterung darüber, dass ich ihn nicht mehr versorgen muss.

Immerhin ist Mona hier, um mir diese aufwühlenden Gefühle ein wenig abzunehmen.

Der Clipper ist voller Pendler, die an ihren Laptops, Smartphones, iPads und iPods hängen. Ich kaufe einen Kaffee – nach der letzten Nacht brauche ich einen ordentlichen Schuss Koffein – und gehe an Deck, um etwas frische Luft zu schöpfen. Ich atme den Geruch des schlammigen Flusses ein. Als der Motor anspringt, das trübe Wasser unter uns aufgewühlt wird und wir den Anleger zurücklassen, starre ich auf die Wellen, die neben dem Boot herrasen. Dann blicke ich auf. Die Kirchtürme und Bürogebäude, die gerade noch vor uns aufgeragt sind, verschwinden in der Ferne.

Ich brauche diese Zeit unterwegs, um über Max nachzudenken, um meine Gefühle ans Licht zu holen, die mich seit letzter Nacht heimsuchen. Ich stütze mich auf die Reling. Mir geht nicht aus dem Kopf, wie Daddy nach Mona gerufen hat. Es verletzt mich mehr, als ich zugeben möchte. Eine Unterhaltung neben mir reißt mich aus meinen Gedanken.

»Ich weiß, Schätzchen. Ich weiß, dass du dir Manöverkritik wünschst, aber ich kann einfach nicht objektiv sein. Ich finde alles großartig, was du machst. Ich platze fast vor Stolz.«

Ein Mann und eine Frau lehnen an der Reling. Er dürfte über fünfzig sein, sie um die zwanzig. Sie haben die gleichen Augen, die gleichen niedrigen Augenbrauen.

Vater und Tochter.

Das Mädchen seufzt und sagt etwas, das der Wind schnappt und den Fluss hinunterträgt. Vielleicht liegt es am fehlenden Schlaf oder am Koffein, aber ich habe das Gefühl, die Zeit würde zusammenstürzen. Als würde ich in meine Zukunft sehen, nicht in meine Vergangenheit. Ich starre das Mädchen an, das ich in meinem Traum werde, jung und noch schlaksig, an der Schwelle zum Erwachsenwerden, getragen vom ungetrübten Lob eines liebenden Vaters. Und so rasch, wie das Bild erschienen ist, verschwindet es wieder. Ich werde zurück ins Jetzt katapultiert. Wie die Kirchtürme und Anleger am Ufer treiben Daddy und ich in die Ferne, so wie wir waren, wie wir hätten sein können, bis wir nicht einmal mehr Punkte an der Flussbiegung sind.

Eine Erinnerung wird wach. Es ist frühmorgens, und wir fahren wie so oft mit dem Auto durch den Blackwall-Tunnel nach Billingsgate, um Fisch für das Restaurant zu kaufen. Daddy hat immer mich ausgewählt, damit ich ihm Gesellschaft leiste, und für mich waren diese Ausflüge etwas Kostbares, vor allem der Hinweg im Morgengrauen durch das schlafende London.

Vor Billingsgate roch es immer durchdringend nach Salz, wie eine Mundvoll Meerwasser. Ich war fasziniert von den aufgeschichteten toten Fischen in den Kisten, ihren offenen Mäulern, den trüben Augen. Ich wich Daddy nicht von der Seite, während er Fische in die Hand nahm, sie drückte und an ihnen roch und sie mit blinden Augen zu ihm aufstarrten, die Mundwinkel nach unten gezogen, als hätten sie im Sterben gesagt: *Wie kannst du mir das antun?*

Offiziell durfte ich den feuchten Marktboden gar nicht betreten. Deshalb brachte Daddy mich in ein Café an der Ecke, wo die Fischhändler und Träger in ihren blutverschmierten weißen Schürzen Speck und Eier und Schellfisch und Pommes verschlangen. Für mich kaufte Daddy ein Schinkenbrötchen und für sich eine Tasse Kaffee, die er mit zwei Stück Zucker trank. Dann verschwand er, um mit den Standinhabern zu feilschen, deren nackte Arme und Tätowierungen mir

Angst einjagten. Ich konnte es nicht ausstehen, dort allein zu bleiben. Es lief blecherne Musik, die Kaffeemaschinen stießen zischend Dampf aus, und ich sehnte den Moment herbei, wenn Daddy groß in der Tür stand und seine Meeresfrüchte für das Restaurant bei sich trug.

Zur Ablenkung versuchte ich, ganze Lieder im Kopf zu singen, bevor alle Lämpchen an den Spielautomaten leuchteten. Wenn ich das Ende nicht rechtzeitig erreichte, würde Daddy nie zu mir zurückkommen. Ich würde hierbleiben, und einer der Fischer würde mich entführen und mit einem Boot in ein fernes, fremdes Land bringen und mich als Sklavin verkaufen.

Wenn Daddy dann doch kam, war ich so erleichtert, so befreit, dass ich auf dem ganzen Heimweg laut sang.

Diese Erleichterung, diese wunderbare Wärme, die mich bei seinem Anblick durchströmte, wünsche ich mir heute zurück. Als der Clipper am Bankside-Pier anlegt, wird mir klar, dass ich auch jetzt auf Daddy warte. Heiße, drängende Tränen steigen in mir auf, während ich darauf warte, dass der Daddy, den ich früher geliebt habe, zu mir zurückkommt.

Aber dieses Mal habe ich das Ende des Liedes nicht rechtzeitig erreicht.

Kapitel vierundzwanzig

»Ich möchte, dass Sie heute diese Teilchen backen«, sagt Dora mit dem Rücken zu mir. »Die, von denen Sie mir erzählt haben.« Sie sammelt ihre Sachen ein – ihr Handy, ihre Schlüssel – und wirft sie in ihre Tasche. »Hier ist etwas Geld für heute.« Sie knallt einen Zehn-Pfund-Schein auf den Tisch, geht hinüber zum Herd und dreht sich plötzlich zu mir um. »Die mit Mandeln und Honig. Die isst Leo gern.«

Ich nicke und denke dabei, dass ihre Küche einem Arsenal häuslicher Waffen gleicht – funkelnde Messersets, ein Fleischklopfer, ein Mixer mit Stahlklingen. Eisenpfannen.

»Und ich möchte, dass Sie alle Betten frisch beziehen. Leo braucht Zigaretten, er hat keine mehr, aber vernachlässigen Sie Daddy nicht.« Sie knallt das Nudelholz auf die Arbeitsfläche, und ich sehe ihr sprachlos nach, als sie mich in der Küche zurücklässt.

Charles weigert sich heute, mit mir hinauszugehen, er sagt, er würde Menüs zusammenstellen.

»Ich räume Ihr Zimmer auf. Dann gehe ich schnell und hole Leos Zigaretten. Ich bin gleich wieder da.«

»Ja, ja – nur los. Ich muss weitermachen.«

Auf dem Weg die Straße hinunter rufe ich Ummu an.

»Mir geht es viel besser, danke, Mona«, sagt sie sofort. »Das Medikament hilft, *alhamdulillah*. Mit deinem Geld kann ich mir bald das Röntgen leisten. Der Arzt sagt, er macht für mich einen Termin – du weißt schon, um nachzusehen, ob es nichts Schlimmes ist.«

»Natürlich ist es nichts Schlimmes. So was darfst du gar nicht denken, Ummu.«

»Nein. Na gut, Mona, aber um auf Nummer sicher zu gehen …«

Ich warte.

»Ich wollte dir noch erzählen« – ein weiterer Hustenanfall –, »dass Leila sich die Schule angeschaut hat. Sie freut sich so, Mona, du hättest ihr Gesicht sehen müssen. Und sie wächst. Gestern Abend hat sie einen Zahn verloren, den ersten oben.«

»Geht es ihr gut?«

»Natürlich! Sie ist herumgelaufen und hat ihn jedem gezeigt.«

»Mit einer Zahnlücke oben sieht sie bestimmt lustig aus.«

»Sie ist so süß wie immer, Mona.«

»Schön. Sehr schön.«

»Also, uns geht es gut.« Wieder Husten. »Es läuft alles ganz prima. Durch dich. Durch dein Einkommen.«

»Keine Neuigkeiten?« Ich erwähne nicht mal Alis Namen, damit sie nicht wieder herumnörgelt, ich solle mir einen Engländer suchen.

»Nein, Mona. Nichts.«

Ich sage ihr nicht, dass ich Heimweh habe. Dass mir ein Kloß in der Kehle steckt, seit sie mir von Leilas Zahn erzählt hat. Dass Theodora mir nicht ans Herz wächst, wie ich erst dachte, sondern sich schleichend verändert, so wie ein Stück Obst langsam dunkler wird, bis man es nicht mehr essen kann.

Ich stelle mir vor, wie meine Mutter und die anderen Frauen

aus der Nachbarschaft vor einem ihrer Häuser auf der Treppe sitzen und sich eine Zigarette teilen, und ich sehne mich so sehr danach, bei ihnen zu sein, dass es wehtut. Wo sind bloß die ganzen Frauen in dieser Straße, mit all den geschlossenen Türen und Vorhängen? Müssen die Menschen in dieser Stadt denn nicht mal miteinander lachen und schwatzen? Öffnen sie ihre Häuser nie? Die Türen scheinen ständig geschlossen zu sein, als wollten sie sich von der Welt abwenden.

Und meine Hoffnung, Ali zu finden, schwindet. Die Wochen dehnen sich schon zu Monaten. Jetzt haben wir Mitte November, und mit meinen Chancen auf eine bessere Stelle und ein besseres Leben geht es genauso bergab wie mit Ummus Gesundheit.

»Kann ich mit Leila reden?«

Ich höre, wie Ummu meine Tochter ruft. Offenbar spielt sie draußen auf der Straße. Ich warte eine Minute, zwei Minuten. Weit im Hintergrund kann ich Kinderstimmen hören und Fetzen arabischer Musik, und ich bekomme noch mehr Heimweh.

Endlich dringt Leilas Stimme aus dem Handy.

»Hallo, Ummu.«

»Wie geht es dir, Schätzchen?«

»Gut. Ich habe gerade nur Tettas Medizin geholt. Sie ist so krank, dass sie nicht selber gehen kann. Jetzt ist sie wieder im Bett.«

»Wirklich?«

»Schon in Ordnung«, meint Leila. »Ich sorge für sie. Ich kaufe ein und koche, und sie sagt, ich bin eine echt gute Krankenschwester.«

Leila, würde ich am liebsten rufen, *du bist sechs Jahre alt. Du solltest keine gute Krankenschwester sein müssen!* Ich schlucke.

»Gut. Das ist gut«, sage ich dann. »Und ich habe gehört, du hast einen Zahn verloren?«

»Ja, und noch einer wackelt. Wann kommst du nach Hause, Ummu?«

»Sobald ich kann, Schatz.«

»Ich muss jetzt gehen, Ummu. Ahmed ist hier.«

»Das ist schön. *Salam alaikum.* Hab dich lieb.«

Ich habe den Laden erreicht und bin so versunken in meine Tagträume, als ich meine Zeitung kaufe, dass ich die Stimme erst nicht höre. »Haben Sie schon überlegt, ob Sie Unibank nutzen wollen? Ich kann Ihnen ein Angebot machen.«

Ich blicke auf. »Ich möchte Unibank nicht, danke. Ich kann mein Geld mit der Post nach Hause schicken.«

»Das ist verrückt, Mensch. Da geht es verloren. Schicken Sie es lieber elektronisch, das ist viel sicherer.«

»Aber viel teurer. Nur die Zigaretten, danke.«

»Wie viel rauchen Sie denn?« Er knallt die Marlboro, die ich für Leo kaufe, auf den Tresen.

»Sie sind nicht für mich.«

»Für wen denn? Ich sehe doch, dass Sie jeden Tag zwanzig Stück kaufen. Sagen Sie demjenigen mal, dass er zu viel raucht.«

»Verkaufen Sie lieber Ihr Zeug, statt den Leuten zu erzählen, was sie kaufen sollen! Sie sind für den Sohn meiner Chefin.«

»Ah! Jetzt weiß ich, für wen Sie arbeiten. Sie wohnen hier in der Straße, am anderen Ende!«

Er grinst, und seine grünen Augen strahlen. Ich kann mir nicht helfen, mit seiner braunen Haut und dem schwarzen Haar erinnert er mich an Ali. Er hat so klare Augen – in seinem dunklen Gesicht sehen sie aus wie Juwelen. Alis Augen sind jedem aufgefallen. »Das ist mein Berberblut«, hat er dann stolz erklärt. Er wusste, wie umwerfend er aussah. Und er wusste, wie er es einsetzen konnte.

»Was machen Sie, putzen oder was?«

»Ich mache, was man mir sagt.« Mir schießt Ummus Warnung durch den Kopf, ich solle nicht zu viel reden. »*Die Wände haben Ohren, Mona.* Die Leute sind misstrauisch. Sie glauben noch, du willst dich ins Land schleichen, willst da illegal leben. Überall sind Ohren«, wiederholte sie. »Bleib für dich allein, so weit es geht.«

»Sie hat diesen alten Mann im Rollstuhl.« Ein zweiter Mann hat sich zu dem Verkäufer an den Tresen gesellt. Er ist weiß, seine Haut ist so blass, dass sie fast durchsichtig scheint. Er trägt ein T-Shirt, als wäre es draußen warm. Auf einem Arm windet sich eine tätowierte Schlange. Die Menschen hier scheinen die tiefen Temperaturen nicht so zu spüren wie ich. Mir kriecht die feuchte Kälte in alle Knochen. Meine Finger und Zehen sind ständig taub, und in meinen Gelenken sitzt ein dumpfer Schmerz.

»Ich habe Sie hier drin schon gesehen. Da haben Sie Briefmarken oder eine Zeitung gekauft. Das ist übrigens Sayed. Ich bin Johnny.«

Die Tätowierung auf dem Arm des Weißen streckt sich, als er mir die Hand gibt.

»Weshalb sind Sie hier?«, bohrt er nach. »Arbeit? Asyl?«

Ich habe schon zu viel gesagt, deshalb presse ich die Lippen zusammen. Schüttle den Kopf.

»Ach, kommen Sie schon!«, sagt Sayed. »Hier sind alle von woandersher – Johnny, ich, Costas im Café, Pearl drüben im Stoffladen, die ganzen Typen in der Taxizentrale. Mal legal, mal illegal.«

»Woher kommen Sie?«, frage ich.

»Afghanistan«, sagt er. »Johnny aus Albanien.«

Sayed hat etwas an sich, vielleicht sind es seine grünen Augen, das an meiner Entschlossenheit nagt. So viele Immigranten, so viele Menschen, die verzweifelt versuchen, verzweifelten Situationen zu entkommen, neu anzufangen oder ein besseres Leben zu führen. Mir kommt ein Gedanke. Ob einer von ihnen gute Kontakte haben könnte? Möglicherweise hat jemand hier Ali gesehen. Aber als ich den Mund aufmachen will, redet Sayed weiter.

»Hören Sie«, meint er. »Wenn Sie mal Hilfe brauchen, einen britischen Pass oder so – fragen Sie mich, ja? Ich weiß, wo man an Papiere kommt, ich kenne Leute, die Ihnen helfen können.«

»Schon gut. Ich brauche keine Papiere. Ich habe Papiere.«

Er zuckt mit den Schultern. »Wollte nur sagen, dass ich da bin.«

Auf dem Rückweg melden sich die Sorgen und mit ihnen ein dumpfer Schmerz im Bauch. Ich habe zu viel geredet, ich hätte ihnen gar nichts erzählen dürfen. Wenn ich mich in illegale Sachen verstricke, gefährde ich uns alle, Ummu, Leila und mich. Vielleicht sogar Ali. Ali. Ich bin ihm keinen Schritt näher. Ummu. Wie krank ist sie wirklich? Sollte ich besser nach Hause fahren, sie in ein Krankenhaus bringen? Sollte ich Ali und das Geld, das ich verdiene, lieber vergessen? Das ist unmöglich. Ohne das Geld geht es nicht. Dora. Etwas hat sich verändert, sie lässt mich jeden Tag mehr arbeiten. Sie muss mir noch meine Nachteinsätze bezahlen. Meine Arbeit an den Wochenenden. Wenn ich widerspreche, fängt sie vielleicht von den Sachen an, die ich für Ummu nehmen musste, den Kleinigkeiten, die ich für mich selbst eingesteckt oder von Leo bekommen habe, um sie zu verkaufen. Sachen, von denen sie bestimmt weiß, dass ich sie brauche, die sie aber bis jetzt aus einer Art gegenseitigem Einvernehmen übersehen hat.

Ich würde Dora gerne um etwas Zeit für eine kurze Reise nach Hause bitten, damit ich mich überzeugen kann, dass Ummu nichts Ernsthaftes hat. Dass sie die nötige Behandlung erhält. Und damit ich mir Leilas Zahnlücke anschauen kann.

Dann sehe ich Dora wieder vor mir, als sie mich nachts geweckt hat, um Charles von der Straße zu holen, und werde unsicher. Und wie sie sich heute Morgen umgedreht hat, mit dem Nudelholz in der Hand, als wollte sie mir drohen. Ich muss noch warten, den richtigen Moment abpassen.

Ich bereite in der Küche das Mandelgebäck vor, um das Dora gebeten hat, als Leo hereinkommt. Er trägt einen Jogginganzug und Socken, seine Haare sind nicht gekämmt.

»Hast du kein schlechtes Gewissen, wenn du herumhängst, während andere Leute arbeiten?« Ich gebe ihm seine Zigaretten.

»Was machen Sie da?«

»Die Rollen mit Mandeln und Honig, die du so magst.«

»Hmpf.«

»Wenn du willst, kannst du die Mandelcreme machen. Dann hilfst du mir, die Blätterteigröllchen mit der Creme zu füllen, und danach kannst du den Sirup darüberschütten.«

»Was ist da drin?«

»Honig und Zucker. Zu Hause haben wir das auch gemacht. Bevor …« Ich unterbreche mich. »Wenn wir die Zutaten hatten.«

Er setzt sich an den Tisch und zündet eine Zigarette an. Ich starre ihn an.

»Deine Mutter mag es nicht, wenn du im Haus rauchst.«

»Wegen ihr höre ich bestimmt nicht auf.«

»Mach sie aus. Wenn ich fertig bin, gehen wir raus, und ich rauche eine mit.«

»Sie rauchen?«

»Manchmal.«

Als die Röllchen fertig sind und auf einem Tablett auf Dora warten, hole ich meine Zigaretten. Das Päckchen, das ich in meiner Tasche von zu Hause mitgebracht habe. Seit ich hier bin, habe ich noch nicht geraucht, aber jetzt hat Leos Qualm mir Lust darauf gemacht.

»Wir gehen nach draußen«, sage ich, und zu meiner Überraschung folgt er mir durch die Haustür nach hinten in den Garten. Wir setzen uns auf eine Bank, zünden die Zigaretten an, und zum ersten Mal seit Monaten atme ich den Geschmack des schwarzen Tabaks ein. Ich spüre, wie mir der Rausch zu Kopf steigt. Für ein paar Augenblicke, die wir schweigend dasitzen und rauchen, habe ich das Gefühl, wenn ich die Augen schließen und es mir fest genug vorstellen würde, wäre ich zu Hause.

»Du sitzt ständig am Computer«, sage ich, »ständig spielst du diese Spiele. Autorennen und so was. Wird dir das nie langweilig?«

»Ich mache ja nicht nur das.«

»Was denn noch?«

»Ich bin bei Facebook und so.«

»Ah ja. Da sind ja jetzt alle. Damit würde ich mich auch gerne auskennen.«

»Wissen Sie nicht, wie das geht?«

»Nein. Ich hatte zu Hause nie einen Computer.«

»Ach du Scheiße, das geht ja gar nicht. Ich zeige es Ihnen, wenn Sie wollen.«

»Wirklich? Kannst du mir auch zeigen, wie man Sachen bei Google sucht?« Endlich tut sich etwas.

»Klar. Ich gebe Ihnen Nachhilfe, Mona; wenn man nicht mit einem Computer umgehen kann, ist man am Arsch.«

Wir sitzen nebeneinander in Leos Zimmer vor seinem Bildschirm. Nach einer Stunde hat er mir eine eigene Seite eingerichtet.

»Jetzt fügen Sie noch Kontakte hinzu. Sonst müssen Sie warten, bis jemand Sie anschreibt.«

Ich zucke mit den Schultern. »Vielleicht kannst du nach ein paar Freunden von mir suchen.«

Ich sage ihm die Namen, und er gibt sie ein. Hait und Amina und Jasmine. Amina ist bei Facebook, und Leo schickt ihr eine Freundschaftsanfrage, wie er es nennt.

»Wenn sie die Freundschaft ›bestätigt‹, können Sie online mit ihr chatten«, erklärt er.

»Du könntest noch Ali versuchen – Ali Chokran«, sage ich beiläufig, als wäre Ali nur ein weiterer Freund.

Fotos und Namen erscheinen. Ich sehe sie mir genau an.

Es sind Hunderte Fotos, aber keines zeigt ihn. Wieder überkommt mich die Verzweiflung, wie jedes Mal, wenn mir klar wird, wie wenig Fortschritte ich mit meiner Suche nach ihm gemacht habe. Ich versuche, den schmerzlichen Ausdruck auf meinem Gesicht zu verbergen.

Als ich aufstehe, um nach Charles zu sehen, ruft Leo mich zurück. Er hält etwas Glänzendes in Händen.

»Großvaters Manschettenknöpfe«, sagt er. »Die trägt kein Mensch mehr. Ich dachte, Sie könnten sie verkaufen.«

Bis Dora wieder zu Hause ist, habe ich mit Leos Hilfe eine

Facebookseite eingerichtet, etwas Geld nebenbei verdient und alles Ummu geschickt. Dann wird mir klar, woher dieses ungute Gefühl im Bauch kam. Ich habe meine Tage bekommen und kein Geld, um Tampons zu kaufen.

Kapitel fünfundzwanzig

Müde komme ich von der Arbeit nach Hause. Ich gehe sofort hinauf in mein Zimmer, ziehe mich aus und schlüpfe in den Bademantel, den Mona gewaschen hat. Er ist flauschig und duftet frisch. In solchen Momenten frage ich mich, wie ich ohne sie ausgekommen bin. Ich wickle mich eng in den Bademantel und gehe über den sauberen Treppenabsatz und die Stufen hinunter zum Bad, um in einem tiefen Schaumbad zu versinken und ein Peeling aufzutragen.

Ich stoße die Tür auf.

Und sehe Mona auf einem Hocker, eine Hand in meinem Badschränkchen.

»Was machen Sie da?«

»Oh!« Sie dreht sich um. »Ich suche Tampons.« Ihre aufgerissenen Augen verraten ihr schlechtes Gewissen.

»Tampons?«

»Ja. Ich blute, ich habe nicht damit gerechnet. Es kommt zu früh.«

»Sie haben doch Geld für Tampons.«

»Ich … ich habe kein Geld, ich …«

»Mona! Ich habe Ihnen Geld zum Einkaufen gegeben. Ich habe Sie bezahlt, erst am Freitag! Was soll das heißen?«

»Tut mir leid. Nächstes Mal kaufe ich welche. Ich habe es vergessen. Es ist ein Notfall.«

Sie lächelt. Offensichtlich hofft sie auf eine Art verschwörerische Herzlichkeit von mir. Natürlich könnte ich ihr die

Schachtel überlassen oder ihr einen Fünfer in die Hand drücken und sagen, sie soll zum Laden laufen und sich Tampons kaufen. Und wenn ich noch so dumm wäre wie bei ihrer Ankunft, würde ich sogar selbst gehen. Bin ich aber nicht.

Mich stört noch etwas, das ich gar nicht genau benennen kann. Monas Periode, dass sie meine Tampons benutzen will – das ist etwas so Persönliches. Sie ist nicht meine Freundin. Sie ist niemand, mit dem ich etwas teile.

»Sie können erst mal einen nehmen. Ich habe Ihnen das hier gekauft.«

Ihre Miene wird sanfter, als ich ihr das Päckchen entgegenstrecke, als würde sie mit einem Geschenk rechnen. Sie nimmt es mir ab.

»Das ist ein Babyfon. Das eine Teil kommt neben Ihr Bett, das andere stellen wir zu Daddy. Wenn er nachts noch mal wach wird, hören Sie ihn und können zu ihm gehen.«

Ihr Blick wird wieder hart. Ein so ausdrucksstarkes Gesicht habe ich noch nie gesehen.

»Ich kann nicht vierundzwanzig Stunden am Tag arbeiten«, sagt sie.

»Sie arbeiten so lange, wie es nötig ist«, entgegne ich. »Und was Sie so brauchen, kaufen Sie selbst.« Sie wirft mir einen leeren Blick zu, bevor sie geht.

»Und Mona«, sage ich. Sie dreht sich um. »Sie haben Ihr eigenes Bad. Benutzen Sie nicht meines.«

Als Mona später bei Daddy ist und das Babyfon einrichtet, betrete ich ihr Zimmer.

Was macht sie nur mit dem Geld, das ich ihr gebe? Einen Teil schickt sie ihrer Mutter und Tochter, das weiß ich, aber es ist genug, sollte zumindest genug sein, damit sie sich auch das Nötigste kaufen kann.

Ich sehe mich rasch um. Das Arbeitszimmer ist nicht wiederzuerkennen, so ordentlich war es nach meinem Einzug noch nie. Neben ihrem Bett liegt ihr kleines Fotoalbum, eine Kladde. Ihre Kleidung hängt an der Rückseite der Tür. Es ist nicht viel. Die meisten Sachen sind aus billiger Kunstfaser, Jogginghosen, T-Shirts. Kein Wunder, dass sie meistens so plump und ältlich wirkt! Sie hat ein hübsches violettes Kleid und einen Rock, aber mehr auch nicht.

Auf dem Schreibtisch finde ich Daddys Briefpapier. Und dazwischengestopft Zehn-Pfund-Scheine.

Mona lässt sich also von mir Geld geben und bunkert es, statt es für die Sachen aufzuwenden, die sie braucht. Deshalb stibitzt sie!

Ich gehe zum Frisiertisch in meinem Zimmer. Natürlich war ich so vorsichtig, meinen Schmuck in einem abschließbaren Kästchen unter dem Bett aufzubewahren und den Schlüssel zu verstecken. Aber deswegen mache ich mir keine Sorgen. Mona ist zu klug, um etwas Wertvolles zu nehmen und zu glauben, sie würde damit durchkommen. Was mich plötzlich beunruhigt, sind die kleinen Dinge, die ich nur am Rande bemerkt habe.

Ich öffne meine teure Feuchtigkeitscreme. Es ist schwer zu sagen, aber ich bin sicher, dass jemand – Mona, wer sonst? – mit dem Finger etwas Creme aus dem Tiegel genommen hat. Es war auch mehr Rosenwasser in der Flasche. Dann fällt mir die verschwundene Handcreme ein. Als ich gemerkt habe, dass sie fehlt, habe ich nicht weiter darüber nachgedacht, immerhin war es nur ein Pröbchen, das ich zu anderen Produkten dazubekommen habe, aber nach allem anderen, was passiert ist, komme ich mir langsam dumm vor.

Mein Herz fängt an zu hämmern. Die Demütigung überläuft mich heiß, fast, als würde ich vor mir selbst erröten. In meinen Gedanken blitzt ein Brandfleck auf einem Tischtuch auf. Ich schiebe das Bild beiseite.

Mir ist egal, was ich für diese Dinge bezahlt habe; es ist nur einfach so: Mona nutzt mich aus.

Dann fällt mir auf, dass mein Rouge offen ist; eine Puderspur zieht sich über den Deckel, obwohl ich das Rouge diese Woche mit Sicherheit nicht benutzt habe. Ich gehe zurück ins Badezimmer. Ja, jemand hat sich am Shampoo bedient.

»Leo!« Ich öffne die Wohnzimmertür und halte ihm die Flasche vor die Nase.

»Hast du mein Shampoo benutzt?«

»Was?«

»Ich muss das wissen.«

Er zuckt mit den Schultern. »Weiß ich nicht mehr.«

»Hast du die Zartbitterschokolade gegessen, die ich in den Kühlschrank gelegt habe?«

»Du weißt doch, dass ich Zartbitter nicht ausstehen kann. Na ja, solltest du. So langsam.« Er ist beleidigt, weil meine Fragen andeuten, ich würde ihn und seinen Geschmack nicht kennen. Das ist ein unausgesprochener Streitpunkt zwischen uns. Innerlich könnte ich mich treten. Mein Verdacht gegen Mona war mir wichtiger als meine Nähe zu Leo. Sie verpfuscht sogar die Beziehung, die ich zu meinem Sohn aufbauen will!

»Ich muss wissen, ob Mona sich etwas genommen hat«, erkläre ich. »Wenn du es nicht warst, muss sie es gewesen sein.«

Ich will seine Zuneigung, ich brauche seine Antwort.

Aber er hört mir nicht zu, er hat sich schon wieder in seinen Film oder sein Spiel vertieft. Und sich von mir abgekapselt.

Ich gebe meinen Versuch bei Leo auf und klopfe an Monas Tür. Halte ihr die Sachen hin, die ich Leo gezeigt habe.

»Nur, damit Sie es nicht vergessen, Mona. Sie sind hier als Angestellte, nicht als Gast«, sage ich. »Sie kaufen solche Sachen von Ihrem eigenen Geld, dafür bezahle ich Sie ja.«

Sie starrt mich ausdruckslos an. Auf ihr Gesicht hat sich wieder diese Maske gelegt, die man nicht deuten kann.

»Ich gebe Ihnen Geld, damit Sie Sachen kaufen können. Sie müssen nicht stehlen.«

»Wollen Sie nicht mehr, dass ich für Sie arbeite?«

»Das habe ich nicht gesagt.«

Ich sehe mir an, woran sie gerade gesessen hat. Wie es scheint, hat sie gelernt, während ihrer Arbeitszeit hat sie englische Phrasen aus einem Büchlein in ein Notizbuch geschrieben. Ich werde ihr klarmachen, dass ich sie nicht angestellt habe, um zu lernen, sondern um zu arbeiten, aber später. Jetzt fehlt mir die Kraft dazu. Ihr Gesichtsausdruck hat mich aus dem Konzept gebracht.

Stattdessen gehe ich hinunter zu Daddy.

Er ist schon nachtfertig, liest im Schlafanzug die Lokalzeitung, die ihm am liebsten ist; das Radio läuft, neben ihm steht sein Whisky. Was Daddys Betreuung anbelangt, kann ich Mona nichts vorwerfen.

Ich lächle ihn an. »Hallo, Daddy.« Ich warte ab, ob er mich heute Abend erkennt.

Schließlich blickt er auf. »Wo ist Mona? Ich will Mona!«

»Du kannst sie später haben. Ich wollte wissen, wie es dir

geht. Und meine Kette abholen«, sage ich. »Die Kette, die du mir nach meiner Geburt geschenkt hast.«

»Welche Kette? Ich habe keine Kette gesehen.«

»Meine besondere Kette, auf der Theodora steht. Ich habe sie bei dir gelassen, damit du dich daran erinnerst, dass du bei mir wohnst, bei deiner Tochter, und dass ich immer dein Liebling war.«

»Ich weiß nicht, wo sie ist.«

»Daddy, das musst du wissen. Ich habe sie hierhin gelegt, auf deinen Tisch, damit du wieder weißt, wer ich bin. Ich bin dein Gottesgeschenk. Deine Älteste. Theodora.«

»Ich erinnere mich nicht. Habe ich so etwas gesehen?« Eine Falte gräbt sich in die Pergamenthaut seiner alten Stirn, in seinen Augenwinkeln schimmern Tränen. Ich habe ihn aufgeregt. Das wollte ich nicht.

Das ist nur wegen Mona passiert. Und jetzt weiß ich, dass Tampons meine geringste Sorge sind. Mona ist zu klug, um etwas Wertvolles aus meinem Zimmer zu nehmen, aber sie ist auch klug genug, um zu wissen, was für ein unzuverlässiger Zeuge Daddy wäre.

Empört bis an die Haarspitzen lasse ich ihn allein und marschiere zurück zu Monas Zimmer.

»Mona, meine Kette ist weg, ich hatte sie in Daddys Wohnung gelassen. Wohin haben Sie sie gelegt?«

Sie blickt zu mir auf. »Was?«

»Meine Kette, die ich hier trage.« Ich tippe mir an den Hals. »Ich habe sie Daddy in seiner Wohnung gegeben, und jetzt ist sie nicht mehr da. Sie müssen sie haben.«

Ihre Miene ist wieder wie versteinert.

»Wo ist sie?«

Sie zuckt mit den Schultern. Und ich weiß, dass sie nie nachgeben wird, egal, wie oft ich frage.

Ich kann nichts tun, denn Daddy hat angefangen, gegen die Decke zu hämmern. Leise dringt seine Stimme durch den Dielenboden, kriecht durch den Schacht des Speisenaufzugs und gleichzeitig als Echo durch das Babyfon, das sie neben ihr Bett gestellt hat: »Mona! Mona! Ich will Mona.«

Teil Zwei

Das Mädchen mit dem Delfin

Kapitel sechsundzwanzig

Es ist Samstag, und ich bin müde und erschöpft.

»Heute ist in England Wochenende«, sage ich Dora. »Ich brauche einen Tag frei.«

»Tut mir leid, Mona, aber Daddys Bedürfnisse setzen nicht einfach aus, weil Samstag ist. Er ist sehr abhängig von Ihnen. Er akzeptiert niemanden sonst.«

»Ich bin müde. Seit ich hier bin, hatte ich noch keinen Tag frei.«

»Ich entscheide, wann Sie freibekommen.«

»Nachts aufstehen, ab frühmorgens arbeiten, ich muss auch mal ausruhen, oder ...«

»Ich glaube, Mona, Sie haben sich selbst mehr Stunden bezahlt, als Sie gearbeitet haben. Darüber reden wir später. Jetzt muss ich los. Ich gehe mit meiner Schwester Kaffee trinken.«

»Oder«, rufe ich ihr nach, als sie ihre Sachen zusammensucht, »ich könnte meine ganzen freien Tage auf einmal nehmen, und Sie bezahlen mir den Flug für eine kurze Reise nach Hause.«

Ich räume die Küche zu Ende auf, zähle dabei die Samstage und Sonntage, die ich gearbeitet habe, und rechne aus, wie viele Tage Dora mir schuldet. Dann gehe ich hinunter zu Charles – und bleibe erschrocken stehen.

Die Wohnung ist verwüstet! Der Schirmständer ist umgekippt, der Schirm liegt halb geöffnet zu meinen Füßen. Papiere sind vom Tisch gerutscht und verteilen sich über den

Boden. Ein Foto ist von der Wand gefallen. Der Rahmen liegt zerbrochen auf dem Teppich.

Charles steht mitten in seinem Wohnzimmer mit nackten Füßen auf einem Stuhl, in der Hand seinen Gehstock. Überall herrscht Chaos. Auf dem Teppich finde ich mit dem Boden nach oben sein zerbrochenes Whiskyglas, der Alkohol breitet sich als dunkler Fleck aus. Bücher wurden herumgeworfen, jemand hat eine Keksdose aufgerissen und den halben Inhalt in den Teppich getreten.

Charles selbst ist kaum angezogen, er trägt nur ein dreckiges, ausgeleiertes Unterhemd und eine Unterhose. Auf seinen Armen sehe ich eine leichte Gänsehaut, und seine Beine wirken im Dämmerlicht kalkweiß.

»Ratten«, sagt er. »Eine große, gerade ist sie über die Anrichte gelaufen. Die Viecher kommen hier rein und fressen alles an, wenn man nicht ständig hinterher ist.«

Er hämmert auf den Schrank ein und zerschmettert eine Karaffe aus Kristallglas, die er dort aufbewahrt hat.

»Charles, ich sehe hier keine Ratten!« Ich laufe durch die Wohnung, um nachzuschauen. Notfalls könnte ich Endymion herunterschleifen und ihn zur Abwechslung mal arbeiten lassen. Aber ich kann nirgendwo Spuren von Nagetieren entdecken. Offenbar halluziniert Charles wieder.

Ich nehme ihm den Gehstock ab. Helfe ihm vom Stuhl herunter, suche frische Kaschmirsocken für seine überraschend weichen blassen Füße und führe ihn zum Sessel neben dem Gaskamin, wo ihm nichts passieren kann.

»Welche bist du?«, fragt er. »Wenn ihr ständig eure Frisuren ändert, komme ich durcheinander.«

»Ich bin Mona«, erkläre ich. »Doras Hilfe.«

»Mona, natürlich. Mein liebstes Mädchen, meine Lieblingskellnerin. Dora ist natürlich nicht hier. Ich habe sie seit

Monaten nicht mehr gesehen. Sie hat eine sehr wichtige Arbeit. Beim Radio.«

»Ja.«

»Und Terence gondelt durch die ganze Welt, und Anita, die Hübsche, sie hat ihre Kinder. Sie sind alle schrecklich beschäftigt. Simon arbeitet nicht, aber er hat mich schon seit Jahren nicht mehr besucht.« Eine Träne ist ihm ins Auge gestiegen.

»Oh Charles«, sage ich und nehme seine Hand. In manchen Momenten ist er im Hier und Jetzt, aber es macht ihn traurig. Glücklicher ist er in seiner benebelten Welt, in der Vergangenheit und Gegenwart ineinanderfließen und in der er nicht weiß, wer wer ist oder was er tun soll. Nur ist er in dieser Welt nicht sicher. Das Chaos in der Wohnung ist ein Ergebnis seiner benebelten Welt. Ich kann ihn nicht länger hier unten lassen. Es war schon richtig, als ich Ummu gesagt habe, er sollte nicht allein unter der Erde bleiben. Ich helfe ihm, Hemd, Weste und Jacke, eine saubere Unterhose, eine Hose und einen Schal anzuziehen.

Nachdem ich seine schmutzigen, zerknüllten Sachen vom Boden aufgesammelt und in eine Tragetasche gestopft habe, hole ich Bleiche aus der Küche und schrubbe die nasse Stelle auf seinem Sessel weg.

Oben sage ich Leo, er soll aufstehen und seinen Großvater auf dem Sofa sitzen lassen.

»Ich spiele gerade *Call of Duty*. Lassen Sie mich in Ruhe.«

»Es ist Samstag«, sage ich. »Dein Wochenende. Ein junger Mann wie du, du brauchst Bewegung. Spiel Fußball, oder geh in ein Fitnessstudio. Na los. Raus!«

Er mustert mich lange, bevor er mit einer Art Zwinkern in den Augen aufsteht.

»Ganz, wie Sie wollen, Mona«, sagt er und latscht davon.

Als er gegangen ist, nehme ich Charles' alte Hand. Komisch, dass seine Hände, verglichen mit seinen Füßen, so abgenutzt sind, so faltig. Die Haut ist wächsern und kalt. Fleckig, mit braunen Stellen. Ich drücke seine Hand. Nach der langen Zeit fühlt es sich seltsam an, einen Menschen auf diese Weise zu berühren. Er sieht mich an. Ich merke, dass er verstört ist. Er ist nicht sicher, wer ich bin. Aber er möchte mir vertrauen.

Und ich will nicht loslassen. Neben diesem alten, verwirrten Mann empfinde ich zum ersten Mal seit Wochen Zuneigung für jemanden und bekomme sie auch zurück.

Kapitel siebenundzwanzig

Anita hat mich gebeten, in ein Café in Westbourne Grove zu kommen. Mit seinem Shabby-Chic-Stil wirkt es auf mich wie eine andere Welt. Nichts erinnert an die Deptford High Street. Hier sitzen die schönen Menschen, die androgynen, sonnengebräunten Exemplare, deren straffe Haut ein inneres Licht zu verströmen scheint. Als wäre sie gar keine Haut, sondern ein eigens entworfenes, ultraschönes Material. Sogar die Angestellten sehen supergesund aus, sie huschen zwischen den Tischen hin und her, tragen Röcke und Hosen, die gerade so tief auf den schmalen Hüften sitzen, dass man die Tattoos über dem Gesäß erkennen kann. Gar keine Frage, Reichtum bringt Schönheit, Gesundheit und Fitness hervor. Willst du eine Frau am Boden halten, gib ihr Junkfood zu essen und Kleidung von der Resterampe.

Anita sitzt an einem Ecktisch, vor sich zwei große Cappuccinos und einen Teller mit Croissants. Sie wackelt mit den Fingern, um mir die Nägel zu zeigen. »Schöne Farbe, findest du nicht? Nennt sich Zobel. Ich habe sie mir gerade machen lassen.«

»Sehr hübsch«, sage ich und denke, dass ich auch mal wieder eine Maniküre vertragen könnte. Die letzte ist Wochen her.

»Aber ich bin etwas deprimiert«, erzählt meine Schwester.

»Was ist passiert?«

»Ich habe ein graues Haar gefunden.«

Ich lächle. Mich haben die Veränderungen des Alters nie geschreckt. Ich finde die Abläufe in meinem Körper sogar faszinierend. Woher weiß er, was er wann zu tun hat? Mit distanziertem Interesse bemerke ich, dass die Haut um meinen Mund ganz leicht erschlafft, dass meine Wangenknochen stärker hervortreten, meine Augen ernster wirken. Und es gefällt mir. Ich habe damit kein Problem. Max gefällt es auch. Ich bin jetzt mehr ich selbst als je zuvor.

Wie Planeten gehorchen unsere Körper Gesetzen, die sie weder bestimmen noch beeinflussen können, und darin liegt eine gewisse Schönheit. Ich habe kein Verständnis für die endlosen Panikattacken, die meine Schwester Anita jedes Mal erleidet, wenn sie Krähenfüße oder das kleinste Fältchen in ihrer ehrlich gesagt perfekten Haut entdeckt.

»Mein Gott, Anita«, sage ich jetzt. »Hast du keine anderen Sorgen?«

»Na ja, um genau zu sein, schon. Ich mache mir Sorgen wegen Daddy. Wie läuft es?«

»Ach, durchwachsen. Im einen Moment ist er der Alte, der Charme in Person. Im nächsten schrecklich verwirrt und vergesslich. Man muss ihn dann sogar daran erinnern, dass er essen soll. Er sagt unpassende Dinge. Und neulich wollte er mitten in der Nacht nach Billingsgate laufen.«

Anita lacht.

»Das ist nicht lustig, Anita. Er könnte sich verlaufen, sich wehtun, alles Mögliche.«

»Aber die Vorstellung, wie er etwas Unpassendes sagt.«

»Es ist manchmal ganz schön verletzend.«

»Kann ich mir denken. Aber du darfst dir das nicht zu Herzen nehmen. Das ist nicht er, es ist seine Krankheit. Mein Gott, war es schwierig, neulich mit ihm rauszugehen. Es hat ewig gedauert! Zum Verzweifeln. Ich verstehe schon, warum du Mona brauchst.«

»Sie ist keine ausgebildete Pflegerin.« Ich zupfe ein Ende meines Croissants ab.

»Na ja, das nicht«, stimmt Anita zu und lutscht Marmelade von ihrem tadellos manikürten Daumen. »Aber sie ist der Aufgabe gewachsen. Das ist die Hauptsache. Wir waren uns doch einig, dass wir kein Pflegeheim bezahlen können – zumindest nicht, bevor wir das Haus verkauft haben.«

»Hm«, mache ich.

»Was?«

»Sie ist verschlagen. Sie hat für Daddy Rosen gekauft. Er dachte, sie wären für Mummy. Und Mona hätte sie Mummy ins Krankenhaus gebracht. Dann habe ich gesehen, dass sie die Blumen in ihr Zimmer gestellt hat. Und sie hat schon sein Briefpapier, seine Stifte und andere Sachen benutzt.« Ich zögere, weil ich nicht weiß, ob ich Anita erzählen soll, dass ich so dumm war, meine Kette in Daddys Wohnung zu lassen. Sie soll mich nicht für völlig dämlich halten, weil ich geglaubt habe, Mona wäre zu klug, um etwas Wertvolles zu stehlen.

»Um Himmels willen, Theodora. Mona ist arm! Wahrscheinlich ist sie verzweifelt. Wenn du Sachen herumliegen lässt, denkt sie, sie wären dir egal. Natürlich steckt sie sich das eine oder andere ein.«

»Ich will ihr nicht misstrauen. Ich will ihr nichts vorwerfen, was sie vielleicht nicht gemacht hat.«

»Ich wäre da vorsichtig.«

»Was soll ich machen?«

»Sie feuern? Jemand anderen suchen?«

»Kann ich nicht! Daddy hängt an ihr. Ihm ist niemand anderer mehr gut genug. Er tut so, als könnte sie übers Wasser laufen.«

»Daddy hat hübsche junge Mädchen schon immer gemocht.«

»Sie ist aber kein junges Mädchen, Anita. Du hast sie doch gesehen – sie ist so alt wie ich. Aber Daddy kennt sie jetzt. Er braucht Beständigkeit, und sie ist immer für ihn da. Wenn nicht, ist er aufgeregt und durcheinander. Ich muss wissen, wie ich dafür sorgen kann, dass sie nicht macht, was sie will. Ich bin tagsüber nicht zu Hause. Sie ist da. Ich kann sie nicht ständig im Auge behalten.«

Ich will nicht sagen, dass ich nicht zurechtkomme, oder über meine Sorge reden, die Lage könnte außer Kontrolle geraten, so wie bei Zidana. Anita weiß nicht mal was von Zidana. Ich will ihr nicht von meiner Angst erzählen, Daddy könnte irgendwann noch viel mehr an Mona hängen und vergessen, bei wem er wirklich wohnt. Oder Leo könnte mehr Respekt vor ihr haben, als er je vor mir hatte.

»Deine Wertsachen musst du natürlich einschließen, Dora – sag ihr, dass du sie im Auge hast. Dass du weißt, was sie macht. Und dass sie hier ist, um Daddy zu versorgen, und schließlich Geld verdient, um sich zu kaufen, was sie will. Sie hat doch einen Vertrag, oder?«

»Natürlich.« An einen Vertrag habe ich noch nicht gedacht. Der Gedanke war mir gar nicht gekommen.

»Zeig ihn ihr und erinnere sie daran. An ihren Arbeitsplan. Daran, was sie darf und was sie nicht darf. Wer weiß, was sie noch macht, wenn sie schon klaut. Du musst sie an die Kandare nehmen.«

»Danke, Anita. Du hast recht. Vielleicht war ich zu nachsichtig. Ich wollte ihr zu sehr vertrauen.«

»Überleg mal, was sie isst und trinkt, was dich das kostet. Für Sonderwünsche hat sie ihr Gehalt.«

»Manchmal frage ich mich, ob sie noch mehr vorhat, als nur hier zu arbeiten.«

»Haben sie alle, Dora! Wie gesagt, du musst sie nur ordentlich im Zaum halten. Aber es ist gut, dass du jemanden hast. Ehrlich gesagt haben wir dich alle ein bisschen für eine Märtyrerin gehalten, als du Daddy unbedingt zu dir nehmen wolltest.«

»Für eine Märtyrerin, Anita?«

»Weil du ihn genommen hast, obwohl du dich schon um Leo kümmern musstest. Das war wirklich sehr selbstlos. Aber du wolltest es so.«

Ich trinke meinen Cappuccino aus. Das Gespräch kippt plötzlich in eine neue Richtung. Unausgesprochenes brodelt an die Oberfläche.

»Jemand musste es tun. Ich dachte, ihr wärt alle froh. Wie es aussieht, seid ihr doch begeistert, dass ihr fein raus seid. Ihr interessiert euch überhaupt nicht für ihn.«

»Siehst du? ›Interessiert euch überhaupt nicht‹! Das stimmt doch nicht. *Du* willst uns nicht helfen lassen. Wie an dem Tag, als Si und ich mit ihm essen gehen wollten.«

»Ha! Genau. Ihr seid zu spät gekommen! Würdet ihr ihn öfter besuchen, *wüsstet* ihr, dass er um zwölf Uhr Mittag isst. Ihr wart beide monatelang nicht da. Terence habe ich schon ganz aufgegeben – ich habe ihn gar nicht mehr auf dem Schirm. Wer sollte sonst für Daddy sorgen?«

»Bist du sicher, dass es dir nicht nur um seine …«

»Was willst du mir sagen, Anita?«

»Ach, keine Ahnung. Ja gut, er wohnt bei dir, aber hey, plötzlich hast du eine Hilfe und das blaue Porzellan im Haus, und im Garten steht Mummys Büste. Du glaubst offenbar, du darfst dir alles nehmen, auch die letzten Überreste von Daddys Zuneigung. Genau. Es sieht immer so *aus*, als würdest du das Richtige tun, aber Simon und ich fragen uns schon, ob diese Philanthropie nicht auch versteckte Vorteile hat. Wenn Daddy bei dir wohnt, kannst du dich in seiner Anerkennung sonnen.«

»Was?« Ich starre sie an. »Du hast wirklich keinen Schimmer, oder? Daddy ist nicht mehr der Alte, er weiß nicht mal mehr, was Anerkennung ist. Hätte ich wenigstens das als Trost, wäre es nicht so schwer!«

»Na ja. Du hast die Kontrolle über sein Haus, seine Sachen. Wieso steht zum Beispiel Mummys Büste plötzlich in deinem Garten?«

»Du wolltest sie nicht. Du konntest die Büste noch nie ausstehen.«

»Ja, aber irgendwie scheinst du zu meinen, du könntest sie einfach nehmen, weil du die Älteste bist. Es steckt ein gehöriger Eigennutz dahinter, dass du immer so wunderbar bist und uns keine Chance lässt.«

So sieht es also aus. Deshalb wollte sie mich in Wirklichkeit treffen. Warum ist sie nicht gleich auf den Punkt gekommen? Die Zeit für Nettigkeiten hätten wir uns sparen können.

»Es kommt mir nur manchmal so vor, als hättest du alles, Dora …« Ihre Stimme zittert vor angestauter Anspannung, wie man sie bei jemandem spürt, der seine wahren Gedanken lange für sich behalten hat. »Den perfekten Job. Die Rechtfertigung, dass du dich um Daddy kümmerst – und die Hälfte aller Erbstücke.«

»Ich dachte, du wolltest dich anständig unterhalten«, sage ich. Ich stehe auf. Tue so, als würde ich gehen.

»Entschuldige, Dora.« Sie kapituliert. »Bitte bleib. Das hätte ich nicht sagen sollen. Aber ich bin so müde. Völlig fertig. Jemima wacht seit zwei Wochen jede Nacht drei Mal auf, und meine Nerven liegen blank. Das mit Daddy nimmt mich einfach mit. Und Simon auch.« Sie fährt fort: »Schau mal, er hat von seiner letzten Reise nach Griechenland Halva mitgebracht. Hier. Er weiß noch, wie gern Daddy das mochte.«

»Das kann er nicht essen«, sage ich. »Mit seinen Zähnen kann er kaum noch kauen. Das zeigt doch wieder, was ich gerade meinte …«

»Verdammt noch mal, Dora! Du begreifst nicht, dass wir sehr wohl Anteil nehmen. Du lässt uns nur nicht.«

»O bitte, kommt vorbei, besucht ihn, nur zu.«

»Sieh doch ein, dass die Jungs Daddy auch lieb haben. Sie zeigen das nur auf ihre Weise. Terence kümmert sich um Daddys Finanzen, er leistet auf seine Art einen Beitrag. Ich habe mit Ruth darüber gesprochen, und sie sagt, es macht ihn völlig fertig.«

Das besänftigt mich ein wenig.

»Na gut. Also, zu deiner Information, die Sachen sind mir eigentlich nicht wichtig. Wenn du Mummys Kopf haben willst, nimm ihn. Ich möchte nur, dass du und Simon und Terence Daddy ab und zu besucht.«

»Ich wollte eigentlich etwas anderes vorschlagen. Wie wäre es, wenn du mit Leo und Daddy bei uns Weihnachten feierst?«, fragt Anita.

»Ach?«

»Und, würdest du gerne? Mona kannst du natürlich mitbringen, damit sie hilft, dann kannst du mal etwas Luft holen. Aber für Daddy wäre es vielleicht schön, die Kinder zu sehen.«

»Leo fährt über Weihnachten zu Roger nach Marokko. Aber ja, danke, das klingt nett, Anita.«

Ich spüre, wie sich die übliche Depression anschleicht, weil ich weiß, dass allen anderen festlich zumute sein wird und ich nur daran denke werde, wer mir fehlt. Dieses Jahr natürlich

Leo. Und Max, wie immer. Aber wenigstens leistet Anita auch mal einen Beitrag.

»Danke, Anita«, sage ich, und wir küssen uns behutsam auf die Wange, bevor ich gehe.

Nach dem Treffen mit meiner Schwester ist mir nicht danach, sofort nach Hause zu gehen. Aus Daddys plötzlicher Zuneigung zu Mona kann ich ruhig das Beste machen.

Ich schaue bei Selfridges vorbei, wo eine Make-up-Verkäuferin mir anbietet, mich zu schminken, und gönne mir auch noch eine Maniküre. Ein paar Mal schaue ich auf mein Handy. Wann habe ich zum letzten Mal etwas von Max gehört? Ich habe es mir zur Regel gemacht, ihm nicht zu schreiben, bevor er mir geschrieben hat. Das ist eine Frage des Stolzes, aber ich befürchte auch, meine SMS könnte ihn erreichen, wenn er bei Valerie ist. Damit würden wir auffliegen. Nach der Maniküre leiste ich mir ein neues Kleid und Handschuhe. Dann gehe ich zur Goldvitrine und betrachte die Ketten.

Die verlorene Halskette lässt sich durch nichts ersetzen. Die Enttäuschung und der Ärger über Monas starre Miene, als ich sie nach dem Schmuckstück fragte, stürmen wieder auf mich ein.

Ich bin vollkommen machtlos. Wenn ich ihr vorwerfe, sie hätte gestohlen, wird sie es leugnen. Wenn ich sie feuere, bin ich wieder in der Pflicht und muss mich allein um Daddy kümmern. Als ich das Geschäft verlasse, spüre ich die fehlende Goldkette wie einen eisigen Abdruck auf der Haut.

Bis ich nach Hause komme ist es dunkel geworden. Im Wohnzimmer brennt Licht. Komisch – normalerweise sitzt Leo im Dunkeln.

Ich öffne die Tür.

Daddy ist da, er sitzt auf dem Sofa, die Füße auf den Hocker gestützt, und sieht fern.

»Daddy! Was machst du denn hier oben?«

»Mona hat mich hochgeholt. Das ist mal eine schöne Abwechslung.«

»Und wo ist Leo?«

»Leo ist bei der Arbeit«, erzählt Daddy in seinem fröhlich benebelten Zustand.

Ich lasse Daddy allein, um Mona zu suchen, wobei mir Anitas Rat in den Ohren klingt. *Du musst sie nur ordentlich im Zaum halten.* Sie setzt sich einfach über mich hinweg, missachtet meine Regeln, trifft eigene Entscheidungen.

Sie ist weder in ihrem Zimmer noch in der Küche, auch Leo ist nirgends zu sehen.

Ich mixe mir einen Martini, den ich dringend brauche, und frage mich, wie sie es wieder geschafft hat, Leo aus dem Wohnzimmer zu bekommen. Dann nehme ich eine Scheibe Weißbrot aus dem Brotkorb, und als ich gerade eine Käseecke zwischen der zusammengeklappten Scheibe platt drücken will, taucht Mona auf. Aus einem unerfindlichen Grund verstecke ich das Brot hinter meinem Rücken.

»Mona, Daddy muss wieder nach unten.«

»Ich wollte nur ...«

»Bringen Sie ihn runter! Leo braucht das Wohnzimmer, und Daddy mag keine Autorennen. Sie sollen ihn nicht heraufholen, ohne mich zu fragen.«

Ich sage nicht, dass ich mich vor Leos Reaktion fürchte, wenn er von seinem Stammplatz verbannt wird.

Dann fällt mir die Tasche auf, die sie in der Hand hält.

Sie war wieder einkaufen, hat mein Geld für irgendwelche Sachen ausgegeben, obwohl sie auf Daddy aufpassen sollte!

»Geben Sie das her.«

»Was …?«

»Die Tasche. Geben Sie mir die Tasche. Ich will sehen, was Sie gekauft haben.«

Sie starrt mich mit diesem undurchdringlichen Gesichtsausdruck an, blinzelt, dann reicht sie mir die Tasche.

Darin liegt zerknitterte Kleidung, ein schaler Geruch nach Wein steigt auf.

»Was …?«

»Die Sachen von Ihrem Vater – ich will sie waschen. Er … er hat sie dreckig gemacht. Deshalb habe ich ihn hochgeholt. Sein Sessel war feucht. In seiner Wohnung war Chaos, als ich heute Morgen runterkam. Ich dachte, da waren Einbrecher! Ich habe den Sessel sauber gemacht, jetzt trocknet er, aber Charles hat es hier oben wärmer und bequemer.«

Ohne mich noch eines Blickes zu würdigen, geht sie in den Haushaltsraum, um die Sachen in die Waschmaschine zu stecken.

Kapitel achtundzwanzig

Es ist Montag, und Gina hockt vor ihrem Computer im Sender und liest die heutigen Fälle durch.

»Hier findet eine Frau, ihre Schwester hätte sich zu Unrecht die Schwimmmedaillen ihres Vaters genommen. Er hatte zwei, und die Schwester hat sich beide geschnappt, als er gestorben ist, und behauptet, sie hätte sie verdient, weil sie ihn versorgt hat. Die Anruferin meint, es wäre nur gerecht, wenn sie eine davon bekommen würde. Sie sind nicht kostbar, es geht nur um den Erinnerungswert.«

Gina und ich haben unser Gespräch im Pub und mein unwirsches Aufbrechen nicht mehr erwähnt – und ich hoffe, dass es vergessen ist. Ich habe es so gut wie möglich überspielt, und wir scheinen uns wieder zu verstehen.

»Der übliche Spinnertrupp.« Ich lache. Gina gibt mir die Liste mit Anrufern, die sie gefunden hat.

»Das sind aber nicht viele«, sage ich, als ich die Liste durchsehe.

»Mehr konnte ich nicht auftreiben.«

»Dann könntest du dir vielleicht etwas mehr Mühe geben. Schreib noch ein paar Tweets. Irgendwie muss es doch gehen.«

Ich nippe an meinem Kaffee.

»Mein Gott, der ist ja scheußlich. Schmeckt wie Spülwasser. Wo ist Hayley? Hayley – schau mal, wir haben eine Kaffeepresse. Koch neuen. Drei Löffel.«

Ich widme mich wieder den Mails.

»Geht's dir gut?«, fragt Gina mich.

»Ja.«

»Du warst etwas ruppig zu Hayley. Sie ist doch noch jung. Sei nicht so streng mit ihr.«

»Sie soll hier Arbeitserfahrungen sammeln«, sage ich, »nicht herumtrödeln und schlechten Kaffee kochen. Sie hat ihre Aufgaben zügig zu erledigen. Ich muss eine Sendung machen. Ich brauche fähige Mitarbeiter.«

Wenn ich die wichtigste Sendung moderieren soll, müssen die Leute begreifen, dass wir hier nicht im Sandkasten sitzen, daran muss ich Gina wohl erinnern.

»Sie wird nicht bezahlt. Es ist nur ein Praktikum. Du könntest netter zu ihr sein.«

»Weißt du was, mach du deinen Job, und ich mache meinen«, sage ich, ohne sie anzusehen.

Um elf Uhr sind wir auf Sendung.

Der erste Fall – die Schwester mit dem Anspruchsdenken, die eine der Schwimmmedaillen ihres Vaters will – sorgt für ziemlichen Wirbel. Ein Anrufer nach dem anderen meint, da es zwei Medaillen gäbe, sei es nur gerecht, wenn die Schwestern teilen würden. Ich arbeite die Anrufe durch und genieße die Macht, die bigotteren Meinungen abzuwürgen.

Am Ende ziehe ich ein Resümee.

»Also fassen wir zusammen. Eine dieser Frauen hat sich aufgeopfert und sich um ihren Vater gekümmert. Dafür möchte sie nur seine Schwimmmedaillen haben. Ihre Schwester hat nichts getan, trotzdem erwartet sie, dass sie auch eine bekommt. Ist das gerecht? Sollte nicht erst einmal die Schwester, die ihre ganze Zeit geopfert hat, ihre Ansprüche anmelden dürfen?«

Ich frage mich, ob Anita zuhört. Wahrscheinlich nicht. Sie ignoriert meine Sendung demonstrativ. Aber vielleicht erzählt ihr eine ihrer Freundinnen davon.

Am anderen Ende des Studios fuchtelt Gina wie wild mit den Händen. Was hat sie denn nur?

Als ich meinen Mantel anziehe, streckt Rachel den Kopf durch die Tür. Sie hat sich die grauen Haare abschneiden lassen.

»Deine Haare – sieht großartig aus«, sage ich.

»Alles in Ordnung, Dora?«

»Ja, alles bestens. Wieso?«

»Du warst deinen Anrufern gegenüber ganz schön gereizt.«

»Weil keiner von ihnen verstanden hat, worum es geht. Ich habe keine Ahnung, warum Gina alle durchgestellt hat.«

»Du sollst deine Meinung nicht äußern, Dora. Das weißt du doch. Du warst immer unparteiisch, aber heute hast du Vorträge gehalten. Bist du müde?«

Ich sage ihr nicht, dass ich mit der armen Schwester mitfühle, die so viel Arbeit hatte. Das behalte ich lieber für mich. Und auch, dass ich damit verdammt noch mal was zeigen wollte.

»Nein, ich bin nicht müde.«

Rachel runzelt die Stirn. »Belastet dich dein Vater immer noch?«

»Na ja, natürlich macht er mir Sorgen«, erwidere ich. »Nein, Rachel, dieses Mal hatte ich das Gefühl, dass es da keine Diskussion gibt. Es musste mal gesagt werden.«

Begreift sie nicht, dass ich hier immerhin die Expertin bin? Es ist meine Sendung. Ich bin diejenige, die für die beste Sendezeit angeworben wird.

»Kommst du mal bitte in mein Büro? Ich muss kurz mit dir reden.«

Darauf habe ich gewartet. Ich stelle mir Max' Gesicht vor, wenn ich ihm die Neuigkeiten berichte.

Insgeheim habe ich mir schon die Poster vorgestellt, mein Gesicht auf Plakatwänden in ganz London.

Ich arbeite seit über zwei Jahren für Rachel – wir sind Freundinnen. Wir haben uns gegenseitig zum Abendessen eingeladen. Haben beim Kaffee endlos über Kleider und Frisuren diskutiert. Aber wie ich jetzt in ihrem Büro sitze, auf dem Stuhl, der strategisch günstig ihrem gegenüber steht und etwas niedriger ist, werde ich daran erinnert, dass ich in Wirklichkeit ihre Angestellte bin, jemand, den sie von jetzt auf gleich fördern oder fallen lassen kann. Ich bin ihr ausgeliefert.

Ich halte mich gerade. Rutsche ein wenig hin und her, verschränke die Hände auf dem Schoß.

»Ich muss dir sagen, dass wir eine kleine Umstrukturierung vornehmen müssen«, beginnt sie. »Die schlechte Wirtschaftslage trifft uns ebenso wie alle anderen. Die Hörerzahlen für deine Sendung sind in letzter Zeit gesunken.«

»Hast du eine Ahnung, warum?«, frage ich und versuche, nicht zu erschrocken zu klingen.

»Wer weiß?«

»Man sollte meinen, gerade in solchen Zeiten bräuchten die Leute Sendungen wie meine.« Das könnte sogar ein Vorteil sein, denke ich: Wenn meine Sendung Hörer verliert, wäre es ein Grund mehr, mir die Promi-Talkshow zu geben.

»Ja, es ist komisch«, stimmt sie zu. »Offenbar wollen sich die Leute ihre Sorgen von der Seele reden, wenn alles andere gut läuft. Wenn sie sich abstrampeln müssen, um das Essen auf den Tisch zu bekommen, scheinen emotionale Problemchen nicht mehr so wichtig zu sein.«

»Für die Hörer sind es nicht nur Problemchen, sonst würden sie nicht anrufen.«

»Jedenfalls bitten die Programmdirektoren alle – nicht nur dich, Dora –, sich um eine begrenzte Anzahl von Stellen zu bewerben. Es tut mir leid. Du weißt, ich habe mich immer für dich und deine Sendung eingesetzt, aber die Dinge ändern sich.«

Im ersten Moment bringe ich kein Wort heraus. Es ist, als wäre der Horizont plötzlich weggekippt, und ich würde einen ganz anderen sehen.

»Rachel.« Das befremdliche, dringende Flehen in meiner Stimme überrascht mich selbst. »Ich soll mich doch immer noch für die Primetime-Sendung bewerben, die du erst vor ein paar Wochen erwähnt hast, oder?«

Verlegen verrückt sie ein paar Sachen auf ihrem Schreibtisch. Dann wendet sie sich wieder mir zu.

»Die Situation stellt sich mittlerweile anders dar, Dora. Sie haben sich die ganze Sache überlegt … es tut mir leid. Ich fürchte, ich habe dir einen falschen Eindruck vermittelt.«

»Allerdings.« Vor meinem inneren Auge erscheint Max' begeistertes Gesicht, sein Blick, als ich ihm erzählt habe, dass ich in die Primetime aufrücken soll.

»Leider muss ich dir noch etwas sagen: Es gibt einige Bedenken, was dein Verhalten auf Sendung angeht.«

»*Was?*«

»Na ja, dir sollte nur klar sein, dass du seit einiger Zeit etwas parteiisch wirkst. Wir haben da ein paar Tweets erhalten.«

»Was soll das heißen?«

»Du darfst deine Gefühle nicht einfließen lassen. Das weißt

du doch, Dora. Aber in letzter Zeit hast du manchmal Andeutungen gemacht. Im letzten Monat bei der Diskussion über Studiengebühren. Und dann hast du einmal gesagt, es würde immer an der ältesten Tochter hängen bleiben, für die Eltern zu sorgen. Hörer sind wie Geier. Sie stürzen sich auf alles, was sich anbietet. Bleib neutral! Das war immer eine deiner Stärken. Enttäusch mich jetzt nicht.«

»Jetzt?«

»Wo beim Radio alles auf der Kippe steht.«

»Tut es das?«

»Dora! Wir müssen uns gegen Smartphones behaupten, gegen Leute, die downloaden, was sie wollen, wann sie wollen. Du musst immer am Ball bleiben.«

»Das versuche ich ja, Rachel. Kann sein, dass ich in letzter Zeit wegen des Todes meiner Mutter und allem anderen nicht ganz auf der Höhe war, aber ich hole die Hörer zurück. Gib mir noch ein paar Monate. Mit der Pflegerin für Daddy kann ich wieder vollen Einsatz bringen.«

»Dora, glaub mir, ich habe mich für dich eingesetzt. Und sie sind bereit, deine Bewerbung zu prüfen. Aber du solltest wissen, dass es nicht gut aussieht. Du bekommst noch eine Mitteilung über den Bewerbungsprozess und so weiter. Und wenn ich irgendwas tun kann, damit Theodora Gentleman auf Sendung bleibt, werde ich es tun, das kannst du mir glauben.«

»*Damit ich auf Sendung bleibe?* Heißt das, ich könnte am Ende gar nicht mehr moderieren?«

»Das ist nicht meine Entscheidung, Dora«, sagt sie.

»Na gut.« Ich stehe auf. »Es tut mir leid, aber ich kann nicht länger bleiben. Ich muss zu meinem Vater. Nachsehen, ob er heute mit Mona gut zurechtgekommen ist. Aus irgendeinem Grund«, das kann ich mir nicht verkneifen, »scheint es als älteste Tochter meine Aufgabe zu sein, mich um ihn zu kümmern.«

Ich nehme den Uferweg nach Hause. Es ist Ende November und kälter geworden.

Irgendwie muss ich meinen Platz im Radiosender behaupten, nicht nur meine jetzige Stelle, sondern auch die Beförderung, die ich mir schon ausgemalt habe. Auf die ich mich verlassen habe.

Ein Fenster neben mir schimmert im Licht der Laternen, und ich sehe lachende Menschen, die um einen Tisch sitzen. Sie werden von einer Frau bedient. Sie trägt einen blauen Kittel, und plötzlich wird mir etwas klar. Genau so macht man die Stellung eines Menschen deutlich. Mona hat ihre Grenzen überschritten, weil sie vergessen hat, dass sie in meinem Haus eine Angestellte ist. Die Frauen, die in Marokko für uns arbeiteten, haben das nie vergessen, weil sie Kittel tragen mussten.

Voll neuer Zuversicht fange ich an, Pläne zu schmieden. Ich habe schon seit Ewigkeiten keine Dinnerparty mehr gegeben. Rachel ist meine Freundin. Ein Abendessen wäre nicht verkehrt. Mein Haus sieht im Moment gut aus, weil Mona putzt, und sie ist auch eine ziemlich beeindruckende Köchin. Ich könnte behutsam ein paar Kontakte pflegen, etwas plaudern.

Mona muss das Ganze richtig schön herrichten. Sie kann Drinks und Kanapees servieren, so wie die Frauen während meiner Ehe mit Roger.

Ich biege vom großen Uferweg auf den schmaleren Pfad ab. Die Laternen werfen trübes Licht auf den Weg vor mir. Nur mit zusammengekniffenen Augen kann ich in der Dunkelheit und dem Nebel, der von der Themse heraufzieht, etwas erkennen. Der Dunst reizt meine Kehle, er ist kalt und schmeckt nach den beißenden Ausdünstungen Londons. Meine Schritte sind kaum zu hören. Ich erreiche die Stelle, an der sich der Pfad landeinwärts wendet und einen Bogen um einen kleinen Jachthafen schlägt. Es ist einsam hier.

Ich gehe schneller. Direkt vor mir wird der Weg schmaler. Umgebaute Lagerhäuser stehen zu beiden Seiten, sie liegen im Dunkeln. Ich hatte vergessen, wie abgelegen manche Teile des Wegs abends wirken können, als bliebe die Gegend um den Fluss trotz der vielen neuen Gebäude hartnäckig trist und abweisend. So muss es schon zu Dickens' Zeiten gewesen sein.

Hinter mir ist jemand. Ich beschleunige meine Schritte und höre das Blut in meinen Ohren pochen. Es war dumm von mir, zu Fuß zu gehen, statt mich mit anderen Pendlern in einen Bus zu drängen.

Ich folge der nächsten Biegung in tieferes Dunkel hinein. Die Angst treibt mich an, bis ich fast laufe. Sonst ist niemand in der Nähe. Weiter unten wälzt sich der Fluss an den Mauern vorbei, das Klatschen der Wellen ist das Einzige, was zu hören ist, außer dem fernen Dröhnen des Verkehrs und vereinzelten Flugzeugen am Himmel. Ich sehe mich wie von oben, eine einsame, unbedeutende Gestalt, die über diesen dunklen Abschnitt des Uferwegs eilt, während das Wasser nur darauf wartet, mich zu verschlingen. Mich spurlos verschwinden zu lassen.

Was für ein Unterschied zu dem Bild, das ich erst neulich von mir hatte; ich dachte, ich könnte den ganzen Südosten erobern und beherrschen. Irgendwann sogar das ganze Land.

Es kann doch nicht stimmen, was Rachel gerade angedeutet hat – dass ich vielleicht, statt befördert zu werden, am Ende gar keine Sendung mehr habe? Mein Herz rast, und ich bin nicht mehr sicher, ob es an den Neuigkeiten liegt oder an der Dunkelheit, die voller grauer Schatten zu sein scheint.

Endlich taucht vor mir das einladende Pub auf; das Leuchtschild ist eingeschaltet, draußen stehen dicht gedrängt Leute mit Zigaretten. Blauer Rauch steigt auf und kräuselt sich in die neblige Abendluft.

Ich gehe langsamer. Eine Hand legt sich auf meine Schulter, und ich drehe mich um.

Kapitel neunundzwanzig

Leo!

»Hallo, Schätzchen. Wo warst du?«

»Im Fitnessstudio.«

»Im *Fitnessstudio*?«

»Ja. Wo ist das Problem?«

»Das ist kein Problem. Ich bin nur überrascht.«

Sport ist ihm ein Gräuel. Ich habe noch gar nicht erwähnt, dass ich mir wegen seiner Gewichtszunahme Sorgen mache. In seiner Nähe führe ich einen Eiertanz auf, um keinen Streit zu provozieren.

»Was, Mum? Was soll dieser Blick heißen?«

»Es ist nur … wie bist du darauf gekommen?«

»Habe mir einfach überlegt, ich könnte Gewichte stemmen.«

»Du weißt schon, dass das nicht billig ist?«

»So teuer aber auch nicht. Ich dachte, du würdest dich freuen.«

»Ich freue mich auch, Schatz. Ich hätte nur nicht gedacht, dass dir so was liegt.« Ich deute mit dem Kopf auf die Zigarette, die er sich wie zum Beweis gerade anzündet, und hoffe, er würde die Ironie erkennen und lachen.

Stattdessen ignoriert er mich und sagt: »Mona hat es vorgeschlagen.«

»Mona? Was weiß *sie* denn schon von Fitnessstudios und was die kosten? Sie kann dich nicht einfach in ein Studio schicken, wenn du kein Geld verdienst und sie es nicht bezahlen muss.«

»Scheiß drauf. Dann lasse ich's halt. Du nervst ständig, ich soll rausgehen. Wenn ich dann mal was machen will, versaust du es mir.«

Wir gehen ein paar Schritte weiter.

»Pass auf, geh ruhig zum Sport. Ich bezahle es. Es wird dir guttun. Aber weißt du …«

»Was?«

»Vielleicht überlegst du irgendwann auch mal, dir Arbeit zu suchen.«

»Vielleicht überlegst du irgendwann mal, ein anständiges Abendessen zu kochen, so wie Mona, statt mich mit Junkfood vollzustopfen. Dann müsste ich vielleicht gar keinen Sport machen.«

Ich frage mich, ob das Absicht ist, ob er weiß, wie sehr mich seine Worte treffen.

Den restlichen Heimweg legen wir schweigend zurück, und sobald wir ankommen, stapft Leo nach oben in sein Zimmer.

Wenig später steht Mona in der Küchentür.

»Dora?«

Sie hat die Augen aufgerissen, als hätte sie Angst vor dem, was sie sagen will.

»Ich hatte noch nie frei, seit ich hier bin. Ich muss nach Hause, nur für ein paar Tage. Kann ich gehen? Mir vielleicht vier Tage am Stück freinehmen? Danach nicht mehr.«

»Wann?«

»Bald. Nächstes Wochenende?«

»Nein. Am nächsten Wochenende gebe ich eine Dinnerparty, und Sie werden kochen. Sie müssen auch noch die fünfzig Pfund pro Monat für den Flug abbezahlen, und wie Sie genau wissen, sollen Sie Ihr Essen und die Hygieneartikel selbst bezahlen. Einen weiteren Flug können Sie sich nicht leisten.«

»Ich dachte, Sie können mir vielleicht was leihen …«

Darauf könnte ich jetzt gut verzichten. Ich brauche Mona hier. Sie gehört zu meinem Plan. Wenn Leo sie für eine wunderbare Köchin hält, sollte *ich* auch davon profitieren.

Wieder denke ich an Anita und sage mir, dass ich die Kontrolle behalten muss, dass ich Mona bezahle, damit sie tut, was ich will.

»Nächsten Freitag kommen sechs Gäste zum Abendessen. Sie richten den Esstisch schön her. Dann servieren Sie Getränke und Kanapees und Ihre Lammtajine.«

»Dann kann ich nicht ein paar Tage …«

»Das Fleisch müssen Sie bei Waitrose kaufen. Ich will nicht, dass Sie das Zeug vom Metzger holen.«

Sie blinzelt. Spricht leise.

»Beim Metzger in der High Street ist es billiger. Es ist sehr gut da – ich weiß, was gutes Fleisch ist. Und der Metzger kann mir die Knochen machen.«

»Sie werden auf keinen Fall in der High Street etwas für mich kaufen. Ich kann nicht riskieren, dass sich meine Gäste eine Lebensmittelvergiftung einfangen. Sie gehen zu Waitrose, ich zeichne es Ihnen auf. Und Sie können wieder dieses Brot backen, das Sie Samstag gemacht haben«, sage ich. »Mit Biomehl. Einen Teil der Sachen können Sie schon heute holen, ich schreibe Ihnen eine Liste.«

Nach dem Abendessen gehe ich online und google nach Uniformen für Hausangestellte. Ich hätte mir denken können, dass die ersten Bilder Frauen in aufreizenden Zimmermädchenkostümen zeigen. Erniedrigend und lächerlich. Sie erinnern mich an Max' klischeehafte Fantasie. Diese Kostüme sind das genaue Gegenteil des Eindrucks, den Mona vermitteln soll. Ich scrolle weiter nach unten, bis ich schlichte Uniformen finde. Ich kaufe drei der unvorteilhaftesten, die ich finden kann, und werde sie Mona schenken, damit sie sie in meinem Haus trägt. Sie soll begreifen, dass sie hier arbeitet, dass sie sich angemessen anzuziehen hat, während sie für mich putzt und Daddy versorgt.

Meine Stellung beim Radio mag auf der Kippe stehen, aber ich bin schließlich immer noch Monas Arbeitgeberin – und das soll sie nicht vergessen.

Kapitel dreissig

»Ummu«, flüstere ich ins Handy, »ich kann nicht nach Hause fahren. Dora hat eine wichtige Aufgabe für mich.«

»Ach, na ja. Ich dachte mir schon, dass es schwierig wird. Keine Angst, Mona, wir kommen klar. Solange du weiter Geld schickst.«

»Bist du schon geröntgt worden?«

»Morgen. Der Arzt sagt, je nach Ergebnis brauche ich danach eine Behandlung. Es tut mir leid, Mona, das alles kostet mehr, als ich mir vorgestellt habe.«

»Wenn ich Ali nur finden würde«, platze ich heraus, bevor ich mich bremsen kann, »er könnte für uns sorgen. Dann wären wir nicht in dieser Lage! Wenn er eingebürgert ist, könntet ihr auch herüberkommen – die Krankenhäuser sind hier umsonst. Und wir wären alle zusammen!«

»Ali, Ali, Ali!«, antwortet Ummu. »Ich habe dir doch gesagt, du sollst ihn vergessen. Ein Mann, der seine Frau und sein Kind allein lässt und sich nicht meldet …«

»Ali ist nicht nur mein Mann, er ist auch mein ältester Freund«, unterbreche ich sie. »Er würde uns nie einfach verlassen. Ich werde ihn finden. Ich höre mich schon um.«

»Yousseff hat Neuigkeiten«, sagt Ummu dann.

«Was?!«

»Yousseff. Sagt, er hätte etwas von Ali gehört. Er soll wirklich in London leben. Wo genau, weiß er nicht.«

»Warum hast du mir das nicht gleich erzählt?«

»Weil Ali es dir nicht erzählt hat. Da frage ich mich doch, ob er will, dass du ihn findest.«

»Vielleicht kann er nicht. Vielleicht hat er Probleme und kann sich nicht bei mir melden. Vielleicht wartet er darauf, dass ich ihm helfe.«

»Wenn er Probleme hat, Mona, solltest du dich von ihm fernhalten.«

»Ich meine nicht Probleme mit der Polizei. Womöglich hat er keine Arbeit gefunden, hat kein Geld, lebt irgendwo auf der Straße. Oder er hat sein Handy verloren oder musste es verkaufen – keine Ahnung, Ummu. Es kann so viel passieren, wenn jemand herkommt und Arbeit sucht – tragische Dinge, das weißt du. Vielleicht wird er irgendwo ausgebeutet: Du erinnerst dich doch noch, was Rachida uns erzählt hat über die Immigranten, die eingesammelt werden. Ich habe Angst um ihn.« Mein Herz rast. »Bitte frag Yousseff, ob er noch etwas weiß.«

Ali in London! Näher, als ich zu träumen gewagt hätte! Womöglich lebt er gleich um die Ecke. Meine Fantasie bekommt Flügel. In einer Stadt wie dieser weiß man nie, hier könnte man jahrelang leben, ohne zu erfahren, wer gleich nebenan wohnt.

Sayeds Worte fallen mir wieder ein: *Hier sind alle von woandersher … die ganzen Typen in der Taxizentrale. Mal legal, mal illegal.*

Ich werde ihn bitten, sich für mich umzuhören. Der Gedanke, dass ich etwas Konkretes unternehmen kann, um Ali endlich zu finden, erfüllt mich mit einer Hoffnung, die ich seit Wochen nicht mehr gespürt habe.

An diesem Morgen Ende November sind die Straßen hell und kalt, und ein süßlicher, rauchiger Geruch überdeckt den giftigen Gestank nach Bratfett, Dieselabgasen und schalem Alkohol, der normalerweise in der Luft hängt.

»Ah, schauen Sie, Röstkastanien«, sagt Charles. »Kaufen wir eine Tüte, wir können sie zu Hause vor dem Kamin essen. Immer meinem Stock nach.«

Um mich herum pulsiert der Markt. Die Stoffballen in Violett, Orange und Gold scheinen heute heller zu leuchten, und dann die Saris, die funkelnden Berge von Uhren und Handys. Im Licht sieht alles hübsch aus – sogar die Nägel und Schrauben und Klebebandrollen in ihren knallblauen Körben. Sehnsüchtig betrachte ich die Stände mit Süßigkeiten und Spielsachen. Wie gerne hätte ich Geld, um etwas für Leila zu kaufen! Aber ich muss nicht traurig sein. Bald bin ich wieder mit Ali zusammen, und Ummu und Leila können zu uns kommen!

Ich sehe ihn vor mir, wie er Leila hoch in die Luft hob, als sie noch ganz winzig war. Und auf einmal spüre ich sie mit meinem ganzen Körper, fühle ihr Gewicht auf meinem Rücken, wo ich sie festband, während ich meine Arbeit erledigte. Oder in meinen Armen, wenn ich sie stillte. Ihren Körper, der sich nass an meinen schmiegte, wenn wir zusammen im Hammam badeten, warm, fest und doch weich.

Wie würden ihre Augen glänzen, wenn sie diese Stände mit den Spielsachen sehen könnte, als gäbe es auf der Welt einen Zauberstab, der alles herbeirufen kann, was sie sich je gewünscht hat. Ich nehme einen kleinen Doppeldeckerbus hoch, lasse ihn über meine Handfläche rollen und stelle mir vor, wie Leila flach auf dem Bauch liegt, ihn über den Boden fahren lässt und dabei leise vor sich hin summt. Sie hat solche Dinge verdient. Ich habe nie gewollt, dass mein Kind so schnell die Rolle einer Erwachsenen übernehmen muss.

Aber ich erinnere mich daran, wie leicht sich Leila für etwas begeistern kann. Sie hat vielleicht nicht viele Spielsachen, aber sie ist schon von einer trächtigen Spinne fasziniert, die ihr Netz spinnt, oder von den Kernen im Fruchtfleisch eines Granatapfels, die wie Juwelen aussehen. Sie findet die Magie um uns herum, im Alltäglichen, in Steinen, die im Wasser glänzen.

Sayed steht hinter der Theke im Zeitungsladen und scannt die Einkäufe einer alten Frau ein. Ich warte, bis sie bezahlt und geht. Charles sitzt da und sieht sich die Zeitungen an, was mir einen Augenblick Ruhe verschafft.

»Sayed«, sage ich leise. »Ich brauche Ihre Hilfe.«

»Klar. Worum geht's? Brauchen Sie Papiere? Ich kann Pässe besorgen, für den richtigen Preis. Oder soll ich Geld verschicken?«

»Nein, es ist etwas ganz anderes. Sie müssen das für sich behalten.«

»Keine Angst. Ich weiß, wie das läuft. Erzählen Sie mal.«

»Ich suche diesen Mann.«

Ich ziehe ein Foto von Ali aus der Tasche meines Jogginganzugs und zeige es ihm. Ali mit Leila, sie liegt in seinen Armen, beide blinzeln in die Sonne.

»Er ist in London, und ich muss ihn finden. Er ist Medizinstudent. Er hat geglaubt, dass er hier Arbeit findet.«

»Spricht er Englisch?«

»Ja, gut. Er hat immer davon geredet, nach London zu gehen. Ich habe gehört, dass er hier sein soll, aber ich fürchte, ihm ist etwas zugestoßen, weil er sich nicht gemeldet hat.«

Sayed mustert das Foto. »Wie heißt er? Er ist Medizinstudent, haben Sie gesagt? Ich frage herum. Mal sehen, was ich machen kann.« Er schaut mich grinsend an, wartet auf etwas. Dann wird mir klar, was er will.

»Hier.« Ich gebe ihm fünf Pfund, fünf Pfund von dem Geld, das Dora mir gegeben hat, damit ich in ihrem Lieblingsladen Waitrose Essen kaufe.

Er reibt Daumen und Zeigefinger aneinander. »Glauben Sie, dass ich Ihnen für einen Fünfer helfe?«

Ich sehe nach dem Geld in meiner Handtasche. Reiche ihm noch einen Fünf-Pfund-Schein.

»Ich werde tun, was ich kann«, sagt er.

Nachdem wir den Zeitungsladen verlassen haben, schiebe ich Charles die Straße hinauf zu dem 99-Pence-Shop, in dem wir an meinem ersten Tag seine Schokolade gekauft haben. Genau die gleichen Sachen, die Dora von Waitrose haben will, bekomme ich hier für weniger als die Hälfte.

Wenn das mit Sayed zu etwas führt, ist es tausend Pfund wert – außerdem brauche ich Dora und ihr Geld dann nicht mehr.

Später frage ich Leo, ob ich mir auf seinem Computer meine Facebook-Seite ansehen kann. Meine Hoffnung schnellt in neue Höhen, als ich feststelle, dass ich eine Nachricht von Amina bekommen habe, meiner Freundin, die für Doras Exmann arbeitet. Hat sie etwas von Ali gehört? Ich klicke auf das Symbol, und die Nachricht öffnet sich. Doch als ich sie lese, lässt sie meine Lage nicht sonniger aussehen. Im Gegenteil, sie wirft einen Schatten auf alles.

Mona, meine liebe Freundin, ich habe mit Idriss, dem Gärtner, geredet. Er ist schon seit Jahren hier. Er hat mir erzählt, dass es viel besser geworden ist, seit Claudia das

Sagen hat. Ich habe ihn gefragt, was er meint, aber mehr wollte er mir nicht verraten. Ich wollte nur hören, ob es dir gut geht. Ob Theodora dich auch gut behandelt. Ich weiß nicht, was passiert ist. Ich weiß nur, dass er gesagt hat, wenn er wieder für Theodora arbeiten müsste, würde er nach der Sache mit Zidana lieber auf der Straße betteln gehen.

Kapitel einunddreissig

»Meine Güte.« Sally steht im Flur und sieht sich um. »Man merkt, dass du Hilfe hast. Junge, Junge, Dora, das ist aber ein Unterschied – das Haus sieht aus wie aus dem Ei gepellt!« Sally ist eine alte Freundin aus meiner Zeit in Blackheath. Wir kennen uns seit Jahren und halten den Kontakt aufrecht, weil sie immer noch in der Nähe wohnt.

»Soll das heißen, das hat es vorher nicht?«, frage ich lächelnd, als ich ihr den Mantel abnehme.

Mona hat das Haus von oben bis unten geputzt, und alles blitzt. Ich bin zuversichtlich. Meine Bewerbungen für die neuen Moderatorenstellen sind raus, eine ein Aufstieg, die andere ein Ersatz für meine jetzige Position, und obwohl ich noch nichts gehört habe, bin ich sicher, dass sie gut ankommen werden. Ich habe mehr Erfahrung als die meisten anderen geeigneten Bewerber, und Rachel hat immer große Stücke auf mich gehalten.

Sallys Freund Bob wartet hinter ihr mit zwei Flaschen Wein, einem weißen und einem roten. Während sie noch im Flur stehen, taucht Gina mit noch mehr Wein auf. Dann kommt Rachel mit ihrer Partnerin Martha. Das wird ein beschwipster Abend – für sie. Ich werde nüchtern bleiben, meine fünf Sinne beisammenhalten. Dafür sorgen, dass sie mich im besten Licht sehen.

Mir tut nur leid, dass Max nicht hier sein und den Abend mit uns verbringen kann. Das ist einer der vielen Nachteile meiner Affäre. Ich kann besondere Anlässe nicht mit dem Mann teilen, den ich liebe. Weihnachten, Silvester, Ostern und Urlaube, immer muss er bei seiner Familie sein. Genau in solchen Momenten droht meine Sehnsucht nach ihm jede Freude an dem Anlass zu ersticken. Oh, ich kann ein Lächeln aufsetzen, mich mit den anderen unterhalten und lachen, aber im Innern spüre ich nur Wehmut, weil Max nicht da ist. Ich entwickle sehr feine Antennen für die Zärtlichkeiten anderer Paare, für den Schutzpanzer, den eine Beziehung bietet. Ich sehne mich nach diesen herrlichen Manöverkritiken, wenn man sagen kann, was man wirklich von den Leuten hält, zu denen man den ganzen Abend über höflich sein musste.

Ohne ihn fühle ich mich nackt und verletzlich.

Auch deshalb habe ich Gina eingeladen. Zwei Singlefrauen sind solidarisch miteinander.

Mona hat den Tisch am Ende des Esszimmers für uns gedeckt und das weiße Leinentischtuch, die alten bestickten Platzdeckchen und die gestärkten weißen Servietten mit Monogramm, die meiner Mutter gehört haben, aufgelegt. Sie hat das Silberbesteck mit den Elfenbeingriffen poliert und große Spitzkerzen in die gläsernen Halter gesteckt. Das Einzige, was fehlt, sind die Suppenlöffel.

»Mona, wir brauchen die runden Löffel für die Suppe.«

Sie steht in der Küche in dem Kittel, der inzwischen angekommen ist, blauer Polyester mit einem weißen Kragen, und beugt den Kopf über die große Pfanne, aus der dieser köstliche Duft aufsteigt, den nur Mona hinbekommt.

»Was?«

»Suppenlöffel.« Ich klappe die Besteckschatulle auf, wie meine Mutter den antiken Nussbaumkasten immer nannte, in dem sie die Messer, Gabeln und Löffel mit den Elfenbeingriffen aufbewahrte.

Ich hebe den Einsatz hoch. Die Suppenlöffel haben ihren Platz in den kleinen Samtkerben in der unteren Lage.

»Wo sind sie?«

Ohne eine Antwort rührt Mona weiter die Suppe um. Da ist sie wieder – diese ausdruckslose Maske auf ihrem Gesicht, jedes Mal, wenn ich sie etwas frage.

»Mona, ich will für die Suppe die Löffel von meiner Mutter nehmen. Sie sind nicht hier. Sie liegen nicht auf dem Tisch. Wo sind sie?«

Sie gießt die Suppe in eine Terrine, als hätte sie mich nicht gehört.

»Mona! Haben Sie die Löffel gesehen?«

Keine Reaktion.

»Dora!« Gina ruft mich ins Wohnzimmer.

Ich werfe Mona einen strengen Blick zu, bevor ich zu meinen Freundinnen gehe, aber sie sieht mich nicht an.

Meine Freundinnen loben den Tisch in höchsten Tönen.

»Du hast so ein Glück, dass du eine Mona hast, die dir hilft!«, meint Gina. »Es sieht alles wunderschön aus.«

»Sie ist eine echte Perle«, sage ich.

»Ich will ja nicht indiskret sein«, wirft Sally ein und lässt sich auf das Sofa im Fenstererker fallen, »aber kostet es nicht ein Vermögen, im Haus eine … wie nennen wir sie? Sie ist ja kein Kindermädchen, und sie hilft dir zwar mit deinem Vater, aber sie ist keine richtige Pflegerin.«

»Eine Haushaltshilfe?«, sagt Gina.

»Ein Dienstmädchen?«, schlägt Bob vor.

»In England gibt es keine Dienstmädchen mehr!«, widerspricht Sally.

»Das kommt wieder in Mode«, sage ich, als ich ihnen Wein nachschenke. »Es ist kaum zu schaffen, Arbeit und Familie unter einen Hut zu bringen, aber es finden sich genug Menschen wie Mona, die sich um eine Arbeit als Hausangestellte reißen. Damit ist allen geholfen.«

»Hat sie einen Doktor?«, fragt Sally. »Wie die Osteuropäer, die bei uns die niederen Arbeiten erledigen?«

Ich frage mich, ob sie mir damit etwas zu verstehen geben will.

»Mona nicht, nein«, antworte ich. »Ich weiß. Viele Leute mit Jobs, die hier sonst niemand machen will, sind bestens ausgebildet. Aber dieses Glück hat Mona nicht. Sie ist froh, dass sie überhaupt eine Stelle hat.«

Ich muss an die Löffel denken. Was sollte Mona mit Suppenlöffeln anfangen? Trotzdem sind sie verschwunden! Wir werden die Löffel aus rostfreiem Stahl benutzen müssen, die ich nicht mag. Ich sehe ihre steinerne Miene vor mir, als ich sie nach den Löffeln gefragt habe, und überlege plötzlich, ob sie überhaupt in der Schatulle waren.

Habe ich Mona mit der Andeutung, sie könnte die Löffel genommen haben, beleidigt? Sie ist ungemein stolz, und ich möchte sie nicht verärgern. Das Besteck habe ich noch nicht benutzt, seit ich es aus Mummys und Daddys Haus geholt habe – möglicherweise fehlten die Löffel da schon. Und meine Kette – gut denkbar, dass Daddy sie an einen »sicheren« Ort gelegt und es dann vergessen hat. Ich brauche Mona. Ich kann nicht riskieren, dass ich sie mit weiteren Beschuldigungen beleidige und vielleicht verliere, aber ich kann mich auch nicht von ihr demütigen lassen.

Als Mona ein Tablett Briouates hereinbringt, die kleinen marokkanischen Teigtaschen, die ich ihr aufgetragen habe, sind wieder alle begeistert.

»Haben Sie die selbst gemacht?«, fragt Sally, und Mona nickt. »Also, Dora hat wirklich Glück.«

»Möchten Sie nicht bleiben und etwas mit uns trinken?«, fragt Bob.

Ich werfe ihm einen Blick zu, den er nicht bemerkt.

Mona bedankt sich lächelnd, lehnt aber ab und weicht zurück. Wenigstens weiß sie, was sich gehört.

»Sie hat vielleicht keine gute Ausbildung, aber mein Gott, vom Kochen versteht sie was«, sagt Bob. »Du könntest sie bei *MasterChef* auftreten lassen.«

»Wir könnten jemanden wie sie gut gebrauchen«, sagt Sally. »Ich arbeite, die Kinder sind in zwei verschiedenen Schulen, Bob ist an den meisten Wochenenden nicht zu Hause – das ist ein verdammter Balanceakt.«

»Wo zum Teufel sollten wir ein Hausmädchen unterbringen?«, fragt Bob. »Wir haben doch schon über ein Au-pair gesprochen und waren uns einig, dass wir nicht mehr genug Platz haben. Oder genug Geld. Man braucht Platz. Dora hat es gut. Hier wohnen nur sie und Leo, und es ist ein schönes großes Haus.«

Sally wirft ihm einen vorwurfsvollen Blick zu, als wollte sie sagen: *Wir sind nur deinetwegen in dieser Situation.* Sally ist Lehrerin, aber Bob bekam bei ihrer Heirat noch ein fettes Gehalt von einer boomenden Firma, die später von der Rezession getroffen wurde. Sie mussten sich verkleinern und wohnen jetzt beengt in einem Haus in Brockley. Sally nimmt ihm übel, dass er sie »getäuscht« hat, obwohl die Wirtschaftskrise natürlich nicht allein Bobs Schuld ist, das weiß auch sie.

»Man muss die Leute schon anständig unterbringen«, stimme ich zu. »Mona hat ihr eigenes Zimmer, in dem sie in ihrer Freizeit machen kann, was sie will. Sie liest da, schreibt, sieht fern, alles Mögliche.«

»Eigentlich ein ganz nettes Leben«, sagt Gina. Sie schlendert mit ihrem Gin Tonic durchs Zimmer, wie immer, wenn sie mich besucht, nimmt Bücher in die Hand, sieht sie sich genau an, als wollte sie sichergehen, dass ich nichts gekauft habe, ohne ihr davon zu erzählen. Für eine beste Freundin ist sie ganz schön auf Konkurrenz bedacht.

»Sie hat doch dieses hübsche Gästezimmer oben im Haus für sich, oder? Putzt und wischt tagsüber ein bisschen, dann liest sie ein paar Stunden in ihrem Zimmer. Dann – wie lange? – zwei Stunden fürs Abendessen, kurz nach deinem Vater sehen.«

Ich wünschte, Gina würde sich setzen und aufhören, meine Sachen zu begutachten.

»Das Schönste ist, zu wissen, dass man ihnen hilft«, sage ich.

Ich fühle mich lächerlich verlegen, weil ich Gina getäuscht habe, was Monas Zimmer angeht; jetzt habe ich Angst, mein kleiner Schwindel könnte auffliegen. Einer meiner Gäste könnte den Kopf ins Arbeitszimmer stecken und sehen, wo Mona tatsächlich schläft.

Mona kommt mit der dampfenden Tajine herein.

Während sie um den Tisch geht, senken alle die Stimme, und Bob dankt ihr, als sie das Lamm serviert. Es ist pikant, mit der Schärfe von frischem Koriander und einem Hauch von Gewürzen – Safran vielleicht und Zimt.

»Hat sie Familie?«, fragt Rachel, als Mona wieder verschwunden ist.

»Darüber redet sie nicht. Das regt sie nur auf.«

»Ach du Schande«, sagt Bob. »Das ist ja schrecklich. Was sie wohl durchgemacht hat?«

»Ich schätze, dann hatte sie nichts zu verlieren«, setzt Rachel hinzu. »Als sie hergekommen ist, meine ich. Es muss für sie ein Rettungsanker gewesen sein.«

»Aber könnt ihr euch das vorstellen? Für eine andere Frau

zu arbeiten, in *ihrem* Haus zu buckeln? Ich fände das schrecklich«, sagt Sally.

Eines wird mir jetzt bewusst. Man kann die Welt aufteilen in Menschen, die es in Ordnung finden, Angestellte zu beschäftigen, und solche, die es nicht in Ordnung finden. Das geht bis in die Zeit zurück, als die Klassen in England noch deutlicher getrennt waren. Es war einfacher, als die Herrschaft und die Angestellten klar definierte Rollen hatten und man sich strikt an die Regeln des Umgangs miteinander hielt. Heute sind bei diesem Thema alle so hin- und hergerissen, sie haben einerseits Schuldgefühle, weil sie sich Hilfe leisten, und freuen sich andererseits, weil sie jemandem eine Stelle bieten können, der sonst keine hätte.

»Sie ist es gewohnt, als Hausangestellte zu arbeiten«, erkläre ich. »Status interessiert sie nicht, es ist ihre Arbeit. Das war schon immer so. Früher einmal gab es in jedem Haus in Deptford einen Dienstboten, sogar in den Arbeiterfamilien, die kein Geld hatten. Das ist nichts Neues. Manche Menschen sind geboren, um zu dienen. So ist das nun mal.«

»Und andere sind geboren, um sich bedienen zu lassen«, sagt Gina, die den Wein herunterstürzt und schon beschwipst klingt.

»Um zum Thema zurückzukommen: Ich glaube, es muss verdammt schwer sein, seine Heimat zu verlassen und so weit weg zu arbeiten«, spricht Sally weiter.

»Du bist zu weich, Sally«, sagt Gina. »Diese Migranten sehen schon zu, dass sie nicht zu kurz kommen. Sie hat doch einen Vertrag, oder, Dora? In dem ihre Arbeitszeit festgelegt ist, die freien Tage und so weiter. Die Bezahlung für Sonn- und Feiertage.«

Jetzt höre ich schon zum zweiten Mal innerhalb kurzer Zeit etwas von einem Vertrag; neulich ist Anita davon ausgegangen, wir hätten einen. Aber Roger hat nichts von einem Vertrag erwähnt, und vorerst wurstele ich mich gerne weiter durch. Für mich ist das ein Lernprozess, und ich wüsste sowieso nicht, was der Vertrag enthalten sollte. Unsere Vereinbarung muss formlos bleiben, bis ich sicher bin, wie viel genau Mona für mich tun muss.

»Aber wie mutig«, fängt Sally wieder an, und langsam frage ich mich, ob sie nicht wirklich ein paar Hintergedanken hat – ob sie mir aus irgendeinem Grund Schuldgefühle einreden will. »Wenn wir verreisen, dann zum Spaß, sogar die Leute, die behaupten, sie würden etwas Gutes tun – Studenten oder Oldies in ihrem sozialen Jahr.«

»Oldies?«, frage ich.

»Ja! Leute in Altersteilzeit, die losziehen und Schulen in Burundi bauen wollen, weil ihre Kinder das Nest verlassen haben. Frances hat das gemacht – meine ehemalige Kollegin. Aber das ist nur auf Zeit, eine freie Entscheidung. Stellt euch vor, ihr habt keine Wahl, und für eine völlig Fremde in ihrem Haus zu arbeiten ist eure letzte Hoffnung. Das muss schrecklich sein.«

»Schrecklich? Hoffentlich nicht«, sage ich. »Ich hoffe, sie weiß es zu schätzen, dass sie bei mir lebt. Sie bekommt hier mehr, als sie in ihrem Heimatland je verdienen könnte. Du darfst nicht vergessen, Mona war verzweifelt, Sally. Sie war furchtbar arm. Man kann sich kaum vorstellen, was das heißt, wenn man hier in seinem Mittelklasseleben in London sitzt. Sie hat buchstäblich von der Hand in den Mund gelebt, nur einen Schritt vom Betteln entfernt.«

Ich stocke. Eigentlich habe ich keine Ahnung, was für ein Leben Mona zurückgelassen hat, so verschlossen ist sie. So stolz.

Ich fahre fort.

»Hier genießt sie große Vorteile, abgesehen vom Gehalt – ein bequemes Bett, regelmäßige, gesunde Mahlzeiten, sie lernt Englisch, und es lenkt sie von dem ab, was mit ihrem Mann passiert ist. Deshalb finde ich, diese typischen Schuldgefühle der Mittelschicht sind nicht nötig.«

»Schuldgefühle würde ich das nicht nennen«, sagt Sally. »Wenn man sich mal in sie hineinversetzt, kann man sich doch vorstellen, dass es manchmal einsam sein muss und, du weißt schon, entmutigend.«

»Ach, komm schon, Sally«, antwortet Gina. »Wir wissen doch gar nicht, was stimmt und was nicht! Vielleicht ist sie nur auf einen britischen Pass aus. Du musst aufpassen, dass sie nicht ihre ganze Familie herholt. Vielleicht hast du dir mehr eingehandelt, als du gedacht hast, Dora!«

»Kann sie sich mit anderen Frauen aus ihrem Land treffen? Mit Leuten in ähnlichen Situationen? Besucht sie einen Englischkurs für Ausländer oder so etwas? Hat sie auch mal frei?«

Ich setze an zu sagen, dass ich nicht die Wohlfahrt bin und Sallys Sorge sei ja schön und gut, aber wenn man seinen betagten Vater betreut und einen arbeitslosen Sohn unterstützt, wenn man für eine Sendung verantwortlich ist, die in einem guten Teil des Landes ausgestrahlt wird – dann nutzt man alle verfügbaren Ressourcen. Wozu auch Haushaltshilfen gehören, die auf ein besseres Leben aus sind. Aber langsam bin ich dieses Gespräch leid.

Rachel spürt das und greift ein.

»Ich glaube, wir sollten Dora zugestehen, dass sie im Moment in einer schwierigen Lage ist«, sagt sie. »Mona einzustellen war für alle das Beste, was sie tun konnte. Für ihren Vater, für Leo und auch für Mona.«

Ich lächele ihr über den Tisch hinweg zu. Ich weiß, was sie

damit sagen will: Es war auch das Beste, was ich für meine Karriere tun konnte.

Mona bringt den Nachtisch herein.

»Außerdem«, sage ich, »gefällt es ihr hier. Sie mögen doch den Fluss, nicht wahr, Mona? Wir haben einen schönen Spaziergang zur Tower Bridge gemacht, oder? Und Cupcakes gegessen.«

Mona lächelt, ihr Blick huscht durch das Zimmer, vom einen zum anderen.

»Und Sie gehen gerne mit Daddy auf den Markt, nicht wahr? Suchen Obst und Gemüse aus. Mona ist eine hervorragende Köchin.«

»Das sehe ich«, sagt Bob. »Es ist alles verdammt lecker.« Lächelnd zwinkert er Mona zu. Will er mit ihr flirten?

Ich überlege, ob Mona zu dem Typ Frauen gehört, die die Männer anziehend finden, weil sie naiv und verletzlich wirken. Und dann schießt mir der Gedanke durch den Kopf, dass sie vielleicht genau weiß, wie sie das ausnutzen kann.

»Kommen Sie oft aus dem Haus?«, fragt Sally sie. »Haben Sie schon die Touristenattraktionen in London gesehen?«

Ich werfe Mona einen Blick zu. Sie sieht kurz zu mir herüber und versteht, was sie sagen soll.

»Bald, hoffe ich. Ich habe die Tower Bridge gesehen«, erklärt sie, »und ich würde gerne zu Harrods gehen.«

Alle lachen.

»Selfridges ist mittlerweile besser als Harrods«, sagt Rachel, »oder, Martha?«

»O ja. Selfridges ist toll. Das dürfen Sie nicht verpassen.«

»Oder Harvey Nics«, meint Sally.

Zum Glück verlässt Mona an dieser Stelle das Zimmer. Meine Freunde haben lange genug mit ihr geredet.

Kapitel zweiunddreissig

Ich trage die dampfende Tajine ins Wohnzimmer.

Wäre ich zu Hause, wie ich es an diesem Wochenende sein sollte, würden wir an einem Freitagabend nie so üppig essen. Wir wären mit einem einfachen Couscous zufrieden. Oder mit den billigen Fleischresten, die der Metzger abends verkauft. Und dieser Gedanke lässt in mir eine Welle der Wut gegen Dora aufbranden, weil sie mir nicht erlaubt hat, für ein paar Tage nach Hause zu fliegen.

Da sitzt sie, lacht mit ihren Freunden, bezirzt sie, wie sie es am Anfang auch mit mir gemacht hat.

Jetzt frage ich mich, ob das alles nur gespielt ist. Aminas Nachricht hat mich beunruhigt. Allerdings war Zidana ein junges Mädchen, das wahrscheinlich nicht gut auf sich aufpassen konnte.

Ali hat mir einmal zugeflüstert, wenn jemand ihn ausnutzte, was bei seiner Arbeit als Fremdenführer manchmal vorkam, holte er sich das Stückchen Stolz, das sie ihm genommen hatten, auf die eine oder andere Art zurück. Vielleicht stahl er ihnen eine Kleinigkeit, oder er gab ihnen falsche Informationen und schickte sie in ein übles Stadtviertel statt zu einer Touristenattraktion. Kleine Streiche nur, die ihm das Gefühl gaben, er habe das Gleichgewicht wiederhergestellt.

Damals war ich entsetzt und sagte ihm, das sei falsch, aber jetzt verstehe ich immer besser, dass man als Untergebener solche kleinen Dinge braucht, um sich selbst nicht zu verlieren.

Als ich das Essen zum Tisch bringe, gehe ich an zwei Frauen vorbei, die eng nebeneinandersitzen – ein Pärchen, schätze ich; die eine trägt ihre grauen Haare so kurz wie ein Junge, die andere ist groß und schwarz und streckt die langen Beine über die ihrer Freundin. Sie starrt mich an, und ich wünschte, ich wäre unsichtbar, die Tajine würde von allein durch das Zimmer schweben, damit ich nicht ihrer Neugier dienen müsste.

Ein kleiner, fetter Mann öffnet seinen schmalen, verkniffenen Mund, als ich vorbeigehe.

»Haben Sie diese … was auch immer selbst gemacht?«, fragt er.

»Briouates«, sage ich und nicke.

Ich spüre seinen Blick auf mir, so wie Frauenkörper die Blicke von Männern nun mal auf sich ziehen.

Die anderen lächeln höflich und warten darauf, dass ich gehe. Alle halten ihre Gläser in den Händen; die erste Weinflasche haben sie schon geleert, und Dora schenkt gerade nach.

Draußen bleibe ich stehen und drücke ein Ohr gegen die Tür. Sie reden über mich. Eine der Frauen scheint sich Sorgen um mich zu machen.

»Besucht sie einen Englischkurs für Ausländer?«, fragt sie.

Ich könnte jetzt ins Zimmer platzen und rufen: »Nein, tue ich nicht – aber ich würde gerne. Noch lieber würde ich Computerkurse belegen. Bitte, reden Sie doch mal mit Dora. Schlagen Sie ihr vor, sie soll mir Geld leihen, damit ich Ummu besuchen kann.«

Natürlich tue ich es nicht. Ich weiß, wo ich hingehöre.

Ich gehe zurück in die Küche.

Mit einem Messer aus Doras Messerblock schneide ich Orangen auf. Die Klinge ist so scharf, dass sie leicht durch das Fruchtfleisch gleitet. Saft spritzt mir ins Gesicht und brennt in meinen Augen. Ich richte die glänzenden Scheiben auf einer dekorativen Keramikschale an, die Dora gekauft haben muss, als sie mit Roger in Marokko lebte, hebe die Schale hoch, wiege sie in den Händen und stelle mir den Knall vor, wenn ich sie aus ausreichender Höhe fallen lassen würde … bestreue die Orangenscheiben mit Zucker und füge Zimt aus einem winzigen Gläschen hinzu.

Als ich die Küche durchquere, piepst ein Handy, auf dem eine SMS angekommen ist. Ich sehe mich um. Mein Telefon steckt unten in meiner Tasche, und das Geräusch klang näher. Dann entdecke ich es – Dora hat ihres auf den Küchentisch gelegt, als sie vor dem Eintreffen der Gäste ihren großen Martini getrunken hat.

Ich drücke auf »Eingang«.

Mit etwa Mühe verstehe ich, dass die SMS von Doras Mann kommt. Max.

Ich starre auf den Text.

Ich frage mich, ob ich ihn jemals kennenlernen werde, diesen wohlhabenden Doktor. Mir fallen Ummu und ihre Andeutung ein, gerade aus Männern könne man Nutzen ziehen, wenn man in einer Notlage ist. Vielleicht hat sie nicht unrecht. Immerhin kommt er aus Amerika, dem legendären Land, von dem all meine Freunde geträumt haben – auch Ali.

Zum Text gehört ein Foto, das eine Statue zeigt. Ein nacktes Mädchen mit einem Delfin. Dora und Max haben wirklich eine seltsame Vorliebe für diese Denkmäler! Das Mädchen auf dem Foto neben Doras Bett, dann der Tag, an dem sie sich mit ihm vor der berühmten Statue von Boudicca getroffen hat. Ummu wird sich darüber amüsieren.

Den englischen Text kann ich natürlich nicht lesen, aber ich hole mein Handy und speichere Max' Nummer in meinen Kontakten. Nur für den Fall. Nur, weil man nie weiß, wer noch nützlich werden könnte. Das hat Ummu mir beigebracht; man muss immer die Augen offen halten, überlegen, wer einem helfen könnte rauszukommen, weiterzukommen.

Ich stecke mein Handy wieder in meine Tasche, sehe mir noch einmal die SMS an und lächle.

»Was machen Sie da?«

Ich blicke auf.

Dora steht in der Küchentür und beobachtet mich. Ich erstarre.

Kapitel dreiunddreissig

»Nichts«, sagt Mona. »Ich mache nichts. Ich habe eine SMS gehört. Ich glaube, sie ist für Sie.« Sie streckt mir mein Handy entgegen.

Ich nehme es ihr ab und sehe sofort, dass die Nachricht von Max kommt. Mein Herz schlägt höher.

»Ich gehe nach oben«, sage ich. »Mona, servieren Sie doch bitte den nächsten Gang.«

Könnte Mona auch nur ein wenig Englisch lesen, hätte es mich wohl beunruhigt, dass sie mein Handy in der Hand hatte, aber ich bin viel zu begierig auf Max' Nachricht, um mir wegen irgendetwas Sorgen zu machen.

Am 12. Dezember in London, schreibt er. *Warte beim Mädchen mit Delfin. Beim Tower Hotel, St Katherine's Dock. 19 Uhr. Kann es kaum erwarten. Vermisse dich wahnsinnig.*

Ich lächle. Tower Hotel! Ich weiß, was das bedeutet. Er bucht nur ein Zimmer, wenn er nicht vor dem nächsten Morgen abreisen muss. Wärme und Zuneigung erfüllen mich. Ich setze mich auf mein Bett und schreibe eine Antwort. Es ist, als hätte er einen sechsten Sinn, als wüsste er, wie sehr ich mich den ganzen Abend über nach ihm gesehnt habe.

Schließlich gehe ich wieder nach unten, und da sitzt Mona auf einem Schemel zwischen meinen Gästen, vor sich ein aufgeschlagenes Buch.

Sally deutet auf Fotos von Londoner Denkmälern und gibt Mona eine kurze Geschichtsstunde.

»Versuchen Sie auf jeden Fall, sich St Paul's anzusehen, solange Sie hier sind«, sagt sie, »und natürlich Westminster.«

Mir wird heiß. Wenn ich Mona vor meinen Freunden ein paar Takte sagen würde, fänden sie es übertrieben. Mona ist nicht dumm, das zeigt sich jeden Tag deutlicher – sie weiß, dass ich vor den anderen nicht streng erscheinen will. Aber wenn ich nichts sage, lasse ich ihr eine Grenzüberschreitung durchgehen – immerhin mischt sie sich unter meine Freunde. Sie muss doch wissen, dass sie das nicht darf. Warum missachtet sie dann eine unausgesprochene Regel? Will sie sich bei meinen Freunden einschmeicheln, wie schon bei meinem Vater und meinem Sohn?

»Das ist ein interessantes Buch«, sage ich.

Mona blickt auf, sie ist überrascht, als sie mich bemerkt. Sobald sie meinen Gesichtsausdruck sieht, entspannt sie sich und erwidert mein Lächeln.

»Sally hat angeboten, mir London zu erklären.«

»Stimmt, das habe ich«, bestätigt Sally. »Ich habe Mona gerade gesagt, dass sie den Tower, Madame Tussauds und die beiden Tates besichtigen soll, solange sie hier ist.«

»Mona, es ist Daddys Schlafenszeit«, sage ich.

Sie hat Daddy schon vor einer Weile ins Bett gebracht, aber ich ziehe die Augenbrauen hoch und sehe sie unverwandt an.

Sie blinzelt zu mir auf. Und versteht.

Sie hebt das Buch auf. An der Tür dreht sie sich um, sieht Sally an, vielleicht auch Bob – wieder frage ich mich, ob sie flirtet –, und sagt: »Es gibt nur ein Problem. Ich habe keine Zeit, diese schönen Orte zu besichtigen. Und kein Geld.«

Es ist kurz nach zwei Uhr morgens, als sich Sally und Bob – meine letzten Gäste – verabschieden. Ich gehe in die Küche. Mona ist im Bett. Sie hat sich schon vor Stunden zurückgezogen, obwohl sich die benutzten Teller vom Abendessen noch stapeln und die Spüle voller schmutziger Töpfe ist.

Ich öffne ihre Tür, schalte das Licht ein. Sie schläft. Ich rüttle sie wach.

»Die Küche«, sage ich. »Sie haben nicht aufgeräumt. Sie müssen Ihre Aufgaben erledigen, bevor Sie schlafen!«

Ich spüre ihren Blick im Rücken, aber ich marschiere nach oben, ohne mich umzudrehen. Wie kann sie es wagen, mir vor meinen Freunden zu unterstellen, ich würde ihr nicht genug zahlen? Oder ich würde ihr nicht genug Freizeit lassen?

Ich liege im Bett und höre sie mit den Tellern rumoren, bis ich endlich einschlafe.

Kapitel vierunddreissig

Ich arbeite in der Küche, während die restliche Welt schläft. Das Summen und Klackern des Kühlschranks und der Rohre leisten mir Gesellschaft; draußen schimmert alles orange im Licht der Straßenlaternen. Das ständige Vibrieren unter der Stadt ist für eine Weile abgeebbt. Der Kater schleicht herein und springt auf die Arbeitsfläche. Ich schubse ihn herunter, scheuche ihn durch den Flur und aus dem Haus.

Sayed hat Alis Foto! Ich ertrage alles Schrubben und Spülen und Scheuern der Welt, um wieder mit Ali zusammen zu sein.

Als er zum ersten Mal unser kleines Dorf verließ, um in der Stadt zu studieren, dachte ich, er würde neue kluge, gebildete Frauen kennenlernen und mich vergessen. Aber er kam zurück, holte mich in das weiße Haus, in dem ich als seine Frau mit ihm lebte, während er studierte und arbeitete. Das war für mich die glücklichste Zeit – als ich mit Leila schwanger wurde und dann, als sie ein Baby war und Ali tagsüber arbeitete und abends lernte. Wir waren die perfekte glückliche Familie. Ich ging im Kochen, Putzen und in der Fürsorge für Leila auf. Meine Arbeit in der Kleiderfabrik habe ich nie vermisst. Anfangs fehlten mir die Unterhaltungen mit meinen Freundinnen dort, aber dann fing ich an, mich mit einigen Müttern in den Andalusischen Gärten zu treffen. Da saßen wir dann mit den Kindern und tratschten und tauschten Rezepte aus.

Zum ersten Mal hatte ich die nötige Ausstattung, um meine Lieblingsgerichte zu kochen. Eine Tajine, einen Dampfgarer für Couscous, Töpfe und Tonschüsseln. Manchmal hatten wir Gäste zum Abendessen, und sie lobten mein Brot, mein Sfouf, meine Harira und den Clafoutis. Ich träumte davon, irgendwann als Köchin zu arbeiten, nicht mehr in einer Kleiderfabrik. Das Nähen war eine trockene, methodische Arbeit, das Kochen dagegen sinnlich und tröstlich. Zu dieser Zeit lernte ich auch einige englische Phrasen von Ali, der von Tag zu Tag überzeugter war, er würde bis zu seinem Abschluss die Sprache so fließend sprechen, dass er in England oder Amerika Arbeit finden könnte.

Jeden Tag, wenn er nach Hause kam, schnappte er sich Leila und warf sie in die Luft, und sie lachte so wild, dass ich manchmal Angst hatte, sie könnte platzen. Dann setzte er sie auf eines der Sofas an der Wand und küsste sie. So strahlend hatte ich ihn sonst nie gesehen. Wir waren beide glücklich. Wenn er jetzt schweigt, kann das nur bedeuten, dass er irgendwo festsitzt. Vielleicht hat er sein Handy verloren oder seine Papiere. Vielleicht kann er nicht nach Marokko zurückkehren oder sich bei mir melden.

Gegen drei gehe ich endlich ins Bett, schließe die Tür hinter mir ab und freue mich über die Ruhe.

Ein heftiges Klopfen weckt mich. Es ist schon Morgen.

Mühsam richte ich mich auf. Sehe auf mein Handy. Es ist sechs Uhr – ich habe nur drei Stunden geschlafen. Wieder dieses Hämmern.

»Warum haben Sie die Tür abgeschlossen?«, fragt Dora, das Gesicht zerknittert nach dem Abend voller Alkohol.

»Ich muss schlafen. Ich wollte nicht gestört werden.«

»Ich hoffe doch, Sie hatten Daddys Babyfon an.«

»Natürlich.«

»Heute besorgen Sie auf dem Markt einen Weihnachtsbaum. Ich will ihn vor dem Fenster zur Straße stehen haben. Leo wird Ihnen helfen. Er muss mal aus dem Haus kommen, und er ist immer gerne mitgegangen, um den Weihnachtsbaum zu kaufen.«

»Ein Baum? Im Haus?«

»Ja, Mona. Bald ist Weihnachten. Ich möchte es für Leo und Daddy hübsch haben. Der Weihnachtsschmuck ist auf dem Dachboden. Saugen Sie vorher. Das Zimmer muss für den Baum sauber sein. Ich habe Ihnen eine Einkaufsliste geschrieben. Dann muss die Wäsche gemacht werden. Ich fahre kurz ins Büro, um ein wenig zu recherchieren.«

Sobald sie zur Arbeit aufgebrochen ist, rufe ich zu Hause an. Leila meldet sich, was sie sonst nie tut.

»Wie geht es Tetta?«, frage ich plötzlich beunruhigt. Warum ist Ummu nicht ans Handy gegangen? Wurde beim Röntgen etwas Schlimmes gefunden, das sofort operiert werden musste?

»Der Arzt sagt, sie muss weiter die Tabletten nehmen. Wir kaufen sie mit deinem Geld. Aber es ist nie so richtig genug. Hait kommt jeden Tag und hilft mir. Wann kommst du nach Hause, Ummu?«

»Bald, Süße. Ich komme bald.«

»Vor Eid?«

»Natürlich.«

Ich glaube, sie weiß, dass ich lüge und keine Ahnung habe, wann ich wieder zu Hause bin.

»Bist du denn auch lieb?«

»Ja, bin ich. Ahmed hat mir seinen Roller geliehen. Wir haben draußen in der Gasse gespielt. Aber ich passe auf Tetta auf. Ich koche ihr Minztee – Hait hat mir gezeigt, wie das geht.«

»Braves Mädchen. Gib mir mal Tetta.«

Die Stimme meiner Mutter klingt noch rauer als vorher. Sie muss das Gespräch unterbrechen, um zu husten.

»Wie ist das Röntgen gelaufen, Ummu? Haben sie dir schon was gesagt?«

»Noch keine Ergebnisse. Ich muss nächste Woche wieder hin und fragen. Aber wenn du es wissen willst, Mona, ich fühle mich nicht besser.«

»Ummu, ich mache mir Sorgen um dich. Kann ich noch irgendwas tun?«

»Nur das, was du jetzt schon tust. Wir brauchen das Geld. Dringend. Mona, wenn wir die Medikamente gekauft haben, haben wir kaum noch genug fürs Essen. Kannst du mehr schicken?«

Vielleicht liegt es an dem wenigen Schlaf in der letzten Nacht oder dem fehlenden Tageslicht oder daran, dass ich Ummu durch das Handy keuchen höre, aber mir kommt alles so hoffnungslos vor. Mein Zuhause und Ali und alles, wofür ich gearbeitet habe, erscheint in weiterer Ferne als je zuvor.

Ich gebe Charles sein Frühstück, ziehe ihm seinen Mantel an und helfe ihm die Treppe hinauf und bis zur Haustür. Nachdem ich seinen Rollstuhl aus dem Schrank unter Doras Treppe geholt habe, öffne ich die Wohnzimmertür.

»Deine Mutter will einen Weihnachtsbaum«, sage ich zu Leo. »Mit dem Rollstuhl kann ich allein keinen Baum tragen. Du musst aufstehen, dich anziehen und mitkommen.«

Ich lasse Leo und seinen Großvater an einem Stand in der High Street einen Weihnachtsbaum aussuchen und springe kurz in Sayeds Laden. Wenn er etwas herausbekommen hat, irgendetwas, würde es mir die Kraft geben weiterzumachen.

Er erzählt, er sei noch am Ball, aber bisher habe er noch nichts erfahren.

»Ein Kumpel von mir meint, er kann sich in den Asylantenlagern umhören«, sagt er mit einem skeptischen Blick, »aber für Infos will er Kohle haben.«

»Kohle?«

Er reibt Daumen und Finger aneinander. »Na, Geld.«

»Ich habe Ihnen schon Geld gegeben, Sayed. Wie viel will er noch?«

»Ooh, keine Ahnung. Ich frage ihn. Aber umsonst macht er es nicht.«

Wenn ich könnte, würde ich selbst in diesen Lagern nachsehen, aber ohne Englisch lesen zu können, ist das unmöglich. Ich stelle mir die Stadt vor, die sich kilometerweit in alle Richtungen ausdehnt. Der Gedanke, mich auf die endlosen überfüllten Straßen zu wagen, durch den Verkehr zu finden, vorbei an den Gebäuden, der U-Bahn, den Läden und Hochhäusern und über den großen Fluss, ist so furchteinflößend, dass ich schaudere.

Trotzdem kann ich es mir nicht leisten, noch jemanden für seine Suche zu bezahlen, wenn Ummu so dringend jeden Dirham braucht, den ich verdiene.

Ich gebe auf, sage Sayed, ich würde es mir überlegen, und mache mich noch niedergeschlagener als zuvor auf die Suche nach Leo und Charles.

Charles drängelt Leo schon, ihn nach Hause zu bringen, also legen wir den Baum über die Griffe des Rollstuhls und schieben ihn die Straße hinunter. Die stacheligen Äste zerkratzen mir die Arme.

Leo stellt die kleine grüne Tanne in einem Bottich vor das Wohnzimmerfenster, wo sie einen frischen Duft verströmt, wie die Bäume in dem Wald, in dem die Korbflechter zu Hause arbeiten. Dann sagt er, ich müsse ihm helfen, den Schmuck vom Dachboden zu holen.

Charles bleibt im Wohnzimmer, während ich Leo nach oben in die Kammer neben Doras Zimmer folge. In die Decke ist eine Falltür eingelassen, die mir noch nie aufgefallen ist. Er hakt sie mit einer Stange aus, öffnet sie und lässt eine Leiter herunter. Dann klettert er nach oben, und sein Kopf verschwindet in dem schwarzen Loch.

»Sie müssen raufkommen«, ruft er.

Ich steige die Sprossen hinauf und folge ihm auf den Dachboden.

Über dem Haus breitet sich ein weiter Raum aus, eine geheime Höhle über unseren Köpfen, voller Taschen und Koffer, Kisten und Kartons. Es gibt hier keine Fenster, und so erkenne ich im Dunkeln nur die Umrisse einer Wiege, eines Kinderbetts, einer Spielzeugeisenbahn. Überbleibsel von Leos Kindheit, weggeräumt und vergessen.

Leo ist in die Schatten am Ende des Dachbodens abgetaucht. Die Geräusche von draußen und von unten verklingen. Wir sind allein in diesem eigenartigen dunklen Raum. Ich weiß noch, welche Angst ich vor Leo bei unserer ersten Begegnung hatte, und bleibe in der Nähe der Leiter, damit ich im Notfall schnell reagieren kann.

»Ich muss Ihnen was zeigen«, sagt Leo. »Ich glaube, nicht mal Mum kennt das. Sehen Sie mal.«

In den Schatten vor der hinteren Wand drückt er gegen eine winzige Tür, kaum groß genug, um hindurchzukriechen. Die Tür gibt nach, und er krabbelt auf allen vieren weiter.

»Kommen Sie her, schauen Sie sich das an!«

Ich spähe an ihm vorbei. Hinter der Tür liegt ein größerer, hellerer Raum.

»Der Dachboden vom Nachbarhaus. Von Desiree. Ob sie irgendwas hat, das sich zu klauen lohnt?«

»Das ist nicht dein Haus!«, rufe ich, obwohl ich seine Dreistigkeit ein wenig aufregend finde. Sie erinnert mich einen Moment lang an Ali, als er sagte, man könne ruhig jemandem etwas wegnehmen, der einem die Würde gestohlen hat. Ich glaube, ich habe nie richtig verstanden, was er meinte, bis ich für Dora gearbeitet habe.

»Du darfst nicht stehlen«, sage ich Leo und denke an die Frau auf der Straße, die Charles grüßt, mich aber immer übergeht. »Du kannst dir nicht irgendwelche Sachen aus dem Nachbarhaus nehmen.«

Er krabbelt rückwärts heraus. »Ich habe Angst, dass ich es nicht mehr zurück schaffe, wenn ich mich hier durchquetsche«, erklärt er. »Früher habe ich durchgepasst – bevor ich zugenommen habe. Ich bin bis zum anderen Ende gelaufen. Habe mich mit Sayed und Johnny aus dem Laden getroffen. Die Dachböden sind miteinander verbunden. Die ursprünglichen Bauherren hatten wohl keine Lust, Trennwände einzuziehen.«

Jetzt erinnere ich mich. Sayed hat gesagt, er würde in der gleichen Straße wie Dora wohnen. Wenn die Türen ständig geschlossen sind, weiß man nie, wer in der Nähe lebt. Einen verrückten Moment lang stelle ich mir vor, Ali könnte in einem dieser Häuser wohnen, wir hätten uns nur bisher verpasst, weil wir zu den falschen Zeiten kommen und gehen. Dann wird mir klar, dass es ein dummer Gedanke ist, der die Wirklichkeit nur noch rauer erscheinen lässt.

Ich lasse Leo allein den Baum schmücken und erledige die Aufgaben, die Dora mir aufgetragen hat. Als ich zurückkomme, ist es fast dunkel. Der Baum ist übersät von kleinen Tieren und Kugeln und Figürchen und einer weißen Lichterkette.

»Wenn du mit diesem Getue um den Baum fertig bist, kannst du mich nach Billingsgate fahren«, sagt Charles, der von seinem Sessel aus zusieht.

»Ist gut, machen wir, oder, Mona? Wir bringen ihn nach Billingsgate«, sagt Leo. »Wir fahren ganz früh am Morgen los. Vor fünf. Das können wir als dein Weihnachtsgeschenk nehmen, Großvater.«

Ich habe Leo noch nie so glücklich gesehen wie jetzt, als er seinem Großvater die bunten Kugeln zeigt, die kleinen Vögel und Sterne und Rentiere, an die er sich, wie er sagt, noch aus seiner Kindheit erinnert.

Als Charles nach dem Mittagessen eingeschlafen ist, besuche ich Leo in seinem Zimmer. Ich will auf meiner Facebook-Seite nachsehen.

Wir setzen uns nebeneinander an den Computer.

»Was machst du am Computer?«, frage ich ihn. »Wenn du nicht gerade bei Facebook oder so bist?«

»Ich suche mir Seiten raus«, sagt er.

»Seiten worüber?«

Er wirft mir einen kurzen Blick zu, schlägt seine Kapuze hoch, wickelt sich seinen Schal fest um den Hals.

»Krankheiten«, sagt er.

»Krankheiten?«

»Um zu sehen, ob ich eine habe.«

Mir fällt ein, wie ich zum ersten Mal den Computer benutzen wollte und sich Schnittbilder und Aufnahmen von Körperteilen geöffnet haben.

»Warum? Hast du Schmerzen?«

»Ich weiß nicht. Manchmal.«

»Was für Schmerzen?«

»Keine Schmerzen, eher Empfindungen. Verstehen Sie das Wort ›Kribbeln‹?«

»Kribbeln?«

»Die Haut fühlt sich an, als würde sie sprudeln. Wie tausend Nadelstiche.«

Ich weiß, was er meint – das gleiche Gefühl wie bei nackter Angst.

»Oder manchmal denke ich, vielleicht sitzt was tief in mir, irgendwas Schleichendes, das noch viel Zeit braucht, bis ich weiß, dass ich sterben werde.«

Auch dieses Gefühl kenne ich. Eine lange, langsame Reise auf etwas Unausweichliches zu. Mich überläuft ein Schauder.

Ich mustere seinen großen, starken Körper von oben bis unten.

»Aber wenn du keine Schmerzen und keine Symptome hast, such doch nicht nach einer Krankheit, die du möglicherweise haben könntest. Freu dich einfach, dass du gesund bist und keine Beschwerden hast.«

»Aber was ist, wenn ich nicht gesund bin?«, fragt er. »Wenn ich es nicht erkenne?«

»Du musst nicht danach suchen. Dein Körper sagt es dir. Hast du deswegen diese Sachen in deinem Zimmer?«

Ich halte einen Plastikbeutel mit Tropfen und Pillen und Tablettenschachteln hoch.

Er nickt zögerlich.

Am liebsten würde ich lachen. Ich würde ihn sogar gerne in den Arm nehmen.

Ich sehe diesen großen, harten Burschen mit seinen breiten Schultern an, der den Kopf hängen lässt wie ein Hund, und denke an unsere erste Begegnung.

Welche Angst ich vor ihm hatte.

Und mir wird klar, warum er keine Arbeit findet und das Haus nicht gern verlässt, es sei denn, er ist betrunken oder hat irgendwelche Drogen genommen. Er tut das nicht, weil er ein fauler Taugenichts ist, sondern weil er gelähmt ist vor Angst. Es ist eine andere Angst als meine und Leilas zu Hause in unserem Land, nachdem Ali verschwunden ist. Er fürchtet sich nicht vor Armut oder vor Menschen, die ihn ausbeuten oder ihm schaden könnten. Seine Angst kommt von den Dämonen in seinem Kopf, die ihm sagen, er sei krank, obwohl er es nicht ist.

Ich frage mich, ob Dora das weiß. Ob es überhaupt jemand außer mir weiß.

»Du solltest nie Angst vor dem haben, was Allah dir gegeben hat«, erkläre ich ihm. »Fürchte dich lieber davor, was Menschen dir antun wollen.«

Einen Moment lang starrt er mich an.

»Allah hat dir Gesundheit gegeben, und du glaubst es nicht einmal? Schäm dich!«

Er zuckt mit den Schultern und wendet den Blick ab. Wäre er nicht so ein großer, harter Kerl, hätte ich vielleicht gedacht, er sei den Tränen nahe.

»Kann ich mir meine Facebook-Seite ansehen?«, frage ich ihn.

»Klar.« Dann: »Jemand hat geschrieben. Auf Arabisch, das kann ich nicht lesen.«

Ich spähe auf den Bildschirm. Eine weitere Nachricht von Amina. Ich lasse erst gar keine Hoffnung in mir aufkommen, sie könnte etwas von Ali gehört haben. Weil ich etwas Witziges und Unbeschwertes erwarte, muss ich zwei Mal lesen, was sie geschrieben hat. Die Nachricht wartet schon seit ein paar Tagen.

Habe versucht, mehr über Zidana herauszufinden. Sie hat bis kurz vor Doras Rückkehr nach England hier gearbeitet, bis vor gut fünf Jahren. Sie war schwanger. Während ihrer Arbeit hier ist etwas passiert, wodurch sie das Kind verloren hat. Es hatte etwas mit Theodora zu tun. Ich fürchte, es kommt noch schlimmer. Ich wollte herausfinden, wo sie jetzt wohnt, um zu hören, was wirklich passiert ist. Nur, damit du dir ein Bild machen kannst, Mona. Aber niemand weiß, wo sie ist. Sie ist tot.

Als ich mich endlich losreißen kann und erschöpft so etwas wie Zuflucht in meinem Zimmer suchen will, sehe ich, dass jemand das Schloss an meiner Tür abgeschlagen hat. Da spüre ich das Gefühl, von dem Leo gesprochen hat, das Kribbeln der nackten Angst.

Kapitel fünfunddreissig

»Dora.« Rachel hat ihre Tür geöffnet. »Wenn du mit dem fertig bist, was du gerade machst, möchte ich dich in meinem Büro sprechen.«

Bei der Arbeit lief es in letzter Zeit wieder besser. Ich habe einige hervorragende Sendungen abgeliefert und gute Rückmeldungen bekommen. Mit der Bewerbung für meine eigene Position war ich zufrieden. Also gehe ich gespannt zu ihr und rechne fest mit guten Neuigkeiten – mit einer Moderatorenstelle für eine neue Sendung.

In Rachels Büro begrüßt mich eine Schar ernster Mienen. Mir dreht sich der Magen um, als ich mich der Respekt einflößenden Gruppe gegenüber an den großen Tisch setze.

»Wie wir erfahren haben, sind die Hörerzahlen …«, setzt Rachel an, als hätten wir nicht längst darüber gesprochen. Sie ist in ihrer Rolle, meine Chefin, nicht mehr die Freundin, die vor ein paar Abenden Monas Tajine mit mir geteilt hat.

Eine neue Putzfrau poliert gerade die Glasscheiben. Ich beobachte sie eine Weile. Rachels Mund öffnet und schließt sich, aber ich höre nicht, was sie sagt, ich höre nur das Quietschen des Tuchs. Auf einer gewissen Ebene muss ich sie trotzdem wahrnehmen, denn ich spüre ein Zittern in meinem Körper, als ich ihre Worte begreife. Den inneren Zusammenbruch, den ein Kind fühlt, wenn ihm etwas vorgeworfen wird, das es nicht getan hat.

»Nun«, sagt sie schließlich und legt die Hände auf den

Tisch, als würde sie bei mir mit einer anderen Reaktion rechnen als dieser stillen Ergebenheit. »Ich fürchte, es ist unvermeidbar. Deine Bewerbung war natürlich hervorragend, Theodora, wie wir es erwartet haben, aber sie hat keinen Erfolg gehabt. Deine Sendung wird gestrichen.«

»Ihr werft mich raus«, sage ich.

»Wir haben beschlossen, dir eine andere Gelegenheit zu bieten … wir würden uns wünschen, dass du hier weiter arbeitest, falls …«

»Aber …«, sage ich.

»Es tut mir leid, Dora. Wie du weißt, können wir es uns einfach nicht leisten …«, und so weiter. Ihre Worte verschmelzen. »Die Quoten sind stark gefallen. Wir stellen die Sendung ein. Wir müssen eine ganze Reihe von Einschnitten vornehmen, und es kommen noch viel mehr Veränderungen.«

Ich verliere die Beherrschung. Worte stürzen aus mir hervor. Für mich sind Verantwortung und Pflichtgefühl wichtig. Das gilt für alle Bereiche meines Lebens, für meine Familie und für meine Arbeit. Das Quietschen des Fensterleders wird lauter. Die Worte strömen weiter aus meinem Mund. Dass ich meine Arbeit liebe. Dass meine Hörer ohne mich verloren sind. Dass ich die Stimme des Südostens bin.

Ich denke an meine Vision, in der mein Name auf Reklametafeln prangt, an mein Gesicht, meine Stimme, meine Berühmtheit, wenn ich die Sendung zur Primetime übernehme.

Rachel und ihre Kollegen starren mich mit unbewegter Miene an. Ich muss an Mona denken, an ihr ausdrucksloses Gesicht. Es kommt mir vor, als würde sich jeder in meiner Nähe in Stein verwandeln, als würde ich zu niemandem durchdringen, egal, wie laut ich schreie.

»Theodora, wir wollen dich nicht loswerden. Wir fragen dich, ob du eine der Stellen übernehmen willst, die wir haben – ob du bereit wärst, eine andere Rolle bei uns zu übernehmen. Du bist nicht die Einzige. Immerhin bieten wir dir etwas an. Das können wir nicht bei jedem tun. Natürlich würde es ein anderes Arbeitspensum bedeuten – längere Arbeitszeiten, das Gehalt der Stelle entsprechend angepasst –, aber mehr können wir im Moment nicht tun. Wir dachten, die Verbrauchersendung wäre vielleicht etwas für dich. Charlotte geht in den Mutterschutz, deswegen ist die Stelle ab dem neuen Jahr unbesetzt.«

Rachel senkt den Kopf. Sie weiß, was das bedeutet. Sie bietet mir eine Stelle zur schlechtesten Sendezeit an.

Wahrscheinlich glaubt sie, dass ich nicht annehme, aber irgendwie muss sie ihr schlechtes Gewissen ja beruhigen.

Ich kapituliere, stehe auf und halte mit Mühe die albernen, erniedrigenden Tränen zurück, die mir über die Wangen laufen wollen.

Auf wackligen Knien verlasse ich das Büro. Ich fange den Blick der Putzfrau auf, die eine Sprühflasche in der Hand hält, während sie die Innenscheibe putzt. Auf ihren Lippen liegt ein leises Lächeln. Du hast kein Problem, denke ich, dein Job kann nicht noch schlimmer werden. Was denkt sich Rachel eigentlich dabei, mir so etwas vor der Büroputze mitzuteilen?

Die Putzfrau sieht mich aus blauen Augen an. Für einen Sekundenbruchteil hört sie mit dem Polieren auf, und ich weiß, dass ihr Blick mir über den Flur folgt. Ich drehe mich um. Sie trägt Gummihandschuhe. Jetzt richtet sie das Desinfektionsspray auf die Scheibe, als würde sie auf die Stelle zielen, an der ich gerade noch gesessen habe. Dann bemerke ich, dass sie sich unter dem Kopftuch ein Handy ans Ohr geklemmt hat. Sie tratscht, unterhält sich mit jemandem, während sie arbeiten sollte!

Ich gehe zurück und strecke den Kopf durch die Tür. Die anderen Programmdirektoren sind gegangen.

»Diese Frau«, sage ich zu Rachel.

»Welche Frau?« Sie sitzt schon ganz vertieft vor ihrem Bildschirm. Ich war aus ihren Gedanken verschwunden, sobald ich den Raum verließ.

»Diese da, die Putzfrau – du solltest sie im Auge behalten. Sie strengt sich nicht an. Sie telefoniert mit dem Handy, obwohl sie arbeiten sollte. Sieh mal genau hin.«

»Dora«, will Rachel mich beruhigen. »Nimm es nicht so schwer. Ich wollte es nicht vor den anderen sagen, aber es gab noch mehr Tweets über dein Verhalten auf Sendung. Und im Büro. Hayley, die Praktikantin, hat sich beschwert. Nimm dir doch ein paar Tage frei, ja? Ich glaube, du bist etwas gestresst.«

Darauf kann ich nicht antworten. Ich hole meinen Mantel aus meinem Büro und verlasse das Gebäude. Mit brennenden Augen gehe ich hinaus in den kalten Wind.

Ich fahre mit der U-Bahn zur Bond Street. Es ist die Woche vor Weihnachten, leuchtende Lichterketten sind quer über die Oxford Street gespannt. Die vielen Menschen sind hektisch, sie suchen die Schaufenster nach Ideen ab, wild entschlossen, Geld auszugeben. In der aufgerissenen Straße liegen dicke Abwasserrohre frei – die schmutzige Seite des Londoner Einkaufsviertels, die wir normalerweise nicht sehen. Unter diesem ganzen Glamour, unter den hübschen Fassaden, den Schaufenstern, den Weihnachtsbäumen und der Designermode fließt ein steter Strom Scheiße.

Rachel hat gesagt, es habe Beschwerden gegeben. Sie könnten es sich nicht leisten, Hörer zu verärgern. Womit hätte ich sie verärgern sollen? Ich bin stolz auf mein Taktgefühl und meine diplomatischen Fähigkeiten. Das muss diese Frau gewesen sein, die eine der Schwimmmedaillen haben wollte, obwohl sie sie nicht verdient hatte. Oder einer dieser Perversen, die mir in der Sendung frech kommen wollten und die ich wegdrücken musste.

Was ich jetzt brauche, ist eine Runde Frustshoppen. Ich werde ein Kleid, Schuhe und eine neue Handtasche kaufen. Und Strümpfe. In ein paar Tagen treffe ich mich mit Max im Tower Hotel. Ein bisschen Luxus wird mich von den Neuigkeiten ablenken.

Geistesabwesend biege ich ab, um Fenwick's zu betreten. Eine Frau steht in der Tür, und ich dränge mich an ihr vorbei.

»Passen Sie doch auf!«, meckert sie.

»Sie blockieren den Eingang!« Ich bin nicht in der Stimmung, mich bei irgendwem zu entschuldigen.

Rachels Worte hallen mir in den Ohren wider. Ich fasse es nicht – das kann nicht wahr sein! Ich sollte befördert werden. Jetzt werde ich rausgeworfen! Und wo stehe ich damit? Was soll ich Max sagen?

Ich werde tief in die Tasche greifen. Davon lasse ich mich nicht unterkriegen.

Ich durchstöbere die Strumpfpackungen in der Wäscheabteilung, ohne die junge Verkäuferin zu beachten, die mir helfen will. Ich brauche keine Hilfe, ich brauche Ruhe, damit ich das Richtige finde. Ich will etwas Glänzendes, etwas, das seidig und sexy ist. Auf dem Weg nach draußen beschließe ich, mir noch etwas zu kaufen. Verdammt! Wenn bald mein Gehalt gekürzt wird, darf ich ruhig etwas für mich ausgeben, bevor es so weit ist. Ich werde für Max so gut aussehen wie noch nie. Er wird nicht mal ahnen, was sich dahinter abspielt.

Ich kehre um, gehe zurück in die Dessousabteilung und

gebe ein kleines Vermögen für einen seegrünen Seiden-BH und das passende Höschen aus.

So gelöst wie immer, wenn ich schöne neue Sachen gekauft habe, spaziere ich über die New Bond Street zur Burlington Arcade. Als wir noch verheiratet waren und Geld keine Rolle spielte, hat Roger mir Armani oder Gucci oder Versace gekauft, was immer ich wollte. Damals bekam ich nach einer Weile das Gefühl, als wollte er mich auch damit nur kontrollieren, mich in der Spur halten. Er vermittelte mir immer den Eindruck, wenn er Geld für mich ausgab, sei es umso mehr meine Pflicht, mich für seine Diplomatendinner schön anzuziehen, meine Rolle zu spielen, den Mund zu halten.

Jetzt frage ich mich, ob ich es wirklich überhaupt nicht vermisse.

Als Max mir den Kopf verdrehte, verblasste alles andere, als wäre edles Metall vor meinen Augen zu Blech geworden. Mein Interesse galt nur noch ihm. Nur Max glänzte, nur Max war wichtig.

Es versetzt mir einen Stich, als ich die Uhren und Ringe und Ketten betrachte und mir vorstelle, welches Leben ich hätte führen können, wenn Roger und ich zusammengeblieben wären. Voller Leichtigkeit und Sorglosigkeit. Ich war mit einem erfolgreichen Mann verheiratet. Es war unkompliziert, und es war sicher. Ich musste mich nicht in einem Beruf beweisen, in dem ich ständig auf dem Prüfstand war. Ich musste nur beweisen, dass ich die perfekte Ehefrau war. Was mir natürlich leichtfiel, bis Zidana es mir verpfuschte.

Jetzt bestimmt mein Job, wer ich bin. Ohne ihn bin ich niemand.

Wenn mich Selbstzweifel plagen, tröste ich mich normalerweise mit dem Gedanken an Max. Ich stelle mir seinen bewundernden Blick vor, erinnere mich, wie seine Finger über mein Schlüsselbein glitten, wie sie mit meinen Haaren spielten. Diese Woche treffe ich ihn! Aber nicht einmal das heitert mich auf. Was wird Max in mir sehen, wenn er weiß, dass ich nun doch nicht mehr die Stimme des Südostens bin, sondern eine geistlose Verbrauchersendung moderiere, und das zu einer Zeit, zu der ganz London im Bett ist?

Ich habe das Gefühl, meine Oberfläche würde erodieren und vor Max einen dunklen Untergrund freilegen, wie die Abwasserrohre in der Oxford Street.

Aber wahrscheinlich ist das albern. Ich bin Theodora, Daddys Gottesgeschenk, Rogers frühere Frau und Leos Mutter.

Leo ist zurückgekommen und lebt bei mir. Allerdings ist nicht einmal das ein Trost, weil es in Wahrheit nicht seine Entscheidung war. Jetzt gammelt er herum und steht morgens nicht einmal auf, wenn ich es will, sondern nur, wenn Mona es will.

Ich bin Theodora mit den roten Haaren, die wilde, leidenschaftliche Geliebte eines Arztes aus New York. Theodora Gentleman, die Stimme des Südostens.

Ich berühre die Stelle, an der sich die Goldkette um meinen Hals legen sollte. Mit einem Schlag wird mir klar, was ihr Verlust wirklich bedeutet.

Sie hat bestimmt, wer ich war!

Jetzt ist sie verschwunden.

Ein Verdacht flammt in mir auf. Hat Mona sie genommen? Mona, die *mich* Stück für Stück auseinandernimmt?

Die Wahrheit sieht doch so aus: Ich bin nicht mehr Daddys Gottesgeschenk.

Nicht mehr die elegante Diplomatengattin.

Nicht mehr sicher, dass mein Geliebter bei mir bleibt – ein Arzt, dem ich von den Schenkeln meiner eingewanderten

Hausangestellten erzählen muss, damit er nicht das Interesse verliert.

Ein schreckliches Bild geht mir durch den Kopf, von Daddy und mir und Rissen in unserer glatten Fassade. Wie bei Statuen, deren Vergoldung abblättert und den schwarzen Stein darunter freilegt.

Vor meinem Haus bleibe ich am Fuß der Treppe stehen. Betrachte die Engel, die meinen Eingang bewachen, die Fenster, die glänzen, seit Mona hier ist, die Lorbeerbäumchen in ihren Töpfen. Der schimmernde Türklopfer und der Briefkasten zeigen, dass hier jemand einen guten Geschmack hat. Es war ein dummer Gedanke von mir, Mona könnte meinem Selbstbild gefährlich werden. Ich habe sie eingestellt, und das beweist der Welt doch, dass ich noch eine bedeutende Persönlichkeit bin.

Kapitel sechsunddreissig

Im heißen Wasser schließe ich die Augen und denke an den Hammam. Ich erinnere mich daran, wie das Wasser im Dunkeln über mich schwappte und Leila sich an mich lehnte, erinnere mich an die Masseurin, die mit ihrem rauen Handschuh über meine Haut rieb, und daran, wie wir alle in der dampfenden Hitze zusammensaßen und redeten und uns unsere Geheimnisse verrieten.

Wenn wir unser eigenes Haus haben, können Leila und ich jeden Tag zusammen baden!

Warm und entspannt steige ich aus der Wanne und schlinge eines von Doras schönen, großen weißen Badetüchern um mich.

Dora hat mir nie angeboten, hier zu baden, aber sie müsste noch ein paar Stunden fortbleiben, und ich wusste, dass Leo und Charles nichts bemerken würden.

Um halb vier war es schon dunkel, draußen schalteten sich flackernd die Laternen ein. Charles schlief, Leo war in ein Computerspiel vertieft. Ich sehnte mich nach heißem Wasser, nach der lindernden Hitze auf meinen schmerzenden Knochen. Aber ich brauchte auch seelischen Balsam. Als Ersatz für die körperliche Nähe, die ich vermisse, seit ich mein Kind und meine Mutter verlassen und meinen Geliebten verloren habe. Der Gedanke an heißes Wasser war unwiderstehlich, vor allem bei der Kälte draußen, einer Kälte, die mich hier die ganze Zeit gepackt hält.

Ich habe die Kerzen im Badezimmer angezündet. Nachdem ich es geputzt hatte, sah es sehr hübsch aus. Ich hatte den Dreck von der Zugschnur der Lampe geschrubbt und den Badvorleger gerichtet, der an einer Ecke hochstand. Dazu brauchte ich nur einen Nagel, den ich in der Küchenschublade gefunden hatte, mit einem Hammer aus dem Gartenschuppen einzuschlagen. Ich hatte die Spiegel geputzt und die Hähne poliert.

Ich drehte die großen Messinghähne auf, ließ heißes Wasser in die Wanne laufen und gab eine Kappe Schaumbad aus einer der Flaschen in Doras Regal dazu. Als die Wanne bis zum Rand gefüllt war und der Schaum wie eine Wolkendecke auf dem Wasser trieb, zog ich mich aus und stieg hinein.

Das heiße Wasser fühlte sich wie eine Umarmung an, es linderte die Schmerzen in meinen Armen und Beinen und meinem Rücken. Mir war gar nicht bewusst gewesen, wie sehr meine Glieder wehtaten, bis die Schmerzen sich der Wärme ergaben und abklangen. Ich schloss die Augen. Für eine kleine Weile schwebte ich im Wasser und lauschte dem Rasseln der Rohre, deren Spannung nachließ, und dem seufzenden Wind in den Bäumen hinter dem Haus. Ich hatte nicht gewusst, wie sehr mich die Angst um meine Mutter, um Ali und Leila und nun diese seltsame Nachricht von Amina belasteten.

Im Wasser glitten meine Sorgen davon. So schlimm schien es nicht zu sein, alles würde besser werden. Ich würde weiter Geld für Ummus Medizin und für Leilas Schule schicken.

Sayed würden mir helfen, Ali zu finden.

Doras Verhalten würde ich aufmerksam beobachten; diese junge Zidana hatte sie vielleicht aus der Bahn geworfen, aber mich würde sie nicht einschüchtern.

Ich hatte es getan! Hatte unser aller Zukunft in die Hand

genommen. Von diesen Gedanken getragen wurde ich mir meiner eigenen Stärke noch sicherer.

Selbst wenn ich Ali nicht finden würde, könnte ich Ummu und Leila zuliebe alles schaffen – auch allein. Ich verdiente gutes Geld für sie. Mein Englisch machte Fortschritte. Ich lernte, sicherer mit dem Computer umzugehen. Und mit Theodora wurde ich schon fertig.

Wann hatte ich eigentlich zum letzten Mal einfach den Kopf in den Nacken geworfen und laut gesungen? Aus ganzem Herzen sang ich »Inshallah«. Ich war so gelöst wie schon seit Wochen nicht mehr, als die Worte aus mir herausströmten, als meine Stimme von den Badezimmerwänden widerhallte, meine Lungen sich füllten und dann den Ton erklingen ließen.

Diese Wärme hatte mir gefehlt. Aber eines Tages, wenn ich weiter hart arbeitete, würden wir sie auch haben, ich und Ummu und Leila. Unser eigenes Haus, mit einem Badezimmer, in dem wir in der Wanne liegen und singen konnten, so laut wir wollten und wann wir wollten. *Inshallah.*

Jetzt reibe ich mit dem weichen Handtuch, das ich um mich geschlungen habe, auf dem beschlagenen Spiegel eine Stelle frei. Ich beuge mich vor und begutachte mein Gesicht. Es ist frisch und sauber und sieht gesünder aus als an meinem ersten Tag hier, als ich mich in dem Spiegel in Doras Zimmer betrachtet habe. Diese Arbeit bringt noch etwas Gutes!

Plötzlich ist mein Gesicht nicht mehr das einzige im Spiegel – auch Doras ist dort.

Kapitel siebenunddreissig

Ich blicke hinauf zum Wohnzimmerfenster. Der Baum steht an seinem Platz, winzige Lichter schimmern durch den dämmrigen Nachmittag. Mona hat erledigt, worum ich sie gebeten habe.

Ich steige die Treppe hoch, schließe auf und öffne die Tür.

Im Wohnzimmer lümmelt Leo auf dem Sofa herum und spielt irgendwas auf seinem DS. Daddy sitzt neben ihm und schnarcht leise.

Aber es ist nicht Daddys Anwesenheit im Wohnzimmer, die mich heute ärgert, sondern dass Mona sich bewusst über meine Wünsche hinwegsetzt.

»Wo ist Mona?«

Leo blickt auf. »Sie badet.«

Und von oben höre ich eine Stimme, die singt, so kräftig, dass es mir den Atem verschlägt, die singt, als wäre die Sängerin hier ganz zu Hause.

Einen Moment lang spiegeln sich unsere Gesichter nebeneinander.

Ich sehe, wie Mona mein Spiegelbild betrachtet und dann wieder ihres. Sie vergleicht uns!

Ich bringe kein Wort heraus. Zum ersten Mal seit Zidana weiß ich wieder, wie es sich anfühlt, vor Wut zu schäumen. Ich will gar nicht bemerken, dass ihre Haut straff ist, wo meine erschlafft – das ist nicht wichtig. Trotzdem bohrt sich ein

Gedanke in meinen Kopf. Hat sie nur so alt und unvorteilhaft gewirkt, weil sie müde war, erst von ihrer Reise hierher, dann, weil ich sie so lange habe arbeiten lassen? War doch mehr an Daddys Bemerkung, wie jung Mona im Vergleich zu mir aussehe, als ich wahrhaben wollte? Ich weiß noch, wie mir an dem Tag am Fluss aufgefallen ist, dass sie mit anständiger Kleidung und Make-up auf ihre eigene Art schön sein könnte. Aber an die Mittelchen und Anwendungen, die meinen Freundinnen und mir zur Verfügung stehen, wird sie nie kommen.

Ich habe mir nie Sorgen wegen des Älterwerdens gemacht, also wieso stürmen jetzt solche Gedanken auf mich ein?

Endlich finde ich meine Stimme wieder, und sie klingt leise, bebend.

»Wenn Sie angezogen sind, will ich Sie in der Küche sprechen.« Mir fällt auf, dass ich Rachels Worte von heute Nachmittag fast genau wiederholt habe. Statt sich umzudrehen, starrt Mona mich im Spiegel an. Ich starre zurück, die Lippen zusammengekniffen. Ein Muskel in meinem Bein zuckt, mein Atem geht stoßweise. Ich kämpfe gegen den Drang an, auf sie zuzugehen; Zidanas Bild, das mir durch den Kopf schießt, lässt mich stocken. Das muss würdevoll und beherrscht geregelt werden, nicht in der blinden Wut, in der ich mir Zidana vorgenommen habe, als meine Gefühle mich übermannten.

Ich gehe hinunter, und während ich am Küchentisch auf Mona warte, lasse ich die Wahrheit endlich sacken. Meine Hausangestellte hat sich an meinen Sachen bedient – und schlagartig bin ich mir sicher, dass es Mona war, die meine Kette genommen, die Daddys Manschettenknöpfe und Mummys silberne Suppenlöffel gestohlen hat! Wie dumm bin ich gewesen, dass ich diese Dinge übersehen habe.

Sie hat sich Leos und Daddys Zuneigung erschlichen, und

jetzt sehen die beiden nicht mehr, was Mona direkt vor ihrer Nase treibt. Sie hat sie mit ihrem Kochen und Putzen und dieser Singstimme beeindruckt. Was will sie mir noch wegnehmen?

Und das ist alles passiert, während ich gearbeitet habe. Während ich das Geld verdient habe, damit sie in meinem Haus ohne mich schön leben können.

Mona kommt fünf Minuten später herunter in ihrem schäbigen Rock und der Fleecejacke. Ihre Haare sind nass, das Gesicht glüht vom heißen Wasser – in meinem Bad.

»Wo ist Ihr Kittel?«, frage ich. »Sie wissen doch, dass Sie ihn bei der Arbeit tragen sollen.«

»Er ist in meinem Zimmer. Ich hole ihn.«

»Ja. Jetzt.«

Als sie an mir vorbeigeht, wird mir zum ersten Mal klar, wie absolut lästig es ist, dass ich sie in meinem Arbeitszimmer untergebracht habe und sie bei jedem Kommen und Gehen die Küche durchqueren muss.

Dann bleibt sie stehen.

»Ach ja. Die hier habe ich gefunden«, sagt sie und streckt mir meine Kette entgegen. »Sie lag in Charles' Sessel unter dem Kissen.«

Kapitel achtunddreissig

Dora sitzt am Küchentisch und klammert sich an ihr Martiniglas, als wäre es ihre Rettung. Lange starrt sie auf die Kette.

Und dann, ohne sich zu bedanken, fragt sie: »Welche Arbeit gefällt Ihnen hier am wenigsten, Mona?« Ihre Stimme klingt sanft. Sie ist sicher dankbar, weil ich ihre Kette gefunden habe. Und vielleicht hat sie nach diesem Moment, als sich unsere Blicke im Badezimmerspiegel trafen, ihre Meinung über mich geändert. Es war doch nicht zu übersehen, dass wir als Frauen gar nicht so verschieden sind, auch wenn sie älter ist als ich. Ich dachte, sie würde böse werden, weil ich ohne Erlaubnis gebadet habe, aber vielleicht waren wir uns eine Sekunde lang nah.

»Natürlich putze ich nicht so gerne die Toiletten«, antworte ich. »Aber unterm Strich hatte ich heute einen schönen Tag. Den Baum zu kaufen mit Leo und …«

Sie steht auf, marschiert an mir vorbei in die kleine Toilette, die ich statt ihres Bads benutzen soll, und kommt mit Bleiche und einer Toilettenbürste zurück.

»Damit können Sie anfangen.«

Danach überschüttet sie mich mit Befehlen.

»Das ist *mein* Haus.« Als wüsste ich das nicht! »Mein Haus. Ich habe Sie gebeten, sich um Daddy in seiner Wohnung zu kümmern, nicht im Wohnzimmer. Und Sie sollen weder mein Bad noch meine Sachen benutzen. Das hier ist keine Ferienanlage und auch kein Talentwettbewerb.«

»Talentwettbewerb?«

»Ich habe Sie singen hören. Sie sind nicht hier, um in meinem Schaumbad zu baden und in der Wanne zu singen. Sie sind hier, um zu arbeiten!«

»Ich weiß.«

»Aber Sie haben nicht gearbeitet, als ich nach Hause gekommen bin, Sie waren im Bad. Daddy war oben. Sie sollen ihn unten versorgen.«

Ich würde gern damit kontern, dass ich dieses Haus nicht würde haben wollen, dass ich mir mit ihrem Geld etwas Helles, Modernes aussuchen würde, nicht diesen feuchtkalten Kasten mit den staubigen Ecken und den klappernden Rohren.

Aber ich kann mir nicht leisten, diese Situation aus dem Ruder laufen zu lassen.

Ich denke an Ali, daran, wie viel er ertragen musste, bevor er an diesem schrecklichen Tag durchgedreht ist. An diesem Tag habe ich ihn in die Arme genommen und ihm versprochen, ich würde ihn beschützen, egal, was man ihm vorwirft und egal, wer hinter ihm her ist.

Ich denke an Ummus Husten, daran, wie dringend sie Geld für ihre Operation und die Medikamente danach braucht. Ich denke an Leilas Schule.

Es ist leicht, wenn man genug Gründe hat. Man hält den Mund und macht weiter.

In meinem Zimmer binde ich mir die Haare unter meinem Kopftuch zusammen und ziehe den blauen Kittel an. Vorerst bin ich wieder das, was Theodora braucht.

Mona. Hausangestellte.

Kapitel neununddreissig

Als ich aufwache, ist das Zimmer in bräunliches Licht getaucht. Heute bin ich mit Max verabredet. In die wunderbare Vorfreude, die ich normalerweise empfinde, mischt sich Sorge.

Ich ziehe die Vorhänge zurück und sehe zum Himmel hinauf, der Schnee verspricht. Ich ziehe mich an, doch während ich mir ein Kaschmirkleid und Wildlederstiefel überstreife und mir vor dem Spiegel mit den Fingern durch die Haare fahre, wird dieses schleichende Unbehagen, das ich schon beim Aufwachen gespürt habe, immer stärker. Habe ich Angst vor Max' Reaktion, wenn er hört, dass ich doch nicht befördert werde, sondern die schlechteste Sendezeit bekomme?

Oder hängt mir etwas anderes nach, etwas nicht Fassbares, Undefinierbares, das mit Monas Anblick zu tun hat?

Das weiche weiße Handtuch um ihren Körper, ihre großen braunen Augen. In Rogers Haus oder den Häusern seiner ausländischen Freunde hätte ein Hausmädchen nie das Bad benutzen dürfen! Das muss sie doch wissen. Ich habe sie mit gutem Grund zurechtgewiesen.

Aber was mich jetzt im fahlen Morgenlicht quält, ist das *Ausmaß* meiner Wut, als ich sie so gesehen habe. Und dass mich dieses Bild von ihr im Badezimmer immer noch verfolgt. Das dichte schwarze Haar, das eine Gesichtshälfte verdeckte. Die schlanken Finger, die von ihrer Arbeit schwielig hätten sein müssen, aber unverschämt glatt mein flauschiges weißes Handtuch gegen ihre Brust drückten. Die Missachtung, die aus ihren trägen Bewegungen sprach. Ihre starken Schenkel. Diese Stimme! Ich kann immer noch nicht glauben, dass sie gesungen hat. Daddy entgegen meiner Anweisung im Wohnzimmer, und dazu Leo, er wusste, dass sie im Bad war, er hat sie singen lassen, hat sie Entscheidungen treffen lassen in einem Haus, das ihr nicht gehört, als würde es *mich* nicht mehr geben.

Und ich erinnere mich noch an das Gefühl, als ich sie zum ersten Mal sah, an die Ahnung, hinter ihrer Fassade könnte mehr stecken. Sie könnte vielleicht noch aus einem anderen Grund in mein Leben treten. Wo hat Roger sie eigentlich gefunden? Mir kommt ein neuer Gedanke, der mich kurz vor Entsetzen schaudern lässt – hat sie Zidana womöglich gekannt? Hat Mona sich in mein Leben gestohlen , um sie zu *rächen*? Unmöglich! Allerdings ist sie mit Amina befreundet, der Angestellten, die nach Zidana eingezogen ist. Ein furchtbarer Verdacht plagt mich.

Die vielen Ähnlichkeiten! Zidanas Methoden, Leo für sich zu gewinnen, die Dinge, die sie sich eingesteckt hat. Ihre ausdruckslose Miene, wenn ich sie dazu bringen wollte, es zu gestehen. Wie sie mit jedem Mann geflirtet hat, der das Haus betrat. Dann fällt mir ein, dass Mona doch nicht meine Kette genommen hat; sie hat sie gefunden und sofort zurückgegeben. Für einen Augenblick bin ich irritiert und zweifle an mir.

Aber im Laufe des kurzen trüben Wintertags verfolgt mich immer wieder der Anblick der glatten Haut auf Monas Armen; ihr Haar, das wie Lakritze schimmert, nachdem sie mein Shampoo benutzt hat, und der bedächtige Blick aus ihren riesigen Augen. Wie kann ich verhindern, dass sie in meine Gedanken eindringt? Dass sie mein Haus übernimmt, meinen Vater und meinen Sohn?

Aber ohne sie komme ich nicht zurecht.

Ich muss arbeiten. Ich brauche Hilfe bei Daddy.

Vor allem muss ich Max sehen. Heute Abend treffen wir uns! Meine Befürchtungen verderben mir das Kostbarste in meinem Leben.

Doch als ich von der Arbeit nach Hause komme, ist alles wieder so, wie es sein sollte. Daddy ist in seiner Wohnung, Leo ist ausgegangen, und Mona hat die Hände in der Spüle.

Ich gehe nach oben und nehme mir mehr Zeit als sonst, mich vorzubereiten. Ich hole die Seidendessous und die zarten Strümpfe, die ich bei Fenwick's gekauft habe, aus der Schublade. Ich ziehe einen Bleistiftrock und eine Satinbluse an. Meine Lieblingsschuhe von Rupert Sanderson.

Ich bin angezogen, geschminkt und parfümiert und will gerade aus dem Haus zu meinem Taxi gehen, als Mona den Flur herunterkommt. Sie trägt ihren Kittel, hat die Haare zurückgebunden, ihr Gesicht wirkt nun doch müde und abgespannt. So, wie es sich für sie gehört.

»Dora«, sagt sie leise. »Das haben Sie vergessen.« Sie gibt mir mein Handy.

Ein sanfter Schneefall setzt ein, als wir durch die Straßen Südlondons fahren – tanzendes Konfetti im Licht der Laternen.

»Da kommt noch mehr runter«, sagt der Fahrer, und ich höre kaum zu, nehme nichts wahr außer seinem kahlen Hinterkopf und meinen sich überschlagenden Gedanken. »Bleiben Sie heute Abend lieber nicht zu lange aus. Die meisten von uns machen bestimmt früh Feierabend. Mal sehen, ob wir weiße Weihnachten bekommen, was? Es ist nur noch eine Woche hin, da weiß man nie.«

Inmitten silbriger Schneeflocken überqueren wir die Tower Bridge. Das Wasser unter uns kräuselt sich schwarz und glänzend, und dann entdecke ich das *Mädchen mit Delfin*, angestrahlt mit weißem Licht, und mein Herz schlägt schneller, weil ich gleich meinen Geliebten sehe, weil ich mich in Max' Zärtlichkeiten verlieren und all meine Probleme vergessen kann.

Das *Mädchen mit Delfin* gefällt Max noch besser als die *Muse der Musik* in den Embankment Gardens. Wir betrachten das Mädchen, das sich nackt durch den Schneeschleier aufschwingt. Seine geschmeidige Haut schimmert dunkel in den silbernen Flocken.

Wie Monas im dampfenden Badezimmer.

»Wunderschön«, sagt Max, ohne mich anzusehen, als ich ihn erreiche, aber er schlingt seinen Arm um mich und schiebt seine Hand sofort unter meinen Kunstpelzmantel. »Wie man eine solche Skulptur erschaffen kann! Beide Figuren wirken, als würden sie von nichts gehalten, als würden sie tatsächlich in die Höhe springen.«

Seine Berührung wärmt jeden Teil meines eiskalten Körpers. Löst die Starre in meinen angespannten Gliedern.

»Ich habe für uns ein Zimmer gebucht.« Er dreht sich um und sieht mich an. »Fröhliche Weihnachten«, fügt er hinzu und küsst mich kurz auf die Lippen.

Was für ein Glück, denke ich. Was für ein Glück, dass es dich gibt, Max. Ich lehne mich gegen seine Schulter, wende den Kopf, damit ich den Geruch seines guten Wollmantels einatmen kann, und hole mir vom schmelzenden Schnee darauf eine kalte Nasenspitze. Er trägt ein neues Aftershave, einen teuren Duft mit einem Hauch von altem Leder und Gewürzen.

Er betritt vor mir die schummrige Hotelbar. Mitten im Raum funkelt ein riesiger Weihnachtsbaum. Es riecht nach Kiefer und Glühwein.

Max deutet auf ein üppiges Sofa in einer Ecke und geht an die Bar, um meinen Martini und seinen Scotch zu bestellen. Er bringt die Getränke zu mir ans Fenster und starrt auf den Schnee über dem Fluss.

»Wunderschön«, sagt er. »Es tut gut, hier zu sein.«

»Wirklich?«

»Ja. O Mann, in letzter Zeit war es zu Hause schwierig, da ist es schön, mal rauszukommen.«

»Schwierig?«

»Arbeit, Kinder, noch andere Sachen. Das willst du gar nicht wissen.«

»Doch. Will ich.« Am liebsten würde ich sagen, dass ich zur Abwechslung nur zu gerne etwas über die verworrenen Probleme anderer Familien hören würde.

»Der übliche Kampf vor den Feiertagen«, sagt er. »Unsere beiden Töchter haben beschlossen, bei ihren Freunden zu feiern, und unser Sohn will nicht mit seiner Mutter und mir allein zu Hause sein. Kann ich ihm nicht verdenken.«

Sein Gesicht ist ernst. Von seiner Nase zur Oberlippe ziehen sich Falten, die mir noch nie aufgefallen sind. Er sieht müde aus. »Aber wohin soll er gehen? Wir haben keine Großeltern auf Abruf bereitstehen. Seine Schwestern finden ihn nervig.«

»Dann muss er sich damit abfinden und zu Hause bleiben«, sage ich und denke dabei an Leos Reise. Ich muss ihm beim Packen helfen, sonst fliegt er noch ohne saubere Unterwäsche. Und ich muss für ihn auch noch Weihnachtsgeschenke besorgen, die er Roger und Claudia geben kann. Von allein denkt er nie im Leben daran. Bei dem Gedanken, dass ich

Weihnachten bei Anita ohne meinen Sohn und Max feiern muss, ohne die beiden Männer, die ich lieber bei mir hätte als jeden anderen, wird mir wieder schwer ums Herz.

»Fragst du dich manchmal, ob es das alles wert ist?«, will er wissen, lässt sich neben mir in das Sofa sinken und nimmt mich in den Arm.

Das ist der Augenblick, denke ich. Draußen fällt Schnee, mein Martini wartet noch auf mich. Mona, Daddy, meine Familie und meine Arbeit, alles tausend Meilen weit weg auf der anderen Flussseite. Ich wünschte, ich müsste nie wieder fort, ich könnte hierbleiben, auf diesem Sofa, mit Max' Duft und dem Weihnachtsbaum. Wir wären für immer in einer innigen Umarmung gefangen – ein perfekter Augenblick für die Ewigkeit, wie beim *Mädchen mit Delfin*.

»Als ich dich kennengelernt habe«, sagt er, »vor … mein Gott, ist das wirklich vier, fünf Jahre her? Da kam es mir so wichtig vor. Meine Karriere. Anerkennung. Einen Haufen Geld zu verdienen. Aber in letzter Zeit, ich weiß nicht, wahrscheinlich ist es das Alter. Ich frage mich, was das alles soll.«

Ich blicke zu ihm auf, und er drückt mich an sich.

»Max, ich dachte, dein Beruf wäre das, was dich antreibt. Der Grund für dich, morgens aufzustehen.«

»War er auch. Aber weißt du, seit die Kinder größer sind, fällt mir erst auf, wie Valerie und ich uns darüber streiten, wer den wichtigeren Job hat, und ich denke, vielleicht ist keiner wirklich wichtig. Vielleicht sind es die einfachen Dinge. Ein Fußballspiel im Park. Pfannkuchen zum Frühstück. Selbst gemachte, meine ich, nicht den Mist aus dem Einkaufszentrum. Wir haben es vermasselt, Dora, wir hätten uns mehr anstrengen müssen. Jetzt sind die Kinder bald weg, fürchte ich. Wir hätten es anders machen können und sollen. Besser.«

»Du musst damit aufhören, Max. Komm schon. Du weißt

so gut wie ich, dass es das perfekte Familienmodell nicht gibt.«

Ich denke an meine eigene verkorkste Familie, Roger und Claudia in Rabat, ich und Leo hier, Leo arbeitslos, Daddy unten in einem dunklen Keller, während seine anderen Kinder durch die Welt gondeln und machen, was sie wollen. »Wir wursteln uns alle durch, so gut es geht«, sage ich wenig überzeugend.

»Hm.«

Ich weiß, wie er sich fühlt. Es ist dieser Teufel, der uns alle beim Älterwerden anspringt – das habe ich immer wieder von den Anrufern in der Sendung gehört. Die Angst, wir hätten versagt. Das Bedauern, dass wir es nicht anders gemacht haben.

»Was hast du überhaupt in den vielen Taschen? Hast du das West End leergekauft?«, necke ich ihn. Ich will die Atmosphäre auflockern, gegen den Drang ankämpfen, meine Sorgen bei ihm abzuladen, ihm zu viel zu erzählen.

Er stößt einen tiefen, überdrüssigen Seufzer aus.

»Ist doch nur Geld, oder, Dora? Ich gebe für meine Kinder Geld aus, als Ausgleich dafür, dass ich nicht da bin. Das ist mir nie klar gewesen. Aber heute in den Geschäften – die Leute waren wie von Sinnen! Ich hatte eine Art Erleuchtung. Warum zum Teufel kaufe ich auf der anderen Seite des Atlantiks Geschenke, statt bei ihnen zu sein?«

Er schwenkt das Eis in seinem Glas, starrt in das bernsteinfarbene Getränk.

Ich habe Angst. Gleich wird er sagen, dass er mich verlässt. Dass er nach Hause zu seinen Kindern fliegt. Sich nicht mehr mit mir treffen kann. Es wäre alles ein Fehler, und ich würde wie ein Puzzlestück zu dem Bedauern beitragen, das ihn quält.

Ein Abgrund tut sich vor mir auf: keine Arbeit, keine Familie, kein Max.

Doch dann redet er weiter: »Ich bin auf einem falschen Weg, aber ich weiß nicht, wie ich ihn verlassen soll. Ich habe wie besessen meine Karriere verfolgt. Ich denke darüber nach, meine Arbeit aufzugeben, bevor es zu spät ist.«

Er will mir wirklich sagen, dass er mehr Zeit zu Hause verbringen will. Mit seinem jüngsten Sohn, mit Valerie! Panik steigt in mir auf.

»Wenn du deine Arbeit aufgibst, hast du keine Ausrede mehr, um dich mit mir zu treffen«, platzt es aus mir heraus, bevor ich mich bremsen kann.

»Ach, ich weiß nicht. Hin und wieder würde ich mich für dich loseisen. Das wäre mir wichtig. Natürlich.« Sanft beißt er mir ins Ohrläppchen.

»Hin und wieder?«

»So oft ich könnte.«

»Na, es freut mich, das zu hören«, antworte ich, schon etwas weniger panisch. »Aber was würde Valerie davon halten, wenn du deine Arbeit aufgeben würdest?«

»Sie wäre begeistert. Dann könnte sie zuerst an sich denken und sich die Beförderungen sichern, auf die sie aus ist.«

Beim Wort »Beförderungen« zucke ich zusammen. Aber er spricht weiter. »Wenn ich meinen Job aufgebe, könnte sie aufsteigen. Wir müssten natürlich kürzertreten, aber na ja. Man lebt nur einmal. Ich will meine Zeit noch etwas genießen. Im Hamsterrad war ich lange genug. Genau genommen …«, er zieht mich enger an sich, »… könnten wir uns sogar öfter sehen. Ich müsste nicht ständig ins nächste Flugzeug springen, um eine Konferenz am anderen Ende der Welt zu besuchen. Ich könnte über Nacht bleiben, mir deine Sendung anhören …«

O Max, fang jetzt bitte nicht von der Sendung an.

»Bist du dir bei der ganzen Sache sicher?«, frage ich. „Deine Arbeit war immer ein Teil von dir. Vielleicht würdest du sie vermissen.«

»Bei mir ist es anders als bei dir«, sagt er sanft. »Ich bin nur ein unsichtbares Rädchen im Getriebe. Und ehrlich gesagt werde ich für meine Arbeit langsam etwas zu alt. *Dich* kennt bald jedes Kind. Meine Göttin mit der verführerischen Stimme!«

»Ach, komm schon, Max …«

»Doch, wirklich. Diese Frau einzustellen, damit du dich auf deine Arbeit konzentrieren kannst, war das Beste, was du tun konntest. Wie läuft es überhaupt? Wie geht es diesen prächtigen Schenkeln? Klettert sie immer noch auf die Möbel, um deine Deckenrosetten abzustauben?«

»Max! Also wirklich! In erster Linie versorgt sie Daddy. Aber sie hält mir den Rücken frei. Sonst wäre ich jetzt nicht hier bei dir.«

»Das ist gut. Ich verlasse mich schon genauso sehr auf sie wie du.«

Ich ringe mir ein Lachen ab. Ich darf mich nicht davon verunsichern lassen, dass Max unbedingt das Gespräch auf Mona bringen will.

Plötzlich fällt mir ein, wie sie mir mein Handy mit seiner SMS gegeben hat, als ich gehen wollte, und eine brennende Sorge kriecht durch meinen Bauch. Sie kann sich doch nicht seine Nummer aufgeschrieben haben, um irgendwann Verbindung zu ihm aufzunehmen? Ich denke daran, wie sie an diesem einen Abend mit Bob geflirtet hat. An ihre Geschichte über Madames Mann. Nein. Das ist Unsinn. Sie kann nicht schreiben – sie kann ihm keine SMS schicken. Meine Gedanken trüben diesen Abend, der so perfekt sein könnte.

»Es war nicht einfach, sie anzulernen. Sie ist nicht besonders klug, nicht gebildet.«

»Natürlich nicht. Man putzt nicht bei fremden Leuten, wenn man eine gute Ausbildung und ein paar Titel hat.«

Ein weiterer unangenehmer Gedanke, den ich fernhalten wollte, schleicht sich an.

Nachdem ich im Sender herabgestuft wurde, sind Mona und ich gar nicht mehr weit voneinander entfernt. Mona besitzt vielleicht keine große Schulbildung, aber sie ist nicht dumm. Wahrscheinlich ist sie so klug wie ich. Oder klüger. Immerhin spricht sie unsere Sprache, ich spreche nur eine. Ihre fehlenden Qualifikationen sind nur eine Folge der Armut, nicht von zu wenigen grauen Zellen. Und ich denke wieder an ihr Spiegelbild neben meinem; mit meiner Hilfe könnte sie weit schöner sein. Ihr plumpes Aussehen bei ihrer Ankunft lag genau wie ihre geringe Bildung am mangelnden Geld. Wovor habe ich Angst? Dass sie mir auch das Letzte nimmt, was mich zu Theodora Gentleman macht? Dass sie mir meinen Geliebten ausspannt?

Während des Essens, als wir schon die zweite Weinflasche zur Hälfte geleert haben, sagt Max aus heiterem Himmel: »Ich möchte, dass du mich bald mal zu dir einlädst, Dora.«

Das kommt so unerwartet, so abrupt, dass es mir kaum in den Kopf will.

»Das machen wir nicht, Max, das weißt du doch. Wir waren uns einig.«

»Wir sind jetzt schon so lange zusammen, da will ich mehr von dir. Das heißt, falls du das auch willst.«

»Ich weiß nicht. Ich …«

Er fährt fort: »Hör mal, Theodora, ich will auch aufhören zu arbeiten, damit ich mehr Zeit mit dir verbringen kann.

Diese Treffen in Hotels bin ich leid. Ja, ich weiß, dass es nicht ganz ausgewogen ist. Ich kann dich nicht zu mir einladen. Da sind Valerie und mein Sohn – und das ist schade, weil ich gerne die ganze Nacht mit dir in einem Bett schlafen würde. Nicht in irgendeinem Hotelbett, sondern in einem richtigen Bett, das sich deinem Körper anpasst. Sich unseren Körpern anpasst. Das können wir nur haben, wenn ich zu dir komme. Und weil du jetzt Hilfe hast, dachte ich, ich darf dich vielleicht besuchen?«

Ich mustere sein Gesicht. Ernst sieht er mich an. Und plötzlich sehe ich mich mit seinen Augen. Diese liebevolle Tochter, die ihren alten Vater aufgenommen hat, während sie ihre Arbeit als erfolgreiche Radiomoderatorin meistert. Mit einem schönen Haus in London und einer Haushälterin; ihr langes rotes Haar, ihre sorgfältig ausgewählte Kleidung.

Ich male mir aus, wie er zu mir kommt – und vergesse für den Moment jeden Verdacht gegen Mona. Ich kann ihm eine Seite von mir zeigen, die er noch nie kennengelernt hat. Zurzeit sieht mein Haus wirklich wunderbar aus. Seitdem ich Mona habe, hat es zu seiner alten Eleganz zurückgefunden.

Die Deckenrosetten und Bilderschienen, die Friese und die kunstvollen Fliesen um die Kamine sind jetzt Details, auf die man stolz sein kann, kein Ballast mehr, der so viel Staub ansetzt, dass ich mich geschämt hätte, ihn Max zu zeigen.

Ich weiß, er wird die reizenden Putten auf meiner Veranda mit ihren pummeligen Beinen und ihren Schiffsbauerwerkzeugen wunderbar finden, und von der Büste meiner Mutter neben der Treppe zu Daddys Keller wird er begeistert sein. Ich besitze einiges, worauf ich stolz sein kann. Mein Heim spiegelt meine Persönlichkeit gut wider, bilde ich mir ein. Es ist elegant, mit dem Charme der alten Welt, und geschmackvoll eingerichtet. Künstlerisch, aber nicht abgehoben.

Und dann der Natursteinboden in der Küche, der glänzt, seit Mona ihn poliert hat, die frischen Laken aus ägyptischer Baumwolle, die sie immer aufziehen soll, die funkelnden Spiegel und Fenster und die gebohnerten Holzböden – ja, man kann auf dieses Haus stolz sein.

Ich könnte Max tatsächlich erlauben, mich zu besuchen, mich länger zu sehen, in gewisser Weise in mein Inneres zu blicken. Vielleicht lindert er den Schmerz über den Verlust meiner Arbeit. Einen größeren Teil meines Lebens mit dem Mann zu teilen, den ich liebe, ist vielleicht genau das, was ich brauche.

»Na gut«, willige ich schließlich ein. »Wir könnten uns das überlegen.«

»Ich bin am Dreiundzwanzigsten wieder hier«, sagt er. »Ich habe gedacht, wenn ich bei dir übernachte, könnten wir Heiligabend miteinander verbringen, bevor ich nach Hause fliege. Dann bekommst du auch dein Weihnachtsgeschenk.«

Mir fällt ein, dass Anita mich für Weihnachten zu sich eingeladen hat. Schnell plane ich um. Ich könnte Mona und Daddy zu Anita schicken und hätte an Heiligabend das Haus nur für Max und mich! Plötzlich erscheint mir die ganze Welt warm und hell.

Max sieht mich mit diesem arglosen Lächeln an – so innig, so vertrauensvoll, dass ich von Liebe und Dankbarkeit überwältigt werde.

Wir bleiben noch einige Zeit dort sitzen, beobachten schweigend den Schnee, der jetzt schneller und dichter fällt, und ich habe das Gefühl, es geht trotz allem wieder aufwärts.

Kapitel vierzig

Der Schnee hält sich nicht. Wenn ich in den nächsten Tagen zur Arbeit gehe, ist der Himmel wieder grau, der Fluss unruhig. Leo ist zu Roger nach Rabat geflogen, und das Haus fühlt sich leer an. Meine Sendung wurde letzte Woche eingestellt. Ich soll Charlotte bei der Verbrauchersendung über die Schulter sehen, damit ich sie im neuen Jahr übernehmen kann.

Ben vom Empfang blickt nicht auf, als ich hereinkomme.

»Morgen«, sage ich und erwarte seinen üblichen Gruß. Er sieht kurz hoch.

»Ah ja. Sie sollen zu Charlotte runtergehen – sie wartet im IT-Büro auf Sie.«

Die Verwaltungsleute bekommen einen abwesenden Ausdruck in den Augen, als ich vorübergehe. Sogar die altgedienten Putzfrauen, die sonst lächeln und winken, wenden sich ab. Menschen, die sich sonst überschlagen hätten, um mir die Hand zu schütteln oder in der Kantine neben mir zu sitzen, gönnen mir nicht mal einen Blick.

Ich laufe weiter zu dem fensterlosen Büro im hinteren Teil des Gebäudes, wo sich die Mitarbeiter über ihre Arbeit beugen. Niemand schaut auf.

»Oh, Theodora.« Das ist Charlotte. »Ich soll dich einarbeiten.«

Charlotte ist erst seit einem Jahr beim Sender, ein Grünschnabel hinter dem Mikrofon, den ich angeleitet habe. Wie konnten sich die Räder plötzlich so drehen, dass *sie* jetzt *mich* anleitet?

»Was wir brauchen«, sagt Charlotte, während sie sich konzentriert durch mehrere Mails auf ihrem Bildschirm klickt, »sind zwei größere Beschwerden. Hier haben wir eine über eine Spielekonsole, die der Verkäufer nicht umtauschen will, obwohl sie beim Kauf defekt war. Wir müssen den Hersteller und den Händler heraussuchen. Du könntest den Händler übernehmen. Besorg einen Kommentar von ihm.«

Es ist erst halb zehn. Ich frage mich, wie ich den Tag überstehen soll, wie ich mich zur Konzentration zwingen soll. Etwas derart Langweiliges musste ich noch nie machen.

In den nächsten zwei Stunden spreche ich mit tumben Verkäufern aus der untersten Riege und versuche, einen Geschäftsführer aufzutreiben, der bereit ist, mit mir zu reden. Die Hälfte der Zeit hänge ich in der Warteschleife und höre minutenlang blecherne Vivaldi-Aufnahmen.

Um elf überlege ich, ob Gina mich wohl besuchen wird, weil sie oben ist und recherchiert, aber der Tag zieht und zieht sich, und sie taucht nicht auf.

Als ich gerade zum Mittagessen gehen will, kommt Charlotte herüber, beugt sich zu mir und drückt mir ihren hochschwangeren Bauch fast ins Gesicht.

»Wie ist es gelaufen?«, fragt sie.

»Ich habe ein paar Kontakte, die ich heute Nachmittag anrufen kann«, sage ich. Mein Magen grummelt, ich will hier raus, ein Sandwich kaufen. Ich brauche frische Luft. Im Büro ist es stickig, und die Arbeit ist so langweilig, dass ich kaum die Augen offen halten kann.

Nur: »Heute Nachmittag reicht nicht«, sagt Charlotte. »Wir brauchen jetzt etwas – heute Abend geht es auf Sendung. Ruf noch mal an, nerv sie. Bring es unter Dach und Fach.«

»Ich mache jetzt erst mal Pause«, sage ich und stehe auf. »Es ist Mittag.«

»Tut mir leid, Dora, wir müssen einen Fall zusammenkriegen. Probier es noch mal. Ich bitte Hayley, ein paar Sandwiches zu besorgen. Was möchtest du noch? Kaffee?«

Ich fasse es nicht, dass ich für meine Untergebene arbeite. Charlottes schmallippiger Ton fängt langsam an, mich zu ärgern. Warum hat sie so lange mit dem Mutterschaftsurlaub gewartet? Sie sieht aus, als könnte sie jeden Moment werfen.

»Wenn du damit fertig bist, reden wir mit anderen Käufern und besorgen Zitate über ähnliche Erfahrungen.«

Ich soll diese glücklosen Käufer anwinseln, damit sie live in der Sendung etwas sagen. Fast das Gleiche hat Gina für mich gemacht. Allerdings hat Ginas Arbeit Können und Einfühlungsvermögen gefordert, ein Ohr für eine gute Story und eine Nase für das, was echt war und was nicht. Das Aufregendste bei dieser Arbeit sind Staubsauger, die nicht saugen, und enttäuschende Pauschalreisen.

»Bis heute Abend müssen alle Fakten recherchiert und geprüft sein«, erklärt Charlotte weiter.

»Ein Wunder, dass du nicht an Langeweile gestorben bist«, grummele ich.

»Wie bitte?«, fragt sie stirnrunzelnd.

»Nichts.«

Demonstrativ fasziniert beuge ich mich über das Kleingedruckte im Vertrag eines Gasanbieters.

Abends verlasse ich die Arbeit erschöpft, aber unbefriedigt. Wie konnte es so weit kommen? Früher war ich nach der Arbeit in Hochstimmung – mit diesem wunderbaren Strahlen nach einem erfolgreichen Tag. Ich spürte Energie, weil ich etwas geschafft hatte, weil ich wusste, dass meine Stimme gehört wurde und ich die Probleme meiner ratlosen und besorgten Hörer gelöst hatte. Heute fühle ich mich, als habe mir etwas die Kraft ausgesaugt. Ich steige in den Bus und setze mich zwischen andere erschöpfte Pendler, Frauen, die aussehen, als wäre das Leben an ihnen vorbeigegangen, und Männer mit Verzweiflung in den Augen, eine Fuhre von Seelen, die alles verloren haben.

An der Creek Road steige ich aus und folge der High Street, weiche dem Müll aus, der sich auf dem Bürgersteig angesammelt hat, und zucke vor den derben Gerüchen zurück, die hier nach Markttagen zurückbleiben. Wieder wünschte ich, ich würde in einer vornehmeren Gegend wohnen. Doch das wird immer unwahrscheinlicher, nachdem es mit meiner Karriere bergab gegangen ist.

Mittlerweile habe ich Heißhunger auf eine Scheibe von meinem Weißbrot mit einer Käseecke – neben einem Martini das Einzige, was mir etwas Trost spenden könnte, wenn ich nach Hause komme.

Ich bitte Mona nicht gerne, das Brot für mich zu kaufen – das ist eine Frage des Stolzes –, deshalb schaue ich im Minimarkt vorbei, nehme eine Packung Kingsmill-Brot und die Käseecken von The Laughing Cow aus dem Regal und will damit zur Theke gehen, wo es die Lottoscheine und diesen Glücksspielkram gibt, den ich nicht kaufe und nicht begreife. Am Ende des Gangs halte ich inne. Vor der Theke steht Mona, sie unterhält sich mit dem Mann dahinter und gestikuliert herum, als würde sie hierhergehören.

Kapitel einundvierzig

Ich warte, bis Sayed seinen Kunden bedient hat, bevor ich ihn zu mir herüberrufe.

»Hatten Sie Glück? Haben Sie etwas von Ali gehört?«

»Hab mich umgehört«, erzählt er mir. »Es gibt da einen Typen, der sagt, er hätte Kontakte zu einem Asylantenlager im Norden. Er meint, er könnte Ihnen Einzelheiten beschaffen, aber das wäre alles ziemlich geheim. Keine Ahnung, warum. Er will Sie treffen.«

Mein Herz macht einen Sprung. »Erzählen Sie mehr! Wer ist dieser Mann? Was für Kontakte? Wann …«

»He, ganz ruhig. Er *glaubt*, jemand könnte Ihren Ali gesehen haben, er ist aber nicht sicher. Einen Mann, der halbwegs zu Ihrer Beschreibung passt. Dunkle Haut, blaue Augen. Marokkanischer Berber. Wollte hier Asyl beantragen. Jetzt sitzt er in einem Lager fest – wartet wohl darauf, dass die Behörden seinen Antrag prüfen. Aber dieser Typ, der ihn gefunden hat, Hamid, ist vorsichtig. Ich weiß nicht, was das soll. Ich weiß nur, dass er sagt, Sie müssen sich mit ihm treffen, wenn Sie die Infos haben wollen. Sie müssen Ihre ganzen Papiere mitbringen, den Pass und so. Er sagt, ohne das kann er gar nichts machen. Und er will Geld.«

Mir wird bange ums Herz.

Heute Morgen hat Ummu angerufen und mir gesagt, was die Untersuchung ergeben hat.

»Sie haben etwas in meiner Lunge gefunden, Mona. Das

heißt, ich muss operiert und behandelt werden. Noch mehr Kosten, tut mir leid. Sie können es bald machen, wenn du so viel Geld wie möglich schicken kannst.«

»Wie viel?«, frage ich Sayed.

»Das sagt er Ihnen. Er wohnt am Fluss.«

»Können Sie mehr herausfinden?«

»Ich kann ihn anrufen, wenn Sie wollen.«

»Ja, bitte.«

Nach dem Telefongespräch sieht Sayed mich an. »Er meint, er kann sich bei der Statue von Peter dem Großen mit Ihnen treffen. Ich weiß, wo das ist, ich zeichne es Ihnen auf. Morgen um eins.«

Ich mustere Sayed. Er wirkt so nett mit seinen grünen Augen und seinem Lächeln, dass ich ihm gerne vertrauen würde. Aber hat dieser Typ Ali wirklich gesehen, oder geht hier was anderes vor? Wollen sie mich irgendwie benutzen? Und wieso will Hamid meine Papiere?

Ich habe von Frauen gehört, die nach Europa gekommen sind und dachten, sie hätten hier Arbeit gefunden, und sich dann verkaufen mussten. Andere sind einfach verschwunden, ihre Familien waren verzweifelt, weil sie sich nicht mehr meldeten. Ich kenne Geschichten, nach denen ich für alles dankbar bin, um das Dora mich bittet, das Toilettenputzen eingeschlossen.

Ich will mich nicht in eine Situation bringen, die vielleicht viel gefährlicher ist. Aber wenn dieser Mann Ali wirklich gesehen hat, wenn Ali eingesperrt ist und sich nicht bei mir melden kann, dann … ist das womöglich unsere einzige Chance, uns zu finden. Ich darf sie mir nicht entgehen lassen. Die Gedanken überschlagen sich in meinem Kopf, während Sayed eine Karte auf ein Stück Papier zeichnet und mir zeigt, wo am Ufer die Statue steht.

»Seien Sie morgen um ein Uhr hier«, meint er. »Bringen Sie Ihre ganzen Sachen mit. Das hat Hamid klar gesagt: Ohne die Papiere kann er Ihnen nicht helfen. Und wenn Sie Ihren Mann finden, wollen Sie sowieso nicht zurück und weiter für diese Frau arbeiten, oder? Dann brauchen Sie die Papiere. Und wenn Sie ohne geschnappt werden, schmeißt die Einwanderungsbehörde Sie raus. Ganz einfach.«

»Na gut«, sage ich und stecke das Brot in die Tasche und dazu den Käse, den Dora bestimmt essen will, wenn sie nach Hause kommt. Mein Herz schlägt schneller. Ich weiß, sogar mit meinem Pass wäre es illegal, mich nach anderer Arbeit umzusehen. Ich bin als Theodoras Hausangestellte hier, und mein Visum verbietet es mir, eine andere Stelle zu suchen. Wenn ich diesen Schritt wage, setze ich damit das Recht aufs Spiel hierzubleiben. Aber sollte Ali festgehalten werden, wird er verzweifelt sein. Vielleicht wacht er jeden Morgen einsam auf und sehnt sich danach, dass ich ihn finde, dass ich ihn da heraushole. Er würde es für mich tun! Also muss ich es auch für ihn tun.

»Ich soll also morgen um eins bei dieser Statue sein? Wer ist dieser Typ überhaupt? Woher weiß ich, ob ich ihm vertrauen kann? Ist er Ihr Freund, Sayed?«

Sayed sieht mich mit seinen fröhlichen grünen Augen an und zwinkert.

»Nicht unbedingt«, sagt er. »Das muss ich zugeben. Aber er hat Verbindungen. Und vielleicht ist er Ihre einzige Chance.«

Kapitel zweiundvierzig

Ich weiche einen Schritt zurück und gehe hinter dem indischen Knabberzeug und den Papadams in Deckung, während der Mann hinter der Theke Mona einen Zettel reicht.

Er scheint sie zu kennen, es wirkt beinahe vertraut, wie er sich über den Tresen beugt, als wollte er ihr näher sein. Er deutet auf die Tür. Offenbar beschreibt er ihr einen Weg. Ich laufe durch den Gang auf sie zu.

»Dann morgen?«, fragt der Mann. »Die Statue ist von Peter dem Großen.«

Sie verabreden sich vor einer Statue, wie Max und ich! Bei Peter dem Großen, an dem ich jedes Mal vorbeikomme, wenn ich am Fluss entlang nach Greenwich laufe.

Mona blickt auf. Sie schnappt hörbar nach Luft und weicht einen Schritt zurück, als würde ich sie beißen wollen.

»Ich wollte eine Zeitschrift kaufen«, sage ich, weil ich meinen Brothunger nicht zugeben möchte.

Der Mann hinter dem Tresen hat glatt zurückgekämmte schwarze Haare und seltsam strahlende grüne Augen. Ich habe mich noch nie mit ihm unterhalten. Jetzt fällt mir auf, wie attraktiv er wirkt, mit diesen leuchtenden Augen und den nach oben gekräuselten Mundwinkeln, als könnte er sich ein Lächeln nicht verkneifen.

Ich spreche nicht mit den Ladenbesitzern in der High Street. Viele von ihnen sind Gauner, die als Strohmänner für irgendwelche krummen Dinger fungieren. Hier hängen

Dealer nachts in ihren Audis und BMWs herum, und unter den Brückenbögen betreiben üble Gangster, denen man nicht über den Weg laufen möchte, ihre Geschäfte. Ich überlege mir genau, mit wem ich mich hier abgebe, und ich habe auch Mona gewarnt, sie soll vorsichtig sein. Ich befürchte, sie könnte sich mit jemandem einlassen, dem man eindeutig nicht vertrauen kann.

»Ich habe Ihr Brot«, sagt Mona. »Sehen Sie – hier drin.«

Sie öffnet die große Tasche mit dem rosa Blumenmuster, die sie zum Einkaufen benutzt, und zeigt es mir: Sie hat Daddys Obst und ein paar Weihnachtsfiguren aus Schokolade gekauft und hat sogar an mein Brot gedacht und an die kleinen Schmelzkäseecken, bei denen ich mich schäme, dass ich sie so mag. Es ist albern, aber ich werde rot.

»Oh. Das ist gut«, sage ich verlegen. »Dann kann ich das hier zurücklegen.«

Sie zuckt mit den Schultern. »Wie Sie wollen.«

Ich bilde mir ein, dass sie und der Mann einen Blick tauschen, als ich gehe, um meine Sachen wieder ins Regal zu legen.

»Es ist nach sechs«, raune ich ihr ins Ohr. »Sie müssen nach Hause kommen, sonst können Sie Daddy nicht rechtzeitig bettfertig machen.«

»Ja«, antwortet sie. »Ich weiß. Danke für Ihre Hilfe, Sayed. Bis morgen.«

»Klar«, sagt er.

Sobald wir allein auf dem Weg zu meinem Haus sind, spreche ich sie darauf an.

»Haben Sie sich mit diesem Mann verabredet?«

Sie senkt den Kopf. »Sayed«, meint sie. »Ja.«

»Mona, sie sind hier, um zu arbeiten. Für mich.«

»Aber ich treffe ihn in der Mittagspause«, erklärt sie. »Wenn Charles schläft.«

Ich halte an. Lege ihr eine Hand auf die Schulter und drehe sie zu mir herum. Wir stehen unter einem Baum, dessen Wurzeln die Gehwegplatten nach oben gedrückt haben, und da ich auf dem erhöhten Teil stehe, habe ich den Vorteil, dass ich deutlich größer wirke als sie.

»Sie können Daddy nicht allein lassen, wenn er schläft«, sage ich. »Was ist, wenn er aufwacht und auf die Straße läuft? Solange Leo verreist ist, müssen Sie bei ihm im Haus bleiben.«

»Es wäre doch nur für eine Stunde.«

»Wer stellt hier die Regeln auf?«, frage ich.

Sie zögert und duckt sich leicht.

»Sie«, antwortet sie schließlich.

»Genau, ich. Sie haben sich nicht mit diesen Verkäufern zu unterhalten oder zu verabreden. Dafür sind Sie nicht hier. Sie sind hier, um für mich zu arbeiten. Abgesehen von allem anderen wissen Sie nichts über diese Leute. Sie könnten gefährlich sein. Das habe ich Ihnen schon gesagt.«

Sie starrt mich an, widerspricht aber nicht.

Wir erreichen meine Haustür. Die Putten sehen zu, als ich aufschließe, und Mona bleibt auf der Schwelle stehen, als würde sie zögern hineinzugehen. Ich gebe ihr einen leichten Schubs, nur einen kleinen, damit sie vor mir das Haus betritt, aber sie stolpert über die Stufe, fällt vornüber und streckt die Hände aus, um sich abzufangen.

»Oooh!«, macht sie.

Damit ich nicht selbst stolpere, steige ich über sie hinweg, dabei berührt mein Fuß ihren Oberschenkel.

Sie rafft sich auf, sammelt die Einkäufe ein, die aus der Tasche gefallen sind, und folgt mir.

In der Küche bemerke ich, dass der Boden dreckig ist. Er sieht aus wie früher, bevor ich sie eingestellt habe. Sie ist nachlässig geworden, gerade jetzt, wo das Haus für Max besonders schön sein soll.

Ich hole eine Schüssel, Bleiche und eine kleine, verschlissene Spülbürste, die ich nicht mehr für das Geschirr benutze. Ich strecke ihr die Bürste entgegen und zeige auf die Fliesen.

»Aber Ihr Abendessen … Ihr Vater …«, setzt sie an.

»Sie sind mein *Hausmädchen*«, erinnere ich sie. »*Sie* entscheiden hier nicht, was wann zu tun ist. Das entscheide ich. Sobald Sie Daddy ins Bett gebracht haben, putzen Sie diesen Boden.«

Sie sieht mich nur an.

»Das ist mein Haus, Mona. Ich bestimme die Regeln. Es ist nicht Ihr Haus. Nicht Ihre Straße. Nicht Ihr Zuhause. Meines.«

Bis weit in den Abend hinein höre ich, wie sie in der Küche den Boden schrubbt. Ich überlege, ob ich ihr sagen soll, dass sie aufhören kann, aber der Gedanke daran, wie sie im Laden gelacht und mit Sayed Pläne geschmiedet hat, hält mich zurück.

Als Mona fertig ist und der Küchenboden so, wie ich ihn haben will, sage ich: »Ich möchte, dass Sie morgen das Wohnzimmer putzen und das Bügeln erledigen. Ach, übrigens, wenn die Laken gefaltet sind, müssen Sie die Kanten bügeln. Ich will, dass das Haus makellos aussieht. Max kommt her.«

Nachdem sie zu Bett gegangen ist, hole ich die Flasche aus dem Kühlschrank, mixe mir einen Martini und mache einen Stapel meiner besonderen Käsesandwiches.

Überzeugt davon, dass ich die Sache mit Mona gut geregelt,

sie zurechtgestutzt und klargemacht habe, wer hier das Sagen hat, schlendere ich mit meinem Drink ins Wohnzimmer. Aber als ich mich setze, fällt mir sofort das Gespräch mit Leo ein, kurz bevor er über Weihnachten zu seinem Vater gefahren ist. Ein Gespräch, das ich nicht weiter beachtet habe.

Ich ging zu ihm und wollte ihm helfen, Geschenke einzupacken. Er saß hier auf dem Sofa, aß Pizza aus der Schachtel und trank eine Dose Red Bull.

Als ich hereinkam, sah er nicht auf, sondern grummelte nur: »Du weißt, dass sie gehen will, oder?«

Kapitel dreiundvierzig

»Was meinst du mit gehen?«, wollte ich wissen. »Wohin sollte sie gehen?«

»Sie will ihren Mann suchen.«

»Leo, Mona ist Witwe.«

Mein Sohn schüttelte den Kopf. »Eine ihrer Geschichten«, sagte er. »Er lebt, sie weiß nur nicht, wo.«

Sind diese sogenannten Hausmädchen denn alle gleich?, dachte ich. Erschleicht sich jedes von ihnen mit falschen Behauptungen einen Platz in unseren Häusern?

Ich sah wieder Monas Gesicht vor mir, am Tag ihrer Ankunft. Erinnerte mich, dass sie anders aussah, als ich sie mir vorgestellt hatte. Welche Unwahrheiten hatte sie mir noch erzählt?

»Woher weißt du, dass sie gehen will?« Ich konnte es noch immer nicht glauben.

»Sie hat mir gesagt, sie will ihren Mann finden.«

»Mona kann glauben, was sie will, aber ohne meine Erlaubnis geht sie nirgendwohin. Ohne mich ist sie illegal hier. Ihr Visum erlaubt ihr nicht, den Arbeitgeber zu wechseln. Außerdem darf sie nicht gehen. Ohne sie komme ich nicht zurecht.« Bestürzt merkte ich, wie verzweifelt ich klang.

»Such dir wen anders«, schlug Leo achselzuckend vor.

Für ihn war das kein Problem. Er trug auch keine Verantwortung. »So einfach ist das nicht!«, sagte ich schroff.

Leo war mir ein Rätsel. Meistens sprach er nicht mit mir,

es sei denn, er wollte Bier oder Essen oder Geld. Ich nahm an, er würde nicht mitbekommen, was um ihn herum geschah, er würde gar nichts wahrnehmen außer seinen Computerspielen und seinen Gewaltfilmen. Aber hin und wieder ließ er eine Bemerkung fallen, die mich überraschte, einen bissigen oder klugen Kommentar, als wäre er für einen Moment mit geschärften Sinnen aus einer Art Koma erwacht.

»Was? Jemanden zu finden, der Großvater gut genug ist?«, fragte er.

»Ja, das meine ich wohl.«

»Ist doch kein Wunder, dass die Leute nicht gerade Schlange stehen, um große Häuser zu putzen und übellaunige, inkontinente alte Leute zu waschen, oder?«, meinte Leo. »Du hast recht. Es war ein Glück, dass du Mona gefunden hast. Es wird nicht leicht, jemand anderen zu finden. Jemand besseren.«

Aber es ist auch ein Glück für Mona, dass sie diese Stelle überhaupt hat, dachte ich. Ich hatte ihr Cupcakes gegeben, herrje. Ein gemütliches Zimmer mit Blick auf den Garten. Und ich bezahlte sie!

In diesem Moment ging mir auf, dass ich sie im Grunde in der Hand hatte. Immerhin hatte Roger sie für mich hergebracht. Ohne ihn wäre sie nicht ins Land gekommen, ohne mich könnte sie nicht hierbleiben. Wenn sie mein Haus verließ, würde sie nicht eine Minute überstehen. Sollte sie versuchen abzuhauen, müsste ich nur die Polizei rufen – und sofort wäre sie wieder da. Sie gehörte mir!

»Sie muss bleiben.« Ich bemühte mich, ruhig zu klingen. »Daddy hängt sehr an ihr, wie du schon sagst. Es käme niemand anderes infrage, das würde ihn durcheinanderbringen.«

Max kam bald her: Mona musste Daddy zu Anita bringen. Während Leo einen weiteren Schluck Red Bull trank, sagte ich: »Und du rührst auch keinen Finger, um zu helfen. Allein schaffe ich nicht alles, nicht bei Daddys Zustand. Nicht, solange du dir nicht eine Arbeit besorgst oder etwas mehr hilfst, Leo.«

»Ich habe einen Job«, erklärte er und schubste mich zur Seite. »Ich fange an, wenn ich von Dad zurückkomme. In einer Bar. Und ich überlege, ob ich ausziehe.«

»Na, das ist doch gut«, stammelte ich verblüfft. »In welcher Bar? Wie hast du ...?«, aber er war schon verschwunden.

Jetzt gehe ich in die Küche, mixe mir einen zweiten Martini, setze mich und stütze den Kopf in die Hände. Warum will Mona überhaupt gehen? Leo hat gesagt, sie wollte ihren Mann suchen. Warum hat sie mir dann erzählt, sie sei Witwe?

Ist ihr nicht klar, dass man sie ohne mich sofort dahin zurückschicken würde, wo sie hergekommen ist? Und ich vermute – obwohl ich bei ihr kaum noch sicher bin, was wahr ist und was nicht –, dass sie dann gar keine Arbeit hätte. Wie ihre Geschichte auch aussieht, sie sollte mir dankbar sein für alles, was ich für sie getan habe, und es mir nicht vor die Füße werfen!

Sie hat sich sogar mit diesem Verkäufer verabredet – und zwar vor einer Statue! Ich weiß nicht, warum mich dieses Detail so stört, aber es kommt mir vor, als wollte es mich verspotten. Sie hat mir etwas Persönliches gestohlen, auch wenn es nur eine alberne romantische Idee ist – ein Denkmal als Treffpunkt. Wie ist sie darauf gekommen? Mir fällt wieder Max' SMS ein, die sie sich angeschaut hat. Hat sie diese Idee bewusst übernommen und macht sich aus dieser verzerrten Version ein Vergnügen? Mir kommt der Gedanke, dass sie auf ihrem Handy Informationen haben muss. Das Ladegerät habe ich ihr weggenommen, sie kann das Handy also nicht mehr benutzen. Aber ich weiß, wo sie es aufbewahrt. Sekunden später gehe ich ihre Kontakte durch, suche nach Spuren, Anhaltspunkten, vielleicht nach Alis Nummer. Es ist hoffnungslos, alles ist in arabischer Schrift. Doch dann entdecke ich etwas, und Wut flackert in mir auf. Max' Nummer! Ich sehe genauer hin. Tatsächlich, sie hat Max' Handynummer gespeichert. Ich denke an die Dinnerparty zurück, bei der ich sie in der Küche fand und sie dabei überraschte, wie sie seine SMS begutachtete. Das hat sie also getrieben!

Das ist schlimmer – persönlicher und hinterlistiger – als alles andere, was sie hier heimlich abgezogen hat.

Sie will mir meine Identität stehlen.

Meine Gedanken überschlagen sich. Max kommt hierher.

Ohne sie würde Daddy nach mir rufen. Ich hätte nicht genug Zeit, um das Haus vorzeigbar herzurichten, um zu kochen.

Als ich mein Glas zum dritten Mal fülle, wird mir die Wahrheit schlagartig bewusst.

Ohne Mona würde Max mich als den Menschen sehen, der ich wirklich bin. Ein Niemand.

Du bist es, die hier verzweifelt ist, flüstert eine Stimme in meinem Kopf.

Kapitel vierundvierzig

Als ich mich aufrappele, bin ich nicht sicher, ob Dora mich absichtlich getreten hat, während ich am Boden lag. Alles ist so schnell passiert, und vielleicht ist sie über mich hinweggestiegen, um nicht noch auf mich zu fallen. Doch dann schießen mir Aminas Facebooknachricht durch den Kopf und ihre Warnung, Dora habe Zidana schlecht behandelt. Dass sie mich mit dem Fuß angestoßen hat, während ich am Boden lag, erschreckt mich nach allem, was ich gehört habe.

Noch bevor ich wieder zu Atem gekommen bin, die Einkäufe vom Boden aufgesammelt habe und aufgestanden bin, habe ich einen Entschluss gefasst. Ich werde mich von Dora nicht verunsichern lassen. Was mit Zidana passiert ist, wird sich nicht wiederholen.

Ich werde Sayeds Angebot doch annehmen, zumindest werde ich mich mit seinem geheimnisvollen Hamid bei der Statue treffen. Und herausfinden, ob er Ali wirklich gesehen hat. Dora ist um diese Zeit bei der Arbeit und kann mich nicht aufhalten. Wenn Leo hier wäre, würde er mich decken. Mittlerweile würde er alles für mich machen, wenn er die Aussicht auf ein anständiges Essen und ein bisschen mütterliche Zuwendung hat. Schade, dass er über Weihnachten verreist ist.

In einer anderen Stimmung hätte ich Dora vielleicht angeschrien, hätte mich beschwert. Aber ich presse die Lippen aufeinander, kneife die Augen zusammen und stehe auf. Nicht hier und jetzt. Wenn es stimmt, was Sayed mir erzählt hat, finde ich Ali vielleicht bald. Ich kann es mir im Moment nicht leisten, alles zu verlieren.

Ich schrubbe die Küchenfliesen mit der Geschirrbürste, wie Dora es von mir verlangt hat. Wenn sie einen sauberen Boden haben will, kann sie einen sauberen Boden bekommen. Auf allen vieren nehme ich den Dreck in Angriff und schrubbe, bis meine Ellbogen schmerzen. Morgen werde ich Ali näher sein. Dora kann mich nicht einsperren! Wenn ich Ali gefunden habe, bleiben wir zusammen. Ich weiß nicht, wie ich ihn herausholen soll, wenn er irgendwo als illegaler Einwanderer festgehalten wird. Über Einzelheiten denke ich nicht nach. Stattdessen erlaube ich mir zu träumen. Konzentriere mich auf das, was ich will.

Wir werden Ummu und Leila herüberholen, Ummu die Behandlung besorgen, die sie braucht, und wieder eine Familie sein. Alles wird gut werden.

Irgendwann kommt Dora herein. Ich merke, dass sie sich unbehaglich fühlt, weil sie ein wenig zu weit gegangen ist. Ich stehe auf und massiere mir das Kreuz.

»Ich weiß nicht, was Sie dem Mann im Laden erzählt haben«, sagt sie, während sie zum Wasserkocher geht und ihn einstöpselt, »aber Sie sind nicht hier, um mit Fremden zu reden.«

»Abends sollte ich nicht arbeiten«, sage ich. »Ich muss mal frei haben, wie jeder andere auch.«

Sie zuckt mit den Schultern, ohne mich anzusehen.

Als sie sich endlich schlafen legt, gehe ich in mein Zimmer. Ich nehme Leilas Foto, das Einklebealbum von zu Hause und lege beides in meine Tasche. Ich bin wieder auf dem Sprung; die Tasche wird mich morgen begleiten. Mit allem, was mich ausmacht. Ich lege die wenigen Kleidungsstücke zusammen, die an der Tür hängen – meine T-Shirts, meine andere Jogginghose, das eine hübsche Kleid. Der Kittel, den Dora für mich gekauft hat, kommt zusammengelegt auf das Bett.

Dann sehe ich nach, ob noch etwas Geld da ist, und stecke die Scheine, die ich Ummu nicht geschickt habe, in mein Portemonnaie. Schließlich schiebe ich meine Hand bis zum Boden der Tasche, wo ich das Ladegerät für mein Handy aufbewahre und meinen Pass versteckt habe, und taste danach.

Nichts. Panisch durchsuche ich die Tasche, das Zimmer, hebe Bücher und Zeitungen hoch und die wenigen Dinge, die noch auf meinem Bett liegen.

Dann begreife ich schlagartig. Mein Pass und mein Visum und mein Ladegerät. Meine Verbindung zur Welt. Die Sachen sind weg.

Kapitel fünfundvierzig

Ich stehe auf, verlasse mein Zimmer – das mir sowieso nicht mehr wie ein sicherer Hafen vorkommt, seit Dora das Schloss abgeschlagen hat –, gehe den Flur hinunter und am Wohnzimmer vorbei. Ich steige die Treppe hinauf. Bis ganz nach oben. Drei Stockwerke. Vorbei an Leos Zimmer und dem Bad bis zu Doras Schlafzimmer.

Sie ist da drin. Ich kann ihre Bewegungen hören. Ich trete näher und spähe durch den Türspalt.

Wie eingerahmt steht Dora vor dem Spiegel, ihre Hände streichen über ihren Körper. Nur in Spitzenunterwäsche, einem BH und Höschen in Grün und Creme, dreht sie sich in die eine, dann in die andere Richtung. Sie streckt die Hände nach oben, hält ihre Haare hoch und nach hinten, legt den Kopf schief, mustert sich.

Diese Frau, die ich durch den winzigen Türspalt beobachte, erkenne ich kaum wieder. Hier steht eine unsichere Dora vor mir, die über ihr Spiegelbild die Stirn runzelt. Als hätte sie eine Maske abgenommen und eine sanftere, verletzlichere – sogar ängstliche – Frau wäre zum Vorschein gekommen.

In diesem Moment dreht Dora sich um, aufgeschreckt von einem leisen Geräusch oder einer unbewussten Bewegung von mir. Sofort sitzt die Maske wieder.

Ich weiche zurück. Laufe auf Zehenspitzen eine Etage hinunter ins Bad. Ich warte ein paar Minuten, ob sie nicht doch herauskommt und mich zusammenstaucht, weil ich ihr nachspioniert habe. Als ich sicher bin, dass sie mich nicht gehört hat, schleiche ich wieder nach oben und klopfe.

Sie öffnet die Tür einen Spaltbreit. Jetzt trägt sie ein Nachthemd, noch mehr Seide und Spitze. Offensichtlich hat sie keine Ahnung, dass ich sie gesehen habe.

»Meine Papiere sind weg«, sage ich.

»Ja.«

»Das wissen Sie?«

»Natürlich.«

»Wo sind sie?

»Ich habe sie«, antwortet sie. »Sie gehören jetzt mir.«

»Ohne die Papiere kann ich nicht in diesem Land leben.«

»Bei mir schon. Solange Sie bei mir bleiben, passiert Ihnen nichts.«

»Ich brauche meinen Pass, mein Visum. Ohne die Papiere kann man mich in ein Lager sperren oder aus dem Land werfen.«

»Machen Sie sich doch nicht solche Sorgen, Mona«, sagt sie lächelnd. »Niemand kann Sie in ein Lager sperren, solange Sie für mich arbeiten. Niemand kann Sie mir wegnehmen.«

»Haben Sie die Papiere aus meinem Zimmer genommen?«

»Ja, habe ich.«

»Das ist Diebstahl!«

Sie mustert mich, auf den Lippen immer noch ein Lächeln. »Ich glaube, wir wissen, wer in diesem Haus die Diebin ist. Nein, Mona, ich habe nicht gestohlen. So sind die Regeln. Ich hätte sie Ihnen gleich abnehmen sollen, als Sie in mein Haus gezogen sind. Das ist so üblich. Ihre Papiere sind bei mir sicher, Sie müssen wirklich keine Angst haben. Wenn Sie wieder abreisen, gebe ich sie Ihnen zurück. Vorerst gehören Ihre Papiere mir, weil Sie mir gehören.«

Ich bete, dass meine Tränen nicht fließen. Sie darf meine Schwäche nicht sehen.

Sie starrt zurück, und ich merke, wie sie schwankt. Wird sie Mitleid mit mir bekommen? Sie hat auch eine gute Seite – das habe ich gemerkt, als sie mir kurz nach meiner Ankunft Geld für mein Handy gegeben hat. Als sie mir ihre Geheimnisse erzählte und ich ihr ein paar von meinen.

»Mona«, sagt sie, »wenn Sie versuchen sollten, ohne Ihren Pass wegzugehen, gebe ich der Polizei Ihr Foto und erzähle, was Sie mir gestohlen haben.«

Polizei. Wenn es ein Wort gibt, das ich mehr fürchte als jedes andere, ist es »Polizei«, das weiß sie.

»Sind Sie mit dem Bügeln fertig?«

Ich senke den Kopf. Während ich die Treppe hinuntergehe, spüre ich ihren Blick auf mir. Und fühle, wie meine Zukunft mit Ali und Leila, die ich mir in so leuchtenden Farben ausgemalt habe, zurückbleibt.

Wut und Zorn und ein schreckliches Gefühl der Ohnmacht packen mich. Ich kann nichts tun.

Später liege ich im Bett, und von irgendwoher erscheint ein Bild, das zu einer Erinnerung und dann zu einer Geschichte erblüht, einer Geschichte mit einer Botschaft. Sie kommt in einem Augenblick, in dem ich sie dringend brauche.

Ich bin noch ganz klein. Laufe mit Ali durch die schmale Gasse zur Bäckerei. Wir tragen beide rohe Brotlaibe, in weißes Musselin gewickelt, balancieren sie auf Tabletts auf unseren Köpfen. Nachdem wir das Brot in der Bäckerei abgeliefert haben, schlägt Ali nicht den üblichen Weg nach Hause ein, sondern nimmt mich mit auf einen Umweg. Er führt mich ein paar Stufen zwischen den getünchten Mauern hinauf, die hell in der Sonne strahlen, dann durch blaue Schatten, durch

Orte, an die ich mich noch nie gewagt habe. Wir laufen um Ecken und durch schmale verborgene Durchgänge, bis wir einen kleinen Obstgarten oberhalb einer niedrigen Klippe erreichen. Die Bäume um uns herum sind mit weißen Mandelblüten übersät. Inmitten dieser Wolke aus weißen Blütenblättern krabbeln wir bis zum Rand der Klippe. Ich stelle mir vor, ich wäre über und über in aufwendig bestickte Spitze gehüllt. Wie eine Braut vielleicht. Oder eine Prinzessin.

An der Kante blicken wir durch die Äste hinunter.

Zwei Erfahrungen bringt mir dieser Tag. Die erste ist ein schwindelerregendes Staunen über die Schönheit der weißen Blüten, deren Blätter, das sehe ich jetzt, von feinen Äderchen durchzogen sind. Dieser Anblick löst etwas in meinem Verstand aus, hebt ihn auf eine Art neuer Bewusstseinsebene. Mir offenbart sich das Gefüge der Natur, ein harmonisches Spiel, das mir seitdem immer wieder aufgefallen ist: in der Bewegung der Wellen am Strand, in den Mustern im Sand, den Melodien der Vögel, in der Symmetrie von Schmetterlingsflügeln.

Die zweite ist die Erkenntnis, wie absurd unsere sexuellen Begierden sind. Was ich an diesem Tag sehe, bleibt mir für immer im Gedächtnis und wird wachgerufen, als ich mitbekomme, wie Dora sich in ihrer seidenen Unterwäsche in ihrem Zimmer hin und her dreht. Und durch die SMS von ihrem Geliebten mit den Fotos von diesen Statuen!

Unter den verwobenen Ästen entdecke ich einen Männerhintern, der sich auf und ab bewegt. Zwei verschlungene Beinpaare. Dieser Anblick weckt etwas in mir, etwas Verstörendes und vage Verlockendes. Die Hennamuster verraten mir, dass die oberen Fußsohlen einer Frau gehören.

Ali sieht mich an mit seinen strahlend blauen Augen in dem glatten, dunkelhäutigen Gesicht. Er scharrt auf dem Boden eine Handvoll Mandelschalen zusammen und wirft eine über die Klippe auf das Pärchen unter uns. Einen Moment lang bleibt die Schale in den Zweigen eines Mandelbaums hängen, dann fällt sie auf den Mann hinunter.

»Volltreffer!«, flüstert Ali. Aber der Aufprall scheint den Mann nur weiter anzutreiben. Ali drängt mich, ich solle eine Mandelschale werfen. Meine landet nicht auf seinem Hintern, sondern in den Falten seiner Dschellaba, die er bis zum Hals hochgeschoben hat. Ermutigt von unserem Erfolg lassen wir Mandelschalen auf das Pärchen niederregnen, bis sich der Mann plötzlich schüttelt, sich knurrend zur Seite wirft und den Blick auf die Frau unter sich freigibt, die direkt zu uns hinaufstarrt.

Madame Le Bon! Unsere scheußliche Lehrerin. Ich schrecke zurück. Zu spät.

Ali und ich rennen kreischend die Gasse zu unserer Straße hinunter.

Als Ali und ich später wieder in der Schule sind, tun wir so, als wäre nie etwas passiert. Aber ich habe das wahre Gesicht meiner Lehrerin gesehen. Und jedes Mal, wenn sich unsere Blicke treffen, teilen wir ein Wissen, das mir einen kleinen siegreichen Schauer über den Rücken jagt. Meine Lehrerin kann mir drohen oder mich demütigen. Aber ich weiß, und die Lehrerin weiß, dass ich weiß, dass sie auch nur eine von diesen Frauen ist, die gern in einem Mandelgarten mit einem fetten Mann schlafen, der nicht ihr Ehemann ist.

Kapitel sechsundvierzig

Am nächsten Tag nehme ich den Clipper nach South Bank. Terence hat beschlossen, dass wir uns alle treffen und über Daddy reden sollten.

Monas Pass habe ich mitgenommen. Ich habe sie daran erinnert, dass die Einwanderungspolizei sie sofort abholt, wenn sie mir nicht gehorcht oder versucht wegzulaufen. Ich würde dort anrufen und sagen, sie sei ohne Papiere abgehauen.

Die Sonne ist fast weiß, sie versinkt direkt vor uns, während wir nach Westen fahren, und funkelt auf dem Wasser, dass es mich blendet. Es herrscht Ebbe, im seichten Wasser treiben Abfälle. Die Platanen am Ufer werfen gesprenkelte Schatten auf den Fußweg. Der Himmel wirkt auf mich, als würde er zerschleißen. Wie alternde Haut, denke ich. Wie ein Leben, das man satthat.

Simon und Anita sitzen im Foyer, in der Hand ein Glas Weißwein, stecken die Köpfe zusammen und unterhalten sich angeregt. Als ich dazukomme, unterbrechen sie sich sofort.

»Wir haben gerade gesagt«, erklärt Anita, »dass es schön wäre, irgendwann mal mit Daddy herzufahren. Die Musik und das Leben hier würden ihm gefallen.«

»Ich könnte es versuchen«, antworte ich. »Aber vielleicht will er das nicht. Er ist mittlerweile so von Mona eingenommen, dass ihm niemand anders gut genug ist.«

»Ein Glück«, meint Simon. »Dann läuft es ja gut.«

In diesem Moment rauscht Terence in seinem dunklen Anzug herein; offenbar kommt er direkt aus der City. Er fragt, ob jemand etwas trinken möchte, und ich bitte um einen Martini.

»Wie nimmst du ihn noch mal?«

Er kennt mich seit so vielen Jahren und weiß das nicht. Dann fällt mir ein, dass Max morgen kommt, und meine Laune bessert sich. Er würde nie vergessen, wie ich meinen Drink mag.

»Aber Terence. Einen doppelten Tanqueray mit zehn Millilitern Cointreau, mit Eis geschüttelt, dazu eine Orangenzeste.«

»Wir haben gerade darüber gesprochen, ob Daddy in einem Heim besser aufgehoben wäre, wenn es schlimmer wird«, sagt Anita, als Terence zurückkehrt. »Das Problem ist natürlich, dass Mona ihn nicht versorgen kann, wenn er rund um die Uhr betreut werden muss. Dann braucht er Pflegerinnen. Und das heißt, ein Heim.«

»Na ja«, meint Terence, »falls es so weit kommt, wäre ein Heim problematisch. Ich bin seine Konten durchgegangen, und es sieht alles etwas enttäuschend aus. Dummerweise konnte Daddy nicht vorhersehen, dass die Rezession den Wert seiner Ersparnisse derart senken würde. Ich bin nicht sicher, dass wir uns ein Heim, wie wir es uns vorstellen, leisten könnten. Möglicherweise müssten wir es bei einem städtischen Heim versuchen, das wäre bezuschusst, aber ich schätze, darauf haben wir auch keinen Anspruch. Ein schöner Scheiß – finanziell gesehen sitzen wir genau zwischen den Stühlen.«

»Was ist mit dem Haus?«, fragt Simon. »Was passiert mit dem Geld aus dem Hausverkauf?«

Angespanntes Schweigen. In den letzten Jahren waren wir

uns immer wieder einig, dass wir wenigstens das Haus unserer Eltern als Sicherheit haben, falls alles andere den Bach runtergehen sollte. Ich weiß noch, wie Anita andeutete – und die Andeutung gefällt mir –, ich hätte ja meine Zeit und einen Teil meines Hauses geopfert, um Daddy zu versorgen, und sollte vielleicht sogar bevorzugt werden, wenn wir den Erlös seiner Besitztümer aufteilen. Das erscheint mir nur fair. Jedenfalls waren wir uns alle einig, dass wir das Haus nach Daddys Tod für einen Hammerpreis verkaufen – große freistehende Häuser in Blackheath sind heutzutage Millionen wert – und den Gewinn teilen würden. Keiner von uns hat damit gerechnet, von dem Erlös die Pflege unseres dementen Vaters bezahlen zu müssen – aber sollte es dazu kommen, muss es nun mal sein, das wird uns jetzt allen klar. Es ist niederschmetternd.

Aber dann lässt Terence die richtige Bombe platzen.

»Wie es aussieht, vermacht Dad einen Teil des Geldes vom Hausverkauf einer Frau namens Nancy Partridge.«

»Was zum Teufel …?«, setzt Simon an und sieht von mir zu Anita und wieder zu Terence. »Das ist doch ein Witz. Sag mir, dass das ein Witz ist, Terry.«

Terence wischt sich einen Tropfen Bier von der Oberlippe, blickt auf das Blatt Papier in seiner Hand und sagt: »Offenbar hatte Dad eine Andere, als wir Kinder waren.«

»Soll das heißen, er hinterlässt das Haus jemandem, von dem wir noch nie gehört haben, und für uns bleibt nichts?«, will Simon wissen.

»Wer ist Nancy Partridge?«, frage ich. Der Name kommt mir bekannt vor, aber ich kann ihm kein Gesicht zuordnen.

»O – mein – Gott«, sagt Anita. »Ich fasse es nicht, dass er das getan hat.« Sie sieht uns der Reihe nach an. In den

Augen hat sie dieses unausstehliche Funkeln von jemandem, der vor allen anderen an irgendwelchen Klatsch gekommen ist und die Macht hat, ihn weiterzutragen, wann es ihm am besten passt, wann die Neuigkeit am stärksten einschlägt. Anita hat sich den Augenblick gut ausgesucht.

»Nancy Partridge!«, ruft sie. »Die Köchin aus dem Restaurant.«

»Was meinst du?« Mein Mund ist trocken. Ich habe das Gefühl, als würde etwas Versunkenes, das ich nur vage gespürt habe, gleich emporsteigen und endlich sein zerstörerisches Potenzial entfalten. Vor meinem inneren Auge taucht ein Gesicht auf, die Köchin, eine schemenhafte Figur im Hintergrund mit Schürze, dunklen Augen, glänzenden Haaren: Ist das die Frau, an die Mona mich bei ihrer Ankunft erinnert hat?

»Sie hatten eine Affäre – Daddy hatte eine ganze Menge«, erzählt Anita uns. »Sie hat im Restaurant gearbeitet, als Köchin. Aber als Mum es herausgefunden hat, hat er sie gefeuert. Toll gemacht, Daddy! Aber das war typisch für ihn – er hat immer wieder Leute in seine Nähe gezogen und sie dann fallen gelassen, wie es ihm gepasst hat; er war schon immer ein egoistischer alter Mistkerl.«

»Du wusstest das?«, fragt Simon.

»Mum hat es mir erzählt«, sagt Anita unverfroren. »Sie dachte, ihr würdet euch nur aufregen. Besonders du, Dora.«

»Wann? Wann hat Mum dir das erzählt?« Hat Mummy sie mehr ins Vertrauen gezogen als mich?

»Ist noch nicht lange her. Nachdem bei Daddy die ersten Symptome aufgetreten sind. Er fing an, von dieser Nancy zu reden, und ich fragte Mummy, wer sie war.«

»Ach du Scheiße.« Endlich zeigt Terence mal eine Reaktion, etwas Gefühl. »Hast du sie gesehen?«

»In letzter Zeit nicht. Aber ich konnte mich an sie erinnern, als Mum sie erwähnt hat«, antwortet Anita. »Aber so etwas hätte ich ihm nie zugetraut. Mum hat erzählt, Nancy habe ihm vorgeworfen, er hätte sie schlecht behandelt, sie nicht richtig bezahlt oder so. Sie grundlos entlassen. Sie hat lange keine Ruhe gegeben, nachdem er sie rausgeworfen hatte. Mum meinte, es sei schrecklich gewesen – sie ist ihnen beiden wie eine Stalkerin vorgekommen.«

»Wie zum Teufel hatte er neben dem Restaurant noch Zeit für eine Affäre?«, bringe ich schließlich heraus.

Ich frage mich, wie zuverlässig Anitas Informationen sind. Damals kannte ich Daddy besser als jeder andere, das waren die Jahre, in denen er das Restaurant führte und wir frühmorgens durch London zu den Märkten und versteckten Ständen und Großhändlern fuhren.

»Weißt du noch, wie er dich morgens zum Markt mitgenommen hat?«, fragt Anita. »Du warst nur eine Ablenkung, damit Mutter keinen Verdacht schöpft.«

»Schwachsinn«, sage ich. »Warum sollte sie Verdacht schöpfen? Er musste die Lebensmittel für das Restaurant besorgen, das war alles. Mutter hatte überhaupt keinen Grund, irgendwas zu vermuten.«

»Hat sie aber. Weil sie ihn schon einmal erwischt hatte, im Restaurant. Und sie wusste noch, dass Nancy ihn oft bei diesen Fahrten begleitet hatte. Mutter hat ihm verboten, sich weiter mit ihr zu treffen. Aber als er immer noch frühmorgens losfuhr, hat sie ihm vorgeworfen, er würde damit weitermachen. Er meinte: ›Wenn du mir nicht glaubst, nehme ich Theodora mit.‹ Er wusste, du würdest dich nie beschweren, wenn du in einem Café oder im Auto bleiben musst.

Erinnerst du dich, Dora? Du hast mir oft erzählt, dass du manchmal stundenlang gewartet hast. Aber Daddy war klar, du würdest auf keinen Fall bei Mum petzen. Weil du immer ums Verrecken zeigen wolltest, wie brav du bist. Er hat dir das Gefühl gegeben, du wärst sein Liebling – natürlich dann, wenn es ihm gepasst hat. Das hat er mit uns allen gemacht.«

Ich *war* sein Liebling. Er hat mich mitgenommen, weil er seine Zeit am liebsten mit mir verbrachte. Ich war das besondere Kind. Immer hilfsbereit. Nie schwierig. Sein Gottesgeschenk. Die Einzige, die ihn im Alter aufnehmen wollte.

»Wie auch immer«, unterbricht Terence schroff, »ich fürchte, wir alle müssen der Wahrheit ins Auge sehen. Im Moment ist für keinen von uns Geld drin. Was noch da ist, müssen wir zur Seite legen, falls Daddy irgendwann Vollzeitpflege braucht.«

»Wenn noch was übrig ist«, sagt Simon. »Bei diesem Tempo sind wir pleite, bevor er ins Gras beißt.«

»Jetzt wird es aber gemein«, entgegne ich. »Das war geschmacklos, Simon.«

»Ich finde, wir sollten mit dieser Frau sprechen. Wir bezahlen hier Daddys Pflege, und sie soll das Familienerbe bekommen, obwohl sie einen Dreck macht. Oder jemand redet mal ein Wörtchen mit Daddy und überzeugt ihn, dass er einen Fehler begangen hat. Es passt zu diesem fiesen alten Bock, dass er uns auch noch um unser rechtmäßiges Erbe betrügt.«

»Es sieht also ziemlich böse aus, fürchte ich«, fährt Terence fort, ohne Simon zu beachten. »Wenn Daddy tatsächlich richtige Pflege braucht, muss vielleicht einer von uns eine neue Hypothek aufnehmen …«

»Dann ist es das Beste, wenn wir es so lange wie möglich hinauszögern«, sagt Anita. »Außerdem wäre es für ihn schrecklich, in einem Heim voller verblödeter alter Leute zu sitzen.«

Ich bekomme kein Wort heraus. *Ich* denke nicht an das Geld. Das Geld ist das Letzte, was mich gerade interessiert. Ich denke an etwas ganz anderes. Wenn ich jemals Daddys »Gottesgeschenk« war, dann nur, weil ich ihm ein Alibi für die Treffen mit seiner Geliebten verschafft habe.

»Also sind wir uns alle einig«, sagt Terence. »Wenn es für dich in Ordnung ist, Dora, bleibt vorerst alles beim Alten. Es scheint ja gut zu laufen mit deiner …«

»Mona«, hilft Simon aus.

»Genau, mit ihr, und wir überlegen weiter in … sechs Monaten? Bist du damit einverstanden, Dora? Für die Bezahlung werfen wir weiter zusammen.«

»Wenigstens haben wir alle anständige Häuser und Jobs«, sagt Anita. Diese erschreckenden Neuigkeiten scheinen sie gar nicht zu berühren.

»Es tut mir leid, dass unser Treffen nicht fröhlicher war«, meint Terence.

Als sich die Jungs verabschiedet haben, laufen Anita und ich am Fluss entlang.

Während unseres Treffens hat die Flut eingesetzt, sie verschluckt schon die Stufen, die hinunter zum Strand führen. Das Wasser ist dunkel, ein schlammiges Grün, und es schwimmen Sachen darin, die ich mir nicht zu genau ansehen will. Auf unserem Weg zur U-Bahn-Haltestelle Waterloo beschleicht mich das Gefühl, dass nichts so ist, wie es scheint, dass die Vergangenheit und unsere Wahrnehmung von ihr ebenso fließend und unbeständig und flimmernd sind wie der

Fluss. Ich denke daran, wie mir bei Daddys Einzug klar wurde, dass er nicht mehr der Mensch ist, der er in meiner Erinnerung war, und jetzt frage ich mich, ob ich ihn überhaupt je gekannt habe.

Teil drei

Das Schweigen der Statuen

Kapitel siebenundvierzig

»So, Mona«, sage ich, als ich die Küche betrete. Für heute Abend hat sich Max angesagt, er kommt zu mir nach Hause. Er will mich sehen, wie ich wirklich bin, will in meinem Bett schlafen. Der Gedanke daran, dass er bei mir sein wird, lindert ein wenig den Schmerz über Daddy und seine Vergangenheit. Und darüber, wie er uns alle für seine Ziele benutzt hat. Mich mehr als alle anderen. Wenigstens Max will mich.

Mona hat heute braune Ringe unter den Augen und sieht, das bemerke ich mit einer gewissen Befriedigung, in ihrem tristen blauen Kittel abgearbeitet und unattraktiv aus.

»Noch mal zur Erinnerung. Das Haus muss blitzen! Ich dachte, es wäre nett, wenn Sie wieder ihr traditionelles Brot backen könnten.«

Sie starrt mich mit großen Augen an. Trägt sie mir immer noch nach, dass ich ihr den Pass weggenommen habe?

»Wenn Sie das für mich tun, ließe sich über ein paar freie Tage im Januar reden, damit Sie kurz nach Hause fahren können.«

Fast unmerklich bewegt sie den Kopf. Sie willigt ein.

»Ich komme gegen sechs nach Hause, dann können Sie das Brot machen. Und es wäre schön, wenn Sie eine Ihrer wärmenden Suppen kochen könnten, die mit Kichererbsen …«

»*Harira.*«

»Genau. Und ich habe ein Taxi bestellt, das Sie und Daddy danach zu Anita bringt.«

Ihr Gesicht ist immer noch starr und ausdruckslos.

»Mona«, schmeichle ich. »Wir können uns gegenseitig helfen. Arbeiten wir doch wieder zusammen, wie am Anfang.«

»Ich muss jetzt zu Charles«, sagt sie. »Er braucht seine Medikamente.«

Ich habe mit Charlotte vereinbart, dass ich heute ein wenig früher gehe. Die Sendung wird erst wieder nach Weihnachten ausgestrahlt, und alles läuft entspannter. Die Hälfte der Mitarbeiter hat sich gegen drei Uhr zu einem Weihnachtsumtrunk verabschiedet, also ziehe ich meinen Mantel an. Vor Vorfreude auf den Abend klopft mir das Herz.

Als ich wieder auf dem Weg Richtung South Bank bin, klingelt mein Handy. Es ist Anita.

»Tut mir echt leid, Dora. Wir müssen unser Weihnachtstreffen absagen. Jack hat die Windpocken. Jemima quengelt schon, also wird sie wohl auch krank.«

Ich brauche einen Moment, um zu begreifen, was sie gesagt hat. Max kommt! Und Mona und Daddy müssen jetzt zu Hause bleiben. Aber ich kann es nicht ändern. Ich muss einfach dafür sorgen, dass Mona uns nicht in die Quere kommt. Soll sie doch bei Daddy in seiner Wohnung schlafen. Ihr schadet das nicht, außerdem ist sie dann bei ihm, wenn er aufwacht.

Max umrundet die *London-Pride*-Skulptur vor dem National Theatre in South Bank, bewundert die etwas zu groß geratenen Beine der Frauen, ihre bronzenen Brüste. Die beiden Nackten sind beinahe identisch, stilisiert, überlebensgroß und sitzen auf einem Sockel.

»Wie du und dein Hausmädchen«, witzelt Max.

Ein feiner, anhaltender Regen hat eingesetzt, und wir suchen uns Plätze unter der Waterloo Bridge vor dem Theater. Es ist kalt, aber wir tragen beide dicke Mäntel, ich einen aus Kunstpelz, Max einen Kamelhaarmantel, und dazu Schals. Hier vor dem Regen Schutz zu suchen hat einen gewissen Zauber; das Prasseln dämpft die anderen Geräusche der Stadt, die nassen Gehwege verströmen ihren Geruch, und überall spannen die Menschen ihre Regenschirme auf. Vom Westen her beleuchten die Strahlen der untergehenden Sonne den Regen, werfen einen goldenen Schleier über den dunklen Fluss und die schwarzen Brücken und über die schiefergrauen Häuser am anderen Ufer. Die Bücherstände sind heute geschlossen, das Embankment liegt still da, der Winter und der Regen haben die Reihen der Touristen gelichtet. Ich sitze in meinen Mantel gekuschelt unter der Brücke und betrachte die kleinen blauen Lämpchen in den dunklen Bäumen entlang des Ufers.

Busse und Taxis rumpeln unsichtbar über uns hinweg, ihre Schatten gleiten über die Platanen und verschwinden.

Ein Regenbogen spannt sich über die Häuser in Aldwych und berührt sie. Am Geländer lehnt eine Frau mit einem bunten Regenschirm, der zum orangefarbenen Streifen des Regenbogens passt, ein lebhafter Anblick vor den gedämpften Grau- und Grüntönen des Flusses. Ich denke daran, wie sehr ich London liebe, dass es wie mein eigenes Herz ist und Max das vielleicht nie ganz verstehen wird, egal, wie viel ich ihm davon zeige.

Schließlich gehen wir zur Anlegestelle, um auf den Clipper zu warten.

»Hast du dich schon entschieden, ob du kürzertreten willst?«, frage ich ihn.

»Das ist mein guter Vorsatz fürs neue Jahr, ich will bis zum Juni meine Stunden herunterfahren. Ich werde weniger Zeit bei der Arbeit verbringen.« Er betrachtet mich und lächelt dabei sanft, als würde er eine Antwort von mir erwarten. Zum ersten Mal frage ich mich, ob ich ihn weniger anziehend finden werde, wenn er kein Professor mehr ist. Die Vorstellung, welche Macht er über seine Untergebenen hat, seine Kompetenz und das Ansehen, das sie ihm einbringt, haben für mich etwas Erotisches.

»Damit bricht eine neue Ära an. Bis dahin müsste Mattie schon am College sein.«

»Du wirst ein neuer Mann.«

»Das hoffe ich.«

Wir erreichen den Festival Pier.

»Und von hier aus nehmen wir das Boot?«, fragt er, einen Arm um mich gelegt, in den Augen das alte Funkeln.

»Ja, wenn du nicht seekrank wirst. Das ist der schönste Weg zu dem Pub, das ich dir zeigen will.«

Er nimmt meine Hand und zieht den Handschuh aus. Verschränkt seine Finger mit meinen. »Wunderbar. Theodora Gentleman fährt mit dem Boot nach Hause. Warum hast du mich nicht schon früher eingeladen?«

Die Antwort kenne ich: Weil ich früher Mona nicht hatte. Das Haus war ein Saustall. Daddy rief ständig nach mir. Leo nahm jede Menge Platz und Aufmerksamkeit in Anspruch. Mona ist es zu verdanken, dass ich meinen Geliebten mit zu mir nehmen kann! Ich antworte nicht, aber mich überläuft ein Schauer, sei es vor Kälte oder vor Erwartung, ich weiß es nicht.

Dann kommt das Boot. Heute Abend herrscht Flut, die Wellen formen Berge und Täler, als wir an Bord gehen. Das Boot hebt und senkt sich, wirft Max und mich gegeneinander, und als ich mich an ihn klammere, befällt mich eine seltsame Angst. Der Fluss schleudert uns achtlos hin und her wie Spielsachen, und ich stelle mir plötzlich vor, wie wir von oben aussehen müssen. Zwei mickrige Menschlein, die diesem breiten Strom ausgeliefert sind. Ich blicke zu Max auf, will sehen, ob er das genauso empfindet, aber er betrachtet die Lichter am anderen Ufer, hat einen Arm um mich gelegt und streicht mit den Fingern sanft über den Kragen meines Kunstpelzes, als wäre er am behaglichsten Ort der Welt.

Mit klirrenden Ketten legt das Boot am Hilton Docklands Pier an und wiegt sich ächzend auf dem Wasser, als wir an Land gehen.

»Was für eine urige alte Kneipe«, meint Max, als ich ihn ins Pub führe. »Fast wie bei Dickens.« Er setzt sich auf eine der Bänke vor dem Kamin, in dem immer ein Feuer brennt. Auf der Theke stehen Mince Pies, und der Baum in der Ecke ist geschmackvoll mit weißen Lichtern geschmückt.

Gewärmt von den beiden Drinks, die ich mir gegönnt habe, gehe ich später mit ihm auf die Veranda, auf der Leo nach Mutters Beerdigung gesessen hat. Ich zeige ihm, dass der Fluss von hier aus einen ganz anderen Anblick bietet als am National Theatre. Statt der beeindruckenden Fassade von Somerset House mit den grünen Kuppeln am nördlichen Ende sieht man hier nur dunkle Ecken und Anleger. Ich entdecke die Treppe, die ich nach der Beerdigung in Gedanken hinabgestiegen bin. Erinnere mich, dass ich dabei dachte, bei dem ganzen Druck, der auf mir lastete, würde ich im tiefen Wasser vielleicht Erlösung finden. Und sage mir, wie gut ich das Ruder seit damals herumgerissen habe – ich habe Daddy zu mir geholt, habe mein Haus auf Vordermann gebracht, und endlich nehme ich Max in das Herzstück meines Lebens mit.

Mich durchströmt ein Woge der Liebe zu Max. Ein heftiges Verlangen nach ihm, das mich beunruhigt.

Es beunruhigt mich, weil mir insgeheim klar ist, dass ich das alles nur dank Mona erreicht habe. Und ich weiß nicht, ob Max mich noch lieben wird, wenn er von meinem Karriereende erfährt. Wird er merken, dass ich Mona nicht richtig beaufsichtigen kann und bei Leo versagt habe? Was, wenn er schlecht von mir denkt, weil Daddy im Keller lebt? Hätte ich auf Mona hören und Daddy nach oben holen sollen?

»Komm«, sagt er wie aufs Stichwort. »Zeig mir dein Zuhause.«

Wir fahren mit dem Bus durch die zunehmend verwahrlosten Straßen von Südostlondon. Ich frage mich, was Max wohl denkt, während die Gegend rauer wird, die Lagerhäuser Filialen von KFC und Wettbüros weichen, billige Friseure und Ramschläden sich unter preiswert hochgezogene Wohnhäuser aus den Siebzigern ducken.

»Sieh mal, Max, ich will dir was zeigen, in dieser Kirche versteckt sich ein Schatz. Komm mit.«

Ich führe ihn in die St-Nicholas-Kirche, zwischen den glotzenden Schädeln auf den Torpfosten hindurch bis zu der Liste mit Schiffsnamen an der Wand, auf der ich den Namen Endymion für meinen Kater gefunden habe. Dann zeige ich ihm Grinling Gibbons' Holzrelief, eine Illustration zu dem Bibelvers »Ihr verdorrten Gebeine«.

Aber als wir davorstehen und es betrachten, wünschte ich plötzlich, ich hätte es nicht getan. Warum zeige ich ihm eine Abbildung von Skeletten und Schädeln, einen Berg wehklagender Körper? Max mag sinnliche Statuen, Bildnisse des Lebens; dieses grauenvolle Relief mit sich windenden und verwesenden Körpern in der Erde will er nicht sehen.

Schnell bringe ich ihn wieder hinaus. »Gehen wir nach Hause«, sage ich.

Auf der High Street fallen mir die Nagelstudios, die Salons für Thaimassagen und die Typen, die mit ihren Bierdosen vor der Taxizentrale stehen, noch mehr auf als sonst. Ich will nicht, dass Max das mitbekommt. Er soll nur die Dinge sehen, auf die ich stolz bin.

Max schweigt, und in mir steigt wieder die Angst hoch, er könnte es sich anders überlegen, wenn er mein Haus sieht.

Wir biegen in meine schmale Wohnstraße ein.

»Das ist schöner, als ich es mir vorgestellt habe«, raunt er in mein Ohr. »Eine alte Londoner Straße mit reizenden Häusern. Ich dachte, du würdest in einer umgebauten Lagerhalle wohnen. Aber auf so was habe ich gehofft.«

»Das ist die einzige Straße im Viertel, in der in den Siebzigern nicht alles abgerissen wurde«, erzähle ich. »Eine bürgerliche Oase in der Einöde der Arbeiterschicht.«

Er lacht. »He, schau dir mal diese kleinen Figuren an den Türen an! Das ist ja mal was.«

Ich lächle. »Die Häuser haben ursprünglich Schiffsbauern und Kaufleuten gehört«, sage ich. »An einigen sind Galionsfiguren angebracht, siehst du? Aber bei mir bewachen zwei kleine Putten die Tür. Babyengel.«

Ich schließe auf und öffne die Tür. Zur Begrüßung schlägt uns der warme Duft nach Hefe und Brot entgegen. Das Haus strahlt ein sanftes Licht aus; es ist makellos, still, einladend.

Mona hat sich haargenau an meine Anweisungen gehalten.

Die Küchentür am Ende des Flurs steht offen; als wir näher kommen, entdecken wir Mona.

Sie hat ihren Kittel bis über die Knie hochgezogen, hockt auf dem Boden und knetet Teig in der großen flachen Tonschale, die ich ihr dafür gegeben habe. Die Haare hat sie mit ihrem orangeschwarzen Kopftuch zurückgebunden, einige

Strähnen fallen ihr über die Wangen; ihre Füße stecken in den weichen Lederschläppchen, die sie im Haus trägt.

Ihr Gesicht wirkt abgespannt, die Augen sind müde.

Endymion hat es sich auf dem Küchentisch gemütlich gemacht, beobachtet Mona und blinzelt schläfrig.

Max bleibt im Schatten, wo sie ihn nicht sieht, und betrachtet sie durch den Türspalt.

Als ich die Küche betrete, steht Mona auf und flüstert mir ins Ohr: »Auf dem Telefon ist eine Nachricht für Sie. Sie hat es auf Ihrem Handy versucht, aber Sie haben sich nicht gemeldet. Jemand vom Sender. Wegen einer neuen Stelle für Sie.«

»Was?«

»Sie sollen morgen anrufen. Es geht um eine Kochsendung. Sie hat gute Neuigkeiten.« Mein Herz schlägt höher. Ich will schon nachfragen, als mir einfällt, dass weder Mona noch Max wissen, dass ich meinen alten Job verloren habe.

»Danke, Mona«, sage ich. »Wenn Sie hier fertig sind, müssen Sie zu Daddy gehen. Es ist schon recht spät.«

»Ich mache, was Sie mir gesagt haben.« Sie spricht laut, hockt sich wieder hin, ohne mich noch einmal anzublicken; sie will Max nicht zeigen, dass wir uns verstehen. Ich werde nervös. Sie wirkt feindselig. So sollte Max unsere Beziehung nicht erleben.

Er soll sehen, dass Mona und ich Rollen haben, das ja, dass sie macht, was ich ihr auftrage. Aber auch, dass sie gerne für mich arbeitet.

»Sie haben gesagt, ich soll das Brot machen, wenn Sie kommen. Das mache ich. Es muss eine Stunde stehen, dann muss ich es wieder kneten. Dann muss es noch mal gehen, bevor ich es backe.«

»Ja«, sage ich. »Aber während das Brot geht, müssen Sie sich um Daddy kümmern.«

Sie knetet weiter, ohne zu antworten. Ihr unverschämtes Verhalten, gerade jetzt, wo sie unbedingt mitspielen sollte, lässt in mir heiße Wut aufsteigen.

»Mona«, sage ich.

Sie sieht nicht auf. Als hätte sie mich nicht gehört.

»Hallo«, sagt Max und tritt aus dem Schatten. »Ich bin Max. Freut mich, Sie endlich mal kennenzulernen.«

Mona schaut ihn mit ihren großen braunen Augen direkt an.

Es juckt mich stark in den Fingern, ihr eine Ohrfeige zu verpassen. Flirtet sie etwa mit meinem Freund?

»Mona, richtig?«, fragt Max und streckt ihr eine Hand entgegen. »Wie geht es Ihnen?«

Ich sehe Max an und versuche zu erkennen, wie er die Situation einschätzt. Seinen kurzen Blick hat er bekommen, genügt das nicht?

»Dora und ich kümmern uns jetzt um das Brot, Mona«, fährt er fort. »Doras Daddy braucht sein Abendessen. Das ist wichtiger. Sie können jetzt gehen.«

Glaubt er, ich hätte sie nicht im Griff?

Mona starrt ihn weiter mit großen Augen an, bevor sie mich mit einem Blick fragt, ob sie wirklich gehen darf. Wie sie das tut, ist voller Ironie, ein Spielchen für Max.

Sie will ihm wirklich etwas mitteilen.

»Max hat recht. Gehen Sie jetzt, Mona. Vergessen Sie das Brot. Gehen Sie.«

Sie kämpft sich hoch, reibt sich den Rücken, lässt den Kittel bis zu den Knien fallen. Die Schale hebt sie auf und stellt sie auf die Anrichte, damit sie die sanfte Wärme des Ofens mitbekommt.

»Mona«, zische ich, als ich ihr in den Flur folge, »heute Nacht schlafen Sie in Daddys Wohnung. Haben Sie verstanden? Anitas Sohn ist krank, deshalb fahren Sie heute doch nicht zu ihr.«

»Wo denn? In Charles' Wohnung ist kein Bett.«

»Doch.« Ich senke die Stimme. »Sie können die Sofakissen nehmen. Machen Sie sich auf dem Boden ein Bett zurecht, und nicht jammern. Ich will Sie heute Abend nicht im Haus haben.«

»Aber der Boden ist kalt.«

»Mona! Sie tun, was ich sage, nicht, was Sie wollen.«

Wie kann sie es wagen, mir zu widersprechen, gerade heute, wo ich meine Autorität beweisen muss?

Schließlich fügt sie sich, läuft zurück durch die Küche in ihr Zimmer und kommt einen Moment später mit ihrer Tasche und ihrem Anorak wieder heraus.

Ich sehe ihr nach, als sie das Haus verlässt, höre ihre Schritte bis zur Hintertür. Dann kehre ich zu Max zurück, der am Küchentisch sitzt und ein Glas Rotwein in der Hand hält. Ich mache mich auf einen lüsternen Kommentar von ihm gefasst, eine Bemerkung über Monas wunderbare Schenkel. Aber Max streckt den Arm aus und zieht mich auf seinen Schoß.

»Es ist, als würde man nach Hause kommen«, flüstert er. »Wirklich. Das Haus, die Katze, Mona, das Brotbacken – alles fantastisch. Wann gehst du mit mir nach oben?«

Im Schlafzimmer hat Mona mir alle Ehre gemacht. Die Bettwäsche ist so gewaschen und gebügelt, wie ich es ihr aufgetragen habe – und sie hat sie sogar gestärkt, wie es sich anfühlt. Die Lampen im Zimmer sind eingeschaltet, ihr gedämpftes Licht wirft sanfte Schatten. Auf den Frisiertisch hat Mona eine Art Räucherstäbchen gestellt, wahrscheinlich etwas aus Marokko. Es verleiht dem Zimmer einen Hauch Exotik und Sinnlichkeit.

Max setzt sich auf die Bettkante und nimmt seine Armbanduhr ab. Ich frage mich, ob er bei Valerie so zu Bett geht, seine Manschetten aufknöpft, sich den Kragen lockert, einen Schuh mit dem jeweils anderen Fuß abstreift.

Und es beunruhigt mich. Wenn wir von unserer üblichen Leidenschaft befallen sind, vergeuden wir keine Zeit mit dem Ausziehen. Ein paar Mal haben wir es gar nicht so weit geschafft, wir wollten uns zu sehr an die Wäsche, um sie ordentlich abzulegen. Manchmal bin ich mit zerrissenen Dessous nach Hause gekommen, und ich habe dieses sinnlich zügellose Gefühl genossen, wenn ich mich frühmorgens unter die Pendler mischte, die eine solche Leidenschaft sicher noch nie erlebt hatten. Für mich ist es ein kostbares Geheimnis, dass wir uns begehren wie niemand sonst.

Doch als ich Max heute Abend beim Ausziehen beobachte, erschreckt es mich. Seine ganze Art, seine Bewegungen, alles langsam und feierlich. Ich strecke mich über das Bett, umarme ihn, empfinde wie immer erregenden Genuss, als ich seinen straffen Körper unter dem weißen Hemd spüre und meine Hände über seine Brust gleiten lasse, was ihn normalerweise lustvoll aufstöhnen lässt. Aber statt zu reagieren, zieht er weiter seine Hose und seine Socken aus, als wäre ich seine Frau!

Ich gebe auf, ziehe die Beine aufs Bett und die Decke über mich und warte auf ihn. Vielleicht ist unsere Leidenschaft in Gefahr, weil wir hier sind, in meinem Haus. Ich hätte ihn nie einladen sollen. Aber er wollte es doch! Er hat es selbst vorgeschlagen.

Seine lieben, beruhigenden Worte fallen mir wieder ein.

»Ich würde gerne die ganze Nacht mit dir in einem Bett schlafen … das sich deinem Körper anpasst …«

»Max«, frage ich leise. »Ist es ein Fehler?«

»Was?«

Bilde ich mir das nur ein, oder will er mich wirklich nicht ansehen?

Ich will Max nicht in eine Falle locken. Ich habe ihn nie gebeten, seine Frau zu verlassen. War nie auf irgendeine Art besitzergreifend.

Aber ich kann ihn nicht verlieren. Ich liebe ihn. Ich habe alles für ihn aufgegeben. Roger. Geld. Ein Leben im Luxus. Jetzt habe ich ihm mein Zuhause zu Füßen gelegt – ich habe ihm sogar meine Haushälterin gezeigt.

»War es ein Fehler, dass du hergekommen bist?«, hake ich nach. »Vielleicht funktioniert es zwischen uns nur, wenn wir da draußen sind – vielleicht sollten wir nicht mal einen Blick in das Haus des anderen werfen.«

Seufzend sieht er mich an, steckt auch die Füße unter die Bettdecke, nimmt mich in den Arm und zieht mich an sich. Ich lege den Kopf in die Kuhle zwischen seiner Schulter und seiner Brust.

»Nicht, Dora«, bittet er. »Such nicht das Haar in der Suppe. Ich muss schlafen. Ich habe einen Jetlag.«

Ich rühre mich nicht. Früher hat er sich nie über Jetlags beklagt, nicht bei mir.

»Ist es wegen Mona?« Ich finde meine Frage mutig, weil die Antwort das Letzte ist, was ich hören will.

»Mona? O ja, ich wollte eigentlich vorschlagen …«

Ich bin gespannt, was er sagen wird. Kann kaum ertragen, es zu hören. Aber dann fährt er fort: »Ich muss ausnahmsweise nicht früh aufstehen, um meinen Flug zu erwischen. Könnten wir sie bitten, uns Frühstück zu machen – und es raufzubringen? Würde das in ihren Aufgabenbereich fallen?«

Warum soll Mona ihm Frühstück bringen? Warum kann ich das nicht tun?

»Hat sie dich denn enttäuscht, so vom Äußeren her? Habe ich dich mit falschen Versprechungen hergelockt?«, stelle ich ihn auf die Probe.

Er zuckt mit den Schultern, beugt sich zu seiner Bettseite und schaltet das Licht aus. Jetzt brennt nur noch eine Lampe, die kleine drüben auf dem Frisiertisch mit ihrem schwachen Schimmer, deswegen ist er im Schatten, als er weiterspricht. Ich kann sein Gesicht nicht sehen, aber erleichtert spüre ich seine Hand auf meinem Oberschenkel, ihre Wärme, das Gefühl, das sie sofort in mir auslöst.

»Das war doch nichts, Dora. Unsere kleine Fantasie war albern, das weiß ich. Sie macht nur ihre Arbeit. Nachdem ich sie jetzt gesehen habe, tut es mir leid, dass ich sie auf diese Art benutzt habe. An dem Abend nach Boudicca, nach diesen bronzenen Beinen war ich richtig in Fahrt.« Lachend drückt er mich an sich und flüstert: »Wir sollten das vergessen und den Moment genießen. Wir haben die ganze Nacht und den ganzen Morgen.«

Und ich bin so erleichtert, dass ich Max an diesem Abend besonders verwöhne, ihm alles gebe, ohne dass er fragen müsste; und er will auch nichts von Schenkeln oder Statuen oder Hausangestellten hören.

Danach hole ich das frisch gebackene Brot von unten, das Mona bereitgestellt hat, und die Schüsseln mit ihrer Harira, und wir essen nebeneinander im Bett und teilen uns eine Flasche Wein. Der Alkohol, die Müdigkeit und eine tiefe Zufriedenheit sorgen dafür, dass ich bald einschlafe.

Ein, zwei Stunden später wache ich auf. Die kleine Lampe taucht immer noch einen Teil des Zimmers in mattes Licht, auch auf Max' Bärtchen fällt ein Schimmer. Sanft streiche ich darüber, berühre es mit den Lippen, genieße das kratzige, männliche Gefühl und wünsche mir, er würde aufwachen und von vorne anfangen. Aber weil ich mich an seinen Jetlag erinnere, schalte ich die Lampe aus, drehe mich um, ziehe seinen Arm über mich, lege seine Hand auf meinen Bauch. Glücklich. Endlich.

Als ich aufwache, ist es immer noch dunkel.

Etwas hat mich aufgeschreckt. Etwas Abruptes – ein Türenschlagen oder ein zugeknalltes Fenster –, und ich liege starr da und überlege, ob es ein Traum gewesen ist. Ich taste nach Max' Hand, aber er hat sich bewegt. Ich strecke den Arm aus. Schnappe nach Luft, als ich nur das Laken fühle.

Seine Betthälfte ist leer.

Ich setze mich auf und lausche angestrengt. Horche auf Geräusche, die mir verraten, ob er im Bad ist. Ich höre nur ein leises Schnurren – Endymion ist hereingeschlichen und hat sich am Fußende zusammengerollt.

Ich zittere unkontrollierbar. Was auch immer mich geweckt hat, hält meinen Körper gepackt und lässt nicht los.

Endlich einmal sollte ich mich sicher fühlen, nicht starr vor Angst. Zum ersten Mal, seit ich Roger verlassen habe, ist ein Mann im Haus – ein anderer als Leo oder Daddy. Trotzdem kann ich mich nicht bewegen. Ich bin gelähmt vor Angst wie sonst nur, wenn ich allein bin und überzeugt davon, dass jemand eingebrochen ist und durch das dunkle Haus schleicht, die Treppe herauf bis zu meinem Zimmer. Das kann nicht sein. Max ist hier und beschützt mich. Er ist irgendwo unten – einen Einbrecher hätte er überwältigt.

Nicht einmal dieser Gedanke tröstet mich.

Ich habe das Gefühl, ich hätte so lange geschlafen, dass es Morgen sein müsste, aber die Dunkelheit ist tot und still.

Als sich meine Augen daran gewöhnen, sehe ich Max' Uhr auf seinem Nachttisch neben dem Bett liegen. Seine Hose hängt über der Stuhllehne, seine polierten Schuhe stehen ordentlich darunter. Was hat er gesagt, wann er weg muss? Ist er vielleicht nach unten gegangen, um sich eine Tasse Tee zu kochen, bevor er aufbricht? Nein! Er hat gesagt, sein Flug würde dieses Mal nicht früh gehen. Er wollte doch, dass Mona uns Frühstück bringt.

Die Ziffern der Digitaluhr springen um. Die Zeiger in Max' Armbanduhr ticken weiter.

Endlich bin ich mit Max hier. Ich habe ihn hereingelassen. Für uns fängt jetzt ein neuer Abschnitt an, in dem er zu mir nach Hause kommt, wir hin und wieder sonntags kochen, zusammen Weißwein trinken, während die Lammschulter im Ofen gart. Mona kann ihren Birnenclafoutis zum Nachtisch machen. Dann sitzen wir zusammen. Leo, Mona, Max und ich. Endymion. Beinahe eine Familie.

Es ist alles gut. Ich bekomme meine Stelle im Sender zurück. Mona hat gesagt, dass sie heute Abend mit guten Neuigkeiten angerufen haben. Eine Kochsendung! Sie wollten mich gar nicht loswerden. Bestimmt bringen sie ein Kochbuch heraus, mit meinem Foto auf dem Umschlag.

Max kann nicht lange wegbleiben, er wird sicher bald zurückkommen. Bis zum Morgengrauen bleiben uns noch ein paar Stunden – wir können noch einmal anfangen, können uns miteinander Zeit lassen, bis es hell wird, und unseren Körpern auch den letzten Tropfen entlocken. Endlich müssen wir uns einmal nicht hetzen. Danach werde ich aufstehen und mich an Max' Vorschlag halten – ich werde Mona bitten, uns

Frühstück zu machen und es uns ans Bett zu bringen. Max wird beeindruckt sein, wie wir zusammenarbeiten, die Herrin und ihr Dienstmädchen. Max und ich werden uns gemütlich die Croissants schmecken lassen. Wir können sie sogar stückchenweise vom Körper des anderen essen …

Es hilft nichts. Diese Stille ertrage ich nicht mehr. Ich höre kein Wasser durch die Rohre fließen. Max ist doch nicht im Badezimmer.

Ich liege hellwach da.

Und höre nichts.

Mich befällt die gleiche Panik wie früher in Billingsgate, wenn Daddy mich allein gelassen hat. Bilder blitzen vor meinem inneren Auge auf: Nancy Partridge. Mona. Steinerne Gesichter. Verlassenwerden. Ablehnung.

Es ist niemand in mein Haus eingebrochen – das ist es nicht. Sie sind in meine Seele eingebrochen. In dieser unnatürlich dunklen Nacht weiß ich nicht mehr, wer ich bin. Das kostbare Geschenk, das ich war, das mich zu Theodora gemacht hat, wurde verletzt; sie haben mir einen Teil meines Selbst gestohlen.

Meine Grundfesten zeigen Risse, und bald wird das ganze Bauwerk meiner Persönlichkeit in sich zusammenstürzen.

Am Ende entfessle ich die Angst, die bereits die ganze Zeit gelauert hat, den vagen Schemen, der keine Gestalt annehmen durfte. Ein Anflug von Panik zerreißt mich so heftig, dass ich glaube, mir wird übel.

Er konnte doch nicht widerstehen.

Max ist zu Mona gegangen.

Kapitel achtundvierzig

Die Kissen sind schmal und verklumpt. Ich schiebe sie zur Seite. Breite stattdessen eine Decke auf dem Boden aus und lege mich darauf. Die Steppdecke ziehe ich über mich. Ich könnte sie auch auf den Boden legen, aber dann hätte ich nur eine dünne Decke, um mich warm zu halten. Eines der Kissen schiebe ich mir unter den Kopf. Auf dem harten Boden kann ich mich besser ausstrecken. Ich muss dringend schlafen.

Heute Morgen habe ich früh angefangen, schon vor Tagesanbruch. Wenn Dora ihrem Max ein schönes Haus präsentieren wollte, sollte sie es so haben. Alle anderen Gedanken schob ich von mir. Ich versorgte Charles. Wusch, stärkte und bügelte Doras Bettwäsche. Richtete ihr Zimmer verführerisch her, weil ich wusste, dass sie es für den Besuch ihres Geliebten so haben wollte. In meinem Hinterkopf nahm ein neuer Plan Gestalt an: Wenn ich diesen Doktor irgendwie beeindrucken konnte, wenn er Einfluss auf Dora hatte, würde er mir vielleicht helfen, Ali zu suchen. So wie Ummu es anfangs vorgeschlagen hatte. Vielleicht würde er Dora sogar überreden, mir mehr zu bezahlen und mir meinen Pass zurückzugeben – oder mir wenigstens etwas freie Zeit zu lassen.

Charles war heute Abend unleidlich.

»Sie haben den Teller nicht vorgewärmt. Jetzt ist das Essen kalt. Kalte Sachen kann ich nicht essen.«

»Ist gut. Ich mache es wieder warm.«

»Donnerstags gibt es Suppe – ich dachte, Sie kennen den Speiseplan.«

»Aber heute ist Freitag, Charles.«

»Es ist Donnerstag!«

Manchmal beharrt er so sehr auf etwas, dass ich an meinem eigenen Gedächtnis zweifle. Habe ich mich etwa im Tag geirrt?

»Gut, Charles, sagen wir, es ist Donnerstag. Ich mache Ihnen eine Suppe.«

Als ich ihn endlich in seinen Pyjama bekommen hatte, machte er sich nass, und ich musste noch einmal von vorne anfangen. Und die ganze Zeit dachte ich an Ummu, die krank im Bett lag, an ihre kleine Krankenschwester Leila und daran, dass sie jede Woche auf das Geld warteten, damit Ummu die nötige Operation bezahlen und weiterleben konnte.

Und das gab mir die Kraft weiterzumachen, obwohl mein Rücken schmerzte und meine Knie sich beschwerten, obwohl ich wusste, wenn ich mich endlich hinlegen konnte, dann auf dem Boden von Charles' Wohnzimmer, damit Dora und ihr Freund oben freie Bahn hatten.

Jetzt sehne ich den Schlaf herbei, aber er schleicht sich an und wieder fort wie ein Dieb in der Nacht und gönnt mir keine Ruhe. Ich drehe mich herum, strecke mich aus, rolle mich zusammen. Und als ich endlich gerade einschlafe, weckt mich etwas.

Charles ruft: »Mona, Mona!« Und dann ein Echo aus dem Babyfon neben mir: *Mona, Mona!*

Ich setze mich auf. Ein heftiger Schmerz durchzuckt mein Bein, als ich mich langsam strecke. Ich stelle beide Füße auf den Boden. Ziehe meinen Fleecepullover über mein T-Shirt.

Charles sitzt aufrecht im Bett, die Augen weit aufgerissen.

Sein Atem geht stoßweise, seine verkümmerte Brust unter dem weiten Pyjamaoberteil hebt und senkt sich. Ich lege ihm eine Hand auf die Stirn. Sie fühlt sich klamm an.

»Charles, geht es Ihnen gut? Was ist los?«

Er sieht mit leerem Blick zu mir auf. Sein Atem rasselt. Er sagt kein Wort.

Ich habe Angst um den alten Mann, aber auch um mich. Wenn ich Dora nicht wütend machen will, muss ich das Richtige tun. Mein Verstand ist vor Müdigkeit wie benebelt. Ich gehe zu Charles' Telefon, obwohl Dora mir eingeschärft hat, dass ich es nicht benutzen soll. »Das kostet Geld, Mona. Es ist nicht für Sie. Nur für Notfälle.«

Aber das *ist* ein Notfall. In einem Stapel aus Broschüren und aussortierten Briefen suche ich nach der Nummer des Arztes, die Dora mir an meinem ersten Tag gezeigt hat.

Endlich finde ich sie und wähle mit ungeschickten Fingern. Ich muss mir eine Reihe von Auswahlmöglichkeiten anhören. Weil ich nicht sicher bin, dass ich sie richtig verstanden habe, wähle ich noch einmal. Höre genau zu. *Bei einem Notfall drücken Sie die Eins.* Eine Stimme vom Band nennt mir eine andere Nummer, die ich anrufen soll. Die Notrufnummer für nachts.

Nach langem Warten erklärt mir schließlich eine echte Stimme, dass ich den Patienten ins Krankenhaus bringen muss.

»Aber ich kann nicht«, sage ich, »ich habe kein Auto. Kann der Arzt herkommen?«

»Wenn es ein echter Notfall ist, sind Sie bei uns falsch, dann müssen Sie einen Krankenwagen rufen.«

»Aber er ist sehr krank, er kann nicht richtig atmen.«

»Haben Sie einen Nachbarn, der Sie zur Notaufnahme fahren kann?«

Und dann fällt es mir ein. Natürlich! Es ist ja schon ein Arzt im Haus. Doras Freund Max ist Arzt!

Ich ziehe meine Turnschuhe an, lasse die Kellertür offen stehen und laufe schnell die überfrorene Treppe zum Garten hinauf und zur Haustür. Ich schließe auf und schleiche hinein.

Normalerweise hüte ich mich davor, in Doras Zimmer zu gehen. Ich betrete es nur, wenn sie nicht zu Hause ist, um zu putzen, das Bett zu beziehen und das Zimmer für sie herzurichten.

Aber heute Nacht ist eine Ausnahme.

Ich drücke ein Ohr gegen die Tür. Stille. Vorsichtig öffne ich. Die Tür raschelt über den weichen Teppich. Im Zimmer ist es dunkel. Es riecht schwach nach dem Räucherstäbchen, das ich vorhin angezündet habe, nach Schlaf und nach Intimität – ein Geruch, den ich nicht einatmen will, weil mir das wie eine Überschreitung vorkommt. Einen Moment lang bin ich ein kleines Mädchen, das nachts aufwacht und zum Alkoven geht, weil ich denke, dass Papa dort allein schläft. Ich sehe sie, meine Mutter und meinen Vater zusammen auf der Liege, und sie riechen so ähnlich wie dieses Zimmer, nach Schweiß und Körperwärme und Geheimnissen. Und ich weiß, dass ich nicht hier sein sollte.

Heute Nacht habe ich keine Wahl.

Dora und Max liegen auf meinen gestärkten Kissenbezügen. Max, der Arzt, auf der Seite, die mir am nächsten ist. Ich rüttle ihn an der Schulter. Er bewegt sich leicht, öffnet blinzelnd die Augen, sieht mich verwirrt an. Ich flüstere ihm ins Ohr, dass Charles krank sei und einen Arzt brauche.

Max zögert nicht. Er steht auf, schnappt sich einen Bademantel und ist durch die Tür, ohne sich auch nur die Hose über seine Boxershorts zu ziehen.

Unten im Keller stehe ich in der Tür zu Charles' Schlafzimmer, während Max an der Brust des alten Mannes horcht, ihm die Stirn fühlt, seinen Puls prüft.

Er dreht sich zu mir um.

»Hat Dora oben einen Verbandskasten? Einen Erste-Hilfe-Koffer, so was in der Art?«

Ich laufe wieder nach oben, um Leos Tasche zu holen, die er mir in seinem Zimmer gezeigt hat und in der er oft herumkramt, wenn er glaubt, er habe irgendetwas Behandlungsbedürftiges.

Ich finde die Tasche. Zögernd überlege ich, ob ich genug Zeit habe, meine Facebookseite anzusehen. Aber der Computer ist ausgeschaltet. Ich bringe die Tasche mit den Medikamenten nach unten und bleibe am Fußende des Bettes stehen, während Max dem alten Mann einige Fragen stellt.

»Können Sie mir Ihren Namen und Ihren Geburtstag sagen?« Er sieht Charles in die Augen. Fühlt wieder seinen Puls. Legt wieder ein Ohr an Charles' blasse eingefallene Brust und horcht.

Ich stehe zitternd da. Es ist tiefste Nacht, lange vor Morgengrauen. Eine schreckliche, stille Zeit, in der sogar der Londoner Verkehr ruht und kein Vogel singt – die Zeit, sagt man, in der die meisten Leute sterben.

»O bitte, Allah, lass es ihm gut gehen«, bete ich. »Nimm ihn uns noch nicht.«

Und ich merke, dass ich Charles nicht nur Besserung wünsche, weil ich Angst vor Dora habe, falls er stirbt, sondern weil er mein Freund ist und ich ihn in gewisser Weise lieb gewonnen habe.

»Es ist nichts Ernstes«, sagt Max schließlich, richtet sich auf und kommt zu mir herüber. »Ich schätze, er ist plötzlich wach geworden und hatte einen Panikanfall – das ist das

Wahrscheinlichste. Und er hat sich vielleicht erkältet. Ich gebe ihm etwas zur Beruhigung. Aber Sie müssen wieder ins Bett, Mona.«

Ich gehe zu meinem Lager aus Kissen und Decken auf dem Boden.

»He«, sagt Max. »Sie haben doch ein Zimmer, oder? Es ist kalt. Hier können Sie nicht schlafen.«

Er deutet mit dem Kopf auf mein notdürftiges Bett.

»Aber Dora. Sie sagt …«

»Ich gebe Dora Bescheid. Ich kümmere mich um sie. Sie müssen schlafen, Mona. Gehen Sie in das Zimmer neben unserem. Da ist ein schönes Bett fertig bezogen.«

»Aber wenn Charles wieder krank wird …«

»Dafür haben Sie das hier, oder?«, fragt er und hebt das Babyfon hoch.

Ich nicke.

»Das nehme ich heute Nacht mit in unser Zimmer, dann höre ich es, wenn er noch einmal aufwacht.«

Ich mustere diesen Mann. Er ist freundlich und mitfühlend, das erkenne ich in seinen Augen. Noch dazu ist er Arzt – wie Ali! Mir fällt seine SMS aus Amerika auf Doras Handy ein, und ich sehe meine allerletzte Chance vor mir aufblitzen.

Ich angle mein Foto von Ali aus der Hosentasche und sage: »Bitte, Doktor Max, ich suche diesen Mann. Ali. Ali Chokran. Vielleicht arbeitet er in einem Krankenhaus oder sucht Arbeit. Vielleicht ist er in einem Lager für Asylbewerber. Aber er ist ganz sicher in diesem Land.«

Ich gebe ihm einen Zettel. »Sagen Sie es mir, wenn Sie ihn finden?«

Doktor Max nimmt das Foto, sieht es sich an, nickt und gibt es mir zurück.

»Doktor«, sage ich und mache große Augen. Ich weiß, wie

man einen so guten Mann um etwas bittet. »Ich habe Dora gesagt, dass er tot ist. Um diese Arbeit zu bekommen. Ich dachte, sie stellen mich ein, wenn sie glauben, ich wäre Witwe. Jetzt kann ich meine Geschichte nicht ändern.«

Er lächelt. »Keine Angst. Ich sehe mal, was ich tun kann. Und jetzt ab ins Bett.«

Als ich gehen will, ruft er mich zurück.

»Mona. Wissen Sie was, Sie haben mir ein Geheimnis anvertraut. Darf ich Ihnen auch eines verraten? Nur bis zum Morgen?«

Ich nicke. »Natürlich.«

Er zieht etwas aus seiner Tasche. Ein Kästchen – in so etwas wird teurer Schmuck verkauft. Solche Kästchen habe ich in Madames Haus gesehen und auch auf Doras Frisiertisch, bevor sie alles weggeschlossen hat.

Er öffnet es. Der Inhalt funkelt im Licht von Charles' Lampe. Es ist etwas Wertvolles. Wertvoller als die Kette, die sie trägt, das erkenne ich. Auf der High Street würde er ein paar Hunderter dafür bekommen …

»Es ist ein Medaillon – für Dora«, erklärt er. »Morgen will ich sie fragen, ob ich versuchen darf, hier zu leben. Mit ihr. Wenn sie mich haben will. Und natürlich mit Leo und wohl auch mit Ihnen! Deshalb möchte ich, dass Sie morgen ein schönes Frühstück mit Kaffee machen, und können Sie Croissants besorgen?«

Ich nicke.

»Croissants und vielleicht ein paar Blumen. Hier.« Er gibt mir einen Zwanzig-Pfund-Schein. »Behalten Sie den Rest.«

»Danke«, sage ich.

Ich lächle ihn an; ich freue mich für ihn. Freue mich, dass er Dora glücklich machen wird.

Als ich die Stufen zur Haustür hinaufgehe, wird mir leicht

ums Herz, so leicht, als hätte man sich in den verwinkelten Gassen einer fremden Medina verlaufen und würde plötzlich einen markanten Punkt entdecken und wissen, dass man wieder nach Hause findet. Der amerikanische Arzt wird mir helfen.

Kapitel neunundvierzig

Auf einen Schlag brechen alle Ängste und Zweifel in mir auf, die ich spüre, seit Mona in mein Haus gekommen ist.

Sie hat mir Daddys Zuneigung gestohlen und auch Leos, und jetzt will sie mir Max wegnehmen.

Alte Verdächtigungen fallen mir wieder ein. Was sie mir über Madame Sherif und ihren Mann erzählt hat. Die ganze Zeit hat Mona auf diesen Moment hingearbeitet. Obwohl mein Instinkt mir etwas anderes sagte, habe ich es ihr nachgesehen, als sie mich mit den Rosen und den Suppenlöffeln betrogen, mich mit ihrer »Tugendhaftigkeit« und ihrer Sorge um Daddy und Leo überlistet hat.

Geschichten von meinen englischen Freundinnen im Ausland klingen mir in den Ohren. Dass man Hausangestellte von seinem Mann fernhalten muss. Dass diese Leute keinen Sinn für Moral haben und meinen, alles, was einem selbst gehört, würde auch ihnen gehören. Dass sie ungebildet und unkultiviert sind. Warum sollten sie sich sonst eine solche Arbeit aussuchen?

Ich denke daran, wie Mona ihre goldenen Beine vor mir zur Schau gestellt hat – wollte sie damit gezielt mein Selbstvertrauen untergraben, das mir mein Körper immer gegeben hat? Ihre Lüge, sie sei Witwe – wollte sie damit mein Mitleid wecken und mir vorgaukeln, sie würde immer noch um ihren Mann trauern und wäre deswegen keine Gefahr?

Monas seltsame Trotzhaltung vorhin in der Küche beim

Teigkneten hat verraten, was sie wirklich denkt. Sie wollte Max vermitteln, dass sie bei mir nicht glücklich ist.

Dass sie ihn will?

Hastig springe ich aus dem Bett und laufe die erste Treppe hinunter, und mit jedem neuen Beweis wird mir übler. Im Bad brennt kein Licht, es ist leer. Das Haus ist still.

Ich steige die nächste Treppe hinunter, voller Hoffnung, Max wäre vielleicht doch in der Küche und würde Tee kochen und einfach sagen, er könne nicht schlafen, seine innere Uhr ginge nach dem Flug noch falsch.

Aber er ist weder im Bad noch in der Küche. Panisch und leise betend, er wäre dort, würde vielleicht lesen oder seine Schlaflosigkeit aussitzen, öffne ich die Tür zum Hinterzimmer, meinem Arbeitszimmer, in dem Mona sonst schläft.

Leer.

Er ist gar nicht mehr im Haus. Er ist in den Keller zu Mona hinuntergegangen!

Mir wird schlagartig klar, wie ironisch das ist – ich habe ihr extra gesagt, sie soll heute Nacht dort unten bleiben, damit sie uns nicht im Weg ist!

Ich blicke den Flur entlang. Und dann bin ich sicher.

Die Tür ist nicht verschlossen, jemand ist hinausgegangen.

Max.

Ich versuche die Bilder zurückzuhalten, die sich in meinen Kopf drängen. Max, wie er in ihre Schenkel beißt. Der ihr sagt, wie sehr er sie begehrt, weil sie sanfte Rundungen und braune Haut hat. Weil ihre Beine glatt sind, nicht so ungleichmäßig wie meine mittlerweile. Weil sie hart arbeitet und klug ist, während ich alt werde und unsichtbar und über nichts und niemanden mehr Macht ausüben kann.

In einer scheußlichen Fantasie fangen die steinernen Gesichter vor meiner Tür an zu feixen, als sie sehen, wie Max zu ihr geht.

Dein Geliebter und dein Hausmädchen, flüstern sie.

Ich habe ihn hierhergebracht! Ich habe ihn zu ihr geführt! Von allen Menschen, mit denen er untreu werden könnte, hat er sich Mona ausgesucht. Mein Hausmädchen. Meine Untergebene.

Ich ziehe den Kunstpelz über mein Nachthemd aus Satin, das ich für den ersten Besuch meines Geliebten bei mir ausgesucht habe. Steige mit nackten Füßen in die Stiefel. Laufe durch die Tür zur Rückseite des Hauses. Über das mit Reif bedeckte Gras bis zur Treppe.

Die Tür unten steht offen, ein schmales Rechteck aus gelbem Licht fällt auf die ersten beiden Stufen. Mein Herz hämmert, als sich meine schlimmsten Befürchtungen bewahrheiten. Max ist zu ihr gegangen und hat in seiner Eile die Tür offen gelassen. Ich bleibe oben stehen und lausche.

Tatsächlich höre ich Stimmen, leises Reden – Max' rauchiges Schlafzimmerflüstern, die Stimme, die mich an Tom Waits und verrauchte Blueskneipen spät in der Nacht erinnert. Mit dieser Stimme spricht er mit ihr! In Daddys Wohnung, während er schläft!

Vor Wut und Schmerz zittere ich so heftig, dass ich fürchte, ich könnte zusammenbrechen.

Zusammen haben Max und Mona mich vollends zum Narren gehalten.

Der Schatten einer Gestalt im Rock ragt durch die Kellertür. Ich weiche zurück ins Dunkle.

Meine Hand streicht über den Scheitel von Mummys steinernem Kopf. Wäre sie doch nicht gestorben! Hättest du mich doch nicht verlassen, Mummy. Wären Anita und Simon und Terence nur nicht so egoistisch. Hätte Daddy mir nur nicht vorgespielt, ich sei sein Liebling!

Dann hätte ich nicht noch einmal ein Hausmädchen gebraucht. Ich hätte schon vom ersten Mal lernen sollen, dass solche Frauen nur Ärger bringen.

Ich hatte recht, als ich am Abend der Beerdigung schon vorhergesehen habe, dass sich meine Geschwister nach Mummys Tod zum Schlechten wandeln würden. Plötzlich überwältigt mich der Wunsch, die Stimme unserer Mutter zu hören. Sie war so ruhig und vernünftig. So ausgleichend. Hat uns allen geholfen, richtig von falsch zu unterscheiden. Seit unsere Mutter gestorben ist, weiß keiner von ihnen mehr, was gut und richtig ist. Sie haben alle ihren moralischen Kompass verloren.

Hätte ich doch nur nicht die Selbstlose sein müssen, die sich um alles kümmert, alle Probleme löst. Man tut sein Bestes, und alle nutzen es aus; sie nehmen und nehmen und machen einen klein, bis man für den eigenen Geliebten unsichtbar wird.

Der Schatten kriecht vor seinem Besitzer die Stufen herauf.

Mein Körper handelt wie von allein, meine Hände packen Mummys steinernen Kopf, schieben ihn mit aller Macht an, stecken meine ganze Wut und meine Verletztheit in diese Bewegung. Eine Sekunde lang wackelt die Büste, dann stürzt sie herab.

Sie landet schwer auf dem Kopf, der zu meinen Füßen auftaucht.

Ich weiß nicht, ob es dabei laut wurde oder sich ein Schrei löste, ob der Körper ein Knirschen von sich gab, als er am Fuß der Treppe zusammenbrach, wo der Kopf jetzt in einem seltsamen Winkel am Türpfosten lehnt. Wo, auch wenn ich es eigentlich nicht sehen will, ein nacktes Bein liegt und der schmale Lichtstreifen den hinteren Oberschenkelmuskel bescheint, genau da, diesen sehnigen Bereich, von dem Max so besessen war und der ihn dazu gebracht hat, mich mit meiner Hausangestellten zu betrügen.

Aber mit einem Schlag verstummt die Welt, eine Stille breitet sich aus, wie man sie nur wahrnimmt, wenn ein anhaltendes Hintergrundgeräusch endet.

Und diese Stille wird durchschnitten vom hohen, süßen Lied einer Amsel.

Kapitel fünfzig

Ich starre auf den Körper. Er liegt ganz still da. Warum bewegt er sich nicht?

Ich laufe die Treppe hinunter. Das ist alles falsch. Mona ist doch aus der Wohnung gekommen. Ich habe den Schatten ihres Kittels gesehen. Unmöglich! Entsetzt begreife ich, dass der Schatten, den ich bemerkt habe, von Max' Bademantel stammte.

»Max!«, rufe ich. Ich knie mich neben ihn. Küsse seinen Hals, seine Brust, sein Bein.

»Max!«

Ich setze mich neben ihn auf den eisigen Boden und bette seinen Kopf auf meinen Schoß.

Aber wo ist Mona?

Aus der Wohnung kommt kein Ton. Bestimmt versteckt sie sich da drin, aus Angst, dass ich sie entdecke. Das sollte sie auch. Sie wird kriechen, sie wird leiden, sie wird wissen, was kommt. Vorerst braucht Max meine ganze Aufmerksamkeit.

In dem gelben Licht aus Daddys Wohnung hat er eine komische Farbe bekommen. Ist das nur die Kälte? Ich ziehe meinen Mantel aus und lege ihn über Max, um ihn zu wärmen.

Und bleibe, ich weiß nicht, wie lange, dort bei ihm.

Es ist immer noch dunkel, aber nicht mehr so drückend dunkel, als mich eine Stimme aus meiner Benommenheit reißt.

»Was ist passiert?«

Verwirrt drehe ich mich um. Über mir, am oberen Ende der Treppe, zeichnet sich vor dem Mond Monas Silhouette ab. Die Straßenlaterne überzieht ihr Kopftuch und ihr Gesicht mit einem bernsteinfarbenen Leuchten, so wie bei den Engeln entlang der Straße, die nachts orange schimmern. Eine Sekunde lang habe ich den Eindruck, ich würde eine der Statuen sehen, vor denen Max und ich uns zu Beginn getroffen haben – die schöne junge Frau auf dem Palace Theatre, die sich scheu ein Tuch um Kopf und Körper schlingt. Gütig, unschuldig. Aber anziehend.

Lange sehe ich sie nur an, ich kann kaum glauben, dass sie echt ist. Die echte Mona versteckt sich irgendwo in Daddys Wohnung, wo sie gerade mit meinem Geliebten auf Daddys Wohnzimmerteppich geschlafen hat.

»Was ist das? Was ist passiert?«, wiederholt sie.

»Was machen Sie hier? Sie sollten doch bei Daddy sein.«

Ihre Miene entgleist, sie hat Angst. Stufe für Stufe steigt sie herunter, stützt sich an der Wand ab. Ihre Augen liegen in tiefen, dunklen Höhlen. Als sie unten ankommt, fängt sie an zu wimmern.

»Hören Sie auf damit – das hilft jetzt nicht!«, sage ich. »Wo waren Sie? Warum war Max hier unten?«

»Er ist zu Charles gegangen«, antwortet sie. »Charles war krank. Hat nicht geatmet. Gehustet. Ich bin nach oben gelaufen, um Doktor Max zu holen. Er hat gesagt, ich soll ins Bett gehen. Er wollte bei Charles bleiben und sehen, ob alles in Ordnung ist.«

Trotz der Kälte bricht mir unschön der Schweiß aus. Er bedeckt meine Stirn und läuft mir hinter den Ohren herab. Auch meine Oberschenkel fühlen sich unangenehm und klebrig an.

»Sie waren oben im Haus?«

»Ja. Max ist nach unten gekommen, um Charles zu helfen. Er hat mich ins Haus geschickt, um zu schlafen.«

Ich sehe wieder den Mann an, dessen Kopf auf meinem Schoß liegt.

Max, du Dummkopf. Du verdammter Dummkopf, denke ich. Mona hat bei Daddy geschlafen, damit sie sich um ihn kümmern kann. Es war ihre Aufgabe. Damit sie uns nicht bei unserer gemeinsamen Nacht stört. Damit wir allein sein können.

Und du sagst ihr, sie soll nach oben gehen!

Glaubst du, du müsstest Daddy versorgen? Dafür habe ich die Frau eingestellt. Du hättest es ihr überlassen sollen. Du solltest diese Leute nicht verwöhnen, Max.

Es ist nicht gut, wenn man zu nett ist. Zu vertrauensvoll. Sie nutzen dich aus, wenn du zu freundlich bist.

»Max muss gefallen sein«, erkläre ich Mona. »Er ist wohl die Stufen hinaufgegangen, sie sind glatt – da, sehen Sie? Da ist Raureif. Offenbar ist er ausgerutscht. Er war fast oben, hat die Hand ausgestreckt, nach der Büste gegriffen, aber er hat sie mitgerissen, als er gefallen ist. Hintenüber …«

»Dann müssen wir einen Arzt rufen? Oder einen Krankenwagen?«

Ja, denke ich. Das sollten wir tun. Einen Arzt rufen, einen Krankenwagen. Sie sollen ihn holen. Vielleicht können sie noch etwas ausrichten.

Ich zittere. Vor Kälte, denke ich. Meine Arme und Beine zucken, als ich versuche, die Situation zu begreifen. Ich muss meinem Körper befehlen, was er tun soll. Ich sage ihm, steh auf, geh nach oben, zurück ins Haus, in die Küche, zum Telefon, wo ich den Hörer nehmen und wählen muss. Wen soll ich rufen? Einen Krankenwagen? Die Polizei? Einen Arzt? Und dann?

Max bewegt sich nicht. Ich schüttle ihn sanft, aber er reagiert nicht. Ich drücke einen Daumen gegen sein Handgelenk. Ich kann keinen Puls ertasten. Heißt das, dass er tot ist? Kann man Menschen heutzutage nicht wiederbeleben? Kann man nicht irgendwas mit ihrer Brust machen, sie zurückholen?

Ich muss Max fragen.

Aber das hier ist Max.

Und dann beginne ich zu jammern.

»Ich rufe einen Krankenwagen«, sagt Mona. »Wie ist die Nummer? Die Nummer von dem Arzt, den ich für Charles angerufen habe, ist zu langsam.«

Sie steigt über Max hinweg. Steigt über Mummys Kopf hinweg, der auf der Seite liegt und traurig in Daddys Wohnung blickt.

Mona geht auf das Telefon zu. Sie denkt klarer als ich, obwohl sie immer noch wimmert und weint, als wäre das hier ihr Problem, nicht meines.

Dann setzt mein Verstand auch wieder ein, und zwar schrecklich deutlich.

Als wäre ein Licht in meinem Kopf angegangen.

»Warten Sie, Mona!«

Sie dreht sich um.

Wenn sie feststellen, dass er bewusstlos, im Koma oder – Gott bewahre – tot ist, werden sie seine Frau und seine Kinder informieren wollen, dass er hier ist, in einem Londoner Keller. Dass er die Nacht mit mir verbracht hat, einer Frau, von der sie noch nie gehört haben. Und wenn er tot ist … Wieder sehe ich ihn an, taste sein Handgelenk ab, versuche, einen Puls zu finden, wieder und wieder. *Komm zurück ins Leben, Max. Komm schon, Puls, lass dich fühlen.* Ich lege ein Ohr an seine Brust … das kann nicht sein. Unmöglich.

»Max!«, rufe ich. »Max!«

Keine Reaktion. Wenn er tot ist, werden sie mit einer Obduktion überprüfen, wie er gestorben ist. Und sie werden fragen, woher diese Kopfverletzung stammt, wenn er gefallen ist, genau hier, wo dieser schreckliche dunkle Fleck sich von Max' Haaransatz zu seinem Auge zieht. Von einem Fall kann sie nicht herrühren, es muss etwas Spitzes gewesen sein; offenbar wurde er angegriffen.

Dieser Gedanke ist in meinem Kopf so mächtig, dass ich überrascht bin, als ein zweiter ebenso hell aufstrahlt.

Wenn ich schuldig gesprochen werde wegen Körperverletzung, Totschlag, welche Anklage ein solcher Unfall auch immer nach sich zieht – was wird dann aus der neuen Sendung, von der Mona erzählt hat? Immerhin soll ich meine alte Position wiederbekommen als Theodora Gentleman, Moderatorin. Wieder on air, mit der treuen Hörerschaft, die ich immer so genossen habe, jetzt vielleicht noch mehr.

Max hat seiner Frau nichts von mir erzählt. Niemand wird je herausfinden, wohin er gegangen ist.

Sein Verschwinden wird nie aufgeklärt.

Niemand weiß, dass er hergekommen ist.

Außer Mona.

Kapitel einundfünfzig

»Mona«, sagt Dora.

Sie streckt ihre Hand aus und zieht mich nach unten. Nebeneinander sitzen wir auf der untersten Treppenstufe. Sie dreht meinen Kopf zu sich.

»Max war nie hier. Verstehen Sie? Niemand darf es wissen.«

Als ich nicke, lässt sie mein Kinn los. »Ich verstehe.« Das ist falsch. Ich sollte mich nicht darauf einlassen. Aber Dora kann tun, was sie will. Sie hat meinen Pass. Meine Rettungsleine. Ich kann es mir nicht erlauben zu widersprechen.

»Und deshalb, Mona, müssen Sie mir helfen, ihn zu tragen. Sie sind mein Hausmädchen, Sie müssen tun, was ich Ihnen sage. Und ich sage Ihnen, dass Sie mir helfen. Wir müssen Max in meinem Auto irgendwohin bringen. Wir müssen ihn loswerden.«

Ich weiß, ich darf keine Fragen stellen. Ich muss genau das tun, was sie verlangt. Meinen Verstand schalte ich aus. Tue, was man mir sagt.

Ich weiß, wohin man Leichen bringt, wenn man keine Zeit hat, sie zu begraben. Das habe ich aus Geschichten über die Konflikte, für die Ali sich immer interessierte. Konflikte in unseren Nachbarländern während des Arabischen Frühlings, wie man es jetzt nennt. Ali hat mir erzählt, dass seine Bervettern vor Gewalt und Auseinandersetzungen zwischen Rebellen und Regierungskräften geflohen sind, und dass viele versucht haben, in Booten nach Europa zu kommen. Wer nicht überlebte, erzählte er mir, und seine blauen Augen blitzten dabei vor Wut, wurde einfach über Bord geworfen. Aber wo sollte man auch mit einer Leiche hin, die sonst verwesen und riechen und Krankheiten verbreiten würde?

Und weil ich keine andere Wahl habe, weil ich mir ausmalen kann, was Dora mit mir macht, wenn ich ihr nicht helfe, sage ich: »Wir müssen ihn in den Fluss werfen.«

»Ich ertrage es nicht, ihn so zu sehen«, sagt Dora. Ich folge ihrem Blick und erkenne, dass Max' Kopf nicht nur ein wenig geblutet hat, wie ich erst dachte, sondern oben am Schädeldach eingedrückt ist. Aus der Wunde tritt etwas aus – nicht nur Blut, auch Gewebe. Ich zucke entsetzt zurück, als mir klar wird, dass das sein Gehirn sein muss.

Ich würge, kämpfe gegen die Übelkeit an, aber ich kann nicht wegsehen. Ich starre auf die Masse, die aus der offenen Wunde sickert, auf den schwarzen Riss in seinem feinen Haar, in dem sich Bläschen bilden. Ich stelle mir vor, welche Gedanken durch diese Zellen gingen, bevor er so heftig auf der Treppe ausgerutscht ist und die schwere Büste seinen Kopf zertrümmert hat. Kluge, freundliche Gedanken. Gedanken, die mir helfen sollten. Wo bleiben sie? Dringen sie mit der Masse heraus, die wie der schmoddrige Schaum am Meeresrand aussieht? Vergehen sie, wenn sie an die Luft gelangen?

Dora muss sich in diesen wenigen Sekunden wegbewegt haben, denn sie kommt jetzt aus Charles' Wohnung, in den Händen ein Bündel Stoff. Sie hockt sich hin, wischt das Blut mit einem Handtuch auf, und als es durchtränkt ist, hebt sie Max' verschmierten Kopf an, schiebt noch ein Stück Stoff darunter – einen der Kittel, die sie für mich gekauft hat; ich habe ihn gestern Abend vor dem Schlafengehen auf den Boden gelegt – und wickelt es eng um Max' Kopf, bis das ganze

Gesicht bedeckt ist. Dann verknotet sie die Ärmel des Kittels, sodass sich der Stoff vor seinem Gesicht zusammenschiebt und es verhüllt.

»Wenigstens muss ich diese schreckliche Schweinerei jetzt nicht mehr sehen«, murmelt sie. »Wir decken ihn zu. Holen Sie die Decke aus Ihrem Bett. Mona. Schnell! Und wenn Sie schon da sind«, sagt sie und wirft mir das blutige Handtuch zu, »werfen Sie das in Daddys Müll. Wir kümmern uns später darum.«

In der stillen Wohnung schaue ich kurz in Charles' Zimmer. Er liegt auf der Seite und schläft tief und fest. Das Beruhigungsmittel, das Max ihm vorhin gegeben hat, hatte offenbar auch eine einschläfernde Wirkung. Ich stopfe das Handtuch in den Mülleimer und ziehe die Decke von meinem provisorischen Bett.

Dora zittert, als sie Max ihren Mantel wegnimmt und selbst hineinschlüpft. Zusammen wickeln wir Max in die Decke, bis er nur noch wie ein Bündel Bettzeug oder ein Packen dreckiger Wäsche aussieht, den wir aus der Wohnung bringen.

»Jetzt greifen Sie die Füße, Mona, und ich nehme die Schultern.« Sie schiebt die Hände unter seine Arme und wuchtet ihn hoch, bis sein umwickelter Kopf an ihrer Brust liegt, und ich hebe seine Füße an. Durch die Decke kann ich ihn nicht richtig festhalten, also schiebe ich sie zur Seite und ziehe seine nackten Beine links und rechts neben mich, so, wie ich Leila manchmal trage.

Wir gehen die Treppe hinauf und versuchen, nicht auf dem Eis auszurutschen. Max' blasse Füße baumeln neben mir, und meine Kehle füllt sich mit einem beißenden Geruch, den ich zuerst für eine Mischung aus Frost und Dieselabgasen halte. Es ist der Geruch von Blut. Es tropft auf die Stufen und hinterlässt eine dunkle Spur auf dem eisigen Boden.

Am Ende der Treppe wird mir das Gewicht zu viel. Meine Arme wollen nicht mehr.

»Bitte, Dora. Können wir kurz ausruhen?«, keuche ich, und sie lässt seinen blauen Kopf erleichtert zu Boden sinken. Einen Moment lang stehen wir in der eisigen Nacht nur da und ringen nach Luft. Eine Seite des Kittels um seinen Kopf ist schon durchtränkt, das durchgesickerte Blut hat ihn dunkel gefärbt.

»Wir müssen uns beeilen«, sagt Dora schwer atmend. »Wir haben Daddy ganz allein in seiner Wohnung gelassen.«

»Er hat fest geschlafen. Max …« Mir versagt die Stimme. »Max hat ihm etwas zur Beruhigung gegeben.«

»Ich brauche meine Autoschlüssel.« Dora läuft durch den Garten und lässt mich mit der Leiche allein. Licht kommt nur von der Straßenlaterne, deren Schein Max' vermummte Gestalt nicht ganz erreicht. In diesem Moment kommt mir der Gedanke, dass ich einfach loslaufen könnte. So schnell wie möglich vor all dem weglaufen. Verschwinden.

Ich sehe mich um. Ich habe nichts: kein Geld, keine Papiere. Und wohin sollte ich gehen? Und wie lange würde es dauern, bis Dora die Polizei alarmieren und erklären würde, ihr illegales Hausmädchen sei mitten in der Nacht verschwunden, nachdem ihr Geliebter einen gewaltsamen Tod gestorben war? Mein Herz beginnt zu hämmern.

»Mona, wir müssen weiter.« Dora ist zurück. »Heben Sie ihn hoch. Na los, wir dürfen keine Zeit verlieren.«

Kann das wirklich wahr sein? Hat sie tatsächlich vor, Max' Leiche zum Fluss zu bringen, ohne bei der Polizei oder einem Arzt Hilfe zu holen?

Warum? Weil sie sich vor der Reaktion seiner Frau fürchtet, wenn die von der Affäre erfährt? Da muss noch etwas anderes sein, etwas, das Dora verbergen will. Aber wenn ich frage, könnte Dora es so aussehen lassen, als hätte ich etwas mit dem Tod des Doktors zu tun. Also frage ich nicht.

Danach reden wir nicht mehr viel. Fast wortlos arbeiten wir zusammen. Und weil ich klarer denke als Dora, überlässt sie mir das Kommando.

Sie tut genau, was ich ihr sage.

»Warten Sie!«

Ich deute auf Desirees Fenster im Nachbarhaus. Daran hat Dora nicht gedacht. *Alhamdulillah*, bei der Frau ist alles dunkel, die Vorhänge sind zugezogen. Es sind sogar alle Vorhänge auf der Rückseite dieser Häuserreihe geschlossen. Niemand beobachtet uns.

Dora geht vor, sie trägt Max' Oberkörper durch den Garten, in dem der Boden allmählich gefriert. Dann den schmalen Weg am Haus entlang.

»Stopp«, flüstere ich, als wir die Straße erreichen. »Wir müssen erst nachsehen, ob jemand da ist.«

Wir legen Max kurz am Ende des Weges ab, wo man ihn von der Straße aus nicht entdecken kann.

Es ist niemand dort, nur Endymion sitzt im Halbschlaf auf der Mauer neben der Treppe und blinzelt träge wie ein Löwe.

»Sie können das Auto aufschließen«, sage ich Dora.

Dora zieht den Schlüssel aus ihrer Manteltasche, drückt darauf, und die Türen entriegeln sich mit einem lauten Klacken.

Sie öffnet den Kofferraum.

Wir wuchten Max wieder hoch und versuchen, ihn mit dem Kopf voran hineinzulegen. Als er fast im Kofferraum ist, entgleitet Dora sein Kopf, und Max kracht wieder auf die Straße.

»Wir müssen ihn biegen«, sagt sie und packt ihn dieses Mal an der Taille, sodass sein Kopf nach vorn auf die Knie sackt. Dann versucht sie wieder, ihn in den Kofferraum zu hieven.

Ich fasse seine Oberschenkel, Dora seine Taille, und zusammen gelingt es uns schließlich, ihn halb hineinzubugsieren, bis nur noch seine Beine und der Kopf heraushängen. Dann müssen wir uns anstrengen und die Kraft aufbringen, weiter zu drücken und zu schieben.

Endlich liegt er gekrümmt im Kofferraum; sein Kopf drückt sich unschön gegen die Rückbank. Plötzlich rutscht die Decke zur Seite, und der Frotteebademantel, den er sich so hastig übergeworfen hatte, klafft auf und enthüllt eine weiße Brust mit angegrauten, gelockten Haaren. Seine nackten Füße hängen über den Rand des Kofferraums, groß und bleich und grotesk im Mondlicht. Ich muss kurz an Alis glatte braune Füße denken, aber jetzt ist nicht der richtige Moment für Sehnsucht.

Dora zerrt an seinen Beinen, dreht und beugt sie, bis sie die Kofferraumklappe schließen kann.

Dann setzt sie sich hinter das Lenkrad.

Ich sehe mich um, bevor ich auf der anderen Seite einsteige. Zwei Häuser weiter, wo die große Familie mit den Kindern wohnt, die immer Steine auf die Straße werfen, ist Licht angegangen. Als ich aufblicke, wird es wieder ausgeschaltet.

Ich setze mich auf den Beifahrersitz, ziehe leise die Tür zu, und nach einer Weile lässt Dora den Wagen an. Der Motor stottert und geht aus.

Sie dreht den Schlüssel noch einmal um.

»Mein Gott«, sagt sie. »Ich zittere so, dass ich nicht weiß, ob ich fahren kann.«

»Soll ich?«

»Können Sie das denn?«

»Ich weiß, wie es geht. Aber ich habe keinen Führerschein.«

»Darüber müssen wir uns jetzt keine Sorgen machen!«, flüstert sie. Sie sagt, ich solle aussteigen und auf die Fahrerseite wechseln. Dann schiebt sie sich auf meinen Platz, rutscht herunter und senkt den Kopf, damit sie von der Straße aus nicht erkannt werden kann, obwohl dort niemand ist.

Ich werfe einen Blick auf das Nachbarhaus. Sehe ich da am Fenster ein Gesicht, das sich gegen die Scheibe drückt? Im Dunkeln ist es unmöglich zu sagen. Es könnte eine Spiegelung sein, eine optische Täuschung. Der Schatten der Bäume gegenüber, deren nackte Äste im Wind heftig hin und her schwanken.

Endlich springt der Motor an. Das Licht lassen wir ausgeschaltet.

Ich trete aufs Gaspedal, und wir fahren ruckelnd über das Kopfsteinpflaster der Straße, die ich so oft mit Charles entlanggegangen bin. Seltsam, auf dieser Seite des Autos zu sitzen, das Lenkrad auf der falschen Seite festzuhalten. Ich biege rechts auf die High Street ab. Sie ist leer. Die Geschäfte sind geschlossen, viele haben Metallgitter vor ihren Fenstern und Türen. Am Ende steht eine rote Ampel. Die Hauptstraße liegt still da.

»Fahren Sie!«, befiehlt Dora, die immer noch zusammengesackt auf dem Beifahrersitz kauert. »Fahren Sie einfach, achten Sie nicht auf die Ampel!«

Also überquere ich bei Rot die Straße, auf der tagsüber so viel Verkehr herrscht, und fahre durch Nebenstraßen an den Wohnhäusern vorbei zum Fluss. Ich sehe kurz in den Spiegel. Weit hinter uns ist ein anderes Auto, das langsam in die gleiche Richtung fährt. Ich schaudere.

»Halten Sie da an«, sagt Dora, »da in der Rechtskurve. Bei den Eckhäusern ist ein Durchgang. Wenden Sie, wir parken hier, und dann holen wir ihn raus und tragen ihn zwischen den Häusern hindurch direkt zum Fluss.«

Beim Wenden habe ich Schwierigkeiten, ich würge den Motor ein paar Mal ab. Das Auto, das uns mit einigem Abstand gefolgt ist, hält mit brennenden Scheinwerfern hinter uns, etwa hundert Meter die Straße hinauf. Ich sehe es im Spiegel.

Dora wird ungeduldig.

»Ich mache das«, sagt sie, und wieder tauschen wir die Plätze. Sie wendet den Wagen und fährt rückwärts in die Lücke zwischen einem Baugrundstück und einer hohen Mauer. Ein dunkler Gang, der zu der Treppe in den Fluss führt, öffnet sich vor uns.

Bei meinen Spaziergängen mit Charles habe ich gesehen, wie versteckt diese Stelle schon tagsüber ist, aber nachts ist sie völlig verborgen. Man würde die Stufen nie entdecken, wenn sie einem niemand zeigt.

»Was ist los, Mona?«, fragt Dora. »Sie zittern schrecklich. Sie müssen stark sein und mir helfen.«

Wir steigen aus, und ich spüre, wie das kalte Wasser der Pfützen, die von einer dünnen Eisschicht überzogen sind, in meine Schuhe dringt. Auf der Backsteinwand leuchten weiße Graffiti.

Wir ziehen die Leiche, die schon steif wird – kommt das von der Kälte? –, aus dem Kofferraum.

Weil ich kleiner bin als Dora, nehme ich seine Beine, und sie packt ihn bei den Schultern. Der Boden ist rutschig, ich lasse ihn fallen; seine Füße knallen dumpf auf den Boden.

»Beeilung.«

Ich versuche, ihn besser zu fassen zu bekommen, und greife unter seine Knie.

Eis und Flusswasser haben die Stufen glatt werden lassen. Wir drängen uns an die von Algen bedeckten Wände, und ich bete, dass wir nicht ausrutschen und in das wirbelnde Wasser unter uns fallen. Ich bin taub, empfinde nichts, weder mit dem Verstand noch mit meinem Körper.

Der Fluss wirft sich gegen die Treppe. Er schmatzt und faucht.

»Warten Sie.«

Hinter uns gleitet Licht über die Straße, ein Auto ist zu hören. Es fährt in einem niedrigen Gang.

»Zurück«, zischt Dora. Ich trete in den Schatten, drücke den Rücken gegen die Wand, gegen die weißen Graffitizeichen. Wir ziehen Max an uns, ich seine Beine, Dora seine Schultern. Sein Gewicht hängt wie eine schwere Wurst zwischen uns, wie einer der aufgerollten Teppiche, die Ummu früher in der Teppichgenossenschaft gewebt hat und die viel schwerer waren, als man denken würde.

Das Auto hält an. Eine Tür wird zugeschlagen. Schritte eilen über die Straße. Stimmen, ein Kreischen. Ich halte die Luft an. Ich wage nicht zu atmen. Sekunden verstreichen. Minuten. Ich stehe wie angewurzelt da, so versteinert, dass ich mich nicht rühren kann. Während ich erstarrt an der Wand lehne, erinnere ich mich, wie ich diesen Fluss zum ersten Mal sah und dachte, er sei tief und breit und ernst und abweisend. Aber damals war ich voll verzweifelter Hoffnung, entschlossen, für Leila und meine Mutter und, in meinen kühnsten Träumen, auch für Ali eine Zukunft aufzubauen. Nie hätte ich mir vorgestellt, dass mich meine Reise so nah an sein dunkles Herz führen würde.

Kapitel zweiundfünfzig

Meine Arme schmerzen, nachdem ich Max so lange getragen habe, und meine Finger fühlen sich wie tot an. Als wir die dritte rutschige Stufe erreichen, direkt oberhalb des Wassers, sage ich Mona, sie soll ihr Ende loslassen. Ich will die Letzte sein, die ihn hält.

Sie legt seine Füße ab, und ich lasse seinen Kopf herunter. Sobald er liegt, schwappt das Wasser gegen den Ärmel des blauen Kittels und wiegt ihn in der Strömung. Seine Füße liegen eine Stufe höher, so als würde er sich ausruhen, als wollte er sich gleich rückwärts in den Fluss gleiten lassen.

Ich muss weiter hinuntergehen, um ihn richtig greifen zu können. Ich steige mit den Stiefeln ins Wasser und versuche nicht darauf zu achten, wie die Kälte mir in die Beine beißt, wie sie meine Muskeln packt, bis sie sich zusammenziehen. Scheußliche Schmerzen zucken durch meine Wade. Ich kann mich nicht bewegen. Mit einer Hand kralle ich mich an die Wand.

»Mona – mein Bein, es tut so weh. Ich habe einen Krampf.«

Licht streicht über die Straße oberhalb der Treppe.

Stimmen kommen näher.

Flehentlich sehe ich Mona an, damit sie mir hilft. Sie werden uns finden, zwei Frauen mit einem toten Mann, die weder vor noch zurück können.

Für immer erstarrt auf dieser versteckten Treppe.

Ich scharre an der Wand, suche mit den Fingernägeln Halt,

um nicht hilflos bis zum Fuß der Treppe zu rutschen und unter der Wasseroberfläche zu verschwinden.

Genau, wie ich es mir nach Mutters Beerdigung vorgestellt habe.

Die Stimmen kommen näher.

Ich starre Mona an, sie soll mit mir reden, soll mir sagen, was ich machen soll, aber sie schaut nur geradeaus, die Lippen zusammengekniffen, wie an dem Tag, an dem ich ihr vorgeworfen habe, sie würde mich bestehlen. Ausdruckslos, undurchschaubar.

Dann klingt ein anderes Geräusch auf, das sanfte Schnurren eines Bootsmotors, und das Wasser schwappt heftiger gegen die Stufen, spritzt hoch, benetzt meine Kleidung und lässt kalte Wellen über mich laufen. Auf einmal wird mir entsetzlich bewusst, was wir hier gerade tun.

Wir warten, während das Boot vorüberfährt und das Wasser vor uns beleuchtet; der Lichtstrahl reicht in unser kleines Becken, aber nicht bis zu uns, weil wir uns wieder in die Schatten drücken.

Auf der Straße verklingen die Stimmen. Der Motor wird angelassen, und das Auto fährt weg.

Der Krampf in meinem Bein lässt nach. Jetzt verleiht mir die Eile Kraft. Ich packe Max unter den Armen und ziehe.

»Mona, Sie müssen auf die andere Seite kommen und mir helfen.«

Max trägt nur Boxershorts und den Frotteebademantel, den er auf Reisen mitnimmt. Ich habe den dummen Impuls, ihn warm in die Decke zu wickeln, bevor er ins Wasser gelangt, aber dazu habe ich keine Zeit. Ich betrachte seine Beine, seine nackten Oberschenkel, und spüre ein unnatürliches Verlangen. Ich will ihn ein letztes Mal umarmen, ihm einen letzten Kuss geben. *Ich begehre dich immer noch, Max. Im-*

merhin warst du mein Geliebter. Ich brauche dich noch. Will dich noch. Ich habe dich falsch eingeschätzt. Deine Fantasien über mein Hausmädchen waren wirklich nur Fantasien. Weiter bist du nicht gegangen. Als du sie gesehen hast, warst du sogar nur besorgt um sie. Aber jetzt siehst du, wohin dich das gebracht hat!

Man sollte nicht zu nett oder zu mitfühlend sein. Das ist ein Fluch. Sieh dir an, was mir passiert ist.

Ich ziehe noch einmal, sein Körper kommt ins Rutschen und gleitet endlich ins Wasser.

Er treibt von mir weg. Neben dem Weg finde ich einen Ziegelstein, den ich Max an den Kopf werfe; er schaukelt, sein Kopf geht unter. Er muss wie ein zufällig ausgewähltes Opfer wirken, nach einem Raubüberfall vielleicht. So als ob ein paar Einbrecher da eingedrungen wären, wo er übernachtet hat, und seine Sachen gestohlen hätten. Dann haben sie ihn zusammengeschlagen, hierhergebracht und abgeladen.

Ich verschließe mich allen Gefühlen. Ich darf nicht schwach werden. Ich mache mir klar, dass es den Max, den ich kannte, mit seinen funkelnden Augen, seinem wunderbaren amerikanischen Geruch, nicht mehr gibt. Das hier ist nur eine Gestalt im Wasser, die nichts sieht und nichts fühlt, wie die Statuen aus Stein oder Bronze, vor denen wir uns immer getroffen haben.

Dann sehe ich Mona an. Es ist seltsam, aber während Max sich in einem Strudel dreht, einen Zeh elegant aus dem Wasser gereckt, erscheint mir das hier als der wichtigste, der entscheidende Schritt, mit dem Mona mein Leben in Ordnung bringt. Wenn Max gesunken ist, wird alles klarer und ordentlicher sein. Ich habe ihn geliebt, aber ich habe seinetwegen so sehr gelitten! Weil er Valerie nie verlassen hätte. Weil ich ihn nur für kurze, verzweifelte Momente haben konnte. Weil ich mich immer wieder fragte, ob es das wert war, wenn ich mich nachher von ihm losreißen musste. Die Panik, die mich zu dieser Treppe begleitet hat, verpufft schlagartig, und wie im Rausch eröffnen sich mir Wege und Möglichkeiten. Wenn er erst einmal verschwunden und vergessen ist, kehre ich zum Radio zurück, leite eine Kochsendung und werde wieder von Hörern im ganzen Land verehrt.

Ich habe mich in Max' Bewunderung gesonnt, das stimmt, aber dieses leere Gefühl nach jedem Abschied werde ich nicht vermissen. Oder diese jämmerliche Angst, er würde eines Tages hinter der Frau, die er auf ein Podest gehoben hat, die echte Theodora sehen. Und mich dann für eine Bessere verlassen.

Kapitel dreiundfünfzig

Als ich aufwache, ist es in Charles' Wohnung eiskalt. Es herrscht eine unheimliche Stille. Das Licht, das durch den Vorhang dringt, wirkt überirdisch und silbrig.

Ich strecke die Hand aus, schalte den Gasofen ein und ziehe die dünne Decke höher, um einen warmen Kokon zu schaffen. Im Nebenzimmer höre ich Charles schnaufen und husten. Was in der letzten Nacht passiert ist, ist so bizarr, dass ich es kaum glauben kann. Aber die Schmerzen in meinen Armen sagen mir, dass wir wirklich einen toten Mann durch den Garten getragen und ins Auto gelegt haben.

Die dunklen Säume meiner Jogginghose, die noch feucht über dem Stuhl hängt, beweisen mir, dass wir ihn wirklich in den Fluss geschoben haben.

Ich schaudere. Schlinge die Arme um mich. Warum hat Dora keinen Krankenwagen gerufen, wenn er ausgerutscht ist?

Ich muss an den wiederkehrenden Albtraum denken, in dem Ali voller Schweiß und Tränen ins Haus gerannt kam. Daran, wie er zitternd und zuckend in meinen Armen lag. Mir nach und nach gestand, was passiert war. Wie er darauf drängte, ich solle es niemandem erzählen. Wie gut ich schweigen kann, wenn ich es muss.

Ich versprach, ich würde natürlich kein einziges Wort von ihm weitersagen, ich würde alles für ihn tun, um ihn zu beschützen.

»Er ist einen Schritt zu weit gegangen«, schluchzte Ali. Ich wusste sofort, er sprach von Driss, seinem Rivalen. Ali arbeitete als Fremdenführer, um sein Medizinstudium zu finanzieren und um mich und Leila zu versorgen. Immer wieder erzählte er, dass Driss ihn unterboten habe. Dass es ihm Spaß mache, wenn Ali wütend wurde.

Und jetzt, in einer ähnlichen Situation, denke ich an die ganze Geschichte, blende nichts mehr aus von dem, was Ali getan hat. Er hatte seine Touristengruppe nach oben in die Kasbah geführt, als Driss auftauchte und ihm vorwarf, er würde ihm Kunden abspenstig machen. Zu Alis Leidwesen ließen ihn die Touristen einfach stehen und sagten, sie würden sich Driss anschließen.

Voller Wut über den verlorenen Tagesumsatz und beschämt, weil ihn die Besucher zurückgewiesen hatten, ging Ali fort und kehrte in einem gestohlenen Auto zur Kasbah zurück. Als er im Seitenspiegel sah, wie Driss mit seinem Trupp Touristen aus einer der Gassen kam, setzte er zurück. Er wollte niemanden verletzen, erklärte Ali mir, er wollte dem anderen Fremdenführer nur Angst machen und ihn erschrecken. Im letzten Moment muss einer der Touristen einen Schritt nach vorne gegangen sein. Er habe den Aufprall gehört, sagte Ali. Der Schlag sei so heftig gewesen, dass das Auto durchgerüttelt wurde.

Leute waren aus ihren Häusern gerannt und hatten den Wagen brüllend verfolgt, während er Gas gab. Ali war nichts anderes übrig geblieben, als den Kopf einzuziehen und weiterzufahren.

Er wusste, dass der Tourist wahrscheinlich tot war. Aber niemand hatte ihn gesehen. Unterm Strich, schloss er, war nicht er schuld, sondern Driss.

Und er flehte mich an, ihn zu verstecken. Nichts zu verraten. »Sonst verliere ich meinen Studienplatz!«, sagte er weinend. Also habe ich geschwiegen und schweige immer noch. Für ihn.

Jetzt frage ich mich, was Max wirklich zugestoßen ist. Warum hatte Theodora solche Angst, wenn es ein Unfall war?

Ich hätte sie ignorieren und noch einmal den Notruf wählen sollen, als ich kurz in Charles' Wohnung war, bevor wir Max wegbrachten. Hätte in dieser Situation selbst entscheiden und tun sollen, was ich für richtig hielt.

Aus Angst habe ich getan, was sie mir gesagt hat.

Ich schäme mich unglaublich für meine Feigheit.

Ich denke an Ali. Bei ihm war es anders. Ali *wollte* ich beschützen. Ich konnte mir ein Leben ohne ihn nicht vorstellen.

Die Gedanken wirbeln durch meinen Kopf, rein und raus, sind da und wieder weg, bis ich das Gefühl habe, ich werde verrückt. Was wir getan haben, war falsch, das ist mir klar, aber was wäre aus Leila und Ummu geworden, wenn ich mich gegen Dora gestellt hätte? Wie weit würde sie gehen, wenn sie wüsste, dass ich sie verrate?

Ich kann es mir nicht leisten, das moralische Für und Wider abzuwägen, solange ich auf sie angewiesen bin.

Ein Sonnenstrahl fällt ins Zimmer und lässt einen gelben Lichtfleck über meine dünne Decke tanzen und flackern. Ich denke daran, wie dieser Morgen hätte sein können. Denke an Max' Bitte, ich solle Croissants und Blumen für Dora kaufen und sie ihnen ans Bett bringen. Sie wäre glücklich gewesen und eine nettere Arbeitgeberin.

Wie sich die Dinge entwickelt haben, wird sie das nie erfahren. Statt einen romantischen Morgen zu genießen, hat sie ihren Geliebten für immer verloren.

Ich suche in der Tasche meiner Jogginghose nach dem Geld,

das Max mir für das Frühstück gegeben hat, und nach dem Betrag, den ich nach Hause schicken wollte. Alles ist weg. Kein Wunder bei den Verrenkungen, die wir anstellen mussten, um ihn ins Wasser zu bekommen. Ich stelle mir vor, wie mir die Scheine langsam aus der Tasche gerutscht sind, während wir Max an die Wand drückten. Irgendwie lässt mich gerade dieser kleine Verlust verzweifeln – bekomme ich jemals genug Geld für Ummus Operation zusammen?

Mir bleibt nichts anderes übrig, als aufzustehen, weiterzumachen und – wie Dora es von mir verlangt hat – so zu tun, als sei nicht passiert. Und zu hoffen, dass sie mich weiter bezahlt.

Max war nie hier. Er ist nicht gestorben. Wir haben ihn nicht in den Fluss geworfen.

Ich rapple mich vom Boden auf und ziehe so viele Lagen Kleidung an, wie ich finden kann. Ich leihe mir sogar eine Strickjacke von Charles und ziehe sie eng um mich. Die Jogginghose ist feucht, aber außer ihr habe ich nur einen dünnen Rock, der nicht warm genug ist.

Ich ziehe die Hose an, suche automatisch nach dem Kittel, auf dem Dora besteht, und begreife entsetzt, dass er weg ist. Er schwimmt in der trüben Brühe der Themse und umhüllt Max' blutigen Kopf. Ich werde den Ersatzkittel aus dem Haushaltsraum oben holen müssen.

Ich gehe zum Fenster und ziehe die Vorhänge zurück. Sehe hinaus. Alles ist mit einer weißen Schicht bedeckt, die Treppe, das kleine Stück Garten, das ich von hier unten sehen kann. Schnee.

Das Licht strömt herein. Ich bleibe stehen und blicke in das grelle Glitzern der Sonne auf dem Weiß. Kneife die Augen zusammen. Als ich sie wieder öffne, hat mein Atem die Scheibe mit einem hellen Schleier überzogen. Ich reibe einen Kreis frei. Das Vogelbad im Garten ist von einer dicken Schneeschicht bedeckt. Vergeblich pickt der rotbrüstige Vogel darauf ein. Neben der obersten Treppenstufe ist eine leere Stelle, an der früher die Büste stand.

Ich gehe zu Charles, der das Bett wieder nass gemacht hat.

»Kommen Sie, Charles. Wir machen es Ihnen gemütlich.«

In letzter Zeit ist er reizbarer und verwirrter.

Ich helfe ihm aus dem Bett, bringe ihn ins Bad, wasche ihn und ziehe ihm saubere Sachen an. Es geht ihm nicht gut. Mit Sicherheit braucht er einen Arzt. Ich bereite ihm in seiner winzigen Küche das Frühstück zu, während er in seinem Sessel sitzt, aber als ich es ihm bringe, dreht er den Kopf weg. Er weigert sich zu essen.

Was wird aus mir, wenn er stirbt?

Ich sehe regelrecht, wie meine Zukunft zusammenschnurrt, als würde ich die Steintreppe in den dunklen Fluss hinabsteigen, wie meine Freiheit verschlungen wird. Ich sage mir, dass sich Leila im gleichen Maß eine Zukunft eröffnet, dass ihre Möglichkeiten deutlicher und vielversprechender werden, bis die ganze Welt für sie greifbar wird. Und das genügt, um mir Kraft zu geben.

Ich räume Charles' Teller ab, um sie in die Küche zu bringen. Dabei fällt mein Blick auf das kleine Schmuckdöschen, das Max mir in der Nacht gezeigt hat. Es liegt neben der Tür auf dem Boden. Es muss ihm heruntergefallen sein, als er auf der Treppe ausgerutscht und gestürzt ist.

Ich hebe es auf, drücke auf den winzigen Knopf, um den Deckel aufspringen zu lassen, und da liegt das mit Diamanten besetzte Medaillon mit seiner wunderschönen Goldkette.

Ich weiß, ich sollte es sofort Dora geben, aber aus einem

Impuls heraus, aus dem Gefühl, dass die Sache mit Max nicht ausgestanden ist, und noch etwas brodelt und irgendwann ausbrechen wird, stecke ich es mir in die Tasche. Wir haben eine Leiche in den Fluss geworfen. Der Fluss gibt seine Toten wieder her. Das Verbrechen wird auf uns zurückfallen. Und was mache ich dann?

Ich ziehe Charles' Bett ab und sammle die verschmutzte Wäsche ein. Dann öffne ich die Tür in die Kälte und steige die Treppe hoch. Der Schnee gibt unter meinen Füßen ein seltsames Knirschen von sich. Oben bleibe ich kurz stehen. Der Garten, der Zaun, die Häuser dahinter sind wunderschön, weiß wie die Häuser der Kasbah des Oudaias, als wären sie mit einer dicken Eisschicht überzogen. Auf jedem Ast liegen mehrere Zentimeter Schnee, so weich wie die Mandelblüten der Bäume an dem Tag, als Ali und ich unsere Lehrerin mit Schalen bewarfen.

Ich gehe zur Vorderseite des Hauses. Mit ihrer weißen Hülle sehen sogar die Mülltonnen hübsch aus. Das Gute und das Schlechte, alles macht der Schnee gleich, alles wird eins. Das ganze Blut und die Spuren von Max' Sturz sind verschwunden.

Kapitel vierundfünfzig

Heiligabend ist ein stiller Tag in unserer Straße, der durch den Schnee auf der Erde noch stiller wird. Es ist, als wollte die Natur mit sanfter Hand den Mantel der Vergebung über jede Untat breiten.

Ich gehe zum Schlafzimmerfenster und blicke hinunter auf die ruhige Straße. Die Engel tragen dicke weiße Heiligenscheine.

Zwischen Mona und mir scheint es harmonischer zu laufen als je zuvor.

Max' Sachen sind als Erinnerung bei mir geblieben. Behutsam öffne ich den Koffer, den er in meinem Zimmer gelassen hat. Ich streiche über seine Hemden, seine Unterwäsche, alles von bester Qualität, alles trägt seinen Geruch. Ich halte die Nase daran und atme ein.

»Mona«, sage ich, »ich möchte, dass Sie außerhalb dieses Hauses mit niemandem reden. Niemand darf von Max' Besuch erfahren – schon gar nicht Leo, wenn er nach Hause kommt. Sie dürfen natürlich mit Daddy sprechen, aber sonst mit niemandem. Wenn Sie einkaufen gehen, sagen Sie nichts. Wenn Sie sich nicht daran halten, bekommen Sie ernsthafte Schwierigkeiten. Ich kann jederzeit die Polizei rufen, von Max erzählen und Sie wegbringen lassen. Aber das tue ich nicht, nicht, wenn Sie machen, was ich sage.«

Eingeschüchtert sieht Mona mich an, und ich merke, dass

sie mich jetzt so respektiert, wie die Frauen in Rogers Welt ihre Arbeitgeber respektieren, wie es von Anfang an hätte sein sollen.

Am ersten Feiertag kocht Mona, und wir sitzen zusammen, Daddy und ich, und Mona bringt uns die einzelnen Gänge, aber Daddy wird bald müde und möchte zurück in seine Wohnung, um zu schlafen.

In den folgenden Tagen nehme ich Mona hart ran.

Sie muss jede Nacht unten bei Daddy auf dem Boden schlafen; wenn sie will, kann sie die Sofakissen benutzen. Aber sie darf es sich nicht zu gemütlich machen, sonst will sie nachher nicht aufstehen, wenn er sie nachts braucht oder wenn sie morgens mit der Arbeit anfangen muss. In meinem Arbeitszimmer will ich sie nicht mehr haben. Es soll wieder mir gehören, ein Ort, an dem ich entspannen kann. Ich habe in den letzten Monaten zu viele Opfer gebracht, indem ich Mona dieses Zimmer und Leo das Wohnzimmer überlassen habe. Das hier ist mein Haus.

Mona im Keller schlafen zu lassen ist richtig; sie muss begreifen, dass sie unter mir steht.

Als sie über Rückenschmerzen klagt, verliere ich die Geduld. Auf keinen Fall geht sie zu einem Arzt und redet über ihre Wehwehchen.

»Es dauert hier ewig, sich beim Arzt anzumelden. Sie dürfen sich von Ihrem Gehalt Schmerzmittel kaufen.« Ich kritzle die Namen einiger geläufiger Mittel auf einen Zettel. »Sie können Sie sich besorgen, wenn Sie Daddys Medikamente holen.«

Sie steht auf und massiert sich demonstrativ das Kreuz.

»Das Beste für Ihren Rücken ist Bewegung und Arbeit«, sage ich.

Also arbeitet Mona stumm für mich und tut, was ich ihr auftrage, ohne zu widersprechen. Wie es sich gehört.

»Dora«, versucht sie es anders. »Ich fürchte, Charles wird sehr schwach. Ich glaube, wir brauchen einen Arzt.«

Wenn das ein Trick ist, ein weiterer verzweifelter Versuch von ihr, der Außenwelt Geheimnisse zu verraten, kommt sie damit nicht durch.

»Wir brauchen keinen Arzt«, widerspreche ich. »Das hat Max Ihnen doch gesagt, oder? Daddy geht es gut.«

Ein, zwei Mal schrecke ich zusammen. Wenn mein Handy piepst und eine SMS gekommen ist, überlege ich kurz und fast aufgeregt, ob sie von Max sein könnte.

Danach bin ich nicht enttäuscht, sondern seltsam erleichtert. Ich muss nicht mehr nach jedem Treffen einen qualvollen Abschied durchstehen. Ich muss mir keine Sorgen mehr darüber machen, wie kurz unsere Begegnungen sind oder ob ich rechtzeitig bei ihm sein kann. Ich muss nicht mehr befürchten, dass er lieber mit Valerie oder, noch schlimmer, mit Mona zusammen wäre.

Ich fühle mich auch nicht einsam, weil ich weiß, dass Mona hier ist, ein stiller Geist im Keller. Wenn ich verängstigt aufwache und mich der Anblick von Max verfolgt, wenn ich seinen Kopf vor mir sehe, der in diesem unnatürlichen Winkel am Türrahmen lehnt, und Max mit leeren Augen zu mir aufsieht, gehe ich zum Speisenaufzug und rufe Mona herauf. Und bitte sie, sich zu mir zu setzen, bis ich einschlafe.

Als ich am Abend vor Silvester am Küchentisch sitze und meinen Martini trinke, während Mona den Boden vor der Spüle schrubbt, klingelt das Telefon. Es ist Rachel. Sie sagt, ich solle tatsächlich eine neue Kochsendung moderieren. Gegen Ende des Frühlings soll es losgehen.

»Wir haben noch mal alles überdacht. Kochen ist der einzige Bereich, dem die Rezession nichts anhaben kann«, erzählt sie lachend. »Alle wollen es unbedingt lernen, auch wenn es am Ende keiner macht. Je schneller die Kochbücher ausverkauft sind, desto mehr Restaurants werden eröffnet, damit die Leute essen gehen können. Ein seltsames Phänomen, aber wir wollen es ausnutzen. Mit dir an vorderster Front. Wir glauben alle, dass wir dich neu aufbauen können, Dora: Du hast die richtige Stimme, und wir können dir ein häusliches Image verpassen, über deine liebsten Küchengeräte reden und so was.«

Als ich den Hörer weglege, werde ich von einer Mischung aus Erleichterung und Bedauern überwältigt.

»Gute Neuigkeiten?«, fragt Mona und sieht mich an.

Ich kann nicht antworten. Durch das Gespräch haben sich Gefühle in mir Bahn gebrochen, die ich offenbar zurückgedrängt hatte. Max wird mich nie in meiner neuen Rolle erleben!

Und dieser bittere Gedanke macht mir noch anderes bewusst, nicht nur die Trauer über Max' Tod, sondern auch, wie belastend es war, unsere Affäre vor seiner Frau zu verheimlichen. Vor allem aber spüre ich jetzt Reue darüber, dass ich ihn lieber gar nicht in meinem Leben haben wollte, als die ständige Ungewissheit zu ertragen, ob ich ihn wiedersehe.

Ich warte, während mir die Tränen kommen.

Mona soll mich nicht weinen sehen.

Ich wende mich von ihr ab.

»Gehen Sie, Mona«, stoße ich hervor. »Gehen Sie kurz raus.«

Sie rührt sich nicht.

»Ich hole Ihnen ein Taschentuch«, sagt sie ohne eine Gefühlsregung.

»Nicht nötig.« Ich schluchze, meine Brust hebt und senkt sich schwer.

Sie geht einfach nicht weg.

Dann spricht sie mich an.

»Ich weiß, wie Sie sich fühlen.«

»Sie haben keine Ahnung, wie ich mich fühle.«

»Doch. Sie haben den Mann verloren, den Sie lieben. Das ist schrecklich.«

Ich blicke zu ihr auf. Ihre Worte passen nicht zu ihrem starren Gesichtsausdruck. Was denkt sie wirklich?

»Sie verstehen das nicht, Mona.« Ich wische mir über die Augen und atme tief durch. »Es ist nicht nur die Trauer um Max, um den schrecklichen Unfall, der ihn getötet hat. Es war eine solche Belastung, jahrelang alles geheim zu halten. Diese Ungewissheit. Nach seiner Frau die zweite Geige zu spielen.«

»Zweite Geige?«

»Natürlich! Für ihn nie der wichtigste Mensch zu sein. Wie sehr ich es auch versucht habe.«

Nachdem ich einmal angefangen habe, kann ich nicht mehr aufhören.

»Sie haben keine Ahnung, welchen Kummer ich mit mir herumgetragen habe. Dass ich Max nie ganz für mich haben konnte. Ich habe mir solche Mühe gegeben, der Mensch zu werden, für den er seine Frau verlassen würde. Ich habe mich so danach gesehnt, eines Tages mit ihm in einem Haus zu leben, jede Nacht neben ihm zu schlafen. Und jetzt wird er nie erfahren, dass ich eine Kochsendung zu einer der besten Zeiten am Vormittag moderieren soll.«

Am liebsten würde ich ihr auch erzählen, dass ich traurig bin, weil Daddy mich nie am meisten geliebt hat, weil ich nie seine oder Mummys Erwartungen erfüllen konnte.

Aber ich halte mich zurück.

»Und jetzt ist er tot.«

Heftige Schluchzer schütteln meinen Körper durch. Eine ganze Weile überlasse ich mich meinen Gefühlen, ergebe mich fast schon genüsslich den Tränen.

Endlich erreiche ich einen leeren, stillen Ort, an dem es keine Gefühle gibt.

»Gehen Sie«, befehle ich ihr. »Machen Sie die Betten oder die Wäsche. Lassen Sie mich allein.«

Stattdessen redet sie weiter.

»Sie irren sich in Max«, sagt sie. Ihre Stimme ist leise. Ich weiß nicht, ob ich das hören will. Hat Max in dieser Nacht im Keller doch versucht, sie zu verführen? Hat er ihr im Vertrauen von seinen anderen Geliebten erzählt, in anderen Städten, verstreut auf der ganzen Welt? Hat sie mir Max' Zuneigung genauso gestohlen wie Daddys und die meines Sohnes? Sie wird mir sagen, dass ich ein Nichts bin.

Aber sie spricht weiter, bevor ich sie aufhalten kann.

»Max hat mich gebeten, Ihnen ein besonderes Frühstück ans Bett zu bringen. Er hat gesagt, er möchte hier mit Ihnen leben, wenn Sie ihn lassen. Er hat Sie sehr geliebt. Er wollte seine Frau für Sie verlassen. Es ist sehr traurig, dass er dann diesen schrecklichen Unfall hatte.«

Bevor ich es selbst merke, habe ich die Hand gehoben – und die Ohrfeige, die ich ihr schon geben wollte, als Max herkam, klatscht laut in ihr Gesicht.

Kapitel fünfundfünfzig

Drei, vier Tage lang bedeckt der Schnee die Erde, dann wache ich eines Morgens auf, und er ist verschwunden. Der Garten liegt ungeschützt da, alle hässlichen Stellen sind zurück. Die scheußlichen Mülltonnen, die Steinbüste, deren Nase jetzt abgebrochen ist, die schwarzen Zweige und Äste darüber.

Mein Gesicht tut weh, nachdem Dora mich gestern Abend geschlagen hat. Ich sehe in den Spiegel. Die Ohrfeige hat einen roten Abdruck auf meinem Wangenknochen hinterlassen.

Weil ich sie heute Morgen nicht sehen will, lasse ich mir mit Charles' Frühstück Zeit und warte, bis ich die Haustür knallen höre, bevor ich nach oben in ein leeres Haus gehe.

Der Postbote kommt, und ein Brief mit einer marokkanischen Briefmarke fällt auf die Fußmatte.

Ich erkenne Haits Handschrift.

Liebe Mona,
ich diktiere Hait diesen Brief, weil ich schlecht telefonieren kann, wenn Leila spitze Öhrchen macht. Wir haben jetzt fast genug für die Operation. Es sieht nicht gut aus. Die Ärzte sagen, wir haben eine Chance, dass sie hilft, aber sicher ist es nicht. Ich habe es Leila nicht erzählt, aber ich musste ihr klarmachen, dass es keine Süßigkeiten mehr gibt. Diese Behandlung ist unfassbar teuer! Und sie trägt es wie ein großes Mädchen.

Aber sie fragt nach dir. Ich erkläre ihr dann, dass du in England arbeiten musst, damit ich gesund werde und sie später eine gute Ausbildung bekommt, Geld verdient und ihre Kinder nicht auch verlassen muss, um zu arbeiten. Das sieht sie ein.

Und vergiss nicht, nach fünf Jahren kannst du die Staatsbürgerschaft beantragen. Das hört sich lange an, aber du hast eine gute Stelle bei Theodora, und die Zeit wird schnell herumgehen. Leila schickt ein Bild mit. Sie hat es mit den neuen Stiften gemalt, die ich ihr kaufen konnte. Mach dir keine Sorgen, weil alle Tiere traurige Gesichter haben – das ist nur eine Phase, bei ihr bekommt im Moment alles eine Schnute!

Ruf mich bald an.

Alles Liebe und Gute, meine Tochter.

Ummu

Ich lege ihren Brief auf den Tisch. Falte ihn zusammen.

Dann gehe ich ins Arbeitszimmer, das früher mein Zimmer war, und sehe aus dem Fenster.

Der Frauenkopf steht wieder neben der Treppe. Die Büste, die Max getötet hat. Ich setze mich für eine Weile hin und beobachte einen kleinen Vogel mit roter Brust, der auf dem Kopf gelandet ist.

Endymion, der Kater, sitzt davor und schlägt mit der Pfote nach ihm. Ich staune, dass der Vogel einfach sitzen bleibt und den Jäger ignoriert. Endymion spannt die Muskeln an, um sich auf ihn zu stürzen, und als er springt, fliegt der Vogel in den Winterhimmel.

Wenn Leila die Katze und den Vogel malen würde, denke ich, hätten beide herabhängende Mundwinkel; der Jäger wäre genauso traurig wie seine Beute.

Als ich mit dem Putzen fertig bin, sehe ich wieder nach Charles.

Es geht ihm ein wenig besser, er will unbedingt nach draußen, Obst und seine Zeitung kaufen.

Ich muss warten, bis es dämmert. Dora hat mir verboten, mit jemandem zu reden. Was unnötig war. Ich spreche nie mit jemandem, außer mit Sayed, und in seinem Laden war ich nicht mehr, seit ich nicht zu dem vereinbarten Treffen gegangen bin. Ich hätte mich geschämt, wenn ich hätte zugeben müssen, dass meine Papiere weg sind und ich kein Geld habe.

Ich trage meinen blauen Anorak, schlage die Kapuze über mein Kopftuch und ziehe den Kragen meiner Fleecejacke so weit wie möglich hoch, um mein Gesicht zu verbergen. Und ich halte den Kopf gesenkt, während ich Charles zur High Street schiebe. Nach Weihnachten geht es auf der Straße etwas ruhiger zu, der übliche Lärm und das hektische Treiben haben nachgelassen, obwohl die Stände immer noch geöffnet sind und die Frauen herkommen, um ihre Taschen mit Lebensmitteln zu füllen.

Charles' Klementinen bezahle ich, ohne dem Standbesitzer in die Augen zu sehen. Ich kaufe eine Zeitung. Sayed ist heute nicht in seinem Laden; ein Mann, ein Fremder, dem ich hier noch nie begegnet bin, gibt mir mein Wechselgeld. Er spricht nicht und gönnt mir keinen Blick.

Der Schnee liegt jetzt als grauer Matsch auf den Gehwegen, die Luft ist harsch und kalt.

Wir gehen an Menschen vorbei, die ich vom Sehen her sehr gut kenne, aber mit denen ich noch nie ein Wort gewechselt habe. An dem Mann mit der leuchtenden Jacke, der die Straße fegt; dem dürren Mädchen mit dem Gesicht einer alten Frau, das Zeitungen verkauft; den Jugendlichen mit den Kapuzenjacken, die sich vor dem Geldwechselbüdchen herumdrücken. Wir kommen an dem Koch vorbei, der oft vor seiner offenen Tür steht, damit die Hitze der dunstigen Küche im Souterrain abziehen kann.

Ich sehe sie, aber sie sehen mich nicht. Wir sind uninteressant, ein alter Mann im Rollstuhl und seine Pflegerin mit Fleecejacke, Jogginghose und blauem Kittel unter dem Anorak, die mit gesenktem Kopf langsam weitergeht.

Ich weiß nicht, warum ich heute wieder zum Fluss laufe. Es ist so kalt draußen. Auf dem Markt vermitteln die Lichter und Gerüche und die Musik, die durch die Türen dringt, wenigstens einen Eindruck von Wärme. Ich schiebe Charles durch die Seitenstraßen zum Fußweg und zur Treppe, die hinunter ins Wasser führt.

Hier verklingen die Geräusche; es ist still, man hört nur das Wasser gegen die Mauer klatschen und gelegentlich das Dröhnen eines Flugzeugs am Himmel. Ich sehe nicht hinunter. Ich fürchte mich vor dem, was vielleicht zurückstarren könnte. Aber gleichzeitig will ich es sehen, ich will es wissen. Als ich es mir vorstelle, schaudere ich. Max' lange Chirurgenfinger strecken sich nach oben, greifen nach mir. Aber da ist nichts, nur dunkles Wasser, das die untersten Stufen umspült. Zehn Stufen ragen aus dem Fluss, und ich entdecke eine Schicht Müll – Bierdosen und Zigarettenschachteln, Burgerverpackungen und Plastiktüten treiben im braunen Schmodder auf der Themse.

Ich starre auf die grün verfärbten Pfeiler und die Bootsanleger mit den Schildern, auf denen *Gefahr! Betreten verboten!* steht, wie ich weiß. Es ist gut, dass der Fluss und die Stege gefährlich sind. Denn wenn jemand Max' Leiche findet und Dora der Polizei wirklich erzählt, ich sei verantwortlich, dann komme ich hierher, gehe langsam die Stufen hinunter in den Fluss und verschwinde spurlos und für immer. Besser so, als dass Ummu und Leila glauben, ich hätte einen Mann getötet und wäre im Gefängnis. Ich werde mein Leben im gleichen Land beenden wie Ali, aber unter dem Wasser, und irgendwo werden sich unsere Seelen eines Tages finden und verbinden. Auf eine düstere Art ist das ein tröstlicher Gedanke.

Es ist dunkel geworden. Meine Schuhe sind vom Wasser der Pfützen durchnässt. Mir ist das egal, aber Charles' Hände, die auf seinem Schoß die Papiertüte mit den Klementinen umklammern, sind blau vor Kälte. Er muss nach Hause, bevor die Januarnacht hereinbricht.

Jeder Tag verläuft jetzt gleich. Nach unserem Spaziergang bringe ich ihn zurück, bereite sein Essen zu, hole seinen Pyjama und wärme ihn für Charles vor dem Gasofen an. Ich mache weiter. Es ist in Ordnung. Es ist nicht schwer, schweigend zu arbeiten. Für Leila und Ummu still zu sein. Ummu bekommt ihre Operation. Leila wird die Schule besuchen.

Jeden Tag biegen wir beim Pub ab, genau wie jetzt, und ich schiebe den Rollstuhl im Schatten der dunklen Kirche die Straße hinunter. Vorbei an den Engeln und Galionsfiguren mit den zusammengekniffenen Augen. Sobald wir angekommen sind, nehme ich den Seiteneingang zum Garten hinter dem Haus. Helfe Charles aus seinem Stuhl und die Treppe hinunter in den Keller, tauche in Londons Eingeweide ein, in seinen Untergrund.

In der Wohnung führe ich Charles zu seinem Lehnsessel mit der Fußstütze. Es ist schwieriger geworden, ihn anständig auf seinen Platz zu bekommen. Er scheint vergessen zu haben, wie man es sich bequem macht, und ich muss das für ihn übernehmen. Rücke seine Füße zurück, lege seine Hände auf die Armlehnen. Er verlangt nach seinem Essen, und ich bringe es ihm auf einem Tablett; ich setze mich hin, füttere ihn, wische ihm den Mund ab und biete ihm ein paar Schlückchen Wasser an.

Und wenn er mit seinem Abendessen fertig ist, schäle ich eine Klementine für ihn. Ich stecke ihm die Stückchen einzeln in den Mund, und wenn ihm der Saft über das Kinn läuft, tupfe ich es ab.

Ich löffle Charles seine Medizin in den schlaffen rosa Mund und helfe ihm, sauberes Nachtzeug anzuziehen. Schenke ihm seine zwei Fingerbreit Whisky ein. Ich drücke ihm einen Kuss auf die pergamentartige Wange. Charles stöhnt und sagt, er müsse zur Toilette. Ich ziehe ihn hoch und stütze ihn, während er unbeholfen zu seinem kleinen Badezimmer wankt. Halte ihm beim Pinkeln seinen Penis, bevor ich ihn wasche und zurück zu seinem Bett bringe. Dann trage ich die Schalen in die Küche und werfe sie in den übervollen Mülleimer. Ich nehme den Beutel heraus, knote ihn zu. Stelle ihn bereit, um ihn hinauszubringen. Ersetze ihn durch einen neuen. Ich spüle Charles' Teller und räume auf.

Oben im Haupthaus poltert jemand die Treppe herunter, ein Stuhl schabt über den Boden.

Ich spüre die Geräusche, meine Haut kribbelt, meine Ohren klingeln. Meine Handflächen werden feucht. Ich sehne mich danach, dass dieser Tag zu Ende geht. Nach dem Moment, in dem ich mich in der Ecke dieses Zimmers auf mein notdürftiges Bett mit dem flachen Kopfkissen legen kann, weil ich so schrecklich erschöpft bin und mir nichts mehr wünsche, als alles zu vergessen.

Aber dieses Geräusch, das Scharren des Stuhls über den Küchenboden eine Etage höher, bedeutet nur eines: Dass jetzt meine nächste Schicht beginnt.

Doras Stimme hallt durch den Schacht in Charles' Wohnzimmer.

»MONA!«

»Ja.«

»Es ist sieben Uhr. Ich habe Hunger.«

»Charles geht gerade ins Bett. Dann komme ich.«

»Sie sind spät dran.«

Der alte Mann verlangt jetzt auch nach meiner Aufmerksamkeit: »Du hast ihn schon wieder versteckt! Verdammt noch mal, Weib, du hast mir den Whisky weggenommen.«

»Sofort!« brüllt es in diesem Augenblick von oben, und Charles grummelt etwas vor sich hin. Mein Kopf beginnt zu hämmern.

Als ich ihm seinen Whisky gebe und er seine Zeitung nimmt, entdecken wir es gleichzeitig. In der unteren Ecke des Titelblatts prangt ein Foto von Doktor Max.

Und Charles sagt etwas.

»Das ist der Arzt, der mich untersucht hat – ein amerikanischer Bursche. Ich habe es durch mein Schlafzimmerfenster gesehen. Dora hat Maudys Büste auf ihn geschubst, und er ist die Treppe heruntergefallen.«

Kapitel sechsundfünfzig

Max wollte zurückkommen und mit mir zusammenleben. Er hat mich geliebt, er wollte Valerie für mich verlassen.

Und jetzt ist er tot!

Die ganze Nacht über habe ich die Geschichte in meinem Kopf umgestellt. Alles dahin gerückt, wo es sein sollte.

Ich fühle mich wie befreit, als ich zur Arbeit gehe. Ich kann mich auf etwas außerhalb meines Hauses konzentrieren, mich auf die Vorbereitungen für *Geschmackswelten* stürzen, die neue Sendung, die ich moderieren soll.

Und jetzt, als ich nach Hause komme und fast über seine riesigen Turnschuhe stolpere, die wahllos im Flur liegen, wird mein Herz leichter. Leo ist wieder zu Hause. Einen euphorischen Augenblick lang glaube ich, seine Rückkehr würde alles auslöschen, was seit seiner Abreise passiert ist. Alles wird wieder normal. Das mit Max ist nie geschehen. Ich werfe meine Tasche auf den Boden im Flur, laufe in die Küche und falle meinem Sohn um den Hals. Dann trete ich zurück und mustere ihn.

Er ist braun geworden und schlanker und sieht gesünder aus als je zuvor. Und er lächelt.

»Du siehst toll aus!«, rufe ich.

»Ich habe dir Arganöl mitgebracht, Mum. Claudia meint, das wird gerade der totale Trend für die Haare.«

»Danke, Leo.«

Mir ist nach Weinen zumute. Weil ich einen Menschen

wiedersehe, den ich liebe. Weil mir klar wird, wie viel mir das bedeutet. Und weil ich weiß, dass er auf gar keinen Fall herausfinden darf, welch schreckliche Dinge ich getan habe.

»Ich habe auch ein paar Feigen für Großvater mitgebracht und neue Pantoffeln für Mona – diese *Babouches*, die sie so schön findet, sich aber nicht leisten kann. Wo ist sie?«

»Bei Großvater.« Ich versuche, es nicht zu tun, aber ich überlege trotzdem, ob Pantoffeln ein großzügigeres Geschenk sind als Arganöl und warum Leo findet, meine Haare bräuchten Hilfe, aber Monas nicht. Aber ich werde mich nicht in diese Gedanken hineinsteigern. Ich werde es genießen, dass Leo wieder hier ist.

Er hat eine Lücke in mein Leben gerissen, die mir erst jetzt bewusst geworden ist, nachdem sie wieder gefüllt wurde. Wäre er nicht weggegangen, hätte alles ganz anders kommen können.

»Ich habe einen ganzen Haufen guter Vorsätze für das neue Jahr.« Er geht zum Wasserkocher. »Möchtest du eine Tasse Tee, Mum? Ich muss dir so viel erzählen. Ich habe nur heute Abend meine erste Schicht in der Bar.«

Ich setze mich ihm gegenüber an den Tisch. Das habe ich gebraucht, Zeit mit meinem Sohn. Zeit, von der ich glaube, dass er sie tatsächlich mit mir verbringen will und nicht vor einem Bildschirm oder bei Mona.

»Und ich denke, Mum, wenn ich erst mal anständig verdiene, ziehe ich zu Barnie und George.«

»Gut«, höre ich mich antworten. »Das ist großartig, Leo.«

Eigentlich will ich sagen, er soll es nicht tun, er soll bei mir bleiben, ich würde alles bezahlen, was er will; er bräuchte keinen Job.

Da ärgert man sich sein halbes Leben lang über seine Angehörigen, weil sie einem das letzte bisschen Zeit und Kraft aussaugen, und sobald sie sich ein Stückchen entfernen, will man sie einfach wieder an sich ziehen und sie anflehen, einen wieder zu brauchen.

Später, nachdem er mir von seiner Reise erzählt hat, erklärt er, er wolle sich jetzt zur Bar aufmachen.

Es ist schon gut, sage ich mir. Leo kann gehen, er kann sein eigenes Leben führen. Immerhin liegt vor mir wieder eine aufregende neue Karriere, und ich habe Mona, die mir jeden Wunsch erfüllt.

Ich laufe zum Speisenaufzug und rufe sie.

Als Mona heraufkommt, reicht sie mir einen Stapel Kataloge, in denen ich Zwiebeln für Sommerblumen finde und diese hübschen Sachen von Toast, die ich von jetzt an immer tragen will. Ich gebe ihr die Umschläge fürs Altpapier zurück.

»Haben Sie heute die Zimmer gemacht?«, frage ich.

»Alles fertig«, sagt sie. »Die Liege für Ihre Massage ist vorbereitet. Ich wollte eine Tajine machen.«

»Gut. Nächste Woche fangen die Aufnahmen für meine neue Sendung an, und Sie werden mir bei den Rezepten helfen. Sie müssen mir erklären, wie Sie Ihre Gerichte würzen. Und mir ein paar Zutaten nennen, die meine Hörer nicht kennen. Sie sollen das Gefühl haben, sie würden etwas ganz Besonderes entdecken. Pro Sendung brauche ich zwei Rezepte. Die Show läuft anfangs einmal die Woche, und ich muss sechs Wochen vorbereiten, das macht zwölf Rezepte. Ich will wissen, wie Sie Ihren Clafoutis zubereiten, die *Harira,* die Hackbällchen und dieses hübsche Mandelgebäck, das Sie mit Leo gemacht haben.«

Ich sitze in der Küche, die Mona auf Hochglanz poliert hat, und beobachte, wie sie das Gemüse schneidet, als wäre sie eine gelernte Köchin, mit diesen Händen, die gestikulieren und winken und hart arbeiten. Wenn ich Mona um etwas bitte, nickt sie nur. Sie sieht mich nicht an. Sie hält den Blick gesenkt.

Plötzlich habe ich Boudicca vor Augen, an dem Abend, als Max und ich uns vor ihr getroffen haben, und erinnere mich daran, wie er zu ihr aufgeschaut hat – zu ihren starken Beinen, ihrem mutigen Gesicht.

Ich habe das Gefühl, dass ich alles – jeden – besiegt habe. Niemand kann mich mehr demütigen. Ich bin wirklich eine Boudicca, stark, mächtig, herrschend.

Und ich danke Roger stumm dafür, dass er mir Mona gebracht hat.

»Mona«, sage ich. »Heute eine Ganzkörpermassage.«

Das ist noch etwas, das ich an ihr entdeckt habe – ihr Talent für Massagen.

»Wo haben Sie eine so gute Technik gelernt?«, frage ich mit gedämpfter Stimme, während sie meinen Rücken durchknetet, alle Verspannungen vertreibt, alle Sorgen und Ängste und, ja, auch den schalen Geschmack in meinem Mund nach den jüngsten Ereignissen. »Es ist erstaunlich, wie Sie mit Ihren Fingern auch an die tiefen Muskeln kommen. Ihre Hände sind mir von Anfang an aufgefallen. Sie sind so ausdrucksvoll, so stark.«

Sie hat Kerzen angezündet, wie ich es ihr aufgetragen habe, und die gleichen Räucherstäbchen wie an dem Abend, an dem ich Max mitgebracht habe. Ich sage ihr, sie soll die CD von Nina Simone einschalten, lege mich auf die Massageliege und lasse all meine Sorgen davontreiben. Jedes Problem, das sich gestellt hat, habe ich gelöst. Die Angst, dass ich entlassen werde. Die Angst vor Zurückweisung. Die Angst, zu verwelken, wie ich es bei anderen Frauen gesehen habe, wenn ihr Leben zunehmend von den Bedürfnissen anderer Menschen bestimmt wird und sie selbst aufs Abstellgleis geschoben werden.

Ich kann mich gefahrlos entspannen, kann loslassen. Ich habe das Heft in die Hand genommen, und es macht sich bezahlt. Jeden Gedanken an Max im Fluss verbiete ich mir. Er ist weg. Als wäre er einfach nach Amerika zurückgekehrt und würde wie üblich nichts von sich hören lassen.

Aber ich erinnere mich daran, dass er mich geliebt hat. Und das lindert den Schmerz ein wenig.

Monas Hände finden einen besonders harten Knoten in meinem Nacken und streichen ihn sanft aus.

Sie beugt sich ein wenig näher. »Ich habe es gesehen«, flüstert sie.

»Was?«

»In Charles' Zeitung.«

Ich kann den Kopf nicht drehen, weil sie ihre Hände auf meinem Hals hat und mein Gesicht auf die Liege gedrückt wird.

»Ein Bild von Doktor Max. Und der Treppe – der Treppe, zu der wir ihn gebracht haben. Oh, Dora«, raunt sie direkt in mein Ohr, »sie haben seine Leiche gefunden.«

Kapitel siebenundfünfzig

Ich bäume mich auf und stoße Monas Hände weg.

»Holen Sie mir die Zeitung!« Mit zitternden Händen entreiße ich ihr die Seiten. »Wo? Ich finde es nicht. Sie müssen sich getäuscht haben!«

Mona zeigt auf das Titelblatt, und das Herz schlägt mir bis zum Hals, als ich den Artikel entdecke.

Es ist ein winziger Bericht in der unteren Ecke, als wäre sein Tod wirklich ganz unbedeutend.

Eine männliche Leiche wurde an der Upper-Watergate-Treppe in Deptford angespült. Der Polizei zufolge könnte es sich um einen New Yorker Arzt handeln, der seit einem Zwischenstopp in London vor einer Woche vermisst wird. Es besteht der Verdacht auf eine unnatürliche Todesursache. Die Polizei ermittelt im näheren Umkreis. Ihre Fragen konzentrieren sich zurzeit vor allem auf Gegenstände, die bei dem Mann gefunden wurden, darunter ein blauer Kittel, wie er von Hausangestellten getragen wird.

»Es war falsch, ihn in den Fluss zu werfen«, sagt Mona.

»Nein, Mona. Wir haben das Richtige getan. Wir haben ihn nicht verletzt – wir haben nur nach dem Unfall seine Leiche weggeschafft. Um seine Familie zu schützen, seine Frau und seine Kinder. Die brauchen nicht zu wissen, dass er sich mit mir getroffen hat. Wir müssen still bleiben. Wir dürfen nichts sagen, verstehen Sie? Außer Ihnen und mir weiß niemand, dass Max hier war. Die Polizei wird uns nicht finden. Oh, hier steht, sie hätten ein Babyfon bei ihm gefunden – das Sprechgerät, das wir für Daddy benutzt haben. Was zum Teufel wollte er damit?«

»Ich habe es ihm gegeben«, antwortet sie. »Er wollte es mit in Ihr Zimmer nehmen.«

»Auf dem Ding werden Ihre Fingerabdrücke sein«, sage ich, »wenn das Wasser sie nicht abgewaschen hat. Damit gibt es eine Verbindung zu Ihnen, fürchte ich, genau wie durch Ihren Kittel.« Ich lächle. Ich will sie nicht erschrecken, aber sie muss begreifen, dass sie die Hauptverdächtige ist, wenn sie etwas sagt.

Sie weicht einen Schritt zurück, genau wie Endymion, wenn er sich in die Enge getrieben fühlt.

Sie reißt die Augen auf.

»Keine Angst«, beruhige ich sie. »Machen Sie einfach weiter das, was ich sage. Dann passiert Ihnen nichts.«

Ist ihr klar, wie wichtig es ist, dass sie kein Wort darüber verliert?

»Sehen Sie, Mona, wenn die Polizei herausfindet, dass Max hier gestorben ist, in meinem Haus, muss ich den Beamten erzählen, Sie hätten wohl etwas damit zu tun. Schließlich habe ich Max am Fuß der Treppe gefunden. Er ist gefallen. Aber vielleicht haben Sie ihn ja auch gestoßen?«

»Warum sagen Sie nicht, dass er gefallen ist? Es ist besser, immer die Wahrheit zu sagen.«

Das finde ich ganz schön dreist von jemandem, der ungeniert gestohlen hat.

»Ich habe es Ihnen schon mal erklärt, Mona.« Ich klinge schroff, das höre ich selbst, aber sie ist etwas schwer von Begriff, und ich werde ungeduldig. »Die Polizei braucht überhaupt nicht zu erfahren, dass er hier war. Er hat eine Frau in Amerika. Sie weiß nichts von mir! Und das soll auch so bleiben. Wenn Sie etwas sagen …« Ich fahre mir mit einer Hand über die Kehle, und Mona blinzelt.

Mein Gott, es gibt tausend Gründe, nicht »die Wahrheit« zu sagen!

Wenn die Polizei herausfindet, dass dieser Mann in meinem Haus gestorben ist und wir seine Leiche versteckt haben, was wird dann aus meiner neuen Radiosendung?

»Sollten Sie auch nur einem Menschen etwas davon erzählen, sage ich der Polizei, dass *Sie* Max getötet haben. Vielleicht aus Versehen. Oder sogar absichtlich. Ich werde denen sagen, Sie hätten mit Max geflirtet, wie auch mit Monsieur Sherif …«

»Das habe ich nicht.«

»Und Sie hätten Geld von ihm haben wollen: Er sollte Ihnen helfen. Und dass Sie schon gelogen hätten, um diese Stelle zu bekommen, und behaupteten, Sie wären Witwe. Immerhin haben Sie seine Nummer in Ihrem Handy gespeichert!«

Triumphierend sehe ich sie an.

»Dann haben Sie Angst vor ihm bekommen und ihn gestoßen, und er ist gestürzt und hat sich den Kopf aufgeschlagen, und Sie haben Ihren Kittel um ihn gewickelt, um die Blutung zu stillen.«

Sie sieht mich mit diesem ausdruckslosen Blick an, den man unmöglich deuten kann.

»Wem werden die Beamten wohl glauben?«, frage ich. »Theodora Gentleman, der Stimme Südostenglands, oder einer Hausangestellten, die alles tun würde für Geld und Papiere? Für einen britischen Pass?«

Sie ist immer noch sprachlos.

»Und noch was. Die Überwachungskameras. Als wir zum Fluss gefahren sind, habe ich aufgepasst, dass ich nicht gesehen werde, erinnern Sie sich? Ich habe den Kopf eingezogen. Aber Sie sind gefahren, Mona. Ich schätze, es gibt eine Menge Beweise, die ich gegen Sie benutzen könnte, wenn ich wollte. Deshalb hoffe ich, dass Sie mich nicht dazu zwingen. Es ist doch so, Mona. Max ist tot, aber wir hatten nichts damit zu tun. Es gibt keine anderen Zeugen.«

Auf ihrem Gesicht ist immer noch keine Gemütsregung zu erkennen.

»Es *gibt* einen anderen Zeugen«, sagt sie schließlich.

Ich blicke auf. Sie soll mich weiter massieren – von diesem Thema habe ich genug.

»Charles«, fährt sie fort. »Ihren Daddy. Er hat gesehen, wie Sie die Büste umgestoßen haben. Er hat gesehen, wie Max gefallen ist.«

Kapitel achtundfünfzig

Ich lasse Dora auf der Massageliege allein.

Sie ruft mir nach: »Das ist alles Ihre Schuld! Wenn Sie nicht hergekommen wären, wäre das nie passiert!«

Mein Herz rast. Ich kann nicht einschätzen, wozu Dora fähig ist, nachdem ich verraten habe, was ich weiß.

Ich laufe hinauf zu Leos Zimmer. Er ist nicht zu Hause.

Ich sehe bei Facebook nach, ob ich eine Nachricht bekommen habe. Ob es Neuigkeiten gibt. Ich habe seit vielen Tagen nicht mehr nachgeschaut.

Ich denke daran, was Charles heute Abend gesagt hat, bevor ich gegangen bin.

Das ist der Arzt, der mich untersucht hat – ein amerikanischer Bursche. Ich habe es durch mein Schlafzimmerfenster gesehen. Dora hat Maudys Büste auf ihn geschubst, und er ist die Treppe heruntergefallen.

Bilder durchfluten meinen Kopf. Wie Dora mich gezwungen hat, auf allen vieren zu arbeiten; der Tag, an dem sie mich getreten hat. Aminas Nachricht, Dora hätte dieser Zidana etwas angetan. Und das Mädchen sei verschwunden und nie wieder aufgetaucht.

Was, wenn Dora diese Zidana getötet hat! Wie sie ihren Liebhaber getötet hat.

Mir wird kalt, als mir klar wird, was das wirklich bedeutet.

Als sie sich umdrehte und mich oben an der Treppe sah, hat sie mich angestarrt, als wäre sie einem Dschinn begegnet.

Sie hat gedacht, *ich* wäre bei Charles in der Wohnung gewesen.

Sie hat Max für mich gehalten!

Dora hat die Büste heruntergestoßen, weil sie dachte, Max wäre ich!

Sie hat versucht, mich zu töten.

Ich fühle mich plötzlich ganz schwach. Ich wirble herum, voller Panik, Dora könnte hinter mir stehen, sie könnte mich doch noch umbringen wollen. Das muss ich jemandem erzählen. Der Polizei? Aber die Polizei hat eine Leiche im Fluss gefunden. Ich habe geholfen, sie dorthin zu bringen. Das Babyfon und mein Kittel könnten beweisen, dass ich etwas damit zu tun hatte, falls Dora das wirklich behauptet.

Ich klicke mit der Maus, während diese Gedanken auf mich einstürmen.

Wer würde eher mir als Dora glauben? Wer würde einem Mann mit Altersdemenz glauben?

Aber wenn ich weglaufe, habe ich weder einen Pass noch Papiere. Ich bin als Doras Hausangestellte hier und von ihr abhängig, und das weiß sie.

Eine Nachricht.

Von Sayed. Auf Arabisch.

Wir haben Neuigkeiten! Eine Adresse von Ali in London. Sie gehört zu einem Wohnhaus, nicht zu einem Asylantenlager, und es ist nicht weit von hier. Sie kommt nicht von diesem Gauner Hamid. Ich habe sie für Sie gefunden. Kommen Sie in den Laden, dann beschreibe ich Ihnen den Weg. Ich nehme auch nicht viel!

Mein Herz trommelt heftig in meiner Brust. Dem Datum nach ist die Nachricht schon vor zwei Tagen gekommen! Vor zwei Tagen hätte ich zu ihm gehen, hätte weglaufen können! Aber es bringt nichts, über versäumte Gelegenheiten nachzudenken.

Ich sehe mich um. Ich habe nichts. Mein letztes Geld habe ich Ummu geschickt, ich habe nur zwanzig Pfund für diese Woche behalten, die in meiner Tasche in Charles' Wohnung stecken.

Dann fällt mir das Medaillon ein, das Max eigentlich Dora schenken wollte; es ist in meiner Hosentasche, meinem einzigen sicheren Versteck. Ich habe zwar keine Papiere, aber mit Geld, mit genug Geld, kommt man an die meisten Sachen.

Vielleicht sollte ich meine Tasche vergessen. Einfach sofort die Treppe hinunterlaufen und direkt zu Sayeds Laden marschieren. Ihm das Medaillon geben, Alis Adresse verlangen – ich könnte ihn sogar bitten, mich hinzubringen.

Ja, so muss ich es machen.

Ich will zur Treppe.

Aber auf dem Absatz vor Leos Zimmer – das Dora liebevoll als *Beletage* bezeichnet – bleibe ich stehen. Dora ist unten. Ich traue mich nicht, ihr gegenüberzutreten. Die Haustür – das Tor zur Welt – kommt für mich nicht mehr infrage. Solange Dora hier ist, kann ich nicht ohne ihre Erlaubnis hinausgehen.

Kapitel neunundfünfzig

Monas Worte spulen sich in meinem Kopf ab. Daddy ist als Zeuge doch sicher viel zu unzuverlässig, oder? Aber dass Mona so arrogant ist und glaubt, sie hätte irgendwie gegen mich gewonnen, kann ich nicht durchgehen lassen.

Ein Poltern unter mir reißt mich aus meinen Gedanken. Daddy hämmert mit dem Besenstiel gegen seine Decke, und durch den Schacht des Speisenaufzugs kann ich seine Stimme hören.

»Mona! Kommen Sie, Mona! Ich will Sie.«

Ich gehe zum Fuß der Treppe und rufe: »Mona, Sie müssen wieder nach unten zu Daddy! Die Zimmer können Sie machen, wenn Sie gespült haben.«

Solange Mona hier ist, habe ich die perfekte Geschichte, falls alles auffliegt. Dass sich mein Hausmädchen mit aller Macht ein besseres Leben ergattern wollte und sich an meinen amerikanischen Geliebten herangemacht hat. Bei Madame hat sie das Gleiche versucht. Und als mein Geliebter sie abwies, hat sie ihn, voller Panik, er könnte sie verraten, getötet und seine Leiche zum Fluss gefahren … Auf dem Babyfon sind vielleicht noch ihre Fingerabdrücke. Der Kittel müsste mit ihrer DNA übersät sein – immerhin hat sie ihn den ganzen Tag getragen. Ja, diese Version der Ereignisse klingt glaubwürdig.

Dann kommen andere Gedanken auf.

Dass Max mich doch geliebt hat, dass er hierher ziehen und mit mir zusammenleben wollte. Ich stehe auf, fahre mir mit den Fingern durch die Haare, gehe zum Spiegel und sehe mich an. Lege eine Hand auf meine Kette, die der Welt sagt, wer ich bin. Alles ist gut. Ich bin Theodora Gentleman. Niemand wird mich je verdächtigen.

Erst nach mehreren Minuten merke ich, dass Daddy wieder gegen die Decke klopft.

Ich gehe noch einmal zur Treppe und rufe hinauf. Immer noch keine Antwort. Ich werde ungeduldig.

Ich laufe ein paar Stufen hoch und rufe nach Mona. Sie antwortet nicht.

Plötzlich spüre ich dieses Kribbeln, das gleiche Gefühl wie an dem Tag, als ich gemerkt habe, dass sie ohne meine Erlaubnis mein Badezimmer benutzt.

Schnüffelt sie etwa in meinem Zimmer herum? Stöbert leise in meinen Papieren? Sucht sie ihren Pass, weil sie wieder weglaufen will? Das Kribbeln wird stärker. Will sie sich wieder drücken, wenn ich sie am meisten brauche? Für meine Sendung und im schlimmsten Fall für die Polizei, sollte sie plötzlich vor der Tür stehen?

Meine Panik schwillt an, als ich den ersten Treppenabsatz erreiche.

Ich sehe in Leos Zimmer nach. Sein Computer läuft, der Bildschirmschoner tanzt über den Monitor, aber sonst rührt sich nichts.

Ich steige in die nächste Etage hinauf. Vielleicht bereitet sie das Badezimmer so vor, wie ich es mag. Kerzen, Räucherstäbchen.

Auch hier niemand.

Also in die dritte Etage. Das Blut pocht mir schon in den Ohren.

Schließlich öffne ich die Tür zu meinem Schlafzimmer.

Es ist leer.

Kapitel sechzig

Ich nehme die Stange, die Leo benutzt hat, als wir den Weihnachtsschmuck heruntergeholt haben. Hake die Falltür aus. Zum Glück sind meine Arme von der täglichen harten Arbeit stark geworden. Die Leiter gleitet problemlos herunter.

Dora wird lügen, um ihren Ruf zu wahren. Das habe ich schon erlebt, sie bringt es fertig, alles Mögliche zu sagen und zu tun, um sich selbst zu retten. Sie wird sich wirklich eine Geschichte zusammenspinnen, und die Polizei wird wirklich nach mir suchen.

Dann werde ich Leila und Ummu und Ali nie wiedersehen.

Ich klettere die Sprossen hinauf in die warme, dunkle Stille des Dachbodens.

Die Falltür zu schließen ist schwieriger, als sie zu öffnen. Und Dora ruft: »Mona, Mona, ich brauche Sie. Kommen Sie jetzt her!«

Ich ziehe an der Leiter, aber sie ist schwer, und aus dieser Position kann ich sie kaum bewegen. Ich will mir gar nicht vorstellen, was Dora mit mir macht, wenn sie mich hier oben findet.

Schließlich gelingt es mir, die schwere Leiter hochzuziehen, bis sie rasselnd auf den Dachboden rutscht. Die Falltür knallt zu, und ich bin plötzlich von Dunkelheit umgeben. Ich bleibe sitzen und warte darauf, dass sich meine Augen an das fehlende Licht gewöhnen.

Einen Moment lang kommt mir die Dunkelheit wie eine

sanfte, schützende Hülle vor, die mir vorerst Sicherheit bietet, und ich atme tief durch.

Dann poltern Schritte auf der Treppe, und ich weiß, dass ich weitermuss.

»Mona. Mona – kommen Sie sofort her!«

Ich krabble über die rauen Holzbohlen, taste mich vor, ziehe mir Splitter in die Hände und schürfe mir das Schienbein auf. Endlich erreiche ich die hintere Wand und finde den winzigen Durchgang zum Nachbarboden, den Leo mir gezeigt hat, als wir wegen des Weihnachtsschmucks hier waren.

Ich drücke gegen die Tür. Bei Leo hat es ausgesehen, als ließe sie sich leicht öffnen, aber bei mir rührt sie sich nicht.

Ich greife in meine Tasche. Fühle, ob ich es noch habe. Max' Geschenk für Theodora ist sicher verstaut. Ich wollte es ihr geben, aber jetzt ist es zu spät. Es ist alles, was mir geblieben ist.

Dann höre ich wieder Schritte – Dora kommt herauf. Wie lange wird es dauern, bis sie sich zusammenreimt, wo ich geblieben bin?

Ich drücke ein zweites Mal gegen die kleine Tür, aber sie öffnet sich immer noch nicht.

Ich hole tief Luft. Lehne mich zurück, stemme die Füße dagegen und drücke mit ganzer Kraft.

Der nächste Teil ist einfach.

Zwischen Desirees Dachboden und dem der Kinder, die auf der Straße immer mit Steinen spielen, gibt es keine Abtrennung, und die Tür dahinter ist leicht zu öffnen.

Inzwischen muss ich das große Haus mit den Frauenköpfen über der Eingangstür erreicht haben. Dieser Dachboden ist bis jetzt mit Abstand der größte und hat ein Fenster im Dach, durch das man den Himmel sehen kann.

Mondlicht fällt herein und bescheint zerbrochene Klaviertasten, einen alten runden Tisch, der auf der Seite liegt, ein Schaukelpferd und ein Puppenhaus. Die Spielsachen erinnern mich an Leila, und plötzlich dreht sich alles in meinem Kopf, als ich mir vorstelle, in welcher Gefahr ich schwebe. Wenn ich jetzt einen Fehler mache, werde ich sie für immer verlieren.

In der nächsten Wand scheint es keine Tür zu geben. Ich taste nach einem Spalt, einer Lücke zwischen den Paneelen. Nichts. Mein Herz fängt an zu rasen. Muss ich doch noch aufgeben?

Ich bemerke die Falltür, die ins Haus führt, gehe hinüber und drücke ein Ohr an den Boden. Ich höre Musik, leise murmelnde Stimmen. Dann schreckt mich ein Geräusch auf – das schrille Heulen einer Sirene. Hat Dora beschlossen, die Polizei zu rufen? Wollen sie mich schon holen?

Ich kehre zur Wand zurück, drücke die Hände dagegen und finde schließlich ein Paneel, das lockerer sitzt als die anderen. Ich rüttele ein wenig und kann es herauslösen, dann krieche ich auf den nächsten Dachboden. Er ist so dunkel und stickig, wie der letzte hell und luftig war. Ich setze das lose Paneel wieder ein. Taste noch einmal nach dem Medaillon, meinem Pass in die Freiheit, wenn es die für mich noch gibt.

In den Monaten, die ich hier gelebt habe, war ich für die Menschen draußen unsichtbar. Aber nachdem es nun eine Leiche gibt, ein Verbrechen, wird es nicht lange dauern, bis alle mehr wissen wollen. Ich schlinge die Arme um mich. Jetzt sehen sie hin, jetzt interessieren sie sich, aber es ist zu spät. Wenn alles nach Plan läuft, bin ich völlig untergetaucht, bis sie hier sind.

Kapitel einundsechzig

Ich sehe in meinem Arbeitszimmer und der Toilette nach. Mona ist nicht dort. Daddy hämmert immer noch gegen die Decke und brüllt. Er wird nicht aufhören, bevor nicht jemand zu ihm geht.

»Mona!« Ich laufe wieder nach oben.

Ohne sie werde ich mit Daddy nicht fertig.

Daddy poltert weiter. Es bleibt mir nichts anderes übrig, als nach unten zu gehen und ihn zu beruhigen.

Ich haste in die kalte Nacht hinaus und zur Rückseite des Hauses.

Bei Mummys Kopf überläuft mich ein Schauder. Ich habe das Gefühl, sie beobachtet mich, als ich die Stufen hinuntergehe.

Daddy steht in seinem Pyjama im Wohnzimmer und knallt den Besen mit einer Hand gegen die Decke.

»Schon gut, Daddy, du kannst jetzt damit aufhören. Ich bin ja hier.«

»Ich will Mona.«

»Daddy, du musst mit ins Haus kommen. Ich kann nicht hier unten bei dir bleiben, und ich weiß nicht, wo Mona ist.«

Ich hole ihm seinen Morgenmantel und seine Hausschuhe und helfe ihm, sie anzuziehen.

Auf meinen Arm gestützt steigt er langsam mit mir die Treppe hinauf. Nach ein paar Stufen hält er inne.

»Ich brauche mein Taschentuch.« Er macht Anstalten, sich umzudrehen. Er will in die Wohnung zurück und es holen. Wenn er dafür genauso lange braucht wie für den Weg hierher, stehen wir morgen noch hier.

»Ich habe Taschentücher im Haus, Daddy. Geh weiter.«

»Ich brauche das Taschentuch. Diese Papierdinger benutze ich nicht. Ich will das bestickte, das Maudy für mich gemacht hat.«

»Dann gehe ich. Bei dir dauert es zu lange.«

Er klammert sich an das Treppengeländer, während ich zurücklaufe. Nach einer gefühlten Ewigkeit finde ich das Taschentuch, das er haben wollte.

Als ich wieder bei ihm bin, nimmt er es und putzt sich langsam die Nase. Die eiskalte Nachtluft lässt ihn zittern. Ich werde ungeduldig, würde ihn am liebsten anschreien: »Beeil dich, Daddy, ich habe nicht den ganzen Tag Zeit!« Wenn wir dadurch schneller wären, würde ich ihn glatt hochheben und tragen. Stattdessen arbeiten wir uns mühsam weiter und bleiben auf jeder zweiten Stufe stehen, damit er sich sammeln kann oder das Gleichgewicht wiederfindet. Ich hatte keine Ahnung, wie anstrengend es mittlerweile ist, Daddy vor die Tür zu bringen. Das wäre was geworden, wenn ich versucht hätte, ihn zu Konzerten oder zu den Veranstaltungen mitzunehmen, zu denen Anita und Simon uns ständig schicken wollen, ohne selbst dabei zu helfen.

Ich muss mich lange abmühen, um ihn nach vorne, über den Weg und die Treppe hinaufzuführen.

Endlich gelingt es mir, ihn ins Haus zu bringen und im Wohnzimmer vor den Fernseher zu setzen.

Angewidert merke ich, dass er sich eingemacht hat. Seine Pyjamahose ist klatschnass. Ich brauche Mona! Mache ich ihn zuerst trocken? Bade ich ihn? Ziehe ich ihm die schmutzige Hose aus, oder hole ich erst eine saubere, bevor ich irgendetwas anderes mache? Ich laufe zurück in seine Wohnung, hole ein Handtuch und einen Satz Thermounterwäsche. Als ich ihn wieder ordentlich habe, bin ich erschöpft.

Ich sehe ihn mir an, wie er im Halbschlaf dasitzt und weder die Welt wahrnimmt noch all das, was mir passiert.

Dann schlägt Daddy die Augen auf und verlangt, Mona zu sehen.

»Ich versuche schon, sie zu finden, Daddy! Ich tue, was ich kann.«

Endlich kommt Leo nach Hause. »Mum, Großvater scheint es echt schlecht zu gehen. Ich glaube, er braucht einen Arzt. Seine Gesichtsfarbe sieht wirklich nicht gut aus. Er wirkt ikterisch.«

Ich frage mich, wo Leo das Wort *ikterisch* gehört hat. Bisher hat er nie irgendwelche medizinischen Kenntnisse bewiesen. Aber er hat recht. Daddys Haut hat einen seltsam dunkelgelben Ton angenommen, und er kann kaum die Augen offen halten. Sein Atem geht flach und stoßweise.

Wie kann er mir das jetzt antun? Wo mich das Foto in der Zeitung verspottet. Und sie Max' Leiche gefunden haben! Und Mona Gott weiß wo ist.

»Du musst vom Sofa aufstehen«, sage ich Leo. »Hilf mir, es für Großvater als Bett herzurichten. In seinem Zustand kann er nicht noch mal laufen.«

Zusammen holen wir Kissen, eine Decke, eine Wärmflasche und Daddys Medikamente und versuchen, es ihm bequem zu machen.

»Wo ist Mona?«, fragt Leo. »Ist sie gegangen?«

Ich blicke scharf auf.

»Was soll das heißen? Warum sollte sie gegangen sein?«

Er zuckt mit den Schultern. »Sie hat nur irgendwie unruhig gewirkt, seit ich ihr die *Babouches* gegeben habe, als hätte sie Heimweh.«

»Sie kann nicht gegangen sein«, widerspreche ich, ohne zu überlegen. »Ich habe ihren Pass und ihre Papiere in meiner Tasche. Sie würde sich nicht trauen, ohne die Sachen zu verschwinden.«

Leo starrt mich an.

»Du hast was? Du hast ihr den Pass weggenommen?«

»Das ist so üblich«, sage ich. »Aber wir haben jetzt keine Zeit, um über Mona zu reden. Wir müssen uns um deinen Großvater kümmern.«

»Hör mal, Mum«, meint Leo ungewohnt mitfühlend, »Großvater braucht dich. Ich gehe Mona suchen. Bleib du bei ihm im Wohnzimmer, falls es schlimmer wird.«

»Wo willst du denn suchen?«

»Sie ist bestimmt auf der High Street. Ich muss sie übersehen haben. Vielleicht hat sie sich mit irgendwem festgequatscht. Irgendwas hat sie aufgehalten.«

Ich sage nichts, bin aber insgeheim dankbar, als er seine Kapuzenjacke und ein paar zollfreie Zigaretten von oben holt. Bevor er die Haustür zuknallt, ruft er noch: »Bis nachher!«

Endlich tut er mal was, um zu helfen.

Kapitel zweiundsechzig

Ich weiß nicht, welcher Dachboden der letzte ist. Sie scheinen endlos, einer führt zum nächsten. Mir kommen diese Räume wie ein Symbol für mein Leben vor; jeder einzelne Abschnitt wirkt erst finster, bis er mir einen Ausweg zu einem neuen Ort offenbart, von dem ich dann wieder fliehen muss. Ich bin wie getrieben: Einen noch, und ich bin Ali einen Schritt näher.

Der Dachboden, auf dem ich jetzt bin, ist eng und dunkel und riecht nach Moder. Die Falltür hängt halb offen, die Leiter ist ausgefahren.

Ich krabble hinüber. Unten im Haus brennt Licht. Ich halte ein Ohr an die Öffnung.

Ich nehme Stimmen wahr.

Erleichterung durchströmt mich.

Sayed, Johnny.

Die Stimmen von Menschen zu hören, die mir helfen wollten, wenn auch gegen Geld, treibt mir fast die Tränen in die Augen.

Ich steige die wacklige Leiter hinunter ins Haus. Die Teppiche hier sind feucht. Es stinkt nach schalem Rauch und Schimmel. Es scheint niemand in der Nähe zu sein, trotzdem schleiche ich leise die Treppe hinunter und spüre, wie mir das Herz bis zum Hals schlägt.

Ich erreiche einen schmalen Flur, der genau Doras entspricht, aber in einem noch übleren Zustand ist als ihrer bei meiner Ankunft. Er ist schlecht gestrichen, der Teppich ist zerschlissen und voller Müll – als hätte hier noch nie jemand sauber gemacht. Durch den Türspalt am Ende des Flurs sehe ich Sayed, er sitzt an einem Küchentisch und dreht sich eine Zigarette oder einen Joint.

Als ich hereinkomme, blickt er erschrocken auf.

»Sayed, ich brauche Ihre Hilfe.«

»Sie! Wie kommen Sie denn hierher?«

»Über die Dachböden.«

Die beiden Männer lachen und schauen sich überrascht an.

»Wieso sind Sie nicht über die Straße gegangen wie jeder normale Mensch?«

»Das ist nicht lustig. Ich musste weg – ich bin in Gefahr. Ich musste es aus dem Haus schaffen, ohne dass es jemand merkt. Ich weiß nicht, wie viel Zeit ich habe.«

»Wir haben im Laden schon auf Sie gewartet, oder, Johnny? Sie haben sich ja nicht mit Hamid getroffen, aber wahrscheinlich war das besser so. Er hatte irgendwas Krummes vor.«

»Sie haben gesagt, Sie hätten eine Adresse von Ali?«

»Ja. Wir haben eine Adresse. Aber Sie sind nicht vorbeigekommen, deshalb konnten wir sie Ihnen nicht verraten. Wir wissen, wo er wohnt, aber es gibt ein kleines Problem.«

»Sagen Sie sie mir!« Die beiden werfen sich einen Blick zu. »Wenn es um Geld geht, wenn Sie das brauchen, um sie mir zu sagen, dann hier, Sie können das hier nehmen.« Widerstrebend strecke ich ihnen das Medaillon entgegen – habe ich es erst aus der Hand gegeben, bleibt mir nur noch meine Hoffnung.

Wieder sehen sie sich an. Johnny nimmt das Medaillon. Begutachtet es.

»Ja, Hammer!«, sagt er. »Das ist einen Haufen Kohle wert, Alter.«

»Können Sie mich zu der Adresse bringen, bitte – ohne dass mich jemand sieht?«

»Ganz ruhig. Ja, wir haben die Adresse, aber …«

»Sie können das Medaillon haben, Sayed, aber nur, wenn Sie mich zu ihm bringen.«

Vor Aufregung krampft sich mein Bauch zusammen. Wenn ich Ali gefunden habe, brauche ich keine Papiere und keinen Pass mehr. Ich bin seine Frau.

Ich kann seinen Namen nehmen, seine Papiere mit ihm teilen.

Mein Ziel ist in greifbarer Nähe. Ich schließe die Augen und bete.

Sayed lenkt seinen Roller wie ein Dschinn durch die Nacht.

Ich klammere mich an ihn, den Kopf gegen seine Lederjacke gedrückt. Wir flitzen zwischen Autos und Bussen dahin. Tauchen unter Eisenbahnbrücken hindurch und rasen über U-Bahn-Strecken. Wir schwenken nach links und nach rechts, neigen uns so weit, dass ich manchmal das Gefühl habe, wir würden gleich stürzen und ich würde über die Straße fliegen bis unter die breiten Räder eines Lasters. Aber ich habe keine Angst, ich habe vor nichts Angst, weil ich Ali gleich sehen werde.

Eher, als ich gedacht hätte, hält Sayed vor der Einfahrt einer Wohnanlage. Er dreht sich um und spricht durch seinen Helm mit mir.

»Paradise Street. Sicher, dass Sie allein gehen wollen?«

Ich nicke und steige ab. »Fahren Sie ruhig, Sayed, und danke. *Barak Allah feek*. Gott segne Sie.«

Er zuckt mit den Schultern, lässt den Motor aufheulen. Dann fährt er weg, und ich bin allein. Ich überlege, wie ich aussehe. Ich bin sicher unordentlich und zerzaust, und ich trage meine Arbeitskleidung – eine Jogginghose, eine Fleecejacke, alte Turnschuhe. Den hässlichen Ersatzkittel.

Aber Ali hat mich erschöpft nach Leilas Geburt gesehen, und mit den Händen im Spülwasser, er kannte mich schon als Kind, er liebt mich, wie ich bin. Für ihn muss ich mich nicht anmalen.

Ich gehe durch das Tor.

Die quadratische Anlage besteht aus rötlichen Ziegelsteinklötzen, angelegt um einen zentralen Innenhof. Hinter dem Maschendrahtzaun, der den Hof umschließt, fahren Teenager im Flutlicht mit ihren Rollerblades über den schwarzen Asphalt und springen über Stahlrampen voller Graffiti. Eine Handvoll kleiner Kinder hockt auf dem einzigen kümmerlichen Fleckchen Grün und beobachtet ein Tierchen, einen Wurm oder eine Schnecke. Da sie nur Haustiere kennen, finden sie die Bewegungen eines derart winzigen Geschöpfs so spannend, dass sie es mit Stöckchen anstupsen, um zu sehen, ob sie es lenken können, ob es vielleicht etwas ausstreckt oder wieder einzieht.

Es gibt mehrere Eingänge, neben denen die Wohnungsnummern stehen. Ich finde die Nummern 150-250 und gehe die Betontreppe hinauf. Es riecht nach abgestandenem Urin und Kochdünsten. Nummer 204 liegt im zweiten Stock, ein dunkler Gang führt an den Wohnungstüren vorbei. Jede Tür ist anders. An manchen hängen Windspiele oder auffällige Türnummern. Andere sind schmucklos, schäbig, die Farbe blättert ab. Umgeworfene Dreiräder liegen herum, daneben Wäscheständer, leere Flaschen und Zeitungsstapel. Aus den offenen Fenstern dringen gedämpfte Stimmen: Ein Kind weint, ein Mann schreit, aus einem Radio dröhnt ein Lied von Adele. Und noch mehr Küchendüfte – Gewürze, Currys, Pommes. Unten plärrt eine Autoalarmanlage, eine Sirene heult. In der Ferne sind die Geräusche der Stadt zu hören – das Rumpeln des Verkehrs auf der Hauptstraße, das Rattern der Züge, das Dröhnen von Flugzeugen.

Ich erinnere mich an meinen ersten Blick auf diese Stadt, wie gewaltig sie von oben ausgesehen hat, wie riesig, als wir nach meiner Ankunft hindurchgefahren sind. Ich habe nur in einem winzigen Teil davon gelebt. Dahinter liegen endlose Knotenpunkte und Zentren und Menschenmengen, die Paläste und Geschäfte und Parks und Denkmäler, die ich mir vorgestellt und von denen ich Leila erzählt habe, in der Hoffnung, ich könnte sie ihr eines Tages zeigen. Dabei habe ich sie in meiner ganzen Zeit hier selbst nicht gesehen.

Ich werfe einen Blick über die Brüstung. Von hier aus sehe ich nur endlose Häuser und beleuchtete Kräne, die ihre Hälse wie Stängel emporstrecken, um in den hellen Londoner Himmel zu spähen. Und das dunkle Band des Flusses mit den Lichtstrahlen, die in die Tiefe stoßen.

Niemand kommt vorbei. Niemand bemerkt mich.

Mein Herz hämmert in meiner Brust. Ich bin ihm so nah.

Bald, wenn wir wieder zusammen sind, rufe ich Ummu und Leila vielleicht an und hole sie direkt her. Wer weiß. Ich bin nicht sicher, was die Visabestimmungen über Angehörige sagen, aber wenn wir zeigen, dass wir eine Familie sind und Ali schon seit Monaten hier arbeitet, gutes Geld verdient, Steuern zahlt, dann müssen die Behörden uns erlauben, zusammenzuleben. Ali wird wissen, was zu tun ist. Ali wird alles regeln. Ali mit seinen guten Englischkenntnissen und seiner Klugheit, seinem Ärztecharme. Und wenn er einen richtigen Abschluss hat und arbeiten kann, gehen wir vielleicht sogar nach Hause, zurück in das kleine weiße Haus an der Flussmündung, und leben als Familie dort, wo wir hingehören und sein wollen.

Wie es auch ausgeht, wichtig ist nur, dass ich ihn gefunden habe!

Ich werde mich nie wieder einer anderen Frau unterordnen müssen. Ich werde in meinem eigenen Zuhause wohnen, mit meiner eigenen Familie, meiner eigenen Arbeit. Ich spüre schon jetzt die wunderbare Erleichterung, nicht mehr allein für alles verantwortlich zu sein.

Nummer 204 ist anständig gestrichen, im Gegensatz zu einigen anderen. In Blau, der Farbe der besser in Schuss gehaltenen Türen zu Hause in der Medina. Ali war immer ordentlich, hat immer auf die Details geachtet. Die Wohnung hat etwas Vertrautes an sich; vielleicht liegt es an dem Kasten mit den Blumen auf dem Fenstersims, die das Licht so einfangen, dass die Farben noch im Dunkeln leuchten, als hätte ein winziger Teil Marokkos hierher in diese verstecke Ecke Londons gefunden. An der Tür baumelt ein bogenförmiger Spiegel mit Goldrand. Auch hier klingt Marokko nach.

Ali hat von zu Hause geträumt.

Mir ist warm, als wäre ich meiner Heimat auch nah. Ali hat diese Verbindungen zu Marokko wachgehalten, weil ich ein Teil davon bin, ein Stück Heimat.

Ich stelle mir sein Gesicht vor, wenn er sieht, dass ich hier bin, dass ich nach ihm gesucht und ihn gefunden habe, obwohl er sicher dachte, wir könnten unmöglich zusammen sein nach seiner Zeit im Gewahrsam und dem Kampf um ein Visum.

Nachdem ich jetzt selbst wie ein minderwertiger Mensch behandelt wurde, verstehe ich, warum er sich bei Driss so vergessen hat.

Und ich verstehe, warum er sich in ein besseres Leben flüchten wollte. Er hat geglaubt, dort würde er respektiert werden. Für ihn bedeutete das, in ein Land zu gehen, in dem er der Mensch sein konnte, der er immer sein wollte – ein Arzt, der anderen hilft. In dem niemand etwas über sein Verbrechen wusste.

Ich hebe die Hand, um auf die Klingel zu drücken, eine richtige elektrische Klingel. In der Wohnung brennt Licht, aber es ist matt, wie das Licht, das Dora über Nacht brennen lässt oder wenn sie ausgeht, um Einbrechern vorzumachen, wir wären zu Hause. Wenn er nicht hier ist, setze ich mich auf die Schwelle und warte.

Komisch, nachdem ich so lange nichts von ihm gehört habe, kommen mir diese wenigen Momente wie eine Ewigkeit vor.

Ich ertrage die Stille kaum, als ich noch einmal klingle und weiter warte.

Bitte komm, flüstere ich. *Bitte finde mich, bevor Dora herausfindet, wo ich hingegangen bin. Bevor sie auftaucht oder mir die Polizei hinterherschickt.*

Endlich fällt ein Schatten auf das beschlagene Glas in der Tür, und das Schloss klickt. Die Tür öffnet sich.

»Hallo?«

Mein Kopf ruckt hoch.

Da ist niemand.

Kapitel dreiundsechzig

Ich weiß nicht, wie viele Stunden ich dasitze und darauf warte, dass Leo mit Mona zurückkommt. Daddys Atem geht in kurzen, flachen Zügen. Er blickt zu mir hoch und runzelt leicht die Stirn. Ich habe Angst, er stirbt. Ich will nicht, dass er geht. Vor lauter Müdigkeit nehme ich irgendwann die Kissen von den Sesseln im Zimmer und bereite mir neben ihm auf dem Boden ein Bett. Aber ich komme nicht zur Ruhe. Sobald ich mich entspanne, bemerke ich Zugluft oder wie der Stoff auf meiner Haut kratzt oder wie unbequem die unebene Fläche unter mir ist.

Nach einer Weile muss ich doch eingeschlafen sein, denn ich wache schrecklich verschwitzt und mit durchnässter Kleidung auf. Ich zittere. Im Schlaf habe ich Max gesehen. Ich habe ihn immer noch vor mir, sein Gesicht mit dem offenen Mund, die blinden Augen, die zu mir aufschauen.

Schon den ganzen Abend weht ein unablässiger Wind, er schlägt die Kralle eines Krans gegen dessen Turm wie einen Schlegel gegen eine Glocke. Ich will nicht allein sein mit Daddy, seinem matten Atem, seinem wächsernen Gesicht. Ich wünschte, Mona wäre bei mir. Ich brauche sie, damit sie Daddy tröstet, damit sie sich zu ihm legt und ich ins Bett gehen kann, um anständig zu schlafen.

Wann findet Leo sie endlich? Mit einem unguten Gefühl sehe ich auf die Uhr meines Handys. Wäre sie zum Laden gegangen, wären sie schon vor Stunden zurückgekommen.

Der Zeitungsartikel mit Max' Foto in einer Ecke der Titelseite hat alles wieder hochgeholt, er hat mich so heftig erwischt wie eine Wand aus kaltem Flusswasser. Ein anderer Artikel, einer, den ich vergessen wollte, treibt mir vor Augen. *Eine junge Hausangestellte (Zidana, 18) nimmt sich nach einem Treppensturz und dem Verlust ihres Kindes das Leben.* Das war nicht meine Absicht. Ich wollte niemanden verletzen. Sie hatte mich gedemütigt, gerade als unsere ausländischen Freunde in Marokko anfingen, mich zu akzeptieren. Ein Brandfleck vom Bügeleisen auf der Tischdecke. Roger, der mich anschrie. Ich, die versuchte zu erklären, dass es Zidanas Schuld war. Und ein leichter Stoß, als sie mit der Bettwäsche die Treppe heraufkam und mich hämisch angrinste. Mehr war es nicht.

Ich liege auf dem harten Boden, starre an die Decke und wünschte, ich könnte tun, was ich jede Nacht seit Max' Tod getan habe. Den Schacht zu Daddys Wohnung hinunterrufen und Mona bitten, sich zu mir zu setzen.

Dafür ist Mona immerhin hier, sie soll mir helfen, alles zu ertragen. Und mir helfen, *mich* zu ertragen.

Kapitel vierundsechzig

Ich sehe nach unten.

Da ist doch jemand. Ein Kind, sieben oder acht Jahre alt, blickt zu mir hoch. Ein Mädchen in einem rosa Bademantel und Schlappen.

Ich weiche einen Schritt zurück.

Das Kind starrt mich an, wie Kinder es tun, wenn sie überrascht sind. Wenn sie in einer neuen Situation nicht wissen, was sie sagen oder machen sollen.

»Ich habe vielleicht die falsche Adresse«, erkläre ich und strecke ihr meinen zerknitterten Zettel entgegen. »Ich suche Ali. Ali Chokran, er ist …«

»Daddy?«

Ich mustere die Kleine. Ihre dunklen Haare sind mit einem türkisfarbenen Bändchen zu einem Pferdeschwanz zusammengebunden, und sie trägt winzige Goldohrringe. Ihre Haut ist einen Ton dunkler als meine, aber sie hat ganz erstaunliche blaue Augen in ihrem wunderhübschen dunklen Gesicht. Ein Berbergesicht. Unverkennbar. Vertraut.

Mir fällt ein, wie Leo das Wort »Kribbeln« benutzt hat. Das spüre ich jetzt, ein Kribbeln am ganzen Körper, eine Art betäubender Schicht, ein instinktiver Wunsch nach Schutz vor dem, was gleich kommt.

Meine Füße werden taub. Mir wird alles klar, noch bevor die Mutter des Mädchens kommt, bevor sie sich entschuldigt, dass sie im Bad war, als ich geklingelt habe, und mich dann in die Wohnung bittet und mir süßen Minztee gibt, wie es die Frauen zu Hause getan hätten. Sie fragt mich, ob ich eine Verwandte aus Marokko sei, und sagt, Ali würde bald von der Arbeit zurückkommen. Er arbeite im Schichtdienst, natürlich würde er mich sehen wollen. Ob ich eine Cousine wäre? Eine Nichte? Eine Schwester nicht, Alis Schwestern kennen sie.

Sie sind reizend, beide, Mutter und Kind, sie bringen einen Teller mit Mandelgebäck, umsorgen mich. Die Mutter, zierlich und hübsch mit langen schwarzen Locken, trägt schicke westliche Kleidung, einen Bleistiftrock, hochhackige Schuhe, eine taillierte Jacke über einer weißen Bluse. Sie erzählt, sie arbeite hier als Ärztin für alte Leute – in der »Geriatrie«, wie sie sagt –, und ich denke an Charles und meine Mutter und dass diese Frau genau das ist, was die beiden brauchen – aber zwischen ihnen steht das größte denkbare Hindernis.

»Mein Mann ist erst vor Kurzem zu uns gekommen, vor etwa sechs Monaten, nachdem seine Papiere fertig waren. Jetzt arbeitet er hier in einer Bäckerei.«

»Ist er nicht auch Arzt?«

»Arzt? Ali?« Sie lacht.

Wie kann ich diese freundliche Frau und ihre Tochter hassen? Sie tappen genauso im Dunkeln wie ich.

Ich will ihr Glück nicht zerstören.

Also stehe ich auf. »Danke«, sage ich. »Aber ich muss gehen. Sagen Sie Ali, dass Mona hier war.«

Unten im Treppenhaus laufe ich ihm in die Arme, und selbst nach dem, was ich gerade erfahren habe, übt seine körperliche Nähe eine so unmittelbare Wirkung auf mich aus, als wäre überhaupt keine Zeit vergangen.

Sofort, so dumm es ist, als wäre mein Gehirn nicht vorhanden, verlangt mein Körper nach ihm. Ich will mich an ihn schmiegen, seine Hände in meinem Haar spüren.

Ich sehe ihm ins Gesicht und weiß schon, dass er doch nicht mir gehört.

Das Traumbild eines ganzen Lebens ist in Sekunden zerstört.

»Was machst du denn hier?«

»Ich habe dich gesucht.«

»Du kannst nicht hierherkommen. Das ist mein Zuhause, mein Leben, meine Familie.«

»Ich dachte, *ich* wäre dein Leben. Ich dachte, Leila und ich wären deine Familie.«

Er stößt ein Zischen hervor. »Du warst in Marokko«, sagt er kalt. »Wie bist du rausgekommen?«

»Ein englisches Paar hat mich mit einem Visum als Hausangestellte hergebracht.«

Angewidert sieht er mich an. »Hausangestellte? Das ist würdelos, Mona.«

Diese Worte verletzen mich mehr, als ich je gedacht hätte.

»Ich habe das gemacht, weil ich es musste. Für Leila und Ummu, weil du gegangen bist.«

Ich schnappe nach Luft, kann kaum atmen, wie ein Kind, das nach einem Sturz nur noch japst.

Ich habe ihm geholfen, als er in Schwierigkeiten steckte, als er Angst hatte, die Polizei würde ihn holen.

Jetzt wird er mir doch auch helfen …

Er wendet das Gesicht ab.

»Wann hast du sie kennengelernt?« Ich deute mit dem Kopf Richtung Wohnung. Wut kann ich nicht aufbringen. Ich spüre nur einen dumpfen Schmerz in der Brust, ich brauche Antworten.

»Lass es sein, Mona. Ich bin müde. Ich komme gerade von einer Spätschicht.«

»Aber wann? Dieses Kind ist älter als Leila! Ist sie deine Tochter?«

Er hämmert mit der Faust gegen die Wand neben sich.

Jetzt habe ich es geschafft. Er ist wütend. Im Laufe der Jahre habe ich seine Ausbrüche immer wieder entschuldigt, weil ich dachte, dass er mich liebt. Es ist nicht seine Schuld, redete ich mir ein. Er ist eben ein sehr leidenschaftlicher Mann, im Guten wie im Schlechten. Ich war in ihn verliebt. Aber jetzt will ich seine dunkle Seite nicht sehen.

»Natürlich ist sie meine Tochter. Genau wie Slimane mein Sohn ist. Hafiza und ich waren lange vor Leila zusammen. Wir haben früher geheiratet als du und ich.«

»Wie kann das vor uns gewesen sein? Wir waren doch zusammen, seit wir klein waren … wir waren füreinander bestimmt.«

»Nein, Mona. Ich habe Hafiza kennengelernt, als ich in Casablanca war.«

»Was? Aber du bist zurückgekommen und hast mit mir in dem weißen Haus gelebt. Du hast als Fremdenführer gearbeitet, um dir das Studium zu finanzieren. Du wolltest Arzt werden.«

Wut verfinstert sein Gesicht. »Irgendwas musste ich dir ja erzählen.«

»Das war gelogen?«

»Du hast einfach Leila bekommen. Wie hätte ich es dir da sagen sollen? Mir hat nur noch das Visum gefehlt. Hafiza war schon hier und hat geduldig auf mich gewartet.«

»Aber du hast nie etwas gesagt. Mir nie von ihr erzählt.«

»Ich konnte nicht zwei Familien gleichzeitig versorgen. Mit Hafiza habe ich meine erste Familie.«

»Du hast gar nicht Medizin studiert?«

»Nein! Das war Hafiza. Sie ist noch dabei. Mittlerweile arbeitet sie hier. Sie ist Assistenzärztin. Du bist irgendwie davon ausgegangen, und ich wollte dir deine Illusionen nicht nehmen.«

»Aber als du dieses Mal gegangen bist, hast du mir gesagt, du wolltest deinen Berberbrüdern helfen. Das war auch nicht die Wahrheit? Du bist direkt nach England gefahren?«

Er hebt die Hände, als wollte er sagen: *Ich kann nichts dafür, wenn du dir eine Geschichte über mich zurechtspinnst.*

Nichts von dem, was er mir erzählt hat, war wahr!

War Ali nie der Mann, für den ich ihn gehalten habe?

»Diese Frau hat dich aus Marokko geholt, in ein besseres Leben. Hast du sie deshalb gewählt?«

Irgendwie tut es mit dieser Erklärung weniger weh. Wenn er sie auch benutzt hat. Wenn er sie nicht liebt.

Wenn ich immer noch seine große Liebe bin.

Er seufzt, stampft mit dem Fuß auf, als wäre ich hier im Unrecht, als wäre ich ihm lästig und er würde sich lieber nicht mit mir abgeben müssen.

»Wir haben uns an der Universität kennengelernt, aber ich habe nie studiert. Ich habe da als Hausmeister gearbeitet. Dann ist sie nach England gegangen. Wir haben ausgemacht, dass ich nachkomme, sobald ich kann. Hier lebe ich jetzt, Mona, das hier ist meine Ehe. Ich habe zwei Kinder hier. Jasmine hast du kennengelernt. Slimane ist bestimmt schon im Bett. Aber du, du solltest nicht hier sein. Geh jetzt.«

»Du hast Leila oder mir nicht mal Geld geschickt.«

»Wie hätte ich das machen sollen, wenn ich hier schon hungrige Mäuler stopfen muss?«

»Und liebst du sie?«

Meine Frage kommt mir im gelben Licht des Betontreppenhauses selbst jämmerlich vor. Zu schwach, zu dürftig. Was spielt seine Antwort jetzt noch für eine Rolle?

Es ist alles schon zu kaputt.

»Natürlich liebe ich sie.«

Die Wahrheit dehnt sich weiter und tiefer und ist schlimmer als alles andere, was ich heute Abend gehört habe.

Er liebt sie.

Mich liebt er nicht.

»Und du hilfst mir nicht?« Meine Stimme ist leise, kaum hörbar. »Ich brauche Hilfe, Ali, du kannst dir nicht vorstellen, in welcher Situation ich bin. Die Frau, für die ich arbeite, ist grausam, aber ich kann nicht von ihr weg. Ich habe Angst, sie will mich umbringen!« Ich unterbreche mich aus Angst, das könnte zu dramatisch klingen. »Ich bin durch das Arbeitsvisum von ihr abhängig. Sie hat meinen Pass. Ich brauche etwas. Vielleicht ein bisschen Geld, irgendwelche Papiere, die sagen, dass wir verheiratet sind, damit ich mir eine andere Arbeit suchen kann. Ummu ist sehr krank, und ich muss arbeiten, ich …«

Er steckt eine Hand in die Tasche. Zieht ein abgenutztes Lederportemonnaie heraus, das Portemonnaie, das mein Vater ihm geschenkt hat, als er vielleicht vierzehn war. Ein Hauch Heimat weht hervor – heißes Leder, die Gerberei, in der mein Vater gearbeitet hat. Ali gibt mir etwas Geld, fünfzig Pfund.

Und dann geht er.

Ich verlasse die Paradise Street. Für Ali ist es vielleicht ein Paradies, für mich ist es die Hölle. Und es wird die Hölle für Hafiza sein, Alis echte »Ehefrau«, falls sie je von mir erfährt.

Ich kann sie nicht hassen.

Wenn ich nur erst bei Leila und Ummu wäre und ihnen zeigen könnte, dass ich mein Bestes gegeben habe. Und Ummu sagen könnte, sie hätte doch recht gehabt, was Ali angeht. Ich habe sie enttäuscht. Ich habe geglaubt, meine Träume würden wahr werden, und jetzt sind sie zerplatzt.

Ich kann nirgendwohin. Habe keine Papiere, nur diese fünfzig Pfund.

Ich laufe zur Straße. Sayed oder sein Roller sind nirgends zu sehen. Er ist in die Nacht verschwunden.

Kehre ich zu Dora zurück, flehe ich sie an, mich wieder aufzunehmen, mich zu verstecken, falls die Polizei kommt? Aber warum sollte sie das tun? Wenn sie mir die Schuld nicht in die Schuhe schiebt, wird sie die nächste Verdächtige sein. Und jetzt, da ich weiß, dass sie getötet hat ... sie wollte mich mit der Büste treffen. Wieder überläuft mich ein Schauder.

Im besten Fall würde ich im Gefängnis landen, und dann könnte ich mein Kind und meine Mutter nicht versorgen.

Auf der Straße treibt mich die Angst weiter, ohne dass ich wüsste, wohin. Ich folge der Themse. Der Fluss ist still und kalt. Das Wasser unter mir scheint schwer zu atmen. Ich denke daran, wie wir Max' Leiche in die Flut gezogen haben: Was hätte ich anderes tun sollen, als Dora zu gehorchen?

Das Wasser ächzt und seufzt.

Auf einmal macht es mir Angst, und ich gehe schneller. Wohin, weiß ich nicht. Vielleicht finde ich den Weg zurück zu Sayeds Haus. Vielleicht kann ich ihn bitten, mir einen kleinen Anteil aus dem Verkauf des Medaillons zu geben. Und mir einen falschen Pass zu besorgen, damit ich das Land verlassen kann.

Plötzlich merke ich, dass ich nicht allein bin: Jemand folgt mir. Der Pfad biegt nach links ab, führt zwischen hohen Gebäuden hindurch, die im Dunkeln liegen. Ich laufe schneller.

Die Gestalt hinter mir fängt auch an zu laufen. Ich komme an einer Laterne vorbei, und die Schritte hinter mir beschleunigen noch weiter.

Dann spüre ich eine schwere Hand auf meiner Schulter, und ich drehe mich um und sehe in den Schatten eine dunkle Gestalt mit Kapuze.

Es ist jemand, den ich kenne.

Jemand, vor dem ich instinktiv Angst hatte, als ich ihm zum ersten Mal begegnet bin. Vor dem ich weglaufen und mich verstecken wollte.

Jemand, bei dem sich meine Nackenhärchen aufstellten und es mir eiskalt den Rücken runterlief.

Kapitel fünfundsechzig

Ein plötzliches Rasseln schreckt mich auf. Es kommt von Daddy. Er atmet nur noch mit Mühe, aus seinem Mund dringt Schaum.

»Daddy, geht es dir gut? Sag doch was, Daddy.«

Er öffnet die Augen und starrt mich mit leerem Blick an.

Ohne nachzudenken nehme ich das Telefon und wähle die 24-Stunden-Notrufnummer unseres Arztes.

»Können Sie ihn in die Notfallklinik bringen?«, fragt die Stimme am anderen Ende gleichgültig, als hätte sie etwas Besseres zu tun und würde sich von meinem Anruf belästigt fühlen.

»Hören Sie«, sage ich, »ich bin Theodora Gentleman.«

Ich warte auf eine Reaktion, darauf, dass mein Name sie auf Trab bringt, wie es sich gehört. »Mein Vater stirbt vielleicht. Ich brauche hier dringend einen Arzt. Schicken Sie sofort jemanden her, sonst verklage ich Sie wegen unterlassener Hilfeleistung.«

»Wir haben im Moment sehr viel zu tun. Entweder bringen Sie ihn her, oder Sie rufen einen Krankenwagen, wenn es um Leben und Tod geht. Lassen Sie ihn direkt in die Notaufnahme bringen.«

Ich knalle das Telefon auf den Tisch.

Ich nehme Daddys Hand. Sie ist eiskalt, die Haut ist wächsern.

Dann nehme ich wieder das Telefon. Wähle den Notruf.

»Ich glaube, mein Vater liegt im Sterben. Schicken Sie bitte so schnell wie möglich einen Krankenwagen.«

Dann ihre lächerlichen Fragen, die wertvolle Zeit kosten: Welche Symptome zeigt er, erkennt er mich, kann er sprechen? Endlich geben sie zu, dass ich nicht übertreibe, dass Daddy wirklich dringend ärztliche Hilfe braucht.

»Wir sind so schnell wie möglich bei Ihnen.«

Mit einem leichten Schauer der Erleichterung lege ich das Telefon hin.

Ich lausche angestrengt, ob Leo und Mona zurückkommen. Oben wirkt das Haus totenstill. Nichts rührt sich, nur Endymion schiebt die Tür auf und schleicht herein. Ich hebe ihn hoch, drücke ihn an mich und spüre an der Brust sein beruhigendes Schnurren. Ich werde hier sitzen bleiben und auf den Krankenwagen warten, und Endymion wird mich trösten.

Ganz plötzlich setzt Daddy sich auf.

»Ich fühle mich nicht gut«, sagt er. »Hol Mona her.«

»Daddy, Mona ist gerade nicht da. Aber ich bin hier.« Ich lege ihm eine Hand auf die Stirn. Sie ist klamm und von einem dünnen Schweißfilm überzogen.

»Ich glaube, ich brauche einen Arzt.«

»Ja. Ist schon gut, Daddy. Der Arzt ist unterwegs.«

»Der arme, nette Doktor Max!«, sagt er. »Der aus der Zeitung. Den sie im Fluss gefunden haben. Der Mann, den du die Treppe hinuntergestoßen hast. Sie haben Doktor Max im Fluss gefunden, und er ist tot.«

Meine Hände sind feucht, mir schnürt sich die Kehle zu – ich bekomme nicht genug Luft. Daddy ist so krank, so verwirrt, warum klingt er plötzlich völlig vernünftig?

Und er hört nicht auf zu reden!

Jetzt höre ich es, der Krankenwagen fährt die Straße herunter, ein leises Schnurren – welches Fahrzeug sollte sonst mitten in der Nacht herkommen; und tatsächlich, ich sehe, wie das blaue Licht von der Kirche gegenüber zurückgeworfen wird.

»Ich will Doktor Max«, sagt Daddy schwach. »Er war ein guter Arzt, aber du hast ihn die Treppe hinuntergestoßen.«

»Sei nicht albern, Daddy. Ich habe ihn nicht gestoßen.«

»Ich habe dich gesehen. Er war bei mir, um mich gesund zu machen. Dann hast du Maudys Büste heruntergeschoben. Ich habe dich durch mein Schlafzimmerfenster beobachtet – du hast sie geschoben, und er ist gefallen. Jetzt steht er in der Zeitung.«

Draußen werden die Türen des Krankenwagens zugeschlagen.

»Bitte, Daddy. Hör auf damit. Du darfst nicht mehr sprechen. Sei still.«

Wenn er es den Sanitätern sagt, bin ich erledigt.

Das Blaulicht blinkt vor dem Fenster und erfüllt das Zimmer mit einem seltsamen grellen Licht, und Daddy redet mit rauer Stimme immer weiter: »Du hast ihn die Treppe hinuntergestoßen. Und jetzt steht er in der Zeitung.«

Er ist der einzige Mensch, der das weiß, er und Mona, und Mona wird nie jemand glauben.

Ich bin Theodora Gentleman, mich kennt bald jedes Kind. Daddy darf es ihnen nicht sagen, ich muss ihn aufhalten.

Ich stehe da, starre meinen Daddy an, in der Hand das Kissen, als sie die Stufen heraufkommen.

Kapitel sechsundsechzig

»Sie hat mich losgeschickt, um Sie zu finden«, sagt Leo.

Ich nicke. »Ich wusste, dass sie nach mir suchen würde.« Ich bin zu erschöpft, um mich zu wehren.

»Und dann habe ich Sayed auf seinem Roller getroffen. Er hat mir von Ihrem Mann erzählt – von Ali, nach dem Sie mit meinem Computer gesucht haben. Nach dem Sie auf der High Street herumgefragt haben. Sayed hat gesagt, er hätte Angst um Sie, weil er weiß, dass dieser Ali schon verheiratet ist. Er meinte, Sie würden tief in der Scheiße stecken, wenn Sie es herausbekommen, weil Sie sich darauf verlassen haben, dass Sie nach Hause gehen können, sobald Sie ihn finden. Oder einen anständigen Job und einen britischen Pass bekommen. Irgendwie so.«

Ich senke den Blick. »Ich habe mich darauf verlassen, dass er für sein Kind sorgt«, sage ich.

»Und zu uns wollen Sie auch nicht zurück – das verstehe ich. Das ist keine tolle Arbeit, auch wenn meine Mutter Sie braucht. Und Großvater liebt Sie.«

»Ja.«

»Aber ich verstehe, dass Sie nach Marokko zurückwollen. Da ist es viel wärmer.«

Ich lächle.

»Aber es ist schwer, da genug zu verdienen. Das weiß ich von den Leuten, die für Dad gearbeitet haben.« Leo seufzt. »Ich wollte auch nie hierher zurückkommen. Sie haben mich gezwungen – Mum und Dad. Sie fanden, ich sollte hier die Oberstufe besuchen. Sie sehen ja, was mir das gebracht hat!«

Er hält einen braunen Umschlag in der Hand, den er mir jetzt entgegenstreckt. Ich nehme ihn. Darin sind mein Pass und mein Visum. Zehn Zwanzig-Pfund-Scheine.

»Das ist alles, was ich hatte«, erklärt Leo. »Weiter kann ich Sie nicht bringen. Ich kann nicht Roller fahren wie Sayed. Mehr kann ich nicht tun. Ich hoffe, es ist genug. Ich muss zurück. Großvater geht es nicht gut.«

Ich folge dem Fluss nach Westen, weil ich weiß, dass irgendwann eine U-Bahn-Haltestelle kommen muss. Auf dem Wasser spiegeln sich die Lichter von beiden Ufern und der Mond, der sich hinter den Wolken versteckt.

Der Fluss unter mir ist glatt und still, als könnte er niemandem etwas zuleide tun.

Ich gehe schnell, bleibe aber auf den schmalen Pfaden und meide die Straßen, damit mich niemand sieht. Wenn ich erst die U-Bahn erreicht habe, kann ich unter der Stadt hindurchrasen. In einem auch nachts geöffneten Tesco frage ich, wo die nächste Haltestelle liegt. Ein Inder, der gerade Regale einräumt, sagt, das wäre Bermondsey, und beschreibt mir den Weg dorthin, vorbei an weiteren Wohnhäusern und durch noch mehr dunkle Straßen.

Ich sitze im grellen Licht der U-Bahn, umklammere Leos Umschlag auf meinem Schoß und tauche wieder in der Menge unter. Niemand beachtet mich. Ich weiß, wie schäbig ich aussehe, dass ich nach Schweiß rieche, dass mein Auge zuckt, aber das erregt keine Aufmerksamkeit.

Ich bin nur ein weiterer Körper, der durch die Eingeweide Londons transportiert wird und am Ende, darum kann ich nur beten, nach Hause gelangt.

Sogar so spät abends ist die U-Bahn gerammelt voll. Wieder habe ich dieses Gefühl, dass alle außer mir hierhergehören. Sie gehören hierher, egal, ob sie Touristen oder Londoner sind, Arbeiter oder Partygänger, Studenten oder Eltern oder Obdachlose, die durch den Waggon laufen und betteln. Die Leute lesen oder unterhalten sich oder schwanken nach einem Kneipenabend herum oder haben Stöpsel in den Ohren und klopfen mit den Füßen auf den Boden. Alle gehören hierher. So kommt es mir vor.

Ich denke an Charles, an die kurze Zeit, in der wir uns näherstanden und ich das Gefühl hatte, ich würde auch hierhergehören, und ich frage mich, wie er den Abend ohne mich überstanden hat.

Als wir St Pancras erreichen, vermisse ich den alten Mann schon.

Ich denke daran, wie gerne er seinen besten Anzug trug und sich vorstellte, er sei wieder in dem Restaurant, das er geführt hat, als er jünger war, und daran, dass niemand mehr den Mann von früher sehen konnte, mit seinen Michelinsternen und der Kochschürze. Wie kommt es, dass in dieser Stadt der Steinfiguren manche Menschen verewigt werden und andere spurlos untergehen?

Ich steige aus der U-Bahn und werde von der Menge die Rolltreppen hinauf und durch kilometerlange Tunnel getragen.

Vor der Statue eines eng umschlungenen Pärchens, die *Meeting Place* heißt, bleibe ich stehen. Ich blicke zu dem Liebespaar auf und wünsche mir eine Minute lang, meine Suche nach Ali hätte so geendet. Und als die Minute verstrichen ist, sage ich mir, dass meine Sehnsucht jetzt für immer vorüber ist – sie muss es sein.

Ich denke an meine Monate bei Theodora. Wie werden sie und Charles und Leo ohne mich zurechtkommen?

Aber das ist jetzt nicht wichtig. Ich bin stark geworden. Stärker als die Statue, vor der Dora und Max sich getroffen haben – die Königin namens Boudicca. Ich habe etwas über sie gelesen. Sie hat gesagt: »Sollen die Männer als Sklaven leben, ich werde es nie tun.« Und genauso wenig wird Leila je tun müssen, was ich getan habe.

Ich denke an die Dinge, die ich weiß, die ich erlebt habe. Madames Mann, der weder seine Augen noch seine Hände bei sich behalten konnte.

Ali, wie er weinend und blutend ins Haus stolperte, nachdem er den Touristen überfahren hatte.

Und Theodora, wie sie ihren toten Geliebten in den Fluss zog.

Das habe ich alles erlebt – ich habe es mit angesehen und nichts gesagt.

Ich habe geschwiegen wie die Statuen.

Bis jetzt.

Mit dem, was Ali und Leo mir gegeben haben, kann ich mir eine Fahrkarte kaufen. Es ist an der Zeit, dass ich dieses kalte Land verlasse.

Ich werde einsteigen, den Kopf gesenkt halten, mich von dem Zug durch einen weiteren Tunnel bringen lassen, durch eine weitere unterirdische Welt, unter dem Ärmelkanal hindurch – und am Ende gelange ich ans Licht.

Danksagung

Mein tiefer Dank gilt den Frauen von Justice for Domestic Workers (J4DW), die mir selbstlos ihre Geschichten erzählten, allen voran Marissa Begonia und Khadija Najloui, und auch Steve Rowlatt, der meine endlosen Fragen über die Rechte von Hausangestellten beantwortete.

Ein riesiges Dankeschön geht auch an:

Emma Lowth und Maxine Hitchcock für ihre vielen Ideen und ihre Geduld! Florence Partridge und das Team bei Simon & Schuster, Stephanie Glencross für frühe Inspirationen, meine fabelhafte Agentin Jane Gregory für all ihre Arbeit und ihre wunderbare erste Reaktion, Claire Morris, Linden Sheriff und jeden bei Gregory and Company. Joan Deitch für den Titel, Beatrice Pemberton für ihren Zuspruch, Anna D'Andrea fürs Lesen, Victoria Rance, bei der Recherchen immer zu einer eigenen Geschichte werden, John Davy, Kate Rhodes für ihre Vorschläge, Jethro Pemberton, Tanya Pemberton und die unglaubliche Cressida Downing für Feedback, Kaffee und Ermunterungen genau im richtigen Moment.

Mein besonderer Dank gilt Andrew Taylor und Polly, Emma und Jem, die immer zur Rettung eilen, wenn ich feststecke.

Anmerkung der Autorin

Seit dem 6. April 2012 sind ausländische Hausangestellte, die ihren Arbeitgeber nach Großbritannien begleiten, an diesen Arbeitgeber gebunden. Sollten sie misshandelt oder ausgebeutet werden, haben sie die Wahl, weiter zu leiden oder zu fliehen und illegal zu werden.

Mehr über dieses Thema finden Sie auf folgenden Seiten:
www.j4dw.org
www.kalayaan.org.uk

schrijven. 'Ik weet wat we moeten doen,' riep ze geheimzinnig. Ze vouwde het papiertje dubbel en gooide het in een lege bloempot.

Ik staarde naar het lege briefje en kon niet zo snel een goede oplossing bedenken.

'Gooi je papiertje erbij, dan kunnen we gaan kiezen,' zei Jip ongeduldig.

Vlug schreef ik twee woorden op en liet het propje voor me in de bloempot vallen.

'Ik mag voorlezen.' Bo veegde haar tranen uit haar ogen, graaide in de bloempot en opende het eerste briefje. 'We gaan van hockey af en op jazzballet.'

Er liep een rilling over mijn rug. Ik moest er niet aan denken. Ik haatte dansen, mijn benen en armen deden nooit wat ik graag wilde en slingerden alle kanten uit.

Lola zette de muziek aan en gilde: 'En we beginnen nu.'

Gelukkig drukte Jip meteen weer op de uitknop. 'Ballet is stom. Ga maar alleen dansen, ik heb daar geen zin in.'

Lola keek beteuterd terwijl ik een kleine opluchting voelde.

Bo opende het tweede briefje. 'Oefenen,' las ze voor.

'Dat heb ik verzonnen,' zei Jip. 'Als we elke middag op het veldje bij mij voor de deur gaan hockeyen, worden jullie net zo goed als wij en komen jullie ook vast in D1.'

'Ik wil niet elke middag oefenen, en ook niet in D1,' snauwde Lola. 'Komen jullie maar in D3.'

Ik vond het idee van Jip hartstikke goed en snapte niet waarom Lola zo reageerde. Misschien omdat ze haar zin niet kreeg.

'Nog een selectiewedstrijd,' zei Bo terwijl ze het derde briefje opende. Meteen zei ze erachteraan: 'En dan vraag ik mijn vader of hij met de selectiecommissie gaat praten, dan komen we vast wel met z'n allen in D1.'

'Dat gaan ze echt niet doen, Bo,' zei Jip.

‘Ik heb al gezegd dat ik niet in dat tuttenteam wil, Bo. Jij toch ook niet?’ zei Lola.

‘Ja en nee. Mijn ouders willen graag dat ik in D1 zit, maar voor mij hoeft het niet per se. D3 vind ik ook best leuk.’ Bo was gaan roepen omdat het zo spannend was, en we nog één briefje te gaan hadden voordat de definitieve uitslag bekend werd gemaakt.

‘Laatste briefje,’ zei Jip.

‘Huh, hier staat “ik blijf” op, kijk maar.’ Bo trok het witte stuk papier strak tussen haar handen en hield het voor zich.

‘Dat heb ik bedacht,’ zei ik zachtjes. ‘Ik denk dat het toch best leuk is.’

‘Vet, Fal, dat je bij ons in het team blijft. Wij zijn natuurlijk ook het leukste,’ zei Lola met een grijns op haar gezicht. ‘Nou, Jip, dan zit er voor jou niets anders op dan ook bij ons te komen.’ Lola omhelsde me alsof ze me een jaar niet had gezien. ‘Nu is het drie tegen één.’

Toen ik me uit de houdgreep van Lola had geworsteld, zag ik dat Jip me verbaasd aankeek. Ze gaf me een por met haar elleboog en haar ogen dwongen me om iets te zeggen. Ik was opgelucht dat Jip mijn woorden wel begreep, maar ik klemde mijn kaken stijf op elkaar.

De kleine watersnoodramp

'Waarom zei je nou niets?' vroeg Jip aan mij toen we terug naar huis liepen.

'Wat had ik moeten zeggen?'

'Dat Lola je niet goed begreep, bijvoorbeeld.'

'Het leek me niet zo'n goed moment.'

'Lekker dan. Nu lijkt het net alsof ik de enige ben die in DI wil, terwijl ik dat nog helemaal niet zeker weet door die sukkel van een coach.'

Ik schopte met een ferme trap een plastic flesje voor me uit dat per ongeluk in de tuin van Fien belandde. QueenFien zoals wij haar noemden, zat al een jaar in meisjes DI. Ze haalde iedereen die bij haar in het veld in de buurt kwam onderuit en was vreselijk onaardig. Snel liep ik haar huis voorbij, maar ik besefte dat ik niet om QueenFien heen kon als ik in DI zou blijven.

'Ik zeg het morgen als we naar de training fietsen,' zei ik toen we bij Jips huis aan waren gekomen.

'Nou, dat moet je dan maar doen,' zei Jip achteloos en ze liep de trap op naar het huis van Kees.

Ik hoopte dat Jip zou zeggen dat zij dan ook zeker bleef, maar ze zei alleen gedag. Ik klom door het gat in de heg en zag de auto van mijn vader de oprit op rijden. Vrolijk stapte hij uit, gaf me een kus op mijn voorhoofd en vroeg of ik een leuke dag had gehad. Ik knikte en wilde hem vertellen over hockey en over de reactie van Lola en Bo, maar dat kon niet want toen ik de achterdeur opendeed, stroomde het water ons tegemoet.

Heb je wel eens gezien hoe een hele boze olifant eruitziet? Maar dan bedoel ik ook een heel, heel boze olifant. Nee? Daar leek mijn moeder op. Ze zat op haar knieën op de grond, met een dweil en drie emmers naast zich. Trompetterend en scheldend. Ze zei allemaal dingen waar ik voor naar mijn kamer word gestuurd als ik dat zeg. Mijn broertjes zaten met een natte broek en een stout gezicht op de trap.

'Die ellendelingen! Ze maken mijn leven tot een hel,' krijste ze.

'Wat is hier gebeurd?' Mijn vader stond net als ik tot zijn enkels in het water.

'Wat denk je? Wie heeft deze chaos veroorzaakt, denk je?' krijste ze nog harder.

Mijn moeder houdt niet van chaos, weet je. Nelli wel, zij zegt dat chaos een uiting van creativiteit is, maar dat durfde ik op dat moment niet te zeggen.

Met een streng gezicht liep mijn vader naar Tom en Koen.

'We wilden varen met ons bootje,' zei Koen ondeugend.

'Maar we hadden geen zee om op te varen,' vulde Tom aan.

'Dus hebben ze de spoelbak in de keuken laten overstromen.' Mijn moeder gooide woedend de dweil op de vloer die op de Grote Oceaan leek. Mijn vader wist dat hij nu niets fout mocht doen en al helemaal niet moest zeggen dat het allemaal wel meeviel. Hij pakte de dweil en ging ijverig aan het werk.

'En jij had mij beloofd om op tijd thuis te komen,' raasde mijn moeder verder terwijl ze de trap op liep. 'En over drie keer per week trainen wil ik praten als ik weer droge kleren aan heb.'

Ik slikte, dat had ik niet zien staan op de website. Was ze daar nou werkelijk zo kwaad over? Ik duwde Tom en Koen een lege beker in de hand en met z'n vieren gingen we aan de slag. Tijdens het dweilen vroeg ik me af hoe het zo kon zijn dat ik niets met deze chaos te maken had, maar wel aan het opruimen was. Ik besloot er een wedstrijdje van te maken.

'Wie het eerst een volle emmer heeft, hoeft de hele week de afwas niet te doen,' riep ik. Als een dolle kiepte ik volle bekertjes leeg in een emmer.

CONTENTS

Introduction 7

The Life of Nathaniel Ireson 8

Patronage and Politics 15

Architectural Style 20

The Blandford School and Borromini Capitals 27

Church Monuments 35

Wincanton Delft 38
BY SARAH FITZGERALD

Appendices
1 Timeline 44
2 The Buildings on which Ireson Worked 52

Bibliography 70

Acknowledgements 72

INTRODUCTION

MY INTEREST IN NATHANIEL IRESON derives from his decapitated statue in Wincanton churchyard, which I fervently hope to restore. I was also struck by the realisation that very little is known about him. I do not pretend to have great architectural knowledge. My ambition has been to draw together the information that is available concerning Ireson and to reach tentative conclusions about his achievements.

Nathaniel Ireson advanced during his life from a position of little wealth or education to an established reputation as architect and builder, not to mention potter and even sculptor. His high baroque and Palladian buildings are not innovative. However, he learnt his lessons well from Thomas Archer, Francis Smith of Warwick and from Colen Campbell. In so far as he had his own style it was Provincial Baroque, in which he achieved some distinction in later years, particularly at Coupar House, Blandford.

His delft pottery at Wincanton, although manufactured on a small scale is highly collectable today.

One of his great abilities was to assemble large teams of builders and craftsmen, often to work on several houses at a time, sometimes many miles apart. He was not only hard working but one of the most versatile architects of his generation. He drew on architectural influences from Borromini and Palladio, as well as the major English architects of the period, to create some of the finest houses in the south-west. His style influenced only a small number of architects, as enthusiasm for baroque was in decline. He was one of the last. However many of his buildings survive today to demonstrate his status as one of the eighteenth century's leading provincial architects.

PETER FITZGERALD, *Pen Selwood 2016*

ONE

The Life of Nathaniel Ireson

In a churchyard set back from the main street in the small Somerset market town of Wincanton, a tall statue rises up above the broken headstones. Decapitated and blemished by lichen, it cuts a lonely figure, although the antique garb and lofty baroque plinth suggest a man of importance. The base is carved with symbols of the mason's trade, introducing him as Nathaniel Ireson, master mason.

On enquiry, some mentioned his work at Stourhead and at Ven, the great house at Milborne Port. Others said he was a potter and built several inns on the High Street in Wincanton and Ireson House nearby. His name is practically unknown beyond Wincanton.

Nathaniel Ireson was born in 1689 at Ansley, near Nuneaton in Warwickshire, the son of Nathaniel and Abigail Ireson[1]. He had two brothers and a sister. Indications are that he started life without money, education or influence. He was lucky to have been employed by the brothers Francis and William Smith, commonly known as Smith of Warwick, the leading provincial architects and master masons in the Midlands, of Queen Anne's reign.

In his early work he acted as mason rather than architect at Ladbroke Hall in Warwickshire and Etwall in Derbyshire, carrying out designs by Francis Smith[2]. There were no qualifications for becoming an architect in the eighteenth century and many great houses were designed and built by those who called themselves 'mason' or 'master mason'. Ireson described himself as 'mason' in his will.

1. I have followed the family tree in the Sweetman Archive at Somerset Heritage Centre.
2. The late Professor Andor Gomme of Keele University who wrote *Smith of Warwick, Architect and Master builder.*

He married Mary Adkins in the early 1700s and their first child, also Mary, was born in 1711 at Ladbroke. We know surprisingly little about Nathaniel Ireson's character, or his wife's. Even his family portrait was sold by the auctioneers Wooley and Wallis in the late 1800s and has disappeared without trace, apart from a faded photograph, which has been used as a basis for the new portrait. Conclusions about Ireson have been drawn from his will but, I believe, with little justification. He appears to have started life in humble circumstances and died wealthy, which suggests a certain determination. He fell out with Thomas Archer, the well-known and Court-connected architect, over the ownership of land at Hale in Hampshire, which could be taken to suggest he was difficult, but history doesn't record who was in the wrong[3]. He was churchwarden at Stourhead and later Wincanton, and spent a lot of his own money on Wincanton church, which suggests that he was devout[4]. George Sweetman, the nineteenth century Wincanton writer and bibliophile, wrote: 'Many incidents in his life left on record, show the activity of the man, far more indeed than that of any local man of his day'[5].

Until recently no-one was clear as to why a Warwickshire builder should appear as master mason at Stourhead.

In 1715 Ireson was living in the Warwickshire village of Coleshill[6]. Much of Coleshill is still owned by the Wingfield Digby family, who are also major landowners in Dorset. On this basis, it has often been suggested that the family introduced him to the south-west of England, but Ireson's connection with the family is tenuous.

Francis Smith did almost no work in the south of England. However Ireson's next two children were born in the parish of Hale,

3. Thomas Archer claimed that land at Hale bought in Ireson's name in 1719 was purchased on his behalf. The litigation was in 1729 and we do not know the result (Peter Wayne verified by Howard Elvin).

4. Wincanton PCC records.

5. Sweetman Archive. *History of Wincanton*. Somerset Heritage Centre.

6. Living at Coleshill. Wingfield Digby Coleshill Estate papers MS 3888/A1815. Birmingham City Archives.

in Hampshire, in 1716 and 1718[7]. Thomas Archer had recently bought the Hale estate and built his own house there from 1715 to 1720[8]. Archer was closely connected to Francis Smith[9]. They were both Tories and worked together on several buildings. The almost inevitable conclusion is that Nathaniel Ireson was sent by Francis Smith to act as master mason on behalf of Smith of Warwick. Francis Smith had great confidence in Ireson's abilities. Smith wrote in 1721 to Lord Mansell, the owner of Margam Abbey in south Wales, who was proposing to build a new house, declining to attend Margam on health grounds, but offering to prepare the drawings if Ireson was master mason[10].

It is probable that Ireson went on to act as master mason for Thomas Archer's design for Chettle, an architecturally important baroque house near Blandford Forum in Dorset. We know that Smith of Warwick were stated to be the builders, so we may assume this meant Ireson, who was already working at Hale. Ireson may too have been master mason for Thomas Archer's Kingston Maurward, another major baroque house in Dorset.

He then acted as master mason for Colen Campbell's Stourhead, the great Palladian house in Wiltshire, built for Henry Hoare, the banker and Tory MP. Colen Campbell was one of the leading proponents of the revival of Palladian architecture. This was a major step up for Ireson, who was then only 31 years old, as it appears to be the first occasion that he acted as master mason independent of Smith of Warwick, and Campbell was by far the best-known architect he worked for. It was Ireson's largest project to date. Regular and substantial payments by Henry Hoare are recorded in the ledger at Hoare's Bank as made direct to Ireson

7. Hale PCC records.
8. Dates of his own house. Sweetman Archive. Somerset Heritage Centre.
9. They were personal friends, brought up in the same area. Francis Smith rebuilt the Archer family seat at Umberslade. Francis Smith was definitely the builder of Chicheley in Buckinghamshire. It is widely believed that Thomas Archer was the architect but not proved. The same partnership is more generally accepted at Heythrop in Oxfordshire.
10. The letter to Lord Mansell is at the Welsh Record Office.

rather than to Smith of Warwick[11].

Ireson lived at Stourton, the estate village, while the work continued and was assisted by his brother John, who died shortly afterwards in 1729[12]. Parish records tell us that Ireson was churchwarden at Stourton, and there is a monument in the church, probably carved by him, in memory of his first daughter, who died there [13].

He then took on two major 'design and build' projects, most likely his first and second, Mells Park House (1724) for Colonel John Horner[14] and Ven, a much larger house at Milborne Port (1725 to 1731)[15]. The former house was Palladian and the latter baroque. The design for Ven is very much in the Smith of Warwick style, which Ireson emulated in his design for a number of houses.

By 1725, Nathaniel Ireson had amassed enough money to buy Windmill Hill farm, close to Wincanton. Here, he built Ireson House, where he lived for the rest of his life. He made bricks using clay from the farm and extracted building stone there. Unusually for an architect, he also designed and produced his own delft earthenware pottery, which was made in his factory on the farm by delft specialists, who probably came from Bristol. To this day Wincanton delft is highly collectable.

During the early 1730s Ireson was building a number of houses. One of the best examples is Berkeley House, near Frome, a fine house that he designed and built a few years later, demonstrating his skills in Palladian style (1732)[16].

The Great Fire of Blandford in Dorset of 1731, which destroyed most of the centre of the market town, gave rise to major building opportunities. Most of the new buildings have been ascribed to the

11. Hoares Bank archives.

12. His brother John's probate at the National Archives.

13. Churchwarden. Stourton PCC records.

14. The Mells Park House contract is at Mells Manor archives.

15. Ven. Records of Medlycott accounts at Somerset Heritage Centre.

16. The Berkeley house building contract is with the Mordaunt papers at the Worcestershire Records Office. CR 711 Box 3.

Bastard Brothers of Blandford. However it now appears that the brothers had not begun designing buildings at this stage, although they did so later. It is probable that the central core of baroque buildings, the former Red Lion Inn, 75 East Street and 26 Market Place were, in fact, designed by Ireson. It is also quite possible that he designed the church of St Peter and St Paul, although this is still not clear. It is surprising how often Ireson's work has been airbrushed out of history.

It is even harder to disentangle his work in Bath and Bristol. Andrew Foyle's new edition of the Pevsner guide, *Somerset North & Bristol,* tentatively attributes the following to Ireson: General Wade's house in Abbey Churchyard, Widcombe Manor, Rosemill House in Kingsmead Square, all in Bath, and 59 Queen Charlotte Square, in Bristol. Ireson is known to have been working in the area at this time[17]. The work has much in common stylistically with the buildings he designed in Blandford and it is to be noted that he left properties in Bath and Bristol in his will.

Ireson was clearly able to build two or even three houses at the same time. For this, he would have needed to employ competent supervisors. The work would have been cyclical, so he would have had to call on large numbers of temporary craftsmen at a time, but there were probably very few employees on a full time payroll. He must have travelled great distances on a regular basis, probably on horseback on bad country roads.

The flow of major contracts at the time continued with his work on Crowcombe Court in the Quantock Hills (1734), some forty miles away[18]. Another architect, who was dismissed for theft, built the foundations and some lesser parts of the building. Ireson took over the project and the final building and the plasterwork are very much in the Smith of Warwick style. Spetisbury House in Dorset, now

17. *Somerset North and Bristol* by Foyle & Pevsner. General Wade's house p140 Rosewell House p170, Widcombe Manor p194,59, Queen Charlotte Street, Bristol pp 301 & 302.
18. Crowcombe.The building contract is at Somerset Heritage Centre.

tragically demolished and known only to us through photographs, was another fine house in very similar style.

Most of Ireson's work was on single projects but his work for Stephen Fox, Lord Ilchester, continued for a number of years. Familiar with Ireson's work at Mells Park for his father-in-law, Lord Ilchester went on to instruct him over a number of years, although the architect Henry Flitcroft was also involved at a later stage. Ireson was almost certainly responsible for the great detached blocks at Redlynch, one for servants, the other for horses[19]. My own view is that Fox planned to demolish the old Manor House, which is at an odd angle to the two blocks, and build a larger one for entertainment and family use, that would link the two new blocks. Unfortunately, he ran out of money and the project was never completed.

Lydiard Tregoze House, near Swindon, is traditionally attributed to the architect Roger Morris. The building was for John, 2nd Viscount St John. It is now known from the ledgers at Hoare's Bank that Ireson was responsible for the building contract. The first payments to Ireson were in 1741 but there was a single payment of £42 to one R. Morris in 1744, when the building was well advanced. It is known that Ireson submitted building designs to the Viscount. Recent research at Lydiard has demonstrated that the handsome pavilions on the corners of the building were later additions. The pavilions are very similar to those at Wilton, where Roger Morris was heavily involved. I believe it is a fair inference that the original building was designed by Ireson, but Roger Morris was brought in two or three years later to make alterations to the design.

By this stage Ireson had become the most substantial citizen of Wincanton, a major employer, churchwarden and money lender. In later years he worked extensively with Richard Kittermaster, his son-in-law, and was still working in the late 1750s.

Ireson didn't neglect his home town. He built The Greyhound Inn, The White Horse Inn, The Dolphin Inn and several houses. The

19. *VCH Somerset*, Hundred of Bruton p27, attributes the two blocks to Ireson.

inns are a good example of Ireson's Provincial Baroque style that he tended to use for less grandiose buildings.

I particularly admire two fine examples of his later baroque work: Coupar House in Blandford, which is quite eccentric and Honeywick House outside Castle Cary, which has a steep almost French Baroque roof.

Ireson was also responsible for a number of funereal monuments, some in primitive baroque style and some architectural. The monument to Thomas Strangways Jr (Stephen Fox's brother-in-law) at Melbury Sampford and to Frances, the youngest daughter of the Dirdoe family at Gillingham, are particularly fine, but in a very different style to the others and they may well have been the work of a craftsman employed by him.

In his last years Ireson designed his own fine baroque monument in Wincanton Churchyard.

He died in 1769. His will demonstrates that by the time of his death, his son-in-law Richard Kittermaster had fallen into financial trouble and he and his wife Anne were by-passed in favour of their daughter, who married in to the Morrish family; she took the additional surname of Ireson. His estate included houses in Wincanton, Bath and Bristol, and farmland in the parishes of Wincanton and Stoke Trister[20].

20.Thomas Strangways. 68n RCHM Dorset D/Est Box 187. Dirdoe Monument. Sweetman Archive. Somerset Heritage Centre.

TWO

Patronage and Politics

In the eighteenth century it was an accepted practice that official appointments and employment were given to relations, close friends, or those with ties deriving from politics, societies or guilds. In the higher echelons of society the gift of offices was a method of providing income to those who, by birth, would be considered above taking employment. However the system extended to all layers of society.

George Sweetman of Wincanton said that Nathaniel Ireson was a Freemason[1], a member of the fraternal organization founded in the thirteenth century for stone masons. By the eighteenth century, the nature of the society had evolved and become fashionable, with influential members such as politicians, aristocrats and successful businessmen.

There are a number of Masonic symbols on the plinth of Ireson's statue in Wincanton, but these are also the symbols of the trade of a mason. Sweetman described the statue's clothing as Masonic. Sadly the subsequent one hundred years of weather, since he wrote, make this harder to determine. Unfortunately the register of Freemasons only started in 1768. However, it is highly probable that several of Ireson's patrons were Freemasons, though their identities are still not clear.

Freemasons have always been well known for their reputation of helping their fellow members, but the secrecy of their membership and their transactions makes it difficult to trace connections. The

1. Sweetman Archive at Somerset Heritage Centre. I have also inspected Sweetman papers at Messrs Rutter & Rutter in Wincanton.

records of the Warwick branch of Freemasons reveal a 'Francis Smith' as being present at the opening of the first masonic lodge in Warwickshire[2]. Given the status and success of the architect Francis Smith of Warwick, it is highly likely that this is one and the same person. Francis Smith was Ireson's first employer.

It is also known that Sir James Thornhill, the leading baroque artist, famous for his painted ceilings, who designed his own house at Thornhill in Dorset, was a Freemason and a Whig[3]. He was a member of the rebuilding committee following the Great Fire of Blandford and was responsible for the initial drawing for the design of St Peter's Church. Ireson appears to have designed a number of buildings in the town's central core and Thornhill's support for his fellow masons may have been crucial in awarding design contracts to Ireson.

Patronage as a result of political loyalty was a much more public route for advancement.

During the English Civil War (1642-1645) landowners sided either with the Royalists for the king or with the Parliamentarians, those who believed in the supremacy of Parliament. After the war, the two sides remained unreconciled for nearly 100 years. Royalists evolved in to Tories and Parliamentarians in to Whigs. People married and patronised those from their own party.

The political leaning of the Ireson family is not known, nor whether they took part in the Civil War. However Thomas Archer moved in Tory circles. He held a Court office as 'Groom Porter' to the Royal Household in Queen Anne's reign (1702 to 1714), responsible for functions and control of gambling in the Royal Palaces. He was the son of Sir Andrew Archer of Umberslade in Warwickshire, and his elder brother was a Tory MP from 1696 to 1732[4]. The Smith family of Warwick, who gave Ireson his first job, were closely associated with the Archers and were strong Tories. It follows that Ireson

2. Warwickshire Freemasons website.
3. *UGLES Famous Masons.*
4. History of Parliament official website.

would have espoused Tory sympathies since his contacts and those who commissioned him were nearly all Tory, including a number of Members of Parliament.

During the reigns of King George I (1714 – 1727) and of George II (1727 – 1760) a strong indicator of people's political affiliations was the style of architecture they favoured. The Tories favoured baroque, which began as the style of the resurgent Catholic church in the Counter-Reformation. Many Royalists went in to exile during the Republican Commonwealth under Oliver Cromwell and those whose exile took them to Rome would have been exposed to the work of the leading baroque architects. Others who went to France, Spain and the Spanish Netherlands were influenced by later versions of baroque architecture.

The best known triumphs of English Baroque architecture, Sir Christopher Wren's St Paul's Cathedral and Sir John Vanbrugh's Blenheim Palace, date back to the reign of Queen Anne and identify with the Tory triumphalism of the period. By contrast, during the high tide of Ireson's architecture from 1725 to 1750 there was a succession of Whig ministries.

The Whigs, on the other hand, preferred the Palladian style. It spread across Europe as a result of Palladio's four-book treatise *Quatro libri dell architettura*. The style was championed in England by Inigo Jones, King Charles Ist's Court architect in the early 1600s whose Banqueting Hall at Whitehall is regarded as one of the great architectural masterpieces of the seventeenth century. However the style was not regularly used in Britain until Lord Burlington and Colen Campbell began to emulate Palladio's work in the early 1720s.

Nearly all of Ireson's work was for Tories and in the baroque style and only a few of his Tory patrons preferred Palladian architecture. Thomas Archer designed his own Palladian house. Henry Hoare, the banker and Tory MP, commissioned Colen Campbell to build Stourhead in Palladian style. Mells Park and Berkeley House near Frome are also Palladian. However these were the exceptions.

Out of a very long list only two buildings have been identified that Ireson built for Whigs: Ven at Milborne Port, from 1725 to 1731[5] for the Whig MP James Medlycott, and a long period of work for Stephen Fox, Lord Ilchester, from the 1730s to the 1750s.

Why James Medlycott employed a Tory architect remains a mystery, although he may have been friendly with the Tory Chafin family of Chettle, who owned the nearby Folke Manor, whilst Lord Digby's seat at Sherborne Castle was also nearby. Having invested heavily in the speculative South Sea Company, which led to the 1720 South Sea Bubble, Medlycott filed for bankruptcy soon after. It has long been assumed that his brother, John Medlycott, a Tory, either instigated or took over the building work and we can see that payments were signed 'John Medlycott'. However there could be confusion over names. James Medlycott had a son, also John Medlycott, who was 34 when his father died, and was almost certainly his heir. He too was a Whig.

Stephen Fox began his political career as Tory MP for Shaftesbury, but in 1731 he changed sides and became a leading Whig with ministerial posts. It may be said that Fox 'inherited' Ireson from his Tory father-in-law, Colonel Thomas Horner of Mells. Fox clandestinely married Horner's daughter, a 13-year-old heiress, who subsequently brought him the great Strangways estates in Dorset. He changed his name by Royal licence to Fox-Strangways in recognition of his inheritance, later becoming Lord Ilchester and, in 1756, the 1st Earl of Ilchester. At this time animosity between the two parties may have been thawing and perhaps Fox remained more understanding of the Tories despite his change of loyalty[6].

Ireson worked for no less than five Tory members of the House of Commons and three peers. His support from so many powerful people ensured him a flow of commissions and would have given him a strong position when it came to a choice by the Tory dominated

5. History of Parliament official website. *Some Somerset Country Houses* by Robert Dunning.
6. History of Parliament official website.

statutory committee responsible for the rebuilding of the centre of Blandford Forum.

The Whigs were in power during nearly all of Ireson's professional career and the greatest flow of money came from Government offices. The new rich Whigs set their mark on the countryside by building newly fashionable Palladian houses.

The Tories, out of office, if they had money, tended to hark back to the glory days of the party by building baroque houses. Had Ireson been a Whig he would have been a better known architect.

THREE

Architectural Style

IRESON'S CHOICE of architectural style was largely determined by political loyalties. To understand his work, it is beneficial to trace the lineage of his style back to the baroque and Palladian schools of architecture and their origins in seventeenth century Italy.

Baroque design has been neatly described by Francis Ching as 'the free and sculptural use of the classical orders and ornament, dynamic opposition, and interpretation of spaces, and the dramatic combined effect of architecture, sculpture, painting and the decorative arts'[1].

Italian Baroque architecture represents the resurgence of the Roman Catholic Church and the Counter-Reformation. Its origins are in classical Roman architecture, but it evolves from its pure form. It is a statement of the magnificence of the revived Roman Catholic Church and its appeals to the emotions in contrast to the severe formality of classical Roman designs. The churches often have lighting from windows pierced high in the nave, or in the drum of towers and domes to give dramatic interior lighting. Columns and pilasters were placed to give rhythm, rather than for their original load- bearing role and decoration was often added to give complexity to the style.

The innovator was Carlo Maderno in the design of the church of Santa Susanna in Rome, but the works of Gian Lorenzo Bernini at St Peter's and the piazza in front of it are perhaps the best known. However it is really the work of Francisco Borromini that allowed the style to evolve in to something quite different to classical Roman architecture, as seen in two other churches in Rome, his church

1. Francis Ching, *A visual dictionary of Architecture* PBT.

of San Carlo alle Quatro Fontane, with its floor plan denoted by convex curves and its undulating façade, and Sant'ivo alla Sapienza, with its highly decorated tower placed above the formal arcaded open space. These two churches became the greatest influence on the English Baroque school.

Architecture in England, from the restoration of King Charles II in 1660 to the death of Queen Anne in 1714, was dominated by the English Baroque school which derived originally from the buildings of Bernini and Borromini.

Many British architects would have had no direct contact with Italian Baroque architecture, and French Baroque often acted as a bridge between the two. The Court architects of Louis XIVs reign in France relied heavily on the baroque style, which was largely unrelated to religion. In the 1600s it was more concerned with sober classical statements, with some Italianate rustification. Good examples are the château of Vaux le Vicomte north-east of Paris of 1661 by André Le Nôtre, with its pedimented façade, interspersed with pilasters, and the Palais de Luxembourg by Salamon de Brosse, with its long symmetrical front and pilasters. François Mansart in the mid-1600s was building symmetrical chateaus and villas with pilasters and steep roofs. By the end of the seventeenth century French Baroque design was moving towards the 'Colossal Order', buildings designed to overawe by sheer mass, such as Versailles and the Dome des Invalides.

A handful of leading English Baroque architects gained direct experience from foreign travel. Sir Christopher Wren travelled abroad to both France and Italy. Sir John Vanbrugh spent several years in France, and would have been familiar with the buildings of Louis XIV's reign, although much of his time in France was spent in prison for spying. Thomas Archer[2] alone amongst later English Baroque architects is known to have travelled in Italy during his

2. It is noted that Thomas Archer in his travels was issued with a travel pass to go to Holland in 1690, at a time when England was at war with France and therefore must

formative years. His link to Borromini in particular is closer than that of Wren or Vanbrugh. Nathaniel Ireson owed much to Archer's style and amongst Archer's most influential buildings are Chettle, where Ireson was almost certainly the master mason, as well as Heythrop, and in London, Roehampton House, St Paul's in Deptford and St John's, Smith Square.

English Baroque, as a style, differs from its Italian and French forebears in that it did not smack of church triumphalism. Most of its buildings were country houses, apart from the new churches that sprang up across London in the wake of the Great Fire of London of 1666. Despite this, there was little unity of style, which thus ranged from Wren's architectural conservatism to Vanbrugh's wild originality and Archer's loyalty to Italian Baroque. Nicholas Hawksmoor contributed a truly professional approach – though without Vanbrugh's flair, whereas the work of Wren's best known pupil, William Talman, was a melange of styles that include French Baroque and Palladian.

During Charles II's reign (1660 – 1685)) and the short and disastrous reign of James II (1685 – 1688), the baroque style filtered through to England largely under the influence of Sir Christopher Wren, who was responsible for St Paul's Cathedral and a high percentage of the London churches after the Great Fire. Wren was the towering figure in English architecture at the end of the seventeenth century. Inevitably, it was to Wren that William and Mary (1688-1702) turned to design both Kensington Palace and Hampton Court Palace, in his own early baroque style. Ironically English Baroque was heavily influenced by Versailles, when William III was Louis XIVs sworn enemy[3].

During their reign and the subsequent reign of Queen Anne

have passed through Germany and the Alps on his way to Italy and to Padua, where he signed his name as a visitor. He must therefore have had knowledge of German Baroque to pass on to Nathaniel Ireson, his master-builder. Thomas Archer. *Architect of the English Baroque*. By Marcus Whiffen p 1.

3. James Lees-Milne. *English Country Houses. Baroque* 1685 – 1715, p 9 and 10.

(1702 -1714), the baroque style was adopted by most of the great Tory magnates, including the Duke of Shrewsbury at Heythrop, the Duke of Manchester at Kimbolton and the Duke of Marlborough at Blenheim, as well as a number of Whigs, including Lord Nottingham at Burley-on-the-Hill and George Bubb Dodington at Eastbury Park[4].

During this period the styles of Vanbrugh and Thomas Archer diverged in different directions, although they both used broken pediments on a major scale. Vanbrugh owed a substantial debt to French Baroque, whereas Archer's was to Italian Baroque.

After George I's succession in 1714 Palladian style became dominant. Palladio (1508 – 1580), who lived in the Venetian republic, had studied original Roman buildings some time before Bernini and Borromini. He adopted a more severe form of Roman architecture, redolent of Republican virtues, which concentrated on a purer representation of classic Roman styles.

The change to the predominance of Palladian architecture in England is almost entirely due to Lord Burlington, a hugely influential person who was closely connected to Royal circles. He had travelled abroad extensively in France and Italy, and kept his own annotated copy of Palladio's treatise *Quatro libri dell 'Architettori* which, despite its influence, was only translated into English in 1716.

Palladio's work was taken up by Inigo Jones (1573-1652), court Architect to King Charles I, giving him architectural responsibility for all the Royal Palaces. His Banqueting Hall in Whitehall in London is one of the great English buildings of the 1600s. Despite this, his style was not extensively followed, perhaps because of the ensuing Civil War. The next major phase of architectural stimulation was baroque.

Lord Burlington's revival of Palladian architecture concentrates on the faithful representation of classical Roman styles as represented by Palladio. When Burlington returned to England in 1709, James Gibbs, a baroque architect, was working on Burlington House. He

4. James Lees-Milne. *English Country Houses. Baroque* 1685 – 1715, p 1 and 10.

was dismissed and Colen Campbell, another leading exponent of Palladian architecture, was appointed in his place. Burlington himself designed, among others, Chiswick House Villa, Sevenoaks School, the York Assembly Rooms and Northwick Park, Gloucestershire.

Colen Campbell's important publication *Vitruvius Britannicus* of 1740 illustrated designs for almost every great house of the period, Baroque and Palladian alike. It was a fund of information for aspirant house builders and is likely to have played a major part in the adaption of Palladian architecture during the reigns of George I and George II, at the expense of baroque style.

Nathaniel Ireson was clearly familiar with both baroque and Palladian architecture but, on the whole, he preferred to continue to build in the baroque style even though it was becoming out of fashion.

Thomas Archer was clearly his strongest influence. It is ironic that Archer's own house at Hale in Hampshire is largely in the Palladian style, although the great majority of his buildings are baroque. The work of Francis Smith of Warwick, Ireson's original employer, was also a strong influence. Archer and Francis Smith were friends and Francis Smith was clearly much influenced by Archer. However Smith's houses are more restrained than Archer's. They usually involve red brick with stone pilasters and a pediment, concentrating on window surrounds. Ven House and Crocombe Court bear strong similarities to Francis Smith's Chicheley Hall in Buckinghamshire or Cottesbrooke Hall in Northamptonshire.

Colen Campbell's design for Stourhead, on which Ireson worked as master builder, does not seem to have been as great an influence on Ireson as might be expected, perhaps because Campbell was a Whig and Ireson a Tory. The only knowledge we have of Palladian design by Ireson consists of Mells Park, the two great wings at Redlynch Park, both of which appear to have been entirely plain and Berkeley House, near Frome. In some of the later 'swagger' houses such as Corsham Court and Lydiard Tregoze in which Ireson was involved there are elements of both Palladian and baroque. There is concentration on line and shape with minimal decoration, although such decoration as there is comprises baroque features such as alternating pediments to windows and coats of arms in the main pediment. Both styles put urns and statues on the roofs of houses. They both used stone balustrades, a feature wholly unknown to Roman classical architecture[5]. In general the difference is between loyalty to Roman classical design as interpreted by Palladio on the one part and the gradual evolution from it on the other.

An intriguing third style, sometimes called 'Provincial' or 'Wild' Baroque seems to have originated with Ireson and I can find no obvious influence from which this work derives. His monument to his own daughter Mary in Stourton Church of 1722[6], the Blandford houses of 1732, and Rosewell House in Bath of 1736, 59 Queen Charlotte Street in Bristol, also of the 1730s and the Wincanton inns are good examples. The houses have pilasters and heavy stone window architraves, with several keystones and equally heavy blocking on the sides of the windows and doors. The stonework on the pediments and the cornices are again heavy. The features are often interspersed with carved garlands and swags[7]. These works do not represent an evolution in Ireson's style and they are not used on buildings for aristocratic clients. He designed sophisticated baroque and Palladian work before and after the Blandford, Bath and Bristol buildings. I surmise that he was either designing according to the whim of specific clients, or the style represented his own free style that he enjoyed personally. Coupar House in Blandford, designed in his later years, was described by Sir Nikolaus Pevsner as 'The best post-fire house in Blandford' and is a fine example of baroque in Ireson's own style.

Ireson worked in so many styles that it isn't easy to identify his

5. Even Palladio made innovations. Rudolf Wittkower, *Palladio and English Palladianism,* p41.

6. This sculpture has recently been painted in very strong colours. It seems unlikely that any Baroque architect would have approved.

7. The foliage is so elaborate on Rosewell House that Foyle describes it as: 'provincial baroque with German and Flemish influence'.

influence on other architects. He was one of the last baroque architects of the 1700s. Henry Flitcroft , a younger architect, worked closely with him at Stourhead and Redlynch in later years, but Flitcroft was a protegée of Lord Burlington and, as a result, most of his work was Palladian. However Flitcroft's Wimpole Hall in Cambridgeshire is baroque, red brick with pilasters, and may derive influence from Ireson. The Bastard brothers of Blandford were clearly heavily influenced by his work, as was Francis Cartwright of Blandford.

FOUR

The Blandford School & Borromini Capitals

The Great Fire of Blandford in Dorset of 1731 destroyed almost the entire town centre, with considerable loss of life. It also destroyed the town's ability to trade, which was in the interest of the government to revive as quickly as possible. After the fire a committee or 'court'[1], comprising local landowners, dignitaries and wealthy Blandford merchants, was set up by Act of Parliament to oversee the rebuilding of the town, including the choice of architects.

It appears that the majority of the 'court' was Tory, including the MPs and landowners George Chafin of Chettle and Edward Moreton Pleydell of Whatcombe; as well as Humphrey Sturt of Crichel, Chafin's brother-in-law. However, there were two well known Whigs, Sir James Thornhill, the painter, and George Bubb Dodington. The committee laid down rules as to which houses could be rebuilt and the manner of rebuilding. They created a new Market Place and chose designers and builders for public buildings, in many cases over-riding existing property rights. Their achievement over the next twenty years was the creation of the most complete small Georgian market town in England, and one which still retains its original character. However it is much less clear who they chose as architects,

The architecture of virtually all the major buildings has been attributed to John (1688-1770) and William (1685-1776) Bastard of Blandford, also known as the Bastard brothers. John Bastard was also an ex-officio member of the committee.

However the brothers appear to have been guilty of enhancing

1.The statutory committee was created by Act of Parliament of 1732.

their reputation, probably to generate more business. Their father, Thomas Bastard, who died in 1720, built up a very successful timber and joinery business. A monument erected in his memory by his sons in 1760 in the parish church of St Peter and St Paul, 40 years after his death, describes him as 'eminent for his skill in architecture'. There is reason to believe that he was an excellent designer in wood but there is no evidence, other than the monument, that he ever built, let alone designed, a house or church. The distinguished architectural historian, the late Sir Howard Colvin, in his article 'The Bastards of Blandford, architects and master builders', attributes, on stylistic grounds, the fine church at Charlton Marshall to Thomas Bastard, as well as other churches that have similar features. However it cannot be right to attribute a style to an architect unless at least one of the buildings has an established provenance.

In his will of 1717[2], Thomas Bastard described himself as a joiner and left his stock of 'timber, plank and shop goods' to his sons. In a partnership deed of 1720, his three sons agreed to trade together as carpenters and joiners[3] – crafts in which they soon flourished. After the fire they put in a claim for £3,709 due to their losses in buildings and timber[4], the largest in Blandford. Yet there is no record of their father or themselves being builders or architects before the fire. It is likely that the huge need for housing in its wake led to the Bastard brothers becoming builders, but there is no indication that they had the experience or expertise to design houses at such an early stage. The committee would have been unlikely to have given major design projects in the new Market Square to a firm of joiners, even if that firm owned a number of important sites.

The buildings along the south side of the newly laid out Market Place, the former Red Lion Pub, 75 East Street and 26 Market Place, all of them substantial properties, may have been partly in

2. John Bastard senior's Will. H. M. Colvin, *The Bastards of Blandford Architects and Master builders*, p179, 180.

3. Partnership Agreement ditto, p180.

4. Claim for losses ditto, p180.

the ownership of the Bastard family and may well have been rebuilt by them[5]. They certainly occupied part of the building in later years as it contains their plasterwork showroom. The buildings are in a 'Provincial Baroque' style that is usually attributed to Nathaniel Ireson, such as his Wincanton inns. Indeed all three of these Blandford buildings are remarkably similar in style to Rosewell House, Kingsmead Square in Bath and 59 Queen Charlotte Street in Bristol, which are now attributed to Ireson.[6]

There are strong reasons to believe that Ireson worked in the Blandford area, as it is now generally accepted that Ireson designed the baroque Spetisbury House, near Blandford, for Major Hoddy in 1735[7] which would coincide with the earlier post–fire buildings in Blandford. Ireson certainly had the capacity to design and oversee several buildings at the same time. It appears to be agreed that he designed the later fine, but provincial, Coupar House in Blandford of 1750[8]. It is also accepted that Thomas Archer's style was a major influence on the rebuilding of Blandford. We know that Ireson worked closely with Archer as master mason at Hale Park and almost certainly at Chettle. As Chettle is near Blandford and was built for George Chafin, who was one of the more important members of the committee, there seems an obvious connection, whereas there is no known connection between Archer and the Bastard brothers.

A small architectural feature can tell us a lot about the identity of architects. One such is the Borromini capital with its distinctive

5. Bastard owned property, ditto p187.
6. Foyle & Pevsner 2011. *Somerset North & Bristol.* 2011, pp120.194, 300.301.
7. Spetisbury House of 1735 had Borromini capitals, as well as projecting capitals on the great cornice, similar to that at Chettle and in a modified form on the tower of St Peter's and St Paul's church at Blandford, on the original design as shown on the Bodleian drawing, as well as on the tower as finally erected.
8. Coupar House has features recalling the entrance to Crowcombe Court (Arthur Oswald *Country Houses of Dorset* p34). The bricks of Coupar House are entirely headers, as at The Old Red Lion in Blandford (H. M. Colvin , *The Bastards of Blandford, Architects and Master Builders,* p188). Michael Hill. *East Dorset Country Houses,* p 402, also notes the similarities.

inward turning volutes, as used by Borromini at St John Lateran Archbasilica and other buildings in Rome. Borromini capitals were only used by a handful of architects. Thomas Archer, who travelled abroad for three years from 1691 to 1694 was certainly in Italy for part of that time and was familiar with Borromini's work. He used the motif at Harcourt House, in Cavendish Square, Marlow Place, in Buckinghamshire[9], which was his last-known design and built long before the Blandford fire. The capitals were also used by Francis Smith of Warwick (Ireson's first employer) at Davenport House in Shropshire, Ombersley Court in Worcestershire, and at Mawley Hall in Shropshire[10]. Francis Smith of Warwick was a close personal friend of Thomas Archer and worked with him at Heythrop and probably at Chicheley[11]. Nathaniel Ireson used the motif himself at Crowcombe and the now demolished Spetisbury. It appears extensively in the post-fire buildings on the south side of the Market Place at Blandford. In later years they were used so extensively by the Bastard brothers that they have been called 'Bastard Capitals'. There is no evidence that the Bastards worked with Ireson before the fire. It seems a correct conclusion that a building with Borromini capitals, such as the former Red Lion pub, built in Blandford straight after the fire, would have been designed by Ireson, since Archer was no longer designing houses and the Bastards had not started.

Another contender is Francis Cartwright, a master builder who was born at Bryanston outside Blandford. His monument at Blandford St Mary church shows Came House near Dorchester and it can be assumed that this house, built in 1754, was designed by him. The south front of Came has Borromini capitals to the pillars. However the date suggests that these were in imitation of Ireson's work as there is no record of his designing buildings until ten years after the

9. *Thomas Archer, Architect of the English Baroque* by Thomas Whiffen. p 189.
10. Arthur Oswald. *Country Houses of Dorset,* p32.
11. Andor Gomme, Smith & Rossi, *Architectural History Vol:*35 (1992).
SOE Chicheley Hall, Timesonline June 8 2007.
Arthur Oswald. *Country Life*. Vol: LXXIX p485.

great fire. Little is known of Cartwright's other work apart from alterations to Creech Grange, work on the masonry at the church tower of St Peter and St Paul at Blandford (1749) and at Bruton Church (1741), in conjunction with Ireson. It is also thought that he worked at Crichel House for Sir William Napier from1743 onwards. It is a fair inference that Cartwright started designing buildings at a later date than the immediate post-fire Blandford buildings.

Perhaps the finest building in the Market Square is the Corn Exchange (sometimes called the Town Hall) which was erected in 1734. The inscription within the central window pediment says 'Bastard Architect'.

The painter Sir James Thornhill undoubtedly did some architectural work, and his own house at Thornhill is not far from Blandford. He was also a member of the rebuilding committee and a Whig. There is an existing plan of the Corn Exchange, signed by Thornhill [12], which makes it probable that he was the initial designer of the building, although the final version has minor differences at first floor level. According to Horace Walpole, Thornhill 'dabbled in architecture and stirred up much envy in that profession by announcing a design of taking it up'[13]. The Corn Exchange is a Palladian building. George Dubb Dodington of Eastbury, another member of the rebuilding committee and a fellow Whig, may well have been in a position to commission Thornhill to design the building as the royal family, who were supportive of the Whigs at the time, gave £1,300 to the committee on consideration that it was distributed at the discretion of George Bubb Dodington[14].

The Bastards may well have been the builders, but it is very hard to believe that they could have been the architects, as Dodington would surely have chosen an established figure for such a major building. Ireson, as Thornhill's fellow Freemason, may have been the final designer. There is no building that the Bastards are known to

12. Thornhill drawing. Sir John Soane Museum, London.
13. *Anecdotes of painting*. Dallaway & Wornum, p665.
14. H. M. Colvin. *The Bastards of Blandford, Architects & Master Builders,* p182 .

have designed with any certainty until their joint work with Francis Cartwright on Crichel House in 1744[15] and in their own right the MP and merchant Sir Peter Thompson's House in Poole in (1746 – 1749)[15].

It would be instructive to know when the 'Bastard Architect' attribution was carved.

A similar architectural conundrum surrounds Blandford's parish church, St Peter and St Paul. There is a drawing in the Bodleian Library[16] showing the church, much as we see it today, apart from the tower and cupola, inscribed: 'This church was designed and built by J. N. & William Bastard, architects and builders, natives of the town of Blandford, and was carried up and finished by them inside and outside, except the tower and turret. The money being expended by the building was stopped for some years after which it fell in to other hands, who rejected the spire and instead thereof erected the short-lived wooden top or turret marked A which will not keep the wet or weather out.' The main part of the church appears to have been built from 1733 to 1741, without the spire envisaged in the drawing. The cupola was not finished until 1749, which suggests that the drawing is of the 1750s or even later.

In his biographical notes, George Sweetman wrote that 1741 appears to have been a busy time for Ireson. Blandford Church had been built in that year and the chancel at Bruton Church. Sweetman also mentions under 1744 that three guineas were paid to Ireson for his plan and design for a new church tower in Frome, so that he was clearly in vogue as a church architect at the time.

The evidence up to this point suggests that the Bastard brothers designed and built the great majority of Blandford church. However the body of the church is much influenced by Thomas Archer and the London churches that he designed. The doorways resemble those at Hale[17]. The interiors bear similarities to the chancel at Bruton.

15. Sir Peter Thompson's House. Hutchins I.67.
16. Gough collection. Bodleian drawing.
17. Teddy Bourke. Unfinished biography of Nathaniel Ireson, Chapter 5, p46.

Portrait of Nathaniel Ireson, painted by Chiara de Cabarrus from a photograph of an original painting by A.E. Goodfellow (photograph © Miranda FitzGerald).

A coloured aquatint of Mells Manor, Somerset, 1724 (12) (©The Earl of Oxford & Asquith).

Hale Park, Hampshire, 1715 (3) (photograph © Sarah Fitzgerald).

An early nineteenth century painting of Chettle, Dorset, 1717 (4) by Sir Charles D'Oyley.

Above: Ven, Somerset, 1725 (13) (photograph ©Jon Stone).
Below: Widcombe Manor, Bath, 1726 (16) (photograph © E.A. Dineley).

Above: Meadow Court, Tockenham, Wiltshire, 1729 (19)
Below: Berkeley House, near Frome, 1732 (23) Somerset (both photographs © E.A.Dineley).

Below: Frampton Court, Gloucester, 1731 (21) (photograph ©Rollo Clifford).

Above: Early morning sun on 75 East Street, Blandford Forum, Dorset (25) (photograph © Sarah Fitzgerald).

Below left: The White Horse Inn, Wincanton, 1733 (28) (photograph © Sarah FitzGerald).

Below right: St Peter & St Paul's Church, Blandford Forum, Dorset, 1732 (30). The engraving dates to about 1840, just over a century after the Great Fire of 1731.

Crowcombe Court, Somerset, 1734 (31).

Borromini capital at Crowcombe Court (both photographs © E.A. Dineley).

A rare photograph of the south-west front of Spetisbury House, Dorset, 1735 (32) (reproduced by permission of Historic England). The house was demolished in 1927.

Rosewell House, Kingsmead Square, Bath,1735 (35) (photograph © E.A.Dineley).

Top: Barford Park, Enmore, Somerset, 1740s (43).

Above: Lydiard Tregoze, Wiltshire, 1743 (45).

Right: Church of St Mary, Bruton, chancel, 1741 (44) (all photographs © E.A. Dineley).

Above: Shanks House, Cucklington, Somerset, 1748 (47) (photograph © E.A. Dineley).
Below: Corsham Court, Wiltshire,1749 (48) (photograph © James Methuen-Campbell).
The top illustration is a signed drawing, the lower one is the north front as built.

Above: Coupar House, Blandford Forum, Dorset,1750 (54) (photograph © Gordon Boutell).
Below: Honeywick House, Castle Cary, Somerset, (62) (photograph © E.A. Dineley).

Above left: Monument to Mary Ireson, Stourton, Wiltshire (photograph © E.A. Dineley).

Above right: Monument to Rev Robert Kingston, St Cuthbert's Church, Wells, Somerset (photograph © E.A. Dineley).

Left: Monument to Frances Dirdoe. St Mary's Church, Gillingham, Dorset (Crown © Historic England)

Above: Fragments of plates fused during firing, found in the Ireson House garden. Many blue and white shards, including the distinctive 'mimosa' pattern, have been found which are similar to these. The lower right shard shows plain white dinner plates. The pink tinge shown is now considered to be a contaminant from the body of the object, probably chromium. Firing a wood kiln was a skilled task and, after taking two days to heat up, the actual firing took four days. Wares were placed in saggars or fire-clay containers to protect them from falling debris and excessive heat but even so there was still a high degree of wasted pottery. Reproduced by kind permission of Mr and Mrs Ron Hamilton.

Right: Four nearly identical versions of this plate exist and the pair to this is in the Thackray Museum, Leeds. These show a simplified version of the arms of the Worshipful Society of Apothecaries. This plate is dated 1738 and is signed Wincanton. The blue 'mimosa' pattern in the reserved panels on the flange was a favourite at Wincanton though it was used at many other factories. It was used in many different forms as decoration on bowls and even repeated all over a dinner plate (© Fitzwilliam Museum, Cambridge).

This 22.5 cm wide bowl gives a good example of a bowl decorated with blue 'mimosa' flowers and leaves set within two tiers of panels. The inside has 3 sprays of flowers and the inscription 'Wincanton 1738'. Many of the Wincanton shards show this design, sometimes in manganese-purple and white (© Fitzwilliam Museum, Cambridge).

Right: This blue and white plate, dated 1739, is one of four in the Fitzwilliam Museum. Imported porcelain decorated with Chinoiserie designs was very expensive so English decorators used their imagination to produce images in an oriental style on tin-glaze earthenware. This plate is a wonderful fresh design and is obviously the work of a skilled craftsman. This is signed 'Wincanton 1939' on the reverse with a pattern of flowers and insects (© Fitzwilliam Museum, Cambridge).

Below: An unusual sgraffiti decorated plate which has been linked to Wincanton through shards. This technique was produced by applying layers of colour before scratching off parts of the layer to reveal the pattern. Various methods were used to apply decoration which was applied between the first and second firing. Finely ground pigments such as manganese-purple or blue cobalt were sprinkled or sponged onto the background while the areas to be patterned were blocked off with pieces of paper. The design was either hand painted, which relied on the skill of the decorator as the mistakes could not be corrected, or an engraving was used as a pounce paper to outline a pattern (©Victoria and Albert Museum, London).

Perhaps the best know piece from Wincanton, with the name Nathaniel Ireson 1748 and the initials SB, this blue, with manganese-purple outlines, jug is large (14" high) and grandiose with 5 elaborate moulded and painted figures, thought to be King David playing the harp. There are smaller figures of 'merrymen', horsemen, soldiers, flowers, ducks in wonderful exuberant scenes. It is thought that the initials SB most probably refer to Samuel Bewsey, a friend of Ireson. The jug was owned by Mr. Nathaniel Ireson Bewsey of Templecombe who exhibited it in the Wincanton Field Club exhibition in 1890. Since 1916 the jug has been in the Fitzwilliam Museum (© Fitzwilliam Museum, Cambridge).

Archer himself was not designing houses at the time.

It would seem surprising that the committee would have chosen the Bastards to design this prestigious building when they had no record as architects. The original design is more likely to be by Ireson or some other established baroque architect such as Roger Morris, who did work at Wilton and possibly Lydiard Tregoze in conjunction with Ireson, or John James, the London architect who was well known to the Bastard brothers[18]. There is no known connection between Archer and Roger Morris or John James. Francis Cartwright has also been suggested, but he was not active as an architect, as opposed to a builder, just after the fire. However there is evidence from the church records that in 1741 Francis Cartwright received payment in connection with the church tower. The cupola, currently being restored, is commonly attributed to Ireson, but this seems unlikely. I can find no record of Ireson designing a cupola in this style.

Perhaps the Bastard brothers were the builders of the main part of the church, built to the design of Ireson, Roger Morris or John James, but Ireson or Francis Cartwright took over the building contract for the tower and cupola. The proposed spire is in keeping with Archer's work, but not the rather less satisfactory cupola. Again I can find no similar cupola in Archer's work.

The grounds for believing that the Bastard brothers designed any part of the church depend entirely on their own statement. One hesitates before disputing the authority of what are effectively signed works but the completed works are not consistent with what the signatories were doing at the time. In conclusion it seems likely that the Bastard brothers were the builders of many of the buildings in Blandford Market Place but unlikely that they designed any of those commissioned shortly after the fire. I do not wish to detract from the fact that they were initially joiners and cabinet makers of

18. Michael Hill quotes a letter from John Bastard to Sir Peter Thompson saying that Mr John James of Greenwich 'was often at our house'.

high quality, or that they became good builders shortly after the fire and excellent architects a few years later. Nor do I wish to decry Sir Howard Colvin's pioneering research into the work of the Bastard brothers. It is simply that I am led to different conclusions.

FIVE

Church Monuments

Nathaniel Ireson's church monuments are something of a puzzle. They vary from 'Wild Baroque' such as his daughter's monument at Stourton, to the naïve architectural style of his signed monument to the Reverend Robert Kingston at St Cuthberts, Wells, to the magnificent classical baroque monument to Thomas Strangways at Melbury Sampford of 1726, at a cost of £200,and to Frances Dirdoe's at Gillingham of 1733. His own statue at Wincanton was clearly carved with some skill, although weather has taken its toll.

All but one are carefully listed by George Sweetman[1]. Although the great majority are in simple architectural style, it seems very unlikely that Ireson carved every one of them. He may have carved some, but one needs to keep in mind that he was a very successful businessman and substantial employer. How otherwise could he have built two or three houses at the same time, and mastered a number of different styles? He would have employed or had access to a skilled sculptor who could carry out important commissions in his name. It would be very pleasing to know the name of the craftsman who actually carved the Thomas Strangways and Frances Dirdoe monuments, but no records have come to light.

1. 1722. Monument to his daughter in Stourton Church.
Carved while Ireson was at work on Stourhead and churchwarden of the church. Carved in wild baroque profusion. It has recently been

1. Sweetman listed: 3 tablets in Gillingham of 1728, 33 and 35, Wincanton, Stourton, Brewham, Bromham, Hornblotton. Dirdoes and Goddard tablets at Gillingham and others at Cucklington and Somerton.

painted in unsuitably strong colours (Sweetman Archive. Somerset Heritage Centre).

2. 1725. Monument to Philip Bennett, Wincanton Church.
A restrained work in Provincial Baroque (Sweetman Archive).

3. 1726. Melbury Sampford. Monument to Thomas Strangways jr.
A magnificent formal baroque exercise with columns and palm-leaves. Ireson worked closely with the Fox-Strangways family. He may well have been commissioned to design and build the monument, but it is hard to believe that the sculptor was the same man who made the unsophisticated provincial baroque monuments. However the sculptor was probably employed by Ireson. The payment of £200 to Ireson for the monument is recorded in the Ilchester estate accounts (68n RCHM Dorset DRO D/Est box 187. Ilchester Archive, Dorset History Centre).

4. 1729. Cucklington, Somerset.
Monument to Sir Nicholas Watts of Shanks House (building 47). Sweetman mentions an Ireson monument in the church and this is the only one of suitable date. Baroque, architectural, with coat-of-arms. An early connection with Shanks House (Sweetman Archive. Somerset Heritage Centre).

5. 1730. Plaque to Elizabeth Dymond in the vestry at Hornblotton Church.
Very plain and simple, no doubt predating the church as we know it now (Sweetman Archive, Somerset Heritage Centre).

6. 1730. Bromham Church.
Probably the monument to William Norris. A formal baroque work. Much less elaborate than the Fox-Strangways monument but perhaps by the same hand (Sweetman Archive, Somerset Heritage Centre).

7. 1733. Gillingham Church, Dorset.
A marvellous baroque composition for Frances Dirdoe, the youngest of ten sisters, flanked by two of her sisters who were her executors. Surely by the same hand as the Thomas Strangways monument (Sweetman Archive, Somerset Heritage Centre).

8. 1743. St Cuthbert's Church, Wells.
Monument to the Reverend Robert Kingston. A formal architectural monument, with Ireson named at the bottom in letters nearly as large as those for Robert Kingston, (Sweetman Archive, Somerset Heritage Centre).

9. 1750. Gillingham Church.
Goddard tablet. Very plain (Reference by date. Sweetman Archive, Somerset Heritage Centre).

10. 1755. Amesbury Church.
Tablet to a child, Lucretia Corfe, comprising a single Delft tile. The only known Wincanton Delft monument (Dr Hamish Cole).

11. 1758 & 1764. Somerton Church.
Monument to Edgar Rook and his son Thomas Rook. Provincial Baroque (Sweetman Archive, Somerset Heritage Centre).

12. Brewham Church.
Balch Monument. Provincial architectural Baroque. The main stone, much worn has several dates, one after Ireson's death, but this stone may not be original and the general style looks very much like Ireson's work. The monument appears to predate the aisle so may well have been moved (Sweetman Archive, Somerset Heritage Centre).

SIX

Wincanton Delft

Nathaniel Ireson's pot house in Wincanton was in operation for some fifteen years in the mid-eighteenth century, and only a handful of pieces can be indisputably attributed to it. However, these certainly hold their own in the history of English delftware and have become sought after museum and collectors' items, rightly commanding prices commensurate to their rarity.

Already a successful architect, builder, money lender and property owner, it might seem strange that, aged 47, Ireson launched into pottery production, despite no previous known connection with the trade. He clearly spotted a golden opportunity given that at Ireson House and Windmill Farm on the hill above Wincanton there was a ready supply of clay for pottery (as well as brick making) on site, wood to fire the kiln and a nearby windmill for grinding the raw materials for the decoration of tin-glaze earthenware pottery.

Under the early Hanoverians, England was enjoying a period of peace and prosperity. Wealth was more evenly distributed. Whilst the elite dined off expensive imported Chinese porcelain or silver, the 'middling sort' had used pewter or basic earthenware in earth colours with a lead or slip glaze. Now many more were able to enjoy the bright white tin-glaze pottery that was becoming popular. Either plain or decorated and often imitating Chinese porcelain, it presented a ready market for Ireson.

Tin-glaze earthenware is made from twice-fired porous clay covered with a lead glaze made opaque by the addition of tin oxide to give a glossy white surface[1]. It was discovered in Iraq in the

1. F. H. Garner and Michael Archer, *English Delftware* p 1.

ninth century and the process spread through Spain and later to Italy, thence to the Low Countries[2]. The first record of delftware in England was in 1567, when Antwerp potters, Jaspar Andries and Jacob Janson, fleeing religious persecution, unsuccessfully petitioned Queen Elizabeth I to make tin-glazed earthenware pottery in the City of London before setting up in Aldgate[3]. Their petition mentions that Henry VIII had unsuccessfully offered Andries' father 'good wages and house-room' to bring this revolutionary technique to Britain.

Early delft, or tin-glaze earthenware, was known as 'galleyware' or 'whiteware' [4]. During the seventeenth century, there were 19 pot houses and kiln sites in operation, mostly along the Thames and later in Brislington and Temple Back at Bristol and Liverpool[5].

The popularity of tin-glaze earthenware was strengthened with the arrival in 1688 of King William and Queen Mary from Holland, patrons and avid collectors of Dutch Delftware. Many of the highly-coloured commemorative pieces depicting monarchs, biblical scenes and historical events were valued and as treasured possessions still exist today. Incidentally, English delftware is written with a lower case 'd' to differentiate between English and Dutch wares.

As the appetite for tin-glaze increased, more factories were set up in Bristol, Dublin and Liverpool, and smaller pot houses were established in Belfast and Wincanton[6]. Nathaniel Ireson set up his pottery business at Wincanton in the mid-1730s; the first-known piece is marked 1737. It is generally accepted that it had shut by 1750, the last dated piece being dated 1748. There is little factual evidence available but George Sweetman, the late nineteenth century Wincanton historian, wrote an article for T*he Bazaar, The Exchange and Mart* in 1892 which stirred up considerable contemporary interest in this previously little known delftware. Pieces were fetching

2. Anthony Ray *English Delftware* p4.
3. Aileen Dawson *English and Irish Delftware,* p9.
4. Aileen Dawson *English and Irish Delftware,* p9.
5. Aileen Dawson *English and Irish Delftware,* p10.
6. Aileen Dawson *English and Irish Delftware,* p10.

as much as £5 a bowl, a considerable sum of money then[7]. In 1910 the Wincanton Field Club organised a local exhibition of more than 70 pieces, most of which were likely to have been Wincanton delftware. At the same time William Pountney, owner of a Bristol pottery, began investigating the origins of Wincanton delftware and much of what is known now comes from his investigations.

In 1732 the Wincanton Parish Records witness the death of potter John Irons. It is likely that Ireson saw this as an opportunity to start his own pottery specialising in fashionable tin-glaze earthenware. Pountney states that Thomas Lindslee, a known tin-glaze potter, and his son, Thomas, worked at the Wincanton pot house. From the Apprentices Enrolment Books it is certain that a Thomas Lindslee was apprenticed to the proprietors of the Limekiln Lane Pottery in Bristol[8]. He finished his apprenticeship in 1732, which correlates with the death of Wincanton potter John Irons. It is not possible to confirm that the Lindslees were tenants at Ireson House, but, in March 1747, the death of John Lindslee, perhaps a member of the same family, is recorded in Wincanton Parish Register [9]. In the same year, Ireson took out insurance for his estate with the Sun Alliance Insurance company for 'his pothouse . . . in his own occupation'. Previous Ireson insurance policies refer to tenants[10]. There is no mention of the pottery in Ireson's will of September 1765, which suggests that by then the Wincanton pot house had ceased to be a viable concern.

In 2007 Hamish Cole found the site of the kiln at the eastern

7. A recent conversation with Fergus Gambon of Bonhams, Auctioneers, suggests that a good condition and significant piece in todays market might fetch many thousands of pounds. An ordinary dinner plate might fetch less than £100, though this price has dropped in recent years. The comparison with the bowl sold for £5 in 1900 may be unrealistic as there is no indication of the quality or condition of this bowl.
8. Hamish Cole *Wincanton Revisited – 50 years after Lipski* p 237 English Ceramic Circle vol. 19 part 2 (2006).
9. Held in Somerset Heritage Centre, Taunton.
10. Hamish Cole quoting Life Insurance Record vol. 114 no 15144 and vol 149 no 201944, held at Guildhall Library, City of London.

end of Ireson Cottage, adjacent to Ireson House[11]. There have been three other excavations of the Ireson House and Windmill Farm site in 1916-18, 1951 and 1997[12]. Several hundredweight of kiln waste were found, including fused plates, ointments pots and fragments of saggars and pins, which are used to position the wares in a kiln whilst firing. These shards are crucial for identifying the origins of pottery. If a shard was found at a known factory and can be matched to an existing piece, this suggests it is likely to have been made there. Many of the shards are now lodged with five major national museums[13].

Shards found at Wincanton and Bristol show marked similarities, which make it particularly difficult to distinguish between these potteries. The quality of the wares produced at Wincanton suggests the involvement of skilled craftsmen. Ireson owned property at Bedminster in Bristol, where there was a red earthenware pottery, so it is likely he could have come into contact with local potters. There was a limited supply of trained potters; not only did they move from one pot house to another, they also freely copied the work of competitors. To make matters more complicated, pieces were unmarked and only occasionally signed. To date there are only six known signed Wincanton designs.

Shard fragments of chamber pots, ointment pots, plates and punch bowls, basins, bowls, tiles and part of a candlestick found by Louis Lipski in his 1951 Wincanton dig show the range of wares produced[14]. Few tea bowls and coffee pots have been found as tin-glaze did not withstand hot liquids. In 1917 Pountney records finding shards on which the predominant colours and designs were the blue and white Mimosa pattern, manganese-purple and cobalt

11. Hamish Cole, *Kiln at Wincanton* English Ceramic Circle vol 20, no 2 (2008).
12. William Pountney in 1917, Louis Lipski in 1951 and Christopher Bosanquet in 1997.
13. Victoria and Albert Museum, Fitzwilliam Museum, Bristol City Museum, Taunton Museum, British Museum.
14. Louis Lipski, *Wincanton Delftware* English Ceramic Circle vol 4, (1957).

blue grounds with white panels, stencilled designs and sgraffiti as well as apothecaries' pots and more mundane everyday wares[15]. A few polychrome shards have been found but they are not representative.

After the death of John Lindslee in 1747 it is likely that Ireson took a greater interest in the pot house and used it as a studio to produce one-off commemorative jugs and bowls, such as the Ireson jug and tin-glaze earthenware monuments for churches. One such is the heartrending 1755 earthenware wall plaque in Amesbury church dedicated to Lucretia Corfe aged 13 weeks. By then the pottery had almost ceased production, but Ireson's direct involvement is likely as he had experience of making stone church monuments and the use of blue and manganese were trademarks of Wincanton. The fact that Ireson's lengthy will of 1765 makes no mention of his pottery indicates it was not a flourishing concern worthy of mention as a legacy. Of five tin glaze potteries in Bristol, four went out of business between 1727 and 1776, no doubt reflecting the pressure tin glaze potters were facing with a product that was not only unable to withstand hot liquids, but also prone to chipping, rim damage and flaking glaze[16].

It is hardly surprising that white salt-glazed stoneware and the later Creamware invented by Josiah Wedgwood in the mid-eighteenth century came to dominate the English market. Less expensive, lighter and more durable, it could be easily moulded and decorated with transfers[17]. The industrial revolution also dealt a blow to the craft as improved techniques from northern Staffordshire potteries disadvantaged traditional delftware potters. By the late-eighteenth century, the demise of tin-glaze delftware was complete. But there remains the tantalising evidence of a scant 15 years of production at Wincanton; its legacy a few exceptional pieces which rightly deserve their places in our national museums.

15. William Pountney, handwritten report on his excavation on 1910.
16. The Water Lane Pottery survived as they manufactured a form of creamware.
17. Wedgwood supplied his Creamware to Queen Charlotte and Catherine the Great and used the trade name *Queen's Ware*.

Appendices

APPENDIX ONE

Timeline

Key, T=Tory, W=Whig, B= Baroque, P=Palladian

1689

Born at Ansly near Nuneaton, Warwickshire, third son of Nathaniel Ireson and Abigail Haydon.
Employed by Francis Smith of Warwick, mason and architect. T

1710 (approx.)

Married Mary Adkins.

1711

His daughter Mary baptized at Ladbroke.

1712

(1) Working at Ladbroke Hall, Warwickshire for William Palmer, as employee of Francis Smith of Warwick. (Professor Gomme).

1714

Death of Queen Anne, accession of King George 1. Whig governments from 1714 until 1760.
(2) Principal mason at Etwall Hall, Derbyshire on behalf of Francis Smith of Warwick for Sir Richard Cotton. T (Gomme).

1715

Living at Coleshill, Warwickshire (Wingfield Digby Coleshill estate papers MS3888I/A1815 Birmingham).
(3) Moved to Hale in Hampshire, presumably still employed by Smith of Warwick, to act as principal mason for Thomas Archer (T) in the building of his own house at Hale (altered by Holland 1792). His daughters, Anne baptised 1716, and Susannah 1718, at Hale during the building period. P

1717

(4) Probably acted as principal mason for Thomas Archer's building of Chettle, Dorset for George Chafin. T (Documentary evidence that Smith of Warwick were the masons.)B

1717-20

(5) Probably acted as principal mason for Kingston Maurward, Dorset, for George Pitt MP (T). Thomas Archer architect.
(6) General Wade's house, 14 Abbey Church-Yard, Bath (possibly top floor only). (Foyle & Pevsner 2011 p140.) B

1720-24

(7) Principal mason at Stourhead, Wilts, to the design of Colen Campbell, for Henry Hoare MP. T. Bills were paid to Ireson direct so perhaps no longer working for Smith of Warwick. (Hoare's Bank archives). P
Assisted by his brother John (died 1729).
Churchwarden at Stourton, Wilts.

1720s

(8) West Barn Grange, Witham Friary, Somerset, for Dr Robert Thistlethwaite. (Michael McGarvey.) P
(9) Godminster Manor, Bruton, Somerset. P

1720-24

(10) One façade of Chicheley House, Bucks. (E.T.C. Bourke.) Possibly Thomas Archer, architect, or Smith of Warwick who were the builders. Teddy Bourke thought that Ireson was involved, but difficult to reconcile with commitments in West of England. B

1721

(11) Royal Victoria Hotel, Swanage, Dorset, for John Chapman. (Michael Hill.) B

1722

Zeals House,Wilts, alterations for Thomas Chafin. T. (Sweetman Archives, English Heritage listing.)

1724

Work at Kingston Deverill Church, Wilts. (Sweetman Archives.)

(12) Mells Park House, Somerset, for Colonel Thomas Horner. T. (Contract at Mells archives). Bay fronts added by Daniel Hague & later alterations by Salvin. Burnt 1917 and rebuilt by Lutyens. P

Payment by Lord Digby of £119 to Ireson for building work unknown (Hoare's Bank archive).

1725

Ireson's portrait painted by A.E. Goodfellow.

1725-1731

(13) Ven at Milborne Port, Somerset, for James (or possibly Thomas) Medlycott. W. Altered 1836 by Decimus Burton. (SRO DD/M/DL.box 11) B

1725

(14) Deans Court, Wimborne, Dorset. B
Bought Windmill Farm at Wincanton. (Sweetman Archive.)
(15) Ireson House at Wincanton. (Sweetman Archive.)
Churchwarden of Wincanton

1726

(16) Widcombe Manor, Bath for Philip Bennet Jr. MP, landowner at Maperton near Wincanton. (Foyle & Pevsner 2011 p51)B

1727

Opened brick-kiln at Wincanton.

1728-1734

(17) Sandhill Park (formerly Hillside House), Milverton or Ash Prior, Somerset, for John Perriam. T. B. (E.T.C. Bourke)

1728

(18) Shroton House, Iwerne Courtenay, Dorset, for William Jeanes (Steward to the Pitt family).

1729

(19) Refaced Meadow Court, Tockenham, Wilts, for Walker Heneage (see *Country Life,* September 2008, Marcus Binney. Times 3.10.2008). B

1730

(20) Holbrook House, Wincanton. (Sweetman Archive.)

1731-1733

(21) Frampton Court, Frampton-on-Severn, Gloucester, for the Clutterbuck/Clifford family. (P.R. FitzGerald.) B/P

1732

(22) St Giles Church, Wimborne St Giles, Dorset. (Michael Hill.)

(23 Berkeley House near Frome, Somerset, for Abigail Price. (Copy contract held.) B/P

(24) Former Red Lion Inn, Blandford, Dorset. (Michael Hill.) B

(25) 75 East Street, Blandford, Dorset. (Michael Hill.) B

(26) 26 Market Place, Blandford, Dorset. (Michael Hill.) B

(27) Hazlegrove, Sparkford, Somerset (built by Bastard brothers). Italianate style for Carew Mildmay, T, secretary to Lord Bolingbroke.

1733

Opened Wincanton quarry.

(28) White Horse Inn, Wincanton. (Sweetman Archive, VCH, Pevsner & Foyle.) B

(29) More Crichel, Dorset. Possibly worked with the Bastard brothers. (Michael Hill.) B

1733-1739

(30) St Peter and St Paul Church, Blandford, Dorset. (Sweetman Archive, Michael Hill.)

1734

(31) Crowcombe Court Somerset, for Thomas Carew. T. (Building contract at Somerset Heritage Centre.) B

1735

(32) Spetisbury House, Dorset, for Colonel Hoddy.T. Now demolished. B

(33) Encombe, Dorset, probably with Francis Cartwright for John Pitt. P

(34) South aisle of Wincanton Church. (Pevsner.)

(35) Rosewell House, Kingsmead Square, Bath. (Foyle & Pevsner, 2011 ed. p99, 170) B.

1738

(36) Redlynch Church of St Peter, Somerset, for Lord Ilchester. W. (Sweetman Archive).

1739

Started Delft manufacture in Wincanton.

1730s

(37) Rodber House, Wincanton for Simon Webber. (Sweetman Archive, VCH.) B

(38) Rockhill House, North Street, Wincanton for Bartholomew Day (Sweetman Archive).

(39) 59 Queen Charlotte St, Bristol. (Foyle & Pevsner 2011 p232.)

1740

(40) The Greyhound Inn, Wincanton. (Sweetman Archive.) B

(41) Oare House, Pewsey, Wilts for Henry Deacon. B. (ETC Bourke.)

(42) Cranborne Lodge, Cranborne, Dorset, for Samuel Stillingfleet. B

1740s

(43) Barford Park, Enmore, Somerset. Wings and attic storey. James Jeanes or Andrew Guy. (confirmed by Michael Stancomb, purchaser from original family in 1956.)

1741

(44) Bruton Chancel, Somerset. (Copied at Williamsburg, Virginia.) (Sweetman Archive) B.

1743-1747

(45) Lydiard Tregoze, Wilts, for John Viscount St John. T. (Much evidence of Ireson though traditionally attributed to Roger Morris.) P

1744

(46) St John the Baptist Vicarage, Frome, Somerset. (Ireson

or Henry Spence. Foyle& Pevsner. 2011 ed. p514, Michael McGarvey.) B

1747

His daughter Anne married Richard Kittermaster, who worked with Ireson, in Wells Cathedral.

1748

(47) Shanks House, Cucklington, Somerset . Probably east front and interiors for Elizabeth Giffard or John Dalton. EH

1749

(48) North front of Corsham Court, Wilts, for Paul Methuen MP. T (Signed drawings.)B
Churchwarden of Wincanton.

1730s-1750s

(49) Continuing work for Lord Ilchester W, mostly at Redlynch, Somerset.

1740-1745

(50) Staff block and stable block at Redlynch Park for Lord Ilchester. (VCH. Julian Orbach.)

1742

(51) Four Towers, sometimes called Stavordale Castle, for Lord Ilchester, (VCH.) now demolished.

1744

(52) Frome Church Tower. (Sweetman Archive.)

1745

Alterations to The Dogs' House, Wincanton. (Sweetman Archive.)

1750

(53) Whatcombe House, Winterborne Whitechurch, for Edward Morton Pleydell.
(54) Coupar House, Blandford. (Sweetman Archive, Michael Hill. Glyn archive, Dorset History Centre suggests part built at an earlier date.) B

1750s

(55) Cheriton House, South Cheriton (Julian Orbach).
(56) Martins, Castle Cary (Julian Orbach).

1755

Pottery closed by this date

1758

(57) Wings of Steepleton House, Blandford, for Peter Beckford. Built by Richard Kittermaster, Ireson's son-in-law (Michael Hill).

1759

(58) Restoration of the Tithe Barn at Somerton for Lord Arundel, but work handed over to Richard Kittermaster, as result of a fall.

1769

Nathaniel Ireson died.

OTHER HOUSES ATTRIBUTED, NOT YET DATED

(59) Hillside House, Wincanton (Sweetman Archive).
Work at Balsam House, Wincanton (Sweetman Archive).
(60) Dolphin Inn, High St Wincanton (VCH) B.
(61) Manor Farm, Charlton Mackrell, Somerset. (Formerly The Manor House, Charlton Adam). (Sweetman Archive).
(62) Honeywick House, Castle Cary, Somerset, for Lord Ilchester.

MONUMENTS

1722. Stourton, Wilts. His daughter Mary (Sweetman Archive).
1725. Wincanton. Philip Bennett (Sweetman Archive).
1726. Melbury Sampford, Dorset. Thomas Strangways jr. (plate 68 RCHM Dorset.DRO D/Fst box 187, Dorset History Centre).
1729. Cucklington, Somerset. Sir Nicholas Watts (Sweetman Archive).
1730. Hornblotton, Somerset. Elizabeth Dymond (Sweetman Archive).

1730. Bromham, Wilts. William Norris (Sweetman Archive).
1733. Gillingham, Dorset. Frances Dirdoe (Sweetman Archive).
1743. St Cuthbert's, Wells, Somerset. The Revd Robert Kingston. Signed
1750. Goddard Tablet, Gillingham, Dorset (Sweetman Archive).
1755. Amesbury, Wilts. Delft Tablet to Lucretia Corfe (Dr Hamish Cole).
1764. Somerton, Somerset. Monument to Edgar and Thomas Rook (Sweetman Archive).
Pre. 1769. Nathaniel Ireson Monument, Wincanton.
Brewham, Somerset. Balch family. (No legible date) (Sweetman Archive).

APPENDIX TWO

The Buildings on which Ireson Worked

(1) Ladbroke Hall, Warwickshire.
Professor A. Gomme says that Ireson worked there for Smith of Warwick in 1712. Owner at the time: William Palmer. Wikipedia says: '7 bays and 2 stories, built late seventeenth century'. 'A standard house but a very pleasing one'. Pevsner & Wedgwood 1974. p330 & 331. The building has a steep roof with domes - not typical Smith of Warwick so may only have been repairs/alterations. Ireson's first child, Mary, was born there.

(2) Etwall Hall, Derbyshire.
'Nathaniel Ireson was principal mason for Etwall Hall, Derbyshire, for Sir Richard Cotton.' (Professor A. Gomme). The hall was demolished in the 1950s but Pevsner wrote in the 1953 Edition 'Early eighteenth century, stone fronted. The S: front of 5 bays and 2 storeys with top balustrade, well proportioned sash windows and a centre door-way with segmental pediment on Tuscan pilasters', a design that is not untypical of Smith of Warwick. Sir Richard Cotton is described in the history of the House of Commons as a leader of the Staffordshire Jacobites, and therefore a high Tory.

(3) 1715. Hale Park, Hampshire
Thomas Archer was the younger son of a Tory landed family, the Archers of Umberslade. He travelled abroad, particularly in Germany and Italy. He was appointed Groom Porter to the Court of Queen Anne and was an architect of some importance. He worked closely with Smith of Warwick, particularly at Heythrop and probably at

Chicheley, and was a personal friend of Francis Smith.

He bought the Hale Estate in the New Forest and built a new Palladian house. We know that Ireson's daughters Anne and Susannah were baptised at Hale during the building period (Hale parish records). It is difficult to reach any conclusion other than that Ireson was supervising the building work at Hale, probably as an employee of Francis Smith of Warwick. Hale is in pure Palladian style and demonstrates that Ireson was aware of and understood building in the Palladian style at that time

(4) 1717. Chettle, Dorset.
Thomas Archer designed Chettle for the Tory MP, George Chafin. It is of red brick and had a higher central projection, as used by both Archer and Smith of Warwick. The corners are curved and the original building had a very large broken pediment. Sir Nikolaus Pevsner describes it as 'the plum among Dorset houses of the early eighteenth century'

Watkin Williams Wynne, writing to his father in 1718, stated that he had been to Chettle, which was in the process of being built by Smith of Warwick. It would seem extremely likely that this meant Nathaniel Ireson, since he was already working at Hale 15 miles away. There is no record of Francis Smith building or designing in the south-west of England, although he did once mention going to Dorset on business.

(5) 1717-1720. Kingston Maurward, Dorset.
Another very fine Baroque building, believed to have been designed by Thomas Archer for the Tory MP Thomas Pitt. Sadly it has been much altered over the years. Originally it was of red brick with stone pilasters. It seems likely but far from certain that Archer would have employed Smith of Warwick and Ireson as the builders, in the light of his friendship with Francis Smith.

(6) About 1720. General Wade's House, 14 Abbey Churchyard, Bath. I have found no documentary evidence of Ireson's work in Bath, and I am indebted to Andrew Foyle in the 2011 *Somerset North and Bristol* for his tentative attributions. He records that Ireson was known to have been working in the area. The entry records: 'An attic storey has panelled pilasters and a clumsy 'added on' feel, both typical of Nathaniel Ireson'. However the rest of the façade above the ground floor is: 'a glorious show-piece, divided in to equal bays by five great fluted Ionic pilasters, probably the first use in Bath of the Palladian order over a basement storey.'

If General Wade's house was Ireson's first design commission the whole achievement is a magnificent effort. If he only designed the attic floor it is a little hard to call it typical of Ireson.

(7) 1720 to 1724. Stourhead House, Wilts.
The Palladian house, designed for Henry Hoare, banker and Tory MP, by Colen Campbell, the leading Palladian architect. The design for the central block is taken from Palladio's *Quatro Libri*, and largely modelled on Palladio's Villa Capra. We know from the accounts at Hoare's Bank that Ireson was the builder and he was paid in his own name, which suggests that he was no longer employed by Smith of Warwick.

During the building he was churchwarden of Stourton, the Hoare family church, and there is a rather wild baroque monument to his daughter Mary, who died there in 1722, which supports the view that whatever his building experience, his personal taste at the time tended to baroque.

(8) 1720s. West Barn Grange, Witham Friary, Somerset.
A modest ashlar, pedimented front for Dr Thistlethwaite of Wadham College, Oxford. Built while Ireson was building Stourhead, close to Witham Friary. Attribution by Michael McGarvey who lived in the house during the 1970s. It may have been designed by Ireson but the features are not distinctly his. It would be interesting to

learn if Dr Thistlethwaite was a Tory.

(9) 1720s. Godminster Manor, Bruton.
Seven bay west front, rendered with ashlar angles, cornice and parapet, alternating ground floor window pediments. Again this could be an Ireson design, as it is close to Stourhead where he was working at the time, though the features are not immediately identifiable as Ireson's. Historic England ID 434626 suggests Ireson.

(10) 1720 to 1724. Chicheley, Bucks.
This very fine Palladian house has been attributed to both Thomas Archer and Francis Smith of Warwick. It may be that Archer was the architect and Smith the builder. Teddy Bourke believed that Ireson designed one front but this hardly seems consistent with his building of Stourhead at exactly the same time.

(11) 1721. Royal Victoria Hotel, Swanage, Dorset.
Built for John Chapman. In spite of later additions the core of this building, previously known as the Manor House, is clearly in the Provincial Baroque style so commonly associated with Ireson. (Attribution Michael Hill on grounds of style.)

(12) 1724. Mells Park House, Somerset.
An important though modest commission, substantiated by the original building contract at Mells archives, for Colonel Thomas Horner, a Tory, and inheritor of the Strangways estates in Dorset through his wife. His daughter married Stephen Fox, later 1st Earl of Ilchester, a Whig. The cost of the design and building was £210. The house had many subsequent alterations and was burnt down in 1917 and rebuilt by Lutyens in 1922. However the original building can clearly be seen in a painting of the park at Mells Manor (*see illustrations*). The house appears to have been a rectangular Palladian house with very little decoration.

(13) 1725 to 1731. Ven at Milborne Port.
For James Medlycott MP, a Whig, who was damaged by the South Sea Bubble and died in 1931, but possibly for his brother Thomas Medlycott, a Tory. Built in brick with Corinthian pilasters. The attic floor has a balustrade and urns. Later additions by Decimus Burton. This majestic baroque building is very much in the style of Smith of Warwick. It is not at all clear why Ireson received instructions from a Whig landowner. However Ireson was known to Lord Digby whose estate adjoins and had used Ireson for work in 1724. Medlycott is also likely to have known the Chafin family of Chettle whose principal estate had been Folke, next door. Alternatively Thomas may have initiated the work while his brother James was still alive. On the other hand James Medlycott's son, also Thomas and a Whig was aged 34 at his father's death, so it is difficult to see why the brother might have been in control, even though he was MP for Milborne Port at the time. Later bills are signed off 'Thomas Medlycott' but which one? (SRO/DD/M? DL, Box 11, History of Parliament official website, *Some Somerset Country Houses* by Robert Dunning.)

(14) 1725. Dean's Court, Wimborne, Dorset.
Built for Sir William Hanham, in exactly the same baroque style as Ven (building 13). The design is normally attributed to Sir William himself. However one cannot avoid the thought that Ireson may have helped.

(15) 1725. Ireson House, Wincanton.
Built by Nathaniel Ireson for himself, on his newly purchased farm, and adjoining his kiln and quarry. The original house appears to have been no more than one room thick and little remains of the original house apart from a baroque window and the doorway on the east side. Subsequent additions have hidden the rest, although the original outside walls are still identifiable within the house.

(16) 1726. Widcombe Manor, Bath.
'An elegant if provincial design, not in the local tradition, and by an unknown architect, perhaps Nathaniel Ireson of Wincanton. Seven bays and two storeys. Giant fluted Ionic pilasters, coupled at the angles and as framing to a pedimented three-bay centre; garlands and an oval window in the pediment'. (Foyle and Pevsner. *Somerset North and Bristol* p194).

(17) 1728 to 1734. Sandhill Park, Milverton (or Ash Priors), Somerset.
Formerly Hillside House, for John Perriam, Tory MP for Minehead. Confidently attributed to Ireson by Teddy Bourke without giving reasons. The house is in an imposing baroque style. Red sandstone ashlar with yellow sandstone pilasters, like so many other Ireson houses. Traditionally built in 1720. However John Perriam's account book for 1728 to 1734 shows very substantial building payments to one William Parker who appears to have been a builder, but nothing to Ireson, which suggests that Perriam may have designed the house himself, unless he was working to earlier designs by Ireson. The house later became a hospital, and was afterwards burned, although the main facades remain.

(18) 1728. Shroton House, Iwerne Courtenay, Dorset.
Stucco with stone pilasters. Part of the south front is of the right date and was attributed to Ireson by Teddy Bourke. The house was built for William Jeanes, manager of the Pitt estates, and on Pitt family land, the same family who built Kingston Maurward (building 5) and Encombe (building 32). However the present south front has very few features that indicate 1728 so the matter is open to doubt.

(19) 1729. Meadow Court, Tockenham, near Wootton Basset, Wilts.
Red brick and stone pilasters in the baroque style, much favoured by Ireson and confidently attributed to him by Marcus Binney. (*Country Life* September 2008 and *The Times* 3 October 2008.)

(20) 1730. Holbrook House, Wincanton.
The original core of Ireson's house has been submerged by subsequent enlargements (Sweetman Archive, Somerset Heritage Centre).

(21) 1731. Frampton Court, Frampton-on-Severn, Gloucestershire.
Five bays, ashlar. Pilasters and portico on west front. Windows with Gibbs surrounds. Built for Richard Clutterbuck, who inherited from the Clifford family, and it passed back to them on his death. There is no documentation as to the architect. It has traditionally been attributed to John Strahan, the Bristol architect, whose work was almost wholly urban. Frampton Court is the only house outside Bristol that has been attributed to him. Berkeley House near Frome, designed by Ireson and built by him only a year later, is very similar to Frampton Court. If Richard Clutterbuck was a Tory, he would have been much more likely to have used an established Tory architect than Strachan. Ireson was known to have been working in the Bath area and almost certainly in Bristol as well. I am not aware of any other work done by Ireson in 1731, which suggests he may have been playing a major role at a distance from his normal area of operations. The chimneys on the service wings look Vanbrugian and therefore unlikely to be by Ireson. The wings are in a wholly different style to the main block and may have been added later.

(22) 1732. St Giles Church, Wimborne St Giles, Dorset.
One would have assumed that Henry Flitcroft, who was already working at Wimborne St Giles for the Earl of Shaftesbury, would have designed the church. However his style was very pure Palladian, which makes the church less likely to be his design. Michael Hill notes stylistic similarities with St Peter and St Paul's, Blandford, and with St Peter and St Paul's, Wincanton, before its Victorian alterations, as illustrated in *Somerset South and West* by Orbach & Pevsner. As a result he thinks St Giles is likely to have been designed by Ireson.

(23) 1732. Berkeley House near Frome, Somerset. For Abigail Prowse.
Seven bays, ashlar, pilasters. Central three bays have pediment and Venetian window. The building and design contract with Ireson is still in existence, with the Mordaunt papers at the Worcestershire Record Office. The cost was £1,099. Abigail Prowse was daughter of the Bishop of Bath and Wells and had married in to a respected Tory family. The quality of the mostly Palladian design is high, both interior plasterwork and the exterior, and still intact today. However, the plasterwork is probably later than the building itself. The staircase appears to be contemporary with the house. *(Country Life* May 19 1998, p168)

(24) 1732. The former Red Lion Inn, Blandford, Dorset.

(25) 1732. 75 East Street, Blandford, Dorset.

(26) 1732. 26 Market Place, Blandford, Dorset.
Red brick with giant pilasters, Borromini Capitals, pediments. The three adjoining buildings on the south side of the Market Square in Blandford are a fine composition in the Provincial Baroque style. They were all part of the major re-building programme after the great fire of 1731. No 75 was in use by the Bastard brothers as a showroom and the first floor is marvellously decorated with elaborate plasterwork. All three have been attributed to the Bastard brothers as architects. However the complete lack of evidence that the brothers were builders, let alone architects at the time of the fire suggests that another hand was responsible for the design. The use of Borromini capitals straight after the fire makes Nathaniel Ireson much the most likely candidate. However the actual building work may well have been carried out by the Bastards. There are strong similarities to Rosewell House, Kingsmead Square in Bath (building 35) and 59 Queen Charlotte Street, Bristol (building 39).

(27) 1732. Hazlegrove House, Sparkford, Somerset.
Seven bays, ashlar, Italianate style. It is now generally accepted that the Bastards were the builders but not the architects. The owner, Carew Mildmay, was secretary to Lord Bolingbroke, the arch-Tory and the half-brother of Viscount St John of Lydiard Tregoze (building 45). Sparkford is also close to Wincanton. However the building's unusual Italianate style suggests that the architect was probably Mildmay himself, or his brother, Humphrey, who had travelled widely, who designed the house rather than Ireson.

(28) 1733. The White Horse Inn, High Street, Wincanton.
Stucco, with heavy quoins and short tapered pilasters. It is a good example of Provincial Baroque and is attributed with confidence to Ireson by Sweetman, VCH and Pevsner and Foyle.

(29) 1733. Crichel House, Dorset.
The great baroque building for Humphrey Sturt clearly involved building work by the Bastard brothers to the design of Francis Cartwright. Michael Hill thinks it likely that Cartwright would have contracted Ireson to assist with the building, but there is no direct evidence.

(30) 1733 – 1741. St Peter and St Paul's Church, Blandford.
It is commonly said that the Bastard brothers of Blandford designed and built the church and Ireson added the cupola. The Bastards certainly claimed that they designed the church, although its sophistication and Thomas Archer motifs suggest that they were probably not the architects, although they may well have been the builders. Sweetman states that Ireson was very busy with the church in 1741 near the end of the building process. He may or may not have been the original designer. Note the projecting brackets in the cornice as at Spetisbury House (building 31).

(31) 1734. Crowcombe Court, Somerset.
Built for Thomas Carew, a Tory. The house was started by Thomas Parker, a little known architect from Devon. However he appears to have found and misappropriated a cache of gold coins in the foundations of the previous house and was dismissed. He also appears to have spent very many years at the work and achieved little, apart from charging a great deal. Nathaniel Ireson's contract for designing and for building the new house for £1,236, now at Somerset Heritage Centre, requires Ireson to build the new house, using plans and designs agreed with Ireson, 'upon the foundations and upwards erected by Thomas Parker'. This has led to much controversy. However the rather unsightly building to the left of the entrance front and some of the building on the (south) stable front are clearly by another hand, and would appear to have been Thomas Parker's work.

The rest of the house and the very fine interior plasterwork might easily have been designed by Smith of Warwick, if the house had been in the Midlands, and can be attributed to Ireson with confidence. The building is red brick with Ham stone pillars and dressings, and the pillars on the east front have the famous Borromini capitals.

(32) 1735. Spetisbury House, Dorset
Alas demolished in 1927, we have to rely on a photograph of quite a sophisticated baroque building, for Colonel Hoddy, a Tory. Red brick with pilasters and pediment. The pillars had Borromini capitals. The general appearance is very similar to Crowcombe. Arthur Oswald, in *Country Houses of Dorset,* notes that the great cornice on the front is furnished with projecting brackets as at Chettle and, with modifications, on the tower of Blandford Church. (Attribution *East Dorset Country Houses* by Michael Hill p 34.)

(33) 1735. Encombe, Dorset, for John Pitt.
The identity of the architect is far from clear. George Pitt, the father of John, was very interested in architecture. Arthur Oswald suggests

Roger Morris. Teddy Bourke favours Cartwright, but believes that Ireson, who worked with Cartwright, designed the stables.

(34) 1735. St Peter and St Paul's Church, Wincanton.
It is clear that Ireson did considerable work, possibly the south aisle, and perhaps, later work to the nave and chancel, although there is no characteristic Ireson work to be seen (Sweetman Archive, Somerset Heritage Centre).

(35) Rosewell House, Kingsmead Square, Bath.
'Ornate provincial Baroque with German and Flemish influence, built 1735 for Thomas Rosewell. The style suggests Nathaniel Ireson who was involved here in the 1730s'. (Foyle & Pevsner p 170). Thomas Archer's experience of Germany and the Low Countries may be relevant. Note the similarity to the south side of the Market Square in Blandford (Buildings 24, 25, 26).

(36) 1738. Church of St Peter, Redlynch
Built for Lord Ilchester. A very plain exterior (Sweetman Archive, Somerset Heritage Centre).

(37) 1730s. Rodber House, Wincanton for Simon Webber.
Red brick, Provincial Baroque. (Sweetman Archive, Somerset Heritage Centre. VCH.)

(38) 1730s. Rockhill House, North Street, Wincanton.
A plain stucco house with very deep gables (Sweetman Archive, Somerset Heritage Centre).

(39) 1730s. 59 Queen Charlotte Street, Bristol.
Each storey has pilasters and window surrounds. A strong similarity to Rosewell House, Kingsmead Square, Bath (building 35) suggests the same architect, (Orbach & Pevsner). Ireson left properties in Bristol in his will.

(40) 1740. The Greyhound Inn, High Street, Wincanton.
Stuccoed with parapet and urns. Orbach & Pevsner suggest 1760 but that 'the triple key-stones are suggestive of Ireson's work (Sweetman Archive, Somerset Heritage Centre).

(41) 1740. Oare House, Pewsey, Wilts for Henry Deacon.
Impressive five bays, with slight three bay projection with pediment. Reminiscent of Smith of Warwick. Wings added by Clough Williams-Ellis (Attribution Teddy Bourke).

(42) 1740. Cranborne Lodge, Cranborne, Dorset, for Samuel Stillingfleet.
RCHM says that the central part of the house is of 1700 with additions of the mid 1700s. Pevsner (1972 edition) says 'A striking and powerful early Georgian house of say 1740 quite out of the ordinary run'. Red brick with lavish stone dressings. The north front has a four bay centre with a huge Ionic entablature and a pediment. The main windows have gigantic triple key-stones. The south front has giant Ionic pilasters. Could this be Nathaniel Ireson's work? The triple key stonework is very familiar.

(43) 1740. Barford Park, Enmore, Somerset, for James Jeanes or his nephew Andrew Guy.
The original central block of about 1710 was for the Jeanes family. Red brick. The wings and the attic storey are of about 1740. Central portion has rusticated ashlar quoins. The attic storey has end pilasters. Marcus Binney in *Country life* 7.11.74 said 'could have been someone like Nathaniel Ireson'. Michael Stancombe, who bought the house from the descendants of the Guy family in 1958 was told by the vendor that the house was designed by Ireson. Architectural similarities to buildings in nearby Bridgwater have been noted, which might of course be by Ireson as well.

(44) 1741. St Mary's Church, Bruton. The chancel.
Ireson rebuilt the chancel with assistance from Francis Cartwright. The beautiful baroque interior is much admired and was copied at Williamsburg, Virginia (Sweetman Archive, Somerset Heritage Centre).

(45) 1743-47. Lydiard Tregoze, Swindon, Wilts.
Two fine Palladian fronts in ashlar with pavilions on the top of each corner. Built for Viscount St John, the younger brother of Viscount Bolingbroke, the important Tory Foreign Minister. A very fine Palladian building on two sides with fine, rather baroque, interior plasterwork, similar to that at Crowcombe Court (building 30). It has been established from regular payments in Lord St John's accounts at Hoare's Bank that Ireson was the builder, and was receiving payments from 1741. By tradition Roger Morris was the architect. Morris had worked at Wilton House which has similar pavilions on the corners of the house. The Hoare's Bank account also shows one payment of £42 to one 'R Morris' in 1744, a late date if he was the architect.

It has been suggested that some features of the house are typical of Morris' style. Morris was apprenticed to Colen Campbell, but Ireson would also have learnt from Campbell at Stourhead, and the stylistic signs may well be those of Colen Campbell. It may be said in Ireson's favour that the central portion of the main front at Lydiard Tregoze is remarkably similar to the Palladian north front of Corsham Court (building 47), only a few miles away, designed by Ireson six years later. I can find no record of Ireson building a house but not acting as architect since Stourhead more than 20 years earlier. A letter from Viscount St John of 1743 says 'Ireson has left me the plans. He has made a handsome front with a rustic basement, attick windows above and to the cellars, architraves and key-stones to the windows. He talks about £380 his work and for materials & all included'. However this cannot be the final plan since the house as built is different.

A recent assessment of the timber work in the roof has concluded that the pavilions were a later addition. The pavilions have strong similarities to those at Wilton, where Richard Morris worked and we know that Viscount St John visited Wilton. The late payment to 'R Morris', coupled with payments to Ireson from two years before, suggest that the building was designed and built by Ireson, but that the pavilions and perhaps other work was introduced by Roger Morris at a date after the roof structure had been built.

(46) 1744. St John the Baptist Vicarage, Frome, Somerset.
It is known that Ireson submitted plans for a new church to replace the existing, but his proposal was rejected by the committee on the grounds of cost. The vicarage is in Ireson's Provincial Baroque style and may well have been his design. Ashlar. Three bay centre with set back wings. Some windows with Gibbs surrounds (*Somerset North and Bristol,* Foyle & Pevsner).

(47) 1748. Shanks House, Cucklington, Somerset
For Elizabeth Giffard or John Dalton, rector of Cucklington church. The East wing and interior plasterwork are attributed to Ireson by RCHM. However the steep roof without any parapet would be unusual for Ireson (but see Honeywick Building 62), and may be a later alteration. The interior plasterwork is very much in Ireson's style. Suggestions have been made that the Bastard brothers were involved, based on their monument to Sir Henry Dirdoe (the father-in-law of John Dalton) in nearby Gillingham Church. However the very much finer monument by Ireson to Frances Dirdoe, John Dalton's sister-in-law, is in the same church. There is also an Ireson monument to an earlier occupier of Shanks in Cucklington Church.

It has been suggested that the style of the staircase is reminiscent of the Bastard brothers. Again it would be very likely that woodwork in the house would have been sub-contracted, as it was their speciality. On the other hand Shanks is not on George Sweetman's list of

Ireson's work, although there are many other proven Ireson houses which are not on the list.

(48) 1749. Corsham Court, Wilts, for Paul Methuen.
Nine bays, ashlar, pediment over central three bays. Methuen commissioned the new north front in Palladian style. There are two design drawings in the Methuen collection. One is signed by Ireson and dated 1747 and appears to be a precursor of the second, unsigned, design of what was actually built. There are enough similarities in terms of urns on the roof and window pediments to accept that the two are by the same hand. Note the strong similarity to Lydiard Tregoze. The north front was replaced by a Gothic front by John Nash only 50 years later.

(49) 1730s, 40s and 50s. Continuing work for Lord Ilchester.
This included follies in Redlynch Park, as well as Redlynch Church (building 35) and Honeywick House (building 62). Ireson's work in the park appears to have been done under the supervision of Henry Flitcroft in later years.

(50) 1740 to 1746. Redlynch Park for Lord Ilchester.
Ilchester was the son-in-law of Colonel Thomas Horner of Mells Park. He was a leading Whig but having inherited great estates from his Tory wife, certain compromises were in order and the instruction of a Tory architect did not appear to concern him. The two great blocks, one for stables and one for servants, face the view down the park, whereas the old Manor House was on the east side and faced towards the two blocks. I believe that Lord Ilchester and Ireson his architect were planning a new central block, for family and display, between the two blocks and set back, perhaps joined by passages. It is known that lord Ilchester suffered a financial crisis shortly after the two wings were built and building works stopped.

(51) 1742. Four Towers, sometimes called Stavordale Castle, for Lord Ilchester.
The building, now demolished, was a folly on the Redlynch Estate designed by Ireson to the order of Lord Ilchester (VCH). The courtesy title of the Earls of Ilchester was 'Lord Stavordale'. To date we have no record of what the building looked like. However there must have been some earlier building as there was a mediaeval Lordship of the Manor of Four Towers.

(52) 1745. St John the Baptist Church tower, Frome, Somerset.
Sweetman says the tower was rebuilt by Ireson. We know that it was in bad condition at the time so that he may have rebuilt it, although there is no sign of his architectural style. Ireson was not above restoring buildings which show no sign of his style, as for instance Zeals House and Kingston Deverill Church.

(53) 1742-44. Whatcombe House, Winterbourne Whitechurch, Dorset, for Edward Moreton Pleydell.
Originally red brick with stone dressings. Enveloped by a much larger house in 1802. Michael Hill attributes the design to the Bastard brothers on the basis of similarities with the staircase to those of Steepleton, Ranston and Came. The first two are probably by the Bastard brothers but Came is almost certainly by Francis Cartwright. He also notes similarities to the early part of Crichel where the Bastards and Cartwright were also involved. I include Whatcombe as Teddy Bourke thought it was by Ireson. The Bastards, who had specialized in woodwork, often carried out internal woodwork as sub-contractors.

(54) 1750. Coupar House, Blandford,Dorset.
A fine baroque structure in an individual style. Five bays, bricks all laid as headers and in a different colour in the centre. Ionic pilasters. It is described as 'the best post-fire house in Blandford' (Pevsner). However RCMH says 'The various elements of the composition,

adequate in themselves, are ill co-ordinated and little attention is paid to rules of proportion'. Sweetman confirms that the work is Ireson's. Is Coupar House the apogee of Nathaniel Ireson's own Provincial Baroque? The Glyn of Gaunts House Archives, at Dorset History Centre, suggest that part of the house may be much earlier, perhaps even 1730s.

(55) 1750s. Cheriton House, South Cheriton, Somerset.
'The house has heavy voussoirs suggesting Nathaniel Ireson' *Somerset South & West*, Orbach & Pevsner 2014 p566.

(56) 1750s. Martins, Castle Cary, Somerset.
'The quintuple key-stones of Martins, painted brick, mid eighteenth century suggest Nathaniel Ireson.' *Somerset South & West,* Orbach & Pevsner 2014 p 183.

(57) 1758. Steepleton House, Blandford, Dorset, for Peter Beckford.
The Georgian alterations to the central buildings were built by the Bastard brothers. However the wings dated 1758 are in a different style: 'Ionic columns on the south side, doorways with Gibbs surrounds and pediments on the north front. Their builder seems to have been Richard Kittermaster of Yeovil. Kittermaster's father-in-law was the architect Nathaniel Ireson and it would not seem unreasonable that he was the designer of the wings'. Pevsner 1972 & Michael Hill *East Dorset Country Houses* 2013 p306.

UNDATED

(58) Hillside House, High Street, Wincanton.
A plain building, close to Ireson House (Sweetman Archive, Somerset Heritage Centre).

(59) Dolphin Inn, High Street, Wincanton.
'Has Gibbsian ground floor surrounds suggesting Ireson', *Somerset South & West,* Orbach and Pevsner 2014.

(60) Manor Farm, Charlton Mackrell, Somerset.
Formerly the Manor House, Charlton Adam. Remodelled 1710 to 1730 for a branch of the Strangways family, related to Lord Ilchester's wife. Sweetman says that Ireson was at work there, but there is no architectural clue apart from the gate piers. However the original front was on the other side, now masked by a high lean-to roof. Could there have been more formal fenestration on that side?

(61) Honeywick House, Castle Cary, Somerset.
Lord Ilchester was Lord of the Manor of Castle Cary at the time. This small but enchanting baroque house in yellow ashlar still has nearly all of its internal features. Its local reputation is that it was built by Lord Ilchester for a younger brother or a mistress (Sweetman Archive, Somerset Heritage Centre).

Bibliography

Archer, M., *Delftware: The Tin Glazed Earthenware of British Isles* (V&A London 1987)

Barford Park, Enmore Papers, Somerset Heritage Centre.

Bourke, ETC, Unfinished biography of Nathaniel Ireson.

Cole, Hamish,: *Wincanton at Winterthur?* Transactions vol 20 part 3, pp 519-522 English Ceramic Circle (2009)

Cole, Hamish,: *Wincanton Revisited – 50 years after Lipski*, Transactions vol 19, part 2 English Ceramic Circle (2006)

Cole, Hamish,: Kiln at Wincanton, Transactions vol 20, part 2 English Ceramic Circle (2008)

Colvin, HM , *The Bastards of Blandford, Architect & Master builder*, The Archaeological Journal,vol CIV 1947 p178-95

Country Life Articles on Berkeley House and Meadow Court, Tockenham.

Dawson, Aileen, *English & Irish Delftware 1570-1840* (The British Museum Press) 2010

Hart, Dr. Owen, personal notes on Wincanton Pottery and Nathaniel Ireson

Dunning, Robert, *Some Somerset Country Houses*. Dovecote Press 1991

Foyle & Pevsner, *Somerset North & Bristol*. Yale University Press 2011

Garner, F.H. and Archer, M., *English Delftware* (Faber & Faber) 1972

Gomme, Professor Andor, *Smith of Warwick. Architect & Master Builder* Shaun Tyas, Stamford, Lincs 2000

Hill, Michael. *East Dorset Country Houses*. Spire Books 2013

Hoare's Bank Archives.

Hutchins, John, *The History and Antiquities of the County of Dorset*. EP Publishing Ltd with Dorset County Library 1973

Ilchester Estate records. Dorset Family History Centre.

Jackson Reg, *The Origin and Development of the seventeenth-century Tin-Glaze Earthenware Industry in Brislington and Bristol.* Dissertation for University of Bristol 1999

Ladd, Frederick J. *Architects at Corsham Court.* Moonraker Press 1978

Lees-Milne, James, *English Country Houses. Baroque 1685 to 1715* Hamlyn Publishing Group. 1970

Lipski, L.: Wincanton Delftware Transactions vol 14, part 1, pp 45-49 English Ceramic Circle (1953)

Lipski, L. and Archer, M., *Dated English delftware* (Sotheby's, 1984)

Mells Manor archives

Munday, R.G. , *English Delft Pottery* (Herbert Jenkins Ltd, London 1928)

Orbach, Julian & Pevsner, Nikolaus, *Somerset South & West.* Yale University Press 2014

Oswald, Arthur, *Country Houses of Dorset.* Dorset Books 1994

Poole, Julia E., *English Pottery* (Cambridge University Press 1995)

Ray, A., English *Delftware Pottery in the Hall Warren Collection,*

Ashmolean, Oxford in association with Jonathan Horne Publications, London 2000

Sandhill Park, Milverton Papers. Somerset Heritage Centre

Sweetman Archives. Somerset Heritage Centre and Messrs Rutter & Rutter, Wincanton.

Sweetman, G., *'A West Country Potter*, The Gentleman's Magazine vol 1288, nó 2031

Sweetman, G., *History of Wincanton* (Henry Williams, London 1903)

Sweetman, G., *Wincanton Pottery*, (The Bazaar, The Exchange and Mart, 29/4/1910).

Sweetman, G., Personal Notebooks

Trollope-Bellew Archives. Somerset Heritage Centre.

Victoria County History. Somerset. Hundred of Bruton

Whiffen, Marcus, *Thomas Archer. Architect of the English Baroque.* Hennessey & Ingalls. Inc. Los Angeles.1973

Wittkower, Rudolf, *Palladio and English Palladianism.* Thames & Hudson, London.1974.

Acknowledgements

I owe a considerable debt to my wife Sarah for taking on chapter five with enthusiasm; E. A. Dineley for taking most of the photographs and for her help with the text; my daughter Miranda also spent a great deal of time on the text. I am deeply grateful to all the house-owners who showed me round their wonderful houses and provided information.

I would also like to thank the following: Barbara Garnsworthy for lending Teddy Bourke's draft chapters and her enthusiastic support; Michael Hill for his support, Julian Orbach for his advice on South Somerset houses; Chiara de Cabarrus for her painting of Nathaniel Ireson; The Revnd Peter Lewis for his knowledge of Nathaniel Ireson; Michael McGarvie for his help on Frome and West Barn Grange; John Darcy for his assistance at Mells; Anne Smith, archivist at Sherborne Castle; Wincanton Museum for showing me photographs; Somerset Heritage Centre for unfailing help on a number of visits; Katherine Kingsbury for access to Dr Owen Hart's papers; The Dorset History Centre,Dorchester.

Sarah and I would like to thank Rod and Alison Hamilton, the owners of Ireson House,for allowing us to explore every corner of their house and helping us to photograph shards; Dennis and Anne Trott for showing us round Windmill Farm; their daughter Donna for lending us her thesis on Wincanton delft.

Sarah would also like to thank Hamish Cole and Michael Archer, great authorities on Wincanton delft,who have generously shared their expertise; Sue Bosanquet for her help with her late husband Christopher's research; Lyndi d'Ambrumenil and Rosemary Price for trusting us with their valuable cameras; Sarah Newitt for proof reading and advice on chapter six.

Many national museums have been generous with their help, in particular Terry Bloxham at the Victoria & Albert, Helen Brown at the Bristol City Museum and Emma Derbyshire at the FitzWilliam Museum.